家长

刘庆邦 著

北京出版集团公司
北京十月文艺出版社

目 录 Contents

第一章

王国慧和石头

1

王国慧有肝，有胆，胆囊里还有一块石头。石头不是普通的石头，在医学上被称为胆结石。王国慧的胆不会太大，比不过一个人的鼻子。那么包在胆囊里的石头也不会大到哪里去，顶多算是一块小石头。石头扔在地面上，不管多大多小，人们都不会在意它的体积。而石头一旦跑到人的身体里，医生就会用一种叫什么超的机器超来超去，超出它的具体体积。王国慧去医院检查时，医生交给她的检查单子上，标出了她体内胆结石的体积，体积精确到数字后面的小数点，小数点后面还有洋文。这样的单子她看了跟不看差不多，一点儿都记不住。要是说她的胆结石像一粒黄豆，一颗花生米，或者说像一个蒺藜，一只刺猗子，她都能想象出来。把胆结石标成数字和洋码字，就超出了她的想象力所能及的范围。

人心隔肚皮，胆也隔肚皮，虽说王国慧一天到晚把胆带在身上，可她从未见过胆的面，不知道自己的胆到底长什么样子。从动物到君子，凡生命都有相似的地方。王国慧见过鸡的胆，还见过猪的胆。鸡的胆小一些，猪的胆大一些。它们的胆囊都像是用一种白色薄膜制成的小口袋，“小口袋”软软的，里面装满了胆汁子。隔着薄膜看，胆汁子有些发绿，有些发蓝，还有些发黑。一旦不小心把薄膜弄破，胆汁子便倾囊而出，不可收拾。王国慧为一只鸡开肠破肚时，曾把鸡胆弄破过，看见胆汁子浓浓的，是墨绿色。这样的胆汁子恐怕比菠菜、芹菜、韭菜等任何蔬菜绞出的汁子都要浓，都要绿。如果用毛笔蘸着鸡的胆汁子写字，写出的字也应该是绿色的。她担心胆汁子沾在鸡肝儿上，赶快用清水清洗。还好，胆汁子总算没有把鸡肝儿染绿。可是，等王国慧把鸡肝儿煮熟，却发现肝叶子变成了黄色。一尝，我的娘哎，好苦！苦得沾舌头，吐都吐不掉。看看吧，苦胆的沾染性有多强，质量有多高，能量有多大。

是的，人体内的五脏六腑当中，肝和胆离得最近。虽说肝为脏之一，胆为腑之一，它们并不属于同一类别，但同类相斥，异类相吸，或许正是因为它们不是一类，它们之间的关系才如此紧密，亲密。唇齿相依？不，它们比唇齿抱得更紧，不是相依二字所能形容。肝胆相照？也不尽意，它们比相照照得更远，比相顾顾得更深。二者我中有你，你中有我，血肉相连，气息相通，一荣俱荣，一损俱损，堪称谁都离不开谁的生命共同体。对肝和胆这样的关系，王国慧以前并不知情。自从得知她的胆囊子里长了一块结石，自从明知其存在却未曾谋面的结石当了她的形影不离的老师，她才逐步明确了肝和胆所处的位置，知道了它们各自的功能，并对它们的关系有所了解。

大片子吃猪肉时，王国慧恶心过。有一回把鸡肉吃多了，王国慧的肚子也丝丝攮攮疼过。她不会把恶心当回事，马上吃一口馒头把恶心压一压就是了。她对肚子疼也不在意，人吃百样食，软的硬的都往肚子里填，谁的肚子能不疼一疼呢！她克服肚子疼的办法是饿肚子，给肚子来点惩罚。你不是吃饱了撑出来的毛病嘛，饿你一顿两顿，看你还疼不疼！您别说，王国慧的惩罚挺见效的，把肚子饿过之后，肚子往往就老实了，不再闹事儿。直到有一回，她生了气，大概隐藏已久、蓄势待发的胆结石也生了气，胆结石才跳将出来，露出了狰狞面目。

麦罢后的一天，娘从娘家来王国慧家看闺女。且慢，什么叫麦罢？所谓麦罢，就是麦子收完了，颗粒归仓了，麦秸垛垛起来了，玉米、豆子等庄稼种上了，就是麦罢。麦罢是这里特有的说法。娘来时，王国慧正在自家责任田里剔芝麻苗子。她家的责任田一共两亩多一点，田里种什么，不种什么，都是由王国慧一个人说了算。如果说两亩多地是她的国土，她就是这片国土的国王，还是女国王。麦子收割之后，好多人家图省事，只种玉米就完了。玉米皮实，不易招虫子，产量也高，能卖出好价钱，种玉米的确划算。她不仅在地里种了玉米，还耩了豆子，撒了芝麻，栽了红薯。做汤面条时，总得往锅里放一把豆芽儿吧，如果不种豆子，拿什么生豆芽儿呢！刚出锅的热馒头蘸芝麻盐最好吃，如果没有芝麻，用什么擀芝麻盐呢！再说红薯。以前这里的人主要靠红薯养活，红薯稀饭红薯馍，离了红薯不能活，的确把红薯吃多了，也吃腻了。但人的胃是有记忆的，也是怀旧的，如果老是不吃红薯，人不着急，胃也会怀念那一口儿。当然了，这些东西市场上都能买到。如今的市场开放了，自由了，别说普通的粮食，什么稀奇古怪的东西都有。可既然自家地里能种，何必花那个钱到市场上去买呢！市场的手从来都不是什么干净的手，更不是什么香手，不管什么吃的东西，从市场的手里一过，总让人有些起疑。再说了，地是自家的熟，汗是自己的热，手是自己的香，还有什么比亲手在自家田里种出的东西更好吃呢！

因王国慧所种的庄稼种类多，田里就有层次感，色彩也丰富一些。高的是玉米，低的是红薯，不高不低的是芝麻和豆子，显得起伏有趣，错落有致。你说色彩，目前阶段色彩都是绿色是不错，若仔细看来，绿与绿并不相同，红薯叶子是墨绿、油绿，大豆叶子是毛绿，玉米叶子是刺绿，绿得各有千秋，浓淡相宜。王国慧播种芝麻时采用的办法是撒播，播撒芝麻可是一项难度较高的技术活，撒得是否均匀，凭的是心中有数和手上的感觉。稍有不准，把芝麻撒得像羊拉屎蛋一样沥沥拉拉就不好了。还有，芝麻要撒得稍微稠一些，不可过稀。稠是留有余株，到时可以剔苗。要是过稀，补栽起来就难了。从芝麻出苗的情况看，达到了王国慧所预期的效果。王国慧剔除多余的苗子，不是弯着腰用手剔，是手持一把锄头，站在地里用锄头的利刃剔。这样的剔苗也叫锄地和间苗。通过锄地，使土壤蓬松起来，以保持合适的墒情。通过间苗呢，芝麻苗子该除的除，该留的留，变得不稀不稠，恰如其分。锄杠和锄头仿佛是王国慧延长的手臂和手掌，她手到锄到，锄到手到，使用得得心应手。她把锄头投出去，吃进土里，轻轻一拉，土壤就松软了。需要剔除一棵芝麻苗子时，锄板的利刃与芝麻苗子的根部稍一接触，发出一点裂帛一样的声响，一棵芝麻苗子便应声倒下。有时两根芝麻苗子离得很近，几乎是根连根。莲花可以并蒂，石榴可以对肚儿，芝麻棵子挨得太近可不行，它们比着长苗条的腰身，就会影响结芝麻蒴子。所以，凡是两棵靠得太近的芝麻苗子必须去掉一棵。剔除这样的芝麻苗子，王国慧还是不用弯腰，不用手提，用锄头就可以解决。她使用的是锄板一侧的一个尖角，似乎把尖角变成了大夫手中的手术刀，抑或是巧手媳妇手上的绣花针，叶不知根不觉似的，“刀”和“针”就把其中的一棵芝麻苗子去掉了。被去掉的芝麻苗子似乎一点儿都没觉得疼，留下的芝麻苗子也没受到任何伤害，它们就分开了，永远分开了。阳光从东边照过来，王国慧头上戴着一顶新草帽。新草帽是用新麦秸莛子做成的，草帽上还有一股新麦秸莛子的香味。风长一阵，短一阵；粗一阵，细一阵。长风和粗风一来，玉米叶子就哗哗鼓一阵掌，仿佛鼓励风再来一个，再来一个。豆子、红薯、芝麻叶子的手掌还没有长大，还不会鼓掌，风来时，它们只是笑一笑。它们笑得细细的，有些我想大笑不敢笑的意思。在土地热气的蒸腾中，王国慧闻到了，被锄掉的芝麻棵子散发的是一种青腥气。如同各种庄稼叶子的绿有所不同，“血液”有所不同，所散发出来的青腥气也有区别。芝麻棵子的气息里，在青腥的背后，还有一种香气，既有麻油之香，还有麻酱之香。芝麻是油料作物，是用来榨油的，也许从它发芽儿之日起，直到抽茎、展叶、开花，全身、全过程都在生长油分，都在为芝麻籽里储油做准备，也是在为成熟和最后的奉献做准备。因此说来，它一开始的气息透露的也是最后的气息。王国慧不会把锄掉的芝麻棵子扔在地里不管，等剔苗的工作全部完成，回头她会把发蔫的青苗都捡起来，放进一只筐子里拿回家，喂给猪羊或鸭鹅吃。

没等王国慧把地锄完，娘就来了。走亲戚的人都是只进家，不下地。见大门上锁，也只能在大门外边等。一个年轻媳妇在村口大声喊王国慧，一边喊一边上扬着胳膊：三嫂，三嫂，大娘来了，快回家开门吧！王国慧对年轻媳妇招招手，表示听见了，她马上就回去。娘来了，比什么都重要，她来不及捡拾芝麻棵子，扛上锄头，挓上空筐子，立即往家里走。这地方的人们习惯在麦收之后互相走一走亲戚。任何习惯的养成，背后都有它的道理。人们之所以选择在麦收之后走亲戚，因为每年的麦收都忙得热火朝天，都像是打一场战役。而在“战役”期间，谁还有心走亲戚呢！只有等“战役”结束，进入“和平”时期，人们的心情放松下来，才想起把亲戚走一走。还有一个更为重要的原因是，人们走亲戚总不能空着手，多多少少总得带一些礼品。可在麦收之前的平常日子，家家都紧巴得很，要钱没钱，要面无面，哪里有什么礼品可带呢！等麦收之后有了新麦新面就好了，可以用新面蒸白馍，蒸糖三尖（糖三角），有油的人家还可炸麻花，炸油角。他们带着这些作礼品的食品，如同带着“战役”后的“战利品”，同时带着轻松喜悦的心情，穿行于遍地绿庄稼掩映的土路上，开始互相走亲戚。麦收之后，王国慧带着糖三尖、新黄瓜，还有一袋子蜂蜜蛋糕和一瓶子橘子瓣儿罐头，去王大庄看过娘了。当闺女的先去看望娘亲，这是必须的。她去看过娘，娘来不来看她也没什么。可礼尚往来，亲戚是走出来的，别的亲戚如此，至亲的母女之间也是如此。其实细究起来，好多亲戚都是由闺女构成的。家里生了闺女，闺女长大后嫁出去了，便有了女婿、亲家、外孙子、外孙女等一系列亲戚。是不是可以这样说，上自皇族，下至民间，人世间的主要亲戚都是由闺女派生出来的。如果没有闺女，哪有多少亲戚可言呢！

母女见面了，没有激动，没有惊喜，没有客套，一切都很平常，平淡，什么夸张的场面都没有出现。连王国慧叫了声娘，娘都没有答应。娘是不变的，娘不答应也是娘。娘的回应是问了王国慧一句：锄地去了？

地里种了一点儿芝麻，我去锄锄，间间苗儿。王国慧说。

娘说：别人家都不种芝麻了，芝麻叶子油性大，容易招虫子。

没事儿，到时候打点儿药就好了。

一打药，农药沾到芝麻叶子上，芝麻叶子就不能吃了。

王国慧想说：不能吃就不吃，现在新鲜蔬菜都吃不完，谁还吃用芝麻叶子晒成的干菜呢！但她没有说出口。娘刚来，她在话头上得让着娘，不能跟娘抬杠。她要少说点儿，让娘多说点儿。娘在她面前正确惯了，她还得让娘继续保持正确。她掏出拴在裤腰带上的钥匙，踮脚打开院门上的铁锁，把锄头和筐子放在院门楼下面的过道里，这才接过娘挓来的盛礼品的竹篮子。竹篮子里装着满满一篮子东西，上面盖着一块蓝白相间的毛巾。王国慧不必揭开毛巾看，就知道娘带来的是什么，隔着毛巾，她已经闻到了糖三尖的甜香气。麦罢之后走亲戚送糖三尖，似乎成了这地方约定俗成的一个规矩，别的东西可以不送，糖三尖必不可少。这不仅因为糖三尖是新麦新面做成的食品，格外好吃，更主要的是，它还代表着美好的寓意和祝福。三合着三生万物，尖预示着万物都会拔尖。糖三尖里所包含的一兜子红糖呢，那是甜蜜，满腹的甜蜜，它对生活的祝福不言而喻。

王国慧和娘一进院子，那些关在院子一角的猪、羊、鸭子和鹅，都伸着脖子叫起来。猪叫的是哼，羊叫的是咩，鸭子叫的是呱，鹅叫的是啊。鹅的脖子话筒长，叫得最为响亮。跟在白鹅身边的两只麻鸭本来不想叫，在鹅的带动下，它们也叫起来。它们的叫，可以理解为对女主人的欢迎，不过它们的欢迎是功利性的，都是受食欲的驱使。它们白欢迎了，女主人什么吃的都没有给它们带回。王国慧的娘可以说是这些家畜家禽的姥姥，姥姥半年多没来过了，它们有的见过姥姥，有的还没见过。它们所致的欢迎词里，也应该有姥姥的一份，姥姥送来的应该有好吃的。让它们失望的是，姥姥跟它们一点儿都不亲，压根儿没把它们当亲戚，姥姥的食品锅里，既没下它们的米，也没下它们的菜。姥姥说它们都饿了，该喂了。王国慧说：就知道要着吃，都是饿死鬼托生的。

除了这些毫不掩饰自己食欲的吃货，王国慧还养了一只小花猫。猫现在虽说不好好逮老鼠了，但猫仍是老鼠的天敌，对老鼠们仍有一些恐吓作用，有猫的存在，老鼠们就得收着点儿，至少不会那么猖獗。王国慧家里没养狗，也没养鸡。她一直不主张家里养狗，主要原因是嫌狗食量太大，吃得太多。狗吃得下整个馒头，或整碗面条，跟一个人的饭量差不多，这让王国慧觉得太浪费粮食。有这些粮食，把猪羊喂肥了可以吃肉，可以卖钱。把鸭鹅喂饱了，可以下蛋，也可以换钱。把狗喂大了，狗能干什么呢？狗能给家里创造什么价值呢？按通常的说法，狗是用来看家的。王国慧不认同这样的说法，在她看来，狗从来都是依仗人势、虚张声势的家伙，靠狗看家根本指望不上。看家还得靠自己，由她自己看家就够了。王国慧家以前是养鸡的，每年都养，养母鸡也养公鸡。自从儿子何新成有一次在院子里踩到了一泡溏鸡屎，差点儿滑倒，自从儿子说了一句鸡到处拉屎，太不讲卫生，王国慧就果断把鸡都处理掉了。儿子和鸡相比，当然是儿子重要。儿子的卫生和鸡相比，当然也是儿子的卫生重要。儿子已经是一个小学生，学会了讲卫生这个词。为了院子的清洁、儿子的卫生，她只能选择让鸡们作出牺牲。没鸡蛋怎么办，到集上去买。想吃鸡肉怎么办，也是到集上去买。只要有钱，蛋和肉都不成问题。

母女两个在堂屋当门坐下来，不能干坐着，得找点儿话说。阳光从门口斜照进来，她们说点儿什么呢？人说母女之间有说不完的话，话多得像线穗子一样，只要找到线头儿一扯，想扯多长扯多长。可是别忘了，白线头儿贴在大大的白线穗子上，得把线头儿找一找，才能找到。倘若一时找不到“线头儿”，也会无话可说，出现冷场的情况。娘到了她这里，她这里就是主场，她就是主场的主人。她能够掌握局面，始终和娘保持对话的状态，不会让场面冷下来。她拿杯子给娘倒了热水，在热水里放了红糖，拿小勺搅了搅，端给娘喝。娘说不渴，不喝。她不管娘喝不喝，只管把冒着热气的红糖水放在娘面前。娘喝不喝，是娘的事。她给娘沏不沏红糖水，是她的事。她们的话题从所关心的亲人说起。王国慧问到爹的身体近况。娘问王国慧的丈夫最近来信没有，新成学习如何。娘说，爹在河边种了一块菜园，天天在菜园里忙活。新菜发得吃不完，逢集就拿到集上去卖。王国慧说，新成他爸前几天刚来了一封信，想让新成放暑假后到矿上住一段时间。新成的学习还行，在班里能排在前几名。总的来说，亲人的情况都是正常的，没有出现什么非正常的情况。正常的情况是普遍的，不管什么正常情况，都没什么可说，说者和听者都提不起兴趣。人们愿意提起的，说起来能够激动人心、引发感叹的，多是一些不正常的、反常的情况。反常的情况是有的，娘唉了一声，突然说起王国慧的娘家所在的村庄王大庄近日发生的一件事。有一个女孩儿叫小兰，今年刚上小学六年级。收麦时，学校放了几天假。等收麦结束学校开学，家里不让她上学了，只让她弟弟上。谁知道小兰是个喜欢上学的孩子，一听爹娘不让她上学就急了，说了狠话，说要是不让她上学她就不活了。爹娘没把她的狠话当回事，以为她要的是小孩子脾气，说的是赌气的话，娘说：不想活不活，你死一百回也吓不住谁！我看你再敢去学校，我就打死你！小兰倒是没有再去学校上学，从她家到学校的路边有一口井，她头朝下，脚朝上，一头扎到井里去了。她大概怕爹娘找不到她，临死前把脚上的一双鞋脱下来，在井台上摆得整整齐齐。多懂事的一个孩子，死了可惜了。孩子死后，她娘才后悔了，哭得在井台上打扑棱，几个人都拉不起来。娘说着，眼角湿了一下。

这件事对王国慧的内心所激起的反应程度，是娘想不到的。好多人就是这样，他们只知道对眼前别人家发生的事表示同情，表示遗憾，却把自己曾经做过的事忘到脑后去了。而有些事情，包括上学的事情，王国慧是不会忘记的，一辈子都不会忘。她也是上到半道，家长伸手一拦，突然叫停，不许她再上学。她也是个喜欢上学的孩子，梦想上了小学上初中，上了初中上高中，上了高中上大学。继续上学的理想被打碎之后，她哭过，闹过，绝过食，也说过不活的话，但爹娘的意志坚定得跟生铁块子一样，说不让她上，寸步都不让。爹娘的理由很简单，她上面有两个姐姐，大姐和二姐都是上到初中毕业，她也只能上到初中毕业，一天都不能多上。娘一讲到小兰的爹娘不让小兰上学的事，就勾起了王国慧的记忆，她自然而然就想起自己当年失学的事。她一时有些发愣，有些走神儿，好像又看到了自己，看到了那个因失学而失魂落魄的女中学生。等回过神儿来，她没有像娘一样眼湿，没有表示对小兰的同情和惋惜。不知为什么，她反而有些气恼，不知是恼小兰，还是恼她自己。她说：死啥死，不死还能受点儿罪，一死啥都没有了。上学咋着，不上学又咋着，有的人一天学都没上过，人家不是照样活得好好的。她这话不知是说小兰，还是说她自己。话一出口，见娘的脸色不对，她才想起，娘就是一天学都没上过。话就是这样，不说时是一瓢水，一说出来就像是把一瓢水泼到了地上，水星子溅得四处都是，不知溅到谁身上。看娘这低沉的脸色，“水星子”是溅到娘身上了。泼水难收，把话收回来是不可能了。太阳往高里升，不知从谁家的院子里传来公鸡叫晌的声音，还有游乡卖豆腐的叫卖声。王国慧说：娘，晌午咱们包饺子吃，我去割点儿肉。

娘说别跑了，家里有啥，咱就吃点儿啥。我带来的除了糖三尖，还有茄子、辣椒。你爹知道你喜欢吃辣椒，他一大早就去菜园子里摘。这些辣椒都是第一喷子结出来的，个头儿大，汁水儿饱，一个比一个辣。

王国慧不会听从娘的建议，她说了包饺子，就要包饺子，而且要包猪肉韭菜馅儿的饺子。娘上岁数了，牙口不好，她须用刀把肉剁碎，包成饺子给娘吃。在家里，是娘说了算，到了她这里，就得由她说了算。王国慧说，她骑车去集上割肉，一会儿就回来了，很快。

2

自行车哗哗响着出去了，又哗哗响着回来了，王国慧果然回来得很快。她买回了一块有肥有瘦、红白相间的新鲜猪肉，同时买回了一把红根绿叶的韭菜。她和了一块面，让面在盆子里醒着。她给娘搬了一只矮凳子，让娘坐在灶屋里帮她择菜。她开始在案板上切肉，剁肉馅儿。她把肉切成肉片，肉丝，再切成肉丁，这样剁起来就快了。身上带黄花的小花猫，闻见肉味过来了，支起前腿，挺直上身，冲着案板上的肉喵喵叫，意思是让女主人把肉给它吃一点。叫了几声，见女主人对它的要求不予理睬，噌的一下子，它竟跳到案板上去了。它的用意是明显的：你不喂我，我就自己上来吃！小花猫的行为有些过了，这是万万不可以的，王国慧用左手横着一扫，就把小花猫扫到地上去了。王国慧训斥小花猫说：滚一边去，这儿没你的事儿！见小花猫还不滚，还在叫，王国慧又说：你再敢捣乱，我连你一块儿剁！拿刀对小花猫比画了一下。小花猫这一次大概听懂了女主人的话，并看到了女主人持刀对它的威胁，它这才沮丧地走到一边去了。

手上砰砰地剁着肉馅儿，王国慧脑子里想的是小兰跳井自杀的事儿。她去娘家走亲戚时见过小兰，对小兰有点印象。在她的印象里，小兰脸色黄黄的，瘦瘦的，像是有些营养不良。小兰不多言，不多语，是一个很懂事、很乖的孩子。当听娘说到小兰临死前还在为爹娘着想，还把一双鞋摆在井台显眼的地方，王国慧的心不由得疼了一下。心疼是一个普遍性的说法，也是一个习惯性的说法，说到心疼，人们往往指的是感情，而不是肌体。俗话说，人心都是肉长的。作为肉长的心脏，由于感情的触动，会不会引起肌体的疼痛呢？王国慧的体会是，她心上的疼是双重的，既有感情上的，也有肌体上的。她肌体上的疼痛感并不是很强烈，是一种钝疼。如同有人不小心把她的心碰了一下，碰得她的心打了一个趔趄。又如同有人把她的心脖子搦了一下，使她的心暂时停止了呼吸。不管什么样的疼吧，这次的疼还没有波及她胆里的结石，结石无动于衷，在继续保持着沉默。结石的前景无非是，不在沉默中爆发，就在沉默中死亡。

说起来，王国慧和娘的关系并不是很和谐。或者从王国慧这方面讲，她一直对娘心存一点芥蒂。娘生了大姐，又生了二姐，就不想再生闺女了。娘心里想的是，她的第三个孩子该是男孩儿了。什么事情都有再一、再二，不会有再三，第三个哪能再生女孩儿呢！据说怀她时，娘趁到镇上赶庙会时在送子娘娘面前许了愿，说等第三胎要是生下一个男孩子，她家过年时就给送子娘娘杀一头大肥猪。她许的愿也许不对路，送子娘娘大概要减肥，大概不稀罕她许下的肥猪，所以没能如她所愿，送给她的不是一个小子，还是一个妮子。比如一个茶壶，他们这里把妮子说成带豁子的，把小子说成带把儿的。娘生下她后，在她身上找来找去，没找到娘所期望的把子，于是，娘对她就有些不待见，就有些烦。也是听村里的婶子、大娘们说过，娘曾动过把她送人的心思，因为周边都是农村的人，都不喜欢女孩子，她才没被送出去。有一回，她和村里一个男孩子打架，她不仅拧了人家的耳朵，还用脚踢了男孩子的腿裆。男孩子的娘把状告给她的娘，她娘当着男孩子的面，用爹的大破鞋底子狠狠抽了她一顿。她那次表现得相当坚强，一点儿都不示弱，不管娘怎样抽她，她就是不哭，更不求饶。她要是像别的孩子那样，家长一打她，她就哭，就嚷，就服软，家长就会住手。家长打了她的屁股，等于给了告状者面子。她服了软呢，等于承认了错误，也等于给了家长不再继续打她的理由。而她怒目相对，决不屈服的样子可把娘气坏了，娘一边抽一边骂：我打死你，打死你，你把我气死吧。我本来就不该生你，要是知道你这么不省心，不如一生下来就把你摁进尿罐子里淹死你！就是娘最后的这句话刺激了王国慧，她牢牢地记住了这句形象感很强的话，并构成了她心中的芥蒂。不管娘打她打得多厉害，以致把她的屁股蛋子都抽成了紫茄子，她都可以忘记，因为她毕竟踢了人家男孩子的蛋根子，犯了不可轻饶的错误。可"摁进尿罐子里淹死你"这句话，却像刀子一样刻在王国慧的心石板上，她再也不会忘记。只要一见到娘，或者一想起娘，她都不可避免地会想到这句话。哪怕没见到娘，没想到娘，只要一看到尿罐子，她也会联想到这句话。她骂过自己，嫌自己心眼儿太小，要求自己不要胡思乱想。不料记忆是执拗的，是身不由己的，一看到尿罐子，她不知不觉就把自己的生命和尿罐子联系起来。她记得在娘家时，她家的尿罐子是一只灰白色的陶罐，敞着大口儿，两边带鼻子，鼻子里拴的是麻绳。嫁到何赵庄，她家使用的尿罐子跟在娘家使用的尿罐子几乎是一样的，只不过娘家人口多，使用的尿罐子大一些，她家人口少，使用的尿罐子小了一号。让她自己对自己讨厌的是，她竟然想象过自己被淹死在尿罐子里的可怕景象。尿罐子的底部和内壁上，积着厚厚一层尿碱和尿垢。尿水在尿罐子里一积攒，尿就变稠，就变成浑黄的颜色，上面似乎还漂着一层彩油。在她的想象里，她刚一出生，刚落在垫在床前的草木灰里，当娘确认她还是一个妮子，把脐带剪断后，还没等她啼哭，没等她睁眼，就把她头朝下摁到满是尿水的尿罐子里去了。霎时间，她的鼻孔儿里，耳朵眼儿里，甚至连她的眼睛里，都灌满了又稠又臊的尿水。她想哭，想叫，一张嘴，灌进肚子里的尿水子就更多。很快，小小的、红红的她，就被娘淹死在尿罐子里。没人让她这样想象，这样的想象完全是她自找。这样恐怖的想象一点儿都不好玩，除了绝望，就是痛苦。既然这样的想象是痛苦的，把它屏蔽起来就完了。可是不行，她拒绝不了，也屏蔽不了。越是痛苦的东西想象起来越容易，越是频繁，简直类似于上瘾。如此一来，她的想象就是重复的，叠加的。加来加去，想象就越来越厚，越来越硬，越来越大，越来越重，几乎成了事实。后来，王国慧把旧式的尿罐子淘汰掉了，换成了塑料制成的尿盆。塑料尿盆轻轻的，浅浅的，容积有限，别说在尿盆里淹死一个活人，恐怕连一只兔子都淹不死。容器的改变，也是想象基础的改变，想象没有了可视的尿罐子做基础，是不是从此就消失了呢？没有，由于以前的想象所形成的叠加效应，看见尿盆子，她脑子里还会出现尿罐子的幻象。更为可恼的是，有一次关于她在尿罐子里溺尿而死的想象竟转移到她的梦里去了。在梦里，尿罐子被放大成无底深渊，深渊里的尿液都变成了紫色。她在紫色的尿液里吐着水泡儿，一直向深渊底部沉去，沉去。等她从梦中挣扎出来，庆幸之余，还喘息不止，心跳不止。

王国慧剁好了肉馅儿，掺上切碎的韭菜拌好了馅儿，由她弯着腰在案板上擀饺子皮，娘坐在凳子上包饺子。在娘家时，好像娘唱的是主角，她们姐妹都是配角。现在这个角色进行了转换，由她唱主角，娘唱配角。这种转换是自然的转换，娘似乎在不知不觉间就退到配角的位置上去了，跟她配合得很好。

天气越来越热，初生的知了在枝叶浓密的杨树的树冠中叫响了第一声。如公鸡的第一次鸣叫，知了所叫的第一声也有些羞怯，带有试验性质，不那么通顺，也不那么连贯。大门外的村街上，有一个妇女在骂街。比起知了的第一声鸣叫，妇女的叫骂老练多了，流畅多了，内容也丰富多了。王国慧听出来了，骂大街的是他们家五弟的老婆李喜莲。王国慧的丈夫兄弟五个，她丈夫排在第三位。她在娘家是三闺女，正巧嫁给一个排行老三的男人，就成了三嫂，三婶子，三大娘，三奶奶。李喜莲所骂的内容王国慧听出来了，是李喜莲所养的一只母鸡被人偷去了，而且还是一只正在繁蛋的母鸡。失了鸡，也没了蛋，李喜莲感到失落，心有不平，就到村街上骂一骂。李喜莲的骂没有明确指向，只是一种风吹树叶似的漫骂。“风”把“树叶”吹过了，她就不管了。她并不指望哪片“树叶”承认自己是小偷，更不指望偷鸡贼把鸡给送回来，她的骂只是为了自我发泄和解气而已。村里有鸡有狗，偷鸡摸狗的事啥时候都有，一点儿都不稀罕。而被偷了东西的人家由该家的妇人出来骂一骂呢，也是常有的事，符合人之常情。听到有妇人骂街，没人觉得意外，也没人认为有什么不妥。相反，在相对寂寞的乡村，有人时不时地出来骂骂街也不错，是乡村生活的有机组成部分，是生动的点缀。按理说，王国慧对李喜莲无的放矢的胡噘乱骂完全可以忽略，听见跟没听见一样就完了。可是，当她听见李喜莲越骂越难听，骂起来老也不收兵，特别是当她听见娘说了一句：这是谁家的女人在外边骂什么呢，骂得这么难听。她就有些听不下去了，决定出去劝一下李喜莲，要李喜莲别再骂了。娘扤着一筐东西，走那么远的路来看她，这本是一件让她高兴的事。有人在大门外边骂来骂去，显得她很没面子，还有可能给娘造成一种误解，难免让人扫兴。是的，王国慧是一个极要面子的人，仰脸面子对天，低头面子对地，她把面子看得跟她的命一样重要。只要命在，她就得维护自己的面子。哪怕有一天命不在了，她的面子也不能丢。她要让娘知道，她各方面的日子过得很不错，为人处世也很好，在何赵庄没人敢小瞧她。她对得起娘家人，对得起王家的祖宗。虽说她和娘的关系有一些不尽如人意的地方，但越是这样，她越要在娘面前维护自己的面子，同时也是维护娘的面子。于是她暂时放下擀面杖，拍了拍手上沾的面，出去了。她没告诉娘她出去干什么。娘以为她要去一趟厕所，也没问她。

王国慧很讲究策略，她对李喜莲的劝说一点儿都不生硬。她脸上笑着，以平常开玩笑的口气对李喜莲说：他五婶子，你骂了这么长时间，别人听都听累了，你一点儿都不累吗？歇歇吧！

李喜莲脸上也笑了一下，她说没事儿，我一点儿都不累，越骂越有劲儿。日死他姐，我就是要骂得偷鸡贼的龟孙耳朵眼儿里冒烟，肠子里起泡，脚底板长疔，头顶上冒脓。

厉害！你骂人的水平，我看一十三省数第一。你看这样行不行，天晌午了，该做饭了。等你吃完了饭，把劲儿攒足，再接着骂。王国慧没有告诉五弟媳，她娘今天上午来了，她要是把这个消息跟弟媳说一下，也许弟媳就不骂了，弟媳并不是一点人情世故都不懂。王国慧之所以没提娘来了，是因为她相信，凭着她是一个有文化的人，凭着她在村里的威信，凭着平日里她和五弟媳不错的关系，五弟媳会听她的劝说，给她面子。王国慧的自信、自傲在这里，失误也在这里。

不知李喜莲今天别住了哪根筋，她没有听从三嫂的劝说。也许在她看来，骂人比做饭、吃饭更重要，饭什么时候都可以吃，骂人的机会不是什么时候都有。若不是她家的母鸡被贼人偷走，她哪里有机会骂人呢！要是没机会骂人，她骂人的才华怎么施展呢！不趁着鸡刚丢趁热打铁，赶快骂一骂，过了这个时段，“铁”一凉，打起来就不方便了。她说：我就是趁吃饭的时候骂，谁偷了俺的鸡，我让他吃鸡肉吃得不顺当，鸡骨头卡住他的喉咙，叫他得个噎食病。说着又高声骂了起来。李喜莲的嗓子不错，发出的声音很有穿透力，属于那种能打出篷的声音。她的骂声拖着长秧子，逶迤连绵，像是糅进了一些艺术性。

王国慧不笑了，不高兴了，她说：我说喜莲，听人劝，吃饱饭，你咋这么不听劝呢！要骂到你们自家院子里骂去，你在我们家大门口骂，这算是咋回事！王国慧家和李喜莲家住在同一条南北向的村街上，王国慧家住村街东，李喜莲家住村街西，两家院子的大门口正好门对门。他们这里以前缺砖少瓦，没有在大门里边垒影壁的习惯，各自站在自家大门口，往对面人家的院子里一瞅，几乎是一览无余。村街很窄，连八尺宽都不到，从这家的院门楼，到那家的院门楼，三步两步就可以跨过去。

三嫂这样说话，李喜莲不爱听。屁可以在自已裤裆里放，屎可以拉在自家茅房里，可以关起门来打孩子，骂贼怎么能在自家院子里骂呢！知了又在叫，叫得比刚才调门高，拖的秧子也比刚才长。李喜莲回头把自家的门口看了看，说：谁在你们家门口骂了，我是在我们自家门口骂，你管那么宽干什么！

不是我管得宽，道理在这儿明摆着。你在自家门口骂是不假，你的脸朝外，嘴朝外，对着的是我们的家门口。你要是脸朝里骂，或是到村南边那条横路上骂，哪怕你把路骂断，把天骂得塌下来，我一个屁都不会放。

骂贼脸朝里，等于矛头向内，等于把尿往自家饭锅里尿，这怎么可能！这里有人骂大街，人们一般都避之唯恐不及，生怕沾什么晦气。当骂人者正骂到兴头上，人们更不会跟骂人者搭话。如果搭话，那叫接茬儿。如果干涉和制止骂人者继续骂街呢，那叫拦茬儿。那么王国慧今天的作为呢，先是接茬儿，后是拦茬儿，一接一拦都有了。这让李喜莲大为不解，三嫂今天这是怎么了，鸡肯定不是她偷的，她为何要拦茬儿呢！李喜莲说：稀罕稀罕真稀罕，心里没玄事，不怕鬼敲门，我又没骂你，你拦的哪门子茬儿呢！也许因为李喜莲骂人的激情之火燃烧得正旺，一时有些收不住，接着她又说了一句让王国慧难以接受的话，她说：谁出来拦茬儿，说明谁心里有玄事。

李喜莲，你说这话是啥意思？你是说我心里有玄事吗？王国慧的脸子拉下来了，血却往上涌，顿时满脸通红。直到这时，王国慧仍没有跟李喜莲说明，她娘从王大庄来看她了，在娘来看她期间，她希望能有一个比较祥和的气氛，不想让娘听见大门外有人骂人。要说心里有事，无非就是这个，它与鸡无关，绝不是什么玄事。

我又没说你心里有玄事。谁心里有玄事，谁自己心里明白。

话越说越玄，里面充满玄机。天以不见为玄，地以不形为玄，人以心腹为玄，玄是一个从古时候过来的汉字，恐怕李喜莲，包括王国慧，都不甚明白玄字是什么意思。但既然现在的人是从古代的人一代一代接续过来的，他们便把古字也接了过来，听别人这么说，他们也跟着这么说。他们隐隐觉得，一切亏心事，坏事，一时弄不清楚的事，都可以往玄事这个筐子里装。

王国慧把手抬起来了，一根食指指向李喜莲。如果把王国慧的指头与李喜莲直线相连，王国慧所指的目标应该是李喜莲的脸，还有李喜莲脸中间的鼻子。王国慧要李喜莲说话不要拐弯抹角，有啥话你就直截了当说吧，你们家的鸡丢了，你是不是怀疑我？

有路过的人见王国慧和李喜莲接上了火，就停下来观看，看事情如何进展。一个成天在村里走来走去的傻女人，闻讯赶来了，站在离王国慧和李喜莲很近的地方。她的表情是忽悲忽喜，她的意见是：打！打！显然她希望王李双方能够打起来。一些小孩子和狗也过来了，他们都有些兴奋，像是有所期待。他们这地方的人就是这样，当听见有人骂街，他们一开始都躲得远远的，像是生怕骂街者的唾沫星子会沾到他们身上。而一旦听到有人接茬儿，拦茬儿，预感到有可能会形成一场热闹，他们可舍不得错过看热闹的机会。傻女人是他们当中的一个代表，傻女人的心情代表着他们真实的心情，傻女人喊出的话，也表达了他们共同的心声，他们都希望何家的两个妯娌尽快打起来，打得嘴歪眼斜、头破血流才好。

面对王国慧的质问，李喜莲说：谁怀疑你了，谁敢怀疑你呀！李喜莲这样说，等于否定了对王国慧的怀疑。但她接着所补充的一句，像是否定之否定，又像是肯定了她对王国慧的怀疑，她说：谁拦茬儿我就怀疑谁！

王国慧怎么办？事情到了这个地步，已经背离了她的初衷，超出了她的想象。她的初衷是出来平息事态，结果事态不但没平息，反而越闹越大。在她的想象里，她心平气和地劝上李喜莲两句，李喜莲就会偃旗息鼓，不再继续骂。她没有想到的是，她不劝还好些，一劝李喜莲把旗举得更高，把鼓擂得更响，骂得更来劲。不但如此，她的劝说等于引火烧身，昏了头浑了眼的李喜莲竟然怀疑到她的头上来了，这是王国慧万万不能接受的。王国慧非常重视自身的名誉，凡不是自家的东西，一片树叶她都不捡，一根鸡毛她都不捏，别说是一只母鸡了。李喜莲这样怀疑，对她的名誉是极大伤害。一口气顶上来，她的脸色由红变黄，由黄变白。她觉得肚子里有块地方像是硬了一下，又像是有某个东西向上顶了一下，肚子就开始发疼。同时，她的头有些发晕，眼也有些发黑，看天不像天，看地不像地，看人不像人。她上前对李喜莲更逼近一步：李喜莲，你敢再说一句，我就撕烂你的嘴！

正当事情变得不可收拾的时候，娘出来了，还是娘帮她解了围。娘说：国慧，饺子还没包完，你出来干什么！

看见娘出来，王国慧的脑子才清醒了一些，才想起她都是为娘着想，才出来制止李喜莲骂街。既然娘出来了，她可不敢让娘牵涉进来。李喜莲惹她生了气，她可不能让娘跟她一块儿生气。她说：其实也没啥事儿，你来了，我想跟你好好说说话。我嫌她骂得声音太大，怕影响咱俩说话，就出来劝劝她。

娘说：她骂她的贼，咱包咱的饺子，井水不犯河水，你管那么多闲事干什么！好了，回来吧！

娘是冷静的，也是强大的。就是因为娘的冷静，才显出娘的强大。嫁人离开娘之后，王国慧原以为自己早就成熟了，独立了，也强大了，她的强大早就超过了娘。现在看来，在关键时刻，能够掌控局面并扭转局面的还是娘。不是她在保护娘，还是娘在保护她。她没有再说话，跟着娘回到自家院子里去了。

李喜莲看见了王国慧的娘家娘，听王国慧一解释，大概这才明白了王国慧不让她骂人的原因。李喜莲心说：有啥话你为啥不早说呢，你要是早点儿说明白，我早就不骂了。李喜莲随即结束了骂街，回到了自家的院子。

老何家的两个儿媳最终没能打起来，让前来围观的人有些失望，随着知了从这棵树上转移到另一棵树上所发出的长鸣，他们说着没劲，没意思，纷纷散去。

3

让王国慧气上加气的是，她知道，李喜莲认识她的娘，李喜莲看见她的娘来走亲戚，应该喊一声大娘，跟她的娘打一声招呼。可是，李喜莲不但没喊大娘，没打招呼，回院子时还咣当一声把大门关上了。李喜莲不是用手关的门，是用脚后跟关的门，她下脚有些重了，门发出的响声波及得王国慧的心门似乎也响了一下。在王国慧看来，李喜莲这女人哪里是在关门，分明是在甩脸子，是把脸子甩给她王国慧看的。通过甩脸子，李喜莲表达的是拒绝和另一种关门的意思，从此以后，拒绝王国慧再到她家里去，等于关上了她们互相来往的大门。这个混蛋女人，真是个翻脸不认人的狗女人啊！气上加气的结果，是她肚子里的疼痛感又加重了一些。她不能确定疼痛的具体部位在哪里，像是在上边，又像是在下边；像是在左边，又像是在右边。她越是想用感觉之手把痛点捕捉一下，痛点越像是跟她捉迷藏一样，满肚子乱藏一气，弄得满肚子都是疼的。要是娘不在这里，她会坐下来喝一点热水，把疼痛感压一压。或是躺倒在床上，自己把肚子揉一揉，把疼痛感赶一赶。娘在这里就算了，她回到灶屋，接着擀饺子皮。

王国慧家的房子坐北朝南，共四间。她家房子的墙不全是砖砌的，只有下面的三分之一是砖根角，上面三分之二还是土坯。下面有了一定层级的砖根角，下大雨时就经得起雨水的浸泡，不至于像土坯一样，一泡就酥就塌。她家的房子也不是瓦房，房坡上只有下面三分之一是瓦，上面三分之二还是草。这样的房子在当地被称为瓦剪边。瓦剪边的实用功能并不比全部草顶优越多少，只是看上去好看一些，说起来好听一些。孩子找对象，一说家里住的房子不是草房，是瓦剪边，档次上就提高了一些。那么，把房子砌成浑砖到顶的砖墙不行吗？谁都知道砖墙比泥墙好，瓦房比草房好，可买砖要钱，买瓦要钱，哪里有那么多的钱呢！王国慧家要不是她丈夫当着煤矿工人，能挣点钱；要不是她省吃俭用，连块卫生巾都舍不得买，能攒点钱，他们家连瓦剪边也盖不起啊！四间房子，三间是堂屋，西头用硬山隔出的一间为灶屋。有用土坯垒至房顶的硬山相隔，灶屋里的柴草烟子就蹿不到堂屋里去，不会很快把堂屋熏得跟灶屋一样黑。之所以把屋里的隔墙称为山，因为隔墙的形状与屋子两头的屋山是一样的。之所以把隔墙说成是硬山，是相对堂屋的箔篱子而言。三间堂屋内，还要隔上两道箔篱子，把三间屋分成东间屋、西间屋和当门屋。箔篱子一般是用高粱秆子和苇秆子做成的，透风漏气，一碰哗哗响，称不上硬，只能算是软。相比之下，用土坯垒成隔墙是硬的，就叫硬山。灶屋里支有两口锅，一口大锅，一口小锅。大锅用来蒸馒头，熬稀饭。小锅用来炒菜。大锅灶一侧配有风箱。她家的案板靠墙支在硬山墙的墙根，案板是用枣木做成的，擀面条，擀饺子皮，切菜，剁饺子馅儿，都是在案板上进行。面的表皮有些发干，面也有些发硬，饺子皮不如刚才好擀。王国慧应该把切成小块的面剂子团在一块儿揉一揉，揉得软一些再擀。可她的心好像还在大门外，还没有回到饺子皮上，就那么把擀面杖在面剂子上硬擀。

娘问：刚才那个丢鸡骂街的妇女不是你们家老五的媳妇吗？

不是她是谁，人身子长了个猪脑子，一点事儿都不懂。

你别这样说人家，能做妯娌也不容易，妯娌之间还是要搞好关系。

两家对门住着，低头不见抬头见，再没有我对她好的了。生孩子我替她接生，小孩子的衣服我帮她做，过年不会炸麻花我手把手教她，没袜子穿我把脚上的袜子脱给她，就差没把身上的肉割给她吃。让她自己说说，我连一点儿对不起她的地方都没有。她多次跟我说，在家靠父母，到婆家想靠婆子靠不住，遇见啥难事，只有我能帮她。平日里看见我，一口一个三嫂，叫得亲着呢，能把脸上的鼻子眼睛笑成一朵花儿。没想到她今天跟我来这一套，一把毛没给她捋顺，她就给我尥蹶子。什么叫喂不熟的狗，这一回我算是知道了。喂不熟，咱不喂，以后我再也不会理她了。

气话，你还在说气话。气话没好话，人一说气话就走板儿。好了，消消气吧。不是我说你，你就是多管闲事，自己给自己找气生。谁家丢了鸡，心里有气，都会骂一骂，出出气。你小时候，咱家也丢过鸡，我也骂过。骂是正常现象，你为啥不让人家骂呢！

我没说不让她骂，我只是让她先做饭，等吃了饭再骂。

六个指头挠痒，你多那一道子干啥呢！你是嫌人家不吃饭没劲儿吗，是嫌人家骂的声音还不够大吗！

王国慧说：就是因为她骂得劲儿太大了，骂得太难听了，我才去劝她。说来说去，还不是因为你来了嘛，还不是想让你的耳朵根子清净一点儿嘛！

这就是你想多了。老鸹不叫知了叫，它叫它的，我听见跟没听见一样。你娘活了这么大年纪，啥没见过，啥没听过，大事小事不知经历了多少，耳朵根子没那么软。再说了，耳朵根子清净不清净全靠自己，你想让它清净，它就清净，你心里不清净，它就不会清净。人要强是对的，该要强的时候要强，不该要强的时候就不能逞强。要强还得看时候，看地方，不能在啥时候、啥地方都要强。

我从来不欺负别人，也不想受别人的欺负。老五家老婆又不是不认识你，她明明看见你来了，连句话都没有，连个大娘都不叫，你说我能不生气吗！

为这个生气更犯不着，有我的孩子叫我娘就够了，别人叫不叫我无所谓。她叫我大娘，我身上不会大一块，她不叫我，我也不会小一块。正生气骂人的眼都不清亮，她也有可能没有看见我。

那不可能！

娘见王国慧额头上冒出了一些汗珠，问她：你怎么了，身体有什么不得劲吗？

王国慧觉得自己的肚子疼得比刚才更厉害些，但她能忍得住。她对自己的忍耐力向来很自信，压制不住别人，还压制不住自己吗！她否认自己的身体有什么不得劲。

那你头上怎么出那么多汗呢？

是吗，可能是热的。过了夏至到小暑，天气越来越热了。王国慧拐起胳膊，用衣袖擦了一下额头，这才发现额头上确实出了不少汗。真是出汗不由人，头上出了这么多汗，她竟然一点儿都不知道。而且她用衣袖一擦，觉出自己的汗不是热的，是凉的，这是怎么回事呢？难道自己的身体真的有什么问题吗？

娘说：你要是觉得不得劲，就去歇一会儿，或者到医院看一看，别硬撑着。

我的身体我知道，一点儿事儿都没有。

那个傻女人走进王国慧家的院子，站在灶屋门口往里看。别看她傻，她眼观六路，耳听八方，却是村里的消息灵通人士，谁家来了亲戚，她总是能知晓，总是愿意到人家里去看看。她往灶屋门口一站，一句话不说，满脸却是笑，跟刚才那个在大门口外喊打的她判若两人。她一边笑，一边用双手在衣服前襟子上抹拉，完全像一个稚气未脱的孩子，就差把一根手指含在嘴里。

王国慧的娘认识傻女人，她每次来何赵庄，傻女人必定会来看她。从这个意义上说，傻女人是一个守时又守信的人，自有她的可爱之处。

娘对傻女人说：站客难打发，你别老站着呀。门口有凳子，你坐下歇歇吧。

王国慧小声对娘说：别理她，傻得一点儿气儿都不透。

娘没有不搭理傻女人，而是没理会王国慧的意见，继续跟傻女人说话：你的孩子呢，今天怎么没抱着孩子呀！娘听王国慧说过，傻女人蹲在尿罐上撒尿，一使劲，把孩子生到了尿罐子里。尿尿尿出了一块肉，可把傻女人吓坏了，吓得哇哇大哭起来。亏得傻女人大哭，也亏得一直关注着傻女人的婆婆听见了傻女人的大哭，及时从尿罐子里把孩子捞了出来，才捞出了孩子的一条活命。去年夏天她来何赵庄看见傻女人的时候，傻女人怀里正抱着自己的儿子。儿子光着屁股，一丝不挂，像只猪娃子一样。傻女人抱孩子的姿势也不对，孩子不是抱在胸前，而是抱在肚子上，抱得松松垮垮，孩子像是随时都会掉落在地上。孩子像是攀附在她身上，总算没有掉下来。

傻女人说：俺婆子不让我带儿子出来，她怕我儿子掉到河里淹死。

那是的，啥都没有你儿子宝贵，你婆子不让你带是对的。

傻女人没有在小凳子上坐，她又往前走了两步，身子靠在灶屋门口一侧的门框上，口中念道：包，包，包饺子，包了饺子下饺子，下了饺子吃饺子，吃了饺子生孩子。她说她也会包饺子，拿起两只手在跟前看着，一副跃跃欲试的样子。

不管傻女人包饺子的积极性有多高，王国慧也不会让傻女人老鸹爪子一样的脏手沾到饺子，她往外挑挑手说：赶快回家去吧，你男人到处找不到你，到时候又该打你了。王国慧跟娘说过，有一回，傻女人在河边的麻棵子里摘麻蒴子吃，一个男人跟到麻棵子里，说是给傻女人钱，就把傻女人给睡了。睡完了，那个男人连一分钱都没给傻女人。傻女人跟在那个男人屁股后面要钱，就被她自己的亲男人知道了。亲男人不光用巴掌抽了她的脸，还用皮带抽了她的下身，把她的下身都抽肿了，好几天不能出门。

傻女人大概记起了男人抽她的事，脸色突然大变，由晴转阴，说：我心里烦哪，活着干啥哩，死了吧，死了吧！咋死哩？我不知道咋死。下大雨，我不知道回家，炸雷在我头上打，我也没死。俺娘不让我死，说闺女呀，等你儿子长大了，你就有福了。你还没享福哩，不能死。好，俺娘不叫我死，我就不死。说罢，很作态地把双肩往下一垂，长长地叹了一口气。

王国慧自己的肚子越来越疼，实在不能容忍傻女人继续表演下去，她扬起手中的擀面杖说：你走不走，要是不走，我马上去喊你男人过来收拾你！

傻女人这才走了。临走时，她嘴里嘟囔着，像是骂了一句什么。傻女人是会骂人的，也许她与正常人的思维不一样，有时骂起人来，也别出心裁，别具一格。比如说，正常人骂人，一般会骂，不凭良心让你生个小孩儿没屁眼儿，她可能会骂成，让你生个饺子，让你生个辣椒，生个癞蛤蟆。

新成放学回来了，他只喊了一声妈，没有去灶屋，也没有喊姥姥，就到堂屋去了。

王国慧说：新成，你姥姥来了，你没看见吗？过来向你姥姥问好。

新成过来喊了一声姥姥，也不管姥姥答应没答应，塌下眼皮，扭头又到堂屋去了。

王国慧的肚子又刺疼了一下。

娘说：新成又长高了。

王国慧说：这孩子越大越不爱说话。

娘喊新成，说她带来的有糖三尖，让新成先吃一个吧。

王国慧不同意让儿子吃糖三尖，她说：糖三尖凉了，先不要吃。饺子已经包好了，妈给你下饺子吃。

新成吃过糖三尖，知道每个糖三尖里面都包有蒸成糖浆的红糖，吃起来比蜜都甜，他当然愿意吃。可是，姥姥让他吃，妈妈不让他吃，姥姥和妈妈的意见不统一，他该听谁的呢？按说姥姥是妈妈的妈妈，也是妈妈的家长，应该以姥姥的意见为准。可实际情况并不是这样，在这个家里，妈妈才是他最直接的家长，直接的领导，家里的一切都是妈妈说了算。要是听了姥姥的话，没听妈妈的话，妈妈当面也许不说什么，过后不知怎么批评他呢。妈妈说糖三尖凉了是一个方面，还有一个方面的原因妈妈没说出来，那就是不让他多吃糖。妈妈反复说过，小孩子吃糖多了对牙齿不好，牙会变黑，会变成豁牙子。所以在妈妈没同意他吃糖三尖之前，他不敢去竹篮子里把糖三尖拿出来吃。

娘说，糖三尖是她今天早上刚蒸出来的，暄腾着呢，不会凉到哪里去。新成想吃，就只管让他吃呗。

王国慧不说话。她把饺子皮擀完了，娘也把饺子包完了。她往大锅里添上水，在大锅灶里生上火，烧水准备下饺子。

她不发话，新成没有吃糖三尖。

在锅底刚烧了一把火，王国慧说她要去一下厕所，让娘先替她烧一会儿锅。其实她内里并不是很急，这会儿去不去厕所都可以，她是不想让娘跟新成多说话，用烧锅的事把娘固定在灶屋里，娘就不会到堂屋里找新成了。趁上厕所的机会，王国慧用手掌把自己的肚子揉了几下，通过揉压，看看疼痛能否有所缓解。未料她不揉还好些，一揉反而疼得更厉害，仿佛肚子里的皮肉下面有一样硬东西，在她不揉压的时候，硬东西和皮肉贴得并不是很近，她按着肚皮向下一揉呢，硬东西就把皮肉硌着了，硌得生疼生疼，以致疼得又出了一头汗，还含了两眼泪。她不敢再揉，赶紧从厕所里出来了。

她家的厕所在房子最东边的屋山下，从厕所出来回到灶屋须经过堂屋门口。王国慧拐进堂屋去了，对儿子训斥了几句。她的声音压得很低，像是从牙缝里发出来的，但她的表情十分严厉，是咬牙切齿的样子，她说：你姥姥来了，你要高兴点儿，这样拉着脸子给谁看！我看你这学上得越来越不懂事，越来越退步。一个男孩子心里要藏得住事儿，以后才能成大事儿，像你这样动不动就带样儿，怎么能行呢！好了，赶快把心情调整一下，调整成天真活泼的样子，有啥事儿等你姥姥走了再说。记住，要听话。听话，啥都好说。不听话，没有你的好果子吃！

王国慧重新回到灶屋，仍没有接替娘烧锅，继续把娘留在灶屋里。她转到锅灶后头，站在那里等着锅冒气，水开，然后下饺子。

娘往锅底续着柴，柴是最适宜烧锅的芝麻秆，烧起来噼里啪啦脆响。娘说，我看新成好像有点儿不太高兴。

王国慧何尝不知道新成不高兴呢！可以说打新成一进院子，她还没见新成，还没听见新成喊她妈时，只听新成的脚步声，就知道了新成今天中午不高兴。或者说，新成身上，有一种与她相连的气息，新成一进院子，她就把新成身上散发的不高兴的气息捕捉到了。甚至可以说，她对儿子何新成的不高兴是有预感的，眼前的事实不过证实了她的预感。儿子闷闷不乐，无非是这么几种原因，要么是挨了老师批评，要么受了同学欺负，要么某项考试没考好，要么三好学生没评上。眼下她不会质问儿子，让儿子说出为何不高兴，不管原因是哪一种，她都不想让娘知道。儿子是她的，教育儿子是她的责任，不是娘的责任，她不愿让娘为她的儿子操心。她只想让娘知道新成正面的东西，新成有什么负面的东西，她一概不想让娘知道。于是，王国慧说：没事儿，我说了，这孩子就是不爱说话，性格比较内向。

娘说：国慧，不是我多操心，我觉得你管新成管得太严了。谁都巴望自己的孩子好，谁都巴望自己的孩子将来能成才，但也不能老把孩子攥在手里，该放手的时候也得放放手。拿放羊来说，羊有羊的自由，你不能老是把羊关在圈里，牵在手上，该把羊放在河坡，让它吃吃草，撒撒欢儿，就得放一放。放羊放羊，羊就是放大的，不放就不叫放羊。

王国慧勉强笑了一下，心说：这样的观点早就过时了，我一点儿都不会接受。羊是羊，人是人。羊是用来吃草的，用来吃肉的，而人生来是用来教育的，用来干事儿的，人和羊怎么能相提并论呢！这样的话她不会说出来跟娘争论，娘老了，老人是用来尊敬的，用来顺从的，她只说：我都知道，你就放心吧。

白生生的饺子煮好了，王国慧先给娘盛了一碗，端给娘，又给新成盛了一碗，喊新成吃饭了，最后才给自己盛。他们这里吃饺子都是吃水饺，水饺不是用水煮的意思，而是盛饺子的时候同时往碗里盛汤，一边吃饺子，一边喝汤，叫原汤化原食。他们吃饺子时不是干吃，一般也不蘸醋。他们认为醋的酸味太重，一味遮百味，一蘸醋就把饺子的香味给遮住了。王国慧端起碗刚要吃，听见她家的家畜家禽叫起来。是猪先叫，猪一叫，像是喊了一个口令，羊、鹅、鸭子都一起叫起来。它们仿佛有着统一的欲望，又有着统一的意志，叫起来大腔大嗓，谁都不甘落后。家里人开始吃饭，它们好像也闻到了饭的香气，接收到了开饭的信息，要求给它们也开饭。它们声音越来越大的喊叫里，似乎还有一些抗议的意思：你们只顾自己吃饺子，连点儿饺子皮都不给我们吃一点儿，真不够意思！这样的话，我们就不给你们长肉了，就不给你们下蛋了！

王国慧只好把饭碗放下，到西间屋盛粮食的地方挖出一瓢玉米，分别倒给她家的那些吃货。羊是食草的，眼下没有草，只能先给它一点玉米垫补垫补。猪把玉米豆嚼得咯嘣咯嘣直响，仿佛在说：有福同享，这还差不多。

趁着王国慧去喂那些长嘴、毛嘴和扁嘴的动物，当姥姥的总算有机会跟外孙子说了几句话。她问新成：饺子好吃吗？

好吃。

好吃就多吃点儿，吃完一碗，再盛一碗。你学习怎么样？

还可以。

在班里能排第几名？

数学排第一，语文排第二，加起来还是排第一。

姥姥很欣喜的样子，说我的外孙子可以呀，看来以后考大学不成问题。

王国慧张着耳朵，听见了娘和新成的对话，她转回来，把一老一小的对话打断了，说：不管排第几，都不能骄傲。

新成说：我没骄傲。

王国慧忍着肚子的疼痛，刚吃了几个饺子，就觉得有些反胃，胃里一拱一拱，在往上翻。她不许自己的胃往上翻，赶紧喝了一口饺子汤，把吃进胃里的东西往下冲。接着又吃了一个饺子，利用后饺子压前饺子的办法，把已经吃下去的饺子往下压。不料她的胃像是不愿意接受压制，一冲一压，她的胃反弹得更厉害。反胃反到了嗓子眼，她再也压制不住，禁不住呕了一下。她的呕是干呕，没呕出东西来。干呕之后，她看了一眼娘，见娘停止了吃饺子，也在看她。她不能再呕，更不能呕吐出来。她放下饭碗，到厕所去了。往厕所走的时候，她闭住嘴，咬住牙，并用手捂住自己的嘴巴，等于给呕吐设置了多道闸门，企图把呕吐阻止在闸门以里。然而让王国慧气恼的是，她的身体一点儿都不争气，一点儿都不听话，她闸着闸着，呕吐还是不可遏止地冲了出来。

娘把饭碗放下了，儿女连心，听见闺女呕吐，她哪里还吃得下！国慧这样呕吐，很像是妊娠反应，怎么，她的三闺女怀孕了？新成都这么大了，再要一个孩子也是应该的。可是，不能啊，新成的爸爸好几个月都没回来了，国慧怎么会怀孕呢！因为国慧的丈夫长时间不回家，难道国慧没守住自己？只想到这一点，娘马上摇摇头，把自己的疑问否定了。自己的心思自己最知道，自己生养的女儿自己最了解。

国慧小时候，因为她希望国慧是个儿子，国慧就往她所希望的方向发展。国慧不愿意跟女孩子一块儿玩，只愿跟着男孩子疯跑。她跟男孩子一样，下河摸鱼，上树掏鸟，有时比男孩子还强悍。她还跟男孩子比赛摔跤,比赛打车轱辘,有的男孩子都不是她的对手。这样久而久之，她的性格就有些像男孩子，长大以后就有些男性化。这样的性格，直接影响到她对男女之事的态度，对那些男女关系上作风不好的人，她一贯嗤之以鼻，格外反感。包括村里那个傻女人跟别的男人睡，她都不能原谅，认为傻女人的亲男人应该把傻女人关起来，不能让她到处乱跑。她对那个睡了傻女人的坏男人更是深恶痛绝，认为那个坏家伙睡一个有智力残障的女人，属于强奸行为，应该以强奸治罪，判他的徒刑，把他关进监狱。国慧有这样的道德立场，她不可能守不住自己，不可能怀别人的孩子。娘生了两男四女六个孩子，她不敢保证别的孩子在男女情感上不出一点问题，唯有对三闺女王国慧敢打保票，相信三闺女是铁板一块，钉子都钉不到她身上。可闺女毕竟不是铁闺女，是人都会生病。国慧又是头上冒虚汗，又是呕吐吃不下饭，显见得是身体出了问题，她得劝国慧赶快到医院看一看。

王国慧从厕所里出来，没等娘问她，她就给自己的呕吐找到了原因，定了性质，说她吃饺子吃得太快了，吃顶了食。她不好意思地笑着，说自己真没出息。

娘说：国慧，我看你还是去医院看看吧，你们家里里外外全靠你一人顶着，可得注意你自己的身体。

没事儿，一会儿吃两片止疼片就好了。

你觉得哪儿疼？

小心着小心着，王国慧还是说漏了嘴，把身体内部的疼痛说了出来。也许她肚子的疼痛此时已占据了上风，构成了她整个身体的主导地位，心当家嘴不当家，不知不觉间就把疼痛说了出来。当王国慧意识到自己说漏了嘴时，她没有对娘说哪儿疼，还是说没事儿。

新成也问她：妈，你是呕吐了吗？

王国慧说：抓紧时间吃你的饭，吃完饭就到学校去吧！记住，在学校好好跟老师配合，你学习的过程，就是跟老师配合的过程，老师说什么就是什么。

娘说：国慧，要不然我陪你去医院吧！

这怎么可能，连百分之一的可能都没有，她怎么能让娘陪她去医院呢！她说：我去不去医院还不一定呢，您当我还是一个小孩子呢！话一出口，王国慧觉出话说得不太好听，可嘴长在身体上，身体有了毛病，说出的话也容易出毛病。

娘说：我不是心疼你嘛！不管你长多大，能耐多大，在娘眼里，你都是娘的孩子。你可不知道，能耐小的孩子，老人操的是小心，越是能耐大的孩子，老人操的心也越大。娘说着，眼角有些湿。

这样的话，王国慧以前可没听娘说过，原来娘一直为她操着心，而且操的是大心。见娘眼湿，她的眼也湿了。见娘碗里的饺子没吃完，她说：俺娘，你只顾心疼我了，连饭都没吃好。

吃好了。上岁数了，我的饭量没以前大。

娘走后，王国慧马上去村里的一个私人诊所看病。诊所里的医生原来是生产队里的“赤脚医生”，后来分田到户，生产队解散，他就在家里开办了自己的诊所。医生出诊未归，王国慧吃了闭门羹。她回家骑上自行车，来到镇上的卫生院。卫生院的医生见她脸色苍白，手抖得收不住，认为她不是一般的胃疼，可能是别的疾病造成的。医生建议她到县里的医院检查一下。检查需要机器，而镇上的卫生所只有最简单的听诊器，别的什么机器设备都没有。集镇离县城不是很远，也就是十七八里。王国慧骑车往县医院赶时，因肚子疼得如乱针扎心，实在忍受不住，她只好下车在路边手按肚子蹲了一会儿。到医院躺在机器前一检查，医生告诉她，她的胆囊里长了结石，肚子的疼痛是由结石所引发的急性胆囊炎造成的。她不知道医生给她检查病情使用的机器叫什么名，听音她把机器听成了篦超，以为是用篦子篦头发的那个篦。是呀，在娘家当闺女的时候，她多次为邻家的婶子用竹篦子篦过头发。在篦头发之前，她看不见婶子浓密的头发里隐藏得有虱子。当她把密集的篦齿摁进头发里贴着头皮往下那么一篦，好嘛，那些吃得滚滚圆圆、肥肥胖胖的虱子便被篦了出来，啪啪嗒嗒纷纷落在地上，捏都捏不及。她想，医生用篦超为她篦胆结石，与她为婶子在头发棵子旦篦虱子的道理大约差不多，都是篦之前看不见，一篦被篦的东西就现了原形。所不同的是，当竹篦子把虱子篦出来后，她和婶子当即就可以把在地上乱爬的虱子消灭掉，可篦超检查出她胆里的胆结石后，医生却不能把结石取出来。她问过医生，能不能把结石取出来。医生的回答是不能。她问为什么。医生告诉她，人的胆囊像一个小口袋，是专门盛胆汁用的，而“小口袋”只有袋，没有口儿，天生是封闭的，里面一旦长了结石，就难以取出来。王国慧皱起眉头，说难道她要把结石带一辈子吗？医生说差不多吧，好多人都是把结石在胆囊里带一辈子，也没什么大事，不会危及人的生命。实在想去掉结石也不是不可以，那就需要连胆囊带结石一块儿摘除。胆汁是管消化的，要是把胆全部摘除，就会对人的消化系统产生不良影响，造成生活质量下降。医生还说，胆摘除是一种比较大的手术，目前县医院还不能做，要做只能到省会医院，或者到上海、北京的大医院去做。那么，目前她的胆疼得这么厉害怎么办呢？医生给出的医疗方案是，马上打吊针消炎。

王国慧没有同意打吊针，一是打吊针花钱较多，二是打吊针要打两三个钟头，她花不起那个时间。倘若她躺在医院的病床上打吊针，一打打到天黑，儿子放学回家找不到她怎么办！中午儿子不高兴的悬念还没解开，她得尽快把悬念解开。好比已经知道了她肚子里的石头是胆结石，还有一块压在她心上的石头，她还不知道是什么。她只让医生给她开了一些消炎和止痛的药，并马上在医院找开水把药服了一次，就骑车回家去了。

第二章

不许旁落

4

王国慧决定与何新成谈话。

她骑车回到家，新成也放学背着书包回来了。她在医院吃了一次药，回家又吃了一次药。按说她吃过一次药后，第二次应该在晚饭后、睡觉前再吃。因为她急于消炎，急于把胆的疼痛制止住，就缩短了吃药间隔的时间。不知是药物发挥了作用，还是她的心理作用，她感觉疼痛有所缓解，至少疼得不那么尖锐了。

她没有提前说明要跟何新成谈话。因为她每次与何新成的谈话都郑重其事，都很严肃，一说谈话，何新成就有些害怕。害怕也要谈，她每次与何新成谈话，都能收到不错的效果。越是害怕越要谈，害怕本身也是效果。天还不黑，她让新成先写作业。今天的作业完成后，再把明天的功课预习一下。她问新成晚饭想吃什么。新成说吃什么都行。她说，中午的饺子没吃完，那就把饺子煎一下，吃剩饺子吧。她没跟新成说她去县医院看病的事，不想让新成知道她肚子里长了胆结石。病是人身体的阴暗面，从来不是什么好东西，不值得一提。她要在儿子面前保持可信赖、可依靠的健康形象。她也没告诉新成，最近这些天，她不能吃肉，也不能多吃油，只能吃一些清淡的东西。晚饭她打算把中午剩的饺子汤热一下，再下点儿面糊糊，做成面汤喝就完了。

天黑了，月亮升起来了，月光照得院子里白花花的。王国慧去关院子的大门时，见对面李喜莲家的院子的大门仍旧关着。日出而动，日落而静，村子里就是这样，天一黑就安静下来。天黑好像戏台上的一道大幕，大幕一拉上，白天一天的戏剧就结束了。然而在“大幕”后面，王国慧与何新成的谈话才刚刚开始。在谈话正式开始之前，王国慧一再提醒自己，千万不要生气，千万千万不要生气，不管新成在学校里发生了什么让人不高兴的事，都没有必要生气。她这样刻意对自己提出要求，一方面是为新成着想，以避免自己忍不住发火，给儿子造成过大的心理压力。另一方面，是她记住了医生的嘱咐。医生告诉她，患有胆结石病症的人最怕生气，一生气结石就会作怪，胆就会疼痛。医生给她讲的病理是，生气伤肝，人一生气，肝脏容易发硬。胆囊长在肝上，肝一发硬，胆囊也会跟着发硬。结石长在胆囊里，结石本身就是极硬的东西。在胆囊不发硬的情况下，对结石是以柔怀刚，两者可以相安无事。而胆囊一旦发硬，与结石形成硬碰硬的局面，结石病态般的坚硬和强大就会显现出来，使相对脆弱的胆的皮囊难以招架，发生病变。关于气的知识，爱学习的王国慧以前也知道一些。人活一口气，吸进氧气，呼出二氧化碳，一刻都不能停息。人一旦停止了呼吸，就意味着生命结束了。而人们赖以生存的这口气，最好不要和生气联系起来，如果和生气相联系，就有可能变成不好的气，甚至是恶气。恶气积累得多了，对身体不会有好处。人的这口气若想保持得长远一些，最好是平平稳稳，和和气气。

屋当门靠后墙放的是一张条几，条几前面放的是一张方桌，也叫八仙桌。桌子两边各有一把木椅。王国慧在桌子东边的一把椅子上坐下，指着西边的椅子，让新成坐下。

新成顿时有些紧张，问：妈，你要和我谈话吗？

我就是问问你今天在学校的表现情况，有什么就说什么，不用紧张。

我今天在学校表现挺好的。

是吗？

不信你可以问问老师。

那你今天中午回来吃饭的时候为什么不高兴呢？连向你姥姥问好都没做到，一点儿都不讲礼貌。你的脸嘟噜得跟霜打的茄子一样，连你姥姥都看了出来。

新成低下头，塌下眼皮，不说话了。悬在头顶的灯泡在嗞嗞响，像是电流在电线的血管里发出的声音。

说吧，不要犯愣！

新成把眼皮抬了一下，见妈正盯着他，把眼皮又塌下了，说：我要是说了，你会生气吗？

王国慧意识到事情可能会有些严重，她说：那要看是什么事情。说了这句，仿佛肚子里的石头对她有所提醒，她接着说：妈不生气，妈相信你是一个好孩子。

新成这才说：我今年没有评上三好生。

王国慧隐隐约约想到了，有可能会发生这样的事情。但事情真的发生了，她还是不大容易接受这样的结果。为什么？她问。

我也不知道。新成说。

你怎么会不知道呢？那今年的三好生评上谁了？

赵和平。

他呀，他的学习那么差劲，三好生怎么能评给他呢！你们是怎么评的？是不是因为赵和平的爷爷是村里的支书？

新成还是说不知道。

那你们老师是怎么说的？

老师说，按上边的要求，今年评三好生要实行民主，由班里的同学们投票产生。赵和平得票最多，所以他就评上了三好生。

赵和平得了多少票？你得了多少票？

我记不清了。

这样重要的事情，你怎么能记不清呢！你记不清别人得了多少票，至少应该能记住自己得了多少票吧。如果连自己得多少选票都记不清，说明你对这件事情不关心，对自己也不关心。你是真的忘了，还是不好意思说呢？没关系，得票多少都没关系。妈说过了，妈不生气。妈就是了解一下情况，帮你分析一下落选的原因。

好像……

不要说好像，我没让你比喻，也没让你造句，只让你说出具体的票数。

七票。

那赵和平呢，他得了多少票？

我说了记不清了，真的记不清了。

记不清算了，明天我得去问问你们老师，问问这三好生是怎么评的，还有没有一点公平！德智体三方面，虽说把品德放在最前面，我认为学习好才是最重要的。品德好是软指标，都是一些小孩子，谁的品德都不会差到哪里去。学习好才是硬指标，学生学生，主要比的就是学习。谁的学习成绩好，同学们心里都清楚。赵和平的学习成绩那么不好，他凭什么得三好生呢！如果让这样的学生得三好生，同学们怎么向他学习呢！评三好生，又不是评支书的孙子，你们今年的评比肯定有问题。要说赵和平是支书的孙子，你爷爷还是村委会主任呢，你还是村委会主任的孙子呢！王国慧悄悄把自己的胆所在的部位摸了一下，说你看，妈没有生气吧，没有吵你吧，妈说到做到。好了，睡觉去吧。今晚的月亮不错，明天又是一个好晴天。对了，你不要为这件事情闹情绪，到学校该咋样还咋样，继续搞好你的学习。这个事情由我来处理，我就不信没有说理的地方。

王国慧和新成都睡在东间屋，母子俩并没有睡在同一张床上。当妈的睡靠北墙的大床，儿子睡靠南墙的小床。大床是王国慧和何怀礼结婚那年置下的，堪称他们的婚床，温床。小床是王国慧和儿子分床时专门为儿子买的。在儿子上学之前，母子俩都是睡在大床上，而且睡同一个被窝。儿子的爸爸在外工作，家里只有她和儿子两个人。儿子得不到多少父爱，她就用加倍的母爱，给儿子以爱的补偿。给儿子哺乳期间就不用说了，儿子都是叼着她的奶头子，依偎在她怀抱里睡觉。给儿子断奶后，儿子是摸着她的奶睡觉，一会儿摸不到奶，儿子的小手好像就没了抓挠，睡觉就不踏实。随着儿子一天天长大，到了儿子超过三岁，她一再重复强调摸奶羞羞，羞死了，羞死了，不许儿子再摸她的奶。如果儿子再摸她的奶，她就做出生气的样子，打儿子的手。甚至转过身去，只给儿子一个后背。儿子摸不成她的奶，就变成搂着她的一只胳膊睡觉。搂胳膊还可以，儿子或许把她的胳膊当成了一件有温度的玩具，想搂就搂吧。有时趁儿子睡着了，她想把自己的胳膊从儿子怀里抽出来，但她一抽胳膊，儿子就醒了。她只好再把胳膊交由儿子搂，说好吧好吧，给你搂吧，你真是个缠人精啊！儿子除了离不开她的身体，还爱闻她身上的气息，包括她奶下和腋下的气息，儿子一闻就张着小鼻子乐，好像老也闻不够。其实王国慧也很爱闻儿子的气息，儿子的小嘴、脖子、屁股、小脚丫等，哪哪都是香的。

儿子身上散发的香气是独特的，如果把一百个孩子放在一起，蒙上她的眼睛，只许她用鼻子闻，她一定能闻出自己儿子的气息，把自己的儿子挑出来。这就是母子之间的联系，这种联系不仅是血肉的联系，心的联系，还有气息的联系。这种联系仿佛有一个密码，这个密码只有母亲和儿子知道，只要一闻到气息，密码之锁就会自动打开。然而，当儿子从童年阶段到了少年阶段，从小朋友变成了小学生，王国慧就把儿子分出来了，儿子睡觉的位置从大床转移到了小床。这个转移是以王国慧的意志为转移，她的转移决定做得毅然决然，没留半点回旋的余地。她认为与儿子分床是必然的，是儿子成长的需要，独立的需要，也是对儿子进行家教的重要组成部分，一旦决定分床，就要坚决贯彻执行。这样的决定显然是违背了儿子的感情，也违背了儿子的意志，一开始儿子像遭到了抛弃一样，很不适应，很是痛苦，到睡觉时，他又向大床爬去。每当他上了大床，王国慧就立刻命令他回到小床上去。儿子稍有迟疑，刚要耍赖，她就会说：你听话不听话，要是不听话我走，我到矿上找你爸爸去，把你一个人留在家里！说罢，就做出要走的样子。把他一个人留在家里是可怕的，天黑了怎么办？小偷来了怎么办？小鬼儿来了怎么办？儿子抱住了她的腿，哭了，说妈妈，我听话，我不让你走！既然不让儿子抱她的胳膊，连她的腿也不能抱，她说：松开我！听话就回到你自己的床上去！儿子回到小床上还在哭，儿子哭得嘤嘤的，声音一点儿都不大，似乎有些压抑。儿子的饮泣未免让王国慧有些心疼，她想，她或许应该到小床上把儿子抱一会儿，等儿子不哭了，睡着了，她再回到大床上来。可是，她心疼了，却没有心软，她的钢铁般的意志使她很快打消了这个想法。她的脸冲着墙，装作自己已经睡着了。等儿子停止了哭泣，估计儿子睡着了，她才悄悄起床，在黑夜里把儿子看了一会儿，替儿子盖盖被子。儿子现在好了，分床的难关业已渡过，在哪里睡觉的问题上，儿子已确认了自己的位置，到了该睡觉的时候，王国慧一句话都不用说，他就乖乖地爬到小床上去了。不仅如此，儿子有时还说乖话：妈，我已经长大了，长成了男子汉，不能再和妈妈睡一个床。王国慧及时夸奖儿子：说得对，说得太对了！我儿子真懂事，真是妈妈的好孩子！

月光从窗口照进来，照到儿子所睡的小床上。脸朝外睡在大床上的王国慧，不用抬头就能看见儿子。加上大床高一些，小床低一些，王国慧居高临下，儿子一直在她的视线范围之内。儿子翻一个身，或蹬开了被子，她都能及时发现。儿子何新成今年没评上三好学生，这怎么可能呢？她一在床上躺下，这个问题就在她脑子里升起来。如同窗外的月亮越升越高，这个问题在她脑子里也越升越高，越变越大。新成睡着了，她无论如何都难以入睡。新成从出生到现在，都是她一个人带。虽说他们的家庭不是单亲家庭，因新成的爸爸常年不在家，跟单亲家庭也差不多。学校开家长会，都是王国慧去。问起何新成的家长是谁，也只能是王国慧。若拿这个问题作为试题考一考新成，他的家长是谁？正确的答案应该有两个，一个是王国慧，另一个是何怀礼。但何新成在选择答案时，很可能会把何怀礼忘记，只填王国慧一个。县有县长，乡有乡长，校有校长，每个家庭也都有家长。各长有各长的责任，家长当然也有家长的责任。王国慧是一位极负责任的家长，她不等不靠，一个人把家长的责任全部担负起来。如果把王国慧所负的责任，分成与“三好”对应的三个方面，她是把儿子的身体放在第一位，保证儿子吃好，穿好；饿不着，冻不着，能够健康成长，长大成人。其次才是儿子的学习。在学习上，她上来就给儿子确定了一个远大目标，将来一定要让儿子读大学，成为一名大学生。她从小因为家里兄弟姐妹多，家穷供不起，连高中都没上。到了她儿子这一代，家庭条件大大改善，她一定要供儿子读大学。老何家人老八辈，后代加起来有几百口子，连一个大学生都没出过，连一个当大官的都没有。王国慧要打破这样的局面，为何家开创一个新的纪录。要实现这个目标，千里之行，始于足下，她必须从新成一开始上学就抓紧，点点滴滴，字字句句，一天都不能放松。当地有一句俗话，叫从小看大，三岁知老。意思是说，看一个人，他从小怎么样，就能看出他长大以后怎么样；从他三岁时表现如何，就可以预知他一生有何表现。王国慧理解，这样的俗话，主要是从一个人的天性或天分上说的。天分好，学习就好，将来就有出息。如果天分不好，努掉腰子都是白搭。王国慧像相信自己一样相信新成的天分不错，相信新成是一个聪明有灵气的孩子。只要新成勤奋刻苦，不调皮，不放松，不懒惰，学习成绩一定会名列前茅。至于新成的品德如何，王国慧从没怀疑过，她以身作则，同样像相信自己的品德一样相信新成的品德。树干不直影子歪，上梁不正下梁歪，说的就是父母的品行对孩子的影响作用。她坚信，只要她想得正，行得正，新成就会长成一个正直的人。让王国慧欣慰的是，她负责任没白负，从一年级到二年级，何新成都被评上了学校的三好学生。"三好"是有证明的，何新成拿回的彩色奖状就是证明。每当新成把奖状拿回家交给她时，她都非常高兴，比自己得了奖还高兴。她会把奖状端端正正贴在屋当门的后墙上，让去她家串门的人抬眼就能看到。人们看到奖状夸奖她儿子时，她儿子往往不在家，这时王国慧往往会产生错觉，以为人家在夸她，她把自己当成了她儿子。有时她还在不知不觉间替儿子表态，也是自己在表态，说不能骄傲，还得继续努力，继续努力！她设想，"三好"奖状还要继续得下去，最好能把后墙都贴满。然而，何新成刚上小学三年级，这个学年就没能拿到奖状。王国慧心里很是难受，恐怕比儿子还难受，她想不通，不能接受这样的结果。

她很想马上找何新成的班主任老师何怀山问个究竟，想到天这么晚了，去人家家里不合适，就没去。明天吧，明天她地可以不锄，饭可以不吃，什么事情都可以放下，首要的事情就是去找何怀山。一生二，二生三，三生万物，“三好”怎么能中断呢，她要试试，能不能把何怀山班里的民主评选推翻，能不能把何新成丢掉的“三好”荣誉重新找补回来。

5

王国慧迟迟不能入睡，还有一个原因，是拴在院子里的那只水羊一直在叫。猪不叫，鸭和鹅也不叫，只有水羊在叫。水羊叫得声嘶力竭，一声比一声难听。王国慧明白，水羊这是跟她要吃的。别看羊这种动物平日看起来很温顺，一旦饿急了，它就会变得如此蛮横，如此无耻，一点儿忍耐之心都没有。如同水羊发情时会这么叫，它的食欲得不到满足时，也会这么叫，它就是活在两种欲望之中，情欲和食欲都不可或缺。王国慧今晚如果不能满足它的食欲，不堵上它的嘴，它叫一夜都不会停息。王国慧不能再喂它玉米豆了，羊是吃草的动物，不是以粮食为生的动物。在所有家畜中，羊拉的屎是最干的，尽管它吃的是草，草里含有水分，它拉出的屎还是干成颗粒状，拉在地上如撒豆子一样卜卜嗒嗒乱响。如果再喂它玉米豆儿，羊有可能会拉不出来屎，有可能会被憋死。没办法，王国慧拧不过羊，只得起身去给羊弄草吃。

轻轻下床后，王国慧又把新成看了一眼。月光洒在新成的脸上，新成的脸显得有些白。这孩子本来就生得白，月光一照，如敷了一层粉，就更白了。新成不仅脸白，皮肤也细，相貌像是一个女孩子。一个男孩子，脸应该黑一点儿，皮肤应该粗一点儿，长这么好看干什么！

花好容易招蜂，男孩子长得漂亮容易招女孩子，一被女孩子盯上就会影响学习，那就不好了。这不能怪儿子，只能怪她这个当妈的。儿子是她生的，儿子仿她，谁让她就长得这么白呢，皮肤就这么细呢！气人哪，恼人哪！

她又吃了一次药，扤上一只荆条筐，踏着满地的月光往外走。羊看见了她，大概领会到了她的意图，叫得不那么难听了，咩咩似乎变成了谢谢。临出大门，王国慧没忘记反身把大门锁上。近来小偷有些猖獗，由小偷变成了大偷，不仅偷鸡偷牛，连狗都有人偷。她必须提高警惕。

村口开有一家小卖部，卖些糖烟酒，酱醋盐，要到半夜才关门。小卖部门口上方用水泥板搭出一块遮檐，檐下安有灯泡。灯光与月光混搭，小卖部门前比别的地方亮堂。一些人或蹲或坐或站，聚在那里说闲话。农村人也是形形色色，有人早睡，有人晚睡，有人睡不着，也有人在暗夜里游荡，顺便做些动作。小卖部门前，每晚都会聚集不少人，有男人也有女人，彼此交流一些信息。现在哪儿哪儿都开放了，有人走出去，有人走进来，出出进进，静态就变成了动态。动态代表着活动，代表着热闹，也代表着滚滚而来的新鲜信息。屎是用来拉的，尿是用来撒的，信息是用来交流的，把各自得来的信息到小卖部门前交流一下很有必要。买糖需要花钱，买烟需要花钱，交流信息一分钱都不用花，何乐而不为呢！小卖部的主人当然欢迎大家到他那里去，做生意需要人气，人气旺了生意才会好。

见王国慧走过来，老四跟她打招呼：三嫂，这么晚了你干啥去？

我忘了喂羊了，它老是叫唤，跟挨了刀一样，烦人！我到地里给它弄点草。

羊最难侍候了，一点饿都不能受。还喂它干什么，杀了吃肉算了！

杀肯定是要杀的，现在还不是时候。五马六羊，七月的狗肉不能尝。现在正是六月，你见谁六月里吃羊肉！

哎，你别说，人家城里人一年到头吃羊肉，越是夏天吃得越热。

你是城里人吗？人家城里人还包二奶呢，你能包吗？

包二奶是有趣的话题，在场的人笑了一下。

老四说：不管包啥，都是钱当家。只要有钱，我也能包一个。别说包二奶，包三奶四奶也不是不可以。老四说着，端起茶杯，拧开盖子人口对着杯口，喝了一口。他的茶杯是不锈钢制成的，在月光下闪着银色的光亮。老四去城里打过工，茶杯是从城里带回来的。茶杯里装的不是茶，是白酒，劣质白酒。如别人一会儿喝一口茶，他是一会儿喝一口酒。他喝酒已经上瘾，患上了酒精依赖症。比如他是一棵庄稼苗，这棵庄稼苗全靠酒水子浇着，一天不浇就会打蔫，甚至枯萎。再比如他是一条鱼，这条鱼只有在水里才能存活，酒水就是他离不开的水。由于他长期把酒当水喝，酒精已毒害了他的身体。酒虽说不是毒品，他喝酒也不算吸毒，但对他来说，酒对他的毒害跟毒品的作用也差不多。他成天酒气醺醺，夜晚虽看不清他的面目，他身上散发的酒气已标明他是老四。若白天看，他的脸色呈黑灰色，好像好长时间没有洗脸，又像是刚从煤窑里钻出来的煤矿工人。再近一点看，他的脸色是肝子一样的颜色，两个腮帮子像两块猪肝子。有人跟他开玩笑，说老四，把你脸上的两块猪肝子卖给我吧，我凉拌一下，当下酒菜。老四把脸一伸，说拿去吧，喝酒咱俩一块儿喝。

你不也是一个有钱人嘛！王国慧说。

钱的事儿说起来话长，就不说了。老四转了话题，问三嫂：庄稼棵子已经长起来了，你一个人下地不害怕吗？现在咱们这里可是不太平和啊！

王国慧知道老四所说的不太平和指的是什么。去年秋后，邻村的一个黄花闺女被坏人拉到废弃的砖窑里去了，狠毒的坏人把闺女糟蹋了、害死了不算完，还把闺女身子堆上玉米秆子点燃，把闺女烧成了焦炭。这个杀人焚尸案已过去了七八个月，到现在还没破。人们传说，因那冤死的闺女阴魂不散，曾有人在夜半听见砖窑里传出闺女的哭叫声。这样的传说也像是阴魂，阴魂无处不到，吓得人们夜间都不敢到野地里去。特别是一些闺女和妇女，天一黑，她们一般都不再出门。可王国慧不怕，她小时候愿意把自己当成男孩子，长大后愿意把自己当成男人，比一般的男人还要胆大。虽说她胆里长了结石，并不影响她的胆大。或许正是因为她的胆囊里额外长出了石头，才把她的胆撑大了。王国慧还是一个理智的人，有时愿意逆向思考问题。她认为，哪个地方越是发生了大案，那个地方的治安状况就会有好转。因为派出所、公安局的警车一趟一趟往案发的地方跑，穿警服和穿便衣的警察也在挨村挨户进行排查，坏人的脖子早就吓得像乌龟一样，缩在肚子里，哪里还敢出来为非作歹。王国慧说：我不怕，这么大的月亮地，怕什么！

老四说，月亮不是太阳，月亮再大也没用，庄稼棵子里还是黑。这样吧，要不我跟你一块儿去吧，我来保护你的安全。

不用了，接着喝你的酒吧。我看你啥时候把自己的肝喝坏，你就不喝了。

老四从小凳子上站起来说：三嫂我还是得保护你，我三哥不在家，你万一出点儿啥事，我这当弟弟的没法跟我三哥交代。

你的心意我领了，我看你还是先保护你自己吧。把你自己保护好了，对你们全家都有好处。王国慧不愿让老四跟着她到地里去，尽管老四是她丈夫的亲弟弟，她也不愿让老四跟着她。老四成天价喝得晕晕乎乎，说话不照趟儿，办事不靠谱，在村子里已成为人们的笑料。如果允许老四跟她一块儿到地里去，月亮不笑老鼠笑，不知村里人又会编派出什么样的笑话呢！于是王国慧又说：你要去我就不去了，说着站了下来，做出欲打头回家的样子。

见三嫂的态度如此坚决，老四只好说：好好好，算我多嘴，我不去了还不行吗！

地里的月光真是太亮了，亮得似乎有些物质化，并有些粘脚，她踩一脚，踩一脚，脚上粘的都是月光。她以为脚会把月光粘走，地上会留下一些脚印。然而她刚抬起脚来，如水的月光霎时又把她踩过的地方铺满了，她连一点儿脚印都看不到。铺满月光的地面似乎还有些软，每走一步与白天的感觉都不一样，她以为浅一脚，踩下去却是深一脚。而她以为深一脚呢，踩下去却是浅一脚。不管深一脚，还是浅一脚，带给她的都是梦幻般的感觉。月光洒在各种庄稼叶子上，一滴都没有滚落，全部粘到了叶片上。每个叶片都一动不动，一声不响，比安静还要安静。任何真正的享受都是在安静中获得的，它们似乎在安静中尽情地享受着天赐的月光。王国慧抬头看，见月亮快升到了中天。月亮是新月，目前还不能以轮计，只能以块计，状态是大半块。看样子再过四五天，月亮就该圆满了。新月总是出得早，西边的太阳还没落，东天的月亮已悄悄升起。和太阳同在天上的月亮，从来不与太阳争辉，待太阳落下去了，它才渐渐地亮起来。按当地说法，太阳是一位姑娘，因姑娘害羞，不许地面上的人们多看她，谁敢多看她一眼，她就用阳光针一样的锋芒扎谁的眼睛。而月亮是一位媳妇，媳妇不再害羞，就不反对人们看她，谁想看都可以，想看多久就看多久。王国慧为人妻为人母，也是一位媳妇。从月亮是媳妇的意义上说，王国慧看月亮，也是看她自己。那么，她看自己也像看月亮一样老也看不够吗？不是的。虽说王国慧有着满月一样的脸盘，长得也很好看，但她不是一个热衷于自我欣赏的人，对自己的面容并不是很重视。比如照镜子，她都是匆匆一照就完了，检查一下脸上没有污点，就算完成了照镜子的任务，从不对着镜子照来照去，顾影自怜。看月亮时就不一样了，她仰脸对着月亮，似乎老也舍不得低下头来，颇有些恋恋不舍的意思。王国慧喜欢看月亮，不仅是喜欢月圆，还喜欢月亮的不断变化。月亮每天都在变，一天一个样子。从一弯眉毛，到一只笑眼；从光光的额头，到整个脸盘。从月缺，到月圆；从月圆，又到月缺，它总是给人以期待，以希望。还有，到了月底，或遇上阴天下雨，它就不见了，它的明知其存在而不见踪影的失踪，更加深了人们对它的期待和热爱。

但月亮明白，王国慧心中也明白，她夜晚下地不是为了看月亮，是为了给羊弄草吃。她从田间的小路上拐进自家的芝麻地里，趁着月光的照亮，把白天锄掉的芝麻苗子一棵一棵捡起来，放进筐子里。白天看芝麻苗子是绿的，在夜晚看芝麻苗子有些发黑，还有些发白。把芝麻苗子捡在手里，有些发凉，还有些发湿，好像露水已经下来了。天边闪过一道露水闪，一阵风吹来，旁边的玉米叶子哗哗响了一阵。听见玉米叶子响，她不禁惊了一下，身上的汗毛顿时支奓起来。她知道，玉米地里有一座坟，那座坟不是她们家的，是别人家的，分责任田时，连地带坟一块儿分给了她们家。她还知道，那座坟里是一位年轻女人，年轻女人的死不是好死，是恶死。玉米棵子下方黑成一块，她不敢多看，也不敢多想，赶快把目光和思绪收回。她转过脸，往远处河堤边看了一眼，在月光下的朦胧隐约之间，她看见了那座发生过杀人案的砖窑。她看见了砖窑，砖窑似乎也看见了她，大概是出于一种自我保护的本能，她竟在不知不觉间蹲下了身子。说来王国慧是一位无神论者，也是一个无鬼论者，曾宣称自己不信神，也不怕鬼，可到了这样的田地，稍有一点风吹草动，她却身不由己地害怕起来。这表明恐惧感人人都有，不是谁不想恐惧就不恐惧。恐惧仿佛是与生俱来的本能，是神经的反应，如同人的理性管不住自己的神经，也管不住自己的恐惧。

这怎么办？芝麻苗子还捡不捡？进退两难之际，王国慧看见不远处有一个人在用打火机点烟，那个人不是别人，正是老四。她坚决反对老四跟着她到地里来，为了保护她，老四还是到地里来了，老四并没有走近她，而是和她保持一定距离。王国慧感动了一下，觉得老四的表现还可以。老四虽然把自己变成了一个酒鬼，还没有把自己变成人鬼，变成混蛋，还不失人性和亲情。有老四给她壮胆，她从芝麻地里站起来，接着捡芝麻苗子。

6

通过接二连三地吃药，王国慧初步把自己胆囊里的石头稳住了。虽说压在她心上的石头尚未落地，胆囊里的石头总算老实了一些，不至于疼得她心乱如麻。当然了，药还要继续吃，暂时不疼了也要吃。医生给她开了一个星期的药，她要吃得一粒不剩，一点儿渣子都不会浪费。也是听医生说的，人不光胆里会长结石，肾里，膀胱里，也会长结石。王国慧不明白，她胆里的结石是怎么形成的呢？尿罐子用得时间长了，里边会结尿碱，茶瓶用得时间长了，底部会积水垢。胆既不是尿罐子，又不是茶瓶，里边怎么会长结石呢！你说膀胱里会长结石，这个还比较容易理解，因为膀胱是储存尿液的地方，跟尿罐子的作用也差不多。胆囊可是储存胆汁的地方，一滴子尿液都进不去，结石是从哪里来的呢？更让人不解的是，据说胆汁是管消化用的，人吃进肚子里的东西，不管长的短的，软的硬的，胆汁子一过去，就统统被消化掉了。胆汁子既然这么厉害，为啥不把泡在里面的结石化一化呢？为什么只管别的事，不把自己的事好好管一管呢？

压在王国慧心上的石头，是儿子何新成没有被评上三好学生的事。第二天吃过早饭，新成背上书包去上学，她顾不上下地继续锄芝麻苗子，就到学校找何怀山去了。学校在村子的西边，一条排水坑把学校与住户的民房隔开，使学校成为一个独立的存在。建学校的地方原来是生产队的菜园，面积挺大的菜园，菜园里每年都种黄瓜、茄子、豆角、辣椒、萝卜、白菜等，分给社员们吃。生产队解散后，村里没有把这块地零分，作为由村干部掌握的机动地留了下来。当时，村民们对村干部留机动地很有意见，他们不知道机动地的机是哪个机，以为是公鸡或母鸡的鸡。鸡动地，当是由鸡来动。他们瞪大眼睛等着看，哪只有头有脸的公鸡或母鸡来动这块好地。他们认为，什么鸡动地，狗动地，不过是干部们留下的一个小金库，小金库里的钱迟早会变成现金，流进干部们的腰包。还好，村干部没有把这块地变成宅基地，没有建成村部，也没有挖地烧砖，最终积水后变成鱼塘，而是建成了学校。村里的小学校原来建在村子里边，是由生产队里饲养室改成的，原来的学校太破旧，也太小，容纳不下越来越多的学生。他们从上边申请到了一笔“希望工程”的款项，就建成了这所青砖红瓦的新学校。学校里的学生不光是何赵庄本村的，邻近两个自然村的学生也在这个学校里上学。村民们从学校门前经过，听见从学校里传出琅琅的读书声，或看见学生们在操场上做广播体操，得到的的确是很有希望的感觉。比起以前菜园里的蔬菜瓜果来，学生娃子们更活跃，更可爱，也更有希望。

来到三年级的教室门口，王国慧看见何怀山正站在教室前面的讲台上讲课。讲台比教室的地面高出一两尺的样子，讲台前面摆有一张讲桌，后面靠墙放的是黑板，黑板上写着白色的粉笔字。何怀山一个人讲，学生们在静静地听。因何怀山站在讲台上，他的形象显得比较高大。王国慧只往教室里看了一眼，赶紧退了回去。她突然有些紧张，像是踏入了一个禁地。她意识到自己心太急，来得太早了，应该等第一节课上完的时候再来。她怕何怀山看见她，那样的话，就等于她干扰了老师讲课和学生听课。她还想起她上学时曾经有过迟到的时候，那一刻，在老师和同学们的众目睽睽之下，她就是这样的紧张和尴尬。她不敢稍作停留，转身向学校门外走去。

然而，何怀山已经看见她了。在夏天，教室的门和窗都是敞开的，风可以吹进教室，知了的叫声可以传进教室。风吹进教室，教室里会凉快一些，空气也会好一些。知了的叫声虽高，因它的叫声里没有字眼，也不会影响到同学们上课。站在讲台上的何怀山，眼角的广角镜头也许只往门外一瞥，就把王国慧看到了。他知道，王国慧一定是来找他的，他还猜到了王国慧为什么事情找他。倘若是别的学生的家长来找他，他可以视而不见，而王国慧来找他，对他来说有些求之不得，他想视而不见都不行。于是他走下讲台，大跨步走出教室。他的学生们不知道他为什么突然间中止讲课，丢下同学们向教室外面走去。但老师就是老师，老师有自由，同学们没有自由，同学们只能坐在座位上，等老师回来。

嫂子请留步！何怀山一开口就文绉绉的，使用的是当教师的才使用的语言。他不像别人一样把王国慧喊三嫂，他把一二三的三省略了，只喊嫂子。

王国慧站下了，说：你接着上课吧。

嫂子找我有什么事吗？

也没什么大事。不能耽误你上课，等课间休息的时候我再来。

何怀山抬腕看了一下手表，说再有十分钟就下课了，请嫂子到办公室等一会儿吧。何怀山把他的办公室对王国慧指了一下，说办公室开着门呢，里边有别的老师，请嫂子只管去吧!

校园里有杨树，也有柳树，每棵树上似乎都有知了在叫。有的同学坐不住了，离开座位到教室门口向外探头探脑。王国慧像是犹豫了一下，说那好吧，向何怀山的办公室走去。

办公室是两间通房，里面放有好几张办公桌。这个学校的老师有本村的，有外村的，也有从镇上来的。老师的身份也不一样，有公办教师，多是民办教师。何怀山就属于民办教师。因学校自成一体，教师和村民交往并不多，有的教师王国慧认识，有的不认识。办公室里有一个男老师，还有一个女老师，他们大概正在备课，或是批改作业。王国慧走进办公室时，两个老师都对她点点头。她说：我找何怀山老师有点儿事，他让我在这里等他一会儿。那位女老师把何怀山的办公桌和椅子指了一下，让王国慧坐下等他。王国慧没有坐，她觉得自己没资格坐在老师才坐的位子上，她说没事儿，我站一会儿吧。

下课铃响过，学生娃子们从教室里蜂拥而出，校园里顿时热闹起来。他们又蹦又跳，像猴子，又像兔子。他们又喊又叫，像麻雀，又像知了。他们一叫，就把树上知了的叫声淹没了。从生命阶段来讲，学生娃子的身体每天都在发育，都在成长，充满上升的生机。俗话说好马不卧，好孩儿不坐。意思是说，不生病的马不会下卧，身体好好的孩子是坐不住的。而上课带有一定的强制性，要求他们必须坐下来，而且还得坐端正，不许说话不许动，看谁坐得最安静。一个课时坐下来，他们难免有些压抑。趁课间休息。他们必须撒撒欢，发发疯，把自己充沛的能量释放一下，把勃勃的激情发泄一下。

何怀山拿着课本和教具，回到了办公室。他问嫂子怎么不坐呢？

不用坐，我一会儿就走了，你上课要紧。

下一节没有我的课，你只管坐吧。何怀山从旁边挪过一把椅子，坚持让嫂子坐下。他还从暖瓶里倒出多半杯开水，端给嫂子喝。嫂子连说不喝不喝，他好像没听见嫂子说话一样，只管把茶杯交到嫂子手里。到了这里，他是主人，主动权应该掌握在他手里，嫂子就得听从他的安排。

办公室里又走进一位下课的老师。王国慧感觉到了自己的被动，浑身都有些不自在。她把别的老师看了一下，走也不是，不走也不是；说话不是，不说也不是，一下子陷入两难境地。这都是为了她的儿子何新成，要不是为了何新成能继续当三好生，她绝不会来找何怀山。她来找何怀山，等于自找不自在，等于自己把自己放在被动的地位。怎么说呢？因为何怀山曾对她表白非常喜欢她，非常希望能跟她好一好。这样说算是好听的，如果说得不好听一点，是何怀山一直在打她的主意，想和她私下里建立那种不正当的关系。借家访的机会，在一个星期天，何怀山曾到她家里找过她。说了一会儿何新成在学校的表现情况，何怀山就把话题转移到了她身上，何怀山说：嫂子你可能没意识到，何赵庄这么多女人，数你长得最美，最出类拔萃。你的美无可挑剔，堪称完美！何怀山说着，激动得脸都红了，两只眼睛在噌噌放光。王国慧说：何老师，你不要笑话我，我哪里有你说的那么好！何怀山说：从家访的角度讲，我是老师；从家族的关系上讲，我是你的老弟呀！老弟跟嫂子说话，应该比较随便，有什么就说什么，没有那么多忌讳。我个人认为，国慧嫂子不仅相貌长得美，而且气质也非常好。王国慧说：你的话我听不懂，我不知道什么气质不气质。你说我有气性还差不多，谁惹我生气，我就跟谁急。何怀山说：你绝对有气质，你的气质是自信的气质，也是骄傲的气质。有气质和没气质，说话、走路都不一样。别的女人走起路来歪歪斜斜，拖拖拉拉，脚好像老也离不开地面一样。你走路从来都是端端正正，利利索索，显得特别有底气。别的女人大都不会说话，一说话就慌里慌张，就不照趟儿，能把鸡嘴说到鸭嘴上。你说话从来不紧不慢，一句是一句，句句都能说到点子上。王国慧说：你说我骄傲，这不是批评我嘛！何怀山说：骄傲得有骄傲的资本，不是谁想骄傲就能骄傲。王国慧否认自己有什么骄傲的资本，同时认为骄傲不好。她最关心的还是何新成，她说：她可不希望何新成骄傲，骄傲会使人落后，谦虚才能使人进步。何怀山向她承诺，说嫂子你放心，怀礼哥不在家，你的孩子就是我的孩子，只要有我在，孩子的学习就会一直好下去。对于何怀山这样的承诺，王国慧记住了。虽说她不能完全赞同何怀山的说法，听何怀山说话时不由得皱了一下眉，她还是礼貌性地说了一句谢谢。她的孩子只能是她的孩子，只能是她和何怀礼的孩子，和何怀山有什么关系呢？何怀山怎么能说是他的孩子呢？这么说是什么意思呢？是不是在和她套近乎呢？是不是有别的暗示呢？王国慧不能多想，不能想多，不能把这句话揪住不放，更不能对这句话提出质疑。在某些时候，人迟钝了不好，太敏感了也不好，太敏感容易自寻烦恼，还是傻一点好一些。她只能把前来家访的何老师的话当成习惯性的说法，一般性的表态，甚至当成客套话，一听就完了。然而树欲静而风不止，天欲晴而雨不止，事情各有各的逻辑，各有各的动力，并以动力推动逻辑向前演进。在随后的一个下雨天，新成在学校里上学，何怀山一个人打着雨伞到王国慧家里来了。王国慧一见何怀山，以为何新成在学校出了什么事，何怀山跟她通报情况来了。王国慧就是这样，只要一看到何新成的老师，她首先想到的就是何新成。何新成在她心目中占据着中心位置。她想到的不是何新成有什么好事，老是不由自主地往不好的方面想。她的逻辑是，何新成在学校里如果有什么好事，都是由何新成回家向她报告。比如考试得了满分，或是因某件事受到老师表扬，何新成回家跟她一说就行了。很少有老师直接到学生的家里向学生家长报告好消息的，一般来说，老师都是报忧不报喜。一旦有老师登门，当家长的都难免紧张。见何怀山打着雨伞来找她，她赶紧站起来，问声何老师来了，不由得看何老师的脸色。下雨天不能下地干活儿，在何怀山来之前，她正在为儿子拆一件毛衣。儿子长个儿了，毛衣变小了，她要把毛衣拆掉，加些新毛线，天凉前重新为儿子织一件毛衣。她一边拆毛衣，一边把拆下的毛线缠成线团。起身时，她把拆了一半的毛衣和线团往桌上放，毛衣放到了桌面上，滚圆的线团却从外沿滚了下来。线团不是掉在地上就完了，它连着弹跳了好几下，一头钻到桌子下面去了。它的头在桌子下面，长长的尾巴还拖在桌面上。想把线团捡起来，人必须弯腰钻到桌子底下。如果只拉它的尾巴，它的尾巴只会越拉越长。王国慧没有捡线团，让线团暂时在桌子底下待着。何怀山收起雨伞，把雨伞竖着依门框放在门口一侧，说下两节没有他的课，他来看看嫂子，跟嫂子说说话。又说这场雨下得不错，能够起到缓解旱情的作用。王国慧看见，何怀山打来的雨伞是花的，伞柄下面有弯弯的手柄，顶端露出一截闪着金属光亮的伞尖。伞上的雨水顺着伞尖流下来，在地上流出一道水痕。王国慧听出来了，何怀山不是为何新成的事而来，表明何新成在学校里没犯什么事。何怀山是冲她而来，是冲着她的所谓相貌和气质而来，也是一个男性冲着一个女性而来，这就有些麻烦。王国慧认为，尽管何怀山下面两节没有课，他也不应该离开学校。因为学校是他的岗位，别的老师上课期间，他也应该坚守自己的岗位，擅自离开岗位外出是不对的。王国慧不会指出何怀山的不对，何怀山是她儿子何新成的老师，不管在什么时候，她都不会忘记对儿子老师的尊重，更不敢对儿子的老师有半点儿得罪。她让何怀山坐吧，用茶杯给何怀山倒了茶。他们这里没有用茶叶泡茶的习惯，凉水是水，把凉水烧开就是茶。喝凉水是喝水，喝白开水就算喝茶。何怀山把茶杯捧在手里问王国慧：我怀礼哥多长时间没回来了？王国慧说：好几个月了吧？我也记不准。何怀山说：你们夫妻这样长期分居，我觉得特别不人道。你一个人在家，是不是觉得很寂寞？王国慧否认了自己寂寞，她说什么寂寞不寂寞，她一个人在家习惯了，一点儿都不觉得难受。她还说，像寂寞这样的文辞，是读书人才说的话，她只是一个农民，出门打牛腿，进家喂猪嘴，哪里配说什么寂寞不寂寞。再说了，有儿子何新成在家陪着她，何新成的心就够她操的了，她哪里还有什么闲心！何怀山不同意王国慧的说法，他说：儿子是儿子，你是你，你和儿子分属不同的生命个体，你不能代替儿子，儿子也不能代替你。在这样的时代，我们应该学会享受生活，享受生命，不能太保守。人家的思想都解放了，生命都开放了，咱们的思想也应该解放解放。王国慧说：你的学问这么大，都把我说蒙了，我都不知道说什么好了。何怀山说：国慧嫂子，我知道你聪明得很，你什么都懂。嫂子答应我吧，咱俩一块儿解放如何！雨还在下，似乎比刚才下得还大一些。雨有一定的隔离性，在下雨天，人们一般不出门，也不走动。别看王国慧家的院子大门和堂屋门都开着，除了何怀山，这会儿不会有别人到她家里来。这样一来，雨水隔开的就不是外面和王国慧一个人，而是外面和王国慧、何怀山两个人。虽说没有关门，跟关上了门也差不多。这种处境是一种自然的处境，也可以理解成是自然的安排。然而自然的安排往往出人意料，里面往往包含着冲动，还有危险的成分。何怀山的话像雨水，雨水瓢泼一样浇在王国慧身上，已经把王国慧的衣服浇得贴在了身上。何怀山的话像波浪，波浪带着冲击般的力量，一波一波冲击着王国慧的身体，还有内心，王国慧，她，她她她，快要顶不住了。她毕竟是一个女人，是一个年轻女人，说她是少妇也可以。身体为她指出了一个方向，顺着方向，她想到了里间屋，想到了里间屋的大床。此时与她相对而坐的何怀山，把茶杯放在桌子上，已站了起来。何怀山的目光是热烈的，也是温柔的，像是已为下一步热烈而温柔的行动做好了准备。说实在话，王国慧对何怀山的印象不坏，何怀山不光人长得干净，还有一身的文气。这样文质彬彬的年轻男子，在农村并不多见。在这样的时刻，倘若王国慧也站起来，一种新的局面有可能出现，为他们共同的未来拉开序幕。然而在这千钧一发的关键时刻，王国慧想到了她的儿子何新成，想到了儿子的未来，儿子的前程。是的，她想到的不是她的丈夫何怀礼，的确是她的儿子何新成，她不是为丈夫保守什么，主要还是为儿子负责，她给自己的身份定位还是一位家长。她没有迎合何怀山，没有站立起来。她没有把何怀山叫怀山，还是把何怀山叫何老师，她说：何老师，不管怎么说，你是何新成的老师，也是我的老师，我们一定好好向老师学习。王国慧接着又说了一句话，这句话对何怀山的起身来了一个顺水推舟，一下子把何怀山的念头打消了，并把何怀山推远了。她说：何老师你要走吗？那我就不留你了。何怀山愣了一下，很快清醒过来，目光也黯淡下来。他领教了王国慧的理性，同时领教了王国慧内心的强大。好在他丢失的只是一些想法和热情，并没有丢面子。他自我否定似的摇了摇头说：你忙吧，我走呀！王国慧说：地湿路滑，何老师慢点儿走。雨还在下，何怀山没有再说话，他撑开雨伞，走了。

从那以后，何怀山再没有去过王国慧家。

地点转移到何怀山的办公室。什么事儿，说吧。何怀山对王国慧说。

我想问问你们班今年评三好的事。王国慧把说话的声音压得很低。

何怀山反问王国慧：何新成回家怎么跟你说的？

何新成说，今年的三好学生是同学们通过投票选出来的。

没错儿，这是上级教育部门的要求，必须经过班级全体同学民主投票产生。投票之后，由班干部当着全班同学的面唱票，并由另一个班干部在黑板上为得到选票的同学画正字，谁得到的正字和构不成正字的笔画越多，谁就当选。

何新成得了多少票？

这个我不能告诉你，学校规定要为同学们保密。何怀山是一副公事公办的口气。

赵和平的学习那么差，他怎么能当三好生呢！

今年以来，赵和平的学习有所进步。可能是同学们看到了他的进步，就把票投给了他。

现在的好多人都是势利眼，连一些小孩子也受大人势利眼的影响，跟大人一样跟风使舵。他们是不是因为知道赵和平的爷爷是村里的支书，就把票投给了赵和平。

何怀山把办公室里别的老师看了一下，说：作为学生家长，每个家长都希望自己的孩子能当三好生，你的心情我完全可以理解。但话恐怕不能这样说，一竿子打翻一船人，这样说显然有失偏颇。我建议这话到此为止，到外面不要再说了。

王国慧还能说什么呢？她想说我看你就是个势利眼！但这话万万说不得，她要是说了，面子上过不去的何怀山说不定会跟她吵起来。两人若吵起来，别的老师就会看笑话。老师看了笑话不算完，那些猴子一样的学生娃子听见有人吵架也会过来围观，其中包括她的儿子何新成，那就不好了。一吵架，难免使大声。一使大声，她难免生气。一生气，难免波及她的胆，触动胆囊里潜伏的石头，她的胆又会疼。吃药之后，她的胆疼刚好一点，不能再惹它。罢罢罢，不说就不说吧。她不但没和何怀山吵架，态度还来了个一百八十度大转弯，向何怀山老师表示了道歉：对不起，我说得不对的地方，请何老师原谅！道歉之后，她还微笑了一下。她笑得有些不好意思，却是那么的优雅，那么的妩媚，那么的富有魅力，把为人师表的何怀山几乎看傻了。还没等何怀山想好如何应对，王国慧已转身离去。

7

从学校出来后，王国慧没有回家，到村里公爹何庆国住的地方找公爹去了。何新成没能评上三好生，她要把这个情况跟公爹说一说。她要利用公爹当村主任的权力，对何怀山施加影响，把何怀山小子的头皮捏一捏。据王国慧所知，何怀山高考落榜后，不愿见人，不愿说话，走路低着头，看地不看天，情绪非常低落。还是公爹为了照顾他的情绪，改变他的生活，把他推荐到学校当上了民办教师。公爹不但以前对何怀山有恩，可以说何怀山今后的前程和命运也是在公爹手里掌握着，何怀山不敢不听公爹的话。同时，她要给何怀山上点儿眼药，在公爹面前告何怀山一状。公爹姓何，何怀山姓何，何新成也姓何，姓何的本是同根同族，跟一家人差不多，何怀山怎么能把胳膊肘子往外拐，眼看着把三好生评给姓赵的外姓人呢！是不是因为村支书是村里的第一把手，地位比村主任高，权力比村主任大，何怀山就去抱村支书的大粗腿，转向投靠村支书呢！告状仅限于此，何怀山想打她的主意，她不会向公爹透露半句。有些事儿是不能说的，不说不是事儿，一说就成了事儿。你说的是一粒芝麻，到了别人那里，芝麻就可能发芽儿，长棵子，开花儿。她连一粒芝麻都不会说出来。她不是替何怀山保密，而是替自己保密。她不是尊重何怀山，而是尊重自己。自重人重，自轻人轻，自轻自贱都是自找的。她认为，何怀山在为人方面就不那么自重，而且心胸狭窄，有小家子气。凭她的经验判断，班里评三好生，起主导作用的还是班主任老师，班主任倾向谁，同学们就会评谁。什么民主评选，不过是一个说辞，那是糊弄人的。如果说学生娃子是民，做主的只能是老师。如果说学生娃子是木偶，班主任老师才是木偶背后的提线人。何新成之所以没评上三好，并不是因为何新成没达到三好的标准，原因不在孩子，在大人，不在学生，在家长，在于她王国慧没有答应何怀山的要求。不难设想，何怀山在一个下雨天登门去找她，是处心积虑的，是鼓足了勇气的，也是满怀希望的。结果，她让何怀山失望了。何怀山一失望，难免生气，赌气。何怀山无法对她撒气，就把气转嫁到她的儿子何新成身上，不让何新成当三好生。说白了，何怀山针对的是她，是借机给她点儿颜色看，拿她一把，目的还是逼她就范。反过来想，那天她要是答应了何怀山的要求，跟何怀山“一块儿解放”，不知道何怀山有多高兴呢，亦不知何怀山在她面前有多乖呢！可以肯定地说，她一点儿心都不用操，何怀山就会乖乖地把三好生评给何新成。不过，那是不可能的。要是别的事情，说不定还可以商量。就是在这件事情上，没有任何商量和妥协的余地，她绝不会拿自己像生命一样的名誉和别人做交易。

公爹和婆婆老两口住在村里一个水塘边，只有两间草房。公爹先后帮助五个儿子盖了房子，成了家，他和婆婆却住在这样最小最旧的房子里。公爹历来的观点是为孩子而活，只要孩子们的日子过得好，就什么都齐了，至于他住得如何，吃得如何，穿得如何，一切都不重要。虽说公爹不识字，但公爹知情识理，说话办事一般不掉底子。公爹摇耧撒种，样样精通，更是一位好庄稼把式。公爹当过生产队长、大队队长，现在又当上了村主任。王国慧来到公爹家，见公爹正坐在屋里的小板凳上，和村里管计划生育的女专干李照平说话。公爹嘴上吸着烟，李照平嘴上也叼着烟。李照平烟瘾不小，把红嘴唇都快吸成了黑嘴唇。王国慧对李照平的印象不是很好，因为李照平的裤腰带缺少把门的，跟村里的多个男人乱搞。她自己只生了一个女儿就不生了，在计划生育方面做得是不错，但在那个事情上，她连一点儿计划都没有，是乱来，胡来，几乎是自由状态。她知道王国慧对她印象不好，甚至是有些看不起她，她反而对王国慧印象很好，每次看见王国慧，都显得格外热情。一看见王国慧走过来，她马上从小板凳上站立起来，满脸含笑地叫着国慧，跟王国慧打招呼。在大面上，王国慧不会跟李照平过不去，她把李照平叫成李专干，说李专干忙着呢！

李照平说：成天价瞎忙，也忙不出啥成果。农村的妇女都不自觉，跟她们磨破嘴皮子都没用，该生还是生。在咱们行政村，你在计划生育方面的表现是最自觉的，大家如果都向你学习就好了。

王国慧说：你不用给我戴高帽儿，我正打算再要一个呢！

可以可以，在农村生两个孩子是允许的，一个嫌少，两个正好，三个多了。

公爹插进话来，问国慧有事吗？在农村，当公爹的直接叫儿媳名字的还不多，由于王国慧的一再纠正，公爹才直呼其名。刚嫁过来时，公爹把王国慧叫成老三家。生了孩子之后，公爹把她叫成新成他妈。不管是老三家，还是新成他妈，王国慧都不爱听，不爱答应。她认为，这样的叫法是封建主义的残余还在起作用，是男尊女卑的传统观念在作怪，是无视她的存在，把她当成了她丈夫和她儿子的附庸。一开始，她让公爹直接叫她的名字吧，并没有引起公爹的重视。当公爹又一次把她叫成“新成他妈”时，王国慧撂下脸子，拒绝答应。她郑重地、一字一句地对公爹说：我说过了，我是有名有姓的人，我姓王，叫王国慧。国是国家的国，慧是智慧的慧。从那以后，公爹才记住了，才像村里别的人那样把老三媳妇王国慧叫成国慧。

王国慧说：有点事儿。说了有点事儿，王国慧却不马上说什么事儿，问：娘呢？

她下地放羊去了。

下地放放羊好，放羊也是放自己，权当活动活动身体，比成天待在家里强。

她生来就是个劳碌命，手里一会儿不抓挠点儿东西，她就不得劲，就着急。

王国慧之所以没有开门见山把事儿说出来，是不想让李照平听见她所说的内容。她想，李照平应该懂事儿，她既然说了“有点儿事”，李照平就应该回避，就应该离开。因为她是公爹的儿媳，她跟公爹说的只能是家务事，不是公务事。李照平作为一个外人，在人家家里听人家说家务事不合适。为了让李照平明白她的意思，她看了李照平一眼，意思是走你的吧！

不料李照平一点事儿都不懂，她不但没有离开，反而又在小板凳上坐下了。李照平嘴上的一颗烟还没吸完，在继续把烟雾往肚子里吸。她吸烟不像有的人，只让烟雾在口腔里转一个圈子，便吐了出来，她吸烟是真吸，一吸就吸到肚子里，在肚子里周游了列国，然后通过两个鼻孔冒出来。她吸进去的烟雾是白的，等冒出来时就有些黄，有些浓，仿佛增加了某种质量。据王国慧所知，李照平曾经是城里人。有一段时间，李照平的丈夫小赵拉着曲胡到城里卖唱，李照平见小赵拉弦子拉得好，唱得也动人，就有些着迷，小赵拉到哪里，她就跟到哪里。等小赵唱了一圈回到家，她仍执迷不醒，竟跟着小赵来到了何赵庄，并不顾家人的强烈反对，坚决要求嫁给小赵。嫁给小赵后，村里干部听说她念过高中，文化程度不低，就安排她当了专管计划生育的干部。而她丈夫小赵不再拉弦子卖唱，到城里打工卖力气去了。人们通常认为，城里人见多识广，会比农村人聪明一些。从李照平的实际情况看，她并不聪明。因为她不聪明，就显得没眼色，不懂事儿。看来人聪明不聪明，并不在于生在什么地方，长在什么地方。农村有傻瓜，也有聪明人。城里有聪明人，也有傻瓜。农村的聪明人都是千方百计向城里跑，而从城里往农村跑的算是什么人呢，恐怕大家心里都明白。李照平坐下不走，王国慧也不好意思把她赶走，李照平毕竟不像那个把孩子生在尿罐子里的傻女人，她还得给李照平留点面子。王国慧也在一个小板凳上坐下来，对公爹说：学校今年的三好生评出来了，何怀山当班主任的那个班，没把三好生评给你孙子何新成。在一年级、二年级，新成都是三好生，到了三年级，没有新成的份儿了。

那是怎么回事儿？新成的学习成绩不是很好吗？

学习成绩很好的没评上，学习成绩不怎么样的倒是评上了，谁知道怎么回事儿！

谁家的孩子评上了？

还能评谁，赵长明赵支书家的孙子赵和平呗！

公爹噢了一下，不说话了。

这时李照平提供了一个信息，这个意外得来的信息一下子引起了王国慧的注意，她庆幸没有把李照平赶走，要是把李照平赶走了，这样重要的信息她就得不到了。李照平说：这个事儿我知道，因为我女儿也在何怀山那个班。我听我女儿说，在评选三好生投票之前，赵和平私下里活动，拉选票，说谁要是投了他的票，他就给谁一块巧克力。他给了我女儿一块巧克力，肯吃嘴的东西就投了他一票。

听李照平这么一说，王国慧像是看到了事情的转机，难免有些兴奋，还有些激动，她说：你看看你看看，现在的社会不得了，小孩子这么大一点儿，就会搞不正之风，就会拉选票，长大了不把何赵庄搞得天翻地覆才怪！

王国慧的这番话，对公爹来说是敏感的。多少年来，何赵两大姓氏的人明争暗斗，一直存在着竞争关系。何姓的人认为，何赵庄何赵庄，是何在前，赵在后。既然何姓排在前，何赵庄行政村的第一把手也应该由姓何的人当。现在由姓赵的人当支书，由姓何的人当村主任，姓何的人心里都有些不平。王国慧不怕公爹敏感，而是怕公爹不敏感，或者她就要往公爹的敏感处说，刺激一下公爹的神经。

公爹的眉头皱起来了，说：还有这样的事，真是想不到！公爹没有指责赵和平，他知道李照平是赵家的儿媳，和赵家人睡的是一个床，属于赵长明的嫡系。他还知道，李照平和赵长明的关系不是一般的关系，是腿与腿之间的关系，是黑腿和白腿之间的关系，是毛毛腿与光腿之间的关系。虽说赵长明比李照平长一辈，李照平是赵长明的侄媳妇，李照平应该喊赵长明叔，但他们早就把伦理的界限打破了，把辈分不同的深沟填平了，已是你中有我，我中有你。他要是对赵长明的孙子有所指责，李照平很快就会汇报到赵长明那里去。李照平可以派赵和平的不是，他不能随着李照平的话说，说多了容易把事情闹大，不利于事情的解决。他眼睛向内，采取的是自家打自家孩子的办法，批评何怀山说：怀山这孩子，怎么这么糊涂呢！我看他平常说话办事挺妥当的，怎么连这点事儿都办不好呢！

王国慧说：新成要是能连续当三好生，上中学的时候学校就可保送他，要是三好生中断了，能不能保送就很难说。

公爹要王国慧别着急，他随后找何怀山了解一下情况再说。

王国慧说，她不能不着急，要是三好生的名单确定下来，由学校上报到镇里，想纠正都来不及了。

何庆国很喜欢自己的孙子何新成，他当然希望孙子年年都是三好，一级一级往上升，一直升到大学里去，成为一名大学生。他有五个儿子，连一个上大学的都没有。人说五子登科，他倒是有五子，哪个儿子都没能登科。他把希望寄托在孙子辈身上，希望从孙子辈开始，他们何家能出大学生。从目前的苗头看，三儿子家的何新成学习最好，将来最有可能成为何家的第一名大学生。同时，在培养下一代的事情上，五个儿媳当中，何庆国对三儿媳王国慧最满意。他认为王国慧眼光远，心劲儿大，对自己的儿子抓得特别紧，特别负责。而其他四个儿媳，不是不识字，就是塌脑无才，胸无大志，跟一般的农村妇女没啥区别，很难指望她们能培养出有出息的孩子。儿媳之间的差别使老爷子何庆国认识到，给儿子娶什么样的老婆十分重要，百分重要，万分重要。因为树由根生，儿由母生，有什么样的根，就会生出什么样的树，有什么样的母亲，就会生出什么样的儿子。母亲是龙，生出的儿子才会是龙，母亲是鱼，生出的儿子只能是鱼。他对王国慧说：这样吧，你去跟何怀山说一下，叫他马上到我这里来一趟。

王国慧说：我不去跟他说，我不愿意看见他，一看见他我就生气。她没有跟公爹说明，她刚从何怀山那里回来。她更没有对公爹说，何怀山卷了她的面子，把她怼了回来。

李照平积极请缨，说我去吧，我去把何怀山喊过来！

何庆国像是犹豫了一下，没有答应李照平的要求，说：你们都不用管了，我现在要去一下村委会。

王国慧没有坐等事情的转变，没有坐等儿子从学校给她带回好消息，为了让儿子何新成尽快回到三好学生行列，她还在继续努力。这天吃过晚饭，王国慧到何怀山家里去了。她不是空着手去的，给何怀山一家三口每人都带了礼物。她给何怀山带的是一瓶白酒，给何怀山的妻子施灿英带的是一条弹力健美裤，给何怀山的女儿带的是棒棒糖。去别人家，求别人办事，王国慧深谙必须带礼物的道理。礼物礼物，礼和物是连在一起的，任何礼仪都带有物质性，没有物质就构不成礼仪。如果不懂这个道理，空着手去人家里，你求人家办的事就不会落实，只能落空。还有一条，只有何怀山一个人在家的时候，她绝不会到何怀山家里去，必须趁何怀山的妻子在家的时候，她才会登门。这样做，不光是为了避嫌，为了避免引起何怀山的误会，她的主要目的，还是要调动和利用一下施灿英的力量，让施灿英帮助她做何怀山的工作。这样的办法，往往被说成是利用枕头风的力量。枕头风自有它的力量在，谁都不敢小看。枕头风不是自然风，它有时比自然风还要强劲，还要神奇。枕头风不分东南西北风，风向不是很明确，有时更像是旋风。正是因为它的性质像旋风，才更容易使被吹风者晕头转向。无数事实证明，许多生活和历史，都是因为枕头风的吹拂而创造，而改变。

施灿英对王国慧的到来，那是相当热情，相当欢迎，笑得比灿烂还灿烂。如果把她的笑容比喻成一朵盛开的花，她宁可把花摘下来，双手捧着献给王国慧。她之所以对王国慧如此欢迎，不仅在于王国慧有文化，长得好，也不仅在于王国慧家的经济条件不错，手上带得有礼物，还在于王国慧是一位工人家属。她听一些妇女说过，过不了多久，王国慧就要带着孩子搬到矿上去。矿上是什么？在农村人的眼里，矿上就是城市，到了矿上，就是到了城市，身份就从农村人变成了城里人。这不能不让进城无望的施灿英对王国慧心生羡慕，并对王国慧高看一眼。她说：三嫂你看你，咱妯娌，咱姐妹，咱那个——你来就来了，还带东西干什么！

送礼送到前头，也送到明处，王国慧把带来的礼物一一交给施灿英。她先拿出的是健美裤，对施灿英说：你长着两条大长腿，最适合穿这种健美裤，穿上健美裤，你的腿会更美！

施灿英说：三嫂的腿比我的腿还长，你留着自己穿吧！

王国慧说：我给你，你就穿，你跟我还客气什么！话说给知人，饭舍给饥人，好衣还得有好人穿。有人长得像石磙，要腰没腰，要腿没腿，想穿我还不送给她呢！

好好好，我接着。三嫂一说话，我都不知道说啥好了。

王国慧一来，施灿英两三岁的女儿就过来了，两只眼睛巴巴的，一直看着王国慧。施灿英要她女儿向新成学习，不要把她叫娘，也把她叫妈。小女儿说：妈妈，我也要穿健美裤！说着，拽住健美裤的一条腿，从妈妈手里把健美裤往下拽。健美裤带有伸缩性，看着不太长，一拽就长了。

施灿英不松手，让女儿松手，说别瞎拽，等你的腿啥时候长长了，妈妈再给你穿。

王国慧把棒棒糖拿出来了，递给施灿英说：这个给孩子吃。

施灿英接过棒棒糖，却不马上给女儿吃，对女儿说：快说，谢谢大妈妈！

女儿说：谢谢大妈妈！

真乖，小嘴儿真甜！王国慧把孩子的头顶摸了一下。

施灿英这才剥出一个棒棒糖给女儿吃，让女儿到一边玩去吧！

站在旁边，一直插不上话的何怀山，这才把话插进来，说：快让嫂子坐吧！何怀山脸上僵僵的，显得有些不好意思。

王国慧送礼还没送完，继续跟施灿英说话。她没有搭理何怀山，甚至连看何怀山一眼都没看。仿佛她就是冲着施灿英来的，而不是冲着何怀山来的。她把带来的白酒，也递给施灿英，说：这是你怀礼哥从矿上带回来的，他走了，没人喝，一直在那儿放着，就送给怀山喝吧！

施灿英接过酒瓶子，像是接过了一根接力棒。“接力棒”是玻璃的，透明的，里面装满了酒。可接过“接力棒”的施灿英没有发力，没有开跑，她觉得自己不能胜任似的，立即把“第三棒”递给了丈夫何怀山，说给，三嫂给你的酒。

上前接过“接力棒”的何怀山，也没有像接力运动员那样快速跑掉，他把“棒把子”握在手里，站在了王国慧面前。他本是一位老师，但此时姿态恭敬，似乎变成了一个小学生。相比之下，王国慧倒如同变成了一位老师。“小学生”向“老师”汇报说：庆国叔找过我了，把我批评了一顿。庆国叔批评我是对的，我的工作确实有失误。

王国慧说：其实新成他爷爷很看好你，他说过，下一步准备介绍你入党。说到这里，王国慧往门外看了一眼，压低声音说：新成他爷爷的最终目的，是让你把支书的位子从姓赵的人手里接过来。

何怀山的样子更加惶恐，说那可不敢，我连个老师都当不好，差点儿辜负了庆国叔的期望，别的更不敢当。

那有什么不敢当的，什么事儿都要敢想，敢想才能敢当。这个事儿你应该当仁不让，千万不能往后缩！依我看，你们这一帮怀字辈的弟兄们，你的前途最光明！

何怀山几乎晕了，几乎糊涂了，但他总算没有晕掉，也没有犯糊涂，知道王国慧找他的目的是什么。他说：我万万没有想到，赵和平会做出行贿赂、拉选票的事来。这说明社会上的不正之风已经吹到了学校，并影响到了小学生，对小学生心灵的健康成长非常不利。这还说明，搞民主说说还可以，一旦实行起来就跑了调子，变了样子，好事就变成了坏事。这是因为，大家历来都不习惯自己为自己做主，还是习惯别人为自己做主，一旦有人为自己做主，自己就没了主意。真的嫂子，赵和平拉选票的事我一点儿都没听到消息，哪怕是得到一丁点儿消息，我都会严厉加以制止。拉选票是什么性质的问题呢，是道德品质问题。道德在三好中排在第一位，也是第一好，连第一好都不好，怎么能当三好生呢！嫂子你放心，明天上午第一堂课，我就要解决这个问题。

王国慧说：小孩子毕竟不是大人，小孩子好引导一些。你把问题指出来，让同学们重新投一次票就是了，投到谁算谁。要是何新成得的票仍然不是最多，何新成没什么可说的，我和他爷爷也没什么可说的。

那不可能！何怀山打保票说：票不管怎么投，今年的三好生只能是何新成，别的任何人都不行！

第二天中午何新成回家吃饭时，王国慧一眼就看出来了，儿子肯定重新得到了三好生的称号。儿子的鼻子眼里满是笑意，高兴得嘴唇子已包不住嘴。她不问儿子，等着儿子向她报告好消息。

儿子倒问起她来：妈妈，你看出我高兴了吗？

没有呀！

妈妈我告诉你，我终于又被评为三好生了！

还终于，看把你美的，臭小子！

我得了满票，全班五十二个同学，我得了五十二票。

这么说，是你自己还投了自己一票。

何老师说了，自己可以把票投给自己。

这样也好，可以增加你的自信。但千万不要骄傲自满，要再接再厉。

啥是再接再厉?

儿子一下子把王国慧问住了，她会说再接再厉，如果让她解释，她还真解释不清。她说：再接再厉应该是一个成语，老师没给你们讲过吗?

没有，我们还没学过这个成语。

再接再厉嘛，大概意思应该是这样：你已经很厉害了，还要再接着厉害。

好，我一定听妈妈的话，接着厉害。

还有一点王国慧想到了，但她没有对儿子说出来。既然何新成得了满票，表明赵和平也把手中的选票投给了何新成。

这很不容易。

第三章

从农民转变成非农民

8

王国慧面临她人生中的一个转变，这个转变堪称是一个重要转变，也是一个重大转变。以前她已经有过两次转变。第一次，她从王大庄嫁到何赵庄，从一个闺女变成了媳妇。第二次，她生下儿子新成，从一个媳妇转变成一个母亲。这两次转变，关乎一个人生命的演进，也不能说不重大。但在王国慧看来，比起前两次转变，这第三次转变，来得更彻底，更隆重，更重大，也更符合她的愿望。如果前两次转变是生命的自然过程，第三次转变是在自然过程的同时，又增加了社会过程。前两次只说转变就可以了，第三次转变的变字后面恐怕还要加一个迁字，是迁移的迁，迁徙的迁，变迁的迁。

过了夏天到秋天，王国慧先后收完了她责任田里的豆子、芝麻、玉米和红薯等，把土地细细整理过后，又播种了小麦。麦种入土，一冬天都不用管它，当年的农活算是告一段落。当麦子冒出针尖一样的黄芽，当辛勤忙碌了将近一年的王国慧刚要松一口气，她的丈夫何怀礼从矿上回家来了。丈夫一进家，就给她带回了好消息。好消息暂且不表，丈夫一放下行李，就要关门，就要下种。王国慧种过地了，他也要种地，王国慧就是他的地。他嫌一个孩子太少了，还想再要一个孩子，女孩儿男孩儿都行。他上次回来“种地”没能成功，这次争取有所收成。“种地”的事亦暂且不表，有必要把王国慧种的庄稼说一说。应该说王国慧所种的每样秋庄稼都长得不错，都取得了喜人的成绩。她收获的豆子是金黄色，每一粒都圆润饱满，掉在秤盘里响当当的，能压得秤杆把尾巴一翘。她打下的芝麻，小肚子都鼓鼓的，每一颗都是一兜油，用指甲一掐，里面的油似乎就会冒出来。她掰下的玉米棒子是玉红色，每一穗都很棒，掂在手里沉甸甸的。倘是把密嵌在上面的玉米籽儿剥下来，恐怕一穗儿就能剥一碗。红薯的主要特点是个头大，大得像碓窑子里用的碓头一样。现在不缺吃的，不用把红薯切片晒成红薯干保存，吃红薯是为了吃鲜。既然如此，王国慧并不希望红薯长得太大，长成中等的匀溜块儿最好。可豆子隔豆皮，红薯隔地皮，红薯长在地下，王国慧管不了它，它想长多大，就长多大；想长什么样儿，就长什么样儿。王国慧把红薯储藏在红薯窖里，什么时候想吃，取出来都是新鲜的。她知道丈夫也爱吃红薯，不管丈夫什么时候回家，她都能让丈夫吃到红薯。有人说红薯吃多了容易产生胃酸，放屁多。王国慧和丈夫都不知道胃酸是什么感觉，吃了红薯，屁的数量也不见明显增加。其实放屁是件痛快事儿，他们倒是想多放屁呢，可吃红薯并没有通屁的效果。红薯毕竟不是药，吃了红薯不会致病，也不会治病。对了，自从上次去医院看过，吃了医生给她开的药，王国慧的胆结石没有再发作。大概因为她这段时间没有生气，肝和胆也没有生气，结石不显山，不露水，处在隐蔽状态。人身体内不管什么病，都是以疼为提醒，一段时间不疼，王国慧几乎把自己的病忘记了。是的，王国慧胳膊腿儿结结实实，看上去浑身是劲。王国慧面色红润，洋溢的还是青春的光彩。特别是丈夫何怀礼一回来，她体内的某些要素很快被激活，顿时显得活力四射，容光焕发。当丈夫提出做那件事时，她脸上红了一下，没有拒绝，但她说：晚上吧。

不，就现在。都快憋死我了！

白天不好，晚上再好好的……

白天很好，白天看得清，我就喜欢白天干。白天先加个班，晚上再来正式的。

看把你急得，男人就是没出息。

要搁以前，王国慧不会在白天答应丈夫的要求。她认为人之所以为人，是因为人知道害羞。既然知道害羞，在做害羞的事时，就得背着人，也背着天。要是白天做，老天爷还睁着眼，就等于没背天。若是让老天爷看见，老天爷会不高兴。老天爷一不高兴，就没人的好果子吃。丈夫曾在白天提过要求，王国慧从没答应过。人都有让步的时候，这一次王国慧也做出了让步。她之所以让步，一是她沉浸在丈夫带给她的好消息中，还没有回过神来。二是能有下一步的重大转变，都是丈夫给她和孩子带来的，她对丈夫心怀感激。三是丈夫长时间不在家，她也觉得压抑。丈夫回来，她也需要把欲望释放一下。尽管如此，他们仍不失理性，没乱阵脚，行事之前，她把院子的大门关上了，插上了，把堂屋的门也关上了。行事过程中，丈夫一高兴说了一句开玩笑的话，差点儿把王国慧惹翻，王国慧差点儿把丈夫推开。丈夫说：现在大家都在开放搞活，你长得这么好看，有人搞过你吗？

放屁，你再胡说我就生气了！

我是跟你说笑话呢，我还不知道我老婆吗！我的好老婆属于我一个人，谁都不能动我老婆一指头。丈夫把王国慧搂得紧紧的，绝不允许老婆在半道与他相脱离，并加快了速度。老婆越是让他慢点儿，不要着急，他的马力开得越足，速度加得越快。结果，在他说了一句“完了”之后，他爆了粗口，骂了人，说太快了，一点儿都不过瘾。

你从来都没有够，哪有过瘾的时候。还是怨你自己，老是急吼吼的，不能控制节奏。

节奏，这说法太好了！下次我一定控制好节奏。

解决了问题，王国慧打开了院子和堂屋的门，两口子才静下心，继续讨论丈夫带回的好消息。什么好消息呢？王国慧和儿子何新成的户口要从农业户口转成非农业户口，从农民转成非农民。也就是说，王国慧和何新成不在农村住了，要搬到矿上去住，王国慧从此不再是农民，要变成和丈夫一样的矿上人。丈夫解释说，这是全国煤矿的一项政策，矿工在井下干够一定的年限，他们的老婆孩子就可以把户口迁到矿上，就可以解决矿工和家人长期两地分居的问题。这项政策的名字简称农转非。

农转非，这样的说法尽管有些生硬，有些拗口，尽管没有说成从农村户口转成城镇户口，从农民转成市民，王国慧一听还是高兴坏了。开天辟地第一回，这样天大的好事，她过去想都不敢想啊！

王国慧当年找对象时，明确制定了三条标准。别的农村姑娘找对象，大都懵懵懂懂，糊里糊涂，不知找胖的好，还是瘦的好；不知找倭瓜样，还是丝瓜样的，一般都是由媒人牵着鼻子走。等生瓜做成了熟菜，才发现不是她们所想要的，但后悔已经晚了，这锅菜不想吃也得吃下去。而读过中学的王国慧，对找对象的事有清醒的认识。她听人说过，男怕选错行，女怕找错郎。这样的话她一听就牢牢记住了，并深深理解了其中的含义。以我为主和主体意识的确立，不但使她确定了找对象的标准，还按照标准逐条对照，不合标准的绝对不予考虑。第一个标准是文化标准，也是智力标准，她希望对方的学历和她对等，当然高一些更好。第二是健康和身高的标准，她希望对方身体健康，身高一定要比她高一些。男的嘛，如果比她低，那就说不过去。第三个标准比较高，她希望找一个有工作的人。农民在地里打土坷垃，不算有工作。在外面当工人，或者当老师，才算有工作。王大庄有三个人在外地工作，两个当老师，一个当工人。因为有工作，就有工资。有了工资，他们就可以给家里人买东西。他们的老婆脚上穿洋袜子，洗脸用胰子，搽脸用香脂。和她们错身走过，她们脸上的香气呼的一下子扑人一身。既然男人在城里，她们有时会去探亲。等她们探亲回来，走路的步调变了，说话的腔调变了，好像她们也变成了半个城里人。总的来说，有人在城里工作，家属的生活和地位都会提高一个档次，明显优越一些。王国慧愿意找有工作的人，经济条件上的考虑是一个方面，更重要的方面，她是想借光到城里走一走，看一看，长点儿在农村长不出来的见识。可是，要找到符合这三条标准的对象谈何容易！别人给她介绍一个，又介绍一个，往往是前两个标准符合了，后一个标准却达不到。王国慧坚持着，决不降低标准，一点儿都不凑合。终于，有人给她介绍了一个有工作的人。那人工作的地方不算远，在县城。不管在哪里工作，只要有工作就行。大城是城，县城也是城，是城就不是农村，是城就比农村强。王国慧答应跟人家见个面。见面后，王国慧见那个人长得有些黑，嘴唇是地包天，说话也吭吭哧哧，不是很利索，跟她理想中的对象有一定差距。但因为那人在县城有工作，王国慧犹豫了一会儿，没有当场当面拒绝人家。她说的是，她回去再考虑一下。在她考虑期间，有人悄悄向她透露了一个消息，那人不是国家的正式工，只是一个打水泥预制板的临时工；那人吃的不是国家供应的粮食，是自带的干粮；那人挣的钱也很少，每月连二十块钱都不到。总的来说，那人不算真正有工作，只是一个冒牌货。王国慧一听吃惊不小，也深感庆幸，亏得她留了一个心眼儿，没有答应人家，要是答应了人家，再反悔就不好了。这次相亲给王国慧敲响了警钟，她还是要进一步提高警惕，擦亮眼睛，不让企图蒙混过关的人有机可乘。她知道，媒人的嘴里出来的言都是花的，出来的语都是巧的，能瞒就瞒，得哄就哄。他们的目的是把男女撮合到一块儿，并把生米做到熟饭。一旦目的达到，他们的任务就算完成了。至于男女的日子过成什么样，不管是过到狗窝里，还是猪窝里，都不干他们的事。她还听说，有一些当爹的，为了自己的儿子能找到对象，千方百计托关系，走后门，给儿子找临时工作。有的实在找不到临时工作，就把儿子送到远一点儿的亲戚家暂住，谎称到外边工作去了。对于这些情况的了解和掌握，使王国慧的决心更加坚定，她就是要找一个真正有工作的人，如果找不到有工作的人，她宁可不嫁，宁可当一个老闺女。她的眼高和挑剔，使得给她介绍过对象的人有了看法，有了微词，他们私下里说，都别给她介绍对象了，把她挂起来，晾着她！有那么一段时间，果然没有人再给她介绍对象。豆角子可以挂起来，玉米棒子可以挂起来，冬天腌的咸鱼也可以挂起来，人不可以挂起来，挂起来就有些麻烦。人挂起来的只能是相片，等相片挂起来的时候，那就可怕了。真正着急的是她的爹娘。俗话说，闺女大了不中留，留来留去是冤仇。这话虽说有些夸张，有些怂恿父母把闺女往外撵的意思，但内里自有其亘古不变的道理，尊重的是铁一样的自然规律。于是，娘行动起来，爹也行动起来，他们四面出击，八面探寻，千方百计为闺女找婆家。这么好的闺女，他们不信找不到合适的人家。娘的办法是频繁走亲戚，连多年不走的远亲、表亲，娘也要走一走。通过走亲戚，娘的目的是打探消息，探探亲戚所在的村庄有没有在外边工作的人，要是有，就拜托亲戚给她的三闺女介绍一下。爹的办法是普遍撒网，不管有鱼没鱼，只要看见有塘有水，爹就要往水里撒一网。有塘有水，指的是村庄，鱼呢，指的是有工作的人。爹一个村庄一个村庄挨着走，从东走到西，从南走到北，一个村庄都不落下。王国慧看出了爹娘有些反常的行动，领会到了爹娘的苦心，她有些自怜，还有些自悲，暗地里流了眼泪。有心劝爹娘别费那个劲了，她一辈子不嫁人，又该如何！但爹娘没有把话说破，她也不好意思点破，走一步说一步吧，或者是只管走，什么都不说。当时的情况是，农村是封闭的，城市也是封闭的，两者分别自成一体。农村的鸟不许到城里觅食，城里的鸟也不往乡下飞，要找一个家在农村、工作在城里的人是很难的。然而世上有难事，同时也有不怕困难的人，这种人被称为有心人。无疑，王国慧的父母都是百折不挠的有心人。经过他们的苦苦寻觅，王国慧的爹终于在何赵庄打听到一个有工作的人，那就是大队长的三儿子何怀礼。爹赶快托人为自己的闺女说媒，媒一说就成了。二人结婚后，王国慧的打算是，过个一两年，她就到何怀礼所在的矿去看看。不料他们的新婚蜜月刚过了一半，吃“蜜”吃得正馋的何怀礼就把她带到矿上去了，他们的蜜月等于在农村过了一半，到矿上又过了一半。何怀礼所在的矿叫金泉矿，金泉矿虽说不在阳贝市的市中心，离市中心偏东一点，也算在市里。据说阳贝市因煤而兴，因煤而扩，被称为煤城。也就是说，何怀礼既是在煤矿工作，也是在城市工作。土生土长，长到二十多岁的王国慧，可是第一次进城啊！在与何怀礼共度后半个蜜月期间，何怀礼带她看高楼，进公园，吃美食，逛商店，看电影，听大戏，使她第一次领略到城市的魅力。什么是城市，城市意味着高楼大厦、权力金钱、轿车美女、灯红酒绿、烈火烹油、花团锦簇，等等等等，一切优越和繁华。城市如此之好，王国慧并不敢想象有朝一日她会迁到城里来。她只是庆幸自己终于找到了一个在城里有工作的男人，通过男人总算和城市有了联系，并能够以家属探亲的名义，隔长不短地到城里走走，这就很不错了，已使她感到满足。生了孩子后，她又带着孩子到金泉矿去过两次，去去就回来了，没有在矿上久住。然而随着改革开放的一声锣响，农村人仿佛突然间生出了扁毛，扎上了翅膀，纷纷以打工的名义向城里飞去。好比城市是一棵大树，大树上才有高枝，繁枝，枝头上才结满了果子，他们也要到城里摘点儿果子吃。村里人这个走了,那个走了,几乎每天都有人外出的消息。听说有人去了广州，有人去了上海,还有的人去了北京,去了新疆。这时王国慧仍没有动心。她不但自己没有进城的念头，还对农村人乱走有些看不惯，给出的结论是乱套。王国慧向往城市，不等于她的观念不传统，不保守。她知道城乡之间有差别，并不反对差别，愿意承认差别的存在。要是没有差别，还叫什么城市和农村呢！城里的果子是多一些，但那是属于城里人的，如果农村人都跑到城里摘果子，等于跟城里人抢果子，农村人多摘一个，城里人就得少吃一个。中国的农村人总是比城里人多，如果农村人都跑到城里去摘果子，那城里人吃什么呢！她丈夫何怀礼也是城里人，何怀礼吃什么呢！应该说这是王国慧的一个私心，看到别人纷纷进城打工，她心里的不平衡也在这里。试想想，如果把进城变得像进庄稼地一样容易，她作为城里人家属的优越性就被淹没了，被人高看一眼的地位就不再明显。如果农村人都装了一肚子城里人的故事，她再从城里探亲回来，村里人就不会再稀罕她，不会围着她让她讲这讲那。如果农村人也穿上了城里人才穿的衣裳，不管她再穿什么新鲜的衣裳，也不会引起村里娘们儿的注意。曾一度，王国慧有些落寞，有些看不透形势，不知道眼前的变化是好还是不好。有人劝过她，还不带着孩子到矿上找何怀礼去，老待在农村干什么！王国慧对这样的劝说很是抵触，她高调宣称:我哪儿都不去，我看农村挺好的！可是但是然而，煤矿有了新政策，可以把她和儿子的户口迁到矿上去。你看你看，这是怎么说的？这就叫有福之人自有福气送上门，这就叫有福不用忙，没福跑断肠。得到好消息的王国慧重新振奋起来，旧的平衡打破了，她建立起了新的平衡。在她看来，别人不管到哪个城市打工，都是打工的身份，都是城里的过客，城里的流民。而她王国慧和儿子何新成呢，将带着户口进城，一进城就变成城里人的身份，身份就固定下来，并可能一直流传下去。这使她的优越性再次凸显，地位再次提高。可好事来得太猛总让人有些不大敢相信，王国慧让丈夫再把好事确认一下，她不问这是真的吗，而是问：我和新成往矿上迁户口，还用给领导送礼吗？

不用。

还用花钱吗？

花什么钱，也不用。

现在都兴花钱办事，不是说不花钱不送礼就办不成事嘛！

因为这是王八的屁股。

什么又是王八，又是屁股，王国慧以为丈夫又在说粗话，说：你说什么呢！

连王八的屁股都不懂，看来你也有不懂的地方。王八是龟，屁股是腚，龟腚（规定），懂了吧？

王国慧像是想一下，才明白了丈夫的话意。丈夫跟她转，她也跟丈夫转，说：你少跟我装鸭子！

不要胡说，你知道鸭是什么意思吗？

鸭子走路一跩一跩，转得很。

完了，我老婆跟不上形势了。你不知道鸭是什么意思，总该知道鸡是什么意思吧？

去，我什么都不知道，行了吧！少跟我玩那些花骨点子！

不知道没关系，只要肯学习就行，晚上我给你讲讲。何怀礼让王国慧把他带回来的食品拿出来一些，他去看看父母。他带回的有蜂蜜蛋糕、桃酥，还有橘子罐头。

王国慧说：这些东西其实不用从外边往回带，咱们这里都可以买到。

那不行，外边的东西有外边东西的意义，在咱们这里买的东西能代表外边东西的意义吗！我听说，咱们这里街上卖的油条都是地沟油炸出来的，那还能吃吗！

行啊，张口意义，闭口意义，我们家新成他爸长学问了。王国慧对丈夫交代说：我和新成往矿上迁户口的事，最好先不要跟新成的爷爷奶奶说。

为什么？

新成的爷爷奶奶一知道，村里的人都会知道。村里人一知道，跟锅滚了一样，就按不住了。

我觉得你的想法挺奇怪的，咱们走的是国家的政策，是光明正大的事，为什么要捂着盖着呢！

不是捂着盖着，我的意思是，干啥事都得存住气。蒸馍的话，只有存住气，才能把馍蒸熟。等把馍彻底蒸熟了，再掀锅也不晚。锅盖掀早了不好。

你到底怕什么呢？

说不上怕，我只是有点担心，担心别人忌妒咱。

谁想忌妒，就让谁忌妒去，那我就不管了。怎么，因为别人忌妒，我就不把老婆孩子的户口往矿上迁了，那是不可能的！老鼠不要忌妒喜鹊能在天上飞，谁让你老鼠不长一对会飞的翅膀呢！

还有我自己。你猛一说我和新成搬到矿上去生活，我也感到有些突然，思想上一点儿准备都没有，我思想上也得准备准备。

何怀礼看着王国慧好看的面容，笑了。他笑了一下，又笑了一下。他笑得有点儿远，有点儿坏，说：咱俩刚结婚的时候，你也说突然，也说思想上没准备，结果怎么样，一进去小桥流水，鸟语花香，啥都有了。

王国慧的脸不禁红了一下，说有个屁，我发现你学坏了，你现在说话怎么跟老骚胡一样呢，一张嘴满嘴骚气。好了，赶快去吧！

何怀礼一走，王国慧也骑上自行车，到集上去了。她知道，何怀礼一回来，就会有人来家里跟何怀礼说话。一有人到家里来，何怀礼就会留人家喝酒。喝酒没有菜不行，她得去集上买几样菜回来。

9

跟王国慧预计的一样，关于她和儿子农转非的消息迅速在村子里传开。何怀礼去看父母还没回来，消息已传得到处都是。消息长的不是腿，是翅膀，消息会飞。消息驾驭的是空气，哪里有空气，消息就会飞到哪里。消息还是水，接受消息的人是火，众人把火一烧，就把消息之水烧滚了，滚得咕嘟咕嘟乱冒泡儿。

老四何怀智来了。老四手里握着茶杯，茶杯里还是酒。他一进院子的大门就大声喊：三嫂，三嫂，我听说你要走！

王国慧正在灶屋里做下酒菜。她从集上买回了咸牛肉、猪肝、猪耳朵、变蛋，再拌一个粉皮儿和酸白菜心儿，准备做六个凉盘。她在灶屋里答话：往哪儿走？

往城里走呗！

你听谁说的？

这还用听说，小卖部门前讨论得都快开锅了。三哥一回来，我就猜他是接你走。我早就看出来了，三嫂早晚得变成城里人，因为三嫂压根儿就不像农村人，像城里人。

我哪里像城里人?

你说话办事，都像城里人。羊群里站着一个骆驼，农村人没有你这样高的。

这话王国慧听得很受用。她没见过真骆驼，但在电视上看见过骆驼，知道骆驼要比羊高大许多。她笑了一下，说：你是不是要撵三嫂走呀?

哪里呀！说实话，我真不愿让三嫂走。三嫂一走，何赵庄的妇女连个会说话的都没有。

你们家四老婆，不是挺会说的嘛!

她说瞎话还可以，正经话一句都不会说。

话可不能这么说，这话要是让四老婆听见，又得拧着你的耳朵跟你吵架。老四,三嫂跟你说句话，希望你能记住。酒不能这样喝了，这样喝酒对身体不好。你还年轻，要对老婆孩子负责，也要对自己负责。王国慧听说，老四因酒精中毒，已严重伤害到肝功能，像老四这样的情况，能再活一两年就算不错了。想到这样的说法，王国慧有些动感情，她不叫老四了，叫怀智，说怀智，你能记住三嫂的话吗?

好，我记住了，我听三嫂的话。他打开了茶杯盖儿，下意识地要把酒喝一口。但他像是想了想，又把茶杯盖儿拧上了，总算战胜了自己一回。

李喜莲来了。此前,李喜莲因骂鸡与王国慧结下的疙瘩已经解开。那是一次李喜莲用菜刀在案板上切山药蛋切滚了刀,刀刃碰到了手指,把左手食指切得开了一块皮。李喜莲不等鲜血流出来，赶快用右手把左手的食指捏住，到对门去找三嫂。她知道三嫂家平日常备得有贴伤口的创可贴，情急之中，她得让三嫂帮她把伤口贴一下。她说三嫂三嫂，我日他姐，一不小心，我把自己的手切着了，我不敢松手，一松手血就会流出来，你帮我粘粘吧！受伤流血的事是紧急事，遇到紧急事，李喜莲求到王国慧头上，王国慧当然不会拒绝。所谓远亲不如近邻，主要就是指近邻在紧急时刻能帮上忙。解疙瘩需要时机，一些平日解不开的疙瘩，也是在紧急时机解开的。王国慧用创可贴给李喜莲粘着手，没忘了捎带李喜莲几句：切山药蛋切到自己的手上，你看你多能！李喜莲说：我就是一个笨蛋，山药蛋是笨蛋，我比山药蛋还笨。王国慧又说：你还怀疑我吗？李喜莲说：我有嘴没心，嘴也是臭嘴。大人不把小人怪，三嫂原谅我这一回吧！话说到这个份儿上，既然李喜莲自己骂了自己，把自己骂成是小人，王国慧就不能再说什么了。王国慧问山药蛋切完了吗？没切完我去帮你切。李喜莲说：没事了，手指头粘上就没事了，不耽误继续切山药蛋。李喜莲临走，王国慧又给她带上两片创可贴，让她第二天把药换一下。这回进了院子，李喜莲也是大声大嗓：三嫂三嫂，你说走就走吗？

王国慧还没答话，仍站在灶屋门口跟王国慧说话的老四先把话接了过去，说：你咋呼啥，说话声音小点儿不行吗！

李喜莲说：是四哥呀，你要是不说话，我还以为是一根驴桩子呢！

是呀，要是没驴桩子，进来一头驴拴在哪儿呢？

我听说四嫂不是从外边回来了嘛，你把她拴好就行了。我是来跟三嫂说话，又不是来跟你说话，你拦在前头干什么！

眼看两个人要吵起来，王国慧才直起身子说：算啦算啦，我看你们两个都是高音喇叭，调门儿都不低。

李喜莲抓紧时间跟王国慧说话：三嫂，我早猜到你会飞，看来你真的要飞走了。

飞啥飞?

不是农转飞吗?

王国慧想了一下，禁不住笑了，说：这个非不是那个飞。

那是哪个飞?

是非常的非。

李喜莲噢了一声，像是懂了。可她脑子里还是只有飞翔的飞，只有喜鹊和麻雀的飞，没有非常的非。常也是，她脑子里只有长短的长，只有绳子和擀面杖的长，没有非常的常。她说：可不是咋的，这一飞时间就长了，我想见三嫂就不容易了。

老四插话：连飞翔的飞和非常的非都弄不清楚，一点儿知识都没有，三嫂别理她了。

我是来跟三嫂说话，又不是跟你说话，你老插嘴干什么，嘴痒痒到南墙根儿蹭蹭去！她接着问王国慧：你搬走了，你们家的房子怎么办?

是呀，王国慧要是搬走了，她家的房子怎么办呢？她家的宅基地怎么办呢？智者千虑，也有虑不到的地方。这个问题她还没想过，或者说还没来得及想。倒是自称“有嘴没心”的李喜莲替她想到了。看来在有关物质性、实际性的问题上，李喜莲比她想得还要远一些。没错儿，她有腿，儿子有腿，他们可以走。可房子没腿，宅基地也没腿，房子不可能走到城里去，宅基地也不可能搬到城里去，这的确是一个不得不面对的实际问题。王国慧想道，李喜莲提出“房子怎么办”的问题，是不是开始惦记她家的房子和宅基地的归属问题呢？李喜莲和她家离得最近，李喜莲以后要为儿子盖房子，娶媳妇，是不是看中了她家的宅基地，想趁机纳入老五家宅基地的版图呢？这是王国慧不能接受的。她说：你不要听别人瞎传，八字还没一撇呢，我和新成走不走还不一定呢！

李喜莲不知道八字是什么，也不知道一撇是什么，她还是听懂了王国慧说的话，她说：还是城里好，听说城里人吃得好，穿得好，连拉屎都是拉到没底子的水桶里，用水一冲就冲走了，一点臭气都闻不到。现在有本事的人都是往城里跑。

王国慧提到李喜莲的男人何怀信，说怀信不是也在城里打工嘛，你怎么不带着孩子去找他呢！

李喜莲的嘴撇了一下说：他算什么，他去城里打工，依我说跟去城里要饭差不多，打来打去，最后还得让人家把他打回来。他跟三哥和你怎么能比呢，三哥是公家人，你也快成了公家人，他累掉腰子，也只能是个私家人。

王国慧不同意李喜莲所说的公家人和私家人，但她又觉得李喜莲的话似乎有一定道理，东西分公家的，私家的，人好像也分公家人和私家人。她丈夫何怀礼一参加工作就是国家正式工人，吃的是国家供应的商品粮，拿的是国家发的工资，不是公家人是什么！而她呢，只要一天没把户口迁到矿上，只要一天没搬到城里去住，就不能算是公家人。等她真正成了公家人，再承认也不晚。她突然想到了一个词儿，这个词儿可以把她的看法与李喜莲的说法相区别，并显示出她作为一个有文化的人应有的水平。她说：不要说什么公家人和私家人，每一个中国人都是国家的公民。

公民？公民是什么？有些词儿是有力量的，它的力量像木棒，一下子把李喜莲打得有些蒙。有些词儿像琴声，琴声是很好听的，但要看对谁弹，如果对李喜莲弹，那只能是一种浪费。

施灿英来了。李喜莲还没回过神来，她由公想到了母，正在公和母的问题上纠缠，母的施灿英就走进王国慧家院子里来了。施灿英与何怀智、李喜莲的风格略不同些，看到何怀智和李喜莲在灶屋门口站着，正跟王国慧说话，她有些胆怯似的，脚下不知不觉间就慢了下来。听见何怀智大声向王国慧通报：又来了一个！她才向灶屋门口走来。她用一只塑料袋提了一袋子东西，东西圆圆鼓鼓，隔着袋子就能看出是一袋子鸡蛋。她没问王国慧是不是要走，说的是：三嫂，我听说三哥回来了，给你家送点儿鸡蛋。这些鸡蛋都是咱自家的鸡繁的，我喂鸡喂的都是粮食，连一点儿鸡饲料都没喂。

王国慧接过鸡蛋，顺口表扬了施灿英，说灿英想得真周到，知道她家没养鸡，就给她送来了鸡蛋。她这话也是说给李喜莲听的。同样都是养鸡人，李喜莲就知道骂鸡，想不到拿鸡蛋送人。她的意思是让李喜莲跟施灿英比一比，好好向施灿英学习。

通过对比，李喜莲意识到，自己空着手到三嫂家来，确实有些失礼。她马上做出纠正说：三嫂，我刚从菜园里拔回来几个萝卜，我去给你拿两个来，你给三哥炒萝卜吃。

王国慧说：不用了，萝卜留着你自家吃吧！要是大嫂或二嫂，王国慧会开一个玩笑，说成萝卜留着你自己坐吧。因李喜莲是兄弟媳妇，还是个不太懂笑话的兄弟媳妇，这样的玩笑就不能开。

我拔回来的萝卜多，吃不完。李喜莲颠巴颠巴，还是回家拿萝卜去了。

施灿英走进灶屋里，才对王国慧说：三嫂，我真舍不得让你走！她大概事先酝酿了情绪，一开口情绪就流露出来，眼角有些湿。有段时间，施灿英得了一种妇科病，她悄悄跟王国慧说了。王国慧跟她说了一个偏方，并跟她说了在夫妻生活方面应该注意的事项。她照着王国慧所说的话做了，时间不长，她的妇科病就好了。在这个不可与外人道的私密事情上，施灿英对王国慧一直心存感激。

王国慧安慰施灿英说：离走还早着呢，迁户口的手续还没办呢。你也知道，现在去公家办点儿事都难，手续能不能办下来，还不一定呢！我跟你三哥说，迁户口的事先不要往外说，他嘴里噙不住话，还是说了。他一说不要紧，把你们都惊动了。说不定一会儿还会有人来。灿英你放心，不管我走还是不走，咱们都是姐妹，你的事就是我的事。

施灿英说：我不是听三哥说的，是听别人说的。说你正在收拾东西，过几天就要搬走。

没有，你看我是要搬走的样子吗？没有吧！话不能过嘴传，经过人的嘴一传，就会变一个样子。经过十个人的嘴传，就会变十个样子。变来变去，就变得没样儿了。

老四在吼一个人，说走，谁让你来的？你给我走！手指往大门口那里一指。

来者是那个傻女人。傻女人腿勤脚勤，总是消息灵通，闻风而动。她大概知道何怀礼回来了，并听说王国慧要迁到城里去，她不能不来看一看。傻女人好像并不害怕老四对她的吼，她对老四反吼：喝，喝，喝死你！

老四举起茶杯，欲砸傻女人的头，说你走不走，不走我把你捆起来，扔到瓜地里去！

王国慧帮傻女人说话：算了吧老四，你别吓住她。王国慧想道，她如果真的离开何赵庄，以后就见不到这个傻女人了。当人要离开一个地方，看到一草一木、一砖一石、一水一井、一鸡一猪都是好的，都会心生善意。

老四说：她的胆子大着呢，半夜里都敢到人家瓜园里去偷瓜。结果被人家逮住了，人家摸了她的“瓜”，吃了她的“瓜”，才放她走。

傻女人并不否认这件事，不但不否认，还嘻嘻笑着，挺好玩儿似的。她冲灶屋门口站着，好像要对准门口的正中间，却老也对不准，就左一下，右一下，在调整站立的方位。她站立的姿势也在调整，左脚并右脚，右脚并左脚，每次都调整成立正的姿势。傻子有傻子的内心世界，谁都不知道她心里想的是什么，搞的这叫什么名堂。也许她是通过这样的方式，欢送王国慧，跟王国慧告别。可惜她还没有敬礼，要是再向王国慧敬一个礼，那就更像一个仪式，也更搞笑。

李喜莲提溜着三根大青萝卜过来了，每根萝卜上还带着长长的萝卜缨子。块茎的蔬菜，他们这里种青萝卜、胡萝卜、蔓菁、腊疙瘩等，不管收取哪样蔬菜，他们都是连缨子一块儿拔，或是连缨子、秧子一块儿刨。

王国慧说：不错，还带着缨子呢！

李喜莲说：可以把缨子拧下来喂鹅，鹅最喜欢吃萝卜缨子了。

王国慧刚要说你不用管了，李喜莲嘴到手到，咔哧咔哧咔哧，已经把三根萝卜上面的萝卜缨子都拧了下来，并回身扔到鹅鸭圈里，喂给鹅鸭吃。李喜莲说：三嫂，有需要我帮忙的地方你只管喊我。

好，你先忙你的吧！

老四还没走，他在等三哥回来。酒瘾上来了，他到底没能忍住，拧开茶杯盖，把酒喝了一口。

何怀礼回来时，爹跟他一块儿来了。跟在爹后面的，还有村里的会计和何怀山。王国慧知道，何怀礼每次回家来，都要招人在家里喝酒，通过喝酒，显示他是挣工资的人，显示他作为国家正式工人的优越性，并显示他在村里人心目中应有的地位。这次回来，何怀礼更高兴，也更牛气。他的牛气不是通常所说的衣锦还乡所能形容，因为他不只是还乡，还乡之后还要出乡。他不仅自己出乡，他的老婆孩子也要出乡，一家子都要变成城里人。这是何等的史无前例，何等的出人头地，何等的荣耀！这当然值得喝酒，值得好好庆贺一下。王国慧能够理解何怀礼的心情，她不反对何怀礼招人在家里喝酒。她以前不反对，这次更不反对。不但不反对，她还大力支持何怀礼在家里办酒席。她是家里的主妇，必须积极主动地把酒席的事承担下来，并把酒席办得像个样子。见何怀礼带人回来了，她赶紧从灶屋里迎出来，用围裙擦着自己的手说：都来了，快到堂屋里坐吧！我已经把凉菜做好了，你们先喝着，我这就炒热菜。王国慧还说了一句类似外交场合所使用的公共语言：热烈欢迎大家的光临！

10

做菜需要能力，需要技术，也需要天赋。王国慧没有专门学过做菜，所做的菜都是一些家常菜。但王国慧能做出满满一桌家常菜，每一道菜都很好吃。如同她没有专门学过种庄稼，照样把庄稼种得很好一样，她做菜也做得很出色，很出味。这大概是因为她天生有灵性，加上她做什么都认真，用心，要强，干什么都不差。比如肺片汤这道菜，别的妇女一般都不敢做，做出来味道发腥。王国慧做肺片汤放胡椒，放醋，撒芫荽，点麻油，辣中带酸，又香又鲜，一点儿腥味都没有。用调羹喝一口，顿觉满口生津，喝了还想喝。

施灿英没有走，王国慧炒热菜的时候，她帮着烧锅。

何新成背着书包回来了，他看见了堂屋里人很多，一屋子人都在吸烟，烟气像烧锅一样往外冒，没有去堂屋，到灶屋里来了。

王国慧问他：你怎么才回来？比平常至少晚回来半个钟头，你干什么去了?

放学后我在学校写了一会儿作业。

这么说，你今天的作业已经在学校里写完了?

差不多吧。

写完了就说写完了，没写完就说没写完，不要说差不多。差不多是差多少?

还差听写。

这就对了嘛!

在回答妈妈的问话时，新成的双肩挎书包还一直在背上背着。他的书包看上去有些沉，向下坠着。

施灿英对新成说：好孩子赶快把书包放下，坐凳子上歇歇吧！又对王国慧说：依我看世上最难的事就是上学，一上学就得上好多年，一年赶一年，一天赶一天，一天都不能落下。

你爸爸回来了，你知道吗？王国慧问。

何新成不说话，也没有把书包放下来。

婶子不是让你把书包放下来嘛!

不知何新成别到了哪根筋，他的样子像是有些抵抗，像是对自己的书包特别热爱，又像是在自找压力，就是不把书包放下来。由于书包里装得鼓鼓囊囊，他背上像是背着一个人，一个与他大小差不多的人。他背上的“人”似乎与他达成了一致，也是沉着脸，塌着眼，一句话不说。

王国慧看出新成在闹别扭，也隐隐觉出新成为什么闹别扭，当着施灿英的面，她不能吵新成，一吵会显得自己没涵养，也会影响整个欢乐的气氛，于是她放松口气说：你爸爸回来了，你爷爷和你老师他们也来了，你去堂屋跟他们说说话吧！新成最讲礼貌了，最听话了，好了，放下书包，高兴点儿，去吧！

一般来讲，在外地工作的爸爸回来了，儿子应该高兴才是，可新成不高兴。不但不高兴，他甚至有些抵触，有些苦恼，不愿看到爸爸回来。不仅新成对爸爸的态度是这样，矿工和儿子的关系大都如此。这是因为，丈夫在矿上，妻子在农村，夫妻长期两地分居，他们的儿子从小到大都是由妻子带。这样的家庭不能算单亲家庭，但跟单亲家庭差不多。由于父爱的缺失，矿工的儿子总是跟爸爸有些生分，父子之间建立不起亲切的感情。当爸爸回家探亲时，妈妈的注意力和精力一时间都转移到了爸爸身上，把儿子丢到了一边。这使儿子觉得母爱被抢走，被剥夺，如同受到外来入侵一样，无不感到失落，冷落。儿子对爸爸的排斥由此而生。加上有一次何怀礼回来探亲时，因学习的事打了何新成，把何新成的屁股都打肿了，使得何新成对爸爸更没有什么好印象。在学校刚放学时，他就听同学说看见他爸爸回来了，他心里一沉，本来已经从教室里出来了，又返回了教室，留在教室里写作业。直到学校要关门了，他才从学校里走出来。他不想回家，但不回家又不行。他知道爸爸在堂屋里坐着，只向堂屋里瞥了一眼，就塌下眼皮，溜着墙根，到了灶屋。他猜到了，妈妈一定会让他去见爸爸，向爸爸问好。妈妈一再对他说，爸爸很爱他，爸爸辛辛苦苦在井下挖煤，挣钱，都是为了供他上学，把他培养成一个大学生。尽管他也猜到了妈妈一定会让他去堂屋见爸爸，他也做好了准备，硬好了头皮，可是，当妈妈以哄他的口气把话说出来时，他还是一百个不情愿。他也知道，别看妈妈在夸他，话说得一点儿都不强硬，那是因为当着婶子的面，妈妈在给他留面子。其实妈妈心里强硬得很，恐怕比手里拿的炒菜用的锅铲子还要强硬。他要是胆敢不听妈妈的话，不去堂屋里见爸爸，妈妈不知有多生气呢，过后不知怎么惩罚他呢！油锅在呲呲啦啦响，妈妈在翻炒肉片，油气翻滚之中，何新成看见妈妈使劲瞪了他一眼，并咬了一下牙。妈妈这些无声的动作，正在烧锅的婶子看不见，何新成看见了，不用说，这是妈妈在向他示威，在给他颜色看，催促他赶快去堂屋见爸爸。

正当何新成十分为难之际，是爷爷在堂屋里喊他，给了他走进堂屋的台阶。

爷爷在堂屋里喊新成，等于也给了妈妈台阶，妈妈说：你爷爷喊你坐桌呢，赶快去吧！坐桌就是坐席，他们这里的规矩，女的都不坐桌，只有男的才有资格坐桌。新成虽说还是个孩子，因为是男孩子，就具备了坐桌的资格。

爷爷喊新成去堂屋，新成还可以接受，因为爷爷一直很喜欢他，曾带他赶过集，赶过庙会，他想吃什么，想玩什么，爷爷都给他买。爷爷还对新成说过，新成将来能中状元。新成不知道状元是什么元，是不是变形金刚。他说：爷爷，我来了！这才到堂屋去了。往堂屋走的时候，他的书包仍没有放下。

酒席开始前，何怀礼对老四说：把你的酒给我尝一口。

老四拧开茶杯盖儿，把杯子递给三哥，说：我的酒不太好，你可能喝不惯。

何怀礼先闻后尝，只尝了一点点，就把杯子还给了老四，说：这不是酒，是酒精兑了一些水，怎么能把酒精当酒喝呢！

老四有些不好意思，说没事儿，我喝着玩儿呢！

玩儿不是这样玩儿法，把身体弄垮了，你就玩不成了。

我是把酒当茶喝。我去南方，见南方人都喝茶。

你又错了，酒是酒，茶是茶，怎么能把酒当茶喝呢！

王国慧把炒好的热菜往堂屋的桌上端，炒好一盘，马上端过去一盘。她往堂屋里端第三盘热菜时，酒桌上的男人们喝酒已经喝得很热闹。他们喝的是何怀礼从城里带回来的古井贡，酒瓶子很好看，酒也很好喝。老四一再说：一个天上，一个地下，这酒好喝，这酒好喝。

趁王国慧往堂屋里端菜，何怀山端起一杯酒站起来说：嫂子辛苦了，我得敬嫂子一杯！祝贺嫂子从此跳出农门，变成城里人！

王国慧说：谢谢怀山，你的心意我领了，我不会喝酒。

何怀山把杯子举得更高些，说：请嫂子给老弟一点儿面子，这杯酒嫂子一定要喝。我以前有什么做得不对的地方，还请嫂子多多谅解！

何怀山这样说，话后面就有话了。至于话后面有什么话，何庆国不明白，何怀礼不明白，别人都不明白，只有何怀山和王国慧两个人心里明白。好多话都是这样，说出来的部分少，话后面隐藏的部分多。比如说出来的话只是露在外面的胡萝卜缨子，又粗又长的胡萝卜还在土里埋着。再比如说出来的话是水，未说出的话是鱼，表面看风平浪静，水波不兴，可下面不知活跃着多少鱼呢！王国慧当然不会忘记，在一个下雨天，就是在这张桌子旁，何怀山曾追求过她，她差一点就答应了何怀山的要求，差一点就成了何怀山的俘虏。好在她及时清醒了头脑，站稳了立场，战胜了自己。不然的话，她就不是她了，何怀山也不是何怀山了。事情过去之后，她并没有对何怀山产生反感。何怀山只是喜欢她，追求她，在追求遭到拒绝后，何怀山并没有纠缠她，这表明何怀山是一个知趣的人，也是一个自爱和自重的人。如果这段经历是一个小小的秘密的话，她愿意把这个秘密藏在心底。她说：看怀山老弟说到哪里去了，你做得很好。新成能连续被评为三好学生，这都是因为你教育得好，我应该先敬你一杯才是。

嫂子我先敬你！

王国慧看了丈夫一眼，说她真的不会喝。

何怀礼说：怀山敬你的，喝了吧。

得到丈夫的许可，王国慧这才接过酒杯，说：怪满哪！

丈夫说：表明怀山是满心满意敬你。

王国慧这才把满满一杯酒喝了下去。

别人都说可以，可以。

王国慧说：你们接着喝吧，我还得去炒菜。

不知傻女人什么时候走了，老四的老婆来了。四老婆是来找她的丈夫老四，但她怕在堂屋喝酒的老四看见她似的，贴着墙边来到了灶屋。四老婆的出现，让王国慧有些惊奇：哟，你是什么时候回来的？听说你不是在福建开摩的吗？

我刚到家一小会儿，听说老四在这里喝酒，我来看看他还活着没有。龟孙把家里弄得跟猪窝一样，乱得连下脚的地方都没有。四老婆烫着爆炸头，两个耳朵上戴着金耳坠儿，一派很时髦的样子。原来老四在福建开摩的拉客，有一次只顾在路边的小酒馆里喝酒，人家就把他的摩的偷走了。他回来后，四老婆接替他去了福建，四老婆又买了一辆摩的，继续拉客挣钱。四老婆是个女的，客人乘坐她的摩的有安全感，加上她嘴甜，拉客拉得比较老练，据说比老四挣钱容易，挣得也多。人挣钱都没够，四老婆为啥突然回来了呢？四老婆接着说：我日他姐，城管的人把我的摩的没收了，说我没有营业执照。我狠哭狠哭，抓住摩托车就是不松手。城里人对咱农村人就是狠哪，不管我哭得多厉害，他们一点儿同情心都没有，还是硬把我的手掰开，把摩托车弄到汽车上拉走了。这一下我算是把城里人看透了，他们根本不把咱农村人放在眼里，需要你给他洗脚的时候，他把脚伸给你，你把脚给他洗完了，他一脚就把你蹬开了。

施灿英说：哪里都有好人坏人，城里人也不都像你说的那样狠心。三嫂马上也要变成城里人，我敢说三嫂走到哪里都是好人。

王国慧要变成城里人的消息，四老婆也听人说了，她说：那当然了，三老婆不管走到哪里，还是咱农村人的心，还是跟咱农村人一心。人家把她叫成四老婆，她就把王国慧叫成三老婆，把李喜莲叫成五老婆，好像这么一叫，她就跟妯娌们扯平了。

王国慧不爱听四老婆把她叫成三老婆，不愿意把自己放在与四老婆同等的位置，说：谁是三老婆，人家把你叫成四老婆，你就得把别人都叫成这老婆那老婆吗？南方人都是把自家男人叫老公，你也把老四叫老公吗？王国慧刚好炒好了一盘辣椒回锅肉，对四老婆说：你帮我端过去吧，正好看看你亲爱的老公。

四老婆不把王国慧叫三老婆了，改叫三嫂，说三嫂别让我端了，我是狗肉上不了大席面。

谁敢说你是狗肉，我看你比这盘回锅肉还香呢！不要动不动就埋怨人家城里人看不起你，我看主要还是你自己不自信，自己看不起自己。你要是看得起自己，就没人敢看不起你。好了，去吧，大大方方的。

四老婆端着热气腾腾的辣椒炒回锅肉来到堂屋，老四一见，不知不觉间从座位上站了起来，他说咦，你是啥时候回来的？

我上午就回来了。

瞎说，我上午怎么没看见你！

你成天喝得跟晕鸡儿一样，连家都不知道回，怎么会看见我！你不给孩子做饭，孩子饿得干啃方便面，不知道你这当爹的是咋当的！

老四眨眨眼皮，像是有些疑惑，难道自己真的喝多了，连自己老婆回来了都不知道？

四老婆没有劝老四不要再喝了，而是说：好好喝吧，啥时候把自己喝到东南地里，你就不喝了。

何家的老坟在东南地里，这一点老四不会忘记。老婆这么说是啥意思，不是咒他死嘛！他刚要对老婆发脾气，命老婆闭嘴，老婆把菜放在桌上，已经转身走了。醉眼中看着老婆肥得有些夸张的肥屁股，他骂了一句说：看老子晚上怎么收拾你！

酒席散去，月亮升起。王国慧把堂屋桌子上杯杯盘盘、剩汤剩菜往灶屋里收拾，何怀礼站在院子里看月亮。何怀礼像是有些感慨，说哎呀，好久没看见过这么明的月亮了，月是故乡明，这话一点儿都不假呀。他似乎要把自己变成一个诗人，对着月亮吟诵一遍。可他的脑子涨涨的，一时想不起更多关于月亮的诗句。

王国慧对何怀礼说：你累了一天了，早点休息吧。我还要给新成听写作业。

听写什么作业，今天免了，不要听写了！

那不可能，孩子的作业是最重要的，是压倒一切的，必须按时完成。

何怀礼把王国慧的胳膊拉了一下，附在王国慧耳朵上说：今天晚上让新成到西间屋去睡。

王国慧不由得把自己的耳朵挪开一点，她觉出何怀礼呼出的气烫烫的，满嘴都是酒气，仿佛擦一根火柴就能点燃。她问：为什么？

你明白。

我不明白。

你不要揣着明白装糊涂，要好好表现。

孩子跟我睡一个屋已经习惯了，你猛不丁让他一个人睡一个屋，他难以接受。孩子本来就对你有意见，跟你亲不起来，你一回来，要是再把他赶到西间屋睡，他对你就更有意见了。孩子已经大了，开始懂事了，你千万不要胡来，不要打什么歪主意！你今天是不是喝多了？

我啥时候喝多过。我不是老四，你也不是四老婆。四老婆跟你差远了，给你提鞋你都不要。哎，四老婆到城里是不是当鸡去了？

不要瞎说！这话让四老婆听见，看她不骂死你才怪！还说你没喝多，听听你的舌头都硬成啥了，都不会打弯儿了。

我哪儿都硬，硬得跟火锥一样，不信你摸摸。

去你的，睡你的觉去吧！

帮助新成完成了听写作业，王国慧让新成赶快睡吧，说今天睡得有些晚了。她还是让新成睡在东间屋的小床上。之后，她上好院子的大门，把院子里的所有活物查看了一番，接着又去灶屋刷碗刷锅。她刷洗的办法是，把碗、盘子、筷子、勺子都泡在锅里，一样一样刷，等这些比锅小的餐具刷完了，最后才刷锅。她刷锅只用清水和丝瓜瓤子，从来不使用洗涤灵之类化学的东西。因为刷锅水还要用来喂猪，她不愿让猪吃那些化学的东西。刷锅时，碗碰碗，盘碰盘，难免发出响声。她知道精力充沛的丈夫还要找她的事，她想等儿子睡着后，她再到床上去陪丈夫。如果丈夫也睡着了，就算了，她不会把丈夫弄醒。

堂屋里是黑的，外面的月光越明，屋里就显得越黑。王国慧没有开灯，她摸黑进了堂屋。回身轻轻掩上屋门，她又摸黑进了东间屋。到儿子床前看了看，听了听，见一片月光透过窗子静静地照在儿子盖着的被子上，儿子似乎已经睡熟。她蹑手蹑脚上了大床，夜蝉蜕皮一样脱下自己的衣服。丈夫一点动静都没有，喝了酒的丈夫也许睡着了。她跟丈夫睡一个被窝，丈夫把被子盖得扑闪着，她把被子轻轻一掀，两条腿就顺进了被窝。挖煤的丈夫如一块正燃烧的煤，他不仅自身发热，把被窝里也烤得热腾腾的。她正要和丈夫保持一点儿距离，不料丈夫像一个熟练的挖煤工做的那样，双手一伸，就把她挖到了。丈夫又像是一只螳螂，而她像是一只蝉，螳螂蓄势在绿叶中静卧着，静卧着，在等待蝉的到来。当蝉刚落在树枝上，螳螂以迅雷之势打出两只强有力的利爪，就把蝉捕到了。王国慧被捕到时，她并没有像蝉那样鸣叫，那样挣扎，只是说轻点儿，我还以为你睡着了呢！

丈夫没说睡着了，还是没睡着，就用自己的嘴把王国慧的嘴堵上了。

堵了一会儿，王国慧趁换气的时候腾出嘴来说：你要是没睡着，咱俩说会儿话吧。我胆里长了块石头，你知道吗？那一阵儿可把我疼坏了，疼得我摔头的心都有。

是吗？让我摸摸。他一摸就摸错了方向，摸错了地方。

坏，往哪儿摸呀！王国慧把丈夫的手拿开了，说：新成今年又被评上了三好生。为了新成能继续当三好生，你不知道我费了多大劲。

丈夫热血沸腾，好像已经急不可耐，对新成当不当三好生并不感兴趣。他把身体从被窝里长起来了，对王国慧说：你今天要好好亲亲我！他的要求和举动有些反常，不是对位，而是错位，不是依照常规，而是违反常规。

干什么？干什么？你学坏了，这是流氓行为！

乖点儿！

不乖，我就是不乖！

人家现在都这样。

不行，坚决不行！人家这样，我就是不这样，你这是对我的侮辱！

你要是不听话，我就不要你了！

不要拉倒！

我跟你离了婚，你就当不成城里人了。

当不成不当，我还不稀罕呢！

快点儿，这是形势，你得跟上形势。

我就是不跟，你快点儿下去，再不下去我咬你了！

对了，我就是让你咬的，咬吧，咬吧，给你，快咬吧！

这个流氓，你现在怎么变得这么流氓呢！下去不下去，再不下去，我把新成喊醒，让你儿子看看你的流氓行为！

喊呗，把他喊醒我也不怕。你是我老婆，我老婆为我服务是应该的，我怕什么！

其实新成已经醒了。人对自己的名字是敏感的，风吹，他可以不醒，雨打，他可以不醒，有人提到他的名字，他就会醒过来。当妈妈说到新成时，睡梦中，新成还以为是老师在课堂上点他的名，让他回答问题呢。他刚要站起来，脚一动就醒了。他一醒才知道，提到他名字的不是老师，是妈妈。妈妈不是让他回答什么问题，也不是喊他起来撒尿，是妈妈在跟爸爸说话，说到了他。妈妈说话声音并不大，因为牵涉到他的名字,他还是听见了。他没有睁开眼,但心里的眼睁开了，霎地就睁开了。他心里的眼睛要比脑袋上的眼睛大得多。妈妈这时候在黑暗里对爸爸说他，应该算是背后说他。妈妈一定以为他已经睡着了，才在背后说他。他是睡着了，可是呢，该他听见，他又醒了，他要听听妈妈在背后说他些什么，是说他的好话，还是说他的坏话。妈妈说到他当三好生的事，这应该是好话。他以为爸爸听到好消息会高兴，会夸奖他几句。要是爸爸夸奖了他，他也会很高兴。让新成感到失望的是，爸爸似乎对他当不当三好生并不关心，没有接过话题，一句都没说。这个当爸爸的，真是不像话！爸爸的不像话还在后头，不知道他对什么事情更关心，也不知道他对妈妈做了什么，爸爸和妈妈竟吵起架来，而且越吵越厉害。他听见妈妈骂爸爸是流氓，他吃惊不小。他知道流氓是骂人的话，而且骂得很厉害，比同学之间骂爹骂娘骂奶奶，都厉害得多。有一次在放学回家的路上，他听见一个女生骂一个男生是流氓，因为男生撒尿没有去厕所，没有去墙角，也没有躲避女生，站在路边就撒了起来，还故意滋得很高。由此他知道了，男生当着女生的面乱撒尿，就是流氓行为。难道爸爸是当着妈妈的面乱撒尿，把尿撒到了床上？好像又不是。从妈妈的话听出，爸爸好像还有别的动作，因为妈妈说爸爸是在侮辱她，一再让爸爸下去。难道爸爸骑到了妈妈身上，掐住了妈妈的脖子，要把妈妈掐死不成？他看见过一个叔叔和一个婶子在雨地里打架，叔叔就是骑在婶子身上，用沾满泥巴的手抽婶子的嘴巴，把婶子的嘴巴抽得啪啪的。婶子不甘心被骑挨打，仰躺在地上乱踢，乱颠，乱骂。婶子骂叔叔是日姐的，日娘的，日奶奶的，越骂越升级。婶子还抓起泥巴，往叔叔脸上糊，耳朵上糊。结果两个人打得不可开交，都滚成了泥巴猪。新成想睁开眼看一看，爸爸是不是骑到了妈妈身上，是不是在掐妈妈的脖子。这样想着，他就把眼睛睁开了一点缝。他是脸朝上睡的，一睁开眼，月光就照到了他眼上。月光能明眼，有时也能封眼，此时的月光就像是封住了他的眼，使小床在明处，大床在暗处；他在明处，爸爸妈妈在暗处，就算他侧过身去往大床上看，也看不到爸爸的动作。据说夜晚是鬼的世界，只有鬼在黑暗里才张牙舞爪，十分活跃。而人在黑暗里做动作，总是有些像鬼，总是有些可怕。月光如霜，新成心里一紧，不由得哆嗦起来。他不是冷，他是害怕了。他的害怕由外而内，鞭辟入里，有着冰冷的效果。一时间他仿佛四面不靠，掉进了冰窖。平时遇到可怕的事，他都是找妈妈，让妈妈保护他。现在妈妈如同遇到了猛兽的攻击，连妈妈都失去了保护，都自身难保，还有谁能保护他呢！就在这个时候，妈妈再次提到了他的名字，说是要把他喊醒。不用说，妈妈是希望他能帮助妈妈，带有向他求救的意思。新成怎么办？新成还没有长大，拳还不够硬，脚还不够硬，力量还不够强大，还没有能力帮助妈妈，解救妈妈。他的能力还处在害怕、委屈和示弱的阶段，在紧急时刻，他还是只会喊妈妈。他喊了妈妈——一开口就带了哭腔。他听见了自己的哭腔，对了，哭也是一种力量，他只能用哭来表达他的力量，显示他的存在。他一哭而不可收，哭得相当响亮，相当悲伤。

新成一哭，王国慧如同借到了力量，得到了帮助，说看看，吓着孩子了吧，把孩子吓哭了吧！她双手一推，就把骑跨在她胸口的丈夫推开了。

丈夫被推了个仰八叉，他有些着恼似的骂了人：操他妈的，真没劲！

新成别哭，别怕，妈妈来了！王国慧赶紧穿上衣服，到小床上抚慰儿子去了。

11

王国慧刚把儿子哄睡着，又听得见老四在院子大门外擂门，一边擂一边大声喊：三嫂，三嫂开门！

这个老四，真烦人！王国慧有心不搭理，不开门，又怕老四一直把门擂下去。他不但用拳头擂门，说不定还会用脚踢门。酒劲儿在老四的脑门子上顶着，拳不是他的拳，脚不是他的脚，他什么事都干得出来。王国慧对丈夫说：你去看看老四有什么事？

丈夫没有吭声。丈夫的阴谋没有得逞，他或许泄了气，已经睡着了，或许是在赌气。王国慧只好自己向院子里走去，说：听见了，别叫了，什么事呀？酒劲儿还没下去吗？

你先开门再说。我老婆跑了，不见了，哪儿都找不着。

王国慧把大门打开问：你是不是欺负她了？她想起丈夫刚才的无理要求，知道现在的男人都学得很坏，都在百样生法欺负自己的老婆。

没有呀，我一点儿都没咋着她。

我不信。你老婆跑了，你找我干什么？

我想让你帮我找找她。

你找不着，难道我就能找着吗？我又不是孙悟空，我又没有火眼金睛。

依我看，你比孙悟空还厉害。三嫂还是帮我找找她吧，我就这一个老婆，她要是跑了，我就没有老婆了。

可笑，一个老婆你都吼不住，你还想有几个老婆！

月光照得白花花的，投在地上的人影是黑的。王国慧的人影跟着王国慧，王国慧跟着老四，一同来到老四家的院子里。王国慧问老四：你哪儿都找过了？

找过了。

厕所和灶屋也找过了？

都找过了，一个人影都没有。

根据自己的经验和想象，王国慧先到灶屋里灶台后面的黑影里找，她刚转过锅台，从黑影里伸出一只黑手，一把就把她拉住了，把她吓了一跳。她想象得没错，四老婆果然缩得像个乌龟一样，藏在黑影里。四老婆小声说：三嫂，千万别对老四说我在这里，他不是人。

不是人？那是什么呢？没错儿，现在的男人都不是人了。王国慧从灶屋里出来了，并掩上了灶屋的门，对老四说：没在灶屋里，我连灶膛里都用火棍捣了捣，连个人瞎子都没有。

老四到厕所又找了一遍，说真奇怪，一个大活人，说找不见就找不见了。

依我说你不用找了，她有可能回她娘家去了。你只管睡你的，等你睡一觉醒过来，她就回来了。

这个女人，往城里跑一圈就跑野脚了，等她回来，我就把她拴在床腿上，再也不能让她出去了。

你还是先管好你自己吧。

第二天早上，王国慧在小卖部碰见了四老婆，二人会心地笑了一下，王国慧问四老婆：后来老四又闹事儿了吗？

没有，他睡了一觉醒来，就乖得跟一条狗一样了，叫他干啥就干啥，叫他舔手他舔手，让他舔脚他舔脚。

别说了，恶心！我看你也学坏了！

何怀礼为王国慧和何新成办好了往矿上迁移户口的手续，带着手续回矿去了。临走时何怀礼对王国慧说，等过罢年，立了春，天气暖和一点，王国慧和新成就可以搬到矿上去住，彻底与农村告别。

真的要走吗？王国慧问。

这还有假吗，我去镇派出所办手续的时候，等于已经把你和新成的户口迁出，从迁出的那天起，你就不再是这里的人了。

我在何赵庄已经住了十来年，一说要走，我还真有点儿舍不得。王国慧说着，口气有些低沉，眼里也起了雾。

少跟我玩悲伤！人往高处走，鸟往高处飞，城市就是高处，现在谁不想往城里去！要不是嫁给我，你能这么快成为城里人吗！我把你带到城里，你应该感谢我才是。

王国慧提出了房子和宅基地问题，说他们要是搬走了，房子和宅基地怎么办？

鸟飞到哪里，在哪里搭窝，没听说过鸟飞走时把窝、树和地一块儿带走的。

鸟是鸟，人是人，你不能老拿鸟跟人比。人是有头脑有感情的，麻雀有头脑吗？老鸹有感情吗？

你想怎么办就怎么办吧，一切由你全权处理。

我的意见，房子和宅基地咱们还留着，谁也不给，谁也别想占。新成他爷爷奶奶还在这里，咱们肯定还得回来看望老人。有房子在，咱们回来就有地方住。要是连房子都没有了，东瞅瞅，西望望，连个落脚的地方都没有，那就惨到家了。想想我都想哭。

又来了，又来了，你还有完没完？你就不能说让人高兴的话吗？唉，咱们要是有两个孩子就好了，一下子就可迁三个人的户口。我这次回来，不知你能不能怀上？从时间上算，好像正是好时候。

可能吧，我也不知道。

王国慧对户口这个说法以前并不是很理解，庄稼种就种了，收就收了；人生就生了，死就死了，弄一个户口干什么呢？她想，也许中国的人太多了，扒着人头数，恐怕很难数得过来。一个国家不知道全国有多少人口，是说不过去的。有了户口，把人登记在册，数起来就方便了。王国慧后来才知道，户口登记是一种国家制度，这种制度的建立不仅是为了方便统计不断变化的人口，还有更为重要的作用。那就是，户口还是限制，还是区别，还是等级。比如农村户口和城市户口就有区别，农村人风里雨里挣粮食，城里人在车间里挣工资；农村人吃自家种的粮食，城里人吃买的粮食；农村人天一落黑就睡觉，城里人夜间还能到电影院里看电影。这样一比，就看出等级高低来了。有玉米不算好，把玉米变成酒才算好。粮食再多也不算好，把粮食换成能流通的钱才算好。城里人就是吃得好，穿得好；看得好，听得好；用得好，玩得好，除了好，还是好。不然的话，农村人干吗一说到城里人就眼气呢，干吗一个两个都去城里打工呢！事实在那儿摆着，有城市户口的人比农村人就是等级高一些，各方面就是优越一些。满世界去打听打听，大学都是办在城市里，城市越大，大学越多。农村有大学吗？没有，一所都没有。所以说，从历朝到历代，掌权的人都是在城里，都是城里人管农村人，农村人都是被城里人管。农村人要是想当人上人，要是想管城里人，首先得把自己变成城里人再说。王国慧没有那么大的野心，没想着有朝一日要管城里人。她寄希望于自己的孩子，觉得孩子先当城里人，再管城里人，还是有希望的。

地里的麦苗发出来了，到处一片绿汪汪的。王国慧穿梭于锦绣般的麦田之间，在频繁地走亲戚。她先回了娘家，又去了姥姥家等。她这是去告别的意思，也是逐家去接受祝贺的意思。她就要离开此县此乡并此村，到城里去生活，如果不向亲人们告知一下，不和亲人们告别一下，无论如何都说不过去。王国慧是一个讲究礼仪的人，她必须应礼尽礼，周周全全，不让一个亲人挑礼。她还要在家里过年，本来可以趁过年期间再走亲戚，可她心里春风鼓荡，节日似乎提前到来，她有些等不及了。她想到了，所有的亲人都会替她高兴，夸她命好，说她是有福之人。她还想到了，所有的亲人都会嘱咐她不要忘了老家，常回来看看。这里的人言辞不多，不会说祝福祝贺之类的话，这样的话，就等于是祝贺了。这些话她虽然都想到了，她还是愿意听一听。想到和听到不同，想到为虚，只有听到才算得到实证。果然，王国慧骑车带着礼品，走了一庄又一庄，走了一家又一家，听到的话都不外乎这两个意思，等于她听到的话，得到的意思都是重复的。原以为人很多，话就很多，说到哪里都可以，不料人世间的字是有限的，话也是有限的。原以为地里的庄稼很多，意思也很多，遍地都是意思，不料庄稼的品种是有限的，意思也是有限的。尽管如此，王国慧还是得到了满足，心理上一次又一次得到了满足。特别是从二姐那里得到了一些反证，证明她确实比她们过得强，她的确是一个有福之人。去二姐家，她得知二姐夫做生意赚了一笔钱，以高利贷的形式放给了别人，结果人家卷了钱就跑了，跑得无影无踪。二姐夫气得不吃不喝，唉声叹气，眼看着身体就垮了下来。二姐生了四个孩子，严重违反了计划生育政策，乡里去人，把二姐家的牛牵走了。二姐和二姐夫既要保孩子，又舍不得牛，家里正闹得鸡飞狗跳，吱哇乱叫。王国慧还有一个妹妹，她没有去妹妹家。因妹妹比她小，按照礼仪，应该是妹妹听到消息先去看她，她再去看妹妹。听人说，妹夫外出打工去了，只有妹妹一个人在家里种地，带孩子。妹妹家的情况也不会好到哪里去，大概跟李喜莲的日子差不多吧。和二姐、妹妹相比，她家的日子要好多了。而且，她家的日子不但现在好，今后会越来越好。借来东风好扬帆，她家的好日子才刚刚开始。姐妹本是同根生，王国慧有时对自己的好运气也有质疑：王国慧呀王国慧，凭什么你的运气就这么好呢！

事情往往就是这样，忧中有喜，喜中有忧，有一喜就有一忧，不会那么一帆风顺。这不，这天下午，王国慧刚从二姐家回来，刚要把家畜家禽喂一下，就见何怀山到她家里来了。对于何怀山的到来，王国慧没有了半点怀疑，她相信，她已与何怀山彻底拉开了距离，何怀山不会再对她有任何非分的想法。她猜想，何怀山一定是为何新成的事而来。

果然，何怀山说：嫂子，我跟你说点儿事，你不要着急，也不要生气。

何新成又怎么了？

这几天何新成上课老是迟到，昨天下午还旷了半天课。作为班里的三好学生，何新成以前表现挺好的，从来不迟到，不早退。不知道他最近怎么搞的！

王国慧一听，心往下一沉，马上意识到了事态的严重性。她问何怀山：何新成没跟你请假吗，你没问他迟到、旷课的原因吗？

我问了，他不说。不管我怎样问他，他都不愿意说。我想，是不是因为你们要搬走，他有些分心呢？

这孩子，搬走不搬走，也用不着他操心，他分的是哪门子的心呢！王国慧马上想到她的责任，开始在心里谴责自己。都是因为她一高兴，这些天只顾走亲戚，就没有盯紧何新成，把何新成学习的事给放松了。要不是何怀山在跟前，她真要骂自己几句。

何怀山说：我听有的同学说，何新成在学雷锋，做好事，还要当什么无名英雄。也不知道同学的话确实不确实？

王国慧心说：我把孩子交给你了，连你都不知道孩子干什么去了，我哪里知道！她嘴上说：胡扯，做什么好事！一个学生，学习才是最重要的。

学校放学了，何新成没有回来吗？

王国慧摇头，说没有。

他是不是又去做什么好事去了呢？

王国慧已经心急火燎，有些不耐烦，说：这个你就不用管了，我去找他！她觉得身体内部有个东西膨胀了一下，一下子胀得她胸腔子里满满的，头脑里也满满的，几乎有些晕眩。她很快意识到，她在生气，她的肝也在生气。如果再把气生下去，就会波及她的胆，潜伏在胆里的石头就会跳出来作乱。她在心里对自己说：没什么大不了的事，不要生气，不要生气。

何怀山看出了王国慧的脸色不大对劲，他劝说的话跟王国慧在自己心里说的话是一样的，也说没什么大不了的事，不要生气。何怀山还说：我希望嫂子对何新成不要批评得太厉害，更不要体罚何新成。

你放心吧。

王国慧找到何新成的一个同学问了一下，很快就在村东头的赵老虎家把何新成找到了。当王国慧找到何新成时，何新成正给赵老虎倒尿壶。何新成大概没想到妈妈会找到这里，会突然出现在他面前，他有些惊慌失措似的，神情呆呆的，一句话都说不出来。

躺在病床上的赵老虎，赶紧抬起头来跟王国慧打招呼：新成他妈，你来了，你真是好人养了个好儿子啊！你儿子太好了，太善良了，这几天要不是你儿子新成来照顾我，恐怕我都活不成了。说着，他唉呀唉呀地呻吟起来，似乎想把头抬得更高，却又没能力抬高，又把头放在枕头上。他的枕头很小，枕头里不知装的是什么东西。他的枕头不知多长时间没洗了，已经变黑，黑得油渍麻花。相比之下，赵老虎却显得有些白，他的白是惨白，像是见不到阳光的豆芽儿菜一样。他还很瘦，瘦得皮包骨头，又包不住骨头，似乎连骨头的颜色也表露出来。不过他的眼睛还很亮，亮得有些吓人。同时他的舌头还很灵活，嘴头子还很能说，仿佛他所有的能力都集中在嘴上了，就剩下一张嘴了。

王国慧对赵老虎的情况知道一些，他一辈子没娶老婆，没有孩子，跟着哥嫂生活。瘫痪卧床后，由他的侄女伺候他，每天给他端吃端喝。打工之风吹过来之后，侄女就撂下他，进城打工去了。人虽然不能动了，他也不想死，还想活着。好在他还有一张嘴，看见谁从他的门口过，他就喊谁，给谁说好话，恭维谁。通过恭维人家迷惑人家，让人家为他服务。不用说，赵老虎是利用了何新成的善良，也是利用了何新成的幼稚，就把何新成抓住了。赵老虎固然值得同情，偶尔照顾一下也未尝不可，但赵老虎利用一个成年人的心智和巧嘴，蒙混一个未成年的孩子为他端水倒尿，以致耽误了孩子的学习，未免有些自私。王国慧没有埋怨赵老虎，她只是冷冷地对何新成说：好哇何新成，你干得不错！

赵老虎又说：新成他妈，我是快死的人了，一半在阳间，一半在阴间。我说一句话你记着，由于你教育有方，你这个孩子将来一定有出息，一定能上大学，当大官。

王国慧在心里撇了一下嘴，听出赵老虎在继续施恭维计，竟恭维到她头上来了。在恭维她的同时，也是继续给何新成灌迷魂药，想把何新成套牢。休想！王国慧忍无可忍似的说：何新成这几天不是迟到，就是旷课，连小学都上不好，何谈上大学！可笑！

赵老虎一听又唉呀起来，说这都怨我，都怨我，我一点儿都不知道。我还以为新成是在课余时间做好事呢，我真该死呀！好了，新成好孩子，赶快跟你妈回家去吧！

王国慧极其严厉地盯了何新成一眼，把头往门外一摆，意思是让何新成背上书包，马上跟她回家。

不料何新成说：不，我还没帮赵爷爷翻身呢！

这个鬼迷心窍的狗孩子，竟然敢跟她说不，真是反了天了！王国慧气得真想扑过去抓住何新成，把何新成痛揍一顿。什么赵爷爷，八竿子打不着。你爷爷姓何，叫何庆国。什么还要帮人家翻身，人家翻身不翻身跟你有什么关系！王国慧把牙齿咬了咬，切了切，没有把痛打何新成的冲动付诸行动，她说那好，你就待在这里吧，你今天如果不回家，就永远不要回家了，我就当没有你这个孩子。现在摆在你面前的是两种选择，一是永远待在这里，二是立即跟我回家。好了，选择吧，我只给你一分钟的考虑时间。

大概赵老虎也看出了事态的严重性，他说：新成你快回家吧，别管我翻身不翻身。我上辈子一定是欠了债，这一辈子老天爷不让我翻身，永远不得翻身。你走不走，再不走我就不活了。他做出痛不欲生的样子，说你这个该死的，该死咋还不死呢！

以前，妈妈也给何新成在某件事情上限定过时间，也给他读过秒。妈妈读秒说一不二，相当严格。时间一到，如同秒针跟着分针走，他也必须跟着妈妈意志的脚步走。这次妈妈读秒虽没有读出声，但妈妈心里是有数的，如果超过了妈妈规定的秒数，妈妈是绝对不会让步的。眼看一分钟里所包括的六十秒就要到了，何新成才有些不情愿似的低下头，背上书包，跟妈妈一块儿走了。边走他还边回过头来看着赵爷爷，似乎对赵爷爷有所不舍。

一回到家，王国慧就把院子的大门关上了。每天这个时候，她还不会关大门。今天情况特殊，她提前就把大门关上了。在教育孩子期间，她不想让别人进来，以免受到干扰。俗话说当面教子，背后教妻。她的习惯做法是教子在背后进行。

何新成看到了妈妈关大门这个细节，像是条件反射，他想到的是关起门来打狗那句话，不由得紧张起来。

王国慧再次拉开了与何新成谈话的架势，她自己先在堂屋桌子旁边的椅子上坐下，一指桌子对面的椅子，命何新成卸下书包，也坐下。两个人都坐下后，王国慧并没有立即进入谈话阶段，还要营造一下谈话的严肃气氛，给何新成施加足够的压力。她营造气氛的办法是，聚集目光，盯着何新成看。这种办法类似审案者与被审者进行心理较量，看看谁先在较量中败下阵来。在较量过程中，何新成皱起眉头，皱起鼻子，面部肌肉紧缩，眼珠子硬着，一度表现出抵抗的意图。但他毕竟还处在弱势地位，经不起妈妈的强大攻势，很快就在较量中败下阵来。他败阵的表现如一只斗败的公鸡，不但塌下了眼皮，垂下了头，似乎连膀子也耷拉下来。

第一个回合，王国慧取得了胜利。王国慧以为何新成放弃了抵抗，对何新成说：我一不骂你，二不打你，我跟你讲道理，我历来是以理服人。我告诉你，妈妈是学过哲学的，知道看什么事情都要一分为二。什么叫一分为二呢，就是说看一件事情，既要看它的正面，还要看它的反面；既要看到它的好处，还要看到它的坏处。拿你这几天做的这件事情来说，你的确是在做好事，不是做坏事，这说明你心地善良，有同情心，在看到别人有困难的时候愿意帮助别人。从这一点看，我应该表扬你，老师也应该对你提出表扬。可从另一方面看呢，又是一件坏事。为什么说是坏事呢，因为你是一个学生，你的任务是学习，什么事情都不能耽误学习，一旦耽误了学习，好事就成了坏事。也可以说，你又迟到，又旷课，已经犯下了严重错误。你必须认识到自己所犯错误的严重性，悬崖勒马，回到正确轨道上来。你要是认识到自己所犯的严重错误，承认自己犯了错误，并立即改正错误，从此不再到赵老虎家里去，这件事情就算过去了。老师那里，我去替你解释。好了，我说得不少了，该你说了，表态吧！

何新成不说话，不表态。他还是塌着眼皮，低着头。

怎么回事，我跟你说话呢，你听见没有？你非要我跟你着急不行吗！

何新成提提肩，嘴动了一下，像是要说话了，但还是没有说。

何新成，抬起头来，看着我！王国慧突然提高了调门儿，变得严厉起来：你老师提问你问题时，难道你也这样装死头绵羊吗！现在我就是你的老师，你必须如实回答我的问题，我问你什么，你必须马上回答什么。

何新成拒绝抬头，拒绝看妈妈，拒绝说话。如果不说话也是一种力量的话，他像是要用这种力量与妈妈抗衡。如果不说话是一块石头，他似乎想看看，妈妈能对石头怎么样。

情急之下，王国慧将了何新成一军，等于把何新成逼到了死角。

退一步说，如果这次将军等于方向引导的话，王国慧一举棋就引错了方向。她说：这孩子，我看你真是中了魔了，我问你，这个学你还想不想上了？

这一次，何新成说话了，他说的是：我不想上了。他的话明确无误，一字一句都很清楚，我——不——想——上——了！如同何新成在赵老虎家里对王国慧说“不”一样出乎王国慧的意料，何新成这次说出的话，王国慧更是没有想到，万万没有想到，万万万万没有想到。她以为何新成很爱上学，跟小时候爱吃奶一样热爱上学，如果不让他上学了，他会很害怕，甚至会哭。然而他一点儿都不害怕，一点儿都没有伤心的样子。相反，他像是在等待王国慧这样的问话，王国慧一问，他积极抢答一样就说了出来。这叫什么话？这是猪话、狗话、屁话、臭话，比混账话还要混账一百倍的话。既然王国慧对何新成的话评价如此不堪，一点儿认同的余地都没有，她赶快帮何新成纠正过来就是了。小孩子嘛，成长的过程也是不断试错的过程，他错了，大人帮他改正过来；他又错了，大人再次帮他改正过来，他就进步了，成长了。公正来说，这一次当妈妈的王国慧错了，她说：你说什么？你敢再说一遍！

敢，这有什么不敢的，再说一遍并不难，何新成真的又说了一遍。这一遍他不但说了“我不想上了”，还造句一样，在前面加了肯定和加重词，说成“我就是不想上了”。

将军不成反被将，王国慧该如何应对呢？何新成刚刚上小学四年级，如果现在就不想上了，何谈上初中呢，何谈上高中呢，何谈上大学呢！何新成很快面临往矿上转学，要是现在中断了学业，转学的时候怎么说呢？不想上学，那是不可能的，想上，得给我上，不想上，也得给我上。她说：不想上学你想干什么？你想当一辈子农民吗？你想当二流子吗？你想当流氓吗？你你你，你想死吗？

问题太多，每一个问题都不太好回答。何新成又不说话了。

天要刮风，天要打雷，不生气是不可能的。王国慧不可避免地生气了，什么他妈的肝，他妈的胆，他妈的石头，统统见鬼去吧！气如口吹气球，气如大风发木，气如心潮拍岸，刹那间，王国慧的脸红得像肝一样，紫得像胆一样，硬得像石头一样，几乎失去了本来面目。她起身离座，在命何新成站起来的同时，一把将何新成从椅子上拉起来，拉到桌子前面的堂屋当门，从门后抄起一把笤帚疙瘩，用笤帚把子在何新成屁股上抽起来。她似乎忘记了“一不骂你，二不打你”的许诺，不但骂了何新成的妈，还在抽打何新成的屁股。她一边抽一边说：你不想上学，我还要你干什么，我不要你了，我打死你，打死你！

何新成向模范人物学会了做好事，大概也学会了坚强，妈妈抽打得这么厉害，他把身板挺得直直的，没有哭。

笤帚把跟棍棒差不多，王国慧不信抽不出应有的效果，她说：我让你装坚强，我让你装坚强，我就不信打不好你！她还说：赵老虎就是个骗子，就是个魔鬼，你怎么能听他的话呢！连他的家里人都不管他了，怎么挨得着你去伺候他呢！他是快死了，把你当成了救命稻草，你不但救不了他，连你也得一块儿沉到水里去。啪！啪！啪！

人一旦生起气来，就失去了节制，下起手来就没轻没重。何新成的屁股定是被打疼了，他说：别打了。用双手捂住了屁股。

怎么不打，我就是要打死你。打死你我也不活了！何新成用手捂住了屁股，王国慧不管三七二十一，把手当成屁股，把屁股当成手，屁股和手一块儿抽。她说：你知道不知道，我小时候是多么喜欢上学，因为兄弟姐妹多，家里穷，我只上到初中，你姥爷姥娘就不让我上了，我哭死哭活都没用。提起往事，王国慧悲上心来，痛上心来，眼里顿时涌满了泪水。你知道不知道，我胆里长了胆结石，最怕生气，一生气就犯病。上一次因为你没评上三好生，就气得我胆疼了好几天，差点儿没把我疼死。现如今你又来气我，等把我气得疼死了，你就没有妈了，你就好过了。这样一往胆上说，她肚子里的胆结石似乎听到了召唤，真的疼起来，疼得她弯下腰，丢掉笤帚疙瘩，用手按住了自己的肚子。她喊了娘，把自己变成一个孩子，说我的命怎么这样苦啊！说着她就哭了起来。何新成还没哭,她先哭了。她没有别的计可施,哭，是她最后的法宝，也是她的撒手锏，儿子能不能被感动，能不能回心转意，就看这一招儿了。

见妈妈一哭，何新成才害怕了。他不愿让妈妈死，如妈妈所说，妈妈一死，他就没有妈妈了。他喊了妈妈，他是带着哭腔喊的，妈妈一喊出口，他也哭了，他哭着喊：妈妈妈妈，我不让你死！他不顾自己屁股的疼痛，弯腰抱住妈妈的一只胳膊，要把妈妈拉起来。

何新成还没说到上学的事，王国慧不会起来。她不但没有起来，身体瘫了一下，坐在了地上。她哭着说：我活着容易吗，你不去上学，我就去死！老天爷呀，你让我死了吧！

妈妈，我上学！

撒手锏见效，王国慧文的不行来武的，硬的不行来软的，终于达到了让何新成继续上学的目的。这时的王国慧应该松一口气，不用再哭了。不，她不能把弯子转得那么快，还要把悲作下去，再把事情往实里砸一砸。她说：我这一次可能真的活不成了，我死了，你爸给你找个后妈，你跟着你后妈过算了。

不，我不要后妈！我听话，一定好好上学，再也不惹妈妈生气了。

王国慧仍不放心，第二天上学时，为了保证何新成不再迟到，她提前把何新成送到了学校。下午放学时，她等在学校门口，及时把何新成接回了家。

第四章

新环境里的新生活

12

过罢春节不久，草刚发芽儿，麦苗刚起身，杏花刚冒码儿，何怀礼就跟矿上要了一辆卡车，把老婆、孩子和日用的家当拉到了矿上。

矿上分给何怀礼的房子只有一居室，还是在顶楼的四楼。何怀礼说房子小了一点儿。王国慧说还可以，刚到矿上就有楼房住，已经不错了。按通常的理解，一居室就是一间屋，可王国慧却数出了四间屋。除了卧室，她把客厅、厨房、厕所都当成了一间屋。他们在老家时是四间屋，到矿上也是四间屋，屋子的间数是一样的。另外，她还在屋子外面看到了阳台，阳台好，可以在阳台上晾衣服。老家有院子，这里没院子，阳台就算是一个院子吧！更大的不同是，她在老家住的是平房，到这里平地高升，一下子住上了楼房。以前她何曾想过会住楼房呢，连做梦都没有梦见过住楼房啊！站在阳台上往下看，地面上的树矮了不少，人矮了不少，而她却高了不少。往远处看呢，看天天更高，看路路更远，眼界开阔了许多。虽说她没有一步登天，好像跟一步登天也差不多。何怀礼事先买了一张席梦思大床放在卧室里，他把安有弹簧、富有弹性、厚厚的床垫子摁给王国慧看，他一摁，床垫子就往上一弹。他笑着问王国慧怎么样，笑得颇有内容的样子。

他们老家睡的是那种老式的大木床，床上横着安有床拏子，床拏子上铺秫秆箔，箔上铺席，席上再铺褥子。别看铺垫了这么多层，床还是很硬，一点儿弹性都没有。王国慧听说过城里人睡的床不叫床，叫席梦思。她不知道席梦思是哪几个字，是西梦思？还是席梦丝？她在村里问过几个人，都说不知道。何怀礼应该知道，但她没有问何怀礼。她不想让何怀礼知道她知道得比何怀礼少，不想让何怀礼觉得她土。她没有跟何怀礼一块儿笑，没夸大床挺好的，却问：新成睡哪里？

何怀礼说：新成只能睡在客厅里。

客厅里怎么睡，总不能让孩子睡在地上吧？水泥地那么凉！

哪能呢，我准备买一张折叠床给新成睡，睡的时候撑开，不睡的时候想收就收起来。

王国慧没有再坚持让新成跟他们两口子睡在同一间屋，楼房里的卧室带有封闭性和私密性，加上新成不算小了，跟他们同睡一室的确不太合适。

何新成把小花猫带到矿上来了，正在客厅里跟小花猫玩。这次搬家，新成只带了两样东西，一样是自己的书包，书包里装满了课本、作业本和文具，另一样就是这只小花猫。坐着卡车回家的爸爸本来不让他往矿上带猫，猪不能带，羊不能带，鹅不能带，鸭不能带，任何活的东西都不能带。猪羊鹅鸭都被妈妈提前处理掉了，不是杀了，卖了，就是送人了，只有这只猫还没来得及处理。因为就剩下了这只小花猫，新成就想把它带走。爸爸不让带猫的理由是，到了矿上住楼房，楼房里又没有老鼠，带猫去干什么！可新成抱着小花猫不撒手，非要把小花猫带走。其实新成平日里对小花猫并不是很待见、很亲热，在生气的时候还踢过小花猫。因为他要走了，想到再也见不到小花猫了，才突然对小花猫亲近起来，表现得难舍难分起来。也许还有一种连何新成自己也说不清楚的深层次的心理原因，那就是，他还不大知道农村和城市的区别，对城市不是很向往，也没有妈妈那样的虚荣心。爸爸妈妈如今要把家搬走，要把他带到城里去生活，这对他来说有些突然，有些不可想象。人在童年，都意识不到自己的童年。人没有离开家乡之前，也没有什么家乡概念。直到要与童年告别了，与家乡告别了，他才朦胧有了童年和家乡的意识。意识和感情，你中有我，我中有你，密不可分。也就是说，意识到了，感情也会随之而来。何新成要给自己的感情找一个出口，或一个抓手，于是他就选择了家里剩下的唯一的活物小花猫。一时间，小花猫仿佛代表着他的童年，也代表着他的家乡，他必须紧紧抓住这只猫不放。一切该装的东西都装上了汽车，当爸爸催促他快把猫扔掉时，他把猫抱得更紧些，誓与小花猫共存亡似的，两眼涌满了眼泪。

王国慧比较能理解新成的心情。当她看到亲人们来帮助装车的时候，当她听见几乎站满院子的乡亲们频频向他们告别的时候，当她看到猪圈羊圈鹅棚鸭舍全部变空的时候，她心里软得不行，涌出的也是依依不舍的感情。特别是老四借了一辆摩托车，擅自把她娘从王大庄接来了，把娘接来给她送行。当娘拉住她的手，叫了她的小名慧，说娘的慧呀，你这就走吗！她像当年出嫁一样，眼泪一下子就下来了。王国慧顺从了自己的感情，也得照顾儿子的感情，她替儿子说了话：想带就让他把猫带着吧，权当他带了一样玩具。

何新成正在客厅里跟小花猫玩。他拉住小花猫的两只前爪子，把小花猫拉得像个小人儿一样站立起来，然后用一只手握住小花猫的一只爪子，假装跟小花猫握手，说你好你好！他还把一根手指头放在小花猫嘴边，试试小花猫咬不咬他的手。小花猫的嘴一歪，把他的手指头咬住了。须知猫的牙齿是很尖锐的，它只要一咬住老鼠，老鼠就别打算逃脱。新成感觉到了小花猫牙齿的尖锐，他真害怕小花猫会咬他，把他的手指头当老鼠吃。可小花猫假装在咬他，咬得一点儿都不用力，一点儿都不疼。这只小花猫，真乖，真可爱，他把小花猫带来真是带对了。到这里人生地不熟的，新成还没有别的朋友，他只能把感情寄托在小花猫身上，把小花猫当朋友。

而小花猫呢，突然来到这么一个陌生的地方，看地不是地，看天不是天，看树没有树，看花没有花，一切都不太对劲，它的样子像是有些紧张，畏首畏尾，小心翼翼，不敢多叫一声，不敢多走一步。它的眼睛老是瞅着小主人何新成，何新成走到哪里，它就跟到哪里。何新成没有抛弃它，把它从几百里外的地方带到这里，它似乎对何新成特别感激，也特别依赖。何新成刚把它放到地上，它就立起身来，两只前爪子像两只手一样抱住何新成的裤脚，眼巴巴地望着何新成的脸，撒娇似的喵喵叫，仿佛在说：朋友抱抱我，抱抱我！

何新成像是听懂了小花猫的话，把小花猫抱了起来。他还把小花猫举过头顶，一次又一次像举小孩子一样把小花猫举高高。倘若小花猫真的是一个孩子，小花猫一定会笑个不停。可惜它没有笑神经，只有叫神经，高兴了叫，不高兴也是叫；求爱时叫，渴了饿了也是叫，它的任何诉求都是用叫表达。

小花猫对何新成叫，何新成就对妈妈叫：妈妈，小花猫可能饿了，给小花猫弄点儿吃的吧！

妈妈说：看看，问题来了吧。在老家，它随便到哪里，都能找到吃的。就算家里没什么可吃的，它还可以跑到庄稼地里逮蚂蚱吃。到这里除了水泥地，就是水泥墙，想找点儿吃的就难了。猫是次要的，人是主要的。目前的主要问题是先解决人的吃饭问题。你爸爸吃食堂吃了这么多年，咱们来了，不能再让你爸爸去食堂吃饭了。咱们靠你爸生活，首先得让你爸吃好。等人吃饱了，再喂猫也不晚。

爸爸说：我早晚得把猫扔掉。猫在农村是有用的东西，到了城里就是无用的东西。我最反对在家里养无用的东西。

妈妈接着说：别光想着玩，今天没能去学校上课，得自己把课补上。上学跟种庄稼的道理是一样的，农时不等人，错过这个时间，再种庄稼就晚了。就算把庄稼种上了，庄稼长得也不会好。上学的事更耽误不得，同一个年级的同学齐步走，你落下一步，就有可能出现一步跟不上步步跟不上的情况。我听说城里的教育质量普遍比农村高，我还听说城里的孩子普遍比农村的孩子聪明一些，你到这里上学属于插班生，能不能顺利插到班里去，我心里一点儿底都没有。

王国慧的当务之急，是尽快解决何新成的转学问题。第二天一吃过早饭，王国慧就急切地问丈夫：新成转学的事怎么办？

丈夫说：我马上去上班，这个事你去办。

王国慧的样子有些为难，说她在矿上两眼一抹黑，连一个人都不认识，不知道去找谁。

再黑也黑不过井下，用矿灯一照，不就明了嘛。不认识人怕什么，你去找找，不就认识了嘛！孩子学习的事跟以前一样，还是你来管。队里的一摊子事已经够我忙的了，家里的事我肯定顾不上管。

那好吧。王国慧说。说起来，他们家最近还有一件喜事，何怀礼得到了矿上的提拔，当上了采煤队的副队长。副队长是副科级，何怀礼等于进入了干部序列。何怀礼虽然没有脱产，还要天天下井，但他现在下井跟以前下井不同。他以前下井是自己管自己，自己挖好煤就行了。现在下井担负的是指挥和监督的责任，主要是管别人。多年的媳妇熬成婆，何怀礼熬出来了，他不用每天一身煤一身汗地苦干了，只需动动眼、动动嘴就行了。一个人从工人到干部，说是熬出来的，并不完全对，应该说是实打实凿干出来的。有的人熬一辈子，从黑头发熬到白头发，也不一定能熬上个一官半职。而何怀礼从采煤工干起，干过副班长，干过班长，现在又升到了副队长，说明何怀礼干得还可以，说明何怀礼既有干活儿的能力，还有当干部的能力。王国慧不会拖何怀礼的后腿，她要好好支持何怀礼的工作，让何怀礼的职位争取再往上升。

金泉矿分两个区域，一个生产区，一个生活区，生产区在南边，生活区在北边，两个区域相距一两公里，一条矿街把生产区和生活区连接起来。矿上的学校在生活区。生活区里有食堂、医院、图书馆、体育场、俱乐部、幼儿园等，这些设施都在生活区的中心位置。而矿上的学校建在生活区的西北角，与生活区拉开了一定的距离，是一处用围墙围起来的独立所在。为了给何新成转学，王国慧一路打听着来到了金泉矿小学。来学校之前，王国慧穿上了自己认为最好的衣服，最好的鞋，还对着镜子把头发整了整。她上来要给学校领导和老师一个好印象，不能让人家觉得她是一个乡下来的妇女，什么都不讲究。及至来到学校大门口，她心里还是有些打鼓。在何赵庄，她还是有心理优势的，进出学校像走平地一样。到了金泉矿，她的心理优势一点儿都没有了，心里跳的都是劣势。学校坐北朝南，是一座三层楼。教室里正在上课，王国慧像是怕影响学生上课一样，每一步都走得小心翼翼。有一位女老师模样的人问她找谁，她说找校长。人家说，校长在三楼。她到三楼校长办公室找到了校长，校长问她什么事，她说来给她的儿子何新成转学。校长正忙着，没让她坐，转学的事，校长让她去教导处找张主任。也是在三楼，王国慧到教导处找到了张主任。校长是男的，张主任是女的，看样子张主任有四十多岁。她跟张主任说了给儿子转学的事，张主任问她：带户口本儿了吗？

户口本儿，噢，没有，我不知道要带户口本儿。

不带户口本儿，空口无凭，我怎么知道你们的户口在不在矿上。金泉矿是国有大型企业，金泉矿小学是国家的小学，不是谁想上就能上的。

对不起，我不懂这些，我马上去拿户口本儿。

王国慧一路小跑着把户口本儿拿来了，见张主任正在打电话。张主任挑挑手让她回避，让她先在门外等一会儿。张主任打电话打得时间不短，张主任放下电话才对她说：进来吧。

王国慧恭恭敬敬把户口本儿递给张主任。

张主任把红皮硬壳的户口本儿前前后后翻了一遍，说噢，刚刚从农村迁过来的农转非家属。张主任问：你是王国慧？

是。

你儿子叫何新成？

是。

你识字吗？

识字不多，初中毕业。

现在不少农转非来矿的家属不识字，一点儿都不能配合学校的教育，真成问题！怎么没把你儿子何新成带来呢？

王国慧误会了张主任的意思，以为张主任看了户口本，确认她和何新成的户口确实转到了矿上，马上就可以批准插班上学。她问：何新成下午就可以上学吗？

张主任冷冷笑了一下，说：那怎么可能！你以为学校是自由市场呢？

那……

学校还要对何新成进行一下面试。

我现在就去把何新成叫来。

那急什么。我上午还有点儿事，马上要出去一下。

那我下午带何新成来吧？

要来就下午两点之后。

王国慧心里不免对张主任的态度和做法产生一点小小的看法：要她带孩子来，要对孩子进行面试，为啥不跟拿户口本儿的事一块儿说呢，要是一块儿说，她就把孩子一块儿带来了。张主任这样做，显然有些居高临下，在故意遛她。可王国慧什么都不敢说，一点儿不高兴的表示都不敢有，谁让人家是主任呢，谁让人家有权力呢，谁让她为孩子上学的事有求于人家呢！她只能说，好，谢谢张主任！

下午还不到两点，王国慧就带着何新成，让何新成背着书包，来到了张主任门口。王国慧想，她和孩子必须提前来，只能是她和孩子等张主任，而不能让张主任等他们。结果他们在张主任门口等了将近一个小时，张主任才来了。王国慧说：张主任，这就是我儿子何新成。把何新成推到了前面。

张主任边开门边说：进来吧。

面试开始，张主任让何新成站在她的办公桌前面，对何新成进行了一番审视后问：你叫什么名字？

何新成。

你爸爸叫什么名字？

何怀礼。

你爸爸在哪个单位工作？

何新成皱起眉头，像是想了一下，回答说：我爸爸在地底下挖煤。

我问的是你爸爸的工作单位。

王国慧替何新成回答：他爸爸在采煤一队工作，是采煤队的副队长。

张主任说：你不要替他回答，让他自己回答。张主任接着问：你有什么特长？

特长？什么是特长呢？何新成好像没听说过这个词，他的眉头皱得更紧，求助似的回头看了站在后面的妈妈一眼。

王国慧不敢说话了，她也不知道儿子的特长是什么，她帮不了儿子。

看来你什么特长都没有。那么，你有什么爱好呢？

对于爱好这个词，何新成似乎听懂了。可是，他有什么爱好呢？他爱跟小花猫玩，这算不算他的爱好呢？他吃不准。

有，就说有，没有，就说没有。

何新成的回答是没有。

理想总应该有吧，说说你将来的理想吧。

对于理想，何新成知道，因为妈妈对他反复灌输过，他说：我的理想就是上大学，当一名大学生。

理想倒是很明确。要想实现自己的理想，就得一步一个脚印，好好学习。好了，就这样吧。

这样吧是啥样吧呢？何新成的面试是不是合格呢？王国慧趋向前问：张主任你看……？

看什么？

何新成下午能留在学校里学习吗？

张主任说：我说你们这些当家长的，怎么都这么心急呢，怎么一点儿耐心都没有呢！什么事情都有一个过程，想上大学也不是一天之内就能上的。何新成面试过了，还要考试，这是一个必须走的程序。如果不经过考试，谁都不敢批准何新成入学。

王国慧说：何新成在原来的学校学习挺好的，从一年级到三年级，每年都是三好学生。说着，她打开自己的背包，把三张折叠在一起的三好生奖状掏了出来。这三张奖状原来并排贴在老家屋子的墙上，往矿上搬的时候，王国慧特意把这三张奖状都揭了下来。奖状背面曾抹过糨糊，有些发硬，上面粘的还有一些白灰。王国慧很重视这些奖状，因为奖状是何新成品德好、学习好、身体好的证明。别的东西她可以丢到老家，不往矿上带，这些奖状她必须走到哪里，带到哪里。这是何新成的荣誉，也是她的荣誉。她自己没得过什么奖状，她以何新成的荣誉为荣誉。她事先想过，何新成转到一个新的学校，也许不是很顺利。因为何新成不是从一年级上起，他要到四年级插班。插班差不多等于插队，等于加塞儿。一个班级从一年级一年一年升上来，班里的人数一般来说是固定的，同学们也都是熟悉的面孔。突然从外面插进来一个生面孔，同学们都会有些排斥。不仅是同学们，让老师接受一个新同学，恐怕也不是轻而易举的事。好比一只母鸡带一群鸡娃子，它对自己抱窝抱出来的带有自己体温的鸡娃子，总是亲热一些，愿意提供保护。而对从外面来的单只的鸡娃子，母鸡总是不大容易接受。如果是一只病鸡，或是调皮捣蛋的鸡，鸡母亲不但不会让它入群，说不定还会鹐它，把它赶走。而何新成的三张三好学生奖状，足以表明何新成不是一只病鸡，也不是一只调皮捣蛋的鸡，“母鸡”可以放心接受。王国慧把奖状打开，递给张主任。

三好学生，那好呀！

张主任把奖状看了看，好像对这些奖状并不重视，很快把奖状还给王国慧，说：有的学生能在农村学校当三好，到了这里不一定能当三好，农村的标准跟城里的标准是不一样的。明白我的意思吧？

王国慧想说不明白，但她没有说，却点了点头。

奖状不能说明现在，更不能说明将来，考试才是硬道理，考试才能说明一切。

王国慧原以为，只要她拿出何新成的奖状给张主任看，张主任就不会再对何新成进行考试了。听张主任的口气，考试是躲不过去的。考就考吧，所有学校的门槛不是木头做成的，也不是用砖头做成的，都是用考试做成的，跨不过考试这道门槛，就进不了学校的大门。王国慧对何新成还是有信心的，相信何新成不会被考试这道门槛挡在学校的大门外。她问张主任：何新成什么时候考试？

这两天肯定不行，我没有时间，考试只能安排在星期天。张主任说。

这天是星期四，到星期天还有两天时间。王国慧说：何新成这几天的学习怎么办呢，我真怕他落下的课太多，跟不上别的同学。

你可以让他在家里学习嘛，你可以辅导他嘛！你要知道，星期天是休息时间，忙了一星期，我也想休息休息。把对何新成的考试安排在星期天，等于牺牲了我自己的休息时间，等于我在业余时间加班。你以为我愿意加班吗，我也不愿意，有什么办法呢！

王国慧还能说什么呢，她说不出什么了。她以前只下过地，没有上过班，脑子里没有加班的概念。只能是张主任说什么，就是什么。

按照张主任指定的时间，王国慧在星期天上午的九点半，带何新成到学校去考试。没有了学生娃子的喧闹，整个校园里显得十分宁静，静得让人生疑，并感到有些压抑。三两只麻雀落在校园操场的地上，交头接耳之后，在地上蹦来跳去。它们大概是模仿学生娃子们平日的动作，在做课间游戏。但它们叫的声音太细，数量上也没有形成规模。它们不会打破星期天校园的宁静，反而使宁静又增加了几分。张主任给了何新成一张四年级的数学考试卷子，把何新成安排在二楼的一间教室里考试。没人监考，教室里空空荡荡，只有何新成一个学生在考试。张主任回到了自己的办公室，她没让王国慧跟她一块儿到办公室里去。考试时间是一个小时，张主任给王国慧说了两个地方，一个是一楼的教室，一个是操场，让王国慧在教室或在操场里等一会儿。张主任要求，在何新成考试期间，王国慧不许走近何新成。王国慧连连点头，表示一定能做到。一楼的好几个教室都开着门，王国慧可以到教室里坐下来等。但王国慧没选择到教室里去，宁可到操场里去站着等。操场里光秃秃的，连一棵树都没有，只有两个篮球架子。王国慧之所以选择到操场的篮球架子那里去等，是想让张主任在楼上一眼就能看到她。她认为，张主任在考何新成的同时，也是在考她，考的是何新成的数学，考的是她的人品。她要让张主任知道，在何新成一小时的考试期间，她连教学楼都不进，绝不会帮何新成作弊。

一小时之后，张主任把何新成的考试卷子收走了，何新成背着书包从楼里走了出来。

王国慧迎过去，问何新成感觉怎么样？题都会做吗？

何新成说都会做。

你都做对了吗？

对了。

对了就好。你敢肯定吗？

何新成没有回答，他大概不敢肯定。

没见张主任从楼里出来，王国慧问何新成，不接着考语文吗？

张主任说，下午考语文。

下午几点？

何新成皱起眉头，用一只手摸后脖梗子。好像张主任说的时间记在他的后脖梗子上，他摸摸后脖梗子才能想起来。他摸了几下后脖梗子，仍没有把下午的考试时间想起来。

王国慧只得到楼上去问张主任。

不料张主任不愿重复说过的时间，她说：我跟何新成说过了，你让何新成告诉你。这对他的注意力和记忆力也是一个考试。

见张主任有些不耐烦，王国慧赶紧下楼去了。

在回家的路上，王国慧让何新成好好想想，下午语文考试的时间到底是几点？

何新成说：你不是去问过张主任了嘛！

王国慧没有跟何新成说实话，她说她是问过张主任了，也知道了考试时间，但她还是要让何新成想一想，看看与她知道的时间是否对得上。王国慧说，人靠时间活着，时间是铁，时间是钢，时间对人来说特别重要，一分一秒都不能马虎。衡量一个人是正常，还是傻瓜，就看能不能记住时间，能记住时间的人就是正常人，记不住时间的人就是傻瓜。王国慧还说：不管领导和老师说什么时间，你都得注意听，都得牢牢记住。张主任说，这对你的注意力和记忆力也是一种考试。如果连考试时间都记不住，无论如何都说不过去。好了，再仔细想想，我相信新成的注意力和记忆力都是很好的。

我想起来了，好像是两点半。

看看，想起来了吧！想起来好是好，但不能说好像，好像是两来子话，又像又不像，还是不能肯定。记住，在时间问题上，一就是一，二就是二，不能说好像。

按王国慧的判断，两点半这个时间是可能的，因为上次张主任面试何新成时，指定的时间是下午两点之后。今天是星期天，张主任到办公室的时间大约也不会提前。判断归判断，因没能亲耳听到张主任所说的时间，王国慧必须给时间打出更多的提前量。她和何新成提前到没事儿，他们的时间是为张主任的时间预备的，必须服从张主任的时间。他们要是到晚了就不好了，就算犯了错误，也算是在注意力和记忆力的问题上考试失败。所以在下午一点半，王国慧就带着何新成来到了学校大门口。他们等啊等啊，王国慧看了一次手表，又看了一次手表，两点，两点半，两点四十，两点五十，直到三点都过了，他们才终于把张主任等来了。和考数学一样，张主任给了何新成一张语文卷子，让何新成一个人在教室里做，王国慧在外面等。考试结束后，张主任让王国慧在下星期的星期二下午两点之后，到她的办公室里来一下。

王国慧问：带何新成一起来吗？

你自己来。我们看看何新成的考试成绩，还要集体研究一下，才能决定何新成能不能到我们学校上学。

从农村转来矿上，王国慧原以为何新成在矿上的学校上学是顺理成章的事，没想到这么不顺，这么复杂。王国慧原以为来到城里什么都好，没想到刚进城就遇到了难题，城里人就给她来了个下马威。听张主任的口气，何新成能不能在这个学校上学还不一定呢！王国慧不由得担起心来。

从星期天到星期二不过两天时间，王国慧觉得像两年一样漫长。她一再对自己说耐心，耐心，但还是没能把自己提起来的心耐下来。星期二上午，当学校刚放学，王国慧就迎着放学的学生娃子逆流而上，到学校找张主任去了。她上来就给张主任道歉，说对不起张主任，我来早了！

张主任倒没有批评她，说她的心情可以理解。张主任说的话，使王国慧的心像是一下子掉进了冰窖，半个身子都凉了，脸霎时变得刷白。张主任说：你儿子学习不行呀，你说他是连续三年的三好生，我以为学习还可以呢，看来水分很大。

怎么，他没考好吗？

数学还说得过去，语文差得太远了。

能告诉我他的语文考了多少分吗？

张主任没有告诉分数，只说：作文题目是《我心目中的矿工》，他基本上没有写。你说他爸爸在采煤队上班，他对矿工应该有所了解呀，写这样的作文，他应该有优势呀！如果连这样的作文都不会写，别的作文就更不会写了。

老天爷呀，这可怎么办呢？比起评三好生来，这个问题要大得多，这关系到何新成有地方没地方上学，关系到何新成的学业能否继续下去，并直接关系到何新成的前途和命运啊！在老家何新成评不上三好生，她可以找当老师的堂弟问情况，可以让当村主任的公爹出面干预评选的事。到这里何新成面临上学的问题，她能找谁帮忙呢？她不认识一个老师，也不认识一个领导，只能求张主任开恩。她说：张主任，我求求您，您收下何新成吧！孩子还小，正是上学的年龄，要是学校不收他，他这一辈子就算废了。王国慧是一个自尊心很强的人，不是一个善于求人的人，可事到如今，她不求人怎么办呢！她听见自己的声音有些发哽，像是无助的、悲哀的声音，眼泪都快要下来了。

张主任摆摆手说：这不是求谁不求谁的问题，学校确实有学校的难处。现在各个班的老师都是根据全班的考试成绩论成绩，根据分数计算奖金，谁愿意接收学习不好的学生呢，谁愿意让学习成绩不好的学生把全班的平均分数拉低呢！

王国慧觉得自己的胆疼了一下，她不由得含了胸，用手捂住了肚子。

张主任问她怎么了。

她说没事儿，她有胆结石病，不知什么时候就疼一下。

张主任让她回去休息吧。

何新成的事情没着落，王国慧怎么休息呢！她问张主任：一点儿办法都没有了吗？

张主任说：四年级有两个班，哪天我跟两个班主任沟通一下，看看他们愿意不愿意接受何新成，看看哪个班主任愿意要何新成。

王国慧在老家一个人带孩子带惯了，遇事也自主惯了，孩子转学的事她没有跟丈夫多说。加上丈夫天天跟班下井，在井下的时间比在家的时间还多，王国慧也不想因孩子上学的事让丈夫分心。可是，孩子现在面临无学可上的严重问题，她才不得不把这几天为孩子办转学的事情前前后后跟丈夫说了一遍，一边说，一边叹气连连。

丈夫问她：你给张主任送人民了吗？

什么送人民？

人民币呀！现在办事不送人民币怎么行呢，不拿人民币开路怎么行得通呢！

如同打了一针清醒剂，王国慧突然醒悟过来。怪不得张主任一次又一次刁难她，看来船湾在这里，是因为她没给张主任送人民币呀！什么考这考那，原来考的是她身上的人民币呀！王国慧承认，她什么都没给张主任送。

丈夫说：我还以为你挺聪明呢，原来你是个大傻帽呀！

王国慧懊悔不迭，没有否认自己的傻，她说：我真傻，傻死了算，我怎么没想起来给张主任送点儿钱呢！在农村老家的时候，她找人办事，还知道给人家送礼。到了这里，她怎么连一点儿礼都不懂了呢！她或许认为，城里人是公家人，公家人办事都是公事公办，办事不用花什么钱。现在再想想，城里人不种庄稼，不收粮食，都是靠钱生活，可能见钱更亲，更离不开钱。星期天那天张主任考何新成，张主任说她牺牲了休息时间，是在加班。张主任这样说，话后面的意思不就是让她出钱嘛，她怎么一点儿都没把考试和钱联系起来呢，怎么一点儿都没往钱上想呢！她到底还是个农村人，对城市人的心理一点儿都摸不透啊！在城里人面前，她傻得一点儿气都不透啊！

跟丈夫说这番话时，两口子都躺到了床上，已经是晚上的十一点多。楼下有路过的人在大声唱歌，唱的是什么黄土高坡。王国慧恨不能马上起床，把钱给张主任送去。想到张主任这会儿不会在学校，她又不知道张主任的家住在哪里，只好等明天再送。

13

王国慧用透明塑料布包了一沓子人民币，星期三一到上班时间，她就把“人民”给张主任送去了。王国慧说：张主任辛苦了，这是我们的一点儿小意思。

张主任说：不要这样，这样不好，没有必要嘛！

张主任连星期天都不休息，还要牺牲休息时间加班工作，对我们真是太好了，我真不知道怎样感谢张主任才好。王国慧见张主任办公桌一角放着几张折叠起来的报纸，就把钱压到报纸底下去了。

张主任把钱看了一眼说：不用感谢，这都是我应该做的。我分管学校的教务，杂事比较多。你儿子插班的事我还没顾上跟四年级的班主任商量。

不着急，让张主任费心了。

四年级的两个班主任，一个是女老师，一个是男老师，你是愿意让你儿子去女老师带的班？还是愿意去男老师带的班呢？

这一次王国慧没有犯傻，她听得出来，张主任已经在让她选择班主任了。张主任虽然没有明确说同意她儿子入学插班，但张主任让她挑班主任，这不是同意她儿子插班是什么，不插班何谈选择班主任呢！天爷爷，地奶奶，这是多么大的转变啊！看来钱真是好啊，钱遇山开路，遇水搭桥，遇鬼降鬼，遇妖拿妖，真是无往而不胜啊！她说：张主任您看吧，让何新成上哪个班都可。

依我的看法，你让你儿子插男老师带的班好一些。我看你儿子的性格偏柔一些，跟着男老师，可以使你儿子增加一些阳刚之气。

张主任您看得太准了，我儿子就是有点儿面，缺少阳刚之气。张主任您太替我儿子着想了，我真的很感动，真的，我都不知道说啥好了。

张主任办公室里有一条用木条做成的连椅，张主任指着连椅，请王国慧坐一会儿。

不坐了，您忙吧。

我看你的样子，是不是怀孕了？

王国慧不由得摸了一下肚子，有些不好意思，说是的。

几个月了？

快四个月了。

你是藏怀，不是太明显。

我家孩子他爸嫌一个孩子太孤单，非要再要一个。

在农村生第二胎还可以，现在城里计划生育管得越来越严，已经不让生第二胎了。

我不知道。

你以后多抓一抓你儿子的语文，最好不要偏科。语文和数学是两条腿，两条腿一般齐，才走得快，才能和别人赛跑。要是一条腿长，一条腿短，一瘸一拐，就跑不过人家。

张主任您说得太对了，我是第一次听到这样的说法。我一定想办法把他的语文抓上去。

王国慧临下楼时问张主任，她什么时候再来。

张主任让她等通知吧，问她家安没安电话？要是安有电话的话，就把电话号码留下来。

王国慧说，她家没有电话。

这样吧，下午两点半之前，你让你儿子来找我吧。你让你儿子自己来就行了，你的身体这样的状态，不用来回跑了。

没事儿，还是我跟他一块儿来吧。

何新成插班入学成功后，何怀礼在王国慧面前摆他的高明，说怎么样老婆，在关键时刻还是离不开老公的智力支持吧！

王国慧说：什么老公老公，难听！不说老公，人家也知道你是公的，不是母的。口口声声说自己是公的，好意思吗？

这有什么不好意思的，公的就是公的，母的就是母的，谁都不能代替谁。老公的叫法是从南方传过来的，南风吹，麦子黄，习惯了就好了。好了，闲话少叙，答应我吧。

前几天，王国慧因何新成上学的事心情烦躁，一直没有答应丈夫的要求。加上她怀有身孕，也有理由拒绝丈夫的要求。现在何新成上学的事落实了，她的心情放松了，态度也松动了一些。她说：本来不该答应你，看你急成这样，跟狗不得过河一样，就答应你一次，照顾一下你的情绪。

何怀礼说：那是的，搁谁谁都着急。你们女人怀孕十个月，才能把孩子生下来。我们男人呢，两三天就得生一次孩子，而且一生就是成千上万。孩子不生出来，老在肚子里憋着，谁都受不了。

瞎说，你们那是生孩子吗，生的顶多只能算半成品。连半成品都说不上，只能算是脏东西。

你这个观点我不同意，那可不是脏东西，而是人的精华，是世界上最宝贵的东西。我在书上看到过，说女人在怀孕期间并不影响夫妻生活，哪天我把书找来给你看看，你要改变一下传统观念。

我不看！你要慢点儿，轻点儿。

你就放心吧你。

高兴之余，何怀礼继续向王国慧显摆他的新观念，他说：现在人不行，人民也不行，只有人民后边加上币才行。人和人民都轻飘飘的，后边加上了纸币、银币和金币，才会变得沉甸甸的。何怀礼打了一个比方，说人和人民好比是一张网，人民币才是网的坠脚。如果只有网，没有坠脚，网撒到水里打不到鱼。只有拴上网坠脚，网才会落底，才能打到鱼。何怀礼说顺了嘴，把自己的底细也说了出来。说要不是他给队里的支书和队长甩人民币，他怎么能当上副队长呢！

王国慧笑话他：我还以为你的副队长是干出来的呢，原来是买来的呀！

也不能说全是买来的，首先是我干得好，其次才是给头头上供起的作用。这两种因素相辅相成，缺一不可。如果我干得不好，给头头上再多的供，人家也不会买我的账。同样的道理，如果我不给头头上供，不管我干得再好，人家也不会提拔我。何怀礼还说：花点儿银子没关系，舍不了米，逮不住鸡，在哪儿花了银子，还可以从哪儿捞回来，舍掉的是一把米，逮到的可能是两只鸡。

你的意思是，当了副队长，比以前挣钱多吗？

那当然，比以前多一倍吧。

怪不得大家都想当官儿，看来当官儿是有好处，工资一下子就涨上去了。

涨工资只是一个方面，另一个更重要的方面，队里设有小金库，当上副队级以上干部，就可以从小金库里分钱。

小金库里的钱是从哪里来的呢？

各家的地道都有不少秘密，有些秘密我只能跟你说一说，别的人我是不会说的。小金库的资金来源主要通过两个渠道，一个渠道是队里造假的工资册子，向矿上领钱。有的工人没上班，册子上造的是上班了。有的工人上班少，册子上造的是出满勤。等一总从矿上把工资领回来，队里就可以把虚报冒领的那部分扣下来，存在小金库里。另一个渠道是，只要队里不出死亡事故，矿上每年都要给队里发安全奖，奖金还不少。这个奖金给工人分得很少，大部分存在小金库里，分期分给队里的干部。

王国慧对丈夫说出的秘密有些惊奇，说：你们这么干不是弄虚作假嘛！不是克扣工人嘛！不是搞不正之风嘛！我要去揭发你们。

何怀礼知道，老婆的胳膊肘子不会往外拐，不会砸自己的锅，却说：你去呗，你现在就去揭发才好呢！你揭发有功，矿领导一高兴，说不定会给你安排一个事儿干干。

哎，说真的，你们这么干，万一被矿上知道了怎么办？

知道怕什么，我才不怕呢。万一矿上追究下来，只能追到支书和队长头上，追不到我这个副队长头上。他们从小金库里拿到的钱更多，至于他们拿多少，连我都不知道。这种事情你以为矿上不知道吗，我估计他们早就知道了，睁一只眼闭一只眼而已。如果队里没有小金库，小金库里没有钱，队里干部拿什么给矿上的干部上供呢！

你的意思是大鱼吃小鱼，小鱼吃虾米呀！

差不多吧！

那你是小鱼还是虾米呢？

我连小鱼都算不上，顶多算个虾米吧！何怀礼又像是不甘心当虾米，说嘿，什么虾米呀，你才是虾米呢，我吃你！说着张大了嘴巴，做出要吃王国慧的样子。

王国慧张手缩脖，做出害怕的样子，说你不要吃我，我害怕！

我吃的就是你这个害怕，你越害怕，我吃得越香。你这个小虾米，你这个大虾米，你这个肥虾米，我吃，我吃！

别闹别闹，说点正经的。突然一下子不种地了，我怎么觉得有点儿闲得慌呢，手没啥抓没啥挠的，心里空落落的。

闲点儿怕什么，调到这里，我就是要把你从庄稼地里解放出来，就是让你享福的。其实你并没有闲着，你天天给我们做饭吃，还天天辅导孩子学习，怎么能算闲着呢！再说了，咱们的第二个孩子再过几个月就该出生了，到时候又够你忙两三年的。

王国慧每天都要到矿街的市场上去转一转。女人们大都爱逛商店，逛了一家又一家，一逛就是半天。她们逛商店不一定带什么目的，逛本身就是目的，就可以得到某种心理上的满足。王国慧和一般女人不同，她不爱逛商店。商店里的布匹啦，衣服啦，皮鞋啦，暖瓶啦，等等等等，都是由工厂里制造出来的工业产品，不能引发她的回忆、联想和兴趣。她最爱转的是农贸市场，喜欢看与土地、农业有关的东西。在农贸市场里，她转得最多的是菜市场。矿区菜市场里所卖的蔬菜，跟他们老家的蔬菜是一样的，每一样都让她感到熟悉，亲切。她在每一个卖菜的摊子前都驻足观看，简直像在欣赏艺术品一样欣赏各种蔬菜。是呀，人们之所以愿意欣赏艺术品，无非是为了唤醒回忆，调动感情，引起联想，产生共鸣。而王国慧在欣赏蔬菜时，的确能得到类似欣赏艺术品一样的感受。她不仅种庄稼种得好，种菜同样种得好。在老家时，她每年都会在菜园里种菜，种葱得葱，种蒜得蒜，种瓜得瓜，种豆得豆。她种什么就得什么，不种什么也会意外得到什么。比如她不种野菜、野花，菜园里会长野菜，开野花；她不养蜜蜂、蝴蝶，花园里也会生长蜜蜂和蝴蝶。看见新韭菜，她的思绪一闪，会很快闪出她在老家菜园里种的两畦韭菜。韭菜属于可再生菜种，冬来时用粪土把韭菜的根子加以覆盖，到了第二年春天，它自己就会噌噌地发出芽儿来。因为蓄了一冬的势，第一茬春韭会长得格外的肥，也格外的好吃。王国慧往矿上搬时，韭菜芽儿刚发出来，现在应该是满畦盈满新绿。可惜她吃不到自己种的韭菜了。看见菜摊卖的新蒜苗，王国慧想起了她在老家的菜园里种的蒜。蒜苗不怕冻，在冬天的冰天雪地里，蒜苗照样是绿的。但蒜苗冬天的绿与春天的绿不同，冬天的绿是燥绿，叶尖有些枯黄，春天的绿是汁液饱满的绿，是青翠欲滴的绿。往年王国慧并不怎么吃蒜苗，只等着吃蒜薹和新蒜。她认为吃蒜苗的人显得过于心急了。在老家时，王国慧也到集镇上的菜市场转过，三乡五里的人互相结亲，她在菜市场总能碰到熟人，不是二表姨，就是三表姑。在矿区的菜市场，她看到的都是生面孔，连一个熟人都没有。也许过个三年五年，她会有一些熟人，但目前来说，除了菜是熟悉的，人都是陌生的。

这天王国慧买了一把新韭菜，准备中午给新成包素饺子吃。

14

王国慧正在家里择韭菜，听见有人敲门。丈夫带有家门的钥匙，儿子都是未敲门前先喊妈，她在矿上一个别的熟人都没有，是谁在敲门呢？要说打过交道的人，只有一个学校的张主任，人家张主任是领导，不能算是熟人吧。哎呀，难道敲门的是张主任？难道新成在学校里出什么事了？王国慧的心像被敲的门一样咚咚响了几下，说声来了，马上起身开门。矿上居民楼的门跟老家的门不一样，老家的门都是两扇门，白天只要有人在家，门都是敞开着，而居民楼里的门都是单扇门，不管家里有人没人，门一天到晚关闭着。王国慧开门一看，来人不是张主任，是和张主任年龄差不多大小的一位中年妇女，中年妇女自我介绍说：我是咱们矿上的居民委员会主任，我姓金，叫金之华。说着伸出一只手来，意思要把手握一下。

噢，金主任！王国慧把自己的手看了一下，说她正在择菜，手上有泥，没有把手伸给金主任，让金主任坐吧。

金主任在客厅里的简易沙发上坐下，问王国慧：你是农转非新转过来的职工家属吧？

是的。王国慧回答。

是这样的，矿上党有党的组织，团有团的组织，工人有工会组织，小学生有少先队组织，每个人都有自己的组织，都归组织管理。居民委员会也是一个组织，你来了，成为矿上的居民，归居委会管理。我今天来，一是对你表示欢迎，二是把你的情况登记一下，便于你以后参加居委会的活动。金主任说着，从手提袋里拿出一个黑色硬皮文件夹，并打开文件夹，她问，王国慧答，把王国慧的姓名、性别、出生年月、民族、党派、学历等，一一登记在册。登记完成后，金主任从韭菜到饺子，从素饺子到肉饺子，跟王国慧说了几句闲话，话题一转，就入了正题。金主任说：据有的居民反映，你是怀着孕来的，准备在矿上生第二胎，是这样吗？金主任说着，往王国慧肚子上看。尽管王国慧在沙发上坐着，金主任还是看出来了，王国慧的肚子鼓了起来，王国慧的脸上也长有妊娠斑。

王国慧掩饰似的收了一下肚子，说她有一个儿子，想再要一个女儿。她说她生孩子够稀的，她儿子都十来岁了，都上小学四年级了，她才怀第二胎。在他们老家，像她这样的年龄，都两三个、三四个孩子了。

金主任说：你不要跟农村妇女比，你到了矿上，有了城市户口，就要跟着城市的政策走。你也应该知道，计划生育政策是我们国家的基本国策，矿上对这一块也很重视，不许再生第二胎。在矿上没有工作的育龄妇女的计划生育归居委会管，我们一定要为这个事情负责。我这次来找你，一个主要目的，是希望你能够响应国家号召，遵守国家政策，终止妊娠，不要再生第二胎。

王国慧不说话了。她面前茶几上的韭菜刚择了一半，还有一半没择完。她抓抓已经择好的韭菜，放下了。她又抓抓没择好的韭菜，又放下了。有一根没择好的韭菜掉到了地上，她没有马上捡起来。她的样子像是有些无所适从。

金主任说：你考虑一下，尽快做出决定。胎儿越小，手术越好做。胎儿越大，做手术的难度也会加大，对你的身体也不好。

我没想到。王国慧说。

对了，去医院做手术的费用你不用管，所发生的一切费用都是由矿上出。

王国慧还是说：我没想到，真的没想到。要是还在老家，她相信不会有人管她，再过几个月，她就会把孩子顺利地生下来。她妯娌五个，有的生四个孩子，有的生三个孩子，最少的也有两个孩子，唯有她只有一个孩子。丈夫多次对她说过，两口子好比一加一，应该等于二。如果一加一还是等于一，那算怎么回事！她怀孕后，丈夫很高兴。丈夫说，表面看，他带到矿上的是两口人，实际上是三口人，因为王国慧的肚子里还藏着一口人。虽然王国慧不像丈夫生孩子的欲望那么强烈，但怀上了第二个孩子，她也很高兴。她心里想的是，要是生个女孩儿就好了，那样的话，她就是儿女双全了。丈夫没有特别的愿望，他说不管是生女孩儿，还是生男孩儿，他都喜欢，都热烈欢迎。没想到她怀孕怀到半道儿，眼看一加一就要等于二了，金主任却找上门来，要她把胎儿打掉。事情来得如此突然，让王国慧不大容易接受。胎儿在她肚子里已经存在几个月了，可以说每天都在增长。她的肚子也越来越鼓，肚皮越来越紧绷。怀孕初期的妊娠反应阶段已经过去，现在她能吃能睡，一切都很正常。什么事物越是正常，人们往往越容易忽略，存在的感觉越不是那么强。如同玉米棵子上结玉米穗子，当玉米开始孕穗儿的时候，人们就不再看它，不再管它，任它一点一点吐缨、结籽儿、膨大就是了。王国慧怀孕的过程也是这样，枣树结枣，梨树结梨，她认为这是一个自然的过程。既然是自然的过程，那就没什么大不了的，不必因怀孕就变得娇气起来，就要受到格外的照顾。是的，王国慧一点儿都不娇气，她买菜，做饭，洗衣，擦地，该干什么还干什么。她上楼，下楼，往楼上搬蜂窝煤，到楼下倒炉灰，仍然身手敏捷，一点儿都不笨。而金主任要她把胎儿打下来，这就不正常了。就有些反常了。她眼睛向内，像是把胎儿看了一下，很快意识到胎儿的存在。她肚子里除了五脏六腑，还存在着两样东西，一样是长在胆里的结石，一样是子宫里的胎儿。她知道，结石作为一个病体，跟她的身体并没有什么内在的联系。而胎儿就不一样了，胎儿通过脐带连着她的身体，还连着她的心。胆结石没有影响她怀孕，她怀孕以来，胆结石也没有明显发作。金主任不知道她肚子里有结石，不会要她把胆结石取出来。就算金主任知道了她肚子里有胆结石，也不会要求她把胆结石拿掉，因为金主任不管胆结石，胆结石跟金主任无关。金主任管的是计划生育，计划生育搞不好，有可能会影响她的政绩。

金主任说：你以前没想到可以理解，因为你以前在农村。农村嘛，对国家政策的宣传总是不充分，执行起来也不到位。到了矿上，经我们提醒你，你就可以想到了，应该了解政策的严肃性，知道政策是铁打的，不是泥巴捏的。

王国慧觉得肚子里隐隐疼了一下，心口也疼了一下。这次的疼，不像是胆结石的疼，疼痛像是由胎儿所引发。她说：这个事儿我不当家，等孩子他爸回来，我跟他商量一下。

金主任先说：这个事情没有什么可商量的余地，又说：你们商量一下也好，怀孕嘛，毕竟不是一个人的事，是两口子共同的责任。金主任临走撂下话，说她明天再来。

说来金之华主任真够负责的，此后一连几天，她几乎天天都到王国慧家里来。她不再是一个人来，有时和一位女的来，有时和一位男的来。女的是矿上工会分管妇女工作的干部，男的是居委会的党支部书记。不管多少人来，他们的目的只有一个，就是劝说王国慧尽快去医院做手术。他们的办法各有不同，有的态度柔软一些，有的态度强硬一些。工会女干部的办法是软办法，她上来没提让王国慧去做流产的事，而是夸王国慧的形象和气质都不错。要是王国慧不怀孕，身材会显得很苗条，面容也会更干净，更好看。这样的话不难听，也可以说女干部说的是实话。有人说女人怀孕的时候最好看，这种说法是哄女人的，是功利主义的说法，是男人的说法，肯定不是实话。也有人说女人怀孕的时候最丑，这种说法也不准确。女人怀孕后，身体会变形，脸上会长蝴蝶斑，是没有怀孕前好看，但也说不上最丑。女干部夸她的形象和气质都不错，是在她怀孕的情况下对她的评价，说明她怀了孕也不丑。当然如女干部所说，如果她一身轻松来到矿上，她的面貌会与目前的状况大不一样。她也想轻装上阵，也想一进矿就给矿上的人留下一个好印象，可是她已经怀孕了怎么办呢？女干部还说了一句话，给她留下了深刻印象。女干部说，听说她希望生一个女孩儿，而根据女干部的经验和观察判断，王国慧怀的好像还是一个男孩儿。要是再生一个男孩儿，就不是王国慧所愿了。顺着女干部的话，王国慧自我回忆和感觉了一下，是没有感觉出和怀儿子时有什么区别。居委会支部书记的态度强硬一些，说的话也严肃一些。书记说，如果王国慧坚持生下第二胎，会带来一些严重后果，矿上有可能会取消她和她儿子的农转非，他们从哪里转来的，还退回到哪里去。同时，王国慧的丈夫也会受到降职、降级甚至开除公职的处分。

书记的话把王国慧吓住了，她不得不慎重考虑。她和儿子既然转到矿上来了，可不愿让人家再把他们打回老家去。老家的人都知道她和儿子成了城里人，住的是楼房，睡的是软床，吃的是白面，穿的是皮鞋，过的是和城里人一样的幸福生活。如果把他们打回农村，重新风里雨里种庄稼不说，她跟乡亲们怎么说呢，她的脸面可往哪里搁呢！

每次有人到家里找王国慧，王国慧都及时跟丈夫说了。第一次，丈夫的态度很坚决，说生，一定要生，不要听他们胡咧咧。连个孩子都不让生，天下哪有这样的道理！王国慧第二次跟丈夫汇报情况，丈夫不但态度仍然坚决，还生了气，骂了人，说什么他妈的居委会，管拉屎，管放屁，管人家生不生孩子干吗！他们要是再来找你，我就去骂他们，对他们不客气！第三次再说起这事时，丈夫何怀礼似乎就没了脾气，就有些叹气。他对王国慧说，队里的支部书记也找他谈了，说他如果违反计划生育政策，矿上就要撤销他的副队长职务，还要扣发他所有的奖金。两口子一筹莫展之际，王国慧想起了丈夫跟她说的人民币，问：咱给人家送点人民币行不行呢？

丈夫说：这个事儿恐怕送人民币不行，那么多人管这个事儿，人民币送给谁呢！要是人人都送，咱可送不起。再说了，这个事儿不比新成上学，新成上学的事儿是咱们求他们，这个事儿是他们求咱们，他们应该给咱们送钱才对。

王国慧长长地叹了一口气说：要是知道这样，我和新成还不如不来呢！

丈夫摆了一下手说：这样的话就不要说了，说这话没意义。

关于生第二个孩子的事，王国慧在老家时跟新成也说起过，她问新成：妈妈给你生一个小妹妹可以吗？

新成说：可以。别的同学都有小弟弟、小妹妹，就我没有小弟弟、小妹妹。

那你是喜欢小弟弟？还是喜欢小妹妹呢？

喜欢小妹妹。

那好，妈妈争取给你生个小妹妹。

怎么争取呢？何新成听老师说争取这个词说得比较多，比如争取考第一名，争取当三好生，争取受表扬，等等，这些争取都跟学习有关。妈妈给他生小妹妹也说争取，他不明白妈妈怎么争取，从哪里争取。

争取嘛，这个这个，争取就是争取。哎，我想起来了，争取就是不一定，我想给你生个小妹妹，到时候也许会给你生个小弟弟。万一要是生个小弟弟，你也不会反对吧。

新成没说反对，也没说不反对，他皱起眉头，像是思考某项有难度的问答题一样思索了一下，说：等你生下来再说吧。

事情到了现在这一步，王国慧在新成面前再也不提生小妹妹或生小弟弟的事，每次说到这件事情，两口子都是关上门，悄悄在卧室里说，避免让新成听见。要孩子是他们两口子的事，本来他们两口子就可以拿决定。现在看来，生孩子不再是私事，是公家也关心的事，能不能把孩子生下来，他们并不当家。王国慧说过要给新成生一个小妹妹或小弟弟，如果生不成了，让新成知道就不好了，说不定新成会感到失望，会使新成脆弱的心灵受到伤害。为了保护新成的心灵，事情只能瞒着新成进行，走一步说一步吧。

金主任他们不只是到王国慧家里做王国慧的思想工作，还把王国慧叫到居委会的办公室，集体与王国慧进行了一次谈话。谈话这种方式王国慧也使用过，在老家时她多次对何新成谈过话。只不过，她对何新成谈话是一对一，这次谈话却是好几个人对着她一个。参加谈话的人除了金主任、工会女干部、居委会书记，还有两三个她没有见过面的人。这样的阵势王国慧从没有经历过，一进办公室，她心上一紧，头皮一麻，就不由得紧张起来。不管她看谁，谁都正在看她，一屋子人都在看她，目光都集中在她一个人身上。不管是男是女，他们的目光都很锐利，像是一下子就看到了她肚子里。她经不起这么多人看她，只好把眼皮塌蒙下来。谈话开始，一圈人一个接一个发言，七嘴八舌，轮番对她进行谈话。他们谈话的内容差不多，无非是不能，不能；手术，手术；处分，处分……王国慧的脑袋嗡嗡的，大得跟倒空粮食的五升斗一样，听见跟没听见差不多。这时谈话会场上进来一个上岁数的妇女，说她要举报，发现有人在家里偷偷看黄色录像。金主任说，他们现在正在开会，举报的事等一会儿再说。她让一个工作人员把举报者领到别的办公室去了。

下面该轮到王国慧表态了，金主任对王国慧说：小王，大家苦口婆心说了半天，你说说吧！

王国慧的头还蒙着，她说什么呢？不知道说什么。

金主任还是让她说说吧，说只抱着葫芦不开瓢是不行的。

众目睽睽之下，王国慧眼看不说话不行了，才说：我不会说话，我是个农村妇女，来矿上半个月都不到，我不懂矿上的规矩……你们说咋着就咋着，你们就是让我去死，我也没办法……王国慧哽咽起来，她叫了一声我的娘哎，遂以手掩面抽泣起来。

王国慧真正下决心去医院做流产手术，是在她哭过之后，金主任为了安慰她，又单独跟她说了一会儿话。金主任说：你才三十多岁，前面的路还很长，你不能一辈子不工作，一辈子当家属。我们这些当女人的，不能完全依靠男人，只有我们自己工作，自己挣钱，才能实现独立。你这次要是配合我们的工作，要是表现得好，等你卸下包袱后，我可以介绍你到居委会来工作。现在上面对计划生育工作抓得越来越紧，要求越来越严，居委会需要有一个人专门负责这项工作。负责这项工作的人必须以身作则，带头执行国家的计划生育政策。要是她自己生两个孩子，就没法要求别人只生一个孩子。要是她自己不能以身作则，别人想介绍她参加工作，也没法介绍。这话只能说到这儿了，我看你是个明白人，我的话你明白吧？

王国慧点点头，表示明白。能在矿上参加工作，这对王国慧来说当然是一个很大的诱惑。她原来想着，户口能转到城里，能当一个城里人，就很不错了，和何赵庄的女人们比起来，已经高人一等了。她没想过参加工作，不知道自己能工什么作。是呀，在老家时她有一块土地，可以在地里种玉米，种芝麻，种豆子，栽红薯，想种什么都可以。到矿上她连一寸土地都没有，哪里有她用武之地呢！金主任的话启发了她，像是一下子为她打开了一个新的天地，原来她到矿上是可以参加工作的，也可以挣工资的。而且金主任说得这样具体，如同为她参加工作指明了方向。目前的问题是，她参加工作有一个交换条件，或者说她必须先付出代价，那就是，她要把肚子里的孩子去掉。好吧，去掉就去掉吧！

在金主任的带领下，王国慧第二天来到矿上的医院住院，把孩子去掉了。

王国慧不会想到，这次的去掉会带给她多么大的懊恼，会给她造成多么大的伤痛。人说时间会淡化懊恼，抹去伤痛。这种说法对王国慧来说不成立，随着时间的推移，随着她家后来发生的一系列变故，她的懊恼越来越重，伤痛也越来越深。至于发生了什么样的变故，后面会一一说到。

第五章

一切为了儿子

15

流产跟小产差不多，王国慧做完流产手术，也需要休息，静养，补养，使身体得到恢复。金主任跟王国慧商量，要不要让王国慧的母亲到矿上来照顾王国慧。王国慧说不用，她自己可以照顾自己。王国慧可不愿意让母亲到矿上来，不愿意让母亲知道她做流产手术的事。母亲知道她到矿上之前怀了孕，知道她准备生第二个孩子，现在第二个孩子没有了，她不知道怎样向母亲解释。母亲生有四个女儿，两个儿子，而她连第二个孩子都没能保住，她没法向母亲交代。他们老家的传统是报喜不报忧，倘若等第二个孩子生下来了，作为一件喜事，她当然可以向母亲报告一下。现在孩子不存在了，怎么说跟喜事也沾不上边，只能算是忧事，她怎么能向母亲报告呢！金主任通过矿工会，与何怀礼的采煤队协调，采煤队为何怀礼放了三天假，准许何怀礼在家里照顾自己的妻子。

何怀礼跟优待坐月子的婆娘一样，到市场上为王国慧买了老母鸡，买了大鱼，还买了一盒猪肉松。王国慧在老家时吃过鸡，吃过鱼，还从来没吃过猪肉松。王国慧拿过盛猪肉松的铁皮盒子，问这是什么？

何怀礼说：这是猪肉松，挺好吃的，吃了容易消化吸收。你尝尝吧。

何怀礼把盒子盖打开，让王国慧尝尝猪肉松。

王国慧把猪肉松看了看，见猪肉松碎碎的，绵绵的，颜色像红糖一样，她说：一点儿都看不出猪肉的样子。

何怀礼说：那是的，你吃糖还看不出甘蔗的样子呢！你吃猪肉松，要是还能看出猪肉和猪的样子，那就不是猪肉松了。

王国慧捏起一点猪肉松放在嘴里咂了咂，品了品，觉得咸咸的，甜甜的，酥酥的，香香的，一点儿都不腻。

味道怎么样？

还行。虽说尝不出猪肉的味道，吃起来不难吃。

猪肉松就是猪肉的精华，营养价值挺高的。你喝粥的时候撒上一些，或者像蘸芝麻盐一样蘸馒头吃，都挺好吃的。

王国慧没来矿上之前，何怀礼长期住单身职工宿舍，基本上不会做家务，更谈不上有什么烹饪技术。他买了鸡，买了鱼，还得王国慧自己做。王国慧是个爱劳动的人，自己做饭没问题。当年生新成坐大月子的时候，她都是自己伺候自己。这样的流产，她不会当大月子坐，也不会当小月子坐，家务活照做不误。而何怀礼呢，大概是每天上班上习惯了，队里虽说给他放了假，他在家里并坐不住，下楼一转一转，又转到采煤队去了，直到吃饭的时候才回家来。

这天吃过晚饭，两口子躺在卧室的大床上看电视。他们家没什么书，也没有报纸、杂志，只有看看电视消遣一下。何怀礼不爱看别的节目，就爱看球赛。凡球都是圆的，凡球生来都是挨打的，或是挨踢的。不管是小球大球，不管是挨打的，还是挨踢的，何怀礼都爱看。王国慧不爱看球赛，什么球赛都提不起她的兴趣。特别是足球，好好的皮球，不用手拍，却用脚踢来踢去，半天都踢不到球门里一个，看着还不够让人着急的。但是，丈夫爱看球赛，她只能跟着丈夫看。她家的电视荧屏很小，收到的效果也不好，看着看着，不是画面中断，就是哗哗起雪花。尽管这样，他们也不把电视关掉。人长了眼睛，除了看天看地，看男看女，看花看草，还得看点儿别的什么。电视上只要有人影，只要还能听见人说话，就比没人影没声音好一些。

他们家的电视机原来安在客厅里，有一次，王国慧发现新成在半夜里偷偷看电视，她就把电视机搬到卧室里去了。孩子学习的事最重要，她不能容许新成因为看电视而耽误休息，耽误学习。电视上的东西大都是娱乐性的，是哄人玩的，小孩子从电视上学不到什么东西，只会分散对学习的注意力，瞎耽误工夫。她把电视机搬到卧室后，何新成很不高兴，噘着嘴表示抗议。王国慧无视何新成的抗议，说不让看电视，就坚决不让看！

厨房里发出一声响，像是有什么东西掉在了地上。王国慧起身到厨房里一看，不由得哎呀了一下，原来是小花猫在厨房里偷吃猪肉松，把盛猪肉松的铁盒子从灶台上弄到了水泥地板上，不用说，响声是铁盒子掉在地板上发出来的。铁盒子掉在地上倒了，里面的肉松从盒子里撒出来，撒了一地。小花猫真是馋得有些不像话，肉松撒在地上后，它从灶台上追到地上，接着吃。它在老家时吃过老鼠，吃过蚂蚱，大概也从来没吃过猪肉松。喵叽喵叽吃得格外香。你这个馋嘴猫，我打死你！王国慧抬脚朝猫踢了一下。

正在客厅写作业的何新成，闻声到厨房里看了一下。对于小花猫偷吃猪肉松，何新成不认为有什么不妥。因为趁爸爸妈妈不在家的时候，他也偷偷吃过猪肉松。他觉得猪肉松味道不错，就给他的好朋友小花猫尝了一点。他想，也许正是因为他把小花猫的馋虫给惹了出来，小花猫才在未经允许的情况下，自己溜进厨房吃起猪肉松来。何新成听大人说过一句话，叫一个战壕里的战友。他不太懂这句话的意思，觉得战友和朋友应该是一个近义词，如果让他把几组近义词连线，他会用直线把战友和朋友连接起来。这样也等于用直线把他和小花猫连接起来。他没有别的战友，可以说小花猫是他唯一的战友。不管战友干了什么事，他都可以理解。妈妈最近老是在改善生活，小花猫改善一下生活也不算多吧。

小花猫挨了踢，大概才意识到自己犯了错误，躲到客厅里的茶几下面去了。它赶紧用爪子擦嘴，似乎要把自己的错误掩盖一下，它一边擦嘴一边仿佛在说：我什么都没吃呀！

何怀礼也从卧室里出来了，他一见王国慧正把撒在地上的肉松往一块儿聚拢，并用手抓着往铁盒子里放，就知道是猫干下了坏事。他说：不要了，都撒在地上沾上了脏东西，还收拾它干什么，扫到土簸箕里统统倒掉！

王国慧没有把肉松往土簸箕里扫，这么好的东西怎么能像倒垃圾一样倒掉呢，就算人不能吃了，给猫吃也好呀。

近些天，何怀礼的心情一直不太好，烦躁，憋闷，看什么都不顺眼，好像摔点儿或砸点儿什么东西才能释放一下。要是下井，看见哪个人干得不好，说不定他会骂人家，或者踢人家。找不到工人的碴儿，他也许会从工人手里夺过煤电钻，把钻头捅进煤壁里，突突突把煤壁钻一个大窟窿。那样的话，他心里会好受一些。这几天不下井，他找不到骂和踢的对象，也没法把电煤钻作为他发泄烦闷的工具。何怀礼的心情之所以如此糟糕，缘于第二个孩子的失去。刚和王国慧结婚时，他以为他们两个会生三到四个孩子。王国慧兄弟姐妹六个，他兄弟姐妹七个，显得稍稍有点儿多，把数量减去三分之一，或减去一半，会显得适当一些。大概和他的想法一样，他弟兄五人，上面两个哥哥，下面两个弟弟，他们每家至少有两个孩子，只有他老三是一个孩子。

他是工人，是拿工资的人，家庭经济条件比哥哥和弟弟都好，按理说他的孩子比他们多才对，干吗比他们都少呢！当王国慧怀上第二个孩子时，他心里才宽慰一些，平衡一些，觉得这还差不多。可是可是，真他妈的不像话，眼看他老婆的肚子越鼓越高，眼看老婆肚子里的孩子越长越大，人家却不让他们要了。好比长在地里的一个红薯，隔着地皮，眼看下面的红薯把土堆子拱得越来越高，眼看红薯一天天长大，人家不等红薯成熟，半道儿就把红薯扒掉了，扔掉了，这叫什么事儿呢！老婆被人从医院送回来后，老婆哭了，说连想死的心都有。他非常心疼老婆，也差点掉了泪。要是某个人让他老婆受了委屈，他一定会找那个人算账。可现在让老婆受委屈的有那么多人，他不知该把账算到谁头上。再说人家打的都是执行政策和公事公办的旗号，打旗号的都是公家人，他怎么和公家人算账呢！这会儿好了，他终于找到算账的对象了，这个对象不是人，是那只猫，那只该死的猫。他当初就反对儿子把猫带到矿上来，猫果然是一个让人讨厌的坏东西。竟敢偷吃他给老婆买的肉松，这不是找死是什么！

怒不可遏的何怀礼用他与煤与岩石打交道的有力的大手，一把就把猫抓住了。自知理亏的猫，躲在茶几下面，正吓得瑟瑟发抖。何怀礼不管它发抖不发抖，他的手像一把铁钳，一下子就钳住了猫的脊背和肚子：你这个肯吃嘴的坏东西，看我不整死你！他的手在施加压力，像是要把猫吃进肚子里的肉松从猫的嘴里挤出来。

猫在叫，在挣扎，仿佛在说：饶了我这一回吧，以后我再也不敢了！猫的眼睛被挤得有些暴突，似乎像两个气泡一样随时都会爆炸。猫在绝望之中看着何新成，像是在向它的好朋友求救。

眼看小花猫就要大祸临头，何新成像小花猫一样也在发抖，他不仅身上抖，心里也在发抖。不行，他不能眼睁睁地看着爸爸把他的好朋友摔死，他必须站出来为小花猫求情，他说，爸爸，小花猫没上过学，小花猫不懂事儿，你就原谅他这一回吧！何新成对爸爸伸着双手。像是要把他的好朋友从爸爸手里解救下来。

何怀礼不会把猫还给何新成，他说这个坏东西坚决不能再要！他大步走到阳台上，把猫从四楼扔了下去。楼下一片黑暗，等于他把猫扔进了黑暗里。楼下都是硬地，等于他把猫抛在了硬地上。只听下面发出一声闷响，猫就不见了。

失去了朝夕相处的好朋友，何新成哭了，哭得十分悲切。每天晚间，当爸爸妈妈关起卧室的门休息时，只有小花猫跟他在一起。有时半夜里听见外面发出奇怪的声音，或是听到有人在楼下大声吵架，何新成会感到孤单，害怕。每当这个时候，小花猫就会跳到床上，及时出现在他面前，用嘴巴或尾巴碰碰他的脸，坚定地跟他站在一起，给他以安慰。小花猫仿佛在对他说：有我陪伴你，你什么都不要怕，好好睡吧。每天早上，当何新成醒来时，在第一时间出现在他枕边的也是小花猫。有时小花猫会用舌头舔舔他的耳朵，舔得他的耳朵痒酥酥的，小花猫仿佛在对他说：该起床了，当学生的不能睡懒觉。于是他就穿衣服起床，并顺便把小花猫抱一抱。而从今以后，何新成再也见不到他的小花猫了。世界上的人很多，那些人都不是何新成的朋友。称得上朋友的只有小花猫一个。世界上的猫也很多，何新成没机会跟别的猫交朋友。能交上朋友的也只有这只小花猫，而且朋友关系是从老家一直维持到现在。何新成之所以哭得如此伤心，还有一个原因，他从何赵庄的小学转到矿上的小学之后，班里有的同学嫌他是从农村来的，嫌他说话有老家的口音，嫌他土里土气，给他起了一个外号，叫他土鳖。何新成在老家时看见过土鳖，在门后的绒土里，在院子里柴草垛下面，都看见过。土鳖的身体扁扁的，下面长着许多细腿，是一种很不讲卫生的虫子。同学们怎么能给他起这么一个难听的外号呢！这个外号很快就在同学们中间传开了，一听土鳖，同学们就知道指的是他，相比之下，他的大名何新成好像不重要了。这样带有羞辱性的外号，使何新成在班里仿佛成了一个另类，不少同学都排斥他，不愿搭理他。回想起他在何赵庄小学，一连三年都是班里的三好学生，班里许多同学想巴结他都巴结不上，他是何等的骄傲，地位是何等的优越！到了金泉矿小学，他成了被嘲弄、被欺负的对象，地位一落千丈，再也骄傲不起来。这样的处境，他还没有跟妈妈说过。土鳖的外号这么难听，连他自己都说不出来，他怎么好意思跟妈妈说呢！这是何新成的一个委屈，没把委屈说出来，委屈就一直在他心里憋着。委屈会积累，会生长，越积累越多，越生长越大。委屈的发泄需要有一个时机，时机到了，何新成的委屈才会发泄出来。何怀礼的愤怒是因为失掉了第二个孩子，猫偷吃肉松就成了引燃何怀礼愤怒的导火索，通过从楼上扔掉猫，他的愤怒才终于发泄出来。何新成的委屈先是在校园里受到了歧视和欺负，他的委屈还一直没有在家里表现出来。现在爸爸残忍地扔掉了他心爱的小花猫，使旧的委屈上增添了新的委屈，两个委屈加在一起，终于超出了他对委屈的忍受能力，他再也忍不住了。这表明人人都有一颗心，只要有心，就会有心事。女人有女人的心事，男人有男人的心事；大人有大人的心事，孩子有孩子的心事，只是心事不同而已。何新成哭着喊起了妈妈：妈妈，妈妈！小花猫在危难之时求救于他，他在痛苦时刻只能求救于妈妈。

妈妈把新成抱住了，一手捂着他的头安慰他说：好了，别哭啦。王国慧意识到她这一辈子就这一个孩子了，不会再有第二个孩子了。她对新成心疼得也快要哭了。

何怀礼却不允许何新成哭，他说：不许哭，你老子还没死呢，你哭什么哭？再哭老子揍你！

王国慧不干了，她大声说：何怀礼，你这人太粗暴了吧，猫犯了错误，你打它几下就完了。干吗把它扔到楼下去呢。你这样做会对孩子的心灵造成伤害，你知道不知道？

不知道！

什么都不知道，孩子会毁在你手里！

狗屁！何怀礼气哼哼地回到卧室里去了。

何新成还在哭：妈妈，我不想让小花猫死。小花猫要是死了，我就没有好朋友了。

小花猫不一定会死，猫会跳高，爪子会接地，能力可强呢。你没听人家说嘛，狗记千，猫记万，狗能记住一千里路，猫能记住一万里路，说不定，小花猫还会自己回老家呢！等咱啥时候回到老家一看，小花猫正在老家的家门口等着咱们呢！

妈妈，我也想回老家，我不想在这儿上学了。

想回老家可以，等到过年的时候，妈妈带你一块儿回去。不想在这儿上学可不行，因为你的户口转到了这里，就只能在这里上学。

何新成想跟妈妈说，这里的同学看不起他，瞎给他起难听的外号，但他没有说。他已经有了自尊心，并开始学会了自己压抑自己。还有，何新成隐隐约约感觉到家里最近好像出了一件什么事，这件事似乎与妈妈肚子里怀的小妹妹有关。妈妈没有跟他说小妹妹怎么样了，他也没有问。妈妈以前跟他说过，不该打听的事情不要打听。

何新成不哭了，悲伤的情绪渐渐有所缓解。妈妈问他，你跟同学们都熟悉了吗，打成一片了吗？

妈妈既然问到他和同学们的关系，应该说是为他提供了一个实话实说、诉说心中委屈的机会，然而他把机会放弃了，他的回答是：

打成了。

这说明，四年级的小学生何新成不但学会了自己压抑自己，还学会了隐瞒事实真相。

今天的作业写完了吗？

快写完了。

作业一定要完成。接着写吧，写完作业抓紧时间睡觉。妈妈帮新成把折叠床撑开，把被褥铺好，才回到卧室去了。

当晚何新成迟迟睡不着觉，按理说，睡不着觉是成年人才会出现的情况，因为人一大，责任就大，烦心事就多，会影响睡眠。而像何新成这么大的小孩子，正是吃凉不管酸的时候，正是瞌睡多和倒头便睡的时候，怎么会睡不着觉呢？原因不难理解。是他第一次遇到了生与死的问题，经历了离别的问题，精神的某个痛点受到了刺激。也许他以前在村里也看见过别人家死人，埋人，从老家往矿上迁移时，跟爷爷奶奶、大伯大娘、叔叔婶子等，也算是一种离别。因为死的是别人家的人，跟他的心没有什么内在的联系，他一点儿都不觉得痛苦。离别的虽说是他的亲人们，因为不是生死离别，他也没感到伤心。小花猫的猝然失去就不一样了，带给他的是撕裂般的痛感。小花猫虽然不是一个人，但他对小花猫比任何人都觉得亲密。包括生他养他的妈妈。比如说每天晚上妈妈都是关上卧室的门和爸爸睡在一起，只有小花猫形影不离地跟他一块儿待在客厅里。他和小花猫之间的联系是感情的联系，也是心与心之间的联系。如果说新成和小花猫之间有一根纽带的话，那就是情感和心灵的纽带。扯断这根纽带，难免使新成的情感和心灵都会带出血来。客厅里的灯熄灭了，黑暗像煤炭一样瞬间填满了屋子。尽管屋里黑成一团，新成似乎仍可以看到小花猫，他闭眼是小花猫，睁眼也是小花猫。他好像还能听到小花猫的声音。小花猫在夜里一般不叫，走路也轻手轻脚，特别能为他着想。但小花猫睡觉时，有时候喉咙眼儿里会发出咕咕的声音。听奶奶说过，那是猫在念经，猫肚子里有很多经文。新成隐隐约约听到的，就像是猫在念经的声音。新成还有一个幻觉，仿佛觉得小花猫就睡在他枕边。以前常常有这样的情况，不知什么时候小花猫就跳到床上去了，身子一蜷，尾巴一收，就睡到了他枕边。他睡梦中一翻身，或一伸胳膊就能摸到毛茸茸的小花猫。幻觉上来之后，他不由得伸手往枕边摸了摸，他一摸，幻觉就幻灭了。枕边空空的，什么都没有。

何新成心里有一个悬念，不知道小花猫到底被摔死没有？要是小花猫死了，小花猫的尸体是不是还在地上放着？要是小花猫没死，小花猫会到哪里去呢？这个悬念好比是故事的扣子，扣子不解开，何新成心中的悬念就放不下来。不行，他要到楼下看一看。

又等了一会儿，何新成估计爸爸妈妈该睡着了，就开始了他的秘密行动。这个行动万不可让爸爸妈妈发觉，要是被他们发觉，他们一定会严厉制止他。类似这样在黑暗掩护下的秘密行动，他以前还没有进行过。他好像在某个侦察或谍战类的电影里看见过，当秘密行动开始，或寂静无声，或伴以恐怖的音乐。此刻他的秘密行动寂静无声，并没有恐怖的音乐。可随着他披衣下床开始秘密行动，恐怖的音乐仿佛随之响起，他心中大跳，未免有些紧张，他手捂胸口，对自己说了好几个要镇定，不要紧张，才拿上钥匙，蹑手蹑脚向门口走去。要保证行动的秘密性，他必须做到动作轻而又轻，不发出任何声响。为了能够做到这一点，他不能穿鞋，只能光着脚丫子踩地板。小花猫行动起来之所以无声无息，就在于小花猫从来不穿鞋，都是光着带着肉垫子的脚丫子蹿来跳去。他必须向小花猫学习。还好，他开门关门都没有发出声响，顺利地来到楼道里。楼道里没有灯，差不多和熄灭灯的屋里一样黑。他手扶着楼梯旁的栏杆，脚下探摸着，一个台阶一个台阶往下走。楼外也没有灯光，但要比楼内好一些，黑得不那么密实。何新成抬头往天上看了看，并不是阴天，能看到一点点若隐若现的月亮。月亮太细了，恐怕比一根火柴梗粗不了多少。不管月亮多么细，还是能发出一些光亮，有月亮还是比没有月亮好一些。天上还有星星，星星还不少。但星星像人的眼睛一样，眨巴几下还可以，从来没有照明的功能。

何新成家的阳台在楼后面。爸爸从阳台上往下面扔小花猫也只能扔在楼后面的地上。楼前面是一个花池。花池中有一些花草。楼后面是一块用水泥方砖铺成的地坪。方砖形成的格子跟何新成生字作业本上的格子差不多。何新成从楼的一头绕过，绕到楼后面去了。水泥地坪上光光的，何新成看了一遍又一遍，边边角角都看到，没有发现小花猫的尸体。何新成不甘心，又弯腰低头在地上找，看看有没有小花猫留下的血迹。有一道砖缝处有些发黑，何新成心里一惊，以为是小花猫留下的血迹。他趋前仔细看了一下，原来不是血迹，是花迹，是砖缝里长出了几棵小草，开出了两朵小花。难道小花猫真的没被摔死吗？如果小花猫没死，它会到哪里去呢？他往四周看了看，哪里有小花猫的影子呢！难道真像妈妈说的那样，小花猫会循着来路回老家？小花猫要是回老家的话，它这会儿该走到哪里了呢？要是有一条大河拦在小花猫面前，小花猫该怎么办呢？何新成突然打了一个喷嚏，他没料到喷嚏会打得这样大，自己把自己吓了一跳。他下楼没有穿鞋，也没有穿长裤子，可能是着凉了。喷嚏打得这样大，要是被爸爸妈妈听见就不好了。何新成心中的悬念还在悬着，他仰脸往楼上的阳台看了看，就回到楼上去了。他的悬念也许会越悬越高，再也放不下来了。

16

身体状况稍有恢复，王国慧就到居委会找金之华主任去了。为了配合金主任完成任务，她做出了牺牲，她希望金主任能兑现对她的许诺，给她安排一份工作。在去见金主任之前，她特地洗了头，洗了脸，涂了脂，抹了粉，把自己收拾打扮了一番。卫生间洗脸池上面嵌有一面面积不小的镜子，她对着镜子左看右看，觉得自己容光焕发，的确好看多了，腰身也利索多了。他们老家有一个说法，女人怀孕后最好不要老照镜子，照镜子多了对肚子里的孩子不好。王国慧不懂其中的道理，不知道照镜子对胎儿有什么影响。但别人都那么说，她也只好尊重大家的说法，怀孕期间很少照镜子。现在怀孕解除，王国慧可以照镜子了。审视过自己以后，王国慧不知不觉间自言自语地说出了对自己的评价。她对自己的评价是节制的，还有那么一点谦虚：行，还行，不算丑，也不算老。她的耳朵听见自言自语后，觉得自己有些可笑，只有上年纪的老头儿老太太才会自言自语，自说自话，自己怎么也开始自言自语了呢？是不是自己也老了呢？她很快否定了自己的想法，自言自语怕什么，私下里谁不跟自己说话呢，自言自语不是老的标志，一切才刚刚开始。她像宣誓一样对着镜子举起小小拳头：雄关漫道真如铁，而今迈步从头越，加油！

见到金主任，金主任对她形象的变化未做任何评价，只是说：你怎么这么早就出来了，几天了？

王国慧明白，金主任问的是她做完手术几天了。要她做流产手术，是金主任的一个任务，金主任把任务完成了，就把这个事情放下了。

还是金主任带她去医院做的手术，金主任连她做完手术几天了都不记得了。她说：七天了。

休息七天怎么能行呢，你至少要休息一个月才能出来活动。

王国慧说不用，她的身体恢复得挺好的。又说，在他们老家，有的妇女当天夜里生孩子，白天还在地里干活呢。生完了孩子，第二天就起来做饭，洗尿布。

金主任说，小王不是我说你，你的有些观念要改一改。我先给你说两个方面。一方面，你说的那些情况是出现在农村，城里是没有的；另一方面，你说的是以前的情况，现在即使在农村，那样的情况也不多了。总的来说，是环境改变了，时间也改变了，人的观念必须跟着改变。过去的妇女是没条件爱护自己，现在有条件了，一定要好好爱护自己。

王国慧笑了笑，还是说没事，她下面已经干净了。

王国慧的话让金主任顿时又警惕起来，她说：小王你要注意了，一定要避免再次怀孕，怀了孕又是麻烦事。

王国慧脸上红了一下，说没有。

什么没有？你现在怎么避孕？还是用保险套吗？

王国慧低下了眉，没有回答金主任的问题。

都是过来人了，这有什么不好意思的。据我所知，现在有不少男人不愿使用保险套，使用的时候磨磨叽叽，嫌保险套隔着一层皮，不透气，不体己。保险套当然不能透气，要是透气透得跟筷笼子一样，那还叫保险套吗！你别说，有的保险套的确存在质量问题，使有的精子有空子可钻，不能百分之百起到保险作用。因此我建议，你尽快去医院戴上避孕环，或是做输卵管结扎手术，以绝后患。

王国慧找金主任的目的，本来是想问问金主任为她安排工作的事。

可金主任一句关于安排工作的话都没说，对她进行的仍然是计划生育方面的教育。难道金主任把自己说过的话忘记了？不会吧！金主任没提，她也没好意思问。见又有人来找金主任汇报工作，王国慧就告辞了。

过了两三天，王国慧再次来到居委会找金主任。这次她采取了一个办法，来到金主任的办公室，她向金主任问了个好，就拿起放在门后的拖把，到附近卫生间的水池里把拖把涮了涮，开始为金主任擦地板。

金主任说你放下吧，我自己擦。

王国慧说：没事儿，反正我闲着也是闲着。擦完了地板，她又帮金主任擦窗子玻璃。她不是直接问金主任为她安排工作的事，而是通过行动，通过自己的“工作”提醒金主任曾经说过的话。

看来小王是个勤快人。金主任说。

我干活干惯了，不干点活儿，心里不得劲儿。

王国慧的行动提醒生效，金主任说：我上次跟你说的话我记着呢，但我必须保证你手术后休息一个月，这是为你的身体着想。这样吧，休息够一个月你再来找我，工作的事咱们再商量。

谢谢金主任！有啥需要我干的，您通知我就行了，我保证随叫随到。

金主任心说：这个小媳妇儿，别看是从农村来的，心眼儿可不少，心劲儿可不小。

从居委会出来，王国慧没有回家，到学校去了。新成转学考试时，张主任曾对她说过，要她把新成的语文抓一抓。最近她被迫处理肚子里的孩子，没顾上管新成的学习。但这不等于她忘记了张主任对她的要求，凡是牵涉到新成学习上的事儿，她都会牢牢记在心里。现在肚子里的孩子没有了，工作的事暂时没有着落，她可以腾出手来，把注意力和精力都集中在新成身上，把新成的语文抓一抓。

何新成所在班的班主任老师姓魏，叫魏云海，上次由张主任带着她和何新成找到魏老师时，只和魏老师见了一面，没怎么交谈。这次在魏老师的办公室里再见到魏老师时，见魏老师正在废报纸上练书法。她叫了魏老师，魏老师笔走龙蛇没有停下来，也没有看她，让她等一下。魏老师把“龙蛇”走满了一张报纸，才收起笔来看她。魏老师鼻腔子里吭了吭，似乎没有认出她是谁。魏老师没有认出她是谁，也没有问她是谁，就那么看着她，眼皮眨了几下。

王国慧只得自我介绍说：我是何新成的家长。

魏老师鼻腔子里又吭了两下，像是想起来了，问：怎么称呼您？

我姓王，叫王国慧。

哪个国，哪个慧？

国家的国，智慧的慧。

你这个名字不错，有男儿风，大气。魏老师称赞了王国慧的名字，接着就严肃下来，开始批评王国慧：你怎么把何新成送来就不露面儿了呢，我认为你对孩子很不负责任，我必须批评你！

王国慧赶紧道歉：魏老师，实在对不起，前一段我家里有点特殊情况……

魏老师打断了王国慧的话，我不管什么特殊情况，情况再特殊，还能特殊过孩子吗，还能特殊过孩子的学习吗！魏老师把毛笔在笔洗里涮了涮，放在笔架上，接着对王国慧说：我告诉你，农村的教育质量是有问题的，何新成的学习也是有问题的，别的功课且不说，何新成不会写作文，这就是一个很大的问题。我不是说别的功课不重要，但我认为，在所有的功课中，作文是最重要的。作文是什么，作文代表的是学生的综合能力，其中包括语言能力、思想能力、组织能力、表达能力等。作文写得好，才算是学习成绩好，如果作文不好，别的科目成绩再好也是白搭。你知道中国实行科举制度时考状元吧，别的功课都不考，只考一门写文章就可以了。文章写得好，就可以中状元，当驸马，享尽人间荣华富贵。这叫一篇文章定乾坤。如果文章写得不好，别说中状元跳龙门了，恐怕连个秀才都当不上。远的不说，就拿我昨天给同学们出的作文题来说吧，我出的是一个选择性的作文题，前面是我最喜欢，后面是一条托底的横线，在横线上面，同学们可以自由选择，填什么都可以。可以喜欢某位英雄，某个亲人；可以喜欢某种游戏，某项技艺；也可以喜欢某种动物，某种花草等等。不管你最喜欢什么，都必须以具体事例写出喜欢的理由。何新成选择的是最喜欢妈妈，也就是你，你一听是不是很感动？喜欢妈妈当然可以，班里的好几个同学写的都是最喜欢妈妈。差距在于，别的同学写出了为什么喜欢妈妈，而何新成只写下一个题目就完了，没有实例做根据，等于是一句空话。一篇作文只有一句空话，你说这事儿怎么整。你今天正好来了，我听听你的意见，你说这事儿怎么整吧？魏老师大概说得有些激动，鼻腔子里连着吭了好几声。

王国慧羞愧得脸上一赤一白，有些无地自容。在魏老师的连珠炮面前，她像是一个受训的小学生一样，只能唯命是从。魏老师说要听听她的意见，何新成笨成这样，她能有什么意见呢！她说，魏老师，千不怨，万不怨，都怨我这个当妈妈的当得不好，我自己都不会写作文，怎么辅导他呢？我一听您说话，就知道您是一位很有学问、水平很高的老师，你就帮帮他吧，教教他怎样写作文。

教他写作文当然可以，这是我应担的责任，我希望我们班的每个学生都能成为文魁星。你可以打听打听，我敢说我们班同学写作文的水平在全校是最高的。有一个叫陶晓明的同学，他写的作文经我的推荐，登上了矿务局矿工报的文艺副刊，学校的广播也向全校师生播送了这个消息。

那太好了，遇上您这样的好老师，真是何新成的幸运。魏老师，我向您保证，我一定好好配合您对何新成的教育，您让我做什么我就做什么。

你有这个态度很好，有家长的积极配合，孩子的写作水平肯定会不断提高。我的看法是，何新成仅在课堂上学习是不够的，全班那么多学生，我哪里顾得过来，不可能一对一对何新成进行辅导。我的建议是，你为何新成报一个课外小学生作文速成辅导班，那样他的写作能力会提高得快一些。

王国慧认为魏老师的建议很好，答应马上送何新成到课外辅导班学习。可王国慧说，她不知道哪里有这样的辅导班。

魏老师说：市里就有，有一个叫文景的小学生作文速成辅导班办得很好，你可以让何新成到那里学习。我有文景的电话和地址，你带何新成去报名就可以了。如果班里的名额满了，你提我的名字，就说是我推荐过去的。因为我也是文景聘的课外辅导老师，我推荐过去的学生，他们看我的面子，一般不会拒绝。魏老师说着，拿过一张像名片大小的纸片，在纸片上写上文景的地址和电话，给了王国慧。

王国慧不敢怠慢，下午就去文景为何新成报名。王国慧去市里没坐公交车，是骑自行车去的。她的自行车是从老家带来的，因骑得年头比较长了，自行车显得有些破旧。何怀礼嫌弃自行车的破旧，不想让她把自行车往矿上带。可王国慧不想把自行车扔在家里，也不想把自行车送人。当年买下这辆自行车时，自行车作为工人家属身份的一个标志，为她带来了不少荣耀，也带来了不少方便。别说是一辆自行车了，哪怕是一块生铁，骑得时间长了，也会把生铁暖热，也会骑出感情来。所以如同何新成要把小花猫带到矿上来一样，王国慧坚持把自行车带到了矿上。如今小花猫不存在了，好在她的自行车还在。别看自行车不吃不喝，可在王国慧心目中，好像自行车也是一样活物，她对自行车称得上亲爱。坐公交车须花钱打票不说，不是谁想在哪儿停就能停的，如果不到站点，不管你如何喊叫，司机都不会放你下去。而自行车的优越性在于机动灵活，主动权可以掌握在自己手里，随时可以自行，也可以自止。这不，王国慧骑着她亲爱的自行车，随时停下来打听着，很快就找到了文景小学生作文速成辅导班所在地。

文景的模式与学校不同，是开在临街一座居民楼的一层。里面的房间也左拐右拐，不是教室的格局，是居住的格局。在文景值班的女士自称是班里的辅导员，叫江丽平。江丽平不像张主任、金主任和魏老师初见面时对她那么样冷淡，她对王国慧的到来，很是热情和欢迎，像欢迎财神一样，又是让座，又是倒水。王国慧为何新成报名很顺利，她还未提及魏老师魏云海的大名，江丽平就把何新成的名字登记到报名册上了。江丽平介绍说，辅导班只在星期天上午开课，课时为三个小时，参加学习的同学按课时交费。交费标准有些高，王国慧一听不禁愣了一下，把她丈夫的月工资拿出来一半，恐怕都不够交纳何新成一个月参加辅导班学习的费用。她说哎呀，我带的钱不够。

江丽平很好说话，她说钱没带够没关系，带多少就先交多少吧，没交够的部分周日带孩子来学习时再交也不迟。

到了周日上午，王国慧骑着自行车，按时带何新成到文景辅导班学习。在孩子上课期间，家长不能和孩子一起听课，只能自己到街上去转悠，或是在另一个房间坐等。等孩子上完了课，及时把孩子接走。来送孩子进辅导班学习的有几十位家长，几乎都是妈妈，爸爸很少。在对待孩子的事情上，爸爸的耐心总是比妈妈差一些，即使有极少数当爸爸的来送孩子学习，他们也没有耐心在房间里等，送完孩子就走了，到时再转回来把孩子接走。当妈妈的与当爸爸的不同些，她们除了去逛商店，饱饱眼福，还愿意与别的孩子的家长进行一些交流。当然了，她们交流的重点话题无非是孩子学习上的事。还有什么比孩子学习更重要的事呢,恐怕没有了。妈妈们都在电视上看过《动物世界》,知道动物也有孩子，打幼崽一生下来，它们就教幼崽奔跑。谁跑得快，谁就能抓到跑得慢的其他动物，谁就能生存。而被追赶的动物也是如此，如果跑得快，就有可能躲过一劫或数劫，继续生存下去。妈妈们重视孩子们的学习，跟动物教幼崽奔跑是同样的道理，孩子学习的也是生存的本领。人作为高级动物，与低级动物所不同的是，人不是只重视孩子的生存就完了,人还希望自己的孩子能够通过学习成为精英,出人头地。妈妈们通过交流，暗暗地拿自己的孩子与别人的孩子相比较，同时暗暗地把别人教孩子的好经验学过来，以更好地教育自己的孩子。就是通过妈妈们之间的互相交流，王国慧得知在矿工报上发过文章的陶晓明也在这个辅导班学习,而且认识了陶晓明的妈妈严美云。因为严美云的儿子在报纸上发过文章，并且上了校广播，妈妈们都对严美云高看一眼，愿意跟她交谈，向她请教教育孩子的经验。

严美云是位美女妈妈，性情和善，说话低声低调。她说她也不会写作文，都是魏云海老师教得好。严美云介绍说，魏云海原来在矿务局的矿工报编辑部当记者，当编辑，经常在矿工报上发表文章，是局里有名的笔杆子。听严美云这么一介绍，在场的妈妈们无不惊奇了一下，哇噻，原来魏老师这么厉害！这样一来，妈妈们似乎就明白了，怪不得陶晓明的文章能在矿工报上发表,原来魏云海在矿工报工作过,跟矿工报有关系，有后门。

包括王国慧在内的妈妈们也有疑问，矿工报是上级单位，当记者当编辑是很风光的工作，魏云海干吗放着上级单位的风光工作不干，下到基层的小学当一名老师呢？在小学当老师很辛苦，既无名，收入也不高，岂不是自讨苦吃嘛！有人委婉地向严美云提出了这样的疑问。一开始严美云像是不大愿意说，但她禁不住这个妈妈问了，那个妈妈又问，严美云才说了魏云海到矿上来教书的原因。在机关干部下海经商的热潮中，魏云海也辞去了矿工报的工作，下海开了一个小煤窑。在小煤窑开发阶段，魏云海干得相当不错，买了小轿车，盖了老板办公室，配了秘书，大有发大财之势。魏云海的运气不是很好，正当滚滚的乌金就要变成黄金之际，井下发生了透水事故，把采煤工作面和井筒子都淹了。事故倒是没淹死人，但投到井下的机器设备全部泡汤，眼看就要到手的财富顿时化为乌有。魏云海开小煤窑的投资，一部分是从银行贷款，还有一部分是从亲戚朋友那里以集资的名义借来的。他的小煤窑一遭灾，那些亲戚朋友迅即变成了债主，纷纷向他讨债。集资时他曾经向那些出资人承诺，三年之后他向每个出资人按出资多少回报三倍的报酬。也就是说，他向某个朋友借到的钱是一万元，三年以后须还给人家三万元。这样的高额回报让不少人有些动心，特别是那些机关干部，他们得风气之先，坐在机关里却挣不到多少钱。一人下海，他们都想下海，一人发财，他们都想跟着发财。可有的人想发财，又舍不得体制内的铁饭碗，急得团团转之际，魏云海给他们提供了发财的机会。这个机会不错，只要借给魏云海一些钱，自己不下海也能挣到钱。钱能生钱，钱是钱之母啊！有的人没有多少闲钱可供投资，就向自己的父母或兄弟姐妹借了一些钱，凑够一个整数，再借给魏云海。因有钱连着心，他们都很关注魏云海小煤窑的经营情况，希望魏老板尽快暴发起来。只有魏云海暴发了，他们才能跟着沾光。魏老板发大财，他们跟着发点儿小财也好啊！闻听魏云海的小煤窑出事，他们惊呼大事不好，便纷纷催魏云海还钱。魏云海借的每笔钱，都有字据在人家手里捏着，赖是赖不掉的。为了还债，魏云海卖掉了轿车，卖掉了办公室，卖掉了皮衣，连手表都卖掉了。他本来想当富翁，却一下子成了穷光蛋，他本来想当金钱的王子，却一下沦为金钱的乞丐。眼看连饭都没得吃了，魏云海才求到目前在金泉矿当矿长的以前的老同事，帮他恢复了公职，安排他在矿上的小学当了一名教师。他本来想到矿上的宣传科工作，以发挥他耍笔杆子的优势。因宣传科不缺人，他没能如愿。

这天严美云正对妈妈们介绍魏云海的情况，突然打住了，侧耳向门外听着。妈妈们正不知怎么回事，见魏云海从门外进来了。在严美云介绍魏云海时，妈妈们的脑子里都是回忆状态，回忆的是魏云海留在她们脑子里的印象。当魏云海猛地一出现，她们好像还没回过神来，没把脑子中的魏云海和眼面前儿的魏云海对上号。好比她们正在电视上看一个人，这个人却从电视上走下来，突然出现在她们面前。这样的情况让她们一时不能适应，未免有些犯愣。

魏云海像首长那样举着一只手跟她们打招呼：好，好，你们都是好家长！

妈妈们知道了魏云海的经历，不但没有小瞧魏云海，反而觉得他是一个有本事、有深度的男人。魏云海下海虽说没有取得成功，但他架子不倒，没有灰心丧气、一蹶不振。他一说话就习惯性吭吭的鼻腔里，冒出来的仍然是傲气。

在放学回家的路上，严美云又给王国慧透露了一个消息，说文景小学生作文速成辅导班其实就是魏云海自己创办的，房子是他租的，辅导员是他聘的，所收取的学费都是由他一手支配和分配。他挣到的钱不想被债主们全部要走，所以对外还保着密，说是给别人打工。

王国慧一听就明白了，办速成辅导班是魏云海开辟的另一条生财之道，他不办企业了，转向办教育，他不向小煤窑里挖钱了，转向挖小学生家长的钱，怪不得学费收得那么高呢！既然魏云海办辅导班是为了赚钱，王国慧难免对辅导班的办学效果产生一些怀疑，她不知道新成通过学习，在写作文方面能不能有一些进步。同时，她对速成这个说法也不是很认可。一粒玉米种子埋进土里，它得一点一点生根，发芽，成苗，抽秆，开花，结穗……速成是什么意思呢？是不是像书上所讽刺的拔苗助长的意思呢？可是，开弓没有回头箭，她既然已经交了三个月的学费，孩子也进了辅导班，那就学学试试吧。再说了，那么多家长都愿意把孩子送到辅导班来学习，说不定真能收到学习效果呢。也许严美云的儿子陶晓明正是通过在速成辅导班的学习，所写的作文才登上了矿工报呢！

还有一点让王国慧没料到的是，回到矿上时，严美云带着儿子跟她和新成进的是同一座家属楼，而且是同一个单元门。只不过，她家住在四楼，严美云家住在三楼。王国慧热情地呀了一声，说真没想到，咱们两家住的是一个楼。

严美云微笑了一下，仿佛在说，这事很平常，没什么。

王国慧的热情没有得到应有的回应，她通过严美云浅浅的微笑，觉出严美云并不需要她的热情，而是需要与她保持一定距离。王国慧本来还有热情，见严美云这样冷淡，她只好把热情收回来。她自己觉得挺奇怪的，她到矿上来了一段时间了，以前怎么没见过严美云进这个楼呢！要是搁在她的老家何赵庄村，她对村里每一户人家都知根知底，村里不管是走了一个人，还是来了一个人，她都一清二楚。一座楼比一个村庄小得多，住在楼里的都是什么人，是赵钱孙李，还是周吴郑王。她怎么一点都不知道呢！这大概也是城市和农村的区别吧。

回到家，王国慧问新成：你的同学陶晓明跟咱们住一个楼，你以前知道吗?

新成说:知道。

那以前咋没听你说过呢?

没什么可说的。

放学后,你们一块儿回来吗?

不一块儿。

为什么?

不为什么。

陶晓明是你的同班同学,你要跟同学团结友爱。陶晓明的作文写得好,都登上了报纸,上了广播,你要向人家学习。

17

一个月后,何新成从学校里拿回来一篇作文,作文的题目还是分两部分.前面不再是我最喜欢,变成了我最难忘,后面的部分还是由同学们自由选择,自我发挥。这次何新成选择的最难忘的对象不再是妈妈,而是小花猫。何新成对妈妈说,魏老师要求他回家后把作文给家长读一遍,然后由家长对作文做出不少于三十个字的简短评价,并在作文后面签上家长的名字。

王国慧在客厅里的沙发上坐下来,让何新成读吧,她来听。她指着另一个沙发,让新成坐下读吧。

何新成还是站着,他说:妈妈,我要是写得不好你不会批评我吧!

不会的,既然魏老师让你把作文拿回来读,我相信作文一定写得不错。魏老师在课堂上要求全班同学都把作文读给家长听,还是让你一个人把作文读给家长听呢?

魏老师没在课堂上提要求，是在课后对我一个人说的。

那我明白了。好了，开始读吧。

何新成在作文里写到，小花猫是他从农村老家带到矿上来的。来到矿上后，他没有别的小朋友，也没有妹妹、弟弟。每天写完作业后，只能跟小花猫玩一玩。在他写作业的时候，小花猫很乖，都是卧在茶几下面睡觉，一动不动，从来不跟他捣乱。等他写完了作业，小花猫才会噌的一下跳到茶几上，闻一闻他的手，像是慰问他一下。他很喜欢小花猫，小花猫也很喜欢他。每天放学回到家，第一个到门口迎接他的就是小花猫。有一次他到了家门口，故意不开门，不进家，试试小花猫着急不着急。他一试就试出来了，小花猫急得在屋里喵喵叫，还用爪子刺啦刺啦抓门。等他开了门，小花猫一下子就抱住了他的脚脖子，他往屋里走的时候，小花猫都舍不得松开他。当读到小花猫因偷吃了家里的猪肉松，被爸爸扔到了楼下时，何新成声音哽咽，满眼泪水，几乎有些读不下去。

听新成读到这里，王国慧的眼圈也红了。她不想在儿子面前失态，想表现得比儿子坚强一些。可人管不住自己的感情，感情一动，她的眼圈儿不知不觉间就红了。她原以为小花猫的事情已经过去了，没想到还留在儿子的记忆里。留在记忆里倒还罢了，更让他没有想到的是，儿子还把记忆变成了文字，一笔一画写进了作文。从小到大，从娘家到婆家，从农村到城市，王国慧经历的事情已经很多，留在记忆里的事情也不算少。可把她记忆中的事情通过文字写在作文里，这还是头一遭。她上学的时候也写过作文，那时写作文都是“百花盛开，万里无云”之类，都是瞎编，无关痛痒，跟自己的经历没有任何关系。而何新成写的这个小花猫的故事，是何新成自己亲身经历的事，也是她经历的事，这确实是一件难忘的事。王国慧让新成慢慢读，别着急。等新成把作文读完了，她说写得不错，问新成：这都是你自己写的吗？

新成说：是的。

魏老师帮你修改过吗？

修改过。

我说听着怎么这么顺口呢！你怎么想起来写小花猫呢？

老师让我们每人先讲一件自己最难忘的事，我讲了小花猫的事，老师就让我写这个。

看来办过报纸的人水平就是高，魏老师教你们写作文确实教得好。

老师让家长对作文做出评价，这让王国慧有些犯难，她可以被新成的作文所感动，也可以在口头上夸新成的作文写得不错，但要把评价变成文字写到纸上，这对她来说可不是一件容易做到的事。她虽然识字，但抓不住字，不会使用字，更不会通过使用文字抓住自己的感情。她可以夸新成的作文写得不错，或写得好，但要她用文字写出好在哪里，她就发愁了。这表明王国慧内心深处对文字是敬畏的，不提笔倒还罢了，一旦提起笔来，每个字都似有千斤重，都有些陌生。有心把评价留给丈夫何怀礼来写，又担心丈夫看了作文会不高兴，会吵新成，只好硬着头皮自己来写。她用新成的铅笔，先在别的纸上打一个草稿，念着不别扭了，确认没有错别字了，字数也达到了要求，才认认真真地抄在新成的作业本上。她写的是：这篇作文写得很真实，感动得我差点掉了眼泪。在小花猫的事情上，我和孩子的爸爸对不起孩子。非常感谢魏老师对何新成的帮助！抄好后，她又默默地读了一遍，她写的是差点掉了眼泪，当她读到这里时，眼泪真的下来了。她被自己写下的文字感动了。如果说听新成读作文时是第一次感动，这就是第二次感动。一个人还会为自己写下的文字所感动，这是王国慧以前没有想到的。

为了把找工作的事落实下来，王国慧还是过几天就到居委会找一次金之华主任。那些带孩子去文景辅导班的妈妈们，在矿上都有一份工作，没有正式工作，也有临时性工作，只有王国慧的工作还没着落。妈妈们知道了王国慧没有工作，她们共同的看法是，在城里女人没工作可不行，没有工作经济上就不能自主，就没有自我。有人劝王国慧到市场上摆个烟摊去卖香烟，有人劝王国慧去批发冰棍卖冰棍，还有人建议三国慧去小饭店打工，帮人家端盘子洗碗。这些劝说和建议王国慧都不会听从，她听了一笑就拉倒了。不但不听从，她心里甚至是有些抵触，觉得别人不大看得起她。她不会去做任何生意，也不会去饭店端盘子洗碗。她认为那些都不算工作，只有为公家做事才算工作，到居委会管计划生育才算工作。她三番五次、七番九次地去找金主任，又是帮金主任干活儿，又是给金主任送土特产，金主任老是说再研究研究。直到她给金主任送了一包儿人民币，又送了一包儿人民币，金主任才说：王国慧同志，我们已经研究过了，过了五一劳动节，你就可以来居委会上班。

学校这边，何新成给王国慧捎回了魏老师的话，问何新成的作文愿意不愿意在矿工报上发表，要是愿意发表的话，就交一百块钱的版面费。这笔版面费不是魏老师得，是交给矿工报的编辑，魏老师只是经一下手，转交一下而已。

何新成的作文可以在矿工报上发表，这本是一件让人高兴的事，可听了何新成捎回的魏老师的话，王国慧没有显得特别高兴。她听人说过，现在在报纸上发了文章，报社会给作者发稿费。而何新成的作文要在矿工报上发表，不但得不到稿费，还要先交版面费。说句不好听的话，这叫倒贴。倒贴的事总是让人觉得不那么舒服。花钱买发表倒还罢了，新成的作文达到了能在报上发表的水平，毕竟是一件好事。欠妥的是，魏老师不该让新成捎话，不该让新成知道这件事情的内幕。新成知道了作文是通过交易才发表的，会削弱他的荣誉感和自豪感，会对孩子的心灵成长造成不良影响。于是王国慧说：我先听一下你的意见，你的作文愿意在矿工报上发表吗？

何新成说，他也不知道。又说：你不是老拿我和陶晓明比嘛！

王国慧听出来了，新成是愿意在矿工报上发作文的。她问：魏老师是让你把钱捎给他吗？

何新成说：是的。妈妈你放心，我会把钱悄悄地给魏老师，不让别的同学看见。

听了新成的话，王国慧不由得把新成又看了一眼。这一眼不算刮目，但跟刮目也差不多。这小子不得了，不知不觉间，他已经长大了，并学会了大人那一套。谁都盼望自己的孩子尽快长大，可一旦发现孩子长大了，发现孩子在模仿自己，心里却不免有些打鼓，不知孩子长大了是好还是不好。王国慧说：我看这样吧，这个事情你就不用管了，我去跟魏老师直接联系，你就等着听好消息就是了。哎，说到好消息了，先告诉你一个妈妈这边的好消息，妈妈有工作了，过了五一节，妈妈就到居委会去上班。工作是管计划生育，听到这个好消息，你高兴吗？

高兴！妈妈，你不是说过要给我生一个小妹妹吗，怎么，不生了？

这孩子，真是哪壶不开提哪壶！王国慧说：好孩子不用多，一个顶两个，一个顶十个，妈妈有你这一个好孩子就够了。居委会让妈妈管计划生育，妈妈要以身作则，带头执行计划生育政策。

王国慧跟魏老师直接联系并把钱交给魏老师后，何新成的作文《我最难忘小花猫》很快在矿工报副刊发了出来。魏老师就此事及时给学校广播站写了稿子，校方作为一项教育成果，对全校师生进行了广播。这样一来，继陶晓明之后，何新成是第二个在矿工报上发表过作文的同学。

因全国各地对煤炭的需求量大，煤炭供不应求，在劳动节期间，金泉矿没有放假，矿工们仍头顶矿灯，足蹬胶靴，挥汗如雨地在井下劳动。矿工们说得好，劳动节嘛，就是要劳动，不劳动还叫什么劳动节呢！

矿上虽说没有放假，却安排了不少文艺节目。矿工俱乐部里放映了新电影，局里的文工团来矿演出了大型歌舞，全矿开展了歌咏比赛，每个单位都要出节目参加比赛。矿上还隆重举行了一年一度的矿劳动模范和先进工作者表彰大会，每位受表彰的对象都要在主席台上披红戴花，接受矿领导为他们颁发奖状。随后，他们的大幅彩色照片都被嵌在俱乐部门口两侧的展览橱窗里，连同他们的事迹简介，供全矿职工参观学习。随着天气越来越暖，小花园里桃花、黄刺梅、丁香、月季等花卉次第开放。加之矿上的女人们脱下了色彩比较单调的冬装，换上色彩比较艳丽的裙装，使整个矿山呈现出一派花团锦簇、笑语欢歌、喜气洋洋的节日景象。

矿上的节日景象让第一次在城里过劳动节的王国慧颇为感慨，心里涌起一股一股的幸福感。老家虽说也有五月一日，但很少有人把这一天与节日联系起来，都是平平淡淡、无声无息地就过去了。偶尔也会有人说起来，今天是劳动节呀！正在地里劳动的人们并没有什么反应。在他们心目中，中秋节、春节才是节日，劳动节算什么节！王国慧没有想到，矿上的劳动节过得如此隆重。和农村比起来，好像工人的劳动才是劳动，农民的劳动不算劳动。又好像五一节是城里人的节日，跟农村没多大关系。王国慧想起爹，想起娘，还想起公公，想起婆婆，她在城里过节，不知爹娘和公公婆婆在家里做什么。说来说去，还是因为城里人有钱，有钱的人节日就多，有钱烧着，他们逢节过节，无节也能找出个节日过。农村人没有钱，节日就少，有节也当无节过。

除了过劳动节这一喜，王国慧家还有两个喜，加起来一共是三个喜，可谓三喜临门。另两个喜，一是何新成的作文登上了报纸，二是王国慧有了工作。

何新成从学校里拿回来了登有他作文的那张报，把文章和何新成三个字指给妈妈看，并对妈妈说：魏老师说了，这张报纸要保存下来。魏老师说，小学生在上小学期间如果在报刊上发表过作品，算是一项特殊成绩，等考初中的时候，拿着这个成绩可以加分。

那太好了，妈妈一定要把这张报纸好好保存起来，跟你以前得的三好生的奖状保存在一起。王国慧说了保存报纸，并没有马上把报纸收起来。她把报纸上的何新成三个字看了看，又把何新成看了看，像是在寻找字体和人体之间的联系，又像是在确认报纸上印刷出来的何新成三个字，是不是代表她的儿子。儿子从小长到这么大，从有了何新成这个名字起，不管是写在课本上，写在作业本上，还是填在奖状上，都是手写体。变成印在报纸上的印刷体，还是头一回。在王国慧看来，一个人的名字，从手写体变成印刷体，应该说是一个转变。至于是什么样的转变，王国慧不大说得清楚。她只是觉得，人的名字一旦变成了印刷体，就正规了，严肃了，甚至堂皇了。打个比方，手写体好比是一个演员穿的便装，变成印刷体呢，就好比演员戴上了乌纱，穿上了蟒袍，扎上了玉带，蹬上了朝靴，就可以上台演出，亮相。王国慧不知道丈夫何怀礼的名字变成过印刷体没有，反正在她的印象里，她的名字从来都没有变成过印刷体。魏云海老师夸过她的名大气。大气怎么着，大也没能大到印刷体上去。不光是她，她的爹娘和公婆的名字恐怕也没变成过印刷体，一辈子都没机会变成印刷体。特别是她的婆婆。一辈子连个大名都没有，小名也是捂着盖着，何谈变成印刷品上的印刷体呢！从这个意义上讲，她的儿子何新成比她比何怀礼和老一辈儿的人都强。

王国慧不但没有马上把报纸叠起来，收起来，还把报纸摊开，放在茶几的明面上。她对何新成说：让你爸也看看，让何队长也高兴高兴！妈妈今天要奖励你，要买一件礼物送给你。你猜一下，妈妈要送给你什么礼物？

何新成伸出一根指头：变形金刚！

好小子，算你聪明！走，妈妈现在就带你去买。

谢谢妈妈！何新成高兴得几乎欢呼起来。

班里的同学大都有变形金刚，有大型的变形金刚，也有小型的变形金刚。

变形金刚的特点在于它会变形，看似一个小头小脑的金刚，掰巴掰巴，捏巴捏巴，就可以变成一辆汽车，一辆坦克，或一架飞机。何新成早就向妈妈提出过要求，让妈妈给他买一个变形金刚。在小花猫存在的时候，他向妈妈要求过。没有了小花猫之后，他得到变形金刚的要求更强烈。可妈妈一直没有答应给他买。其实王国慧曾到卖儿童玩具的商店里看过，问过变形金刚的价钱，觉得变形金刚太贵了。她算了一下，买一个由塑料制成的变形金刚的钱，够给新成买一身春秋天穿的新衣服，外带给自己买一双袜子。王国慧是从贫穷年代走过来的，她可是一位善于精打细算的家庭主妇。别看她舍得给张主任、金主任送钱，也别看她舍得在何新成进辅导班和发表作文的事情上花钱，对有些不该花和不值得花的钱，她把得很紧，抠得很严，能省一分是一分，能省半分是半分。她有一双尼龙袜子，不知穿了多少年，脚后跟那儿都磨破了，破得露出了脚后跟，她都舍不得扔，打上补丁接着穿。到大街上打听打听，现在谁还穿打补丁的东西呢，恐怕很少有人穿了。可王国慧还在穿，她不仅穿打补丁的袜子，还穿打补丁的裤衩。何怀礼笑话过她，让她把破裤衩子扔了吧！她舍不得扔，说好歹都是穿，裤衩穿在里面，反正别人又看不见，怕什么！而变形金刚是看得见、摸得着的东西，既然新成说别的同学都有这样的玩具，新成一个人没有这样的玩具也不好，会显得新成在班里没面子，不像个城里的学生。这样的话，她不会跟新成说，这样说好像是跟同学们攀比，会增加新成的虚荣心。她是以奖励的名义给新成买变形金刚，也是因失去小花猫给予新成的一种补偿。

王国慧有了工作，何怀礼也很高兴。两口子一个人有工作，一个人没工作，这样的家庭叫单职工家庭。两口子都有工作呢，就成了双职工家庭。还有，以前丈夫在城里工作，老婆在农村种地，这样的情况叫一头沉。至于哪头轻，哪头沉，说法不一。多数人认为，是丈夫这头轻，老婆那头沉。也有人认为是丈夫负担重，丈夫这头沉。好比挑担子，两头分量一样才平衡，一头轻一头重，走起来难免失衡。现在好了，何怀礼王国慧两口子成了双职工家庭，一头沉也变成了两头轻。两头都轻,如同插上了双翅,就可以飞翔了。何怀礼再看王国慧时，的确用得上刮目二字，他说：我老婆可以呀！我第一次看见你，见你挑着眉毛，翘着嘴角儿，就觉得你可以，就决定把你拿下。怎么样，你老公是不是很有眼光！

王国慧已不记得自己当时是什么样子，但她愿意承认何怀礼有眼光。她说：还说呢，咱俩第一次见面的时候，天只下了一点毛毛雨，你就穿了一双油亮油亮的深靿大胶靴，显摆你是一个煤矿工人，可笑死了。你猜我们村的人说你什么，说你是日本鬼子进村了。

对了，日本鬼子一进村，就把你们村最好的花姑娘抓到了手。

胡说！

哎，我要奖励你。

奖励我什么？

先不告诉你，到晚上我要给你一个惊喜！

如同王国慧给何新成的奖励是一件礼物，何怀礼给王国慧的奖励也是一件礼物。两相比较，后者价钱更贵。何怀礼说是奖励王国慧，其实也是奖励自己，因为他买回的礼物是一台日本出产的录放机，可以在电视上放录像。随录放机一块儿拿回来的，还有一盒录像带。何怀礼说，录像带不是他买的，是他买录放机时商家给他的赠品，录像带里的内容可能是生活片。

啥是生活片？王国慧问。

我也不知道，到时候看看就知道了。生活嘛，我估计应该是吃饭的事吧。

人人都会吃饭，吃饭有啥好看的。

吃饭是没啥好看的，也许一拍成片子，一搬到电视上，就好看了。

这天的晚饭，他们一家是在矿街上的一家羊肉板面店里吃的。羊肉板面是当地的一种风味小吃，何怀礼说过好多次，要带王国慧和孩子去街上吃羊肉板面，王国慧都没有同意。居家过日子，王国慧平日里不大主张到街上的饭店吃饭，主要原因是嫌在外面吃饭太贵，在外面吃一顿饭所花的钱，够在家里吃三顿到五顿的，那何必呢！这天王国慧之所以同意了去饭店吃饭，是过节的意思，也是祝贺喜事临门的意思。无酒不成贺，除了吃羊肉板面，何怀礼又点了三盘小菜。要了三瓶啤酒，一家三口吃得喝得都很高兴。

吃过晚饭，路灯亮起。他们到矿上的小花园儿里看了一会儿花儿，又到俱乐部门前的广场听了一会儿人家用录放机加音响放的舞曲，看了一会儿一帮男男女女跳的交谊舞。在看人家跳舞期间，何怀礼看了一眼王国慧，王国慧也看了一眼何怀礼，他们的眼神儿后面都有一个问号，似乎在问：你会跳吗？同时他们的眼神后面还都有一个叹号，仿佛在说：不会跳！在不断旋转着的跳舞的人群里，王国慧发现魏老师正带着一个女的在跳舞。魏老师挺着腰杆，直着脖梗，端着架势，一边跳还一边左顾右盼，仍是一副骄傲和炫耀的样子。和魏老师一块儿跳舞的那个女的却微微低着头，低着眉，一副很收敛的样子。王国慧看着那个女的像是严美云，因广场里灯光比较淡薄，人又处在旋转状态，王国慧吃不准被魏老师搂着的女人到底是不是严美云。王国慧像是担心魏老师会看见她，碰了一下何怀礼的手，示意何怀礼咱们走吧。何怀礼误会了王国慧的意思，以为老婆见别人跳舞动了心，她也要跳舞，于是何怀礼就把王国慧的手拉住了。王国慧拧了一下手，把手从何怀礼的手里脱出，带着何新成走了。何怀礼本想再看一会儿，见老婆带着儿子走了，他也只好跟着走。走到半路，何新成对王国慧说：妈妈，我看见魏老师了，跟魏老师一块儿跳舞的是陶晓明的妈妈。

是吗？我没看清。

妈妈，你会跳舞吗？

不会，妈妈不会跳舞。

回到家，何新成在客厅里继续玩他的变形金刚，何怀礼关起门来，和王国慧一块儿靠在大床的床头看录像。何怀礼说过，要给王国慧一个惊喜。王国慧惊是惊了，实在谈不上喜，怎么都喜不出来。她不是一般的惊，一开始看就大惊失色。她惊得差点叫出声来，却口干舌燥，心口突突乱跳，口里发不出一点声音。

她突然觉得很渴，倘若手边有水的话，她会一口喝下一大杯。手边没水，爬起来去倒吧，可她像是被什么东西捆住了手脚，一时动弹不得。不能起来喝水，她只能自我调节，一口接一口往下咽。平日里，她嘴里从来不缺唾沫，随时都可以吐一口，或者咽一口。今天不知怎么了，她嘴里一点唾沫都没有，往下咽只能是干咽，越咽嘴里越干。她的嘴唇是干的，牙是干的，舌头是干的，连被称为喉咙碓碓的小舌头也是干的。她口里干得像是塞了一把炒面，一把锯末，又像是塞了一把干煤渣，就差冒出烟来。

何怀礼看得津津有味，兴致勃勃，他一边看一边赞叹：带劲，带劲，真他妈的带劲，太带劲了！

听见旁边有人说话，王国慧似乎才回过一点神，她说：这是什么玩意儿，电视里怎么能放这个，这人还是人吗！

何怀礼说：这就是生活，生活本来就是这个样子，生活来了，谁都挡不住！

电视机上的“生活”在继续进行，速度越来越快，花样越来越翻新，细节越来越特写，动作越来越激烈。王国慧不只是惊，还有些恐。电视上放的不是打仗的战争片子，她觉得比战争片子还让人紧张。电视上放的不是灾难片子，她觉得比灾难片子还要吓人。恍惚之间，她仿佛掉进了水里，水深不见底，又无边无际，她一点儿抓头都没有，连一根救命的稻草都没有。还好，此时何怀礼不失时机地向她伸出了援手，把她从即将陷入灭顶之灾的处境中捞了出来。毕竟是自家的男人，何怀礼的援助是有力的，动作也是前所未有的。要是搁以前，要是她还在农村老家，这样的动作她是绝对不会接受的。不但不会接受，说不定还会痛斥何怀礼无耻，下流，骂何怀礼是流氓，这次她没有骂何怀礼。对何怀礼的新动作没做任何抵抗，不知不觉间就顺从了何怀礼。在“生活”的冲击下，她没能守住自己，而是失掉了自己。她既失掉了自己的意志，也失掉了自己的身体。

直到生活片儿放完了，何怀礼也结束了他的动作。

王国慧这才清醒过来，似乎重新找回了自己。

何怀礼问她怎么样，生活片儿是不是很棒？你看那个黑家伙，棒得跟一头叫驴一样。

王国慧说：恶心，我不爱看这些东西，以后再也不看了。

我觉得挺好看的。开放了嘛，我们就要向人家外国人学习。

这些破烂东西你以后少往家里拿，万一让孩子看见，那可不得了。会弄脏孩子的眼睛，也会毒害孩子的心灵。

不会的，咱看完取出来锁起来就是了。

你现在就给我锁起来！

那急什么，我还想再看一会儿呢。

你敢！锁不锁，不锁我跟你急！

好好，锁锁！何怀礼光着身子从床上爬起来，取出录像带，锁进一口木箱子里去了。

第六章

校园

18

何新成的作文登了报纸，上了校广播，加上魏老师让何新成给全班同学念了作文，全班的同学都知道了。何新成取得这样的成果，班里的同学应该羡慕他，他在班里的地位应该有所提高，处境应该有所改善才是。然而令何新成不解的是，他在班里的处境不但没有改善，反而更恶化了。有时在他课间去一趟厕所的工夫，等回到教室里再看，他文具盒里的橡皮没有了，铅笔被人折断了，语文课本里插图改变了模样，男生的眼睛被扎成了黑洞，女生的嘴唇上被画上两撇黑胡子。更有甚者，有人趁他课间休息去操场上跳绳的时候，在他座位的小椅子上涂了胶水，他坐下去的时候，胶水就把他的裤子粘住了。一节课上完，等他起立的时候，就把椅子也带了起来，又掉在地上摔得稀里哗啦，惹得全班同学哄堂大笑。笑完了不算完，有的同学还用脚踢他的屁股，说他屁股上长了牙。同学的恶作剧五花八门，类似的情况何新成已多次遇到。他曾恼怒过，对搞恶作剧的同学怒目而视过，甚至还哭过，骂过人，但都没有收到应有的效果。

这天上午上完第二节课，老师刚走出教室，一个叫华阳虎的男同学就大声问何新成：土鳖我问你，你的作文是不是魏老师替你写的？

同学们本准备趁课间休息的时候到教室外面玩一玩，耍一耍，听到华阳虎对土鳖的质问，他们暂时都没出去，想听听土鳖怎样回答。土鳖的作文登了报，魏老师在课堂上说来说去，让别的同学心里很不平衡，并有些压抑，他们都很关注这件事。

何新成对华阳虎很是反感，因为土鳖这个难听的外号就是先从华阳虎嘴里叫出来的，华阳虎叫了，别的同学才跟着叫。何新成的回答是：不是。我自己写的！

哄鬼去吧，一个土鳖还会写作文，在土垃窝里乱爬还差不多！华阳虎说着张起两只手，十个手指乱动，像是在模仿土鳖的动作。

别的同学笑着，从自己的座位上走过来，把土鳖包围起来。其实有的同学见过土鳖，大多数同学并没有见过土鳖，不知道真的土鳖到底是什么样子。他们在市场上卖水产品的地方看见过一种叫团鱼和甲鱼的长相怪怪的鱼，它的名字也叫鳖。

土鳖也带一个鳖字，大概和水鳖有相似的地方吧。可是，他们在看被叫成土鳖的何新成时，和鳖的样子怎么都联系不起来。这不要紧，他们正处在盲从的年龄，也是处在正喜欢起哄的年龄，在没什么可起哄的情况下，他们都愿意起一起哄，现在得到起哄的机会，他们才舍不得放过呢！

不是不是就不是！何新成强调说。

你还敢说不是，别当本王不知道。是不是你妈给魏老师送了钱，魏老师就替你写作文！你这个土鳖，真够鳖的，真是鳖到家了！

何新成想起来，魏老师把他的作文拿给矿工报发表时，魏老师是让他跟他妈要过钱，但他妈并没有给他钱，更没有把钱交给魏老师。何新成反驳说：你造谣！你才是土鳖呢！

华阳虎从他爷爷那一辈开始就是工人，就是城里人，他怎么可能是土鳖呢！华阳虎笑了一下，他一笑说明他恼了。风是雨的信号，屁是屎的信号，他恼之前都是先笑一下。恼上来之后，他骂了何新成的妈，说：你竟敢说我是土鳖，你问问同学们答应不答应？

好几个同学说：不答应！在表态不答应的声音里，有男声也有女声。

华阳虎跳到一个椅子上，像指挥大家喊口号一样一齐喊：土鳖土鳖！土鳖土鳖！

教室外面春光正好。甬道两边杨树的叶子越长越大，越长越圆，每一片叶子都闪着光亮。柳树的枝条越甩越柔，越抽越长，每一根柳条儿都风度翩翩。校园一角有一方小果园，果园里种有桃树、梨树，桃花红、梨花白，正在竞相开放。燕子飞来了，在果园上空飞来飞去，吟诗一样叫着，像是对满园的繁花老是欣赏不够。这个时候，教室里传出的却是一浪高过一浪的土鳖的呼喊声。不仅如此，有的同学喊着喊着还编出了顺口溜：土鳖没娘，饿了爬墙；土鳖没血，渴了叫爹。同学们大概觉得这顺口溜不错，很快就学会了，并现买现卖在教室里喊了起来。

何新成的脸由红到白，由黄到黑，眼里噙满泪水，完全处于一种孤立无援的境地。这样的处境让何新成感到了恐惧。有一年夏天，在农村老家的时候，他一个人在傍晚放学后钻进玉米地里找哑巴秆当甘蔗吃。他找到一棵不结玉米棒子的哑巴秆，刚要把哑巴秆折断，一阵风哗哗吹过，天空阴云密布，突然黑了下来，并传来隆隆的雷声。他一看不好，放弃折了一半的哑巴秆，准备钻出玉米地往家里跑。不料情急之下他在玉米地里迷失了方向，越钻玉米地越深，左冲右突都摆脱不了玉米地的重重包围。那一次他就有些害怕，害怕下雨，害怕打雷，害怕天黑以后回不了家，还害怕小鬼儿出来把他拖到坟里去。后来他想出了一个办法，不再直着身子往外钻了，而是趴在地上，顺着玉米棵子之间的一条垄沟一直往外钻，才算钻出了玉米地。钻出玉米地一看，面前有一座村庄，这座村庄不是何赵庄，是别的村庄。何新成目前是在学校的教室里，不是在玉米地，但他的感觉跟那次在玉米地里差不多，周围的声音也像是风声，像是雷声，自己好像也受到了包围。而在何赵庄小学，何新成从来没有遇到过这样的情况。因为他在班里学习好，年年都是三好生，同学们都对他很好，愿意巴结他。特别是有的女生，在家里得了好吃的东西舍不得吃完，偷偷分一半给他吃。加上他爷爷是村里的主任，班主任老师是他的堂叔，他的地位是优越的，班里的同学谁都不敢小瞧他，更不敢欺负他。到了金泉矿小学就不一样了，可以说他的地位一落千丈。土鳖的外号像是把他和别的同学区别开了，他怎么也融入不到同学的群体之中。陶晓明的作文也登上过矿工报，校广播里也表扬过陶晓明，按理说陶晓明应该和他站在一起，帮他说话。可他注意到，陶晓明只是没喊他的外号，没有像别的同学一样起哄，陶晓明的样子呆呆的，什么话都没说。何新成也是有脾气的人，他想骂人，既骂华阳虎，也骂别的同学，既骂他们的妈，也骂他们的奶奶。但他没有骂人，只是张圆嘴巴，放开喉咙，大叫了一声。趁同学们听见他的大叫有些愣神，他说：我去告诉老师！就冲出教室找魏老师去了。

魏老师正半开着办公桌中间的那个抽屉，从抽屉里拿出一个信封数信封里面的钱，见何新成喊了报告进来，暂停数钱，把抽屉关上了，并锁上了。他问何新成有什么事儿，让何新成说吧。

何新成说：魏老师，华阳虎说我的作文是你替我写的，还说是我妈妈给你送了钱，你就替我写了作文。

还有什么？

华阳虎乱给我起外号。

什么外号?

很难听的外号。

说说嘛!

何新成嗯了两声才说：土鳖。

魏老师把何新成看了一眼，嘴角那里似乎有些笑意，但很快又收了回去。他说:我看你并不土嘛！他把你叫土鳖，难道他是洋鳖不成！你知道不知道，他这是忌妒你。因为你的作文登了报纸，他的作文写得狗屁不是，他心里有气，就开始忌妒你。你要认识到，受人忌妒是一件好事儿。为什么这么说呢？因为你有值得被人忌妒的地方，别人才忌妒你。你要是干啥啥不行，学习成绩老处在班里倒数的位置，别人就不会忌妒你。从这个意义上说，被别人忌妒的地方，正是你值得骄傲的地方。忌妒伴随着成长，伴随着成才。凡是优秀人才都会遭到忌妒，都是在忌妒中成长起来的。我说的这些话带有哲理性质，我估计你不一定能明白，等你长大了就会逐渐明白。好了，就这样吧。

上午第三节课是语文，由魏老师主讲。魏老师走上讲台，鼻腔子里先吭了几下之后，他没有像往常一样让同学们打开课本，翻到多少页，他示范性地朗读课文。把课本放到讲桌上，魏老师转身用粉笔在黑板上写了两个大字：忌妒。魏老师一直在练书法，他的板书写得很漂亮。特别是白字写到黑板上，有一种凸显的效果。同学们认识这两个字吗?

不认识！同学们回答得稀稀拉拉。

不认识没关系，同学们跟我一起读。他拿起教鞭，指着黑板上两个字读忌妒。同学们跟着读忌妒。他把忌妒读了三遍，同学们也跟着读了三遍。他又用汉语拼音把忌妒拼了两遍，问同学们记住了吗?

记住了！同学们齐声回答。

同学们知道忌妒是什么意思吗?

不知道!

一点儿都不知道吗？知道一点也可以，知道多少就回答多少。哪位同学愿意回答请举手。

没有一个同学举手。

魏老师的目光在教室里扫视着，扫到哪个同学，哪个同学都不敢跟目光炯炯的魏老师对视，眼皮就塌了下来。特别是有的女同学，似乎已经有了羞怯感，当老师的目光扫到她脸上时，她的脸会发红。魏老师说：同学们要学会踊跃回答问题，并学会踊跃提出问题。我听说美国的小学生回答问题和提出问题都很踊跃，我们要向人家学习。回答问题回答错了也没有关系，你们回答错了，我才知道错在哪里，才会给你们纠正，并给出正确答案。这样一来，你们以后就不会错了。可以说你们回答问题本身就是一种收获，有回答就有收获，不回答就没有收获。这种办法也叫同学们和老师互动，你们动我也动，这叫互动。当然了，这个动不是动手动脚的动，是动脑子和动嘴巴的动。如果你们都不愿意和我互动，我就点一位同学的名，请这位同学和我互动一下。魏老师停顿了一下，点到了陶晓明：你来回答一下，让同学们听听你所理解的忌妒是什么意思。

在魏老师没点陶晓明之前，何新成心里很是紧张，紧张得头都大了，生怕魏老师点到他，让他回答问题。因为刚才魏老师在办公室里跟他讲到了忌妒，他对忌妒的意思已多多少少知道一点。但要是让他在课堂上回答忌妒是什么意思，他恐怕还是说不囫囵。他低着眉，塌着眼皮，恨不能缩到课桌下面去，让课桌挡住他。听到魏老师点到陶晓明，他才在心里松了一口气，才敢抬起眼来。抬起眼后，他仍不敢正视魏老师，只是看着魏老师身后的黑板。黑板虽然一天到晚板着脸，但看起来比魏老师好看多了。

别的同学的目光也释放出来，目光的焦点几乎都对准了陶晓明。如果目光也能构成一种包围的话，他们刚才包围的是何新成，这会儿就变成了包围陶晓明。

陶晓明从座位上站了起来，顿时面红耳赤。按魏老师的要求，在同学们回答问题的时候必须看着老师的眼睛，目光不许有任何游移。可是，陶晓明做不到看着魏老师的眼睛，他看一下，躲避了，看一下，又躲避了。好比他的眼皮是两扇门，门开开合合，像是想开又想关，想关又关不严。而他的嘴巴却关得严严的，像是把嘴里的舌头，包括牙齿，都关在了严丝合缝的嘴唇里面。忌妒这个词儿他以前好像听说过，好像也隐隐约约知道一点儿忌妒里所包含的意思，但让他说明他所理解的忌妒的意思，那就难了。他的样子像是有些生气，魏老师干吗把这样的难题让他回答呢？这不是让他在全班同学面前丢丑嘛！

魏老师鼓励陶晓明，只管大胆回答，说：这对你是一个考验，主要考验你说话的勇气。说话的勇气代表着一个人的力量，是很重要的。你现在是一个小学生，将来必定走向社会。你走向社会后，有可能当县长、省长，也可能当国务院总理。不管你当什么，首先要学说话，没有说话的勇气，怎么能行呢！

当魏老师说到陶晓明有可能当国务院总理时，同学们笑了一下。也许在他们看来，老师的话等于讲猴子捞月亮，本身就是一个笑话。

窗外的果园里有斑鸠在叫，斑鸠的叫声像是从肺腑里发出来的，总是那么浑厚。陶晓明终于要回答问题了，他要是老也不开口，魏老师有可能一直让他站着，同学们也会一直看他的笑话。他说：我听我妈说过，忌妒就是看到别人的进步眼红，就像得了红眼儿病。

忌妒怎么和红眼儿病扯到了一起呢！在同学们又要笑堂之际，魏老师发话了：好，陶晓明同学回答得很好，不但说出了忌妒的意思，而且有形象的比喻。请坐下吧。以后同学们都要向陶晓明同学学习，积极回答问题。我这样表扬陶晓明，有的同学又该忌妒了，忌妒像小虫子一样在他心里直爬，爬得他直犯嘀咕，老师干吗只提问陶晓明，不提问我呢；老师干吗只表扬陶晓明，不表扬我呢！当忌妒的小虫子爬到他的眼上，他就会眼热，眼红，继而眼气人家，有可能不服气，还可能在课后说人家的坏话。红眼儿病是一种比喻，红眼儿病是一种病，忌妒也是一种病。只不过，红眼儿病是生理病，忌妒是心理病。同学们我跟你们说，忌妒之心人人都有，没有大有也有小有。哪个同学敢说自己没有忌妒之心，请举手。没有吧！别说你们了，连你们的老师我都有忌妒之心，看见别人当大款，坐豪车，住别墅，我也很忌妒。可忌妒有什么办法呢，自己没有发财的命，再忌妒也是白搭，只好把忌妒克服掉，认命。我现在要告诫你们的是，忌妒之心停留在小虫子阶段还无什么大碍，一般不会造成严重后果。倘若忌妒之心变成了一头野兽，那就麻烦了，他有可能会横冲直撞，超出限度，给被忌妒的对象造成严重伤害，最后把自己也毁了。社会上有的人抢劫，杀人、放火，很可能就是忌妒心在作怪。同学们，你们现在明白忌妒是什么意思了吗？

明白了！

以后还忌妒别人吗？

不忌妒了！

现在我来说说第二件事情。何新成同学的作文登了报纸，受到学校表扬，有个别同学忌妒何新成，说何新成的妈妈给我送了钱，我替何新成写了作文。在这里我郑重声明，我没有收何新成妈妈送的一分钱，我也没有替何新成写过作文。我不但没替何新成写过作文，也没替班里任何一位同学写过作文。这一点全班同学都可以做证。至于作文发表的时候给报社交一定的版面费，实不相瞒，版面费的确交了。我也在报社干过，对办报的情况有所了解。办报要花钱，不花钱字就跑不到纸上。钱从哪里来，要靠报社的编采人员创收，创收就要拉广告，收取版面费。话说回来，你的作文必须达到发表水平，这是一个前提，这个前提如果不成立，你交再多钱都没用，你就是把人家编辑喊爷，趴下给人家磕头，人家也不会给你发表文章。钱花在哪里呢？钱最好要花在学习上，花在接受教育上。也就是说，你要接受教育，你的家长就必须为你花钱，你要接受优质的教育，你的家长就要舍得花大价钱。古今中外历来都是如此，家里有大钱，你就上大学；家里有中钱，你就上中学；家里有小钱，你就上小学；家里没有钱，你就没学可上，只能是一个文盲。不管到啥时候，肚子里有学问才吃得开，才能当官，才能把上学时花的钱再捞回来。你们看看那些地主富农家的子女，他们家的地主富农帽子摘掉之后，他们就纷纷当了官，走上了仕途，把父辈失去的荣耀和财富重新找了回来。为什么会这样呢？因为他们上过学，肚子里有学问，是劳心者。劳心者治人，劳力者治于人，社会历来如此。我这样说，你们可能又不懂了。说点儿你们能懂的吧。何新成刚转到我们班的时候，他的作文写得并不怎么样，或者说他还不会写作文。他的作文之所以进步这么快，直至登上了报纸，一个重要原因，在于他妈妈舍得花钱，送他去文景小学生作文速成辅导班参加了学习。他学习了一段时间，写作文的水平很快就提高了上去。何新成的妈妈舍掉的是四，入的是十，舍掉的是一点儿钱，得到的是何新成文章的发表，这是很值得的。因此我建议，凡是没去文景速成辅导班参加学习的同学，回去都向你们的家长汇报一下，争取尽快去参加学习。好了，闲言少叙，下面开始正式上课。

19

那时国家还没有实行一周双休，还是只在星期天休息一天。但到了周六，学校会放学早一些，下午只上两节课就放学了。这天周六下午放学后，何新成把课本、作业本、文具盒都放进双肩挎书包里，背上书包准备回家。从何新成开始上学，妈妈给他买的书包就是双肩挎。妈妈跟他讲过，妈妈当年上学的时候，书包都是单肩挎。单肩挎得时间长了，容易形成一个肩膀高，一个肩膀低。妈妈让何新成看看她，两个肩膀是不是不一般高。何新成看了摇头，说没有看出不一般高。妈妈说，因为她上学的时间不够长，一个肩膀挎书包的时间也不够长，两个肩膀的高低差别不是很明显。而有的人一个肩膀耷拉得像死鸡翅膀子一样，很是难看。有了双肩挎书包，就可以避免两个肩膀高低不平的问题。以前何新成放学回到家，妈妈一般都会在家里等他，他进门一喊妈妈，妈妈就会答应。现在妈妈到居委会上班去了，妈妈下班比他放学回家还晚，他每次回家，妈妈几乎都不在家。当他习惯性地喊妈妈时，家里静悄悄的，只有钟表的嘀嗒声。妈妈对他有交代，放学后不要在外面玩，也不要到别的同学家里去，直接回家关上门写作业。在写作业期间，不管外面有谁敲门都不要答应，更不要给陌生人开门，给陌生人开门是危险的。最近矿上接连发生了两件事，可以说是两起案件，都是针对一个人在家的孩子。有两个装成尼姑的女骗子，骗一个男孩子开了门，谎称男孩子的爸爸近日有灾，让男孩子拿出钱，或家里最宝贵的东西，为男孩子的爸爸消灾。男孩子没找到钱，只找到了妈妈的一枚金戒指。尼姑接过金戒指又是包，又是裹，又是对着包裹起来的金戒指念念有词。之后，尼姑把纸包给了男孩子，说金戒指就在里面，但三天之内不要把纸包打开，一打开为消灾作的法就失灵了。等妈妈下班回到家，男孩子就把两个尼姑登门为爸爸消灾的事对妈妈说了。尼姑本来叮嘱男孩子不要对任何人说，但男孩子保不住密，还是对妈妈说了。妈妈一听就说完了，你可能被人家骗了。妈妈赶紧打开纸包一看，哪里还有金戒指的影子呢！假装行善的尼姑行的是调包之计，早就把金戒指调走了。另一个受害的对象是刚上小学二年级的女孩子。因女孩子的爸爸当上了小煤窑的老板，挣了很多钱，一个陌生男子就以欺骗手段，把女孩子骗到停在楼下的汽车里，把女孩子绑了票。女孩子的爸爸接到犯罪嫌疑人要钱的电话后，马上向公安局报了案，通过与绑票的人巧妙周旋，警方虽说抓到了犯罪嫌疑人，并把女孩子解救出来，但女孩子的身心都受到很大伤害，连到学校上学都不敢去了。为防止坏人入侵，不少人家纷纷在门上安装猫眼，或者木门外面再加装一道用钢铁做成的防盗门。一时间，猫眼和防盗门都成了抢手货，通过预订才能买到。何新成家还没有安装猫眼和防盗门，因为何怀礼认为，什么事情都不要跟风，一跟风就难免挨宰。他还认为安装猫眼和防盗门都没有必要。要是安了猫眼，有人敲门，先去看猫眼，好像自己心里有鬼似的，显得鬼鬼祟祟。盗贼历来都有，安装防盗门也是防君子不防小人，盗贼要是想盗你，你安什么门都没用。王国慧问过何新成：你一个人在家的时候，如果外面有人敲门，你能做到不出声吗？

何新成说：妈妈你太小瞧我了，我都这么大了，这点儿小事难道我还做不到吗！

太好了，看来我儿子真是长大了，已经像一个男子汉！

何新成刚走出校门，一个叫周丽娟的女同学从后面快步赶上来，要跟他说句话。周丽娟没有叫他的外号，叫的是他的大号何新成。大号是他们老家的说法，每个男人都有小名，也有大号，大号就是学名。周丽娟脸蛋红红的，长得很好看。周丽娟穿着蝴蝶飞舞的花裙子，穿得也很好看。在老家的学校里，他从没有看见过这么好看的女同学。老家的那些女同学，包括偷偷给他拿东西吃的女同学，穿得都不太好，都是洗脸不洗脖子，有的头发棵里还有虱子呢！他敢保证，矿上的这些女同学，头发里没有一个生虱子的。班里这么多女同学，要问他最喜欢哪一个，目前他还说不上来。因为他是从农村来的，又有那么一个难听的外号，平日里女同学们不怎么搭理他，好像一跟他说话就会沾上土气似的。反正他不记得周丽娟喊过他的学名，跟他说过话。今天周丽娟主动走近他，跟他说话，这让他心里不由得感动了一下，不知不觉就站下了。他问周丽娟要说什么，让周丽娟说吧。

周丽娟说：华哥让我给你捎句话，他要跟你和好，跟你交个朋友，问你同意不同意？周丽娟说着，扭脸向后面看了一下。

何新成知道，周丽娟所说的华哥，指的是那个老跟他过不去的家伙华阳虎。华阳虎身边有好几个女同学，她们都把华阳虎叫华哥或虎哥，而华阳虎把她们叫妹妹，他们结成了一个亲戚帮。在亲戚帮里，作为帮主的华阳虎，负责保护他的那些妹妹。如果哪个妹妹受到哪个男同学或哪个女同学的欺负，向华阳虎告了状，由华阳虎出面报复人家，为妹妹出气。而那些被保护的妹妹们，也不是白白受保护，她们必须为华阳虎做贡献。她们的贡献不叫保护费，但与保护费的意思差不多，比如，她们要给华哥买烟抽，买可乐喝，买零食吃，给华阳虎提供零花钱。还有，在同学们的怂恿下，如果华阳虎要当着同学们的面儿，把某个妹妹拥抱一下，或亲吻一下，那个妹妹也不得拒绝。华阳虎在班里是很霸道的，怎么想起和他何新成交朋友呢？他又不是女生，又不是妹妹，华阳虎怎么会接受他呢！他顺着周丽娟看的方向，也向后面看了一下，见华阳虎正在不远处站着，似乎在等待周丽娟向他报告消息。华阳虎身边还站着两个女生，不用说她们也是华阳虎的妹妹。何新成的眉头皱了起来，他想，是不是上次魏老师在课堂上关于忌妒之心的讲解和批评起了作用呢，是不是华阳虎回心转意了呢？他又想了一下，觉得出现这种情况的可能性不是很大，因为魏老师的批评并没有点华阳虎的名，只是有枣儿没枣儿打一竿的批评，像是对全班同学都批评了，又像是对哪个同学都没批评。据何新成所知，他们班里不但有亲戚帮，还有兄弟帮，师徒帮，各个帮派都有一伙人。而老师们对这些帮派睁一只眼，闭一只眼，并不怎么管。别的班有一个女老师，抽过一个女生的嘴巴子。女生的妈妈找到学校，反过来抽了那个女老师的嘴巴子。女生的妈妈抽女老师抽得比较厉害，致使带有五个手指头的巴掌印子在女老师一侧的脸上保留了好几天。学校出过这样的事情之后，老师们就不怎么管学生了。何新成向周丽娟提出一个问题：华阳虎为什么要和我交朋友呢？

周丽娟说：我也不知道，你去问他就知道了。华哥说了，你要是同意和他交朋友，他就不喊你的外号了。不但他不喊了，班里别的同学也不许喊了。谁敢不听他的命令，他就找谁算账。

周丽娟这样说，对何新成来说倒是一个诱惑。他的外号是华阳虎起的，有华阳虎带头把外号给他取消掉当然好。反过来说，如果他不答应和华阳虎交朋友，华阳虎会认为自己在妹妹们面前丢了面子，会生他的气，会叫他的外号叫得更厉害。于是何新成点了点头，表示同意和华阳虎交朋友。

周丽娟冲华阳虎他们招了招手，大声说：华哥，何新成同意了，你们过来吧！

华阳虎走了过来，那两个女生也走了过来。华阳虎走在中间，两个女生一侧一个走在华阳虎两边，像华阳虎的两个保镖，使华阳虎显得十分神气。华阳虎把何新成看了看，问：你叫什么来着？

周丽娟替何新成回答，他叫何新成。

对了，何新成。我叫你土鳖叫惯了，就把你的名字忘记了。我告诉你，我给你起外号是看得起你。别人想让我给他起外号，本王还不一定起呢。我还要告诉你，你要和我交朋友，我是有条件的，你答应我的条件，我才和你交朋友。

何新成一听顿时警惕起来，不是华阳虎要跟他交朋友嘛，怎么成了他要跟华阳虎交朋友呢？他看着周丽娟，眼神儿里提出了疑问。

周丽娟没有对何新成做什么解释，却对华阳虎说：华哥，把你的条件说出来嘛！

华阳虎说：我的条件很简单，他要是愿意和我比赛摔跤，我就和他交朋友。这就叫不打不成交！华阳虎说着，很得意地看着他的妹妹们。

三个女生高兴得差点鼓起掌来，看来她们都很喜欢看男生之间比赛摔跤。

何新成对摔跤并不陌生，在上学之前，他就学会了摔跤，上学之后，和同学们到野地里摔跤更是常有的事。收秋之后，种麦之前，土地被犁过，耙过，整得暄乎乎的。他和小伙伴到地里又是疯跑，又是摔跤，又是打车轱辘，玩得相当痛快。地里种上麦子，当麦苗铺满一地时，那就更好玩了。不管他们怎么折腾，有绿色地毯一样的麦苗在地上衬着，他们都不会受伤。玩着玩着，他们有可能会惊跑一只土黄色的兔子，或惊飞一只色彩艳丽的野鸡。如果他们玩得饿了，还可以揪一把肥嫩的豌豆头当饭吃。可是，在矿上的学校，除了水泥墙，就是水泥地，哪里有可供摔跤的地方呢！他们总不能在学校门口的水泥路上摔吧，要是就地摔起来，不管双方谁把谁摔倒在硬地上，都有可能摔出伤来，那就不好了。何新成没有忘记，妈妈让他放学后直接回家，不让他在外边玩。他要是答应和华阳虎比赛摔跤，就等于没听妈妈的话。他说：我妈不让我在外面玩。

华阳虎嘁了一下，样子颇为不屑，说：不要老说你妈你妈，你他妈的还算个男子汉吗，还算个大丈夫吗！你妈是什么，不就是一个女人嘛，作为一个堂堂的男子汉大丈夫，怎么能老听女人的指挥呢！

华阳虎这样说话，让何新成听来觉得有些别扭，对何新成固有的观念也是一个冲击。妈妈就是妈妈，就是他最亲的人，就是管他吃，管他喝，管他穿，管他上学，全世界最爱他的人，怎么能指出妈妈的性别，说妈妈是一个女人呢！但何新成又不能不承认，世界上有男人，也有女人，他爸爸是男的，他妈妈的确是女的。他无法否认妈妈是一个女的，要是否认，一定会引起华阳虎和三个女同学对他的笑话。何新成的办法是不和华阳虎说那么多，不和华阳虎抬杠。他自己抬一头，华阳虎和他的三个妹妹抬一头，若抬起杠头，他肯定抬不过他们。

周丽娟劝何新成：不是真摔，是摔着玩儿呢，友谊第一比赛第二嘛！

另两个女生也说，就是就是，大家一块儿开开心嘛！太阳还高着呢，地里的野花都开了，不在外面娱乐干什么呢！

周丽娟接着劝何新成：你要是和华哥摔了跤，交了朋友，以后我们就都是朋友了，这多好呀！要是班里别的同学敢再欺负你，我们都会帮你说话的。好了，走吧，别犹豫了！说着推了何新成背着的书包一下，对于周丽娟这样的劝说，何新成不大容易拒绝。如同何新成没有把妈妈看成一个女人，何新成也没有把周丽娟看成一个女人，但他隐隐觉得，周丽娟的劝说里似乎有一种力量，这种力量像是神秘的力量，温柔的力量，而不是蛮横的力量。如果是蛮横的力量，何新成会做出抵抗，加以拒绝。而温柔的力量呢，他拒绝起来就难了。换句话说，如昊华阳虎强行拉他去摔跤，他是不会去的。有了周丽娟的从中劝说，他就得考虑考虑。是呀，他如果加入了华阳虎的朋友圈子，以后就可以跟华阳虎和他的妹妹们一块儿玩，那些女同学是华阳虎的妹妹，是不是也可以成为他的妹妹呢！妈妈曾说过要给他生一个妹妹，现在看来是没什么指望了。就算妈妈给他生了妹妹，他也只有一个妹妹，而在学校里能拥有这么多的妹妹，这是一件让人感到多么幸福的事情啊！有了朋友和妹妹，等于他也加入了帮派，融入了集体，自己在班里就不再孤立。孤立是可怕的。天上的大雁怕孤立，地上的羊怕孤立，人更怕孤立。大雁孤立，往往是生病后赶不上队伍的大雁，有可能半路死掉。羊变成了单只，有可能会被人偷走，然后杀掉吃肉。一个人被孤立起来呢，日子也不会好过。自从来到这个新的学校，何新成已经尝够了被孤立的苦处，他不想再孤立下去了。周丽娟一推他，就把他推动了，仿佛在不知不觉间，他就跟着华阳虎他们往前走了。

华阳虎带着他们不是往矿里的生活区走，是往生活区以外的煤矿外面走。何新成问：去哪里摔？

华阳虎说：这个你就不用管了，跟我来！

他们绕过学校的院墙，走过两排家属房，又越过建在半地下、矿上专门存放火工用品的仓库，向附近农村的田野走去。来到一处低洼的地方，华阳虎往下面一指：我早就侦察过了，这里就是我们今天比赛摔跤的地方，你们看看这地方怎么样？

何新成和三个女生都看见了，这是麦田和油菜地之间一个比较隐蔽的地方。熟悉农村生活的何新成很快得出判断，这个低洼的地方应该是农村人烧砖取土或拉土垫宅基地留下的土坑。因为坑底的土比较生，又怕雨季到来时坑里积水，农民就没有在下面种庄稼。土坑上面是连片的农田，两面种的是小麦，一面种的是油菜。小麦正在抽穗儿，油菜正在开花儿。等麦穗儿抽到一定时候，并长出麦芒，麦子也会开花儿。可麦子的花总是那么细碎，形不成花朵，一点儿都不好看。而油菜的花儿就不一样了，它们千朵万朵穿成了串，千杯万盏连成了片，满地都是金子一般的颜色。自从来到矿上的学校，何新成好久都没看到麦田和油菜花儿了。又看到一望无际的绿茫茫的麦田和遍地金灿灿的油菜花儿，他不由得感到有些亲切，思绪好像一下子就飞到老家去了。

同来的三个女生好像也很喜欢看油菜花儿。一个女生说：哎，蝴蝶，我看见蝴蝶了，花蝴蝶！一个女生说：我看见蜜蜂了，蜜蜂正在采蜜呢，这里的蜜蜂可真多呀！还有一个女生在麦棵里看到了豌豆花儿，豌豆花儿是粉红色的，与油菜花的黄色形成了鲜明对比。发现豌豆花儿的是周丽娟，她高兴地说：豌豆花儿是我发现的！

华阳虎已下到坑底，他大声命令：都给我下来，你们一会儿捉蜻蜓，一会儿捉蝴蝶，什么时候才能钓到鱼呢！华阳虎点了周丽娟的名：周丽娟，你要表现得好一点儿，要是表现不好，小心我抽你！

周丽娟说：我怎么表现不好了？

什么发现这个，发现那个，我发现你最近发现得太多了！

周丽娟不敢说话了，她噘起嘴巴，沿着坑边的斜坡下到了坑底。何新成和另两个女生也到了坑底。人在平地时，一般不仰脸往高处看，往天上看。人一旦到了低于地面的低处。就会不由自主地往高处看，往天上看。他们都看见了，天很蓝，蓝得深不见底，等于什么都没看见。他们希望能看见一只飞鸟，或一片树叶。可没有飞鸟，也没有树叶。花丛中倒是有蝴蝶、蜜蜂等，但它们总是在低处飞，不往高处飞。他们要是站在地面，麦子和油菜还遮不住他们，别人从远处还可以看到他们。他们一下到坑底，别人从远处就看不到他们了。他们像是得到了一种逃离的神秘感，又像是得到了类似藏猫猫的快乐。

何新成看见坑边的土落下来，落到了坑底。这些土像是冬天上冻时冻酥的，到了春天一化冻，就纷纷滑落下来，如同为坑底垫上了一层软土。坑底还长出了一些野草，点缀着零零星星的小野花儿。何新成觉得在这里摔跤是可以的。麦子和油菜都长起来了，在麦棵和油菜棵里摔跤会毁坏庄稼，那是万万不行的。何新成想，怪不得华阳虎说他提前侦察过，要是不侦察的话，不会发现这样适合摔跤的地方。

他们都把书包卸下来，集中放在一起。华阳虎做得像职业摔跤手那样，绕着场子走了一圈，把场子踩了踩。踩完了场子，他站在场地中央，把架子扎了扎，把膀子晃了晃，招呼何新成说：来吧！

何新成上场前没做任何热身动作，他垂着肩膀，耷拉着胳膊，样子似乎有些松垮。

华阳虎问他：你是愿意摔活跤？还是愿意摔死跤？

何新成被问住了，也被吓住了，他不知道什么叫摔活跤，什么叫摔死跤。摔死跤难道是要把人摔死吗，难道是摔死人不偿命吗？他问：什么活跤死跤？

连活跤死跤都不知道，看来你真是个土老帽儿！华阳虎说着对站在一旁准备观战的三个妹妹笑了一下，才对何新成解释说：摔活跤，就是两个人互相抓着胳膊摔；摔死跤，就是两个人抱在一起摔。不管摔活跤还是摔死跤，只要把对方摔倒在地，就算赢。可以三打两胜，也可以五打三胜。

经华阳虎这么一讲解，何新成就明白了，所谓摔死跤，并不是把人摔死，并不像电视里演的校场上比武，杀死人不偿命，而是要两个人抱在一起摔。这种摔跤方式何新成太熟悉了，可以说他在老家时摔跤都是摔死跤，没有摔活跤一说。何新成说那就摔死跤吧。

任何比赛都要有裁判，有了裁判比赛才能做到公平。华阳虎问他的几个妹妹：你们谁当裁判？

平日里周丽娟说话多一些，比较活跃一些，裁判应该由她来当。可刚才华阳虎点名批评了她，她有些不大高兴，就没有报名当裁判。

华阳虎再次点了周丽娟的名，说周丽娟，裁判由你来当。

那好吧。周丽娟向前跨了一步说：我没有哨子呀！

不用哨子，你的嘴就是哨子，你宣布比赛开始就可以了。

好，我宣布，比赛开始！周丽娟伸出一只手掌向下劈了一下。

当两个男生胳膊交叉着抱在一起时，华阳虎说：其实我最不喜欢摔死跤，还没怎么着呢，两个人搞得跟像热烈拥抱一样。

听华哥这么一说，三个妹妹见华哥和被华哥称为土鳖的何新成紧紧拥抱在一起，都禁不住笑了。其中一个妹妹可能担心自己笑得声音太大，还用手捂住了嘴。

何新成一搂住华阳虎，就像是回到了农村，回到了何赵庄，搂住了以前摔跤的伙伴。他的犟劲儿瞬间就提起来了，争胜心就上来了，他可不愿意轻易被对手摔倒。华阳虎的身子往下缩，像是要摆脱他。他的胳膊把华阳虎勒得紧紧的，像一条蟒蛇勒住了一只野猪，绝不允许野猪跑掉。华阳虎的屁股在往后撅，像是在寻找最有力的支撑点和爆发点。他的身子在往前贴，像锅饼子贴在锅边儿上一样，几乎把身体的重量都压在华阳虎身上。华阳虎趁势把他抱了起来，抱得他脚不沾地，欲斜着把他摔倒在地。对于对手这一招，何新成似早有准备，他双腿一撑，又牢牢地撑在地上。

周丽娟被指定当了裁判，另两个妹妹就成了华阳虎的啦啦队，她们在给华阳虎喊加油：华哥加油，加油，加油！

何新成没有啦啦队，没人给他喊加油，但女同学喊的加油他也听到了。女同学喊的加油声似乎唤起了他身体内部的一种本能，作为一个男孩子，他也想在女孩子面前显示自己的力量，自己的勇猛，自己的智慧，也想赢得女孩子们的喝彩。特别是周丽娟，他隐隐觉得，周丽娟对他是友好的，这从周丽娟看他时的眼神儿里就看得出来。目前他还说不清楚周丽娟的眼神儿里包含的是什么成分，如同他看一朵花儿，那朵花儿似乎也在看他。他虽然看不出花儿在对他说什么，花儿起码不排斥他，愿意让他看。既然如此，他可不愿意在周丽娟面前败下阵来。在二人进进退退、摔得难解难分当中，何新成使出了他的绝招。这个绝招可以说是何新成的撒手锏，或者说是他的回马枪，是他在老家摔跤时练出来的，曾屡试不爽。他的招法，是用他的双腿突然摽住华阳虎的双腿，猛地发力向前一拱，就把华阳虎拱翻在地。华阳虎是四蹄朝天倒在了地上，他的头着地，屁股着地，四肢都着了地。按规则来说，这第一个回合华阳虎输得非常彻底。当然了，在华阳虎倒地的同时，何新成也倒了，因为他们搂抱在一起，是华阳虎把他带倒的，他趴在了华阳虎身上。

还没等二人从地上站起来，周丽娟还没有宣布第一个回合比赛的结果，华阳虎就不干了，就恼了。他满脸通红，两眼冒出来的都是凶光。他拉何新成出来摔跤，本意是拿何新成当靶子，垫底子，目的是摔给他的妹妹们看，以炫耀他这个龙头老大的英武和所向无敌。他把自己和何新成比较过，不管是从身体条件上，还是从气势上，他都觉得自己处于压倒性优势，摔何新成跟摔一只小鸡子差不多，想怎么摔，就怎么摔。没有想到，这个小子，这个土鳖，竟把他摔倒了，这怎么可以呢，这是万万不可以的。他准备的是大获全胜，连一个失败都没有。他准备的是妹妹们为他喝彩，向他献花。他可输不起，在妹妹面前他可丢不起面子，他变得有些疯狂，双手握起两个拳头，向何新成头上打去，向何新成的耳门打去。他还没有从地上站起来，就用拳头向何新成发起了攻击。何新成松开他起来后，他跃起来从后面勒住何新成的脖子，一下子把何新成扑倒在地，骑在何新成背上，继续对何新成实施拳击。

裁判周丽娟有些看不过去，她说：停，停！这是摔跤比赛，不是拳击比赛。

什么裁判不裁判，在华阳虎眼里形同虚设，他不会听周丽娟的叫停。他一边击打何新成，还一边骂何新成的妈，你竟敢对我耍花招儿，使绊子，我揍死你，揍死你！

何新成的头被打得有些发蒙，他用手和胳膊护住了自己的头。他担心华阳虎打到他的脸，要是把他的脸打肿，或把鼻子打流血，让妈妈知道就不好了。他这会儿才明白了，华阳虎要跟他交朋友是假，把他骗出来欺负他才是真。何新成有些害怕了，他想尽快摆脱华阳虎的欺负，逃离这个地方。何新成还觉得有些委屈，想哭，但他咬紧牙关，不让自己哭出来。他不能让女同学认为他是一个软弱的人。趁华阳虎从他身上站起来，提出要跟他比赛摔活跤时，他哼了一声说：你欺负人，我再也不跟你玩儿了！说罢，拿起自己的书包，一边走一边把书包挎在双肩上，登上斜坡，走了。

华阳虎仍然把何新成叫成土鳖：何土鳖，你给我回来，比赛还没有结束，你不能走，你走就算弃权，就算认输！

何新成在肚子里骂了华阳虎一句狠的，梗着脖子，加快了脚步，只管走了。何新成前面有一只野兔，野兔大概以为何新成在追它，一个跳转，钻进麦棵子里去了。

华阳虎没有了对手，好像失去了用武之地，他对周丽娟说：你去把土鳖给我叫回来。

周丽娟说：我才不去呢，你不按规则比赛，人家何新成生气了。

20

后来何新成发现，陶晓明在班里也没加入什么帮派。有帮派的同学，放学后一般是几个同学一块儿走，一块儿玩。没有帮派的同学都是一个人单溜。何新成注意到了，不管是去上学，还是放学后，陶晓明跟他一样，都是一个人单溜。比如在放学回家的路上吧，有时是何新成走在前面，陶晓明走在后面；有时是陶晓明走在前面，何新成走在后面。因为他们住的是同一座楼，行走的大方向是一致的，但他们谁都不跟谁打招呼，更谈不上一路同行。他们这样一前一后保持着一定的距离，并不代表他们不想拉近距离，不想交朋友，其实他们都害怕孤单，都想说话，都想交朋友。也许因为他们太想交朋友了，反而担心一开口会遭到对方拒绝。在没遭到拒绝之前，交朋友的希望还保留着，万一遭到了拒绝，交朋友的希望就一点都没有了。他们宁可在保持距离的同时保留着希望，也不愿意在急于接近中使希望破灭。他们像女孩子一样，既敏感，又有些小心眼儿。他们又像恋人一样，既小心翼翼，又想找机会试探一下对方。

有一天放学后，他们路过俱乐部门前的广场，见一个人在那里练猴拳。猴拳是很好看的，不少同学都围过去观看，何新成和陶晓明也驻足欣赏。猴拳是人模仿猴子的动作，一边踮着脚尖闪转腾挪，一边把右手拐过来，遮在左眼上，做左右观察状。猴拳不像一般的拳术，是把双手握成拳头击打，猴拳只是把五个指头撮在一起挥来挥去，显得比较好玩和艺术。猴拳不仅有身体动作，耍拳者又是眨眼睛，又是耸鼻子，又是咧嘴，样子十分滑稽。耍着耍着，他又抓起耳来，挠起腮来，可笑死了。何新成和陶晓明站得很近，他自己笑了，并对旁边的陶晓明笑了一下。陶晓明没让他失望，也对他笑了一下。看到耍拳者的下一个动作，何新成又对陶晓明笑了一下。他一笑陶晓明就看到了，陶晓明又对他笑了一下。何新成第三次对陶晓明笑的时候，耍拳者所耍的动作并不是很可笑，或者说并不值得笑，但何新成还是对陶晓明笑了，这次的笑好像已经超出了对耍猴拳者的赞赏，使笑的意义有了延伸。陶晓明以同样的笑容，第三次把何新成的笑接了过去。就这样，他们两个互相笑过三次之后，如同经过三次试探之后，彼此都接受了对方，并达成了某种默契。当那个人的猴拳表演一结束，何新成和陶晓明就开始了一路同行。他们兴犹未尽似的，一路讨论着关于猴子的话题。陶晓明说他在电视上看过《西游记》里的孙悟空。何新成说，他在连环画的画书上看过《孙悟空三打白骨精》。陶晓明说，天底下的人谁都比不上孙猴子厉害。何新成也说孙猴子老厉害呢，白骨精变化了三次，都被孙猴子识破了。陶晓明说：我啥时候能变成孙悟空就好了，就不用天天去学校上学了。何新成说：想变成孙悟空可不太容易，咱们得先变成孙悟空身上的一根猴毛，孙悟空拔下猴毛一吹，咱们才能变成孙悟空。陶晓明说：要是变成孙悟空也麻烦，还得天天被那个啥本事都没有的唐僧管着。何新成附和说：就是就是，我最不喜欢唐僧，连猪八戒都比他好玩儿。说着说着，他们就来到了楼门口，陶晓明向何新成发出了邀请：何新成，你去我们家写作业吧！何新成愉快地接受了邀请。

陶晓明家的房子是两居室，只有他和妈妈两个人住，妈妈住一间，陶晓明住一间。陶晓明把何新成领到他住的那间屋里去了。他们没有马上写作业，陶晓明先搬出他的一个盛玩具的纸箱子，从中挑出一个孙悟空形象的木偶给何新成玩。那个木偶是用彩绘的木片制成的，胳膊和腿的关节处可以动。何新成把木偶孙悟空玩了几下，说孙悟空手里应该有金箍棒呀，怎么不见孙悟空的金箍棒呢！陶晓明说，金箍棒原来是有的，后来不知掉到哪里去了。他从何新成手里拿过孙悟空仔细瞅了瞅，说孙悟空也许把他的金箍棒变成了一根绣花针，放到耳朵眼儿里去了。

何新成从此也有了朋友，他的朋友就是陶晓明。以前何新成在班里受到华阳虎欺负时，虽说陶晓明没有站出来帮何新成说话，这并不妨碍陶晓明成为他的朋友。华阳虎人多势众，陶晓明也是单枪匹马，他也不敢得罪华阳虎，这一点何新成能够理解。以后如果有人再敢欺负他何新成，陶晓明有可能会跟他站在一条战线上，助他一臂之力。为了使他和陶晓明的朋友关系更牢固，他每天去上学都是和陶晓明一同去，每天放学后都是和陶晓明一路回。有时陶晓明从家里出来得晚一些，何新成宁可站在门外等，也要等陶晓明出来一块儿走。有一天放学后，轮到陶晓明值日打扫卫生，何新成留下来和陶晓明一块儿打扫，等把教室的卫生全部打扫干净了，他们两个才一块儿回家。三人成帮，何新成和陶晓明目前还只有两个人，形不成什么帮派。

何新成和陶晓明成了朋友，王国慧很快就知道了。同学之间的友谊，是人与人之间最初的友谊，是最纯粹的友谊，也有可能是最长久的友谊。从小学到中学，每个同学都有自己的朋友。王国慧没上过高中和大学，她不知道高中阶段和大学阶段同学们的朋友关系如何，仅从她只上过小学和初中而言，她在小学和初中阶段都有朋友。多少年过去了，她仍能记起那些朋友的名字，有时做梦还能梦见他们。何新成来到新学校，有了新朋友，按理说王国慧应该高兴，应该支持。然而王国慧并不是很高兴，心里不太赞成何新成与陶晓明有太多来往。这不是因为陶晓明本身有什么毛病，而是因为王国慧对陶晓明的家庭有一些看法，对陶晓明爸爸妈妈的生活态度，有一些看法。

今非昔比，如今的王国慧已经不是以前的王国慧了。她的职务是金泉矿居民委员会计划生育专干。什么是专干？可以理解为专门干计划生育这件事，也可以理解为管计划生育的专职干部。也就是说，王国慧如今是干部了。她不再是没有工作的家庭妇女，她是有了工作的女干部，她不再是普通的居民，是从居民中选拔出来的、身负重任的干部。啊，干部！王国慧做梦也没想到自己会当干部。她在老家时见过乡干部，到矿上见过矿上的干部，在电视上见过各种各样各个级别的干部，却从没有想到过自己有一天也会当干部。干部是什么？拿一棵树来比，干部不是叶部、梢部、枝部、根部，而是中间最有用途的可做栋梁的树干部分。当上干部的王国慧，感觉一下子就不一样了，好像站得高了，看得远了，有了海阔凭鱼跃，天高任鸟飞的新境界。比如矿上人来人往人很多，以前她不觉得这些人跟她有什么关系，现在她觉得每个人都跟她有关系，都是她的工作对象，或者说每个人都归她管辖，她跟每个人都可以说上话。是呀，矿上有男有女，有男女之间的那种事，就有可能怀孕。一旦发现哪个妇女怀了孕，她就有责任有权利问一问，管一管。现在王国慧只要一出门，只要一看见育龄妇女，就习惯性地看人家的后腰和肚子。好比卖发卡的习惯看人家的头发，修鞋的习惯看人家的鞋子，她是不由自主地就要看人家的后腰和肚子。根据自己以往怀孕的经验，如果发现哪个妇女走路时后腰有些硬，或者肚子有些鼓，就有可能是怀孕了，她就得警惕起来。她要调查一下，妇女所怀的是第一胎，还是第二胎。若是第一胎，她得问问怀孕后登记没有，取得没取得生育指标。若是第二胎呢，那就不客气了，一定要打掉。

矿区作为一个小社会，除了住有本矿的职工和居民，还活跃着不少来矿街上做生意和打工的外地人。这些人生育上的事本不属于矿上管，但佥之华主任要求王国慧，对于那些外地来矿妇女的计划生育情况也要尽量掌握，不能使矿区成为超计划生育的孳生地，特别是对那些来矿逃避计划生育的农村妇女，要把她们的行踪和藏匿之地报告给她们所在的政府，让政府派人把她们抓回去。

当上干部的王国慧，还取得了一个优势，那就是可以从内部和各方面获取信息。在没当干部之前，王国慧的信息渠道是堵塞的，基本上得不到什么信息资源。别人能得到她的信息，她却得不到别人的信息，信息一点儿都不对等。现在事情反过来了，她能得到别人的信息，别人却不一定能得到她的信息。比如说有关陶晓明妈妈严美云的一些信息，就是在她当上干部以后才知道的。严美云以前在另一个矿工作，那个矿离阳贝市比较远，有一百多里。那个矿的小学因教师资源匮乏，教育质量比较差。而严美云对儿子陶晓明的期望很高，她不但期望儿子能上国内的名牌大学，还期望儿子能到国外留学。差的教育质量，高的期望值，反差这么大怎么办呢？于是严美云就钻窟窿打洞，千方百计把儿子转到了离阳贝市最近的教育质量相对较好的矿校。来到金泉矿小学后，严美云对儿子的学习抓得很紧，她不仅给儿子报了作文辅导班，还报了英语辅导和奥数班。目前，她又让儿子参加了市文联组织的小学生征文大赛，由魏云海老师帮助运作，争取能得到大赛的奖杯。由于魏老师时常到严美云家里去一对一辅导陶晓明写作，辅导之余，就跟严美云好上了。居委会不少人都知道，严美云和魏云海已成了情人关系，两个人实行的是资源共享，优势互补。魏云海身在教育界，拥有的教育资源多一些，这构成了他的优势。严美云的优质资源在于她的年轻，漂亮，可人疼。严美云的工作是在矿上的生产科当描图员，风刮不着，雨淋不着，工作比较轻松，时间上回旋的余地也大一些，有精力和时间多管陶晓明的学习，也有条件和魏云海幽会。

其实魏云海有妻子，严美云也有丈夫。魏云海的妻子在矿务局印刷厂工作，家也在矿务局的家属楼。严美云的丈夫是矿上机电队的修理工，还在原来的那个矿上工作，没能和严美云陶晓明一块儿调到金泉矿。严美云调到金泉矿的目的，一方面是提升儿子的学习成绩，另一方面是想摆脱丈夫，跟丈夫离婚。严美云的公爹原是矿上管后勤工作的副矿长，对儿子儿媳的工作、生活多有照顾。严美云的工作，就是公爹给安排的。他们的住房，也是公爹让给他们的。然而公爹去世之后，他们的家庭很快失去照顾，什么额外的利益都得不到了。严美云本指望丈夫也能当干部，就算当不上矿长，能当个队长、科长也行呀，可丈夫什么干部都当不上，当来当去还是个工人。既然还是个工人，就自觉点儿，不要到金泉矿找严美云了。可严美云的丈夫不自觉，他大概觉得自己是工人不错，同时还是严美云的丈夫，他还要尽丈夫的义务。严美云不需要他尽义务，他来到了门口，严美云就是不给他开门。不管他带了鸡，带了鱼，还是带了牛肉、鸡蛋，严美云一概不稀罕。他叫：美云，美云，开门！严美云听见了跟没听见一样，把门关得死死的。她丈夫叫美云叫不开门，就叫晓明：晓明，晓明，我是你爸，开开门！严美云把一根指头竖在嘴唇上，对陶晓明嘘着，也不许陶晓明开门。那么，严美云的丈夫就在门外等，一边等一边抽烟。不管他抽了多少支烟，也不管他等了多长时间，严美云的态度决绝得很，绝不会放她的丈夫进去。倘若是魏老师来，魏老师只要吭一下鼻腔，严美云立马就会放他进去。魏老师的岁数虽说稍大一些，但魏老师有学问，会说话，有情趣，表现出的是男人的成熟之美。更为重要的是，魏老师可以帮助她教育孩子，一步一步实现她对孩子的期望。

接下来发生的事，让王国慧听来像是小说里的故事。可惜王国慧很少看小说，更不会写小说，她要是会写小说的话，把听到的故事写下来，说不定也会有人看，也会有人叫好。王国慧听人说过，小说里的故事都是写小说的人编出来的，而她听到的故事呢，都是真有其人，真有其事，一点儿都不用添油加醋。接下来发生的事，是严美云的丈夫陶师傅和另一个女人的故事。那个女人也住三楼，与严美云家里是对门邻居。女人的丈夫在井下出事故工亡，她一个人带着女儿生活。那个女人见陶师傅老在楼道里等严美云开门，神情甚是凄苦。她大概对远道而来、手里提着东西的陶师傅有些同情，有一次让陶师傅到她家歇一会儿。第一次，陶师傅说不了。第二次那个女人又开门相邀，陶师傅就没有拒绝。女人给陶师傅让座，倒水，说一看陶师傅就是一个好人。她给陶师傅提供消息，说严美云不会给他开门了，因为严美云已经跟别的男人好上了。那个男人以前当过矿工报的编辑，开过小煤窑，现在是学校的老师。她多次看见那个老师来找严美云，严美云给那个老师开门开得总是很及时。她劝陶师傅想开点儿，不要生气。说女人的门总是有关有开，对这个男人关了，就对那个男人开；对那个男人关了，就对这个男人开，关关开开是正常现象。她还说现在的社会开放了，跟以前不一样了，女人的门跟膏了润滑油一样，开起来是很方便的。她还劝陶师傅不要太老实，说严美云跟别人好，你也可以跟别人好嘛！陶师傅是有些老实，但他还不至于老实得一点气都不透。他跟谁好呢？他开哪个女人的门呢？当然是跟劝他“不要太老实”的女人好，当然是开主动为他敞开大门的女人的门。一门紧闭一门开，如此一来，当陶师傅再从另外一个矿过来时，他不必再敲严美云的门，直接就到与严美云住对门的那个热情欢迎他的女人家里去了。

好玩儿的是，当严美云知道陶晓明的爸爸跟对门儿那工亡矿工的女人好上之后，一点儿都不生气，一点儿都没跟那个女人吵闹，反而觉得心里的一块石头落了地似的，对那个女人报以微笑。

你看看，你看看，这事儿是不是有点像小说？是不是有点像现代化的新小说？

王国慧上楼下楼，以前也在楼梯上碰见过魏老师，在楼道里看见过陶师傅，但她从没有往男女之事上想。不知道他们之间错综复杂的关系。到居委会当上干部后，通过多种渠道得到的信息，王国慧才知道了他们之间的内在联系，以及关起门来上演的活剧。楼梯和楼台还不是他们的舞台，顶多只能算是他们走过场的地方，等走了过场，进入室内的舞台，他们的好戏才真正开始了。

这些信息的获得，尤其让王国慧对魏老师的印象大打折扣。尽管她对魏老师的第一印象就不是很好，觉得魏老师身上有一股子凌人的盛气，目光也不那么真实，但她对魏老师开小煤窑和办辅导班，还可以理解。魏云海和严美云私通，这就有些过了。当老师的首先应该在道德方面为学生树立榜样，而魏云海作为陶晓明的老师，竟然与陶晓明的妈妈鼠窃狗偷，这算是什么道德呢！

话说到这儿，就不难明白王国慧为啥不想让何新成和陶晓明交朋友了，为啥不想让何新成到陶晓明家写作业了。对孩子的一切教育都是从家教开始，家教又是从母教开始，严美云这么一位不自重、不自律的妈妈，能对孩子有什么好的言传身教呢！陶晓明的家是这么一个充满变数和负面效应的家庭，对陶晓明能会产生什么正面的、积极的影响呢！近朱者赤，近墨者黑。陶晓明处在那样一个不好的家庭教育环境，何新成跟他交朋友，能得到什么好呢！

这些话王国慧不太好跟何新成说。不说，何新成可能还不知道，如她以前不知道一样。眼不见为净，人世上的许多事情，知道了不见得比不知道好。孩子的心灵是单纯的，过早知道了社会的复杂和龌龊，对心灵的成长不会有什么好处。王国慧只能先给何新成吹一点儿风，采取一些办法，慢慢地让何新成与陶晓明疏远，把何新成从陶晓明身边拉回来。

有一天晚饭前，何新成从陶晓明家里写完作业回来，王国慧问何新成：你见过陶晓明的爸爸吗？

没见过。

陶晓明跟你说起过他爸爸吗？

没说过。他爸爸可能在美国。

你听谁说的？

我自己瞎猜的。陶晓明说他将来要去美国留学，我猜他爸爸有可能在美国。

你可真能瞎猜。我告诉你吧，陶晓明的爸爸在另外一个矿当工人，陶晓明的妈妈要跟他爸爸离婚。什么叫离婚，你知道吗？

知道。反正你不会跟我爸爸离婚。

正说着陶晓明的爸爸妈妈，你怎么拐到我们身上来了，你怎么就敢肯定我不会跟你爸爸离婚呢！你爸爸要是惹我生了气，我也会跟他提出离婚的。万一我和你爸爸离了婚，你愿意跟着谁呢？

愿意跟着妈妈。

还行，看来你对妈妈的感情还可以。我再问你一句，你在陶晓明家看见过你们的魏老师吗？

看见过。

什么时候？

忘了。

忘了就算了，别想它了。我估计魏老师比较关心陶晓明的学习，专门到陶晓明家给陶晓明开小灶儿去了。

什么叫开小灶儿？

开小灶嘛，就不是开大灶。开大灶做的是大锅饭，是普通饭菜，开小灶儿呢，指的是做好吃的。开小灶儿是一个比喻，老师在课堂上给你们讲课，好比是开大灶。魏老师登门专门辅导陶晓明呢，就是开小灶儿。妈妈讲的你明白了吗？

明白了。

告诉你，妈妈当年的学习是不错的，当你们的老师也是可以的。我正想跟你商量一件事，你以后下午放学后，到妈妈的办公室里写作业怎么样？你有什么不明白的地方，妈妈可以给你讲一讲。

何新成没有当即答应妈妈，他说：这个事儿我得跟陶晓明商量商量。

你不用跟陶晓明商量了，这个事儿就这么定吧。我听陶晓明的妈妈跟我说了，趁她不在家的时候，你们两个老偷偷地看电视。

何新成说：我没要求看电视，是陶晓明让我看的。

其实严美云从没有跟王国慧说过两个孩子在家里偷偷看电视的事，王国慧只是想诈何新成一下，看看他们是否真的偷偷看过电视。何新成毕竟还是小孩子，还没建立起什么城府，她一诈就诈出来了，两个孩子果然偷偷看过电视。如果只看看电视节目还没有什么，万一看到了那些乱七八糟的录像，那就不好了，有可能会把孩子毁掉。事情不容迟疑，她必须马上把何新成从陶晓明身边拉回来。

第二天下午放学时，王国慧到学校门口儿等何新成去了。她计划一看见何新成出来，就让何新成跟她走，到她的办公室里去。把何新成放在自己的眼皮底下，便于对何新成有所掌控。如果何新成胆敢犯拧，不好好跟她走，她会抓住何新成的手腕子，跟何新成提起何赵庄的赵老虎，让何新成回忆一下，她是怎么把何新成从赵老虎身边拽回来的。让王国慧没想到的是，她见严美云也到学校门口儿来了。怎么，难道严美云跟她一样，也是到学校门口接儿子来了？她跟严美云打了招呼。自从当上了计生专干，自从知道了严美云的底细，她在严美云面前长了底气，自信大大增强。果然严美云说，她接陶晓明到她的办公室里去，跟陶晓明说点别的事儿。

王国慧来接何新成去办公室，严美云也是接陶晓明去办公室，这事儿真是有点儿巧合。人愿意讨巧，而巧合的事情总是少而又少，讨一百次巧都讨不到一次巧。在没想着讨巧的时候，巧合往往不期而遇。王国慧不免心生奇怪，她昨天跟何新成说的陶晓明家里的事，难道被严美云知道了？这不大可能呀！因为她跟何新成说过之后，何新成当晚就没再出门，没机会跟陶晓明说话呀！难道严美云的想法跟她一样，不想让何新成去她家写作业了，不想让两个孩子交朋友了，要把他们拆开？她不想让何新成和陶晓明交朋友，是觉得陶晓明家的家庭教育环境不好。严美云不想让陶晓明跟何新成交朋友，原因是什么呢？难道怕何新成知道了她的家庭秘密？或是嫌何新成是从农村转来的学生，学习成绩不如陶晓明好，会把陶晓明的水平拉低？不管什么原因吧,看来她们要达到的目的是一样的。王国慧心说:你看不起我们，我还看不起你呢，你算什么东西！她对严美云说，居委会的活动站下午有一个适合青少年儿童参加的活动，她带何新成去参加一下。

陶晓明和何新成一块儿从学校里出来了。严美云上前拉住陶晓明的一只手，低下身子小声跟陶晓明说了几句什么，就把陶晓明拉走了。她像是又想起什么似的，大声对陶晓明说：跟你的同学说再见。

陶晓明对何新成摆摆手：何新成，再见！

何新成说了再见以后，站在原地没有动，他眼巴巴地看着陶晓明的妈妈把陶晓明领走了，似对陶晓明有些恋恋不舍。

站在校门口一侧的王国慧，把这一幕看到了，她对何新成失落的样子有些看不惯，甚至有些反感，她不能理解，何新成对陶晓明为何会这般依赖。她过去喊了一声何新成，何新成似乎才看见了她，她的出现有些出乎何新成的意料似的，何新成神情呆呆的，没有喊妈。

跟我走！王国慧对何新成命令说。

不，我去找陶晓明！

陶晓明的妈妈要跟陶晓明谈话，你去找陶晓明干什么！难道你也想让我跟你谈话吗！我告诉你，我现在是矿上的干部，谈起话来比以前更厉害。

何新成多次领教过妈妈谈话的厉害，最害怕妈妈拉开架势跟他谈话，每次谈话都是以他的失败而告终。一听妈妈提到谈话，他不敢再犯犟，低下头跟妈妈走了。

就这样，何新成和陶晓明的家长，以各自不同的动机和意志，生生地夺走了他们的伙伴，把这对好朋友给拆散了。从此以后，何新成和陶晓明放学之后不再一路走了，何新成再也没到陶晓明家里写过作业。

21

暑假之前，学校要开一次家长会，要求每个学生的家长都要参加。

校方的通知，由每个学生回家告知各自的家长。王国慧得到通知后问何新成：家长会是在学校里的操场里开吗？

何新成说不是，家长会是在教室里开，自己的孩子在哪个教室，家长就去哪个教室，而且要坐在自己孩子上课时所坐的座位。

在农村老家时，王国慧从没去学校开过家长会，连学校都去得很少。据王国慧所知，有的学生的家长连学校的大门口都没踩过，把孩子交给学校就不管了，好像教育孩子只是学校的事，跟家长没多大关系。矿上的学校要开家长会，王国慧不知道家长会怎么开。

晚上何怀礼回家，王国慧对他说：明天下午两点，学校要开家长会，你去参加一下吧。她明知何怀礼不愿去参加儿子的家长会，还是要故意试探一下丈夫的态度。

何怀礼一听就有些着急：什么家长会，我不去！

你为什么不去，难道你不是何新成的家长吗？

何怀礼没有否认自己是何新成的家长，但他说：成天价开这会，开那会，我开会开得一够百够。学校还要开什么家长会，这不是给人添烦嘛！家长会要去你去，反正我不去！

王国慧说：我们居委会明天下午有一个会，我实在脱不开身，你就替我辛苦一趟嘛！

何怀礼越发急了，说：你脱不开身，我比你更忙。孩子的事以前不都是你管嘛，开家长会的事干吗推到我头上！何怀礼听王国慧跟他说过魏云海和严美云私通的事，对魏云海很是反感，也很是警惕，他说：你对魏云海的印象不是不错嘛，趁开会的机会你不是正好可以见见他嘛！

王国慧冷笑了一下说：你这么说，明天的家长会我就更不去了，省得你疑神疑鬼。家长会只能是你何怀礼去，你去也得去，不去也得去！

我不去怎样，难道你也像严美云一样，跟我提出离婚不成！

你以为我不敢吗！人都是在昏头的情况下结的婚，等清醒过来，就该离婚了。至于我提不提离婚，就看你的表现如何，看你对我如何，对儿子如何。实话告诉你，我已经征求过儿子的意见了，咱俩要是离了婚，儿子跟着我，让你净身出户。

王国慧，你你你你怎么能跟儿子说这个，你是不是已经变心了，是不是有了工作，当了个小干部，就不知道王二哥贵姓了。我最反对女人当干部，女人一旦当了干部，就有可能变心，变态，变坏，女人就不是女人了。王国慧我警告你，你要是敢跟我提离婚，我就去老家把新成的姥姥接来，让老太太评评理！

王国慧没有再试探下去，说看看，一考验就把你考验出来了吧，连孩子家长会都不愿意参加，这表明你对孩子是不负责任的，从家长的角度来说，你不是一个称职的爸爸。何怀礼，不是我不信任你，我不会让你去参加孩子的家长会，你就是答应去，我也不会让你去。你对孩子的什么情况都不了解，你去我还不放心呢！

何怀礼似乎这才松了一口气说：合着你是在逗我玩儿呢，你的心眼子怎么变得这么多！我记得你以前跟我说话都是实话实说，从来不玩心眼子，看来你现在还是变了，我得多加小心才是。万一我老婆跟别人跑了，我就抓瞎了。矿上的女人我看来看去，比我老婆好的还真不多！

这话王国慧爱听，但她说：你少跟我来这个，嘴上这么说，不知你心里想什么呢！

下午，王国慧像赴一个什么盛会一样，把自己梳理打扮一番，提前十分钟就来到了何新成所在的教室，并在一位女老师的引导下，来到了何新成的座位。之前她已经向何新成问过，何新成的座位在第几排第几个。见有教数学的女老师引导，她说她知道，她自己找吧。女老师还是坚持把她领到了何新成的座位。何新成的座位是在教室后面倒数第二排靠南墙的一个位置。她在座位上坐下，像是一下子穿越了时空，回到了自己上学的那个年代。她领悟到，原来人生是重复的，自己走过的路，自己的孩子还要重走一遍。特别是在上学这件事情上，重复总是难免的。她往前面的黑板上看了看，见现在的黑板与她上学时的黑板有所不同。那时的黑板是一块漆成黑色的木板，斜搭在黑板架子上，随时可以移动。现在的黑板是直接在山墙上划出一块，漆成黑色就可以了，是固定的。黑板上是用彩色粉笔写的美术字：欢迎各位家长参会，共同见证孩子成长。现在孩子的课桌和座椅与以前也不一样，以前的课桌是双人桌，凳子是长条的双人凳，因此有同学同桌之说。现在的课桌是一人一桌，一人一椅，同桌的说法一去不复返。王国慧把何新成的课桌看了看，见桌面留有不少划痕和刻痕。一点儿都不平整。有一处像是先被刻了字，又被挖了坑。字迹已不太清楚，像是半个鱼字。王国慧不明白，何新成在桌面乱画鱼字干什么，难道想吃鱼了？王国慧低头往何新成的课桌斗子里瞅了瞅，斗子里空空的，没什么东西，只有一个被拧成螺丝状的纸条。王国慧把纸条剥开看了看，上面写的是：你不敢应战，说明你是一个胆小鬼，是你妈下的一个软蛋！从这样的内容分析，像是一份挑战书。因挑战书没写抬头，也没有落款，王国慧不知挑战者是谁，亦不知挑战对象是谁。从挑战书落在何新成的桌斗子里这个情况来看，挑战对象十有八九是何新成。不管怎么猜，反正这里头肯定是有名堂的，在名堂里头，何新成应该是一个角色。然而何新成从没有跟她说过，同学们之间类似挑战与被挑战、欺负与被欺负的事情，这表明大人有大人的世界，孩子有孩子的世界，大人的世界和孩子的世界相对独立，是不一样的，互相并不是很了解，也不是很理解。王国慧把纸条按原样拧好，放进自己口袋里去了。

家长们陆陆续续来了，有女家长，也有男家长；有年轻的家长，也有比较年老的家长。从年龄上看，那些比较年老的家长像是孩子的爷爷奶奶，或是姥爷姥姥。一般来说，参加家长会的都应该是孩子的爸爸妈妈，因为人都是一代管一代，隔代人不管隔代人。但各家的情况有所不同，老一辈来参加孙辈的家长会，必有其原因。教室里坐得满满的，连一个空座位都没有。这表明家长们对家长会是重视的。平日里，教室里坐着的是同一个年龄段的、清一色的小学生，这会儿坐的却是年龄参差不齐的家长。小学生总是活泼的，在没开始上课的时候，他们总是动个不停，说个不停，像一群麻雀。而王国慧注意到，家长们一找到自己的位置就不动了，他们都不说话，也不互相打招呼，神情都有些矜持。队有队长，区有区长，矿有矿长，局有局长，家长也带一个长字。人一旦带了长字就不一样了，各有各的来历，各有各的身份，各有值得自重的地方。至少他们都是经过训练的人，知道到哪里就得遵守哪里的规矩，不能像正在接受训练的小孩子一样管不住自己。王国慧还注意到，家长们都不是很自在，不是很放松，似乎都不想让别人知道他们是哪个孩子的家长，好像一知道是哪个孩子的家长，一和孩子对上号，就会矮下去，变成一个孩子。家长们的办法是自己封闭自己，或装作看前面的黑板，或眼里空空的，什么都不看。王国慧认识几位妈妈，她没有跟任何一位妈妈打招呼。她在心里给自己打气：我是矿上居委会的干部，你们不跟我打招呼，我凭什么跟你们打招呼呢！她也看见了坐得比较靠前的陶晓明的妈妈严美云，严美云坐下后，脖子就梗梗的，一眼都没有往后看。人的眼长在自己脸上，自己的眼睛看不见自己的脸，自己的脸是给别人看的。严美云不扭脸往后看，也许是不想让后面的人看见她的脸。王国慧得到的最新消息是，严美云已经和她的丈夫离了婚，现在完全成了自由之身。既然成了自由之身，魏云海和严美云交往起来就更无所顾忌。一枝有主儿的花儿，成了无主儿的花儿，除了魏云海采，恐怕别人也可以采一采。有一天，王国慧看见矿上的一个副矿长从楼里走出来，不知副矿长是不是到严美云家里去了。

魏云海出现了，他进了教室，并没有往讲台上走，站在讲台下面一角在看手表。

见魏云海看手表，王国慧也不由自主地看了一下手表。时间是拿人的，谁都得归时间管。王国慧见离开会时间还有一分二十秒，她突然紧张起来。她多次做梦，梦见回学校参加考试，每次考试都很紧张。眼下她没有做梦，也没有考试，但她觉得比在梦里参加考试还要紧张。在她想来，学校开的这次家长会，应该是一个期末总结会，由校方对上个学期学生的学习情况做一个总结，并对下个学期学生的学习提出新的希望。校领导在总结的时候，有可能会对一些学生提出表扬，并对一些学生提出批评。王国慧的紧张就在这里，她不知道何新成是受表扬的对象，还是受批评的对象。这个学期的考试成绩已经出来了，何新成的语文和数学分数都没有进入班里的前五名，也没有落入倒数的后五名，都是中游水平。王国慧对何新成的考试成绩不太满意，但她对何新成所持的还是鼓励的态度。孩子到一个新的学习环境，会有一个逐渐适应的过程，等孩子适应了，也许会赶上来。好比在电视上看运动员比赛长跑，运动员只要不被在前面领跑的人落下太多，到了后程和冲刺阶段，就有可能赶上和超过在前面领跑的人，并最终赢得比赛。王国慧相信何新成的智力素质不差，不是一个笨孩子。这个学期的三好生也评出来了，何新成没能评上三好生在王国慧的意料之中。一个农村的孩子转到矿上上学，等于从低处到了高处。原来站在高处的同学，不会同意从低处走上来的同学与他们平起平坐，往往会动手往下推从低处走上来的同学。何新成所处的处境，就是被人往下推的处境。何新成所在的班级评出了两个三好生，一个是陶晓明，另一个是一个女生。据说矿上学校三好生的评选也是同学们投票选出来的，王国慧对农村小学小学生们的投票持怀疑态度，对矿上学校小学生们的投票同样持怀疑态度。小学生懂什么，他们还没有自己的立场，没有自己的观点，没有判断是非的能力，还不是听从班主任老师的操纵。班主任说什么，就是什么；班主任让投谁的票，就投谁的票。何新成在何赵庄上学时，谁当三好生是何怀山说了算。何新成到矿上上学呢，班里谁当三好生当然由魏云海说了算。从陶晓明当上了三好生这一情况判断，不难看出魏云海在评选三好生过程中所起的决定性作用。那是的，魏云海和陶晓明的妈妈是什么关系呢，是柔软的关系，也是过硬的关系；是互通有无的关系，也是利益交换的关系。有这样的关系在，严美云的儿子不当三好生才怪。王国慧不会去找魏云海，她知道找了也是白搭。在老家，为了让何新成当三好生，她可以找堂弟何怀山，还可以找当村主任的公爹，在矿上，她谁都不找，因为没人可找，没有关系可资利用。她绝不会像严美云那样去跟魏云海拉关系，别说干那种下作事了，想想她都觉得恶心。何怀山气质那么好的一个人，登门去求她，她都没答应，别说盛气凌人的魏云海了。

喜鹊在窗外叫着飞过，有一个家长咳嗽了几声。家长咳嗽的声音有些大，有些突兀，还有些难听，使教室里的不少家长皱起了眉头。接着，教室外面又响起一种声音，这种声音更骤然，分贝更高，也更有连续性，让有的家长吃了一惊。但他们很快听出来了，这是学校的电铃声，学生们上课或下课，都由电铃统一指挥。今天电铃一响呢，表明开家长会的时间到了。电铃响过之后，安在教室前面墙上一角的电喇叭吱吱拉拉响了起来。那只电喇叭小小的，黑黑的，它沉默时，家长似乎并没注意到它的存在。等它发出声音时，家长们的目光一下子都集中到它身上去了。王国慧明白了，矿上学校的师生大会不必在操场里开，家长会也不必在露天的操场里开，通过安在各个教室里的小喇叭，在教室里开就可以了。王国慧回想起来，她在上小学期间，学校里从没有开过师生大会，更没有开过家长会。在上中学期间，学校倒是开过一两次全校师生大会，都是在校园里的操场里开。开会时，同学们和老师都是以班级为单位在操场里站着，校长也是站着讲话。因为那时候学校还没有通电，校长讲话的声音不能通过电力加以扩大，尽管校长讲话时又是鼓肚子，又是打手势，他们也听不清校长都说了些啥。而工矿企业毕竟是城市的组成部分，办学条件就是先进一些。

家长会由教导主任主持，校长讲话。校长讲的是一些有关教育方针的大路话，笼统得很，一点儿都不具体。只听刮风不见人，校长的讲话刻板得很，像是在念一篇讲话稿子。校长这样的讲话，大约放在哪个学校都可以。然而教导主任却说，校长讲得很好，很重要，希望各位家长能够认真领会，并落实到行动上，配合学校搞好对学生的全面教育。教导主任搭的是校长讲话的顺风车，也讲了一些话。王国慧听出来了，教导主任还是张主任。张主任讲得比较具体，她主要强调的是暑假期间学生的安全，希望每位家长都要对学生的安全负起责任，以保证每位同学都能够平安地度过暑假，新学期开学时都能够平安返校。张主任举了一个例子，说有一年新学期开学时，有两位该上六年级的男生没有按时到校。什么情况呢？原来这两位男生暑假期间到矿区的塌陷湖里洗澡，被淹死了。这是一个非常沉痛的教训，大家都要牢记，千万不要再发生这样的事情。张主任把学生的安全与矿工的安全相提并论，说矿井下存在着很多风险，煤矿特别注意安全，一直把安全放在第一重要的位置。其实风险无处不在，井下有风险，地面也有风险。现在地面上跑的汽车，越来越多，据说全国平均每六分钟就有交通事故发生，就有鲜活的生命在事故中丧生。就在咱们在这里开会的这一会儿工夫，不知又有多少人失去了生命，这是多么可怕的事情！所以说放假了不是放羊了，不是放任了，放假期间更要注意安全。既要注意孩子的安全，家长本身也要注意安全。

王国慧听得很是认真，她觉得张主任讲得挺好的，有了张主任的这番话，这个家长会就没有白参加。

张主任讲完后，并没有宣布散会，要求各位家长再坚持一会儿，各个班的班主任还要把班里的具体情况向各位家长汇报一下。

在参加家长会方面，王国慧没什么经验，她想，别的家长以前也许都参加过家长会，都比她有经验。这不要紧，任何经验都不是先天就有的，都是后天在没有经验的地方开始经验的，一件事情经过了，验过了，就有了经验。她见别的家长都没有动，教室里连一点儿准备离会的动静都没有。不但如此，她发现家长们的目光都聚向班主任魏云海，似乎比刚才精力更集中，对下面分班进行的家长会更期待。这样的气势让王国慧感觉到，刚才校长和主任的讲话不过是一个开场白，不过是一个戏前的戏帽儿，真正的重头戏还在后面，要由班主任来唱。

正是在家长们的期待中，魏云海登上了讲台。他习惯性地吭了两下鼻子，先说了一句客套话，对各位家长在百忙之中抽出时间出席家长会在此表示感谢！接着，他大概想调节一下气氛，说哪位家长如果想去洗手间，千万不要压抑自己，现在就可以去，不用举手报告。说着，他自己带头似的笑了一下。他一笑，露出来一颗虎牙。虎牙一般来说是两颗，他只露出了一颗。他调节气氛的努力没有收到应有的效果，家长们都没有笑，也没人站起来去洗手间，气氛似乎比刚才还严肃。魏云海说，他其实没什么可说的，也不必多说什么，因为比起老师来，各位家长对自己的孩子更了解。老师面对全班几十个学生，有时难免有关照不够甚至有顾此失彼的情况。而家长对孩子，往往是一对一，二对一，或者是四对一，孩子的每一点进步，每一点不足，都在家长的心理视线之内，都知道得清清楚楚。因此上，他今天就不再一一点评每个孩子了，只把大概情况说一说。总的来说，全班的语文考试成绩都不错，不管是总分数，还是平均分数，在全年级及至在全校都是名列前茅。特别是在写作文方面，班里的好几个同学都上了全校的光荣榜。他在前面说过，不再具体点评孩子，说到这里，他大概有些得意，就把前面说过的话给忘了，一口气说出了好几个孩子的名字，并对他们做了点评。这些孩子包括陶晓明，还有何新成等。在点评陶晓明时，他说陶晓明的一篇作文最近获得了全市征文大赛的优秀奖，这是一项可喜可贺的成果，也是一项带有突破性和创纪录的荣誉。据我所知，这样的荣誉在金泉矿小学的历史上还从未有过，我认为这项荣誉完全可以载入金泉矿小学的史册。

魏云海表扬陶晓明，完全在王国慧的意料之中。有严美云在现场坐着，严美云长得又是那么美，那么出众，魏云海不表扬严美云的儿子陶晓明，还能表扬谁呢！至于魏云海能不能表扬一下何新成，那就不一定了。还算不错，魏云海老师接着就提到了何新成。他说何新成刚从农村学校转来的时候，对写作文基本上是一窍不通，只写一个题目就没有下文了。经过这几个月的学习，何新成写作文取得了突飞猛进的进步，进步的标志是他的作文登上了矿务局的报纸。看何新成现在的苗头，说不定将来还能成为一个作家呢！大家不要笑，不要不相信，更不要看不起从农村出来的孩子。我国最深厚的文化是农耕文化，最古老的文明是农业文明，很多作家都是从农村走出来的。

在魏老师表扬何新成时，王国慧觉出旁边有家长在看她，仿佛已经把何新成与她对上了号。这让王国慧有些不自在，脑门儿上差点儿出了汗。她没想到魏老师会这样表扬何新成，连何新成的将来都表扬到了。她虽然觉得魏老师的表扬有些远，有些不着边际，但终究还是表扬，而不是批评。

如果说魏老师在家长会上的讲话止于表扬，孩子没受到表扬的家长也不会说什么，不至于发生后来的不愉快，最终导致场面失控，不欢而散。在表扬之后，随之而来的是批评。和表扬不同的是，魏老师的批评没有点一个同学的名，是不指名的批评。尽管没有点名，有的家长在心里自动对号，还是吃心了。不该的是，魏老师在批评某个同学时，捎带着把家长也批评了。魏老师提到，有的同学数学成绩很不好，以致拉低了全班的平均分数，影响了班级荣誉。影响班级荣誉只是一个方面，另一个方面，老师的绩效工资和奖金与所教学生的分数是挂钩儿的，学生考的分数低，老师的工资和奖金就低。这样会影响老师的教学积极性，形成恶性循环。魏老师说：我给有的数学成绩不好的家长提过建议，建议他们带孩子去医院检查一下，开一个证明，证明该同学在某些能力方面有所欠缺。这样的话，该同学的考试成绩就可以免于考核，免于参加全班分数的大平均，会使全班的平均分数有所提高。我认为这是一件好事，对学生和老师都有好处。对学生来说，可以减少一些压力，使学习变得轻松些。对老师来说呢，也可以减少一些压力，既减少精神上的压力，也减少经济上的压力，便于全身心地投入教学。可有的家长对我的建议不理解，也不配合，迟迟不能拿证明来。因此我再次建议有的家长，在下学期还是配合一下我们吧！

这时有一位家长举起了右手，问魏老师：我能说句话吗？这是一位男家长,他穿着西装,打着领带,正规的着装表明他对家长会的重视。

家长会的议程里大概没有安排家长发言这一项，魏老师没有同意要求说话的家长说话，但也没说不同意，没有防备之际，他随口问了一句：你想说什么？

那位家长站起来了，他满脸通红，手梢儿在微微发抖，显得很是激动。他说：我敢说每个学生都想学习好，都想考第一名。可第一名只有一个，连第二个都不会有。不要忘了，有了排在后面的同学，才会有第一名。第一名后面的同学才是大多数，才是基础的基础。好比班里有大树，也要有小草和灌木，如果把小草都拔掉，把灌木都砍去，大树是长不起来的，只有在万木葱茏的情况下，才会有大树的生长。我想说的是，哪个学生都不想学习不好，都不想把学习成绩排在倒数的位置。可学习不好的学生总是存在，这是没办法的事。学校总是以考试成绩分高低，定优劣，考试成绩一好百好，考试成绩一不好，就什么都不好了。每个成绩不好的学生在班里都是弱者，都是受压迫的人，都是受歧视的人。班里出了什么不好的事，都是往他们头上推，有了脏水，都是往他们身上泼。有些事情明明是他们有理，也成了无理。所以说学习不好的学生是最委屈的，最值得可怜的，老师们应该考虑到这一点。

魏老师竖起了手掌，说好，你的意思我明白了，请坐下吧！

教室里起了一些躁动，不如刚才那么安静了，有的在扶眼镜，有的在一下一下握拳头，有的在左顾右盼。看得出来，那位家长说出了一些家长想说而没有说出的话，引起了一些家长内心的共鸣。教室外面的楼道里传来一阵脚步声，别的班的家长会好像已经散会，而这个班家长会的好戏好像才刚刚开始。

那位家长没有坐下，他说不好意思，请允许我把话说完。我最反对学校让家长给孩子开什么智力欠缺的医学证明，这是缺乏人道主义的做法，是逃避责任的行为，是教师的堕落，是教育界的悲哀！不知你们想过没有，要是给孩子开了那样的证明，就等于把这个孩子打入了另册，打入了冷宫，会给孩子的心灵造成多么大的伤害和摧残。在这种巨大的阴影下，这个孩子可能一辈子都完了，永远都不能过正常人的生活……

魏老师再次打断了那位家长的话，说你言重了，不要再说了，有些事情咱们会后再说。

一个人的肚子里如果积攒了太多的话，不让他把话倒出来也难。如同一座水库里积蓄了很多水，水库的闸门一旦打开，水就会奔涌而出，想关上闸门不太容易。他说不，尊敬的魏云海老师，我一定要把话说完。我知道您也有一个女儿，您的女儿也在上学。如果有人让你去医院开个证明，证明你女儿不适合上学，你会怎么想？

魏老师的脸一下子拉长，他生气了，鼻腔里连着吭了好几下，而且越吭越响，他说：你不要提我女儿，我又没点你女儿的名，你提我女儿干什么！我知道你正在学习法律，正在考律师资格。这里是课堂，不是法庭，不是你显示辩护口才的地方。你的话是对家长会的干扰，这会没法开了，散会！魏老师宣布了散会，就收紧脸孔，走下了讲台。下讲台时，他的腿像是有些发僵，没控制好脚步，失了重心，往前跌了一下，差点跌倒。倘若一向骄傲的魏老师跌趴在讲台下面，那就显得有些跌眼镜了。还好，魏老师只是向前趔趄了两下，并没跌倒。

开家长会的老师都走了，家长们还一时没有离场。事情的弯子转得有些陡，他们也许还没有及时反应过来。等他们有所反应，似乎觉得意犹未尽，比刚才躁动得更厉害。有人站起来了，有人还坐着，他们开始了议论。有人说好玩儿，有人说精彩，有人说好汉怕掉个儿，有人说老师也是人。也有人说：走吧走吧，老师都走了，你们还待在这里干什么！

王国慧站起来了，她注意到，严美云还坐在陶晓明的座位上没有动窝儿。严美云与魏云海的关系非同一般，看到魏云海当众受到质疑，几近失态，不知严美云心里是怎么想的。她心里是不是有些不是滋味儿呢？是不是在替她的心上人抱不平呢？王国慧不知道严美云内心的想法，对自己的想法总应该知道吧？自己总应该了解自己吧？可是不，王国慧心里也有些乱，一时也没理出头绪来。

第七章

这个暑假不好玩

22

学校放暑假了，从七月到九月，要连放假七个星期。七七四十九，四十九天不用上学，太好了！那么。暑假期间何新成干什么呢？一下子拥有这么多时间，何新成怎么消费呢？消费这个词是何新成刚学会的一个新词，对他来说是一个时髦词。这个词不是从课本上学来的，是从女同学周丽娟那里学来的。周丽娟本来去买冰棍，却不说买冰棍，说是去消费。周丽娟的妈妈带周丽娟去游泳，她不说游泳，也说成去消费。噢，何新成明白了，原来花钱是消费，玩是消费，很多事情都可以说成消费。消费这个词挺好的。可以造很多句子。妈妈问他：过暑假有什么打算？

打算是有的，何新成说，他想回老家，回何赵庄。

回何赵庄干什么呢？

我想爷爷奶奶一定想我了，我也想爷爷奶奶了，我想回去看看他们。

妈妈肯定了何新成的想法，说不错，想着回去看爷爷奶奶，说明你有孝心，爷爷奶奶没有白疼你。

受到表扬的何新成像是同时受到了启发，他说：除了回去看爷爷奶奶，我还要到王大庄看姥姥姥爷。

很好，想得很周到，还有呢？

何新成的想法，当然还有很多，比如他要到老家的河里游泳，到水塘边钓鱼，爬到枣树上摘枣儿，去玉米地里折哑巴秆吃，等等。自从来到矿上，每天从家门到学校门，又从学校门回到家门，他很少到田野去。只去过一次麦地，还是被华阳虎骗去的，还挨了一顿打。而要是回到老家，他到野地里想怎么野，就怎么野；想怎么玩，就怎么玩。说不定，还能碰见以前的同学呢！那些同学看见他回去，说不定有多高兴呢！这些想法何新成不能跟妈妈说，要是跟妈妈说了，妈妈一定会嫌他玩心太大，不知道学习。他说：没有了。

暑假的时间是很宝贵的，你不想利用宝贵的时间干点儿别的什么吗？学点什么吗？

何新成摇头，说不想。

暑假期间何新成干什么，其实妈妈王国慧已经替他计划好了，也安排好了，妈妈的民主态度是假装的，听取他的打算也是假装的。暑假的时间看似属于他，实际上并不属于他，而是属于妈妈，妈妈不可能允许他自主消费暑假的时间。这里有一个比方，比如说在每年过年时，何新成都会收到一些压岁钱。这些压岁钱名义上是长辈和亲戚送给何新成的，是为何新成压祟驱邪的，妈妈说是替他保存着，结果一年又一年的压岁钱都跑到妈妈的腰包里去了，何新成对压岁钱并没有支配权。王国慧不会同意何新成回老家，她和何怀礼天天上班，抽不出时间送何新成回去。就算趁一个星期天把何新成送回去，她也不可能长时间把何新成一个人放在家里。她的不可明说的想法，就是要让何新成和农村拉开距离，并尽快切断和农村的联系，变得真正像一个城里的孩子。何新成到矿上读书以来，从农村带来的习气已克服不少，各方面越来越像城里的孩子了。他穿鞋不再踩鞋后跟，穿上衣不再把扣子扣斜，走路不再松松垮垮，吃饭也不再吧唧嘴，等等。这还不够，她还要继续把何新成往城里人的样子塑造。王国慧偶尔听别的家长跟她说过，何新成的同学给何新成起了一个带土字的很难听的外号，这个外号让王国慧一听就极其反感，并有些生气。为此事她去找过魏云海老师，请魏老师把乱起外号的现象加以制止。她还当面严厉警告过华阳虎，如果华阳虎胆敢再给同学乱起外号，她就去华阳虎家，告给华阳虎的家长。这样的外号也给何新成和她敲响了警钟，或许他们的确带有自身不易察觉的土气，还不够洋气，何新成才被人起了这么一个难听的外号。外号一旦上身，要去掉不是那么容易，恐怕有一个过程。这个过程要做减法，万万不可做加法。让何新成在矿上过暑假，就是做减法。让何新成回老家过暑假呢，等于做加法，何新成身上的土气只能越加越多。何新成的土气刚脱掉一些，她可不愿意让何新成再回到土垃窝里去，滚一身土垃回来。这样的想法不便跟何新成明说，她暗暗留住何新成就是了。但有些话是可以跟何新成说的，她必须帮助何新成改变以往过暑假的旧观念，以树立新的观念。她对何新成说：到哪里说哪里的话，到什么山唱什么歌，你以前过暑假的观念是不对的。你知道怎么不对吗？

不知道。

不知道没关系，妈妈告诉你。你以前认为，放假就是放羊，就是把学习的事完全丢到一边去，成天除了玩，还是玩。是不是这样？

不是，老师给我们留的还有暑假作业呢！

这个我知道，暑假作业很少，你根本吃不饱。

我能吃饱。

吃不饱的，你是个爱学习的孩子，对知识需求量是很大的。

我不爱学习！

又来劲了不是，不要跟妈妈这样说话，这样的话说不得，这不是你的真心话。我说你爱学习，你就是爱学习！王国慧虽说没拍自己的腿帮子，说话的调门也没有提高，但她的狠劲儿又上来了，牙缝里有些咬牙切齿。她说：你现在已经大了，已经有自尊心了，一般情况下，我能不打你就不再打你，我给你讲道理。我跟一些家长交流过，他们的经验和看法对我很有启发。他们说，在城里，应该把放假反过来读，读成假放。同是一个假字，读音不一样。放假的假读去声，假放的假读上声。你的汉语拼音比我学得好，读得比我更准确。假放的意思是说，放暑假不是真的放假了，是假的放假。暑假开始了，真正的学习和较量才开始了。城里的学生，谁都不敢放松警惕，谁都不敢浪费暑假的时间，都是利用暑假时间暗暗努力，到辅导班里参加学习。学生在学校里吃的都是大锅饭，到辅导班里才能吃到小灶。学生在学校里学的都是常规的、基础性的东西，到培训班里才能学到学习技巧和高级的东西。如果暑假期间不学习，到下学期学校开学，你跟别的同学一比就傻眼了。本来学习成绩是上游的，可能会滑到中游；学习成绩是中游的，可能会滑到下游；学习成绩本来就是下游的呢，一下子就滑得没影儿了，找都找不着了。我听说陶晓明的妈妈给陶晓明报了四个学习班，除了写作、数学、英语，还有一个绘画学习班。周丽娟的妈妈想让她女儿将来往艺术方面发展，不但给周丽娟报了音乐学习班，还报了舞蹈学习班。谁如果暑假期间光想着玩，不参加学习，那才是真正的傻瓜。这些就是我要给你讲的过暑假新观念，你都听明白了吗？

何新成没说明白，也没说不明白。他的下牙咬住了上嘴唇，眉头也皱起来。

王国慧从口袋里掏出那个被拧成细螺丝样的纸条，把纸条展开递给何新成看，问：这个纸条儿你还有印象吗？

何新成只看了一眼，就没好气地说：没印象！

这是我从你的课桌斗里拿出来的，你难道一点印象都没有吗？不是写给你的吗？

我说了没印象，就是没印象，你怎么还问！老师说过，不要乱动别人的东西！

好小子，长脾气了。王国慧听人说过，孩子长到一定时候，会对家长产生一种逆反心理。当孩子有了逆反心理时，家长不能戗着他的茬儿，和他对着干。如果和他对着干，他的逆反心理会更厉害，会出现意想不到的负面效果。王国慧隐忍了一下，说：那好吧，你说没印象，我就不问了。有些不愉快的事情，忘掉也好。男孩子嘛，应该大度一些。你想回老家看看，心情我完全可以理解。别说你了，到矿上这么长时间没回老家，我也想回老家看看。可是不行呀，我和你爸都这么忙，谁送你回去呢。让我儿子一个人回去，那万万不可以。我就你这么一个宝贝儿子，万一路上走丢了，或是被坏人拐走，妈妈再后悔就来不及了，哭死都没用了。王国慧自作自悲，加上想象，说着眼圈儿红了一下。在她的话语作用下，她见何新成逆反的情绪似乎也有所缓解。她接着说：新成，妈妈跟你商量商量，你看这样好不好？等到过春节的时候，矿上如果放假，妈妈和你一块儿回去，给你买大大的烟花，让你放个够！

在跟何新成说这些话之前，王国慧经过调研，已经给何新成安排了三个暑期学习班，并都报了名，交了钱。三个学习班分别是数学班、英语班，还有一个书法班。王国慧让何新成进书法班学习，并没有想着将来让何新成当书法家，她只是觉得何新成的字写得不好看，想让何新成通过学习书法，把字练一练。一个人的字是一个人的门面，门面好了，才会给人留下好印象，将来找工作时才不吃亏。她的字写得不太好。何怀礼的字写得比她还差，以致不得不提笔签名和写字的时候，连他们自己都觉得有些不好意思。到了儿子这里，她要争取让儿子把字写得好看一些，在写字方面也要增加自信。她仔细咨询过了，办书法学习班的是阳贝市的一位书法家，还是市里书法家协会的副主席，在市里、省里和全国都得过书法作品奖。王国慧见过那位书法家写的装裱过的楷书条幅，横是横，竖是竖，撇是撇，捺是捺，那是相当正规，相当漂亮。她并不指望儿子将来能达到书法家那样的写字水平，儿子通过学习，练习，写字水平能赶上书法家一半就算不错，钱就算没有白花。

给何新成报的这些学习班，王国慧都跟何怀礼说过。在报学习班的问题上，何怀礼的想法跟王国慧不大一样。何怀礼认为，孩子既然放假了，就该让孩子好好放松一下，想去哪儿就去哪儿，想玩什么就玩什么。不必为孩子报那么多学习班，不必把孩子搞得那么紧张。孩子的心情放松了，大人的心情才会跟着放松。如果把孩子搞得很紧张，大人也会跟着紧张。何怀礼提起他上学放暑假的时候，除了帮家里干点儿活，每天都下到河里扑腾，又是玩鱼鹰捉鱼，又是比赛扎猛子，一玩就是半下午。在整个暑假期间，书本连摸一下都不摸，更不用写什么作业。这样一点儿都不耽误我们顺利进入下一学期的学习，也没听说哪个同学掉队。相反，下一学期开学我们拿到新课本才觉得新鲜，学起来才更有兴趣。

王国慧认为何怀礼的想法是陈旧的，已赶不上飞速发展的教育形势，她说：你少提我们那时候上学，那算什么，也就是图识一些字，不当文盲罢了。那时候能读个初中就算不错，现在呢，读大学本科都不算事儿，读硕士、博士才算个事儿；在国内读大学不算事儿，出国留学，挣洋文凭才算个事儿。现在竞争这么激烈，从上幼儿园开始，人与人之间的竞争就开始了。别人家的孩子都在暑假期间抢跑，我们家的新成站在原地不动怎么行呢！等新学期开学，别人家的孩子都跑到前面去了，我们的孩子却跟不上趟儿了，那就危险了，傻眼了！

不至于吧，你说得太夸张了，净是自寻烦恼。

我知道你的真实想法，你嫌报班太贵了，花钱太多了，是不是这样？

我们下深井，流黑汗，挣点儿钱也不容易。

看看，让我说准了吧，我就知道你心疼钱。我承认你挣钱不容易，可是，我们挣钱为什么呢，还不是为了孩子？我听人家讲过，孩子的学业之路都是大人花钱铺出来的，家长舍得花大钱，孩子才有可能上大学。我们那时没赶上好时候，家里没钱供我们上学，结果我们都读了个初中就完了，想想真是亏死了。现在的孩子赶上了好时候，我们虽说挣钱不多，供孩子上学还是够的。你说说，我们挣的钱，不往孩子身上花，留着干什么呢？

你这样说，说明你目光短浅，就是妇人见识了。我们家现在只有一居室，难道你想在一居室住一辈子吗？孩子大了总要结婚，总要生孩子，到时候让他们住哪儿，难道还要跟我们挤在一居室里吗？我听说矿上今后已经没有福利分房了，再盖的房子统统商品化，谁住房子都得自己花钱买，钱多了买大房，钱少了买小房，没有钱买不起就无房可住。如果我们不攒点儿钱，以后拿什么买房子呢！

房子问题，的确是一个问题，但生性要强的王国慧不会承认自己见识浅，她说：这是两码事。又说：等新成读完了大学，也许到别的城市工作去了，不一定再回到矿上来。

就算新成以后不在矿上住，难道你就不想改善一下居住条件吗！

你就不想换成两居室或三居室吗！在老家的时候，好歹还有四间房子呢，到这里只有一居室，你不觉得有点少吗！还有，你来矿上有了工作，又当上了干部，以后你不想让新成他姥姥来看看吗？要是新成他姥姥来了，你让老人家住在哪里呢？总不能也住在客厅里吧！

不管怎么说，反正孩子的学习是第一重要，一切都必须为孩子的学习让路。要不就这样，你的工资攒下来留着买房，孩子上学的事花我的工资。我的工资要是不够，我宁可跟别人借钱，也要保证孩子的学习。孩子有了足够的知识，才会有远大的前程。有了远大的前程，什么财富、房子，都不算一回事。现在我算是知道了，一个人生在世上，必须给自己确定一个目标，必须有远大理想，有目标才有方向，有理想才有动力。要是没目标，也没理想，捂着眼在磨道里转，走到哪里算哪里，人就提不起精神，跟白活差不多。这跟人走路的道理是一样的，你如果打算一天走八十里，在没走够八十里的时候，路上不会停留，一直提着劲儿，也不会觉得怎么累。当走到八十里的地方时，你会觉得很高兴，因为到达了阶段性的目的地。你如果事先没有计划呢，会觉得路途遥远，刚上路就会觉得累，走走停停，走三十里就不想走了。具体就拿你来说吧，你如果刚参加工作时就给自己定一个目标，我将来要当矿长，说不定现在已经当上矿长了，就算当不上正矿长，至少可以当一个副矿长。就因为你没有远大理想，站也站不高，看也看不远，推推动动，不推不动，到现在才当了个副队长。

何怀礼连连摆手，说你不要说我，不要拿我开玩笑，你以为矿长、副矿长是那么好当的，人家都是矿业大学和矿业学院毕业的，都是科班出身，我怎么敢跟人家比，我算哪个架子上的鸡！

我的孩子他爸吔，我说了半天，你总算明白了，看看，还是学习重要吧，还是文凭重要吧！连当个矿长、副矿长都得是大学毕业生，以后当啥官不凭文凭呢!

就这样，在妈妈王国慧的安排下，放暑假的第二天，何新成就背起书包，走进了社会上办的培训班。放假了，他从学校的课堂走出来了，不料他又走进了校外的课堂。校外的课堂更多，辅导老师的手也似乎伸得更长，他无法逃脱。在去校外培训班学习的头天晚上，何新成烦恼得睡不着觉，真的动过逃跑的念头。他想趁妈妈爸爸都在睡觉，自己悄悄下楼，跑回老家去。就算他身上没钱买票搭车，全凭地上走也能走回老家去。但这个念头刚动了一个开头就被他打消了，他想到，妈妈要是发现他逃跑，一定会火急火慌地把他追回来。追回来之后，不知道妈妈有多生气呢，不知妈妈又该怎样惩罚他呢！算了，学习就学习吧，谁让他是妈妈的孩子呢，谁让自己不当自己的家呢！他盼望自己快快长大，等长大了，离开这个家，也许就自由了。

23

老家来人了。

何新成过暑假没能回老家，老家却来了人。自从王国慧带儿子从老家搬到矿上，并在矿上安家之后，这是第一次有老家的人来到他们家。王国慧想到过，她到矿上安家之后，也许会有老家的人到他家来看看。现在的人到处流动，交通也很方便，老家的人想来她家很容易。加上她的家跟住在市里差不多，人只要来到阳贝市，顺便一拐就拐到她家来了。然而，王国慧希望有老家的人到她家来看看，又有点儿害怕老家的人贸然来到他们家。希望有人到她家看看呢，是能够证实一下她确实在矿上安了家，并当上了居委会的干部，回去帮她宣传宣传，让老家的人知道她在外头生活得挺不错。害怕有人来到他们家呢，她听人说过，老家的人一旦找上门来，都不会有什么好事儿，十有八九是给你添麻烦的。人家来了，你为了顾全面子，要管人家吃，管人家喝，管人家住，临走还得给人家拿路费。你一点儿照顾得不周到，人家就可能对你有意见，回到老家就不给你说好话。例子在前面摆着。何赵庄有一个人在县城当老师，庄里人去县城办事，一般都会拐到老师那里吃一顿。有的人不凭良心，吃饭有好嘴，说话没好嘴，吃了人家的，还说没吃饱，喝了人家的，还说没喝好。这样比较起来，老家的人还是别到他们家来好一些。自家的日子自家过，日子过得如何，自家的人知道就行了，无须别人道短长。

夏日天长，王国慧这天下午下班时，太阳还高高挂着，继续散发着热烈的能量。她来到矿街的菜市场，买了两根黄瓜，一斤多豆角，一小把荆芥，还买了半块西瓜。她计划晚饭吃凉水捞面条。到了夏天，捞面条就成了他们家的主打饭，差不多每天都吃捞面条，有时一天吃一顿，有时一天吃两顿。把面条放到锅里一煮，用凉水一过，捞到大碗里浇上事先砸好的蒜汁儿一拌，再加上荆芥拌黄瓜或炒熟的豆角，吃起来那叫一个痛快。眼看着一大碗凉面条和菜，呼噜呼噜，好像几口就吃完了，嘴痛快，肚子也痛快。在老家时，吃捞面条都是王国慧自己和面自己擀。来到矿上，她仍然是自己和面自己擀。见别人都是到矿街上的轧面机房里买现成的切面，她也买过一两次。买机器加工的面条，省事倒是省事了，但吃起来总是有一股子铁腥味，好像还有机油味。另外，煮机器切面剩下的面汤，清汤寡水，一点儿都不好喝。而煮手擀面的面汤，一会儿上面就漂起一层面皮，喝起来甜甜的，香香的，正好可以用来原汤化原食。所以王国慧不再花钱到街上买切面，宁可费力费事，也要坚持回家自己做手擀面。她为啥只买半块西瓜呢？因为当地的西瓜都长得太大了，大的超过了二十斤，小的也有七八十来斤。如果买一整个西瓜，切开头天吃不完，放一夜就馊了，第二天就不能吃了。买半个西瓜是合适的，一家人正好可以一气吃完。买半个西瓜还有一个好处，不用拍，不用弹，一看就知道熟还是不熟，是红瓤还是白瓤，是沙瓤还是肉瓤，是厚皮还是薄皮。也不用担心切开的西瓜会落上尘土，因为卖瓜的人一把西瓜切开，就用一种极薄的塑料保鲜膜把西瓜的剖面给覆盖住了。

王国慧掏出钥匙打开门，见何怀礼已经回来了，何怀礼说：你三嫂回来了！

沙发上随即站起两个人，一个是何家的老五何怀信，另一个是一个年轻女人。何怀信跟王国慧打招呼：三嫂回来了！年轻女人跟着何怀信，也说三嫂回来了！

回来了！王国慧说：怀信来了，欢迎欢迎！她一时想不起这个年轻女人是谁，但肯定不是何怀信的老婆李喜莲。她问：这位是——

何怀信还没介绍，何怀礼把话接过去了，说：你不认识她吗？她叫宋娇娥，是咱们何赵庄的媳妇，她丈夫姓赵。她和怀信都在临城打工，碰到一块儿了，一块儿来咱家看看。

那好，坐吧。

何怀礼说：他们还带来了一个大西瓜。说着把放在茶几旁边地上的一个花皮大西瓜指了一下。

王国慧说：来就来了，还花钱干什么！这不，我也买了西瓜。说着，把手里提着的西瓜和菜提高了一下。

何怀信问新成呢？新成又长高了吧？

王国慧说：新成去学英语去了。她把买回的蔬菜和西瓜提溜到厨房里，没有立即从厨房里走出来。她拧开了洗菜池上方的水龙头，要冲洗一下手。凉凉的水流流在她手上，她给自己一个借口，一点儿时间，想一想何怀信和宋娇娥一同前来是怎么回事。王国慧想起来了，宋娇娥刚结婚的时候，她随着看新娘子的人群就看见过宋娇娥。宋姣娥细眉细眼，细腰长腿，长得是够娇美的。当时她就想，这么好看的媳妇嫁给姓何的小伙子才好，怎么让姓赵的人家娶走了呢！两三年过去，宋姣娥不但娇美不减，似乎比刚结婚时还要成熟，还要好看。反正和李雪莲那个矮胖墩儿比起来，宋姣娥好看到天上去了。王国慧看见宋姣娥跟她说话时脸上红了一下，像是有些不好意思。何怀信呢，脸上的表情也多多少少有些尴尬。王国慧很快得出判断，这两个外出打工的人一定是打到一块儿去了。他们一个是老婆不在身边，一个是男人不在身边，一个是烈火，一个是干柴，不一点就着才怪，不发生不正当的男女关系才怪。他们是在临城打工，临城市离阳贝市不是很近，他们坐了火车，还要坐汽车，才能来到他们家。两个年轻男女在路上一路同行，路是浪的，车是浪的，人是浪的，浪漫复浪漫，仅在路上就可能有浪漫事情发生。他们一块儿来到他们家，只不过是为他们的浪漫找个落脚点而已。王国慧想到，老五何怀信一定是在宋姣娥面前吹了牛，说他三哥在矿上工作，三嫂也在矿上工作，三哥和三嫂都如何如何，于是就带宋姣娥到他们家来了。老家不来人是不来，一来却来了这么一对男女，这让王国慧觉得有些可笑，也有些不悦，她不知应该怎样面对他们，接待他们。

何怀礼迟迟不见王国慧从厨房出来，推门到厨房一看，见王国慧正在案板上切她买回的那半块西瓜，他说好，跟我想到一块儿去了，先给他们吃点儿西瓜。

王国慧关上门问何怀礼：怎么回事儿？

什么怎么回事儿？

你说怎么回事？少跟我装糊涂！

怎么回事也不怎么回事，一个村的人碰到一起，一块儿来看看咱们，这很正常！

正常个屁，我看不正常！

你不要疑神疑鬼，不要想那么多，要给他们留点儿面子。

王国慧把西瓜切成牙儿，放在平时放饺子的盖帘上，从厨房里端了出来。她做的是和颜悦色的样子，说：天热，不给你们泡茶了，吃点西瓜吧！她把西瓜放在茶几上，自己不吃。

三嫂你也吃呗。何怀信说。

你们吃吧，刚才我在办公室里吃过了，吃了两三块儿呢！

三嫂也坐办公室了！

王国慧嗨了一下，做的是这很平常的表示，说：不干这干那，人活着总得干点儿事儿。

我早就跟他们说过，老何家妯娌五个数三嫂最厉害。

怀信不要给你三嫂戴高帽儿，我没什么厉害的。你们家喜莲不是很厉害嘛！喜莲近来怎么样？

还那样，胖得脚指头都掰不开镊子了。

王国慧笑了一下说：老五不是我说你，你老掰人家喜莲的脚丫子干什么！喜莲一个人在家带孩子不容易，你不能对不起人家。

这瓜不错，又甜又沙，吃瓜吃瓜！何怀礼打岔，把话引到吃瓜上去了。

王国慧明白何怀礼打岔的意思，在肚子里撇了一下嘴，心说：你弟弟在外面胡搞，你就这么护着他吧。

宋姣娥有些张不开嘴似的，吃瓜吃得口很小，何怀信都吃完了两块儿，她一块儿还没吃完。何怀信吃第三块儿时，她才把一块儿西瓜吃完了。她吃了一块儿就不吃了，掏出手绢擦嘴。

何怀礼说：小宋接着吃，不要客气，到这里跟到家了一样。

宋娇娥说：我不太渴，吃一块儿就够了。

王国慧到厨房择菜、洗菜去了。

吃完了瓜，何怀礼往厨房送瓜皮时对王国慧说：你弄几个菜，我跟怀信喝两杯。

家里没有肉，我不知道弄什么菜。

这次是何怀礼把厨房的门关上了，说：我好长时间没见怀信了，你对我弟弟要热情点儿！

王国慧看着何怀礼的眼睛，把目光聚了聚，没有说话。她显然是用目光在说话，似乎在说：我已经够意思了，你还要我怎么热情！

何怀礼的眼睛看着王国慧，两个人的目光有些僵持。僵持了一会儿，还是何怀礼的目光先放了下来，说：总不能不让怀信吃饭吧？

王国慧说：我建议你带他们到外面的饭店去吃，要吃要喝随你们。

何怀礼像是想了一下，说那也行。问王国慧：你去吗？

我当然不去。不但我不去，等我儿子一会儿回来，我也不会让我儿子去。我没法儿跟儿子解释他们之间的关系，我不想让我儿子看见他们。

古板，这样下去没人喜欢你！

不喜欢拉倒！人到啥时候都得走得正，立得端，问心无愧！

何怀礼带何怀信和宋娇娥到外面的饭店吃饭，临下楼，王国慧又把何怀礼喊了回来，对他说：吃完饭，他们要是不走，最好让他们去住街上的旅馆，家里没地方住。

到时候看情况再说。看看，你现在体会到家里的房子少了吧！

去吧，好好喝，你们弟兄俩陪人家姓赵的儿媳妇多喝点儿，以后让人家姓赵的知道了才好呢！

少废话，我们喝酒，你就喝醋去吧！

何新城从培训班回家后，王国慧对他说：你五叔来了。

何新成只看见地上放着的一个大西瓜，没看到五叔，他问：五叔呢？

你爸带他们到外面吃饭去了。

我也去！

他们喝酒，你又不喝酒，你去干什么！咱们在家里吃捞面条。跟你五叔一块儿来的还有一个阿姨，也是咱们何赵庄的。他们到阳贝市办事儿，顺便到咱家来看看。

哪个阿姨？

我只知道她姓宋，不知道她的孩子叫什么名字。

他们吃完饭还回来吗？

可能回来，也可能不回来。

我想让他们回来。

咱家房子太小了，他们回来没地方住。

喝了酒，吃罢饭，何怀礼还是把何怀信和宋娇娥又领了回来。他们的脸都红通通的，每个人身上都冒着酒气。特别是宋娇娥，不光脸是红的，眼睑是红的，连耳朵都是红的。她的两个耳朵垂儿红得滴溜溜的，里面好像灌满了酒。王国慧不明白，酒是无色透明的，为什么人一喝下去，就把人的皮肤变成了红色呢！两男对一女，不知何家两兄弟灌了人家多少酒，不像话！

何新成正在卧室里看电视，听见五叔他们回来了，马上从卧室里跑了出来。小孩子都好客，希望家里每天都有客人才好。家里好长时间没人来，何新成大概有些寂寞。如今五叔他们来了，何新成赶紧从卧室里跑出来，应是热烈欢迎的意思。可是，何新成一跑出来就站下了，他没有喊五叔，也没有说任何话，样子像是有些发愣，有些退缩。

何怀信说：这是新成吧，都长这么高了，赶快过来，跟五叔拥抱一下。

何新成仍站着没动，没有说话，更没有去跟五叔拥抱。

王国慧说：这是你五叔，你不认识你五叔了，快喊五叔！

何怀礼说：这孩子，越大越不懂事！

还是何怀信走上前去，用新式礼节把何新成拥抱住了。他抱住何新成后，还用双手拍打何新成的后背。

然而何新成没有拥抱五叔，也没有拍打五叔的后背，他垂着胳膊，神情冷冷的，似乎对五叔热情的拥抱，没什么反应。

何新成突然从卧室里跑出来，又突然变成这样的态度，令王国慧很是不解。难道何新成觉得五叔变得有些陌生？难道何新成不认识宋姣娥？难道五叔没给他带什么礼物他有些失望？难道他对五叔的拥抱不太适应？人说母子连心，当母亲的最能理解儿子，可王国慧对儿子有些反常的表现确实不能理解。难道儿子真的长大了？真的有了自己的内心世界？她再也进入不了儿子的内心世界了？这是好事，还是不好的事呢？她没有让何新成喊宋姣娥阿姨，替何新成解释说：新成刚才在屋里看电视剧，他可能正看到故事情节的要紧处，还没有从故事情节里走出来。她对何新成说：好了，回屋接着看你的电视去吧。她把何新成的后背一推，让何新成到卧室里去了。王国慧自己也进了卧室，并关上了卧室的门。她估计，何怀礼要给何怀信和宋娇娥创造条件，留他们在家里过夜。一个家里有老婆，一个家里有男人，何怀礼不但不批评自己的弟弟，不但不把他们分开，还容许他们在家里过夜，这让王国慧觉得十分别扭。她认为何怀信和宋娇娥的行为是不道德的，何怀礼的做法也是不道德的，会对何新成的心理造成不良影响。

何怀礼推门进来，并反手关上了门，问王国慧：咋住？

王国慧的回答是：恶心！

你少来劲，我是一家之主，大面子上你得让我过得去。何怀礼喝酒喝得舌头有些发硬，口气似乎也硬了起来。

一家之主得有个一家之主的样儿，得处处以身作则。

我怎么不以身作则了！要不是我把你带出来，你能参加工作吗，能当干部吗！烧煤不要忘了挖煤人，吃水不要忘了打井人，你不要忘恩负义，不要觉得自己有什么了不起！

你不要歪嘴胡缠，不要不往理上说，你自己怎么不以身作则，你自己心里最清楚。你不要口口声声说是你把我们带出来的，你要是嫌弃我们，嫌我和孩子在这里碍你的眼，我们明天就走。

这时何新成大声嚷了一句：你们别吵了，吵得我都听不清电视了！

停了一会儿，何怀礼的口气缓和了一些，他说要不让他们住在卧室里吧，咱们在客厅里凑合一晚上，你和新成睡小床，我睡沙发就可以。

王国慧的眼睛立马又瞪起来：不可能！我的床是干净的，绝不允许任何人在我的床上胡作非为！

何怀礼见王国慧态度坚决，没有任何商量的余地，摇了摇头，只好做出妥协。他不能再和王国慧争吵，吵得声音大了，让门外的人听见就不好了。他说：碰见思想这样落后的老婆，真让人没办法。

开门来到客厅里，何怀礼见老五和宋姣娥在沙发上靠得很近，老五似乎已急不可耐，宋娇娥似乎也已经娇得不行。在何怀礼没从卧室里出来之前，他们或许已经有了动作，见何怀礼出来了，他们的身子才稍稍坐正一些。宋姣娥说：三哥，要不我们走吧，我看三嫂好像有点儿不高兴。

走什么，天这么晚了往哪儿走，不走！你三嫂就那样，老保守！何怀礼说。

我看三哥的思想还比较解放，宋姣娥说着，满满地看了何怀礼一眼。

思想解放不解放，全靠自己。别人的思想都解放了，都把自己放出来了，谁还愿意自己拴着自己呢！何怀礼想起，刚才在酒桌上他和宋娇娥一连干了三个满杯，宋姣娥谈了她喝酒之后的感觉。宋姣娥说，她喝酒喝到一定时候，觉得满眼都是床，天上掉下来的是床，地里长出来的也是床，哪儿哪儿都是床，看见床就想睡觉。看样子，这会儿宋姣娥的酒劲儿还没过去，在她眼里钢丝床是床，沙发、地板是床，可能连人都是床。他要是愿意跟宋娇娥好一好，宋姣娥一定会欣然同意。他相信自己这张“床”一点都不比老五差。但他毕竟是一个当哥的，在弟弟面前他还是要收着点儿，端着点儿。他说好了，你们也休息吧。床小了一点儿，你们将就一下吧。

何怀礼回到卧室，见王国慧和新成已关掉电视，闭灯休息，他没有再开灯，说：屋里这么黑，我摸到床底下怎么办！

王国慧和新成都不理他。

何怀礼脱掉衣服，摸索着上床，仍想和王国慧睡一头。

王国慧说：滚那头儿去！我还以为你不回来了呢！

何怀礼不敢犯犟，睡到床的另一头去了。他说：我老婆厉害，我得听老婆的。书上说过，跟着老婆处处是天堂。

我看你以后怎么跟老五的老婆李喜莲交代！

我睡着了。

何新成好久不跟爸爸妈妈睡一张床了，今晚妈妈让他睡在卧室的大床上，他感到有些不自在。尽管大床很宽，睡在大床上谁都不挨谁，他一时还是睡不着。妈妈为什么让他睡在大床上呢，是因为五叔和宋阿姨来了，要把他每天睡的小床腾出来，给五叔和宋阿姨睡。何新成懂得的，一男一女只有结了婚，变成两口子，才能在一张床上睡。如果没有结婚，不是两口子，是不能在一张床上睡的。比如他们班有男同学，也有女同学，哪个男同学都不能和哪个女同学睡一张床。别说和女同学睡一张床了，在女同学没同意的情况下，谁要是拉一拉女同学的手，就有可能会被女同学说成流氓。华阳虎就是因为老拉女同学的手，还亲了一个女同学的嘴，被同学们说成了流氓。那么，五叔和宋阿姨并不是两口子，他们为什么要睡一张床呢？五叔这么干是不是流氓呢？何新成从爸爸妈妈的争吵里听出来，对于让不让五叔和宋阿姨睡一张床，他们有不同意见，妈妈的意见是反对，爸爸的意见好像是支持。何新成吃不准，爸爸妈妈谁的意见更正确一些。他翻了一个身，喊了一声妈妈。

什么事儿？说。

五叔和宋阿姨是好朋友吗？

什么好朋友不好朋友，小孩子不要打听那么多，闭上你的眼睛，闭上你的耳朵，睡觉！

何新成把眼睛闭上了，耳朵却闭不上。眼睛有上眼皮、下眼皮，可以开，可以合。耳朵只有窟窿眼儿，并没有可开可合的耳朵皮，怎么闭呢？妈妈命他闭上眼睛是有道理的，因为眼睛和睡觉是有联系的，只有闭上眼睛，才能睡得着，大睁着眼睛是睡不着的。而妈妈让他闭上耳朵是什么道理呢？耳朵和睡觉是什么关系呢？

何新成很快就明白了，耳朵和睡觉也是有密切关系的。因耳朵是开着的，他听见了客厅里发出的声响。他一听就听出来了，声响是钢丝床发出来的。他睡钢丝床时，钢丝床有时也会发出声响，但声响从来不像现在这么大，也不像现在这么有节奏：咯吱咯吱铮铮！咯吱咯吱铮铮！他说妈妈，我听见钢丝床响了。

我说让你闭上耳朵，你怎么回事！

我的耳朵闭不上，怎么办呢？

闭不上也要闭，使劲闭！

何新成使劲闭了一下，他觉得自己闭的还是眼睛，而不是耳朵。外面有节奏的声响还在继续，似乎比刚才的节奏还快了一些。何新成在老家听到过的类似的声响有弹花，弹花锤在弓弦上，发出的就是这样有节奏的声响。棉花本来并不松软，用弹花锤在弓弦上铮铮地弹来弹去，棉花就变得松软了。类似的声响还有人们在场院里用棒槌捶谷子时发出来的，棒槌一下接一下捶在饱满的谷穗儿上，不一会儿就把饱满的谷穗儿捶扁了，谷粒儿就脱落下来。钢丝床发出的声响虽说有些影响何新成睡觉，但他并不觉得难听，相反他听来钢丝床像是变成了一台琴，那些绷紧的钢丝恰如琴弦，“琴弦”经过弹奏。正发出有力的声响。让何新成没料到的是，“琴声”中断之后，客厅里又发出一个强音，像是有什么东西从床上摔了下来，又像是钢丝床被压趴了架。他惊得不由抬起了身子，问：什么东西摔坏了，我去看看！

妈妈伸手把他摁下：好好睡觉，操那么多心干什么！又说：你爸爸在那里装死猪，他都不出去看，你去看什么！

何怀礼在那头哼了一声，他像是在做梦，又像是在模仿猪哼。

第二天早上，吃过早饭，王国慧和何新成一块儿下楼，王国慧去上班，何新成去培训班学习。

何怀礼建议何怀信和宋姣娥到市里的动物园看看，说公园里有狼，有豹子，还有老虎。

何怀信说，那些动物他们在临城看过了，和人比起来，动物不过是四条腿走路，没什么可看的。他们在家里再待一会儿就走了。

昨天夜间，何怀礼也听到了那一声大响，他把两个人都看了看，见两个人还是两条腿着地，都没受什么伤。他说：今天我还要下井带班，不能在家陪你们了。他给了何怀信一百块钱，欢迎他们有机会再来玩。何怀信没有任何推辞，就把钱接下了。他问：三哥，你们家有生活片吗？我们想看看。

何怀礼像是想了一下，说有的，你自己会放吗？

何怀信说不会，他只在录像放映厅里看过，自己从来没放过。

何怀礼把他们两个引进卧室，找出录像带，打开录放机，把录像带放在放映盒里开始放。画面出现的一男一女是两个年轻的外国人，他们先是互相追逐，互相调情。等跑到一座草木葱茏的山上，他们就脱下衣服，潇洒地把衣服抛飞，各自亮出自己的性器。眼看他们就要做到一处，何怀礼说：好了，你们看吧！遂带上门走了。下楼时何怀礼想到，生活片就是一种春药，别的春药是用嘴服下去，而生活片这种春药是用眼睛服下去，不管是哪种春药，不管用什么方法服下去，都会春情勃发，大大来劲。别看老五和小宋昨天夜里已折腾了半夜，折腾得钢丝床几乎散了架，等他们看了生活片，恐怕又要来劲，又要折腾。说不定，他们不等把片子看完，一边看，一边模仿画面上的外国人的动作和节奏，就开始折腾。好嘛，这一次他们竟折腾到属于他和王国慧的大床上去了。这事儿要是让保守分子王国慧知道了，不知道王国慧该有多生气呢！看来半晌午他要回来一下，把两个欲望强烈的年轻人留下的痕迹收拾收拾。

24

居委会组织委员会的工作人员到南方某城市参观学习，王国慧为其中一员。王国慧得到通知后，未免有些高兴。听同事们在私下里说，所谓到外地参观学习，不过是一个名目，其实就是到改革开放的前沿城市去参观旅游。旅游的全部费用不但由居委会承担，出发前居委会还要给每人发一个拉杆旅行箱。更让王国慧欣喜异常的是，因为阳贝市离南方那个城市比较远，参观团不坐火车了，要坐飞机。我的天哪，鸟那么高，云那么高，天那么高，王国慧从来没想到过这一辈子还有机会坐飞机。坐飞机可不是坐红薯，不是坐板凳，红薯不会飞，板凳不会飞，飞机会飞，坐上飞机，那不是一下子上天了嘛！我的娘哎，我的爹哎，我的姥姥哎，我这是哪一辈子修来的福呢！这事儿要是让老家的人知道了，那些人不知怎么羡慕她呢！什么大嫂二嫂，还有四老婆、李喜莲，泥巴吸住她们的腿，牛屎粘住她们的脚，别说坐飞机上天了，她们连尖头子的红薯都坐不牢稳啊，连下地还得蹚露水啊！且不说老家那些人了，连参加工作这么多年的何怀礼都没坐过飞机。何怀礼一年到头儿往地下钻黑窟窿，就是没有坐飞机上过蓝天。相比之下，别看她参加工作晚，当干部晚，有福不用忙，没福跑断肠，她一下子就把何怀礼超过去了，比下去了。离出发的日期还有好几天，她就忙着为自己买衣服，买皮鞋，买袜子，开始准备行装。除了买穿的和戴的东西，在女同事的建议下，她还第一次为自己买了化妆品，一支眉笔和一支口红。回家来，她对着镜子试验性地把眉笔往眉毛上描，把口红往嘴唇上涂。描过涂过，她的面貌果然焕然一新。她的眉毛本来就黑，用眉笔描过几遍，显得更黑。她的嘴唇原来不怎么红，用口红一涂，马上变得红艳艳的。自己对镜欣赏了还不够，还张着脸让何怀礼看，问怎么样？

何怀礼的评价是：美，性感！你这一弄，跟另换了一个人一样，我都认不出你是我老婆了。又说：你把自己搞得这么漂亮，被别人看上了怎么办？

看上就看上，反正你也不稀罕我。

你会不会跟别人好呀？

这个可能是有的。

那我不干，我得保住我老婆。我去跟居委会的领导说说，不能让你到处乱跑。

你敢，看你这个没出息的小气样子！

何怀礼这才笑了，说：我跟你开玩笑呢，我老婆是一个裤腰带上上锁的人，我还不知道自己的老婆是啥人吗！你出去走走挺好的，一个女人多看看外面的世界，才会注意美化自己的形象。你看，你还没出去呢，就开始自我美化上了。

我外出期间，你不会招别的女人到咱家里来吧？

你要是不放心，就别出差了。

我告诉你，我外出期间，你一定要管好孩子，天天按时给孩子做饭吃。不要图省事，带孩子去街上吃那些乱七八糟的东西。

你就放心吧你！

王国慧外出第三天的中午，何怀礼食言，就把一个女人带到家里来了。女人姓杨，叫杨显。何怀礼叫她小杨。小杨是外县的一名小学教师，暑假期间来阳贝市参加教师培训。何怀礼手下的一个采煤班班长，是小杨的同学。班长介绍何怀礼与小杨认识，他们一块儿喝了一顿酒，吃了一顿饭，何怀礼对小杨笑，小杨也对何怀礼笑，两个人互相感觉都不错，颇有些一拍即合的感觉。何怀礼得知小杨还没有结婚，还是一朵无主的花儿，谁想采都可以采一下。于是趁王国慧不在家，儿子中午也不回家吃饭，他就把小杨带到家里来了。他们没有说废话，没有走过场，见面只抱了抱，就轻车熟路般地开到床上去了。小杨很敏感，高潮掀起得很快，反应也超乎寻常的强烈，让何怀礼大为惊奇，大为欣赏，甚是满意。他一再感叹：太好了，真他妈的太好了，比别的女人好一百倍都不止啊！

你跟几个女人好过？

就跟你一个。

瞎说，你老婆难道不是女人吗？

老婆不能算。你说我老婆不是女人也可以，你有点儿什么新的要求，她一点儿都不愿意配合。

你老婆长得怎么样，漂亮吗？

还可以。不过跟你比起来差远了。

千篇一律，你们男人都这样说话。

何怀礼从小杨说的“千篇”里听出来，小杨的开放程度很高，不知跟多少男人好过。别的男人他不知道，从班长有些得意的言谈话语里听出来，小杨至少跟班长有故事。有了好“故事”，班长不自私，不独吞，又把“故事”给他享受，班长真够意思，真够哥们儿。以后在工作上，他一定要对班长好一点儿，争取给班长多发奖金。

做完了一次，何怀礼休息时放起了生活片，他和小杨一块儿看别人做。看了一会儿，小杨的劲头又提了起来，嚷嚷着她也要，她也要！这不难，那不难，一个在井下挖煤的人，加班加点是家常便饭，小杨愿意要，何怀礼重整旗鼓就给她，“打钻”可以，“放炮”也可以。

两轮儿做下来，小杨的肚子似乎被掏空了，嚷嚷着饿了，要吃东西。

要求吃东西，这是正当要求。过去打短工的在地主家干了活儿，地主还要管人家吃饱饭呢，小杨出的力一点都不比短工小，何怀礼当然要犒劳小杨一下。他问小杨想吃什么？

小杨说：吃肉。

吃什么肉？是猪肉羊肉？还是牛肉鸡肉？

什么肉都行，只要是肉就行。

何怀礼立即下楼，到矿街上给小杨买回了一只烧鸡，一只酱肘子，还买了四瓶啤酒。把靠在墙边的折叠餐桌打开，何怀礼刚把肉品饮品摆上桌面，小杨有些迫不及待似的，撕下一只鸡腿就大嚼起来，一边嚼一边哼哼着，表示很香。

小杨的吃相，让何怀礼再次感到这个女人真是自然，真是可爱，现在很多女人拿着捏着，又要减肥，又要养颜，肉不好好吃，酒不好好喝，装得比贵族还贵族，比公主还公主。看看人家小杨，照样大块吃肉，大杯喝酒，这才是真正的好女人啊！

小杨干了一杯酒跟何怀礼说：何哥，我学习完回去，就不准备再当老师了。

为什么？

当老师没劲，太不自由。

那你打算干什么？

我打算写诗，当诗人，当作家。

当作家？那不太容易吧？

那有什么不容易的，不管干什么事，只要你舍得破下身子，就能干成。跟你们下井挖煤一样，要是不敢冒险，不破下身子，能挖出煤来吗！

那倒也是。

我听说你们男人都是丢爪儿就忘的家伙，我走了以后，你不会很快就把我忘了吧?

哪能呢，你这么好的人，我一辈子都不会忘记。说不定哪一天我会去找你呢!

随时热烈欢迎！我的大门始终对你敞开着。

这时门一响，何新成背着书包开门进来了。

这是何怀礼没有想到的，他说哟，你怎么回来了，下午不上课了?

何新成说：老师说他下午有事儿，不上课了。

那你中午吃饭了吗?

没有。

那就一块儿吃吧。要是想吃方便面，你自己泡。何怀礼没有跟何新成介绍小杨，儿子突然回来，弄得他有些措手不及，他不知介绍好，还是不介绍好。要是介绍小杨的话，他一时不知道怎样介绍。

不介绍不等于小杨不存在，何新成看了小杨一眼，又看了小杨一眼，仿佛在问：这个阿姨是谁呢？我以前怎么没见过这个阿姨呢？他放下书包，去厨房泡了一碗方便面。把方便面端到餐桌，趁方便面还没有泡透，他拿过一只鸡翅膀啃。两只鸡大腿都没有了，他只好啃鸡翅膀。

好玩儿的是小杨，她看着何新成，一直在嘻嘻笑，在她眼里，好像何新成不是一个男孩儿，而是一个男人，这个男人也挺好的，也可以拾到她的“篮子”里。她看得何新成似乎都不敢抬眼了，只能低着眼啃烧鸡。小杨对何怀礼说：你儿子长得挺俊的，眉眼之间有一股子灵气。我估计你儿子学习不错，在班里一定很讨女同学喜欢。

何怀礼说：我也不太知道，平时都是他妈管他。他妈管他管得挺严的。

何新成说：我妈一走，你就知道让我吃方便面。

何怀礼说：不是我让你吃方便面，是你自己要吃方便面。

小杨说：方便是撒尿的代名词，任何方便食品都没什么营养。要想增加营养，就得多吃肉。她夹了一块猪肉，放进何新成碗里。

何新成问：阿姨，你是老师吗？

这一问，问得小杨的表情夸张了一下，她说：你太厉害了，你是怎么看出来的？

何新成没有说他怎么看出来的，只说：我妈妈说，她以后要给我请一个家庭老师。

何怀礼不想让儿子跟小杨多说话，担心儿子对小杨留下难忘印象，他说：方便面已经泡好了，可以吃了。

把小杨送走，何怀礼回头对何新成交代说：等你妈回来，这个阿姨来咱们家的事儿你不要跟你妈说。

为什么？我看这个阿姨挺好的。

其实也没什么，就是你妈心眼儿小，不喜欢别人到咱们家里来。上次因为你五叔带宋阿姨到咱们家里来，你妈就很不高兴，脸子拉得比驴的脸都长。你知道的，你妈把气撒在我身上，还跟我吵了架。为了不让你妈生气，这个阿姨来咱们家的事你一定要保密，记住了吗？

何新成点点头，表示记住了。

下午有什么作业？

老师没留作业。

那你下午干什么？

我想看会儿电视。

可以，想看就看一会儿吧。我去队里看看有没有什么事儿。何怀礼下楼前，还给何新成留了五块钱，说如果想吃冰棍的话，让何新成自己去买。

何新成说：谢谢爸爸！

跟爸爸不用客气，如果你听话，表现得好，爸爸随时都可以奖励你。

爸爸走后，何新成去卧室里刚打开电视，电视里就跳出了以前从来未出现过的画面，画面是赤裸的，骇人的，惊心动魄的，扑面而来的画面动作使何新成猝不及防，头部如受到闷棍的击打，他顿时呆住了，傻掉了。何新成平时爱看动画片，这可不是动画片。动画片里的人都是假的，这个片子里人都是真的，而且比任何真人真事都厉害。何新成在电视里看过战斗片，片子里炮火连天，枪声阵阵，那是相当激动人心。而这个片子似乎比战斗片里的战斗还要激烈，激动得人心都快要跳出来。何新成在电视里看见过山洪暴发，片子里洪水滚滚，浊浪滔天，那是相当可怕。而片子里的动作似乎比洪水还洪水，比浊浪还浊浪，显得更加可怕。何新成在电视里看见过地震，地震袭来时房倒屋塌，到处都是死人，那是相当吓人。而片子里的情况像是一直在闹地震，闹得地动山摇，山河破碎，比真的地震还要吓人。反正不管是“战斗”“山洪”，还是“地震”，都让还是小学生的何新成有些受不了。以往看电视，他都是坐在床上看，或是靠着枕头半躺在床上看。这一次，他像是被妖魔施了定身法似的，一开电视就站在那里不动了。他腿不动，脚不动，连眼睛都一动不动，眼皮一眨不眨，只有他的嘴唇动了一下，舌头动了一下，像是有些口干舌燥。但他嘴舌的动都是无意识的，超出了他的意识范围。不管嘴干成什么样，舌燥成什么样，他都想不起来去喝水。电视里的东西像是把他打垮了，并把他消灭了，他已经意识不到自己的存在。

直到何怀礼去采煤队的队部转了一圈回来，何新成仍在那里看。他没听见爸爸开门，也没听见爸爸进卧室，耳朵像失聪了一样。

何怀礼吃惊不小，他喊了一声何新成：你怎么看这个，关掉！

何新成惊得哆嗦了一下，这才发现爸爸回来了，但他只是嗯了一声，好像并没听清爸爸说的是什么。

何怀礼飞步上前，啪的一下把电视关掉了。他骂了何新成的妈，说：你敢看这些东西，要是让你妈知道了，看她不打死你！

何新成满脸通红，嘴唇肿胀，神情发呆，似乎仍深陷在电视的画面里未能出来。直到电视机的荧屏黑了一会儿，他的脑子好像才稍稍清醒了一点儿。他说：我本来想看看有没有《动物世界》，可是，可是，我一开电视，出来的就是这些。

何怀礼想起来了，上午他和小杨一块儿看生活片时，因急着过与生活片里同样的生活，只关了电视机的电源，并没有关录放机的电源，录放机的灯还在亮着，里面的录像带也没有取出来。他把何新成扒拉到一边，赶快取出录放机里的录像带，并关上了录放机的电源。应该说，不是何新成故意要看少儿不宜看的生活片，是生活片无意中碰到了何新成眼上，责任不在何新成，而是在他。应该感到内疚的是他，自责的也是他。可是在新生活的冲击下，精神上有所变化的何怀礼，好像忘记了自己是一个人父，忘记了一个当爸爸的对儿子应负的责任，他不但没有感到内疚，没有自责，反而把这件事当成儿子所犯下的一个错误，当成了儿子的一个把柄，他要抓住这个把柄，跟儿子交换点儿什么。他问何新成：你说吧，等你妈回来，这件事情我跟不跟你妈说。

何新成没有回答爸爸的问题，他从卧室里出来，一屁股坐到客厅里的沙发上去了。他像是有些累了，要坐在沙发上喘口气。

爸爸从卧室里跟出来，说：躲什么躲，躲得了初一，躲不过十五，你必须回答我的问题。

何新成的回答是一个反问：不让我看，你们为什么看？

何怀礼愣了一下说：谁说我们看了，我们根本没看过！

骗人，撒谎，我不信！

我说没看过就没看过，你不信也得信！

不信不信就不信！

我是你老子，你敢不信我揍你！

何新成不服气地哼了一声，猛的一下把脸别到一边去了。把脸别过去的同时，他还抱起双臂顿了一下，仿佛在说：揍吧，你揍我，我也不怕！

从何新成的反抗里，何怀礼看出，这小子已经有了自己的意志，他没有马上动手揍何新成。他要是揍了何新成，说不定会揍出麻烦来。何怀礼听说，就在前几天，有一个当妈妈的吵了女儿几句，女儿一赌气，背起书包就走了。女儿的走不是去培训班，是出走，一出走就躲了起来，家里人到处找都找不到。直到家人报了警，让警察帮着找，第三天才把女儿找了回来。现在的孩子可了不得，各家都只有一个孩子，不是被称为“小皇帝”，就是被称为“小公主”，都惹不得。加上何怀礼毕竟有些理亏：一亏他带小杨来家里了，被何新成看见了；二亏他们看了生活片不谨慎，没有及时把生活片收起来，有了这两个理亏，他强拉硬弓恐怕不行。为了给自己找一个台阶下，他去了一趟厕所。趁去厕所放水的机会，他顺便把自己的性器摆弄检查了一下。由于连续过度使用，性器成了扶不起来的天子，软弱得不成样子。这样的状态给了何怀礼一个觉悟，看来任何外在的强硬都要靠内在力量的支撑，如果使劲掏，使劲掏，把内在的精力掏空了，外在的东西失去了内在的基础，得不到内在精力的补充和支持，就是打死它，它也立不起来，强大不起来。何怀礼同时相信，出现这样的状况是暂时的，过不了一天两天，随着能量的补充，随着精力的生产、供给和储存，他睾丸一侧的储精囊又会变得饱饱的，硬硬的。一旦储精囊里充满活蹦乱跳的精子，一旦有了内在的后勤保障，他的性器很快就会变得跃马挺枪，所向披靡。别的不说，等王国慧从南方出差回来，他一定会经得起王国慧的检验，一定不会让王国慧失望。从厕所里出来，何怀礼的态度缓和了一些，没有再说揍何新成的硬话，他说：你看这样行不行，咱俩把条件交换一下，只要你不把阿姨来咱家的事告诉你妈，我也不把你看生活片的事向你妈告密，怎么样？

何新成表态：这还差不多！从爸爸嘴里得知，他刚才看的片子叫生活片，他说：什么生活片，乱七八糟的，一点儿都不好看。

我完全赞成你的观点，生活片确实不好看，一点儿艺术性都不讲，还不如球赛和《动物世界》好看呢！何怀礼这样说，等于说漏了嘴，刚才他信誓旦旦地对儿子说没有看过这些片子，一不小心，就把实话露了出来。

25

王国慧出差回来了，她除了给自己买了裙子和长筒连腿丝光袜子，还给丈夫和儿子都带回了礼物。她给丈夫带回来的是一条蓝底花格子领带，给儿子带回的是一件红色的T恤衫。王国慧让丈夫把领带系上试一试，看一看。何怀礼不系，他说他只会系裤腰带，从来没系过领带。王国慧说，现在的男人哪有不系领带的，就是因为何怀礼以前从未系过领带，她才特意给他买了一条。何怀礼说：开会我又不坐主席台，拍电视的镜头又不对着我，我系那玩意儿干什么！

保守，一点儿都不现代。王国慧说：你以前老说我保守，保守，我看你的思想也不比我解放多少。在矿上没机会戴领带，你回老家的时候可以戴嘛。

王国慧的话让何怀礼觉得更加可笑，就笑了，他说：脖子里扎个花裤腰带，狗吃麦苗儿装羊（洋），你不是让老家的人骂我嘛！

听何怀礼这么一说，王国慧把何怀里扎着领带回老家的事儿预想了一下，禁不住也笑了，她说：先说清楚，领带可不是裤腰带哈，领带是系在脖子里的，裤腰带是扎在腰里的，二者不能混为一谈。男人系上领带，才能把精神提起来，才显得有绅士风度。就算你回老家的时候不愿系领带，将来等你儿子结婚举行婚礼的时候，你必须穿西装，系领带。不然的话，你是上不了台面的，是没法参加仪式的。

越说越远，都快说到天边了。你说那么远干什么！

说远也不远，你没听人家说嘛，远在天边，近在眼前，也就是一转眼的事儿。王国慧说着看了一眼何新成。

何新成已经把T恤衫穿上了，没有再脱下来。他好像很喜欢这件新衣服。

妈妈问他：怎么样新成，穿上合适吗？

合适。谢谢妈妈！

不用谢。还是我儿子会说话。好几天不见，妈妈都想你了。有一天做梦，我都梦见你了，梦见你光着肚子在老家的河里洗澡，浑身晒得黑溜溜的。

何新成说：我做梦也梦见妈妈了。

看来还是我们娘儿俩连心啊！王国慧还兴奋着，说这次出去参观真是开了眼界，学到了不少东西。她说坐飞机真是快呀，坐火车要走两三天的路程，坐上飞机两三个小时就到了。她说刚坐上飞机时有些害怕，老觉得人悬空着，心也悬空着，害怕得手脚都是硬的。等飞机在天上飞了一会儿，见人家漂亮的空姐在机舱里走来走去，一点儿都不害怕，她心里才稍稍放松了一点。她说她不外出是不外出，一外出就走到了中国的国边上，就看到了大海。大海真叫大呀，真叫远哪，水连着天．天连着水，任你怎么望都望不到边。她说她在海上看到了轮船，没想到轮船那么大，那么高，恐怕有六七层楼房那么大，那么高，等于把楼房搬到了轮船上，搬到了海面上，呜的一声，“楼房”就开走了。她不仅看到了海面上的东西，还参观了海洋馆，在海洋馆里看到了丰富多彩的海底世界。她看见一条大鱼，露出尖牙，瞪着大眼珠子，摆着尾巴向她游来，好像要吃她的样子。她吓得不由自主地往后退，退得几乎碰到了后面的人，人家才提醒她，说大鱼有厚厚的玻璃限制着，不可能游出来，她才放心了。

何新成说：妈妈，我也想看大海，我也想看轮船和海洋馆。

王国慧说：等你上了大学，参加了工作，你看世界的机会多得很，想看什么就看什么，说不定还能到外国看看呢！王国慧装了一肚子见闻回来，她并不是什么都讲，而是有讲有不讲。比如她还到歌舞厅里跳了一次舞，她就没有对丈夫和儿子讲。王国慧本来不会跳舞，可参观团的人都去歌舞厅，她也必须跟着集体一块儿活动。歌舞厅里彩球灯光在旋转，音响里的音乐在播放，五光十色，声波激荡，是另一番热闹景象。看着成双成对的男男女女在舞池里踩着音乐的节奏在进退，在摇摆，在旋转，王国慧心里也有些痒痒。是的，她一点儿都不掌握跳舞的技术，谈不上技痒，的确是心痒。但手脚不跟劲，光有心痒是不行的，她只能坐在旁边看着别人跳。与她一起来的参观团的成员有女也有男，那些女的和男的很快主动结成了对子，都下到舞池里跳上了，只把她一个人剩在了一边。这让王国慧觉得有些孤单，也有些自卑，连个舞都不会跳，看来自己还是有些土啊，跟真正的城里人相比还是有差距啊！金主任鼓励她，让她大胆一些，只管跳嘛！她说她不会跳，真的不会跳。金主任说：跳舞有什么会不会的，不跳不会，一跳就会了。凡事都有第一次，有了第一次，第二次就不难了，就简单了。金主任本来正跟同来的当参观团团长的副矿长一起跳，她把副矿长让了出来，让副矿长带王国慧跳一下嘛！于是，副矿长向王国慧伸手发出了邀请。王国慧怎么办？她听人说过，当有男士请你跳舞时，最好不要拒绝，拒绝是失礼的。王国慧站起来了，说：我真的不会跳，踩了您的脚怎么办？副矿长说：没关系的，你踩了我的脚，我会觉得很幸福。副矿长对王国慧笑了一下。那么王国慧只好把自己的手交给副矿长，自己的右手和副矿长的左手握到了一起。在王国慧的想象里，作为矿上的一位副矿长，手应该比较大，比较硬，恐怕比何怀礼的手还要大，还要硬。可是，当她和副矿长的手一接触，觉出副矿长的手小是不小，但一点都不硬，反而有些柔，完全超出了她的想象。王国慧私下里听人说过，这位副矿长跟严美云也有关系，两个人在办公室里都敢亲热。所以一路走来，王国慧对副矿长一直心存戒备，保持着适当距离。可现在副矿长要带她跳舞了，她只能跟副矿长面对面站在一起。她不知道是谁发明了跳舞这样的事，可以使男男女女堂皇地消除距离，站到一起。倘是在野地里，要是一个男人和一个女人这么靠近地站在一起，不把人的嘴笑歪才怪。王国慧心理上大概还是有障碍，和副矿长一搭手，她的手就抖起来，抖得像蚂蚱在无声地打膀子一样。她意识到了自己的手在抖，她不想抖，但她的意志管不住身上和手上发抖的神经，心要跳，血要流，神经的琴弦要抖，她一点办法都没有。她的抖定是传达到了副矿长的手上，副矿长对她说：你放松一点儿，不必太紧张。跳舞不是用脚跳的，也不是用眼睛跳的，是用耳朵跳的。你耳朵里听着音乐，只要踩住音乐的节奏就行了。一开始步子要小一些，原地踏步也可以。对，对，就这样，我看你挺有悟性的，一教就会了。不要低头，抬起头来看着我，要大大方方的。王国慧抬起头来只看了副矿长一眼，就赶快躲开了。副矿长的眼睛离她的眼睛这么近，而且，副矿长的眼睛又是这么亮，这么热，烤得她的脑门忽地出了一层汗。接着，她的手心里好像也出汗了。我的娘哎，跳舞可不是闹着玩的，原来比在磨道里推磨还累人啊！一曲终了，王国慧心说：算了，不跳了，不跳了，知道跳舞咋回事儿就行了。可是，下一次舞曲响起时，副矿长再次向她伸出了手。王国慧又一次走进舞池时，就不那么紧张了，手也不发抖了。但她的眼睛还是不敢与副矿长的眼睛对视，只能往别处看一看。她看到金主任和一个高个子的陌生年轻人在跳，他们不停地旋转，互相配合得很好，几乎带有表演性质。她看到居委会的支部书记和居委会的一个女孩子在跳，他们一边跳一边说话，因歌舞厅里舞曲放得声音很大，她不可能听见他们说的是什么。她还看到，有的跳舞的男女互相贴得很近，不光把肚子贴到了一起，连脸也贴到了一起。还有的不是贴的问题，而是互相紧紧搂抱着，站在原地磨蹭，差不多成了连体人。王国慧认为有的跳法不太好，在大庭广众之下搂搂抱抱，总是不太雅观。然而，她觉出副矿长抚在她后背的手用力搂了一下，似乎跟她也要贴近些。不行，这可不行，她可没经历过这个，王国慧顿时警惕起来，没让副矿长贴到她的胸。副矿长笑了一下，对王国慧说，他对王国慧的印象挺好的，王国慧很有发展前途。王国慧对副矿长表示了感谢。副矿长对王国慧说了他的房间号，舞会结束后，欢迎王国慧到他的房间聊聊。王国慧知道，这次居委会能组团出来参观，都是这位副矿长争取到的费用。一路走来，别的参观团成员都是两个人住一个房间，只有副矿长是一个人住一个房间。王国慧不傻，懂得副矿长邀她到房间里聊聊意味着什么。这就是作为一个女人天生的处境，只要这个女人还年轻，长相还说得过去，随时随地都有可能得到男人的好感，受到男人的进攻。在老家时，当老师的堂弟何怀山对她表示了好感，提出了要求，被她拒绝了。现在她觉出来了，副矿长又对她提出了要求，看来女人走到哪里都不容易。回到酒店的房间里用淋浴花洒洗澡时，王国慧看着自己曲线分明的身体，很是有些苦恼，也很是有些纠结。她要是应邀到副矿长的房间去聊，以后定会得到副矿长的照顾。副矿长说她以后很有发展前途，话里流露的就有照顾她的意思，也有许诺的意思。可去房间可不像去舞场，房间没有舞池，主要有床。床不是雷池，而在王国慧眼里，别人的床跟雷池也差不多，要她走到别人的床上，目前她还没有这个准备，也没有这个勇气。王国慧想起来，前天晚上，和她同住一个房间的女孩儿就一个人出去了，直到很晚才回来。女孩儿说是去金店看首饰，回来没见她买什么金货，也没买什么首饰。说不定，女孩儿就是到副矿长的房间里“淘金”去了。王国慧还想到，金之华主任主动让出位来，把她推荐给副矿长，让副矿长带她跳舞，说不定金之华跟副矿长背后也有交易。从这些情况综合分析判断，副矿长这个人是很花的，在男女的事情上是很乱的。如果她也跟副矿长发生那样的事，她岂不是沦为跟严美云一样的人了么。在副矿长那方面，多一个女人在他的女人谱系里不过是多加一个一，多一个少一个都无关大局。而在她这方面呢，一旦跟副矿长那个了，她就不是她王国慧了，就变成另一个王国慧了。万一被外人知道了，被老家的人知道了，她在人前怎么抬头呢，以后怎么做人呢！还有，万一被丈夫知道了，被儿子知道了，那就更糟糕，不仅她会名誉扫地，不仅她在家庭里的优势地位会一落千丈，还有可能会破坏整个家庭的稳定和幸福。更重要的是，她会在儿子面前失去榜样的力量，以后教育起儿子来底气就不壮了。纠结来纠结去，经过激烈的思想斗争，她还是战胜了自己，并保卫了自己，当晚没有到副矿长的房间里去。尽管如此，关于跳舞的事王国慧一句都不会跟家人提起，现在不提，以后也不提，或许一辈子都埋在心底。守口是一种能力，王国慧对守口的能力充满自信。她听说过一个词，叫守口如瓶，用瓶来形容守口，并不能让她满意，她认为凡是瓶子都开得有口子，瓶子里面装的东西都有可能通过口子倒出来。如果换一个词来形容她守口的能力，她宁可说守口如胆，因为胆是封闭的，胆里一旦有了什么东西，想掏出来就难了，一如长在她胆里的结石。

一天下午，王国慧趁着只有她和新成在家，把新成表扬了几句，说她出差期间，新成表现挺好的，说明新成自我管理的能力越来越强了。也是趁着新成受到表扬正高兴，王国慧装作不经意间问了新成一句：我出差的时候有人到咱家来吗？

新成嘴里正吃着一根妈妈给他买的雪糕，雪糕又甜又软，还有一股子奶香味，比冰棍好吃多了，他说：来过一个阿姨。

王国慧心里沉了一下，但没有表现出任何惊奇，仍装作轻描淡写地问：哪个阿姨？是跟你五叔一块儿来的那个宋阿姨吗？

不是。

你认识吗？

不认识。何新成一不小心，定是把爸爸交代给他的话忘记了，把他和爸爸订的“攻守同盟”忽略了，他说：阿姨在咱家吃饭的时候，爸爸还买了烧鸡和猪肘子呢！

王国慧肚子里开始翻江倒海，江海的波浪不是别的，都是醋，她心说好嘛，这都是何怀礼干的好事，但她嘴上不动声色，说是吗，那挺好的。

当晚何怀礼下班回家，王国慧做得波澜不惊，一点儿都没拉脸子，她该做饭就做饭，该刷锅就刷锅，保持的是平常的状态。直到晚饭后何新成写了一会儿作业，何怀礼看了一会儿电视，关上卧室的门就要睡觉了，王国慧才把问题提了出来。她装作问的是家常话，是夫妻间在睡觉前随便聊天，口气一点儿都不激烈，她问：怎么样，我出差期间有客人到咱们家里来吗？

没有。

真的没有吗？你先别急着回答，你再想想。

何怀礼也在装，他装作不屑于回答的样子，说可笑，这有什么可想的，没有就是没有。他以为王国慧是在诈他，通过诈他，榨取他心里的秘密。他觉得自己比较了解王国慧，知道这个女人不寻常，她的心眼子是很多的，稍不小心，就有可能掉进她的心眼子里。同时他有些过于相信何新成了，相信他跟何新成说的话是有效的。

通过何怀礼否认有人到他们家里来过，王国慧判断出来，何怀礼心里是有鬼的，这个鬼还是个长头发的女鬼。王国慧开始冷笑，她不是冷笑一下就完了，连着冷笑了两三声。她的冷笑，一次比一次冷，如果第一声只是冰点，后来的冷笑零下三十度都不止。她的冷笑是有些瘆人的，恐怕比传说中的女鬼的冷笑还要瘆人。她说好，很好，相当好，越来越好。有的人总以为能瞒天过海，到头来既瞒不了上边的天，也瞒不了下边的海。

什么天呀海的，两口子应该互相信任。你跟那些男的一块儿出差，我怀疑过你什么吗！

不要打岔，现在是我问你，我看看你嘴里到底有没有实话。要想人不知，除非己莫为。你的所作所为不但瞒不了天和海，恐怕连一只烧鸡都瞒不住。

听王国慧提到烧鸡，何怀礼这才知道坏了。烧鸡好像是一个证据。证明着的确有人到他们家里来过。证据这玩意儿是很厉害的，没亮出证据之前，一些事情仿佛是虚的，一有了证据呢，事情就砸实了。王国慧没提到烧鸡之前，何怀礼的嘴可以很硬，可以跟活鸡的嘴一样硬。王国慧一提到烧鸡，何怀礼的嘴就硬不起来了，如同退去了鸡嘴上的那一层角质硬壳。何怀礼想到，一定是何新成这小子背叛了他，出卖了他，不然的话，王国慧不可能知道吃烧鸡这样的证据性细节。既然如此，有人来过他们家的事情是瞒不住了。他说嘿，我想起来了，是有一个人到咱们家里来过，是我中学时的一位女同学，姓马。她来阳贝市出差，知道我在这里工作，顺便到家里来看看。

你刚才不是断然否认有人到家里来过吗，怎么又出来一个女同学呢？什么姓马的女同学，我以前怎么没听你说过呢？老实交代吧，你跟女同学都干了什么！

你不要这样跟我说话，我站得正，行得正，跟女同学的关系是很纯洁的。女同学是那天上午来的，中午我请她在家里吃了一顿饭，她吃过饭就走了。正吃饭的时候，新成也回来了。不信你可以问问新成。

我谁都不问，就问你自己，我看看你到底老实不老实。把女人往家里带，一开始还不敢承认，现在又谎称是什么女同学，这里边肯定有问题。说吧，你今天要是不跟我说清楚，我跟你没完！

何怀礼从王国慧的话里听出来，除了烧鸡之类的食品，王国慧并不掌握其他证据，也不可能掌握其他证据，不过是瞎诈唬而已。烧鸡算什么，烧鸡又不是“野鸡”，不能说明任何问题。何怀礼听人说过，夫妻像弹簧，你强它就弱，你弱它就强，他不能在王国慧面前示弱，态度也必须强硬起来。他要是示弱说软话，王国慧会更加怀疑他，更没完没了，不可一世。于是何怀礼的声音比王国慧还大：王国慧，你怎么回事，你干吗非要拿屎盆子往我头上扣，你臭我对你有什么好处！把你男人搞臭，难道就显得你香了吗！就显得你脸上有光彩了吗！

两口子都没有想到，在他们在卧室里发生争执的时候，何新成正悄悄来到卧室门外，侧着耳朵在门口听。他之前并不知爸爸妈妈会在卧室里争吵，只是想听一听他们是不是在屋里偷偷看生活片。从爸爸口里，他知道了那种片子叫生活片，生活片看起来是很刺激的，也是很难忘的。爸爸不承认自己看过生活片，他当然不会相信爸爸的话。大人都是口口声声教育小孩子不要撒谎，其实他们才是撒谎大王。爸爸如果不看生活片，他买生活片干什么，把生活片放进录像机里干什么！让何新成不敢想象的是，爸爸是个男的，妈妈是个女的，爸爸妈妈会不会像生活片里的男人和女人那样“生活”呢？要是也那样“生活”的话，是不是有些可怕呢，是不是不太好呢！他没听见爸爸妈妈看生活片，却听见了爸爸妈妈在吵架。爸爸妈妈吵架并不稀罕，何新成已多次听见过和看见过他们吵架，甚至打架。何新成不愿听到爸爸妈妈吵架，一听到他们吵架，何新成就有些害怕。可是，如同小孩子害怕听鬼故事，又要大人给他们讲鬼故事一样，何新成想听听爸爸妈妈吵架的内容是什么。他隐隐约约听出，爸爸妈妈之所以吵架，似乎还牵扯到他，这让他更有些走不开。

王国慧自以为已经抓住了何怀礼的把柄，她当然不会示弱，见何怀礼态度强硬，她比何怀礼更强硬。她说：何怀礼，我已经看透你了，别看你嘴犟，你的内心非常虚弱。你是利用嘴犟掩盖你的虚弱。不是我要臭你，是你自己臭自己。你已经变质了，自从你同意老五带着一个野女人到家里来，就表明你变质了，变得臭不可闻。你给我老实交代吧，你是什么时候开始变质的？搞过多少个野鸡了？

何怀礼不能再和王国慧吵了，他多次领教过了，王国慧是个不怕吵架的人，越吵她越来劲，越吵越变得不好收拾。他说算了，我不跟你吵了，我不跟女人一般见识。这样吵来吵去，是会影响夫妻感情的。

他还提到了安全，说：我明天一早还要下井带班，你这样欺负我，影响了我的情绪，对安全生产是不利的。万一我的安全上出了问题，你再后悔就晚了。何怀礼说着就闭上了眼睛，还苦笑了一下。他的苦笑是假装的．心里真笑的成分还是有的。他想笑的是，王国慧问他什么时候开始变质的。变质是以前的说法，好像是阶级斗争天天讲的年代的说法，现在这个说法早就不提了。什么叫变质？豆腐放时间长了，黏糊了，叫变质。肉放得长霉斑了，臭了，叫变质。人说什么变质不变质呢！何怀礼对野鸡的说法也不愿认同，人家也是女人，有的还是不错的女人，干吗把人家说成野鸡呢！他觉得家花和野花的说法比较好一些，不管家花还是野花，都是花嘛！至于他什么时候开始采到了野花，这个事情肯定是要保密的。人与其他动物的区别，在于人有心。人有了心，就有了属于自己的秘密，特别是关于男女之事方面的秘密。不管男人，还是女人，活了一辈子，如果连一点儿这方面的秘密都没有，岂不是有些寡淡，或者说有些遗憾。何怀礼不但有秘密，他的秘密还不算少。他第一次采野花，也是那位班长给他提供的信息。班长说，矿附近一个村镇上有卖野花的，买一枝才三十块钱。那时候何怀礼还从没采过野花，他觉得野花的价钱是不算贵，但他不敢去采。他说，那可不敢采，万一被抓住了，那就丢人打家伙了。班长说，真吃还是野花香，不采白不采，采了只是花几个小钱而已。现在野花遍地开，正是采野花的大好时机，谁抓谁呢。据他所知，矿长去采过了，副矿长去采过了，宣传科的科长去采过了，连到矿上采访的省里来的记者也去采过了。当时王国慧还没迁到矿上，他每天都处在性饥渴状态，他有些禁不住诱惑，答应跟班长一块儿去看看。卖野花的地方像是由一个大型粮仓改建的，里面用复合板隔成一间一间格子房。格子房上面连顶都没封，里面放有一张窄窄的小床。何怀礼本来说的是去看看，但是，当接待他的人把他领进一间格子房里，当他看见一朵“野花”已经在床上坐着，再想退出来就不那么容易。说实在的，“野花”虽说年轻，但一点都说不上漂亮，比他老婆差远了。不能说“野花”胖，只能用肥来形容。“野花”肥得像一只小母猪，又像是一个小石磙，从上肥到下，腰间连一点儿过渡都没有。这样的“野花”简直有些丑啊！可是，也许正是因为“野花”的丑，才使何怀礼看到了女人与女人的不同，才使何怀礼感到新鲜。既然来了，采就采吧。“野花”紧皮紧肉，哪儿都紧，给何怀礼的感觉还可以。然而他毕竟是第一次干这样的事，脸热心跳，有些紧张，一点都不从容，效果一点都不好。也就是说，他不但硬度不够，力度不够，还很快就泄掉了。他只采到了“野花”的花瓣，可能连“花芯”都没采到，就结束了采的过程。别管怎么样吧，总算把“野花”的滋味尝到了。过程结束后，他赶快从格子房里出来了。他还是觉得，干这种事情是冒险的，一从格子房出来就没事了，危险就解除了。进入另一间格子房的班长还没出来。他问接待他的一个男子：我那位朋友还没出来吗？男子告诉他，他的朋友很会玩，玩得很老练，一时半会儿不会出来。何怀礼听了听，果然听见班长正跟“野花”说话，夸“野花”表现不错，很会来事儿，下次来还找她。“野花”一口一个哥，哥，叫得很是亲热，像是在和班长撒娇。你看这事儿闹的，班长的级别没他高，却比他还会玩。何怀礼估计，班长之前一定来这里玩过，不然的话，他不会玩得如此深入，持久。这小子采煤技术不错，采花儿也是高手啊！有心撂下班长自己先走，他觉得有些不够意思，又担心以后有什么好事班长不想着他，就等一会儿吧。在他等班长出来期间，那个男子叫他老板，把“野花”说成小姐，又给他推荐了一个小姐，让老板再玩一把吧，这个小姐绝对漂亮。对于是不是再玩一把，何怀礼有些犹豫。刚才玩得慌里慌张，不够尽兴，如果再玩，也许就从容了，尽兴了。在何怀礼犹豫之际，男子把他送到另一间格子房里去了。何怀礼一看，坐在床上的小姐腰是腰，腿是腿；眉是眉，眼是眼，着实漂亮动人。跟这样的小姐玩一把，钱才算花得不亏，才真正算得上是美好的经历。也许漂亮小姐都有自己的脾气，这位小姐噘着小嘴儿，似乎不大高兴，说：你跟人家弄过了，又来找我呢！何怀礼说：怎么了，找你不行吗？小姐说：我是行，我怕你不行。我看你是眼馋杆子软。这个小丫头片子，嘴真够损的！何怀礼有些不服气，心说我还没试呢，你怎么知道我杆子软呢！他把注意力往下面集中了一下，欲试。还别说，真让小丫头片子说准了，下面低头耷脑的，一点儿跃动的动静都没有。可能是离上次泄精的时间太短了，他的精力还没来得及补充，的确有些力不从心。有心把漂亮小姐放倒，扒下她的衣服，摸摸她也是好的。这时他听见班长在外头说话，知道班长已经出来了。去他妈的，算了，留点想头儿，下次再说吧。于是，他出来和班长一块儿走了。没和漂亮小姐弄成事儿，何怀礼有些心不甘。

有了第一次，就有第二次。第二次他没告诉班长，是一个人来的。第二次来，他专挑曾经打击过自己的那个小姐，如果不是那个小姐，他宁可不干。他要那个小姐尝尝他的厉害，试试他的杆子到底是铁杆子，还是钢杆子。他的念头几乎有些报复的意思。找到那个小姐后，他跃马横枪，做得相当狂放，差不多带有破坏的性质。然而他完全没有料到，他越是狂放，小姐叫得越响；他越是破坏，小姐越开心。小姐说舒服死了，小姐对他的评价是：你真行！从此以后，类似的行动何怀礼就进行得多了，过一段时间，他就到“粮仓”里来一次。“粮仓”里的“粮食”多得很，每次来，他都要求换一种新的“粮食”，以增加自己心中“粮仓”的“粮食”储备品种。除了来“粮仓”，别的地方他也去，什么洗头房了，洗脚屋了，按摩店了，那里面都有小姐为他服务。他还去过附近农村的农家小院，那里的消费更便宜，一次只需十块钱就够了，还不抵一盒中档香烟的烟钱呢。要问何怀礼消费过多少个小姐，一开始他心里还有个数，后来就记不清了。要问他对哪位小姐有印象，他也说不上来。那些小姐像夜晚的露水一样，蹚露水时还湿湿脚，一旦太阳出来，露水就蒸发掉了。比较起来，他还是对小杨的印象好一些，难忘一些。小杨有名有姓有地址，他一下子就把杨显记住了。以后若有机会，他还是要争取把杨显会一会。当然了，他不必再把杨显带到家里来，到市里的酒店开个房间就可以了。尽管何怀礼有了外心，采了那么多“野花”，他并没有嫌弃王国慧，更没打算提出跟王国慧离婚。他自己花了，他相信王国慧不会花。只要王国慧不花，这个家就可以维持下去。如果说他采的那些“野花”是他的额外收入的话，王国慧才是他的基本工资，他就是受点气，也要保住他的基本工资。还有一点不能不考虑的是，他有孩子，孩子必须有人管，别看现在各家只有一个孩子，孩子越少，麻烦事儿越多，越是有操不完的心。要是他和王国慧弄掰了，孩子的事儿谁来管呢！

王国慧没有因为何怀礼停止跟她争吵就不再生气，相反，这使她更加确信何怀礼一定和他带来的女人在家里干了坏事，她说：姓何的，你不要装死狗。你卑鄙，你无耻，什么腥的臭的你都敢往家里带，你太不要脸了。你自己不要脸不要紧，还竟敢不背孩子，还竟敢当着孩子的面请人家吃饭。你想过没想过，你这样做会给孩子带来什么样的恶劣影响！你不要以为孩子小，什么都不懂，其实孩子什么都懂，你的一举一动他都看在眼里，记在心里。好话说千遍万遍，抵不过坏事一件。以后孩子要是学坏了，完全由你负责！王国慧越说，生气生得越厉害，竟用巴掌在何怀礼的身上拍打起来：我叫你不要脸！我叫你不要脸！我跟你说过，我有胆结石，最怕生气，你想气死我呀！

男人打女人，算打，女人打男人，不能算打，何怀礼不会还手，他说哎哎，不要这样，让孩子听见就不好了。

你还有脸提孩子，你心里要是有一点儿孩子，就不会干那样不要脸的事！

卧室里发生的一切，都被何新成听到了，他的心不由得紧缩起来。他意识到坏了，爸爸妈妈的争吵都是由他引起来的。因他忘记了爸爸对他的叮嘱，无意中说出了一个阿姨在他们家吃饭的事，才引发了妈妈对爸爸的怀疑，才使妈妈和爸爸之间发生了激烈的冲突。他怎么就那么没记性呢，他的嘴怎么就那么不严呢，他真该死啊！何新成还想到，他和爸爸订的约是有交换条件的，他不跟妈妈说阿姨来家里吃饭的事，爸爸才替他保密，不跟妈妈说他看生活片的事。如今他先失了信，说出了属于爸爸的秘密，如果爸爸一生气，会不会把他的秘密说出来呢？要是爸爸向妈妈告了他的密，家里不发生更大的战争才怪。两件事情比较起来。妈妈一定会认为他犯下的错误更严重，更不可饶恕。我的天哪，这该怎么办呢？在黑暗里，何新成慢慢退回到客厅里去了。他没有马上躺到床上睡觉，而是到沙发上呆坐着去了。夜已深了，楼下消暑的人都收起扇子回家睡觉去了，外面静悄悄的。偶尔有一只知了在夜空中划过，惊叫的声音如露水闪一样划破夜空。这个夜晚，少年何新成恐怕又睡不好觉了。

接下来的日子，何新成每天都有些忐忑不安，像是有所期盼。一般来说，人们期盼的都是好消息，好事情，是幸福的期待，而他心不由己期盼的是坏消息，是爆发“战争”，是痛苦的期盼。一进家，他就悄悄观察妈妈的脸色和爸爸的态度，看看他们有没有什么变化，以判断家里有没有潜在的危机。一天过去了，两天过去了，情况还算不错，他没看出妈妈的脸色有什么不好，也没看出爸爸的态度有什么明显的异常。这表明，他看生活片的事情爸爸没有对妈妈说，在保密方面，爸爸比他做得好。

终于有一天，当只有何新成和爸爸在家的时候，爸爸才愤然说：何新成，你这个叛徒，以后我再也不相信你了！

何新成一下子蒙了。叛徒这个词是很有分量的，在同学们之间，如果哪个同学被别的同学叫成叛徒，情况是很严重的，意味着同学们都会离你而去。我怎么了？何新成问。

你怎么了，你自己最清楚，这还用问吗！当叛徒的人都没有好下场！

第八章

不许接近女生

26

王国慧当上了居委会的副主任，级别上升到了副科级。她得以提拔，是赶上了一个机遇，金之华主任生病了。金主任得的是乳腺癌，她乳房里的肿瘤确诊后，去到省城的医院，把一只乳房生生地切除了。乳房切除后，又要连续进行化学治疗，金主任在短时间内无法上班。在这种情况下，原来的副主任当上了常务副主任，王国慧就当上了副主任。机遇是一个方面，几年来，王国慧在计划生育专职干部的岗位上确实取得了不错的业绩。每年的年底，按照矿上和居委会的要求，她都要写一份当年的工作总结，汇报一下当年的成绩。在每年的成绩单里，王国慧写的不仅有综合性的概括，统计性的数字，还有具体的例子。比如住在她家楼下的那位工亡矿工的遗属，并没有嫁人，却怀了孕。遗属跟陶晓明的爸爸陶师傅好过一段时间后，并没有跟陶师傅结婚。陶师傅跟严美云离婚后，就不再到金泉矿找严美云，同时跟遗属也中断了关系。遗属后来对自己失去了控制，变得有些乱，有不少陌生男人到她家里去。王国慧听人说，遗属招男人们到她家里去，不仅是为了填补身体上和精神上的空虚，掺杂的还有经济利益，有了极不好的性质。王国慧对遗属的行为鄙视归鄙视，但她管不着那一段。

直到发现那位遗属怀了孕，她才不得不出面干预。遗属已经有了一个女儿，绝不能再生第二胎。再说了，遗属连怀的是谁的孩子都说不清楚，留着那样的祸害干什么呢！可是当王国慧劝她去做流产手术时，她推推托托，表现得一点儿都不痛快。王国慧急上来，真想动员几个青壮男人，强行把遗属弄到医院里去，摁住她的手脚，把她肚子里的东西取出来。但那是农村的做法，王国慧不会那么做。王国慧深入做了功课，了解到遗属和她丈夫生前的恩爱情况，再劝说时提起了她丈夫，才把她说得痛哭流涕，同意去做手术。再比如，有一个外地来的在矿街上做生意的女人，专事卖烧鸡，每天都能卖出好多只烧鸡。王国慧发现，卖烧鸡的女人已经有了两个女儿，却又怀了孕。人家是从外地来的，不属于金泉矿的居民，人家怀孕不怀孕，跟王国慧本来没什么关系，她只管买人家的烧鸡吃就行了，不必操人家超生的心。然而别忘了，王国慧是一个有事业心的人，是一个勇于负责任的人，也是一个要强的人。有人要在金泉矿的地面上超生，她也要管一管。不能直接管，她采取迂回的办法也要管。她还认为，计划生育这件事像扎篱笆一样，得上上下下、左左右右都把篱笆扎紧才行，不能城市扎农村不扎，也不能农村扎流动人口不扎。她暗中派了一个像是细作一样的家属，以请教烧鸡做法的名义，与那个卖烧鸡的女人套近乎，套出人家姓甚名谁，家住哪里，然后设法通知女人所在地的计划生育办公室，办公室就派人把怀孕的女人抓走了。那个“细作”家属向王国慧报告，那个卖烧鸡的女人被两个强有力的男人抓走时，她当天做熟的烧鸡还没卖完，她嚷着说：我的烧鸡还没卖完，卖完了就跟你们走！她还说：矿上医院里也有计划生育门诊，你们不用抓我，我在这里做流产手术也可以！抓她的人什么话都不说，像绑架者做的那样，把她塞进一辆破旧的面包车里，开起来就走了。总之，自从王国慧管计划生育以来，全矿职工的家属没有一个超生的。除了管好本矿职工家属的计划生育工作，她对社会上的计划生育工作也做出了贡献，由于工作成绩突出，有一年她还当选了矿上的先进工作者，受到了表彰。有这些成绩做基础，她当副主任也算是理所应当。

何怀礼也不在采煤队当副队长了，调到矿上的调度室当副主任。何怀礼的调动是平级调动，在井下是副科级，调到井上还是副科级。他从井下升到地面，首先是生活质量的提升。他不用再下井，不用每天穿那种又凉又硬又臭的工作服，不用再当满脸黑的“包公”。他穿得周吴郑王，往调度室里一坐，风刮不着，雨淋不着，只拿起电话动动嘴，就把工作干了。其次，井下的水、火、瓦斯、矿压等多种自然灾害，再也袭击不到他，他的人身安全有了保障。说来他的调动也有一个契机，是因为井下发生了冒顶事故，一次砸死了三个人。而事故发生的地点，正是何怀礼的采煤队所在的工作面。让何怀礼感到幸运的是，发生事故的当晚，不是他跟班带班，要是赶上他带班，那就糟了，说不定被坠落的天顶砸着的也有他一个。就算他不被砸着，作为跟班带班的副队长，肯定要被撤职。这场事故让何怀礼感到后怕，也让王国慧感到心惊。两口子经过商量，很快达成共识，何怀礼不能继续在井下干了，应想办法尽快调到井上来。煤矿工作的主要场所是在井下，从井下调到井上，被说成是人员倒流，矿上对人员倒流管控得十分严格，井下的生产人员要调到井上是很难的。调动还没有开始跑，何怀礼唉声叹气，已经开始畏难。王国慧对何怀礼是了解的，他身大力不缺，干起活儿来不惜力，不惜汗，堪称是一把挖煤的好手。但他拙嘴笨舌，不善说话，不善与人交往，是一个上不得场面的人。他特别不会求人办事，若让他去求人，比让他去吃屎都难。王国慧对他说：调动的事儿我帮你跑，你等着掏钱就行了。被矿上的人叫成王主任的王国慧，自信心随之大大增加。在她看来，凡是住在矿上的人，不管是工人还是干部，不管是女人还是男人，都是她的居民。只要是她的居民，她跟谁都能说上话。她先找到矿上的人事科科长，把何怀礼说成我们家老何，说老何身体不行了，在井下干不动了。又说老何回家老咳嗽。一吐痰就吐出一疙瘩炭来，很可能是肺里积攒了过多的煤尘，成了尘肺病患者。科长说，她丈夫若真的患了尘肺病，调到井上工作是可以的。但患病的事空口无凭，需患者到局里的医院检查，拿出诊断证明才行。王国慧让何怀礼去医院检查一下看看，万一检查出肺泡子里真的沉积下了煤尘，调动的事儿就好说了。何怀礼不去检查，他说他在井下爬高下低，一点儿都不喘，说明他肺里没有存煤。要是肺里存煤，成了煤仓，他早就喘得不行了。何怀礼还说，他平生最烦的事就是去医院，一听说去医院头就大，没病也有了三分病。王国慧备了礼品，再去找科长。科长为她指明了路径，让她直接去找矿长，因为各个生产单位基层干部的调动，都是矿长说了算，矿长亲笔批了同意调动，人事科才会给予办理。王国慧没有直接去找矿长，而是去找了矿长的夫人。矿长夫人在矿上的财务科当科长，王国慧和她一块儿开过会，在工作上也有过一些来往。矿长夫人长得细白，人称大白鹅。王国慧听人说过，矿长和大白鹅是大学里的同班同学。矿长对大白鹅很是热爱，几乎到了爱不释手的程度。而大白鹅对矿长看得很紧，管得很严，枕头风吹得很强劲，矿上的很多事情实际上都是大白鹅说了算。那么，王国慧就把大白鹅叫大姐，送礼送给大姐，送财也送给管财务的大姐。越是管财务的人对财越敏感，也越看重。当王国慧把财给大姐送到一定程度，大姐让王国慧替何怀礼写一份调动申请吧，由她转给矿长看看。王国慧头天把调动申请交给大姐，第二天刚上班，大姐就给王国慧打电话，说何怀礼的调动申请已经批下来了，让王国慧取走吧。何怀礼的工作调动，让何怀礼再次领教了王国慧的能耐。在何怀礼看来，从井下调到井上，比登天还难。且不说普通矿工了，连当了队干部的人，自从一头扎进黑窟窿里，就一直在黑窟窿里待着，要么把命丢在下面，要么直到退休时才能结束每天不见天日的生涯。而他，是因为有了王国慧这个本事能通天的好老婆，才实现了“登天”的梦想。何怀礼不会怀疑王国慧在矿长那里有什么权色交易，但他还是和王国慧开了一个类似恭维的玩笑：你去找矿长，矿长是不是喜欢上你了？

王国慧说：你自己变坏了，你以为别人都跟你一样吗？告诉你，我根本不用找矿长，只找矿长的老婆，就把事儿给办妥了。

那人家要是找我办事，是不是也不用找我，只找我老婆就行了？

王国慧有些撇嘴，说：你也太高看自己了，我问你，你会办什么事儿？你说说我听听。

我会娶老婆，反正我娶老婆娶对了。

这能算你的能耐吗？你不过是瞎猫撞上了死耗子。哎不对，你才是死耗子呢！

你说我是什么都可以。

他们家的住房也有了改善，从一居室变成两居室，从四楼搬到了二楼。搬到二楼后，他们家安了电话，添置了冰箱，同时把小电视换成了大电视，电视机的荧屏面积扩大了一倍。有了两居室，何新成就不用睡在客厅里了，也不用睡钢丝折叠床了，王国慧为他买了单人床，他有了自己单独的卧室和独立的空间。王国慧还给他买了书架和书桌，他再也不用趴在茶几上写作业了。在他写作业和戴上耳机听流行音乐期间，如果不想让爸爸妈妈进他的卧室，他从里面把门一插就可以了。

这样的新卧室，何新成一个人只住了一年多，他的卧室再次转移，转移到一间屋子住八个人的卧室里去了。一间屋子放不下八张床，只能放四张床。床上起床，铺上加铺，这里一张床分两层，下铺和上铺，何新成睡的是上铺。这样的卧室不叫卧室，它的名字叫宿舍，中学生宿舍。何新成从金泉矿小学考入阳贝矿务局中学，结束了小学生活，开始了中学生活。阳贝矿务局中学简称矿中，矿中规定，学生只要一进入中学学习，就必须吃住在学校，到每周的周日才能回家。这对何新成来说是一个很大的转变。从小到大，从农村到城市，他都是在家里睡，没有离开过妈妈。他跟着妈妈也曾到别人家走过亲戚，但都是当天去，当天回，从没有在外面睡过。现在，他不但要在家以外的学校里睡，而且一睡就要连着睡六天，到了周六晚上才能回家。他不可能一个人住一间宿舍，要跟六七个男同学同住一间宿舍。这样的转变对何新成来说好像没有什么不可接受，不是什么困难的事。相反，他的不断成长的意识里似乎已经有了外出的欲望，摆脱父母约束的欲望，还有自由的欲望。倘若还在金泉矿读小学，他的这些欲望恐怕很难实现。上了中学，他的一系列欲望才有了实现的机会。人在哪里都可以吃饭，也在哪里都可以睡觉，他既然由天天在家里吃饭，变成天天在学校里吃饭，就可以由天天在家里睡觉，变成天天在学校里睡觉。和那么多同学同住一舍，他也不觉得有什么不好，人毕竟是群居性动物，遗传基因里就规定了相互之间的依存性，过集体生活是自然而然的事。集体宿舍里当然是热闹的，每个同学都好像是一头叫驴，想不热闹都不行。俗话说一个槽上不能拴两头叫驴，一旦拴两头叫驴，它们就会互相抢食，互相叫板，互相踢咬。可何新成所在的那间宿舍里，却一下子住进了八头“叫驴”，热闹程度可想而知。睡觉前的热闹就不用说了，晚上熄灯铃响过，宿舍里的电灯也强制性地熄灭了，有的同学的眼灯、嘴灯并没有熄灭，还在发挥作用。就算同学们都睡着了，有的同学在梦里仍不老实，还在说梦话，唱梦歌。别看何新成是独生子，在家里一个人住一间屋，他的性格并不孤僻。他很快适应了离开爸爸妈妈的生活，并及时融入了宿舍集体和班级集体。

何新成在矿中住校后，一时不太适应的是他的妈妈王国慧。自打儿子从她肚子里生出来，儿子就一直跟着她，在她眼皮子底下一点一点长大。儿子饿了，她给儿子做饭吃；天冷了，她给儿子做衣或买衣穿；儿子生病了，她带儿子到医院看病；儿子学习上出了问题，她跑前跑后，好像比儿子还要着急。十几年来，她习惯了儿子在她身边的生活，仿佛儿子的生活和她的生活密不可分，成为她生活的重要组成部分。儿子上中学后开始住校，这是她预料中的事，不能说她一点儿心理准备都没有。可当儿子天黑了真的不再回家睡觉，她心里还是显得空落落的，像是一下子少了一大块。以前，儿子仿佛是她的尾巴，她到哪里，尾巴也到哪里。据说动物的尾巴是用来保持身体平衡的，如果没有了尾巴，身体的平衡就难以保持。现在儿子住到了学校里，她像是失去了尾巴。她倒没觉得身体有什么不平衡，只是感到心理上有些不平衡。以前，儿子又仿佛是她的影子，影子与她形影不离，哪怕是雨天不出太阳，夜晚不出月亮，她仍可以看到自己的“影子”。据说一个人的影子是一个人的灵魂，有影子在，就有灵魂在。现在“影子”跑到学校里去了，她像是有些失去灵魂的感觉。原来王国慧只知道孩子需要妈妈，现在看来，妈妈对孩子也是需要的。

何新成刚住进学校的头几天，她下班回到家，习惯性地先看看儿子回家没有，有时还不知不觉地喊了新成的名字。当意识到儿子住到学校里去了，晚上不再回来，她顿感失落，连晚饭都不想做了。有一天晚上，她想儿子想得迟迟睡不着，就起身到儿子的卧室，睡到儿子床上去了。嗅着儿子留在枕头上和被褥上的气息，她试试能不能做一个梦，在梦里梦见儿子。睡在儿子的床上，她没能梦见儿子。回到丈夫身边，有天夜里她却梦见了儿子。梦的内容不太好，她把自己哭醒了，也把丈夫惊醒了。丈夫问她做的什么梦，哭得这样伤心。她没跟丈夫讲她做了什么梦。做梦不由己，讲不讲自己的梦，要看自己愿意不愿意。

为了证实儿子没出什么意外，第二天上午，她来到了位于市中心地带的矿中。她没有走进矿中的大门，更没有走进何新成所在的班级。她知道，中学和小学不一样，孩子上小学时，家长出入学校多一些，孩子进入中学阶段，家长到学校的次数就减少了。学校在不同阶段有不同的管理是一个方面，孩子到了中学阶段，心理上也有了变化。其中一个变化是，他们不想让家长到学校里来，不愿意在学校里看到自己的家长，一在学校里看到家长，他们就莫名其妙地有些害羞，甚至有些生气。这样的心理，王国慧自己读中学时也有过，至今她都不能明白，为何会产生排斥家长的心理。好像家长不出现，同学们就把她和家长对不上号，家长一出现，同学们就把她和家长对上号了。又好像家长不到学校来时，他们的身份都有些神秘，神秘得如同在天上飞，而家长一来到他们面前，他们的神秘感就被打破了，就从天上掉到了地上。好在矿中宽阔的操场外围不是用砖墙围起来的，是用铁栅栏围起来的，铁栅栏是落地的，栅栏的缝隙钻不出人头，伸得进拳头，站在栅栏外面，就可以看见课间在操场上活动的学生。下课铃响起，学生们纷纷从教学楼里走出来，有的打篮球，有的跳绳，有的踢毽子，有的跑步。男生打篮球的多，女生跳绳的多。教学楼有四层，从里面走出来的学生恐怕有几百名，加之学生们都很活跃，比刚出圈的羊群还要活跃，王国慧一时没看见何新成在哪里。她没有站得离栅栏很近，栅栏外面有一些粗大的杨树，她站在一棵杨树的树干后面，用树干遮住身子，只露出半张脸往校园里面的操场上看。她这样做，是想看见何新成，而不让何新成看见她。王国慧相信，不管操场上有多少只

“羊”，她一定能认出属于她的那只“羊”。可是她快速地往学生群里看了一遍，没有看到何新成的身影。这是怎么回事呢？她想到自己不好的梦，难道……，不行，她今天一定要看到自己的儿子何新成，不然的话，她不会回到矿上去。她不知不觉间从树后走出来，走到栅栏前，一手抓着栅栏往里看，还是没看见何新成。一只啄木鸟在头顶上方的杨树上敲击，每敲击一次，就发出一连串空洞的声音，比卖油郎敲击木梆子发出的声音都响。一个老奶奶，抱的像是自己的孙子，也在栅栏前往操场上看。孙子伸着一只手，嘴里啊啊着，似乎在要求到栅栏里边去。奶奶对孙子说：你现在还小，不能进去。等你长大了，上了中学，人家才能让你进去。栅栏里边有几个女生在跳绳，她们跳得又熟练又轻盈，连续把绳子跨越过去。

一个女生认出了王国慧，她停止跳绳，来到栅栏边问王国慧：阿姨，你是要找何新成吗？

王国慧不由得愣了一下，把走过来的女生看了一下，认出女生是何新成的小学同学周丽娟。有一年春天的清明节，金泉矿小学组织小学生到郊外踏春，要求小学生排成两排，一排是男生，一排是女生，男生和女生要手拉手往前走。王国慧问过何新成，跟他手拉手的是哪个同学？何新成说是周丽娟。王国慧因此记住了周丽娟的名字。何新成小学毕业前夕，学校组织小学生表演文艺节目，要求家长们都去观看。王国慧去看了，何新成参加表演的节目是男声小合唱，周丽娟参加表演的节目是印度脚铃舞。周丽娟跳得很好，赢得了掌声，王国慧对周丽娟留下了印象。何新成小学毕业时照的毕业照，挨在身边的女生也是周丽娟。何新成和周丽娟上小学时是同学，到了中学看来还是同学。儿子成为中学生后，王国慧是第一次看到周丽娟。周丽娟长高了，脸蛋儿比以前饱满了，眼睛里有了羞怯之意，几乎像一个大姑娘了，她差点没认出周丽娟来。她说：我到矿务局办事儿，顺便过来看看你们的学校。怎么没看见何新成呢？

周丽娟说：何新成在教室里没出来。

他在教室里干什么呢？

我也不知道。让我帮您把何新成叫出来吗？

不用了，我没什么事儿。

这时上课铃儿响起，周丽娟对王国慧摆摆手，说声阿姨拜拜，遂向教学楼走去。

虽说王国慧没看见何新成，压在她心上的一块石头还是落了地。从何新成的同学周丽娟的表情和口气可以判断出，何新成一切都好好的，什么不好的事儿都没出。何新成课间没出来活动，这很正常。她上中学时也是这样，有的同学爱动，有的同学爱静；有的同学爱活动，有的同学不爱活动；何新成的性格偏于内向，比较安静。梦真是一个坏东西，它总是让人害怕的时候多，让人高兴的时候少。

在回家的路上，王国慧看着街道两边的春树春花，脑子里浮现的都是周丽娟的身影和面容，觉得这个女孩子发育挺快的，已显现出些许青春的丰采。凡有儿子的妈妈都有一个毛病，看见不错的女孩子，她们都会想到自己的儿子，并自然而然地把女孩子和自己的儿子联系起来。王国慧也未能免俗，她想，周丽娟生得挺有福相的，以后能成为她家的儿媳妇就好了。但她只想到一点点，就摇了摇头，否定似的微笑了一下。她可以想这想那，胡想八想，她的儿子何新成万万不敢这么想，何新成要是也这么想，那就糟了。每个人只有一颗心，心无二用，一个男孩子，如果把心思用在女孩子身上，为女孩子分了心，就没心学习了，学习成绩就得下降，上大学的事儿就得泡汤。王国慧记得，在她读初中三年级的时候，他们班就有一个男同学喜欢上了一个女同学，喜欢得像中了魔一样。女同学的学习成绩倒没受到多大影响，男同学的学习成绩却直线下跌，一落千丈。男同学本来学习挺好的，在班里一直排在前几名。喜欢上女同学之后，他的学习成绩就落在了倒数的位置。男同学不但学习跟不上了，还影响到了身体的健康，只见男同学日益消瘦，瘦得像干姜刻的猴一样。最后的结果是，女同学考上了高中，男同学勉强初中毕业，就回家当农民去了。王国慧可不愿意让何新成像她的那个男同学那样半路为女同学分心，影响学业。

27

一个家里只有“二人转”，总显得冷清一些。树叶黄、秋风凉时，王国慧抽空回了一趟老家，把娘接来了。

此前有一年过春节，王国慧一家三口已经回过一次何赵庄，也回过一次娘家王大庄。那次回老家，已经当上居委会副主任的王国慧着实把自己“武装”了一番。她身上穿的是紫红的呢子大衣，脖子里围的是用整只黄色貂皮做成的围脖，脚上穿的是深及小腿的漆黑高鞠皮靴，完全配得上衣锦还乡这个词。婆家和娘家的人们看见她，无不对她刮目相看，并发出啧啧之赞。有人说她像电视上的人，有人说她像贵妇人，还有人说她穿得真抖，真的抖起来了。抖，是这地方特有的说法，其中有风光的意思，有发达的意思，有阔起来的意思，又不完全是。当地人谁都说不清抖是从何时说起来的，又是为何说起来的，但人人都会说这个字。当地人还习惯使用一个评价用的字，叫烧。如果评价一个人烧，其中有烧包儿的意思，自炫的意思，打肿脸充胖子的意思，带有一些贬意。而抖里面没有贬意，都是褒意。王大庄的人还说，从小看大，三岁知老，王国慧从小就是一个有主意的孩子，跟别的孩子就不一样。还有人从王国慧的长相上找原因，说她的脸方方正正，端端庄庄，生就的就是官相。这些话王国慧都爱听，或者说她要的就是这样的效果。

王国慧回老家没见到何怀山，听说何怀山不再教书，也到外地打工去了。因打工没挣到什么钱，连过年都没回家。

王国慧也没见到老五何怀信的老婆李喜莲。李喜莲知道了老五在外头和本村的宋娇娥相好的事，趁宋娇娥回家，打到宋娇娥家门上，跟宋娇娥狠狠地骂了一架，大大地打了一架，以致两个女人的脸都被对方抓破了，头发扯掉得一缕一缕，几乎露出了头皮。李喜莲也不在家待了，她把两个孩子交给孩子的爷爷奶奶，把门一锁，也跟着老五到外地去了。老五走到哪里，她跟到哪里。老五干什么，她也干什么。老五挣了钱，她马上把钱从老五腰里掏出来，绝不允许老五再拿钱去填宋娇娥那样的骚眼子。李喜莲的观点是，男人手里不能有闲钱，一有闲钱就容易烧包，自己裤裆里就容易蹿火苗子，就容易烧野女人裤裆里的密毛。男人手里没了钱，缺少烧包的资本，就会老实些。王国慧推了推李喜莲家上着铁锁的门，从门缝里往院子里看过，见院子里没了鸡，也没了羊，落了一地杨树叶子，生着一些野菜，一副破败的样子。王国慧在公公婆婆家看到了李喜莲的两个孩子，这样的孩子被称为留守儿童。两个孩子的脸蛋儿都被冻坏了，腮帮子上结着又红又紫的肿块。两个孩子眼里都空得很，像是有些发呆，甚是可怜。

老四的情况怎么样呢？老四已经走了，最终还是死在酒上。听说老四因酒精中毒，瘦得成了人干，一阵风似乎就能把他刮走。他瘦得走不成路，手扶着墙才能走几步。只要能走几步，他还要去小卖部里买酒喝。酒和活，他选择酒。酒和死，他还是选择酒。他说，要是不让他喝酒，还不如让他死。当他知道自己得了胃癌，坚决不去医院动手术，也不喝药，还是要求喝酒。四老婆坚持不喂他喝酒，临死时他连眼都没闭上。王国慧想起那年她往矿上转时，老四一口一个三嫂叫着，对她有些不舍的样子，她的鼻子禁不住有些发酸。

把娘接到矿上，王国慧带娘到公园里看风景，到动物园里看动物，到电影院里看电影，还到戏园子里看大戏，变着法儿让娘高兴。娘到哪里都高兴，娘一再说，她养这个三闺女真是养值了。王国慧问娘还想看什么，娘先说啥都看见了，不用看啥了。停了一会儿，娘才说：也不知道煤是怎样挖出来的。王国慧一听就明白了，娘是想看看煤矿工人挖煤的过程。这个要求使王国慧有些为难，她知道，矿上有规定，一般不许女的下井，更不许上岁数的煤矿以外的妇女下井。到了煤矿好几年，作为金泉矿的一名职工，王国慧只下过一次井。那次下井，还是矿工会为了对矿工家属进行教育，才分批组织她们下井体验的。有的矿工的老婆对丈夫不是很好，在家里不但不能很好地为矿工服务，还动不动跟矿工吵闹，直接影响了矿工的情绪和人身安全。在阶级斗争天天讲的年代，对人们进行的多是阶级教育，如今阶级教育不时兴了，矿上对矿工家属进行的是艰苦劳动的教育。按窑哥们儿风趣的说法，那次下井，可把有的娘们儿累尿了，也吓尿了。井下黑咕隆咚，见不到阳光不说，呼吸不到新鲜空气不说，还泥里水里，爬高下低，一跐一滑，一步一喘，每走一段都很艰难。特别是到了采煤工作面，煤尘飞得打脸，张开鼻子张不开嘴，一张嘴就是一嘴煤面子。有的地方窄而又窄，低而又低。窄的地方扁着身子才能过去，低的地方是四肢着地爬着才能过去。更骇人的是，这儿咔吧，那儿呼啦，好像随时都会天塌地陷，置人于死地。有的家属吓得浑身打战，推着拉着都不敢往前走了。也有的家属吓得当场就哭起来。那次下井，王国慧对自己的评价是表现不错。她虽然也有些提心吊胆，紧张得全身的汗毛都支奓起来，但她都没有说出来，表现出了足够的勇敢和坚强。她有一个信念，自己的丈夫何怀礼天天下井，都下了十多年井了，连一次重伤都没受过。她们偶尔下一次井，一路有安全检查员保护着，能出什么事呢！正是因为她表现得比较好，在下井之后的座谈会上，主持座谈会的人还让她发言谈了感受。她说她以前只知道煤好烧，但不知道煤在地底下埋得这么深，不知道把煤挖出来不容易，不了解当煤矿工人的艰辛。不看不知道，一看吓一跳，通过这次下井参观体验，她算是知道了挖煤的人有多难，有多苦。座谈会上，她还说了一句生动的话，把在场的人都逗笑了。她说：我们给矿工当家属，在家里最好当顺毛驴，不要动不动就尥蹶子！随后，矿广播站在报道座谈会的消息时，提到了王国慧的表态性发言。报道里虽然没出现“顺毛驴”和“尥蹶子”那样的字眼，而是换了别的字眼，但意思差不多。王国慧虽然不能带娘下井，还是领着娘到井口看了看。娘看见了，高高的井架子下面吊着一只大铁笼子，矿工走进铁笼子里，关上铁门，呼的一下子就沉了下去。停一会儿，另一只铁笼子从下面提上来，铁门打开，一群矿工从里面走了出来。矿工走进铁笼子时，脸都是白的，从铁笼子里走出来时，脸都变成了黑的。仅从白脸变成黑脸这一点，娘就看出了干挖煤这个营生不容易。娘对比的是在染坊里染布，把白布染成黑布就不容易。布在染缸里又是泡，又是蒸，又是煮，白色才变成了黑色。想必煤矿工人在煤窑里煎过熬过，白人儿才变成黑人儿。娘说，看看煤矿工人从白脸变成黑脸，烧起煤来就爱惜了。

娘在三闺女王国慧家里待不住，只住了十来天，她就要走。娘待不住的原因，一是在矿上没人说话，二是没事干，闲得慌。楼下的小花园里是坐着一些老头儿老太太，但她跟谁都搭不上话。她在家里干活干惯了，一会儿摸摸这儿，一会儿摸摸那儿；一会儿去东地看看庄稼，一会儿去西地看看菜园，总能找到活儿干。可在王国慧家，她什么活儿都找不到。鞋底子不用纳了，鞋帮子不用上了，大人孩子都是买鞋穿，鞋还好好的，底子没薄，帮子也没破，就扔掉了。衣服不用缝了，不用补了，一家人的衣服都是买着穿。那，帮闺女洗洗衣服总该可以吧？可闺女家已经买了洗衣机，什么衣服都放进洗衣机里洗，连袜子、手绢都往洗衣机里扔，家里还有什么可洗的呢？娘说：国慧，你给我找点活儿干干吧！王国慧答应了给娘找活儿干，可她也想不起给勤劳成习惯的娘找什么活儿，让娘在家里看电视吧。电视里热闹的节目是有的，换一个台，又换一个台，都很热闹。娘不喜欢热闹，嫌太闹得慌，她还是要求回家。没办法，王国慧只好把娘送回老家去了。

一天晚上吃过晚饭，何怀礼去调度室值班，王国慧一个人在家里看电视。电视里正在播放一部都市情感连续剧，连续剧的场景不断转换，忽而在别墅，忽而在海滨，忽而在酒吧，忽而在舞厅，忽而在机场，忽而在床上。场景都很豪华，分不清在中国还是在外国，在东方还是在西方。剧里两三对青年男女似乎互有交集，互有矛盾冲突点。不管是男是女，他们共同的特点是都很时髦，享受能力都很强。他们好像都很喜欢掐架，也很善于掐架，见面说不了三句话，就得掐起来，掐得你来我往，你冲我挡，天昏地暗，不可开交。他们嘴里都有不少新词，说出来一套一套的。那些词都很有硬度，似乎比他们嘴里的牙齿还硬，每个词都有咬人的功能。王国慧本不喜欢看这样的电视剧，觉得太吵人了。但一看又禁不住想接着看下去，因为电视剧的策略是设置一系列的悬念，用悬念把你悬起来，悬得你上不着天，下不着地，一点儿都不踏实。你想把一个接一个悬念放下来，就得一集接一集看下去。王国慧正看到一个悬念的紧要处，听见电话铃响了一下。她以为是电视剧里的电话铃在响，再一听是家里卧室床头柜上的电话在响，她赶紧跑进卧室拿起电话一听，电话是何新成的班主任邹老师打来的。一听见邹老师的声音，王国慧的心顿时提了起来，比电视剧里的悬念提得都高。她知道，在一般情况下，邹老师不会往她家里打电话，一旦打来电话，必是何新成在学校里出了什么状况。去年冬天，在天干物燥、病毒性感冒大流行之际，邹老师就给她打过一个电话，说何新成感冒了，可能有点发烧，正在宿舍里休息。放下电话，她马上赶到矿中的宿舍里一看，见何新成烧得满脸通红，额头和后脖梗都有些烫手。她把何新成带到附近医院的急诊室一量体温，孩子高烧到三十九度还多。她要求医生给孩子打吊针，吊针打了两个多小时，孩子的高烧才逐渐有所缓解。后来她把孩子接回家，孩子又吃了三天药，在家休息了三天，才接着去学校上学。这一次邹老师为什么给她打电话呢？是不是何新成又生病了呢？她没有急着问邹老师，等着邹老师跟她说。邹老师说：我给您打电话没什么大事儿，其实这个电话打不打都可以。我想了想，为了何新成的学习，还是和您通个气吧。

邹老师，您说吧，我听着呢！王国慧的心里不由得紧张起来，她从邹老师的口气里听出来，何新成这次不是身体上出了问题，是学习上出了问题。

怎么说呢，据班里同学们反映和我自己的观察，何新成同学最近在情感上出现了一些波动。

情感？

是的，情感。邹老师在电话里笑了一下说：这是很正常的。在初中二年级这个阶段，同学们正处在少年向青年转变的过渡期，身体的发育和情感的发育都是正常现象，是自然规律，一点儿都不奇怪。不过话说回来，情感这个东西是很厉害的，必须及时加以引导和调控，使其保持在理性、有序和可控状态。情感一旦失控，把情感发育变成了情感发烧，那就不好了，就会影响学习。

何新成现在的情况是……

我刚才说了，何新成情感上只是出现了一些波动，一些起伏，情况不是很严重，远没有到波浪翻滚的程度。

对他的学习造成影响了吗？

一个人的情感跟一个人的注意力和学习成绩肯定是联系在一起的，我注意到了，何新成同学最近在上课时精力不够集中，你看着他是在听课，眼睛也看着黑板，但他的目光是散的，走神儿不知走到哪里去了。他的作业也不如以前做得认真，不该错的题他却做错了，学习成绩出现了下滑的趋势。

这个臭孩子，真不让我省心，真是气死我了！那我该怎么办呢？

您不必生气，也不必着急，生气和着急都没用。我跟您说这些情况的目的，是让您了解和掌握何新成的情感变化，和我们携起手来，帮助何新成战胜自己的情感，顺利度过情感波动这一关，使自己的情感沿着正确的方向发展，使情感成为学习的动力，而不是阻力。

谢谢邹老师！我觉得您教书育人特别有经验，也特别有水平，对学生也特别负责任，我很佩服您，真的很佩服您！

特别说不上，一般般吧。您说的这些，都是我职责范围内的事，都是我应该做的。在学校我是老师，在家里我也是家长，您的心情我完全可以理解，哪个当家长的不希望自己的孩子顺利地完成学业呢！就这样吧，有什么情况咱们再随时沟通。

客厅里电视机里的连续剧还在播放，王国慧心里的悬念还没有放下来。她的悬念由一个悬念变成了双重悬念，一重是电视剧里的悬念，还有一重是现实生活中关于何新成情感波动的悬念。电视剧里的悬念并不重要，那都是逗人玩的，老在那里悬着都没关系。楝树上吊着一根丝瓜，别管丝瓜有多粗，有多长，任它吊着就是了。而有关何新成情感波动的悬念就不一样了，须知何新成跟她是连心的，悬念老在那里悬着可不行。这样的悬念可不是楝树上吊丝瓜，恐怕跟吊她的脖子差不多。听邹老师的口气，邹老师已经把话说完，要放下电话。王国慧还不愿放下电话，她问邹老师：有句话我也许不该问，但不问我又有些忍不住，邹老师能不能跟我说一下，何新成的情感波动是怎么引起的呢？

这个这个，您的意思我明白。当然了，什么事情都是有风才有波，有前因才有后果，情感上的事情更是如此。何新成的情感波动当然不是孤立的波动，是有联系的波动，波动肯定是因女同学而起。至于引起何新成情感波动的是哪位女同学，很抱歉，我暂时还不能对您说。我们不是不相信您的理智，不是不相信您能够妥善处理此事，更不相信您会有什么过激行为，只是为慎重起见，也是为了保护那位女同学，我们只能把话说到这里。邹老师说罢，还是把电话挂断了。

王国慧仍把电话的听筒拿在手里，但听筒里传来的只剩下嘀嘀嘀的声音。她把黑色的听筒看了看，觉得听筒似乎有些陌生，还有些生硬，只好把听筒的耳朵和嘴巴都朝下扣下。

电视机里胡编乱造的电视剧，王国慧无论如何不愿意再看，她回到客厅就把电视机关掉了。临关掉电视机之前，她看见电视剧里一个女青年正在训斥一个男青年，把男青年训得鼻子不是鼻子，脸不是脸。男青年像秋后霜打过的茄子一样，低头耷脑，连话都不敢说。好多电视剧里都是这样，女孩子都比男孩子厉害，在气势上女孩子总是压男孩子一头，压迫得男孩子喘不过气来。王国慧听人说过，这种情况叫阴盛阳衰。她不相信也不愿相信这种情况普遍存在。她自家也有男人，她虽说和自家男人也吵过，也闹过，但总的来说两口子势均力敌，不存在谁盛谁衰的问题。她家也有男孩子，等她家的男孩子长大后，和女孩子交往是必然的，她可不愿意何新成被别的女孩子训来训去。

当晚，王国慧把邹老师打来的电话像放录音一样在脑子里回放了一遍，迟迟不能入睡。根据她以往的经验来看，在一般情况下，老师很少跟家长打电话。一班四五十个学生，每个学生十根指头，指头伸出来都不会一般齐。老师不会因“指头不齐”之类的问题给家长打电话，那样的话，就算老师的十根指头一齐上，恐怕也顾不过来。老师自己的十根指头还不一般齐呢，班里的几十个学生难免参差不齐。对于参差不齐的情况，当老师的只能像看待指头一样顺其自然。老师一旦给家长打电话，学生的表现必定是超出了正常范围，需要家长知晓，并需要家长在教育方面进行配合，才不得已而为之。老师们的做法，还有一个共同的特点，他们都是跟学生的家长把问题往轻里说，而不是往重里说，是留有回旋的余地，也是怕吓着家长。如果说问题有七分八分，他们只说个三分五分就够了。比如何新成那次感冒发烧，邹老师跟她说的是何新成感冒了，可能有点儿发烧。真实的情况是，何新成所患的病毒性感冒非常严重，持续高烧几乎烧到四十度。而这次邹老师跟她说的不是何新成的身体，而是何新成的情感。别看情感看不见，摸不着，差不多是虚的东西，却是最可怕的东西，有时也是最要命的东西。情感不是感冒，可能比感冒更厉害。情感一般不用发烧来比喻，但情感一旦发起烧来，恐怕比人体的发烧更难控制，也更难治愈。邹老师说何新成的情感只是出现了一些波动，实际情况不知道有多严重呢！

第二天上午，王国慧到单位把工作安排了一下，就乘车到矿中找邹老师去了。

邹老师是一位女老师，跟王国慧的岁数差不多。邹老师像是估计到王国慧一定会到学校来，对王国慧的到来，一点儿都不感到意外，笑着对王国慧说：您来得够快的。

王国慧说：不瞒邹老师说，接了您的电话，我昨天晚上一夜都没睡好。

让您过虑了，看来这个电话我不应该打。

我知道，邹老师对学生是很负责任的。

办公室里还有一位女老师，邹老师把那个女老师看了看，欲言又止的样子，有些话在办公室里谈好像不大方便。

王国慧看出了邹老师的犹豫，说邹老师，咱们到街上找个茶馆，我请您喝茶吧！

邹老师断然拒绝，说那不可能，在上班期间她不会离开学校，再说她平日只喝白开水，从来不去茶馆喝茶。

那个女老师定是听见了她们的对话，起身离开办公室，出去了。

邹老师这才指了一张椅子，让王国慧坐下来，抓紧时间跟王国慧说何新成的情感情况。在说情况之前，邹老师问王国慧：您这次来学校，何新成不知道吧？

不知道，我没告诉他。

您进学校的时候，何新成也没看见您吧？

应该没有。我没看见他，他也不会看见我。

那就好，您不知道，现在每个学生都反对老师和他们的家长见面，好像一见面就没好事，就是老师向家长告他们的状似的。可是，有些情况不和家长沟通又不行，家长会问，我的孩子本来学习挺好的，为什么现在不好了呢？不管是老师，还是家长，都希望孩子的成长能够一帆风顺。可孩子在成长过程中，总难免遇见一些风浪，可以说无风浪就无成长。如何帮孩子认识风浪，战胜风浪，渡过风浪，老师有责任，家长也有责任。老师和家长比起来，家长和孩子毕竟有血脉上的联系，家长对自己的孩子毕竟更了解一些，也更理解一些。特别是在情感问题上，家长也许比老师更有发言权，处理起来更有智慧，也更妥善。

王国慧不知道说什么好，只能连连点头。她觉得邹老师讲道理太多了，务虚太多了，她急于知道何新成目前的实际情况，急于知道何新成跟哪个女同学动了感情？动感情动到什么程度？有什么具体表现？还能不能把他们拆开？但她不能打断邹老师的话，那样的话显得她过于性急，不够有修养，也不够有耐心。她相信，很有理论水平的邹老师一定会理解她此行的目的，务虚务到一定程度，一定会接触到实质性问题。王国慧心中也有疑问，邹老师跟她说话绕这么多弯子，是不是在淡化什么呢？是不是在掩盖什么呢？何新成的情感变化情况是不是已经很严重呢？疑问涌上心头，王国慧焦虑起来，不由得看了一下手表。

看手表是看时间，也是看心情，人活在时间中，大家的时间都是一样的，心情也互相感应。邹老师问王国慧：您看您是想了解哪些情况呢？

王国慧没说想了解哪些情况，她问：今天能不能让何新成跟我回家，回家后我跟他谈谈呢？

邹老师摇头，说那恐怕不合适，何新成正在上课，您突然带他回家，给他造成的心理压力太大了，我跟同学们也不好解释。遇到这样的情况，有的家长如临大敌，反应往往过激，给学生造成了不必要的伤害。我相信您不会那样，不会操之过急。今天是星期五，明天后天就是双休日，等周末何新成回家，您再跟他谈也不迟。对了，您昨天在电话里问我何新成的感情波动是怎么引起的，既然您到学校来了，我跟您说说也无妨，反正时间长了您总会知道的。那个女同学叫周丽娟，她是与何新成一起考入我们矿中的。据同学们反映，他们两个互相写纸条，互相赠银杏叶子，叶子上还画了心的形状。他们两个一块儿上街，何新成给周丽娟买冰激凌，周丽娟请何新成吃麻辣烫。一进教室，他们两个老是互相看，一会儿看不见对方，似乎就有些不安，站也站不稳，坐也坐不牢。这样的心态，怎么能不耽误学习呢！

邹老师一说到周丽娟，王国慧脑子里马上出现了周丽娟的形象。有一次她到学校的栅栏外面来看何新成，就是周丽娟看到了她，要帮她去叫何新成。她对周丽娟印象不错，不知不觉间就把何新成和周丽娟联系在一起。那次她也想到，她心里可以那么想，因为天下当妈的都犯贱，看见一个好的女孩子，都愿意往儿媳妇上面想。但何新成不能有那样的想法，因为何新成年龄还小，还处在学习阶段，学习才是第一重要。要是为女同学分心，耽误了学习，那就是舍本求末，大错特错。真是怕什么就有什么，何新成与周丽娟真的有了联系，天爷呀，这可怎么办呢？王国慧不由得皱紧了眉头，连说这不好，这不好，这孩子，怎么能这样呢！

邹老师问王国慧：您认识周丽娟吗？

认识，周丽娟和何新成上小学时就在一个班，我对周丽娟印象还是不错的。

那您在家里是不是说过对周丽娟印象不错，让何新成听见了，对何新成的心理形成了影响呢？

这个绝对没有，在家里我连周丽娟半个字都没提过，这方面我是非常谨慎的。

周丽娟的学习成绩本来也不错，在班里处在中上游水平，如果他们的感情这样发展下去，继续升温，我看他们两个都够呛，能上到初中毕业就算不错。周丽娟的事我暂时还没有跟她的家长说，因为女孩子毕竟羞涩一些，感情也脆弱一些，在处理女孩子的情感问题时更要注意方法。您认识周丽娟的爸爸妈妈吗？

不认识。其实王国慧知道周丽娟的妈妈在金泉矿医院妇科当主任，周丽娟的爸爸在金泉矿医院当院长，但不知为何，她说不认识周丽娟的爸爸妈妈。

您打算怎样处理这件事情呢？我想听听您的意见。

我还没有想好，等明天何新成回家我跟他谈谈再说。我给何新成确定的原则是，在上学期间绝对不允许谈恋爱。我处理这件事情的目标是，千方百计也要把他们分开。请邹老师也帮助我们做做他们的工作。上到中学以后，学生对老师更信任一些，也更尊重一些，而对家长多多少少会产生一些逆反心理，好像他们什么都懂，家长什么都不懂，他们的文化和思想水平已远远超过了家长的水平。其实他们各方面还差得远，远没有成熟。

这一点请您放心，学校方面不会放弃应当承担的责任。我已经分别跟他们谈过心了，以后还会跟他们谈。有什么新的情况，我也会及时和您沟通。我完全赞同您所确定的原则和目标，只是希望你们不要粗暴行事，更不要对孩子动武。孩子上了中学，自尊心逐渐增强，很在意自己的尊严不受侵犯，你们如果对孩子动武，不但收不到好的效果，还有可能适得其反。

王国慧表态说：这一点也请邹老师放心，我不会动何新成一指头。不但我自己不打他，也决不允许他爸爸打他。何新成小的时候我是打过他，现在我不会再打他了。打人是一种野蛮的行为，也是一种无能的表现。

28

星期五晚上，何新成回到家，王国慧在吃晚饭时做得像无事人一样，一句都没提何新成情感上的事。她在心里一再提醒自己：耐心，耐心，不要着急，没什么大不了的事。季节到了谷雨，春天已接近尾声。可天气忽热忽冷，一点都不稳定。前两天气温蹿升，像是一下子到了夏天。这天冷空气袭来，气温骤降，还下起了小雨。雨还是春雨，没有闪电，没有打雷，下得一点儿都不激烈。楼下的小花园里，先是杏花、桃花、丁香、海棠等谢幕了，后是牡丹、芍药、连翘、黄刺梅等谢幕了，纷纷告别一年一度的演出，拉上了绿色的帷幕。这些花儿从去年春天谢幕之后，它们就开始为来年的演出做准备，它们准备了一个夏天，一个秋天，又一个冬天，结果只演出一星期到十来天就结束了。它们的演出盛大是盛大，精彩是精彩，可惜时间太短了。接下来该轮到月季闪亮登场了，月季登场是晚一些，但它的特点是演出时间比较长，从春天到秋天，花园里都可以看到月季五颜六色的花朵。只是月季刚刚举起成簇的花苞，还没有开放，使人们对花儿的欣赏有些接续不上。王国慧相信，经过这场春雨一浇，一转眼工夫，月季花就会开得花团锦簇，目不暇接。

晚饭王国慧烙的是春韭菜合子，烧的是新豌豆汤。这两样饭食都是何新成爱吃的。韭菜合子的做法，是把韭菜切碎，用细盐和味精调拌好，摊在一张事先擀好的薄面皮上，取来一枚鸡蛋，在鸡蛋一头磕开一个小洞，通过小洞把鸡蛋清和鸡蛋黄均匀地洒在韭菜上。然后把另一张同样大小的面皮覆盖在上面，周边粘牢，粘成一个整体，就可以在鏊子上烙了。待把韭菜合子翻来覆去烙够两三遍，直烙得面皮由生白变成干白，肚子鼓胀起来，正面背面分布着一些焦黄的麻点儿，合子就算烙熟了。吃时用菜刀把合子切成两瓣或四瓣，里面的菜香和蛋香顿时散发出来，真是好吃无比。烧新豌豆汤的办法更简单，把豌豆青青的颗粒剥出来，放进锅里煮熟，下进一些搅成面筋的面穗儿，新豌豆面汤就算烧好了。王国慧知道，从季节来看，长在地里的新豌豆还不该下来，市场上卖的豌豆还是蔬菜大棚里提前长出来的。她本来不想买温室里长出来的豌豆，觉得价钱有些贵。但出于一个当过农民的人对新粮的敏感和喜欢，她还是买了一些。尽管新豌豆对季节来说有些抢先，它的特有的清香之气还是有的，喝一口就回了一趟老家似的。

韭菜合子还没有全部烙好，她就把已经烙好的合子切开，端到客厅的饭桌上，对丈夫和儿子说：你们要是饿了就先吃吧。于是，她在厨房里烙合子，丈夫和儿子就不客气地在客厅里开吃，一边吃合子，还一边喝不热不凉、带豌豆的面汤。每烙熟一只合子，她马上把合子切开，端给丈夫和儿子吃。这像是一个流水线，她在流水线的上游烙合子，儿子和丈夫在流水线的下游吃合子。她刚把一只合子烙熟，下游的两个男人很快就把合子分吃完了。铁鏊子上剩下最后一只韭菜合子时，这只合子王国慧该留给自己吃了吧？她也很爱吃新韭菜合子，闻到合子的香气，她也垂涎欲滴。再说她站着在厨房里忙活了半天，也该犒劳一下自己。可是，不，王国慧说的是：我刚才吃了半块馒头，不太饿，喝一口面汤就行了。我看你们吃得挺香的，把这一只合子也吃了吧。她就是这样，凡是儿子和丈夫喜欢吃的东西，她都尽量尽着他们吃，自己宁可不吃，或一口不尝。这对她来说已经养成了一种习惯，或者说养成了一种精神。这种精神叫舍己为人的精神，或是自我牺牲的精神。她不仅在家里对家人是这样，到外面对别人也是如此，有好东西都是让别人先吃。她历来的观点是，不管什么好东西，吃到自己肚子里都是走一个过场，什么都不当。而好东西能让别人吃了高兴，这比什么都强。

相比之下，丈夫和儿子在这方面的表现就差一些。他们似乎还受着食欲的控制，一看见好吃的就有些管不住自己。不知道他们听见王国慧说的话没有，也不知道他们能否听出王国慧所说的不太饿是真是假，也许他们对王国慧在食物上的谦让也习惯了，反正连最后一只韭菜合子他们都没有让给王国慧吃。

王国慧一共烙了九只合子，如果按两个人平均，丈夫和儿子每人可以吃到四只半合子。王国慧看到，儿子在吃最后半只合子时，仍吃得很香。从儿子的饭量上判断，儿子的身体是没有问题的。人的身体是第一位的，身体就是青山，有青山的存在，就不怕没柴烧。她说：我发现新成又长高了，而且越来越帅了，快变成一个帅小伙了。

何新成没有说话，他嘴里还是在吃合子。他的嘴也像是一只合子，合子不是韭菜合子，却是被韭菜合子占住了。

王国慧又说：我儿子长这么帅，要是被别的女孩子看上怎么办呢？王国慧说着，特别注意观察何新成的脸色。

何新成脸上果然红了一下。但他仍没有说话。

丈夫说：看上怕什么，谁看上我儿子，就把谁娶回来给我们当儿媳妇就是了。

王国慧还没有说话，新成却瞪了何怀礼一眼说：瞎说！

王国慧完全赞成新成的态度和说法，她也说：真是胡说八道，新成正专心致志地学习，你怎么能这么说话呢！

何怀礼辩解说：是你先说的，我跟着说一句不行吗？

不行。我说的是笑话儿。

我说的也是笑话儿。

我看你连笑话儿都不会说，说笑话儿不是这样的说法儿。

我都说了几十年笑话儿了，还不知道笑话儿怎么说吗，可笑！

可笑的是你自己，你以为说笑话儿是那么容易的。你说说，你说过什么有质量的笑话儿，别人什么时候为你说的所谓笑话儿笑过？

你说你刚才说的是笑话儿，我们也没笑呀。

笑不笑在你自己。反正我说的笑话儿跟你说的话性质是不一样的。我说的笑话儿里面有担心的意思，你说的话是信口开河，是不负责任的，有可能会对新成形成误导。

得得得，何新成不耐烦地说：你们不要再争吵了，你们的争吵毫无意义，只会破坏家庭气氛。从小到大，我好像一直在听你们争吵，你们一吵起来就没完没了，一点儿都不考虑别人的感受如何。何新成说罢，站起来到自己的卧室里去了，并关上了门。

客厅里的饭桌前只剩下王国慧和何怀礼，他们两口子你看看我，我看看你，有些面面相觑。他们意识到何新成这小子长大了，真的长大了。以前是他们吵何新成，现在何新成回过头来开始吵他们了。不只是吵他们，看样子何新成还有主导这个家庭的趋势，这可如何是好！面面相觑之后，两个人都有些互相厌烦似的，你冲我撇了一下嘴，别过脸去，我也冲你撇了一下嘴，别过脸去。争吵的欲望还是有的，既然何新成说了那样的话，他们的争吵只好暂停一下。

王国慧把厨房收拾干净，趁何怀礼在客厅里看电视，推门走进了何新成的卧室。

何新成正半躺在卧室的床上，戴着两个耳机听歌曲。见妈妈进来，他没有从床上坐起来，只摘下一个黑蜘蛛样的耳机问：有什么事儿吗？

王国慧没说有什么事儿，只是拿出当妈的威严，看着何新成。王国慧严肃态度背后的话是明显的，妈妈进来了，何新成应该马上摘掉耳机，坐起来跟她说话。何新成仍然躺在床上是不对的，是不讲礼貌，不懂规矩，也是对她的轻慢，对她的挑战，她不容许何新成以这样的态度对待她。

何新成大概看出了妈妈的不高兴，只得关掉录放机，把另一个耳机也摘下，从床上坐了起来。从床上坐起来后，他转移到桌子后面的椅子上去了，并拿出书包，开始从书包里往桌子上掏课本、作业本和文具盒。看样子，他准备写作业。他给妈妈的是一个后背。他以行动告诉妈妈，他的卧室也是他的“作业重地”，在他做作业的时候，别人最好不要随便进来。他刚才并没有做作业，这会儿做出马上要做作业的样子，显然是做给妈妈看的，是请妈妈最好出去，不要干扰他做作业。

王国慧不但没有出去，反而在床边坐了下来。母子俩僵持了一会儿，王国慧问：何新成，我有什么对不起你的地方吗？

没有。何新成答。

那你为什么这样对待我？

我怎么了？

你为什么给我一个后背？你妈就这么让你厌烦吗？

何新成只得侧过身子来说：我在准备写作业。他虽然侧过了身，眼睛并不看妈妈，手里拿着一支圆珠笔，把圆珠笔夹在手指头缝里玩来玩去。

何新成用来写作业的是一张小桌子，桌子上的台灯已经打开。通过台灯照在何新成侧面的光线，王国慧像是突然发现，何新成的喉结已经鼓了起来，鼓得像一个杏子那么大。王国慧知道，男孩子的喉结是男孩子性发育的标志，喉结的增大和存在，表明男孩子身体内已经在生长雄性激素。杏子样的喉结就在脖子下面长着，咽不下去，也吐不出来，只能上下滑动。王国慧还发现，何新成的唇上已经长起了胡子，胡子不粗也不长，但胡子密密的，已经有些发黑。男孩子长胡子是男孩子性发育的又一个标志，如同春来时草要发芽，树要开花，男孩子长胡子是成长的必然，不是不想长就不长，也不是害怕成长就不长。王国慧听何怀礼跟她讲过，男孩子唇上长胡子和下面长阴毛是同步的，胡子生发之时，也是阴毛生发之日。何怀礼说，他刚长胡子时，觉得有些害羞，也有些害怕，就偷偷地拔自己的胡子，企图把胡子全部拔光。不料胡子的生长根本不依他的意志而转移，他越拔胡子长得越旺，胡子很快就把嘴唇覆盖住了。下面的阴毛更加疯狂，一不小心，下面就长成了一片荒草麻坡。不知何新成对自己的胡子是什么样的感觉，就何新成目前新生胡子的密度来看，似乎看不出什么被拔过的痕迹。大概也是灯光照射的缘故，何新成的每一根胡子都被推举起来，看上去每根胡子都是直立的，尖端甚至有些尖锐。还有，何新成说话的声音也变粗了，再不是那种奶声奶气像小女孩儿一样的童声，而是变成一个像成年男人那样的声音。别看何新成是自己的儿子，她也说不清何新成的声音是哪一天开始变的，渐变还是突变。她依稀记得，何新成有一天从学校里回来，一开口嗓音就变了，变得瓮声瓮气，如进来一个陌生人一样。当王国慧确认的确是自己的儿子在说话时，她不仅有些吃惊，还稍稍有些失落，仿佛再也找不回小时候的儿子了。当妈妈的无不盼着儿子长大，你呀你呀，你这个小东西，什么时候才能长大啊，什么时候才能让妈妈省心啊！一旦发现儿子长大了，她们又嫌儿子长得太快了。仿佛昨天还把儿子抱来抱去，儿子还拱在怀里摸奶，只是一转眼的工夫，儿子怎么就抱不动了呢，儿子怎么连碰一下她们的手都不愿意碰了呢！王国慧感觉出来了，何新成的卧室里已经有了一个男人的气息，这种气息看不见，摸不着，但又无处不在，似乎连床底下、桌子下面都有男人的气息在涌动。不用说，这种蠢蠢欲动的气息是从何新成的身体里散发出来的，气息里有一些类似热汗的味道，类似臭脚丫子的味道，还有一些混合型的说不分明的味道。味道不但不好闻，里面包含了似乎还有一定的侵略性和排他性的因子。这种排他性可能连自己的妈妈也包括在内。王国慧就感到了何新成对她的排斥，好像何新成只在吃的方面、穿着方面和花钱方面还需要她的帮助，别的方面已经不需要她掺和了。何新成这样的表现，也许正是何新成情感变化的内容之一。因为他心中有了女孩子，有了属于自己的秘密，便有了“领地”意识。王国慧要做的是针锋相对，她要挖出何新成心中的秘密，打破何新成的“领地”意识。她说：你做作业我不反对，但做作业也不在乎这一会儿，我想问问你，你最近学习怎么样？

还那样儿。

说具体点儿。

我不知道怎么算是具体。

说说你的学习成绩在班里排名的位置。

没位置。

什么叫没位置？只要班里还有你的座位，学习成绩就会有位置，怎么，难道你连自己学习成绩的位置都找不到了吗？王国慧的火气又上来了，甚至觉得上升的火气在一下一下顶她的脑门子，但她不让自己发火，使劲儿把火气压制住了。

因为班里最近没有考试，没有排名，无所谓位置不位置。

你认为我相信你的话吗？

爱信不信。

你认为我关心你的学习吗？

这个问题你不应该问我。

你认为我对你的学习情况了解吗？

这个问题也应该问你自己。

何新成你不要不耐烦。我实话告诉你，你的学习情况尽在我的掌握之中。不光是学习方面的情况，别的情况我也了如指掌，比如情感方面的情况。

何新成皱了一下眉。他皱眉的办法，是把两道横眉使劲儿往下压迫，压迫得几乎欲遮住眼睛，并代替眼睛，使眼睛变成两道黑。

你不要皱眉，我说到你的敏感点了吧！不管情况如何，我可以先给你表一下态，我不会跟你着急，更不会像你小时候那样动手打你。我现在的办法是摆事实，讲道理，以理服人。我也决不搞一言堂，你如果认为我说得有不对的地方，你可以辩驳，咱看看真理到底掌握在谁手里。今天我就不跟你说那么多了，有些事情咱们两个知道就行了，我不想让你爸知道。你是明白的，你爸有时不会说话，脾气也不好，有些影响你学习的事情若是让你爸爸知道了，我担心他骂你，跟你动武。你思想上先有个准备，等明天你爸去调度室值班，我再正式跟你谈。

何新成最不愿意听到妈说到要跟他谈话，从过去的经验来看，妈每次拉开架势跟他谈话，都没有什么好事，他都没有好果子吃。好像形成了条件反射似的，一听到妈说要跟他谈话，他就烦得不行，躁得不行，说谈什么谈，没什么好谈的！我最反对你跟我谈话。

我希望你静下心来，不要一听谈话就起急。你认为没什么可谈的，我认为谈话是必要的。人的嘴不是光用来吃饭的，还是用来谈话的。猪的嘴光知道吃，所以猪永远没有思想，永远不会进步。人要不断进步，包括迈过一些坎，多数是通过谈话取得的。谈话的事，不会因为你反对就不谈，你越是反对，越证明谈话的必要性。好了，你写作业也不要写得那么晚，争取早点儿休息。王国慧说着从床边站了起来，很讲礼貌似的对何新成说：祝你晚上做一个好梦！王国慧还第一次使用英语对何新成微笑着摆摆手说：拜拜！

29

何新成哪里还有心思写什么作业，妈妈一走出他的卧室，他呼啦一下子，就把桌上的作业推开了。他想大吼一嗓子，还想骂人。他没有吼出来，骂人却骂了出来。他骂的是：谈话，谈个屁，去他妈的！他连歌曲也不想听了，关掉台灯和顶灯，一下子仰倒在床上。

窗外天已经黑了，当何新成关掉灯后，整个卧室顿时陷入黑暗之中。许多明亮的东西正是在黑暗中浮现的，何新成脑子里一明，立即浮现出周丽娟的面容。一般情况下，一个人只有在黑暗中闭上眼睛，眼前才会浮现别人的面容，而何新成还大睁着眼睛，眼前就浮现出了周丽娟的面容。周丽娟美丽的面容又是那么近，那么清晰，清晰得似乎能看到周丽娟脸庞上的红晕。何新成有点儿舍不得闭眼，就那么一眨不眨地看着周丽娟。然而人的眼皮是用来眨的，不眨眼皮谁都做不到，如同管不住自己身上的神经，谁都管不住自己的眼皮。当何新成不知不觉想眨一下眼皮时，周丽娟的面容就离他远了一点，也模糊了一点。为了留住周丽娟的面容，他只好赶紧闭上眼睛。闭上眼睛的效果果然更好，黑暗的背景犹如为周丽娟的明亮的面容衬上了一块黑色的背板，使周丽娟的面容显现得更加清晰，清晰得似乎连周丽娟的睫毛都看得见。何新成不由得心跳加快，身上几乎哆嗦起来。他在心里轻轻喊着丽娟，丽娟，我该怎么办呢？

从妈妈严肃的态度里，从妈妈的口气里，从妈妈透露出来的情感二字，何新成察觉出，他和周丽娟的事妈妈可能已经知道了。他不知道妈妈是怎么知道的，是通过什么渠道知道的，反正妈妈是知道了。不然的话，妈妈不会说到情感这样的字眼。以前妈妈老是跟他说学习，学习，除了学习，还是学习，几乎没说过别的事。妈妈说的所谓情感，肯定是超出了学习的范围，肯定是涉及了周丽娟。妈妈既然要跟他谈话，立即谈就是了。妈妈真有绝的，还要他思想上先有个准备，明天再跟他谈。看来当妈妈的最好不要当官，妈妈只是当了一个比芝麻还小的小官，就这么会折磨人。他不懂妈妈使用的这叫什么方法，这个方法只能使他倍感压抑。是的，倍感压抑。在一次班会上，有个同学把压抑说成了“压样”，惹得全班同学哄堂大笑。现在他确实感到了“压样”，却一点儿都笑不出来。

妈妈要跟他谈话，他不知道跟妈妈说些什么。真的，连他自己都说不清楚，他和周丽娟的感情是怎样建立起来的。有一天下午，班里的同学们在操场里站成一圈儿上体育课，他觉出有一种光在探照他。那种光像是手电筒的光，但要比手电筒里发出的光热一些。光照在他脸上，他明显感觉出自己的脸有些发热。那种光又像是太阳的光，但却比阳光的照射温柔一些。光照在他眼上，他一点儿都不觉得刺眼。这是什么光呢？他一找就找到了，原来是站在对面的周丽娟在看他，光源是从周丽娟的眼睛里发出来的。以前，何新成从没有发现周丽娟这样看过他，周丽娟今天是怎么了？既然发现周丽娟在看他，而且是在他不注意的情况下悄悄看他，他不妨也把周丽娟看一下。然而，当何新成看周丽娟的时候，让何新成意想不到的情况发生了，或者说从此以后，周丽娟的目光把何新成给惹了，他再也离不开周丽娟的目光。

怎么了呢？他一看周丽娟，周丽娟有些受惊似的，赶紧把眼皮塌下了，塌下眼皮的同时，周丽娟仿佛一时手足无措，摸衣扣不是衣扣，摸衣角不是衣角，表现出难言的羞涩。这还不算完，何新成注意到，周丽娟的脸庞一下子绯红起来，不光两腮红了，连眼睑、眼皮都红了。周丽娟本来皮肤就细白，脸蛋儿就饱满，脸皮就薄，脸上不飞红晕时，似乎已经有了桃花的一缕魂。待周丽娟满脸红透时，恰如满树的红桃盛开，光彩照人。

这个意外发现，带给何新成的惊喜和愉悦是巨大的，前所未有的。如果说以前他的心如一池静水，是周丽娟的目光使静水起了波澜。如果说以前他心里并没有多少花朵，是周丽娟带有启蒙性目光的照耀，使他心底的花朵一下子就开大了。打那天开始，寻求周丽娟的目光，就成了何新成的常态，成了何新成每日的必修课。不管在教室里，还是在食堂里，他总能找到周丽娟的目光。周丽娟的眼睛好像不只是长在脸上，连周丽娟的脑把子上、耳朵上、手背上，甚至脚后跟上，都长有眼睛。不管他从什么角度看周丽娟，周丽娟似乎都能感觉到。有一次在校园里的林荫道上，周丽娟在前面走，他在后面跟。他以为周丽娟看不到他，看周丽娟看得比较大胆。可他仍然感觉到了周丽娟的迟疑和慌乱，表明周丽娟感受到了他在后面看她。

有时周丽娟似乎有些烦恼，仿佛在说：人家还要学习，你老看人家干什么！她像是在赌一口气，故意不看何新成。何新成当然不会罢休，他盯着周丽娟不放，不能满眼盯，从眼角也要盯，一定要盯到周丽娟对他的回看。周丽娟只要看他一眼，哪怕只是一瞥，他心里马上就踏实了。如果周丽娟憋着劲不看他，他就不得过，仿佛整个世界都失去了光彩。

在这个阶段，可以说是一个不短的阶段，他们的相互好感和情感交流，都是停留在你看我一眼、我看你一眼的目光交流上。把这种交流说成书面上常说的互送秋波也可以。这样的互送秋波，已经让他们感到了情意，感到了诗意，并感到很是满意。以前他们以为人的眼睛只是用来看云的，看鸟儿的，看字的，看电视的，不承想人的目光里内容如此丰富，能量如此之大。有人说人的目光是虚的，虚得比月光还要虚，一点儿物质性都不具备。何新成的感觉不是这样，他觉得周丽娟的目光如光，哪怕是在暗夜里，他都能感到周丽娟目光的光芒。他觉得周丽娟的目光如电，而且是交流电，他们之间互相一看，“电流”就像是在交流，交流得吱吱作响。他甚至觉得，周丽娟的目光是有物质性的，不然的话，周丽娟只要一看他，他怎么马上就有感觉呢！

说实在话，在金泉矿上小学的时候，在周丽娟给华阳虎当传声筒的时候，何新成对周丽娟并没有什么好感，或者说一点儿感觉都没有。那时候，虽说周丽娟穿得也很好，小辫子梳得也很整齐，脸上洗得也很干净，但周丽娟对他来说并没有多少吸引力，并没有引起他的格外注意。而现在不行了，周丽娟像是突然间光芒四射，焕发出极大的魅力。而他像中了魔法一样，一下子被周丽娟的魅力所折服，所攫取，变得有些不可自拔。他睁眼是周丽娟，闭眼是周丽娟，作业本上是周丽娟，黑板上出现的也是周丽娟，周丽娟仿佛无处不在，连他的睡梦里也出现了周丽娟明媚的面容。

如果说何新成对周丽娟的爱恋是初爱的话，何新成的初爱全部集中在周丽娟的面容。没错儿，何新成没怎么注意周丽娟的脖子、胸部、腰身、臀部、双腿等其他身体部位，只专注于周丽娟姣好的面容。他也许认为，周丽娟的额头最好看，眼睛最好看，鼻子最好看，嘴巴最好看，牙齿最好看，连眉毛、睫毛、下巴等也最好看，脸上一切的一切都最好看，都好看得无与伦比。特别是周丽娟的一双眼睛，好看得怎么形容都不过分，怎么形容都形容不好。人说世上最美丽的东西是花朵，周丽娟的两只眼睛比最美丽的花朵都要美上一百倍，一千倍，一万倍。别看周丽娟眼睛的花朵只有黑白两色，但那黑是万黑之黑，那白是万白之白，黑得是那般丰富，白得是那样深远，是任何黑白都不能比拟的。更让人倾倒的是，周丽娟的眉眼是灵动的，是有情的，一顾一盼，一颦一蹙，都摄人魂魄，都生生地美死个人儿啊！在何新成看来，能够看到周丽娟的面容，看到周丽娟的眼睛，就足够了，他别的就不要求什么了。从这个意义上说，何新成对周丽娟的爱恋是超越的，是精神性的，是纯洁的。正是这样超越生理和功利的爱恋，才是高质量的，铭心刻骨的，人一辈子有一次这样的爱恋，就不枉来人世上走一遭啊！

这样的爱恋只能是一对一，肯定是排他的，是不想让任何人知道的。然而，他们的爱恋虽说是节制的，内敛的，含蓄的，并没有热火朝天，惊天动地，可他们的眼神儿互动和秘密传递还是被同学们发现了。须知中学阶段的同学们是敏感的，每个同学仿佛都是一个情感察觉器，同学们之间任何情感上的蛛丝马迹，都逃不掉察觉器的捕捉。这种捕捉里面，难免会掺杂一些忌妒的成分，忌妒会提高捕捉情感信息的积极性，同时会使捕捉的灵敏度大大提高。不用说，是哪位多嘴多舌的同学把他和周丽娟的爱恋信息报告给了老师，老师告给了他的家长，妈妈就知道了。妈妈为他确定的目标是明确的，也是一贯的，那就是要求他一定要读大学。读大学的目标对他来说还很远，还有好几年的路要走。在此期间，妈妈不允许有任何事情干扰他的学习，干扰他的远大目标的实现。何新成不想承认都不行，由于爱恋上了周丽娟，他的心为周丽娟所跳，神为周丽娟所分，学习成绩的确有所下降。不光是学习，好像连他的身体也出了问题。虽说他一天三顿也正常吃饭，但饭好像没吃进自己的肚子里。他明显感到身体乏力，有时还会出现失眠和头晕的症状。他不明白这是怎么回事。

何新成想到了，妈妈明天跟他的谈话，一定会说到周丽娟，一定会要求他切断和周丽娟的一切联系，这对他来说真是要命的事。不知不觉间，他念起了周丽娟的名字：丽娟，丽娟！他听见自己念出了声，一下子从床上坐了起来，马上从窗口往楼下看。楼下一片黑暗，他什么都没看见。他想，他应该马上去找周丽娟，千方百计把周丽娟看上一眼。想到这里，他穿鞋穿衣，几乎开始了行动。可鞋穿到一半，衣服穿到一半，他又在床边坐下了。他知道，周丽娟家住在另一座楼上，就算他到了周丽娟家所住的楼下，天这么晚了，夜这么深了，他也不会看到周丽娟。当他重新和衣在床上躺下时，他叹了一口气，流出了眼泪。

第二天早上，何新成起床起得比较晚，起床后也不愿吃早饭，一副赌气的样子。爸爸已经出门上班去了，妈妈说：何新成，我正告你，你不要跟我来劲，是你犯了错误，我还没跟你来劲呢，你跟我来什么劲！王国慧命何新成在客厅里的沙发上坐下，正式开启与何新成的谈话模式。说吧，你犯了什么错误？

我什么错误都没犯。

你什么错误都没犯，难道是我犯了错误，是你的老师犯了错误？

你是家长，你想怎么认为都可以。

你否认自己犯了错误，那你的学习成绩为什么下降呢？

这很正常。

我还以为你会否认自己的学习成绩下降呢，看来这个事实是不可否认的。你竟然说学习成绩下降很正常，这正说明了你的心态不正常，精神不正常，已经处在一个相当危险的境地。如果我们不及时挽救你，你这一辈子可能就完蛋了。我给你留面子，本来希望你自己能把错误坦白出来，你自己不自觉，我只好替你指出来。你说，你和周丽娟是怎么回事？

怎么回事呢？怎么回事都不怎么回事。何新成不会跟妈妈说周丽娟的任何事情，他甚至不愿意听见妈妈说到周丽娟的名字。在他看来，丽和娟是世界上最好看的字，最好听的字。把丽和娟组合起来，是全世界最美好的名字，最动人的名字。他甚至觉得，连周丽娟的周姓也很好，比任何别的姓都好，包括他所姓的何。这么美好的名字是属于他的，他在心里叫一叫还可以，别的人最好不要叫。他的心似乎和周丽娟的名字已经连在了一起，妈妈一提周丽娟的名字，如拍到筐箩米动弹，他的心不由得颤了一下，也疼了一下。何新成想起来，他在金泉矿上小学时，有一个要好的小伙伴叫陶晓明。他和陶晓明上学一路去，放学一路回，一根冰棍儿两人吃，关系是很好的。妈妈不让他和陶晓明好，硬是把他和陶晓明拆散了。直到今天，何新成都不明白妈妈为什么要那样做，为什么非要把他和陶晓明拆开。现在，妈妈又要把他和周丽娟拆开，那是万万不行的！万万万万不行的！！周丽娟可不是陶晓明，他何新成也不是以前的何新成，他绝不会再听任妈妈的摆布。

我问你话呢，你怎么不说话？你要明白，妈妈无论说什么，做什么，都是为了你好，都是为你的前途着想。你不要和妈妈对抗，对抗是没有出路的。

我没什么可说的。

我就你这么一个儿子，我的心都在你身上，你就是妈妈的一切。你不要故意惹妈妈生气，把妈妈气死了，对你没什么好处。你不是不知道，我胆里长得有结石，最怕生气，一生气胆结石就会发作。在老家的时候，有一次你把我气得胆结石发作了，疼得差点要了我的命。现在你长大了，懂事了，要学会心疼妈妈。

何新成心里说：不要动不动就拿胆结石吓唬人，胆结石不是原子弹，吓不住谁。他的眼睛毫无意识地看着前面靠墙摆放的电视荧屏。电视机开着的时候，荧屏不断闪耀，什么五花八门的节目都会出现。这会儿电视机没有开，里面的一切节目好像都被屏蔽掉了，荧屏显得有些黑，黑得铁板一块。

谈话，是王国慧解决问题的有效法宝，她利用这个法宝，一次又一次帮助何新成解决了难题。今天看来，这个法宝不灵了。你跟别人谈话，别人得开口回应，谈话方可形成。别人老是抱着葫芦不开瓢，你就不知道对方葫芦里装的是什么药。如果谈话不灵，以前王国慧还有一个补充手段，那就是揍何新成的皮肉，把何新成揍疼，揍软，逼使何新成屈服。王国慧意识到，如今这个手段也使不得了。何新成差不多长成了一个小伙子，身高已经超过了她，何新成不但有了强健的肌体，似乎还有了扛揍的意志。如果她还像何新成小时候那样揍何新成，肯定收不到应有的效果。怎么办？技穷的王国慧会选择撒手不管吗？那是不可能的。她不会后退，还是要进攻。她不从正面强攻了，不妨稍稍迂回一下。她叹了一口气说：孩子长大了，真是没办法。天要下雨，草要发芽，孩子要长大，有什么办法呢！你的心情我完全可以理解，有女孩子喜欢你，说明你至少有让人喜欢的地方。等你长大了，肯定是要找对象的，肯定是要结婚的，你要是该找对象时不找对象，该结婚时不结婚，妈妈也不会答应。不过，这些都是你在大学毕业之后才能考虑的事。在你考上大学之前，绝对不能谈恋爱。因为考大学和谈恋爱是矛盾的，二者不可能兼得。在初中和高中阶段，你只要谈恋爱，上大学的事儿就算吹了，等于自毁前程。现在我只问你一句话，你到底想不想上大学？

何新成像是想了一下回答说：又想又不想。

为什么？

大学不是我想上就能上，不想上就不能上。

你这样说，我不能同意，这表明你的信念有问题，表明你对上大学的信念是动摇的，而不是坚定的。你知道什么叫信念吗？

不知道。

这个我可以给你讲讲。我也是外出参加培训时听一个大学老师讲的。信念就是相信自己，认准一件事情不动摇，相信自己一定能把这件事情做好。举个例子来说，唐僧就是一个有信念的人，他坚信一定会走到西天，一定会取到真经。所以他历经千辛万苦、千难万险，毫不动摇。相比之下，孙猴子、猪八戒、沙和尚的信念就差一些，动不动就灰心丧气，要半途而废。和几个徒弟比起来，唐僧最没本事，既不会降妖，又不能除怪，可就是因为他有坚定的信念，师父也好，领导也好，只能由他当。最后怎么样，在唐僧的领导下，他们终于走到了西天，取到了真经。你是个聪明孩子，我这一说你就明白了，上大学跟取经的道理是一样的，你必须想上，并坚信自己一定能够考上大学，你离大学的门口儿就会越来越近，最终必定会迈进大学的校门。相反，你如果压根儿就没想过要上大学，或者曾经想过，中间遇到了干扰，放弃了对上大学的追求，那你就不可能上大学。

我的意思是，中学总是多，大学总是少，不可能每个人都能上大学。我听说我们学校的高考录取率是五比一，一百个应届高中毕业生中，只有二十个能上大学。

对了，你的目标就是五比一的那个一，就是一百当中二十个的其中之一，这是毫无疑问的。你只管瞄准上大学的目标就行了，不要管别的任何人。人生来就是用来参与竞争的，没有竞争，就没有进步。你看电视上《动物世界》里的那些羚羊，它们刚出生就得站起来，就得学会奔跑。羚羊妈妈并不是急着给小羚羊喂奶，而是催促小羚羊赶快站立起来，并立即开始奔跑，跳跃，不然的话，就很有可能被豹子、狮子吃掉。人跟动物一样，也得跟别人赛跑，你跑得慢，人家跑得快，你就有可能被人家吃掉。只不过，人的跑不是用腿跑，而是用脑子跑，用智力跑。谁的学习好，谁考上了大学，就等于跑到了前面。谁的学习三心二意，不能全力以赴，只能落在后面，只能被别人吃掉。你现在的状况，离被别人把你吃掉已经不远了，你一定要认识到这一点，赶快警醒起来。

你的说法我不同意，没上大学的人多着呢，人家不是活得好好的嘛！你和我爸爸都没上过大学，不是照样可以当干部嘛，也没见别人把你们吃掉呀！

你这孩子，怎么只知道往低处比，不知道往高处比呢！你现在处的是啥时代？我们处的那是啥时代？你现在家里是什么条件？我们那时候家里是什么条件？我倒是一心一意想上高中上大学呢，因为家里穷，兄弟姐妹多，你姥爷姥姥死活不让我上，我有啥办法！你不提我上学的事我不伤心，想起我想上学不得上的事，我想哭的心都有，想死的心都有。因为没能上高中上大学，这是我一辈子的心病，觉得这一辈子都白活了。就是因为我和你爸都没能上大学，我们才把全部希望都寄托在你身上，希望你能顺利地考上大学，你怎么一点儿都不理解我们的心情呢！

何新成不想再听妈妈继续谈下去，他问完了吗？上午他还要写作业。

王国慧跟何新成的谈话还没完，她问何新成：你认识到自己的错误了吗？你回心转意了吗？

何新成的样子已有些不胜其烦，他说：你有完没完？什么错误不错误，都是无稽之谈！实话告诉你，什么大学不大学，我根本不感兴趣！你不要再逼我！

王国慧煞费苦心地跟何新成谈了半天，收到的就是这样的效果。何新成的话让王国慧吃惊不小，这是平地起风雷吗？这是夏天下雹子吗？这是有人拿棍棒击打她的头吗？这是有人往她心口上捅刀子吗？一瞬间，王国慧心里五味杂陈，百味杂陈，什么味都有，又什么味都没有。她的头有些蒙了，她的心在滴血。她再也压不住自己的愤怒，骂何新成是混蛋，说的是混账话，她说：我看这个学你是不想上了！

不上就不上。

那你下星期一就别去上学了！

不去就不去！

那你干什么？

啥都不干，在家里等死！

正在气头的王国慧接着说了一句话，这句话让她若干年后一想起来就后悔不已，陷入深深的自责。她说：何新成，你这样说话，我只能理解为你精神上出了问题，我们要把你送到精神病医院去强制性治疗。

爱送哪儿送哪儿，无所谓！

第九章

精神出了毛病

30

因为何新成早恋的事，王国慧与何新成谈话谈崩了。王国慧一气之下说了气话，说何新成的精神出了毛病，要把何新成送到精神病医院去治疗。

这话何新成不爱听，不仅跟王国慧顶了嘴，还对王国慧反唇相讥：精神病，你自己才有精神病呢！

这让头昏脑涨的王国慧有些吃不准，自己的精神难道真的出了毛病吗？她听人说过，人的病都是像狗一样的东西，狗东西召唤不得，你不唤，它不来，你一唤，它就来了。小时候在农村老家，王国慧的确看见过人唤狗的情况。比如谁家的小孩子拉到了床上，有些不好收拾，大人就大声唤狗。狗果然跑过来了，噌的一下子跳到床上，替大人把床清理干净。难道精神病真的像狗一样无耻，她一唤，精神病就跑到她身上来了。王国慧自我感觉了一下，她看天天高，看地地远，看树树绿，看花花红，一切都还是原来的样子，什么都没有变形。从客观判断主观，判断的结果，王国慧认为自己的主观、理性、智慧都是正常的，精神也是正常的，一点毛病都没有。她还想到何赵庄的那个傻女人，傻女人成天在村里到处乱跑，不知冷，不知热；不害羞，不害臊；逮谁跟谁笑，逮谁跟谁走，那才是真的精神病。王国慧坚信自己是一个意志坚强的人，什么精神疾病，看见她都会滚得远远的，不可能落到她头上。

既然王国慧的精神没有任何问题，儿子何新成的事儿她还是要一管到底，坚决要把何新成与周丽娟拆开。为此，她又设计了三套方案。第一，她再去找邹老师，是看看邹老师能不能跟别的班级的班主任商量一下，把何新成调到别的班级去。通过在空间上把何新成与周丽娟拉开距离，以达到从感情上把他们拉开距离的目的。第二，她打算找一下周丽娟的爸爸妈妈，跟他们把情况沟通一下，让他们给周丽娟施加压力，让周丽娟离开何新成。周家只有周丽娟这么一个女儿，也把女儿视为宝贝，他们肯定也希望女儿能够上大学，不愿看见女儿在初中阶段就谈恋爱。第三套方案是备用的，如果前两套能够顺利施行，并收到成效，第三套方案就不一定出台了。如果前两套方案收不到应有的效果，她再实施第三套方案也不迟。第三套方案的内容是，她打算悄悄找一下周丽娟，把周丽娟约到一家外国人开的快餐店，一边请周丽娟吃快餐，一边跟周丽娟谈一谈。她要和风细雨地跟周丽娟谈，不能吓着人家的孩子。她会先有节制地表示对周丽娟的好感，然后才会委婉地说到何新成和周丽娟的情感问题。她还会利用两个人的情感，给周丽娟出主意，让周丽娟跟何新成讲条件，条件是，何新成必须好好学习，一定要上大学，一切事情等上了大学再说。倘若何新成不能上大学，没有这个先决条件，别的事情免谈。这样把鼓励何新成的话交由周丽娟去说，使何新成把对周丽娟的喜爱转变成对学习的喜爱，并形成上大学的情感动力，达到上大学的目的。

春风鼓荡，春天的脚步总是不等人。事不宜迟，王国慧决定按照步骤先实施第一套方案。这天上午，她计划到居委会转一圈，把工作安排一下，就到位于市内的矿中去找邹老师。王国慧听人说过，邹老师的父亲当过矿务局的局长，属于高级干部。在高干家庭中成长起来的邹老师自信正直，也是很厉害的。通过和邹老师的接触，王国慧已经领教了邹老师的厉害。出于对邹老师的信任，她相信邹老师一定会采取进一步的措施，妥善处理何新成和周丽娟情感上出现的小插曲，把小插曲掐断，引导两个学生重新走上好好学习的正轨。去矿中找邹老师，是为了自家孩子的事，是私事。但王国慧绝不会说她外出是办私事，更不会对她的部下说实话。如果部下外出，王国慧要求他们必须请假，并说明请假的理由，这是她作为领导的权力。而她的部下没有权力问她外出干什么，她随便编一个理由，说外出办公事就可以了。或者她什么都不用说，只管外出就是了。

王国慧出门走在矿上的生活区，不料碰见了魏云海。她脚下迟疑了一下，皱了一下眉，不想再跟魏云海打招呼。王国慧听人说，魏云海现在不在矿上的小学教书了，不当老师了，他留职停薪，干起了号称公益事业的更大的事。所谓公益事业，也叫民族资产解冻，也叫全民大寻宝。魏云海头上戴着白色棒球帽，眼上戴着墨镜，肩上背着黑色的支包，胳膊底下还夹着黑色的皮夹子，到处宣称国民政府从大陆撤退到台湾之前，在美国的花旗银行存了上万亿的美元。还有很多金银财宝，藏在一个不知名的山洞里。这些美元和宝贝沉睡的时间太久了，现在可以把它们唤醒，把它们取出来，让它们为现在的人民服务。在把它们取出来之前，必须搞清它们在哪里，这里有一个寻宝的过程。寻宝虽说花不了多少钱，但经费还是需要一些的。魏云海自称受重量级神秘人物委托，参与寻宝，并附有筹集经费的责任。他所筹集的经费绝不是无偿筹集，一分一厘都登记在册，都有高额回报。回报有多高呢？也不算太高，一百倍吧。以一百块钱为起点，如果你贡献的是一百块钱，那么将来给你的回报就是一万块钱。你贡献一万块钱呢，一万乘以一百，得到的回报就是一百万。以此往上类推，反正你贡献得越多，将来得到的回报就越多。魏云海还说，他原来是一家大报的高级记者，写过不少在全国有影响的报道。现在国家建设需要钱，就把解冻民族资产的重任交给了他。他本来不想干，觉得还是当记者自在，成天吃香的，喝辣的，还可以坐着飞机满天飞。可既然领导这么信任他，他也不好推辞。魏云海凭着自己的三寸不烂之舌，以高额回报为幌子，为诱饵，到处圈钱。圈一万块他不嫌多，圈一百块他也不嫌少。他不光在市里向市民圈钱，还到农村向农民圈钱。据说魏云海已圈到了不少钱，买一辆小轿车不成问题。王国慧认为，魏云海以前开小煤窑，当老师期间开校外培训班，这些都可以理解。包括魏云海与陶晓明的妈妈严美云偷情，王国慧也没觉得魏云海有多么不堪。但魏云海现在干的这叫什么事儿呢，这不是缺德嘛，这不明明是诈骗吗！诈骗别人的人不会有什么好结果，王国慧估计魏云海离被逮起来不会太远了。这样一个钻进钱锅灶里边的人，这样一个被金钱黑了心的人，还搭理他干什么呢！

可魏云海主动跟王国慧打了招呼，他把王国慧叫成王主任，说王主任，你好啊，你现在越来越有当领导的样子了！

王国慧只好停下脚步说：我哪里是什么领导，不过是为领导跑腿打杂而已。

你儿子何新成怎么样？

还那样儿。

何新成可是我的得意门生啊！我为他推荐发表的作文，内容我现在还记着呢！

王国慧不愿跟魏云海多说，往前面上班的地方看了一眼。

我知道王主任很忙，耽误你一分钟时间，我跟你说一件重要的事情怎么样？

王国慧顿时警惕起来，她猜，魏云海要跟她说的所谓重要事情，一定又是什么寻宝，一定又是什么高额回报。魏云海竟然忽悠到她头上来了，真是可笑。行骗的人就是这样，每个人都被他视为行骗对象，采取的是普遍撒网的办法，网住一个算一个。比如，他向一百个人撒网，只要能网住其中一个，他就算赚了。王国慧才不会听魏云海忽悠呢，才不会上魏云海的当呢！她说对不起，我马上要开一个会，实在没有时间。现在矿上反非法集资和反诈骗的教育任务迫在眉睫，我们正在研究部署这方面的工作。

魏云海满脸满嘴角都是讥讽，他说：这个我懂，我知道你们都会这么说，都在假装很忙，这些都是我以前做剩下的，你们怎么说都瞒不过我。其实……

王国慧不等魏云海说完，对魏云海摇摇手，只管走了。

魏云海似乎并没有放弃对王国慧的希望，他在后面追着王国慧说：我最近在介绍严美云的儿子陶晓明到国外去读高中，你如果想让何新成到国外读书，也可以找我。在教育方面，我仍然是专家。

王国慧加快了脚步，心说什么教育专家，诈骗专家还差不多。

人的预料能力总是有限，时间不到，事情不到眼前，总是预料不到。而有限的可以预料到的事情，人们却不知不觉地回避着，不愿意去预料。比如老和死，稍稍有些预料能力的人都可以料到，但人们不愿多想那些让人不悦的事。出乎意料的事总是很多，可以说人的一辈子就是生活在不断出乎意料之中，就是不断被出乎意料的事情所打扰，所烦恼。也可以说，人的一辈子都是用来应对出乎意料的事，直到不出意料地走到生命的尽头，出乎意料的事才算结束了。拿王国慧来说，她所经历的出乎意料的事情就太多了，一件接一件，可以说不胜枚举。远的不说，她的儿子何新成这么早就跟女同学谈起了恋爱，就大大超出了她的意料。接着所出现的让王国慧感到意外的事情是，周丽娟的妈妈到居委会办公室找王国慧来了。

王国慧早就认识周丽娟的妈妈了，她刚来矿上去医院做流产手术的时候就认识了，知道周丽娟的妈妈是妇产科的主任，名字叫郝青。后来在王国慧当计划生育专干期间，与郝青主任接触的机会更多一些，她们之间的关系几乎变成了工作和合作的关系。王国慧发现哪个超计划怀孕的妇女需要流产，或是哪个精力充沛的男士需要结扎输精管，就送到郝青那里去了。王国慧给郝青输送的虽说不是什么利益，但郝青都没有拒绝接受，她们的合作总体来说是愉快的。现在王国慧不再当计划生育专职干部，与郝青打交道的机会就少了一些。郝青一来找王国慧，王国慧就发现郝青的脸色不大对劲，像是有一股恼怒之气在脸上的皮肤下面涌动。尽管郝青像是极力克制着自己，极力做得文明，有教养，不失风度，但气由心生，一个人的气主导一切，只要呼吸，气就会流露出来，并在脸上形成气色。王国慧看出来了，郝青的脸有些板，有些发青，眼睑那里还痉挛了一阵。王国慧的脑子里飞快转了一阵，马上意识到，关于周丽娟和何新成谈恋爱的事，邹老师很可能也告诉了郝青，也让郝青协助校方做周丽娟的工作。这样很好，她做何新成的工作，郝青做周丽娟的工作，两股绳拧成一股绳，效果可能更好一些。她对郝青笑脸相迎，说郝主任咋得闲过来了，郝主任可是稀客，欢迎欢迎！她又是让座，又是倒水，说欢迎郝主任到居委会指导工作。

指导工作说不上，今天我找你有点儿事儿。郝青说。

有什么事儿您只管说，能办的我马上去办。

有什么事儿还用我说吗，你自己心里应该明白。

王国慧手扶脑门儿像是想了一下，摇摇头说：我真的想不起有什么事儿，还请郝主任明示。她心里说：你想让我先说，我才不会把我儿子说出来呢！

有些事情不要装，不要跟我玩心眼儿，玩心眼儿对谁都没好处。我就不相信，你不明白我今天为什么来找你。

什么玩心眼儿，玩什么心眼儿，郝主任这样说，我就更糊涂了。

那我问你，你儿子是怎么回事儿？

我儿子怎么了？

你儿子干扰我女儿的学习，干扰得我女儿的学习成绩都下降了，邹老师难道没跟你说吗！

噢，你这么说我就明白了，邹老师的确跟我说过他们两个的事，我已经严肃批评过何新成了。

你是怎么批评的？

我要求何新成不许因恋爱影响学习。

什么恋爱不恋爱，我讨厌听到这两个字眼儿，他们的事情根本谈不到这份儿上，完全是你儿子单方面的行为，是你儿子在死乞白赖地追我女儿。我已经问过我女儿了，我女儿说，她根本就没有那个意思，她从来不愿意多看你儿子一眼。

须知王国慧也是有个性的人，有脾气的人，不好惹的人。她也是一位深爱自己孩子的妈妈，是一位护犊子的妈妈。在家里，她怎么批评自己的孩子都可以，怎么对孩子说难听话都可以，但她听不得别人派她儿子的不是，接受不了别人当着她的面说她儿子的难听话，一听到她心里就很难受，肚子就滚疙瘩。于是，王国慧冷笑了，她冷笑了一下，又冷笑了一下，才说：郝主任，我认为您的说法欠妥。您不要着急，请听我把话说完。虽说您不爱听恋爱这个说法，但我认为这个说法是绕不过去的。恋爱历来是两个人的事，不是一个人单方面的事，只有一个人就构不成恋爱。这跟独木不成林的道理是一样的，一根木头不管如何，都构不成林字。如果像您女儿说的那样，对我儿子一点儿意思都没有，那当然再好不过。您女儿拒绝我儿子的追求，实际上是对我儿子的拯救。从这个意义上说，我要谢谢您的女儿，还要感谢您这位教女有方的妈妈。也是从这个意义上说，您找我有什么必要呢，完全没有必要嘛！

你说我的说法欠妥，我认为你的说法完全不对。孩子有什么错误的行为，当父母的负有不可推卸的责任。怎么，你想推卸责任吗！我说你儿子有错误行为，并不是无中生有，我是有证据的。郝青说着，打开自己带来的红色手提皮包，从里面拿出一片银杏叶子，啪地往王国慧面前的桌面上一拍：看吧，这就是你儿子送给我女儿的树叶子！

王国慧瞥了一眼看见了，这是一片银杏叶子，叶片呈扇形，下面带着叶柄，中间走着叶脉，上面的边缘像是缠枝莲一样的花边。这片叶子应该是去年秋天得到的，过了一秋又一冬，叶片保存得很是完整。叶片定是一直夹在书本里，不然的话，叶片的形状不会如此板正。银杏的叶片是金黄色，上面用红色的彩笔画了一颗心的形状。王国慧没有把叶片拿过来，更没有把叶片拿在手上仔细看，就那么任叶片在桌面上放着。叶片的下面写的还有一行小字，王国慧没看清写的是什么。王国慧知道银杏树这种树种，银杏树是地球上最古老的树种之一，被称为植物的活化石。银杏树的主要特点是寿命长，一棵银杏树能活几百年，甚至是几千年。何新成与周丽娟可能对有关银杏树的知识也了解一些，所以才选择了互赠银杏叶子。不用说，他们是取相爱长久之意。王国慧说：这样的银杏叶子我看见过，你女儿周丽娟送给何新成的也有一片。

你真的看见过吗？

王国慧只是听邹老师说过何新成与周丽娟互赠银杏叶的事，她并没有看见过周丽娟赠给何新成的银杏叶，但她不惜撒谎说：您难道不相信我的话吗，我看到的银杏叶子跟这片是一样的，一模一样。

那你为啥不把叶子拿来交给我呢？

我认为我不能那样做，我得尊重你女儿的人格，不忍心让你女儿的心灵受到伤害。

依你这么说，是我不尊重你儿子的人格了？是我伤害你儿子的心灵了？你这叫什么逻辑？

我不懂什么逻辑不逻辑。与人为善，尊重别人，我王国慧还是能做到的。

窗外树上的斑鸠在叫，这时有一个王国慧的部下来向王主任请示工作上的事，王国慧说：我正接待咱们矿医院的郝主任，那件事情等一会儿再说。那个部下刚要转身离开，王国慧又让部下等一下，交代说：我的总的指导思想是，对人家要平等相待，多做细致的思想工作，绝不可居高临下，以问罪的态度对待人家。好了，去吧。

郝青听出了王国慧话里的借题发挥，旁敲侧击，甚是反感。她认为这都是从农村走出来的小妇女使用的小伎俩，她们在农村把指桑骂槐、指东骂西的小伎俩使用惯了，到城里也用上了这一套，一开口就露出了满嘴的红薯气，就露出了小家子气。郝青把手提包的开口处捏了捏，摆出摊牌的架势说：我实话跟你说吧，你儿子追我们家周丽娟，那是不可能的，连百分之一、千分之一的可能性都没有。周丽娟是什么家庭？什么背景？我且不说她姥爷和我如何，只说她爷爷和她爸爸吧，她爷爷是省城医科大学的著名教授，她爸爸是医科大学毕业的高才生，她一出生就是书香门第，就是高级知识分子家庭，就是高等教育的背景。在这样的家庭中成长起来的孩子，她的眼光是很高的，门不当户不对的人她不会往眼里放。所以说，一般的孩子不要对她的善意产生误会，不要抱有任何幻想。我来找你的意思，是希望你明确无误地传达给你儿子一个信息，让他赶快死了这份心，不要有任何非分之想。

郝青的这番话像是触到了王国慧的痛楚和薄弱环节，使王国慧深受打击。自从当上了居委会的领导，王国慧有两条最不想让人知道。第一条是不想让人知道她是从农村来的，来矿上之前她只是一个农民。第二条是不想让人知道她的学历很低，只是一个初中毕业生。农民出身和低学历几乎成了她的心病，使她不知不觉间就有些自卑。因为自卑，她变得特别敏感，特别自尊。她的自尊是病态般的自尊。因了这样的自尊又在某种程度上加剧了她的自卑。而郝青的话像是很有对比性，也很有针对性，针对的正是让她感到自卑并影响到她自尊的这两条。郝青虽没有直接指出她的农民出身和低学历，只说她自己的家人都是城里人，祖辈和父辈都有高学历，但郝青的话有反衬的效果，一反衬就把王国慧的弱势暴露出来了。当得知何新成与周丽娟有了恋情，王国慧并不是没想到周丽娟的家庭。不仅想到了周丽娟的爷爷、爸爸，还想到了周丽娟的姥爷、妈妈，觉得周丽娟的家庭是不错的。王国慧甚至有些可笑地想到，如果将来何新成与周丽娟真的谈成了，真的结了婚，郝青就会成为何新成的丈母娘。如果郝青真的成了何新成的丈母娘，郝青会有怎样的表现呢？在居委会耳听八方的王国慧，对郝青的情况知道一些。郝青出身于干部家庭，父亲当过阳贝市组织部的部长。郝青虽说是卫校毕业，学的是护理专业，但她一天护士都没当过，分到矿医院就当医生，先当实习医生，后当正式医生。因她丈夫比她的岁数大得多，丈夫的知识分子气又比较重，在家里什么事儿都是郝青说了算。不只是在家里，就是在医院里，好多事情也是郝青当家，人称二院长。有些事情找院长办不成，人们只好去找“二院长”，找到“二院长”，事情往往可以办成。也就是说，郝青为人比较强势，口碑不是很好。倘若何新成真的成了郝青的女婿，郝青会不会看不起何新成呢？会不会欺负何新成呢？转念又想，女大不由妈，要是周丽娟死心塌地跟何新成谈，不管郝青个性再强，本事再大，恐怕也没办法。再说了，何新成谈的是对象，又不是对象的妈妈，将来过日子也是和对象过，又不是和对象的妈妈过，至于对象的妈妈是强是弱，是好是歹，那有什么关系呢！这些问题王国慧可能想远了，远得有些不着边际。可如人们管不住自己的梦，有时也管不住自己的思想，王国慧的确想到过这些问题。听到何新成与周丽娟谈恋爱的事，应该说王国慧的反应是强烈的，第一反应是反对的。现在看来，郝青的反应比她还要强烈，反对的态度比她还要坚决。她相信，郝青对孩子要求的目标跟她的目标是一致的，那就是一定要上大学。在通往大学的道路上，只要上大学这一票，别的任何事情都不能影响目标的实现，必须一票否决。让王国慧不能接受的是，郝青居高临下，跟她说的是出身、地位、学历、门第。这样涉及的就不止何新成一个人，甚至连他们全家以至祖祖辈辈都涉及了。郝青的意思是明显的，她不仅看不起何新成，连何新成家的所有人都看不起。气上心来，恼上心来，王国慧真想拉下脸子跟郝青干一架，说她什么都不管了，郝青爱怎么样就怎么样吧！然而，在自己地盘上的王国慧，没有失去理性、意志、身份和风度，她的矛头指向的还是自己的儿子，她说：何新成这孩子就是不知道社会深浅，不懂得眉眼高低，找不准自己的位置。等他回来，我一定更加严厉地批评他，让他清醒头脑，认清自己是谁，找准自己的位置。

31

周五晚上何新成回到家，王国慧一上来就对他说：周丽娟的妈妈到居委会的办公室找我去了，把你妈指责得鼻子不是鼻子，脸不是脸，就差抽你妈的嘴巴子了。

王国慧说：你送给周丽娟的东西，周丽娟交给了她妈，她妈交给了我。至于是啥东西，我也不用明说，一提你就明白了。

王国慧说：那样东西我先不还给你，暂时替你保存着。我怕你看到伤心。

王国慧说：周丽娟跟她妈说了，她根本就没有那个意思，完全是你的一厢情愿。如果说你送给周丽娟的是一件信物，如今人家把信物退给我了。在农村，退亲的办法是退彩礼。只要是女方把彩礼退给了男方，亲事就算吹了。我理解，在城里退信物的性质跟农村退彩礼的性质是一样的，退信物也许比退彩礼的性质更严重一些。如果说你送给周丽娟的是一颗心，现在等于周丽娟把你的心也还给你了，这下你总该死心了吧！

不可能！我不信！何新成的脸色由红到白，由白到黑，由黑又到白。他有些恶狠狠地盯着王国慧说：说说说，喋喋不休地说啥说！这些天，何新成每天都处在极度焦虑之中，过一天比过一年都漫长。他看周丽娟，周丽娟不看他了。他看一次，看一次，一次都得不到周丽娟的回看，更不用说达成目光上的交流。虽说周丽娟没有回看他，但何新成能感觉出来，他每次看周丽娟，周丽娟都能感觉到。只是周丽娟的反应不再是脸红，害羞，而是有些厌烦，甚至有些恼怒。周丽娟的表情语言仿佛在说：老看什么看，烦人！何新成想到了，他和周丽娟的爱恋，邹老师和妈妈从中干预，给他施加了很大的压力。不用说，邹老师和周丽娟的家长也会对周丽娟施加压力，说不定，周丽娟所承受的压力比他的压力还要大。不然的话，周丽娟的表现不会如此反常。而周丽娟越是这样，何新成越是要和周丽娟站在共同的立场，通过眼神安慰周丽娟，并给周丽娟打气，让周丽娟顶住压力，坚强起来。他们的问题是，不能约会，不能走到一起，面对面进行交流。要是他们能到一个地方面对面地谈一下，那将是多么美好，多么激动人心。可是不行啊，学校对他们有限制，他们的内心对自己也有限制。他们是学生，他们的任务是学习，除了学习，还是学习，不许有别的。他和周丽娟只爱了那么一点点，只恋了那么一点点，已引得满班风雨，满校风雨，要是他们到一块儿去，不知会激起多么大的雷暴呢！有一天上午，闪电呼雷，突然下起了暴雨。从季节来讲，还不到夏天，还不是下暴雨的时候。可天气的变化有时并不受季节的约束，更不以人的意志为转移，它想下暴雨，想下得铺天盖地，谁都对它无可奈何。何新成看见，同学们纷纷到教室里来了，有的打着伞，有的穿着雨衣，教室里顿时充满湿漉漉的雨气。可是，何新成没看见周丽娟到教室里来，他看一眼，又看一眼，周丽娟的座位一直空着。别的同学谁来教室都不算数，他眼里只有周丽娟，只有周丽娟来到教室，他的心才会踏实下来。周丽娟的座位空着，他的心也一直空着。这种空是一种初恋者不能有实际性接触才有的空，是前所未有的空，是一空到底的空，是痛苦的空。仿佛他的心被什么东西掏空了，只剩下一个空壳。又仿佛他的心插上了翅膀，从胸腔子飞了出来，向周丽娟飞去。他想，周丽娟或许没有雨具，才不能到教室来。他想，周丽娟或许生病了，正躺在女生宿舍的床上发烧。他又想，周丽娟或许被家长叫回家里去了，周丽娟的妈妈正在跟周丽娟谈话，阻止周丽娟继续与他恋爱。就这样，何新成一个想接着一个想，一个念接着一个念，每一个想念都比前一个想念更深切，更厉害。外面正打雷，何新成心中的雷比天上的雷还响。窗外大雨滂沱，何新成心中的滂沱比大雨还要滂沱。这种状态下的何新成，哪里还有什么心思学习呢，什么汉语、外语，什么历史、地理，什么代数、几何，统统都他妈的滚到一边去吧！直到大雨过后的第二天上午，周丽娟才重新出现在教室里。当看见周丽娟的一刹那，何新成顿觉云开雾散，彩霞满天。他不禁在心里叫道：天哪，你个害人的你呀，你终于回来了！自从周丽娟的双脚跨进教室的那一秒起，何新成的目光就像会自动移动的追光灯一样追着周丽娟看，他不相信周丽娟眼里没有他，心里没有他，他不相信周丽娟会那么决绝，连看他一眼都不看。轰的一下子。何新成如遭到电击，眼前升起一片火花之后，差点被击倒。谢天谢地，周丽娟总算又看了他一眼。尽管这一眼快如闪电，如小说中所描绘的惊鸿一瞥，但有这一眼对何新成来说就够了，使他空落落的心重新充实起来，使他飞走的心又飞了回来。妈妈说，他送给周丽娟的东西，周丽娟交给了自己的妈妈，周丽娟的妈妈又交给了他的妈妈。妈妈一说何新成就猜到了，那东西应该是他送给周丽娟的那片金色的银杏叶，叶的正面是他画上去的一颗红心。这是他送给周丽娟的唯一一件带有象征意义的东西，可以说这样东西代表着他的心。他相信，周丽娟不会轻易把那件宝贵的东西交给她妈妈，一定是周丽娟在被逼无奈的情况下，才把银杏叶交给了她妈妈。既然妈妈不愿把银杏叶拿给他看，他就不看。既然妈妈愿意保存，那就让她保存好了。反正周丽娟送给他的银杏叶，还有画在银杏叶上的一颗心，他不会给任何人看，更不会把银杏叶交出来。他要与那件心上之物共存亡，就是打死他，他都不会把那件代表着周丽娟爱意的东西交出来。

去年秋天学校组织他们到一片银杏林里秋游之后，还是周丽娟先送给他一片银杏叶，周丽娟不仅在叶片上画了心形，还写了一行字。周丽娟写的字是：繁体字的爱字里面有一个心。收到周丽娟悄悄送给他的银杏叶之后，何新成感动坏了，也激动坏了，他赶紧把银杏叶夹到一本书里，来到一个背人的地方，把银杏叶看来看去，闻来闻去，在胸口上贴来贴去。在他看来，周丽娟画在银杏叶上的心是全世界最美的图画，写在银杏叶上的字是全世界最好的文字。在他闻来，银杏叶上竟散发出一种沁人心脾的芳香。把银杏叶贴在自己胸口上，他像是感到了周丽娟的心跳，周丽娟的心跳得怦怦的，每一下都撞击着他的心扉。好在那天许多同学都带回了银杏叶，何新成也带回了三片银杏叶。有来必有往，事不宜迟，何新成马上挑了一片自己认为最完美的银杏叶，也在上面画了心形，写了字，趁周丽娟离座去教室外面参加课间活动的时候，也是趁同学们不注意的时候，把银杏叶夹进了周丽娟的课本。何新成也在银杏叶上写了字。写什么字让他颇费斟酌，想来想去，他顺应的是周丽娟的思路，写的是：我爱繁体字里面的那颗心，直到永远。

王国慧接着说：我知道你现在心里很痛苦，我完全能够理解你的心情。人在成长过程中总是要经历痛苦的，没有痛苦就没有成长，也没有幸福。好了，你嫌我说得多，嫌我喋喋不休，我就不说了。我最后再提醒你一两句，希望你思想上能有个准备。周丽娟的爸爸妈妈在局里市里都有很多熟人，他们的社会活动能量很大，他们对周丽娟的事情干预力度也很大，我估计哈，周丽娟有可能会调到别的班级去，也可能会转到别的学校去。不管出现什么样的情况，你都要保持理智，不要有任何冲动的举动。妈妈相信，我儿子新成一定会自己战胜自己。战胜自己靠什么呢？靠志气。

何新成说自己的妈妈王国慧是乌鸦嘴可以，是巫婆子也可以，但他不承认不行，王国慧的确是一位有超强智慧的人，对有些事情的预见性确实很厉害。一个星期之后，周丽娟果然离开了何新成所在的班级和教室。周丽娟没有调到本校别的班级，而是转到市里的一所中学去了。周丽娟转学的消息是邹老师在一次课前宣布的。邹老师说，不必隐瞒，周丽娟同学是因为情感波动，影响了学习，她的父母为了让她脱离情感磁场，改变一下环境，才把她转到别的学校去了。

邹老师说到情感磁场时，同学们不禁呜了一下，都朝何新成看去。何新成知道，同学们对情感磁场这样的新鲜说法很感兴趣，同时也把他看成了情感磁场中的磁石，他羞得有些无地自容，恨不能一头钻到地底下去。

邹老师接着说：我希望同学们汲取周丽娟同学的教训，把你们的全部体力、智力、意志力都用在学习上。包括你们的情感，也要用在学习上。情感是用来热爱的，在现阶段，你们不能热爱别的，只能热爱学习。当然了。周丽娟同学是个不错的同学，将来很有希望读大学，从我个人来讲，我舍不得让她转走。可为了她的学业，她的前途，我又不得不支持她父母的做法，也不得不让周丽娟同学走。从另一个意义上说，我们应该感谢周丽娟同学，她的转学，会让有的同学平静下来，重整旗鼓，投入学习。

何新成不能平静，他的情感波涛翻滚，不断冲击心的堤岸。他如坠深渊，老也不能触底，不能反弹。他咬牙坚持着，才听完了邹老师讲的课。至于邹老师讲的是什么，他好像一句都没听见，一句都没记住。一下课，他就到宿舍的床上躺下了，用被子蒙住了头。周丽娟转走了，他看不见周丽娟了，他怎么办？他目光的方向在哪里？情感的方向在哪里？心的方向在哪里？人生的方向在哪里？被窝里漆黑一团，他觉得天旋地转，有些晕眩。看不见周丽娟，活着还有什么意思呢，于是他想到了死，想到了自杀。自杀有哪些方式呢？何新成所知道的自杀方式无非是上吊和喝农药。在农村老家的时候，何新成见过一个邻家的婶子喝农药自杀。婶子的两个孩子还很小，婶子喝下农药就后悔了，嚷嚷着不想死了，让家里人赶快把她送到医院里去吧！结果刚送到医院，人就不行了。喝农药自杀的联想，让何新成流下了眼泪。何新成的眼泪不是热的，是凉的。当他觉得眼角那里有些凉，从眼角一直凉到鬓角的头发棵里，意识到自己流泪了。眼泪为谁而流呢？当然是为周丽娟而流，也是为自己而流，想流就让它尽情地流吧！流过眼泪，何新成就迷迷糊糊、昏昏沉沉地睡着了。睡得一点儿都不踏实，一会儿往上浮，一会儿往下落；一会儿像是变成一只鸟，一会儿像是变成一块云。就这样，他在床上蒙头盖脑地睡了一天，没有去教室上课。连饭都没吃。

其间，邹老师派班里的同学去喊过他，他没有吭声。邹老师只好亲自到男生宿舍里去看他，问他是不是生病了，要不要跟他的家长说一声，让家长带他去医院看看。

在何新成的心目中，他的家长就是妈妈，妈妈几乎成了家长的代名词。反正当老师提到家长时，他想到的都是妈妈，很少想到爸爸。何新成可不愿意让妈妈在这个时候到学校看他，可不愿意让妈妈知道他在学校里发生的事，要是让妈妈知道了，妈妈又要跟他谈话，又要千方百计整治他。他说没事儿，他心里只是有些乱，睡一觉就好了。跟邹老师说话时，他仍然用被子蒙着头，盖着脸，没让邹老师看见他的泪脸和泪眼。

这时邹老师又跟他说了两句话，他有些不爱听，也有些不是很理解。邹老师说：一个人应该做到知耻而后勇。我相信你经过反思，一定会振作起来，迎头赶上。何新成不爱听的是那个耻字，不能理解的也是那个耻字。怎么，他和周丽娟只是互相爱恋，并没有做什么出格的事，难道有什么可耻吗？有什么丢人吗？他一点儿都不觉得可耻，一点儿都不觉得丢人。

尽管何新成不愿承认自己做下了什么让人感到羞耻的事，但睡过一天又一夜之后，他的勇气确实提起来了。不错，周丽娟转走了，他失恋了。他没有因失恋而消沉，而颓废，而自暴自弃。如邹老师所说，他振作起来了。他的振作有些发狠，有些跟自己过不去，甚至有一些自虐的性质。课间休息时，如果教室里只剩下一个人，那个人就是何新成。他在学习。去厕所不过一小会儿工夫，他还要带上自己的英语课本，一边解手一边念念有词地背单词。晚上熄灯铃响过了，宿舍里不许开灯，教室里也不许开灯。他点上一根蜡烛，还在教室里做数学题。

邹老师开始表扬何新成了，并号召全班同学向何新成学习。邹老师说，何新成这样的学习精神，学习态度，何愁考不上重点高中，何愁考不上名牌大学！

王国慧通过电话与邹老师沟通时，得知周丽娟转到别的学校去了。这个消息让王国慧很是高兴。她倒是想把何新成转到别的学校去呢，她哪里有那个本事呢！还是郝青神通广大，说把周丽娟转走，很快就如愿了。这样王国慧等于借了郝青的力，她就不必为把何新成和周丽娟分开的事儿发愁了。王国慧还听邹老师说，何新成已经回到了正确的轨道，现在的表现相当不错。照这样刻苦努力下去，要不了多久，何新成的学习就会冲到前面去，有可能比原来的学习成绩还要好。王国慧说但愿如此。

何新成周末回到家，王国慧在悄悄观察何新成的变化。何新成不再戴上耳机听音乐，一进家就关起门来投入学习。晚饭做好了，王国慧喊何新成吃饭，她喊了一次又一次，何新成不是在看书，就是在写作业，迟迟不愿出来。王国慧再喊，何新成让他们先吃，他一会儿再吃。直到饭放得都有些凉了，何新成才出来匆匆把饭吃完，马上又回屋开始学习。晚上，何新成学到很晚，王国慧睡了一觉醒来，见何新成的门缝里透出的还有灯光，何新成还没睡。她没有推开何新成的门，只是把门轻轻敲了敲说：新成，别熬得太晚了，睡吧！

你不要管我！何新成说。

还是要把身体放在第一位。

我死不了！

王国慧觉出来了，何新成是在拼命，也是在赌气。他跟谁拼命呢？只能是自己跟自己拼命。他跟谁赌气呢？除了跟她这个当妈妈的赌气，跟老师赌气，也是跟自己赌气。王国慧看出来了，儿子明显瘦了，瘦得颧骨有些高，腮帮子有些嘬，瘦得胡子也比以前长，比以前黑。同时，儿子的性格似乎也更加内向，更加古怪，更加不可捉摸。当妈妈的心疼了，回到卧室再也睡不着，翻来覆去，一声接一声叹气。当妈妈的就是这样，孩子冷了是愁，热了是愁；饿了是愁，撑了是愁；在家里是愁，出外是愁；小了是愁，大了是愁；不好是愁，太好了也是愁。愁愁愁，除了愁，还是愁。打孩子一出生，愁就跟着来了。孩子的名字各有不同，其实他们共同的名字都叫愁啊。啥是生孩子，原来是生了个愁疙瘩啊！

丈夫何怀礼被王国慧的翻身和叹气弄醒了，他说：你不好好睡觉，老唉声叹气的干什么！新成谈了个女朋友，你急着给人家拆散，一天拆不散，你就愁得脑子里长刺，肚子里长草。现在把人家拆散了，新成的学习刚上一点儿心，你还是不安稳，还是不出好气，不放好屁，你说你贱不贱哪！

我就是贱，行了吧！合着儿子不是你身上掉下来的肉，合着你没受过生孩子的苦，合着你的心跟儿子的心一点儿都不相连，是不是？你哪里知道，新成知道专心学习了，我当然高兴。可儿子这么拼，我又怕他把身体拼出毛病来。万一儿子的身体出点什么毛病，我们还有什么指望呢！王国慧说着，鼻子一酸，一抽，竟抽泣起来。

何怀礼对王国慧一点儿都不同情，他说：你就作吧王国慧，我看你天生就是一个作女人。儿子本来没什么毛病，也会让你作出毛病来。

倘若何怀礼劝王国慧别哭了，王国慧可能还要再哭一会儿。听何怀礼把她说成是一个作女人，王国慧就哭不下去了。她听不得何怀礼这样评价她，反对何怀礼这样为她命名，不能容忍何怀礼这样作践她。在他们老家，如果说哪个女人是个作女人，是指那个女人不正干，不正经，成天没事找事，无事生非，是作精，作怪，作乱，作祟，无异于败家子，丧门星。没想到，何怀礼竟把她与作女人相提并论，这简直是对她最大的轻视，最大的污蔑。她恨得牙根发酸，开始在心里骂何怀礼。她骂了何怀礼的姐妹、奶奶、姥娘，把何家的人老八辈都骂到了。是的，为了不耽误儿子学习，她没有骂出声。在肚子里骂人，这是农村妇女的惯用伎俩，这种伎俩王国慧也会，骂起来也很解气。

第二天早上，何新成也不再睡懒觉，早早就起床投入学习。

王国慧说：新成，你学习这么刻苦，妈妈要给你增加点儿营养，你想吃什么，妈妈给你做，给你买。只要你说出来，妈妈一定会满足你的要求。

我什么都不想吃。

那怎么可能呢！要不这样吧，妈妈今天中午带你去吃烤鸭吧。我听说市里新开了一家烤鸭店，做烤鸭的师傅是从北京聘请过来的，烤出来的鸭子跟北京烤鸭的味道一模一样。

不去！

去吧，啊！我光听说北京烤鸭好吃，咱娘儿俩还都没尝过呢！权当你陪妈去尝尝。咱不带你爸爸去，等吃完了再告诉他，馋馋他个不会说话的臭东西！

说不去，就不去！

你不想去，妈不会勉强你。妈说出来了，等于欠你一顿烤鸭。等今年放了暑假，妈带你到北京去，咱们去吃真正的北京烤鸭，还可以到天安门广场看升旗仪式。

除了学习，我哪儿都不去。

外出参观也是学习嘛！

何新成把手中的笔杆在桌面上啪地磕了一下说：你成天价让我学习，学习，我真正开始学习了，你又来干扰我！

好好好，妈不干扰你了，就当我什么都没说。

何新成确实是在赌气，他在跟妈妈赌气，在跟老师赌气，在跟同学们赌气，也是在跟自己赌气。妈妈和老师不是只关心他的学习嘛，他就是要学个样子给他们看。学习有什么难的，不就是坐下来嘛，不就是多花时间嘛，不就是对自己苛刻一点嘛！跟同学们赌气，是他觉察出来，因他的学习成绩下降，有的同学已流露出掩饰不住的得意，甚至有些幸灾乐祸，希望他的学习成绩下降得一塌糊涂才好。不，你们不要得意得太早了，我要奋起直追，不但要追上你们，还要超过你们。跟自己赌气，是他意识到，前段时间自己的学习成绩的确下降得有些不像话，连自己都有些小瞧自己。学生在学校是干什么的？是学习的。谁的学习好，谁就是大爷，谁就是霸主。而谁的学习不好，谁就是孙子，就是受气包儿。他在班里不一定要当大爷，要当霸主，但绝不能当孙子和受气包儿。赌气的气，是生气的气，也是志气的气，他就是要拼出一口志气来，重新回到班里前几名的位置。妈妈一直希望他能够上大学，从现在起，他确定上大学的目标也不晚。大学的校门口应该是敞开的，兴别人上，也兴他上，他为什么不能上一个大学给妈妈看呢！

更重要和更关键的是，何新成没有忘记周丽娟，没有把周丽娟放下来，周丽娟才是他发奋学习的真正动力。周丽娟虽说转到了别的学校，但周丽娟并没有离开这个城市，更没有离开地球，周丽娟肯定还存在着。他稍微一想，眼前立即就会浮现出周丽娟眼波含羞的样子。周丽娟转走后，何新成给周丽娟写过一封信，尽管周丽娟没有给他回信，他仍坚信周丽娟不会忘记他。周丽娟特别强调过，爱字里面是有心的。虽说现在的简化字里没有心了，好多人的爱也不用心了，周丽娟对他的爱肯定是有心的。有事实为证，有金色的银杏叶为证，有银杏叶上那颗火红的心为证。那颗心就夹在何新成的语文课本里，何新成只要想看，翻开课本随时就可以看到。在何新成的心目中，那不是一颗扁平的心的图形，而是一颗勃勃跳动的、爱意绵绵的真心。一看见周丽娟的心，他的心不由得就和周丽娟的心一块儿跳动起来。何新成还相信，周丽娟的目标也是上大学。那好吧，让我们共同努力，大学里面再相会。

32

何新成的精神是在读高中一年级下半学期的时候出的问题，一出问题就是崩溃式的，就一泻千里，不可逆转。

何新成以矿中全年级第二的考试成绩考入了阳贝市最好的重点高中。这所高中每年的高考录取率为百分之五十左右，也就是说，每两个高中毕业生，就有一个能上大学。从历届考上大学的荣誉榜册上看，清华、北大、复旦等名牌大学对这所高中的学生都有录取。市民评价说，这所高中是大学的摇篮，在摇篮里一摇，就摇到大学里去了。还有人说，一旦跨进这所高中，几乎等于一条腿已经迈进了大学的门槛。

王国慧高兴坏了！

为了奖励何新成，在何新成考上重点高中之后，王国慧带何新成去了一趟北京。她不仅按曾经的许诺，带何新成吃了北京烤鸭，看了升国旗仪式，看了故宫、动物园、颐和园，还另外增加了两个项目，带何新成去参观了北京大学和清华大学的校园。参观这两个大学校园的目的是明显的，王国慧给何新成提出了新的希望和目标，希望何新成再接再厉，能考进这两个著名大学的其中一个。

实在说来，王国慧高兴得有点儿早了！

王国慧还关注着周丽娟的考试情况，她得知，周丽娟虽说也考进了重点高中，但她那个重点不如何新成的重点货真价实，只能算是次一等的重点，或者说是第二流的重点。这个结果让王国慧稍稍有些窃喜，她在心里对郝青说：怎么样，你还看不起我儿子呢，我儿子比你女儿厉害吧！有一个妇女结扎后意外怀孕，需要做进一步检查。这检查由王国慧的部下带妇女去矿医院就可以了，可王国慧要亲自带那个妇女去矿医院，她的意思是想见一见郝青，看看郝青知道不知道他儿子何新成考上市里重点高中的消息。及至见到了郝青，她热情地跟郝青打招呼：郝主任，您好呀！一段时间不见，您可是越来越漂亮了！郝青神情淡淡的，说那怎么可能！王国慧问：周丽娟怎么样？那孩子可是个好孩子呀！郝青的神情仍冷冷的，说还那样。王国慧想让郝青问一下何新成的情况，以便她向郝青简单做一汇报。然而郝青像是故意回避似的，连提何新成都没提。王国慧心说：忌妒，忌妒，这是郝青在忌妒何新成，也是在忌妒她。她敢肯定，对于何新成考上全市重点高中的事，郝青是知道的，不然的话，郝青的表现不会这样带样儿，不至于连大面上的话都不会说了。王国慧心里哼了一下，还是在心里说：等我儿子上了名牌大学，周丽娟想给我们当儿媳妇，我们还不一定同意呢！

实在说来，王国慧真的高兴得太早了！

王国慧拉着儿子和丈夫回了一趟老家，让丈夫在老家摆了宴席，请了客。在老家，有人家生了儿子请客，有人家儿子当上了兵请客，有人家孩子考上了大学请客，孩子刚上高中就请客的情况以前还没有过。丈夫何怀礼认为，新成刚上高中，请客请得太早了，几年之后，等新成上了大学再请客也不晚。王国慧说：早什么早，一点儿都不早。要知道，新成考上的不是一般的高中，是阳贝市最顶尖的高中，上了这样的高中，新成离上大学还远吗！何怀礼还认为，新成还没上大学就开始庆贺，会不会引起新成的骄傲呀？万一新成考不上大学，不是给人家留下了话把子嘛！王国慧狠狠瞪了何怀礼一眼说：我的儿子！我知道，闭上你的老鸹嘴，少说不吉利的话！两口子带何新成回何赵庄，何新成的确给两口子长了不少脸。何新成长成了一个高个子，身高超过了一米八。他不仅比王国慧高出许多，王国慧需仰着脸才能看到他的脸，他的身高比何怀礼也高出不少，他往下看能看到何怀礼的头顶。两口子把何家的后代们逐个扒拉了一遍，哪个都不如何新成长得高。身高只是一个方面，何新成宽宽的额头，方方的下巴，明明的鼻子，亮亮的眼睛，显得足够帅气。村里会看相的人对王国慧说，他们家不是出一个大学生的问题，将来还要出一个当官的，官不会小，起码会是一个省级。王国慧说好，谢谢您的吉言！请客喝酒时，王国慧让何新成也上了桌。亲戚朋友们纷纷向何新成表示祝贺，好像何新成已经考取了大学一样。

实在说来，王国慧不应该高兴得这么早。

这天上午，王国慧刚上班，就接到何新成的班主任夏方明老师打来的电话。此时王国慧已经用上了手机，她把手机号码告诉给了夏老师，让夏老师随时可以跟她联系。夏老师说：何新成最近出了点儿状况，请您到我们学校来一下。

王国慧盼着老师给她打电话，又害怕老师给她打电话，一听老师的电话就心惊。她问：什么状况？

一两句话说不清，等您来了再说吧。

是哪方面的状况？夏老师能简单说两句吗？我思想上好有点儿准备。

他最近老在宿舍里睡觉，不到教室上课。

那为什么？一个学生，天职就是学习，不上课怎么行呢！王国慧一听就感觉到了问题的严重性，心里不由得紧张起来。

原因可能很复杂，我也说不太清楚。我们请您来，是希望您从家长的角度跟何新成谈谈，全面了解一下情况。

是身体原因呢？还是思想原因呢？王国慧没敢提情感原因，何新成曾因情感原因在初中时出过问题，她可不愿意看到何新成上高中期间情感再出问题。

夏老师似乎不愿再多说，说可能都有吧。他说他马上就要去上课，就这样吧。说罢就把电话挂断了。

天下着小雨，地上湿漉漉的，空气里有了秋天的凉意。杨树叶子还没有完全发黄，秋风一吹，秋雨一打，仍然发青的杨树叶子就落了下来。每片杨树叶子似乎都有些分量，落在地上叭地一响。王国慧不敢怠慢，马上打出租车向学校赶去。

来到学校门口，学校大门内的保安人员不让王国慧进门。学校的大门是上下贯通的铁栅栏门，大门一侧还开有一扇小门，大门上着锁，小门也上着锁，一派戒备森严的样子。王国慧知道，这所高中以重点闻名，也以管理严格闻名。学校实行的是封闭式、准军事化管理，学生一个月才能回家一次。在一个月内，学生不许走出校门，外人不许跨进校门。这里的外人指的是闲人、陌生人，也包括学生的家长。王国慧对站在铁门内的保安说，她来看儿子，是夏老师打电话让她来的。

保安身穿保安服，头戴保安盔，手持保安棒，脸板得铁板一块，说：是谁让你来的，你就打电话让谁到门口接你。

王国慧只好给夏方明老师打电话，电话里说：你拨打的电话暂时无人接听。王国慧想起来了，夏老师这会儿可能正在上课，在上课期间，老师不许携带手机。雨还在下，王国慧打的雨伞已开始滴水。王国慧苦着脸央求保安说，她儿子身体不舒服，正躺在宿舍里休息，让她进去看看她儿子吧。

保安说：那是不可能的。

夏老师的电话打不通，他可能正在上课，您让我先进去吧。我儿子要是发烧的话，我还得叫救护车来呢！王国慧手扶校门的铁栅栏，从栅栏的缝隙间继续央求保安。

保安把手里黑色、前端带橡胶狼牙刺的保安棒往上提了一下说：你问问它同意不同意？

王国慧想起古装戏里那些衙门口的衙役，他们凶神恶煞一般，像是很守规矩，其实他们是利用自己的差事要钱，给他们塞了银子，他们才会放你进去见官。怎么，难道她也要给保安塞钱，保安才会允许她进校门？这样的联想，让王国慧对这些装模作样的保安很是反感。都是哪里招来的什么人哪，王国慧才不会给他们一分钱呢，才不会惯他们的坏毛病呢！

这时门外又来了一位妇女，手里提着一只沉甸甸的不透明的塑料袋子。妇女像是很有经验，她不跟保安说话，只站在门外等。王国慧问她：你也是来看孩子吗？

妇女说：我女儿想吃巧克力了，我来给她送一点儿。我听说学校的伙食不行，营养不够。

这时下课铃响了，学生们纷纷从教室里走了出来。一个女学生，没有打伞，一路小跑着向学校的大门口儿跑来，她把门外的妇女叫妈咪。妈咪说：你这个傻孩子，连个伞都不打。她通过大门铁栅栏的缝隙，把盛了巧克力的塑料袋子递给女儿，交代说：不要吃太多，吃多了容易上火。

知道了，拜拜！女儿转身跑了回去。

王国慧又想起电影和电视剧里的那些监狱，探监的人为亲人送饭，都是从栅栏外面把饭递进去。这里当妈妈的给女儿送点儿吃的，也是从栅栏外面递进去，这样的学校不是跟监狱差不多了吗！王国慧赶紧再给夏老师打电话，这次才打通了，她说：夏老师，我是何新成的妈妈，我现在在学校的大门口，保安不让我进去。

您就说是我通知您来的。

我说过了，保安还是不让进。保安说，谁通知我来的，谁出来接我进去。

夏老师大概不愿出来，他让王国慧把手机交给保安，他跟保安说。不知夏老师跟保安说了些什么，保安这才把小铁门打开，放王国慧进了学校。

王国慧以前只来过这所学校一次，那次是来学校参加家长会，她只知道何新成的教室在哪里，不知道何新成住的宿舍在哪里。王国慧记得听邹老师说过，何新成读初中的时候，因情感出了问题，上课期间曾在宿舍里蒙头大睡。这次何新成又是在宿舍里睡觉，又是不到教室上课，不知哪方面出了问题，难道遇到了新的情感问题？要是再遇到情感问题，恐怕麻烦就大了。王国慧恨不能一步来到何新成的宿舍，看看何新成到底怎么样了。但她想，她还是应该先找到夏老师，让夏老师带她到何新成的宿舍去。校园很大，在校的学生也很多，尽管天下着小雨，校园里在课间休息时仍人来人往。每个学生的个子都高高的，都跟老师差不多。王国慧正要向一个学生打听一下，夏老师的办公室在哪里，见夏老师已来到她面前。夏老师问：您是何新成的家长吧？

王国慧叫了夏老师，说是，我正要去您的办公室找您。

夏老师说：咱们直接去何新成的宿舍吧。走在去宿舍的路上，夏老师边走边说：何新成潜质很好，本来很有希望，没想到出现了这样的状况。

到底是什么状况呢？

我们请校医给何新成看过，校医说何新成的病他看不了，更治不了，只能到大医院去检查，去治疗。

王国慧一听不由得站下了，看着夏老师问：听您的意思何新成是生病了吗？

校医是这么说的。

男生宿舍一个房间放四张床，每张床分上下铺，共住八个学生。夏老师领着王国慧来到宿舍楼三楼何新成所在的宿舍，走到何新成所睡的其中一张床的下铺，喊何新成说：何新成，何新成，请醒一醒，你妈妈来看你来了。

别的床铺上的被子都叠得四角四正，整整齐齐，表明别的学生都到教室里上课去了，只有何新成一个人用被子蒙着头在床上睡觉。从形状看，何新成是侧着身子面朝床里边的墙壁睡的，身子蜷得像一只大大的虾米，夏老师喊他，他没有反应，也没有掀开被头。

夏老师看了王国慧一眼，仿佛在说：您看，何新成现在就是这样的状况。

王国慧只得走向前去，站在何新成床头，弯下身子喊何新成：新成，你怎么了？妈妈看你来了。王国慧听见自己的声音不大对劲，似有些发颤。

可是何新成仍没有答应，仍没有露出脸来。

王国慧只好把何新成的被头掀开了，掀开被头的瞬间，王国慧如五雷轰顶，简直被眼前的状况惊呆了。何新成倒是睁开了眼，并侧过了脸，但何新成的目光是暗淡的，呆滞的，一点光都没有。好比手电筒上的灯泡，没有了电，灯泡就不再发光。何新成的眼珠正像断了电的灯泡儿一样，只剩下眼珠，光彩全无。何新成的眼泡是肿胀的，眼角黏附着一些黄色的分泌物。何新成头发蓬乱，脸色枯黄，瘦得已脱了相。不知何新成多长时间没洗脸了，也没刷牙了，样子像是街头的流浪汉。还有，何新成的被头被掀开时，被窝里散发出来的是刺鼻的尿臊味，还有一种说不分明的腥臭味，像是何新成尿了床，还把男性的东西洒在了裤裆里。王国慧说：新成，我是妈妈，你还没喊妈妈呢！

何新成把王国慧看了看，眉头皱了皱，好像没有认出王国慧是自己的妈妈。

王国慧把何新成扶坐起来，她也侧身坐在床上，把何新成抱在怀里：成成，我的孩子，你连妈妈都不认识了吗？你到底这是怎么了？你这不是要妈妈的命吗！王国慧悲从心来，眼泪呼地流了出来。

何新成这才叫了一声妈妈，他叫得轻轻的，气息很弱，显得有些有气无力。叫了妈妈，他说：我快要死了，咱回家吧。

儿子的这种状况是王国慧万万不能接受的，儿子考进这所重点高中后，她心里想的都是儿子一定能顺利考上大学，自己一定能当上大学生的妈妈，何新成一定能为老何家光宗耀祖，怎么也没想到儿子会变成现在这种样子。就在上个月来校之前，何新成还告诉她，体育老师准备让他参加班级篮球队的训练，将来可以代表班级参加全校的篮球比赛。上次从家里来学校，不过二十多天，何新成的身体就变得如此衰弱，别说打篮球了，恐怕跑都跑不动啊！特别听新成说他快要死了，这让王国慧的心像刀绞一样难以忍受，她说：你在家的时候不是还好好的嘛，不是还能跑能跳嘛，来到学校身体怎么说垮就垮了呢！这样说着，王国慧看着夏老师，像是对夏老师有所问责，似乎在说，这一切都是学校造成的。

夏老师看出了王国慧的愤怒，他当然不愿意承担这个责任，也担不起这个责任，他说：对不起，我一会儿还要上课，我就不陪您了。说着就要离开。

王国慧说：你不能走，你要跟我说清楚，何新成为什么变成了这样？

这个问题何新成心里最清楚，您最好还是跟何新成谈一谈。

何新成成了这个样子，我怎么跟他谈！你去把你们的校长找来，我要问问他，怎么把何新成变成了这样？我给学校送来的是健康的孩子，你们要还给我健康的孩子！

何新成说：妈妈别吵了，不怨夏老师，都怨我自己。

夏老师对何新成说：何新成，有什么想法跟你妈妈好好说说，我希望你尽快恢复正常状态，早日回到课堂学习。夏老师又对王国慧说：您找校长我不反对，我看还是您自己去找吧。

王国慧果然到标有校长办公室门签的房间找校长去了，她敲门，门紧闭，元人开门。她再敲，敲得声音更大些。这时从旁边的办公室里走出来一个年轻人，自称是校长助理，说校长到北京开会去了，有什么事儿跟他说吧。说罢，校长助理把王国慧领到了自己的办公室。

王国慧刚说到何新成和何新成所在的班级，校长助理就说：何新成同学的情况我知道，他的班主任夏方明老师跟校长汇报过了。您现在知道何新成精神受挫的原因了吗？

不知道。

夏老师没跟您说吗？

没有。夏老师好像很神秘的样子。

这没什么神秘的。何新成追求他们班一个叫杨展平的女同学，杨展平拒绝了他的追求，他想不开，钻进了牛角尖，就变成了现在这样的状态。

真是怕鬼就有鬼，王国慧担心何新成的情感出问题，结果还是情感上出了问题。在初中阶段，因何新成与周丽娟情感上闹了那么一出，何新成的学业差点半途而废。那一出好不容易成了过去时，何新成好不容易考上了重点高中，不料何新成重蹈覆辙，新的一出又闹开了。看样子，这一出比上一出闹得更厉害，更可怕。王国慧问：杨展平的情况怎么样呢？

杨展平好像没受什么影响，听说她一切照常，在班里仍很活跃。学校里反复强调，高中期间学生不许谈恋爱，发现谁谈恋爱就开除谁。尽管我们要求得很严格，有的同学还是管不住自己，被情感牵住了鼻子。说实话，我们对精神受到刺激的同学非常同情，但我们又爱莫能助。据我所知，类似何新成同学这样的情况，以前我们学校就出现过，以后还有可能会出现。有的是因为情感问题出现的心理变化，也有的是因为高考压力过大，精神上出现了抑郁。我们学校有一位女老师，她女儿在高考前得了抑郁症，后果非常惨重。这个我就不多说了。总之我们的意见是，您把何新成同学领回去吧，抓紧时间带他去医院检查治疗，希望他能早日恢复健康。

何新成这样的情况，您认为应该去哪个医院诊治呢？王国慧问。

校长助理摇头说：隔行如隔山，去哪个医院我可不敢说，您还是找医务人员咨询一下吧。

何新成去医院诊治，他中断了学习，落下的功课怎么办呢？

学习和身体相比，身体应该放在第一位，身体好了，学习才会好。如果身体不允许，学习是谈不上的。我的意思您明白吧？

王国慧说不太明白。

我觉得我说得已经很明白了，您还有什么不明白的地方呢？您是不是担心何新成的身体恢复健康后不能再到我们学校学习呢？

王国慧点了点头，说是有点儿担心。

这个您不用担心，我完全可以代表校长向您表态，我们学校的大门始终是对何新成同学敞开的，随时欢迎他回来继续学习。

33

夏老师和王国慧刚离开何新成的宿舍，何新成醒来后刚有了一点精神，他脑海里又浮现出杨展平的身影，杨展平仿佛在对他招手说：来吧帅哥儿，让我掐掐你吧！

杨展平说过，她在班里不负责学习，不负责体育，也不负责卫生，只负责掐尖儿。谁的学习好，谁长得帅，谁是班里的尖子，她就掐谁。

杨展平如此自负，说话这样自信，她是有资格的，她的资格在于她的文艺范儿。她会拉小提琴，会跳舞，会唱歌，还会演小品，自己演一台节目都可以。在班里举行的联欢晚会上，最出风头、最吸引同学们目光的就是杨展平。杨展平宣称，将来她要报考北京的大学。她选定的大学有两个，一个是北京电影学院，一个是中央戏剧学院。而她所选的专业只有一个，那就是表演。同学们都知道了，杨展平将来的目标是当演员，当明星。

那么，谁是班里的尖子呢，谁是被杨展平掐的对象呢？好起哄的同学们推荐了何新成，觉得何新成比较符合杨展平所说的尖子的标准，可以把何新成推上前台，让杨展平掐一掐。有同学在杨展平和何新成之间编瞎话传话，女同学对杨展平说，何新成认为自己是班里的尖子，就看杨展平，敢不敢掐他？杨展平说，那有什么不敢的。不管她掐谁，谁都得老老实实，跟掐一棵狗尾巴草一样。男同学对何新成说，杨展平要掐你了，你要为哥们儿争口气，不要被人家一掐就是一股水儿。何新成并不认为自己是什么尖子，他说不要开玩笑。还有的男同学给何新成出主意，让何新成给杨展平写信，他可以把信传递给杨展平。何新成拒绝给杨展平写信，他说，我们目前的主要任务是学习。

一天上晚自习时，有同学在背地里策划，大家一会儿喊何新成与杨展平的名字，有人喊了一二三开始，同学们就大声喊起来：何新成、杨展平！杨展平、何新成！杨展平掐一个！何新成来一个！

杨展平怎么掐呢？草有尖儿，花有尖儿，何新成的尖儿在哪里呢？掐何新成怎么掐呢？是掐头发还是掐脖子呢？既然可爱的同学们一致同意她掐一掐何新成，她难免把何新成看了看。她发现何新成显得非常不好意思，脸红得像西红柿一样。她做得像在舞台上表演节目似的，将双手一下一下往下压。她这个动作是示意同学们安静，安静！等同学们安静下来，她说：我看何新成挺老实的，大家不要再逗他玩儿了。这样的场面杨展平像是见得多了，她自己的脸一点儿都不红，应付得镇定自若，游刃有余。

杨展平这样的表现，等于把皮球踢给了何新成，何新成该如何应对呢？相比之下，他的应对能力跟杨展平差远了。他的学习也许比杨展平好一些，但在应对同学们起哄的事情上，他显得有些局促不安，束手无策。在内心深处，他并不反对同学们把他推为班里的尖子生，也不反对同学们把他和杨展平往一块儿拉，这样可以推升他的价值，并使他心中涌起一股股类似幸福的情感。在男的和女的之间牵线当介绍人，大都是个人行为，也有集体行为。像同学们这样在班里大声喊他和杨展平的名字，所起的无疑是集体介绍的作用。这样的介绍方法，或许力量更大一些，反映了更多的民意，几乎带有投票和民主的力量，抵抗起来不是那么容易。何新成任何乐器都不会弹奏，他唱歌老是跑调儿，跳舞更是连想都不敢想。也就是说，何新成的文艺性是匮乏的，舞台经验几乎等于零。在众目睽睽之下，杨展平敢于看他的反应，他却一点儿都不敢看杨展平。他低着眉，低着眼，心里怦怦乱跳，只能看自己的内心。如果说是杨展平把皮球踢给了何新成的话，何新成一脚都不敢踢，皮球一滚到他脚下就成了死球。

何新成听到了杨展平说的话，第一句话，杨展平说他挺老实的。这句话可视为是杨展平对他的公开评价，这样的评价很难判断是高还是低，是好还是不好。记得妈妈也说过对老实人的看法，妈妈说人不能太老实，太老实了容易受欺负，容易吃亏。杨展平说他挺老实的，是在帮他说话呢？还是有些看不上他呢？如果说这第一句话性质不太好确定的话，第二句话的意思比较明确一些。在第二句话里，杨展平对同学们的起哄定了性质，认为同学们是在找乐子，是在逗何新成玩儿，拿何新成寻开心。关键是，杨展平在第二句话里把自己择出来了，择得居高临下，择得自己好像是一个局外人，和同学们的逗乐子没有任何关系。杨展平话后面的潜台词何新成也品味出来了，对于同学们把他和杨展平往一块儿拉，杨展平是冷静的，不认同的，甚至是反对的。杨展平有可能不认为他是班里的尖子，根本没打算掐他。至于杨展平心目中的尖子是谁，她打算掐哪一个，也许只有杨展平自己心里明白。也许所谓掐尖子是杨展平说着玩的，她只是虚晃一枪，显示一下自己的优越地位，原本就没打算掐哪一个。

如果杨展平真的有掐何新成的表示或暗示，何新成会提高警惕。他不会忘记上初中时他和周丽娟的那场初恋，因为那场刻骨铭心的爱恋，几乎断送了他的学业。好在周丽娟及时转走了，周丽娟的转学，等于挽救了他的学业，也挽救了他的前途。从“挽救”的意义上说，何新成对周丽娟的爱恋又加深了一层。有人说时间会淡化爱，空间会隔离爱。何新成的感觉是不会，时间越长，他对周丽娟的爱越深；空间越远，他与周丽娟的心贴得越近。周丽娟虽然转到别的学校去了，考高中也没有和他考进同一所学校，但周丽娟并没有在这个世界上消失，还和他共同在这个世界上存在着。他的目标是上大学，周丽娟的目标也是上大学。等他们都上了大学，他一定去找周丽娟，与周丽娟同温旧梦。

为了上大学的大目标，何新成不打算跟杨展平谈什么恋爱。他想到了，同学们之间的竞争是很厉害的，到了高中阶段，每个同学都在暗暗发力，都希望自己能跑到前面，把别人甩在后头。因为他的学习成绩好一些，构成了个别同学超越他的障碍，个别同学就想出了这么一个计谋，把他往杨展平身边推，推动他和杨展平谈恋爱。这个计谋比较符合大多数同学的心愿，个别人的计谋就演变成了全班同学的合谋。只要他和杨展平开始谈恋爱，就等于中了个别同学的计谋。一旦中了同学的计谋，他的学习就会分心，就会落后。所以说，他要认清个别同学的阴谋诡计，排除干扰，继续把心思用在学习上。

何新成不打算和杨展平谈恋爱，不等于杨展平不可爱，可以说杨展平魅力四射，全身都洋溢着青春的活力，散发着动人的光彩。杨展平表演节目的时候，在同学们都毫无顾忌地关注和欣赏杨展平的时候，何新成也目不转睛地看着杨展平的一举一动。他不仅看了杨展平的脸，和脸上丰富的表情，还看到了杨展平隆起的胸，看到了杨展平修长的双腿，看到了杨展平身体后面优美的曲线。杨展平的美是一种身体与艺术完美结合的美。如果只有身体的美，没有艺术的美，身体的美很可能是潜在的，沉闷的。而一旦艺术上了身，身体的美才会被挖掘出来，释放出来，形成极大的令人倾倒的美的能量。和周丽娟比较起来，何新成只注意到周丽娟的脸容，没注意过周丽娟的身体。真的，什么胸部、腰部、臀部、腿部等，他都没留意过，仿佛对身体任何其他部位的留意都是一种亵渎。他对周丽娟的主要印象，就是周丽娟含情脉脉的羞涩的笑容。他对周丽娟的爱是纯粹的，是精神性的。是对爱的敬畏，也是对爱的启蒙。而他对杨展平的印象与对周丽娟的印象完全不同，也不能说杨展平的美对何新成的心灵所造成的冲击不具备任何精神性，只是精神性是次要的，身体性、生理性才是主要的。这肯定与他自己身体发育的阶段性互有关联，他成熟的青春的鱼儿已然在摇头摆尾，似乎时刻在准备游向大海。他朝气蓬勃的生理的毛孔已然全部打开，仿佛随时在准备接收来自异性的信息。不用说，杨展平就是一片展现在他面前的波浪起伏的大海，杨展平所散射的强烈的女性信息他不想接收都不行。

何新成的情感很快就受到了打击，这种打击是明确的，也是精确的，一点儿都不含糊。打击的力量来自杨展平。打击的方向和目标对准的只有一个人，那就是何新成。当同学们迟迟不见杨展平的掐尖儿宣言付诸行动，未免有些着急，有的同学就在班里问：杨展平，听说你不是要掐何新成嘛，怎么看不见一点儿动静呢！

杨展平嘁了一下说：我才不会掐他呢，我怕沾我一手奶油。

奶油？沾一手奶油？这是什么意思？不少同学都听不懂杨展平的话是什么意思，听到杨展平这样回答的何新成，一时也像被奶油糊了脑子一样有些发蒙。平日里，何新成很少看见奶油，吃奶油的机会更少。有一年他过生日，妈妈为他买了一个生日蛋糕，据说蛋糕上面涂了一层奶油。妈妈让他把奶油尝了尝，他觉得奶油黏黏的，腻腻的，不咸也不甜，一点儿都不好吃。而他和奶油有什么关系呢，知识面宽广的杨展平为何把他和奶油相提并论呢？

尽管何新成对奶油的说法不是很理解，奶油还是成了他心目中的敏感词和关键词。只要一听有同学提及奶油二字，他不知不觉地就会拉长耳朵听。在同学们的言谈话语之中，有一天他总算听明白了，所谓奶油，是从演艺界的奶油小生来的。有的男演员，虽说长相俊美，但因性格偏柔，缺乏男子汉的阳刚之气，就会被称为奶油小生。奶油小生简称奶油。奶油嘛，白，细，软，虽说可塑性很强，营养价值也不低，但就是不够硬气，不够霸气。何新成难免拿奶油和自己相对照，对照的结果，他不愿承认自己身上有什么奶油之气。什么奶油，滚他妈的粪窑子里去吧，老子才不愿沾染什么奶油之气呢！他甚至认为，杨展平把他和奶油联系起来，是对他的贬低，对他的污蔑。你看不起老子，老子还看不起你呢！你不就是想当一个戏子嘛，有什么了不起的，狗屁！

世界上的万事万物都需要命名，不命名就籍籍无名，跟不存在差不多。但任何命名都有它的局限性，极有可能突出了一个方面，同时遮蔽了多个方面。不管是“白衣秀士”还是“黑旋风”，强调都是一个人个性的单一性，忽略的是人性的复杂性。杨展平也许无意为何新成命名，只是随口那么一说，但她的话却起到了为何新成命名的作用。随后，有的同学每提到何新成，就不叫他的本名了，都以奶油代称。爱搞笑的同学还把奶油前面加上何新成的姓，叫成何奶油，说借问奶油何处有，展平手指何奶油。

何新成不会忘记，他从何赵庄小学转到金泉矿小学上学的时候，班里一个叫华阳虎的同学就给他起了一个很难听的外号，那个外号像是一下子把他打入了另册，使他在班里备受歧视，倍感压抑。杨展平的胡说，差不多等于给他新起了一个外号，这让他十分反感，反对，在适当的时候，他必须亮明他的态度，表明他的反感和反对。

这天，有一个男同学向另一个男同学问一道数学题怎么做，被问的男同学说：你不要问我，你去问奶油。

何新成一听就恼了，他呼地站起来，眼瞪得像抵人的牛，指着那个男同学说：谁是奶油？你敢再说一句！他骂了那个男同学的妈，使用的是小时候在农村的骂法，骂得十分粗野。

那个男同学似乎也不甘示弱，说：再说一句怎么了？

你说怎么了，你胆敢再说一句，老子今天就灭了你，叫你竖着进来，横着出去！何新成已提起了双拳，做好了灭人的准备。他今天豁出去了，他今天必须在同学们面前表现出足够的男子汉气概，把泼在他身上的奶油撇清，以洗去奶油的外号带给他的耻辱。

这种剑拔弩张的场面是难得的，同学们兴奋起来，开始为双方叫好，加油，希望他们尽快交手，最好能打得头破血流。有的同学喊：没蛋子的都靠边站！还有的同学喊：怕溅身上血的人站远点儿。有的女同学害怕了，即将发生的事使她们的腿杆子有些发软，想溜走，又不敢溜走。

就这样，那个男同学也被同学们推上了前台，他想下台不那么容易。何新成已被杨展平说成奶油，他可不想当奶油。他今天也豁出去了，看看奶油怎么灭他。他不是说一句就完了，而是连说了三句：奶油！奶油！！就是奶油！！！

何新成别无选择，他奋勇朝那个讨厌的家伙冲去。教室里的桌子、椅子有些碍事，他把桌子、椅子冲撞得稀里哗啦。有一把别的同学的椅子被他撞倒了，他顺手把椅子抄了起来。正愁手里没有得力的家伙呢，就暂借木头做成的椅子一用吧！

眼看一场战斗就要打响，让同学们失望的是，这时夏老师走进教室来了。夏老师一声断喝：住手！何新成你要干什么？

何新成愣了一下。但箭在弦上，不得不发，他把举起的椅子朝那个找灭的家伙头上扔去。何新成感到遗憾的是，他射出的“箭”没能打中靶子，那个家伙身子往下一蹲，躲过了。

这样的暴力行为是不可容忍的，夏老师把何新成一指：何新成，你给我出去！

出去就出去，何新成正不想在教室里待呢。学校的大门紧锁不许外出，何新成只能到寝室里去，一个人躺在床上生闷气。

何新成的精神受到的刺激是叠加的，越加越多，越加越重，他的精神就到了崩溃的边缘。这晚他又做了一个前所未有的梦，怎么说呢，这个梦可以用春字命名。季节到了秋天，他却做了一个春梦。不管什么梦，都是精神性的。但精神性的梦和物质性的身体都是有联系的，都是从人的身体里生发出来。别看人的梦无边无际，虚无缥缈，颇有些灵魂放飞的意思，但有些梦也会反作用于人的身体。恰恰因为何新成的梦把何新成的身体带动了，并造成了梦遗，才对何新成精神的崩溃起到了推波助澜的作用。

何新成做的是什么样的梦呢？他的梦重现的是他小时候看生活片留下的记忆。一个女的在前面跑，一个男的在后面追。跑到山上树林的一片草地，那个女的就开始脱衣服。那个年轻女子脱衣服的动作很是潇洒，她一边脱衣服，一边随手抛扔，衣服飘飘洒洒，就落在了开满野花的草地上。不脱不知道，一脱吓一跳。那个女子的身体相当丰满，性感十足。既然女子脱光了衣服，从后面追上来的身体健壮的男子也三下五除二地脱光了衣服。他们互相欣赏和按摩之后，很快就榫卯相接，做到了一处。他们的马力越开越大，频率越来越快，女子笑面如花，在有节奏地盛开。在女子幸福地回眸之际，女子像是变了一个戏法，玩了一个变脸术。变成了谁呢？变成了杨展平。没错儿，不是别人，正是杨展平。更让人不可思议的是，那个男子不是别人，正是他自己，何新成。哎呀我的妈呀，原来他和杨展平的关系都发展到这一步了。杨展平和他在班里保持着距离，那都是做给那一帮傻同学看的，在背地里，杨展平与他你中有我，我中有你，早就到了如此亲密无间的程度。这还有什么可说的呢，这真是太好了，太他妈的幸福了。这样梦着，何新成不由得深入又深入，加油又加油，狂放又狂放。这一用力不当紧，得，何新成身体某处像是收缩了几下，又像是痉挛了几下，就达到了一个高级动物生理性的最高境界，也是最大享受。这种享受很难用一两句话概括，它是生命整体性的投入和付出，是由内而外的抒发，是抽筋吸髓般的高歌，是不可遏制地奔流。它是非专业的，非技术的，是生命基因的本能，也是生物生存和繁衍的本能。何新成把这种感觉理解成一种痛苦的幸福，或是幸福的痛苦。正是因为幸福和痛苦交织在一起，使幸福和痛苦都很深刻，而且独一无二，不可替代。

醒来后何新成才发现，平生第一次带给他这种独特感受的并不是杨展平，而是一个梦，是梦中虚拟的女人。这让何新成稍稍有些遗憾，有些失落。同时他觉出来了，自己的下面排出了一些东西。这些东西显然不是尿，它比尿要稠，比尿要黏，比尿的质量要高，是男性所特有的东西。何新成往腿上一摸，那东西就沾了何新成一手。他悄悄放在鼻前闻了闻，闻出一股浓浓的腥甜的气息。何新成听同学们说过，这种情况叫梦遗，叫遗精，俗话说成是跑马。不管是梦遗还是遗精，这样的说法都可以理解。而跑马这种说法，何新成觉得挨不上，让人费解。被窝里的事，哪里跑得下什么马匹呢！何新成把造成梦遗的原因分析了一下。是他在侧身睡觉时，把性器夹在了两条大腿之间，由于大腿的肌肉对性器构成了挤压，挤压的感觉传导到大脑里，他才做出那样前所未有的美梦。

梦如此美好，何新成想把这样的梦复制一个，再复制一个。于是，他还是侧着身睡，还是把性器夹在大腿之间。不料梦不听从他的使唤，不是他想复制就能复制。怎么办？在清醒的状态下，何新成只有调动自己的想象力，把那个梦境借用一下，重温一下。别的男性在寻找这种感觉时，或许习惯利用手的力量，而何新成另辟蹊径，利用的是腿的力量。宿舍里住了那么多同学，他要是用手的话，难免会造成床的一些震动，会被别的同学察觉，至少会被睡在他上铺的同学察觉，那就不好了，说不定同学会把他的动作与淫联系起来，又会说得七个八个，不知怎样编派他呢！他现在采取的办法挺好，不是摩擦法，而是挤压法，通过挤压，照样可以达到目的。在他的想象里，他的两条大腿代表的就是杨展平的两条大腿，他对自己性器的挤压，就是杨展平的两条大腿对他的性器的挤压，他的进击就是对杨展平的进击。您别说，何新成的努力成功了，又是由内而外的抒发，又是抽筋吸髓般的高歌，又是不可遏止的奔流，何新成简直舒服死了。在他们老家，舒服不叫舒服，叫舒坦，或叫得法。那么，青年何新成就是舒坦死了，也得法死了！

有些事情人们不愿意重复去做，而这件事情人们愿意重复体验，重复来，重复去，乐此不疲，永不餍足。没办法，人没办法，不重复就找不到那种感受。人好像被一种神秘的、天定的自然法则控制着，你想重复，要重复，不想重复也要重复。这样重复去做同一件事情，表面看是主动的，其实是被动的，是被某种看不见的、强大到不可抵抗的力量强制执行的。何新成就是这样，他的重复程序一旦启动，似乎就有些收不住，几乎达到了一种机械运转的性质。

在重复过程中，他始终牢牢盯紧一个念头，那就是杨展平。他把杨展平假想成一个美人，也假想成一个敌人。在假想成美人时，他在心里念着我的展，我的平；我的亲，我的爱；我的小母鸡，我的小上帝，什么美好的词汇都往杨展平身上堆。在把杨展平假想成敌人时呢，他不惜使用弄、干、操、捅、戳等带有暴力的动词，动词后面还要加上“死你”。这种以爱恨交加为动力的重复，是单边的，对杨展平来说毫发无损，杨展平在班里仍然是该说就说，该笑就笑，该唱就唱，该跳就跳。杨展平对何新成不去教室上课，只在宿舍睡觉的情况是知道的，但这跟她有什么关系呢，只不过给她的说笑增添一点笑料而已。而何新成却垮掉了，他的精神垮掉了，身体也垮掉了；身体垮掉了，精神也垮掉了。恐怕连何新成本人也难说清，是他的精神先垮掉的，还是身体先垮掉的。也许是身体和精神始终纠缠在一起，难分先后。两者互相带动，也互相促进，最后才导致两败俱伤，出现目前身体、精神双垮台的状况。

前面说到，夏老师和王国慧刚离开何新成住的宿舍，何新成身上刚有了一点气力和精神，他在想象中又把杨展平招到自己被窝里去了，又在和杨展平做那件事。由于反复压榨自己，他的身体已相当虚弱，储精囊里几乎没了什么存货，想把那件事情做成是有难度的。好比一根甘蔗，在没有压榨出里面甜蜜的汁液之前，甘蔗的秆子是硬的，是圆的，用来做打人的武器都可以。而一旦压榨出里面的汁液，甘蔗的秆子就会变软，变扁，变成渣子，这样的甘蔗秆将不秆，别说做武器了，恐怕连一根绳子都拧不成。如果把一根甘蔗反复压榨呢，其惨状可想而知。然而，就是在这种缺乏基础和能源的情况下，何新成还是要做。他像是一个烈士，非要流尽最后的一滴血，还有流尽最后一滴泪。这个艰苦卓绝的过程就不再细述了，反正经过何新成锲而不舍的努力，他再次得到了痛苦的幸福。也许在何新成的反复推动下，他身体的律动形成了一种惯性。也许他的玩具一样的阳具里流出的不是什么成熟的、活蹦乱跳的精子，充其量只不过是一些稀稀的精液，说不定掺杂的还有尿液之类。尽管如此，要完成这个循环，他必须付出气，付出力，至少要付出热量。当这些东西都付出之后，他真的一点儿气力都没有了，一阵晕眩之后，如跌进万丈深渊，又昏昏沉沉地睡去。

你这个孩子，真没出息啊！真没志气啊！真不嫌丢人啊！王国慧从校长助理办公室那里回到何新成住的宿舍，拉何新成跟她回家。

何新成倒是不拒绝跟妈妈回家，但妈妈一拉他一软，软得像是得了软骨病，似乎连坐起来的能力都没有了。

王国慧只得像伺候一个巨婴一样，把何新成扶坐在床上，帮他穿上上衣，穿上裤子，并帮他系上裤腰带。在帮何新成系裤腰带时，王国慧发现何新成的肚皮前墙贴了后墙，已瘦得不成样子。何新成的肋骨根根可数，像用生麻秆编成的筷笼子一样。王国慧又说：你这孩子真是作死啊！

死了吧，我已经活够了。何新成说。

不许胡说！你离死还远着呢！妈妈还没死，怎么会轮到你呢！

秋雨阵阵，秋风阵阵，落叶阵阵。王国慧把何新成的一只胳膊搭在自己的脖子上，半背半架地拖着何新成，一点一点向学校大门口挪去。学校里的学生都在上课，没有人在校园里走动，只有王国慧和何新成母子向校园外面走去。

王国慧怎么也没有想到，这所被人们称为大学生摇篮的重点高中，何新成一去就没有再回来。

第十章

用女人给他治病

34

王国慧没带何新成回家，而是直接带他去医院检查。医院的大夫把何新成当皮球一样踢来踢去，从内科踢到外科，从外科又踢到了神经科。又是透视，又是化验，又是拍片子，折腾得一溜够。大夫得出的诊断是一轻一重两个说法，往轻了说，何新成得的病是神经衰弱。往重了说，是精神分裂。大夫问王国慧，患者是不是面临的高考压力太大了，才出现了目前的状况。

王国慧说，何新成才上高中一年级，离高考还早，不应该有什么高考压力。

大夫认为，学生的高考压力不是只到高考的时候才有，从上小学的时候就开始有了，一年一年积累，越积累压力越大，到了高中就顶不住了，精神就崩溃了。像何新成这样的情况，他已经遇到了若干例。

王国慧问大夫：这样的病能治好吗？

大夫摇头，说最难对付的就是人的精神，对于这类精神性疾病，全世界都没有什么治疗的好办法。目前他们医院所能做的，就是给患者开一些镇定类的药物，尽量使患者的情绪保持相对稳定，不至于动不动就歇斯底里，做出一些极端的事情来。大夫向王国慧建议，最好把何新成送到专业性较强的精神病医院去治疗，那里的治疗效果可能会好一些。

什么去精神病医院，王国慧一听就心生排斥，坚决抵制。她不会承认儿子得了精神病，更不会把自己的儿子往精神病医院里送。王国慧曾在电视上看过一个纪实性节目，一个儿子得了狂躁性精神病，天天在家里发飙。妈妈无奈，只好把他送到精神病医院去治疗。儿子身高马大，颇有力气，在儿子不愿去医院的情况下，妈妈没能力把儿子送到医院去。妈妈无奈，只得请院方派人到家里把儿子接走。那家精神病医院是民营性质，是在市场化条件下由个人开办的。这样的医院当然主要是以挣钱为目的，只要患者家里愿意出足够的钱，院方派人上门接患者不成问题。王国慧看到，当两个打手一样的青壮男人在卧室里的床上捉住那个儿子时，儿子对妈妈破口大骂，拼命挣扎。但那两个像是练过武功训练有素的男人，一边一个抓住患者的膀尖子和手腕子，不知使了什么制服性的暗力，硬是绑架一般把患者架走了，并塞进一辆破旧脏污的面包车里，开向城市郊区一个不知名的地方。在看那个让人惊心动魄的节目时，王国慧不由得有些紧张，紧张得像是自己身上所有的神经都上满了发条。之所以如此，是她不由自主地联想到自己的儿子。倘若患病的是她的儿子，就是打死她，她也绝不会让那些牛头马面一样的陌生人把她儿子弄走。当她意识到自己的儿子一切都很正常，不该这样胡乱联想时，已经晚了，联想的一幕已经在她脑子里一闪而过。王国慧万万没有想到，厄运真的落在了她头上，她的儿子如今真的得了病，大夫真的建议她把儿子往精神病医院里送。人的一辈子，只有一件事情是可以预料的，那就是死。到头来谁都得死。死就死吧，死了就干净了，就什么都不知道了。烦人的是，在生和死之间，人还会生病，不生这个病，就生那个病，不让人好好死，得把人折磨一下。自己生了病不算完，和自己血肉相连的亲人也会生病，使人受双重和多重的折磨，真是无奈。王国慧知道自己是个带病的人，她的病是胆结石。她觉得胆那里在隐隐作痛，她的病似乎又要发作。儿子的病并不是肚子里长石头，而是无形的东西。无形的东西历来比有形的东西更可怕，也更可恨。不管如何，她都不会把儿子往精神病医院里送，要是把儿子送到那里，说不定连她自己也会被折磨成精神病。

王国慧以前还听人说过，精神病医院并不能给精神病人治病，关进精神病医院，跟关进监狱差不多。监狱对犯人进行控制，精神病医院对病人施行的也是控制。医院对病人的控制，不外乎两种手段。一是药物控制，使病人每天按时服药后保持情绪稳定。二是外力控制，只许病人老老实实，不许病人乱说乱动。病人稍有不从或反抗，就有可能遭到捆绑和击打。说是每个病人都有一名护理人员跟踪护理，实际上，那些所谓护理人员不过是监控者和打手，病人的一举一动都在他们的监控范围之内，如果病人的举动不合要求，他们会随时对病人加以修理。这样主要以营利为目的的医院，不可能治好病人的病，只会使病人的病情加重。有的病人住过一段时间医院后，病情像是有所减轻，被家人接回了家，但很快，病人又被送回了医院，这种“二进宫”或“三进宫”的情况屡有发生。不用说，医院的治疗并没有产生病人家属所预期的效果，还得把病人送回医院继续治。

那些家属既然知道那样的医院不会治好病人的病，他们为什么还要花钱把病人往医院里送呢？没办法，一人得精神病，全家人的日子都不好过。眼不见，心不烦，他们把病人送出去，只不过是花钱买家里的安定而已。社会上有一种行为叫寄存，是指把用不着的东西寄存到别的地方。把病人送到精神病医院呢，其性质跟寄存可能差不多。

只不过，人们往寄存东西的地方寄存的多是一些没有生命的物件儿，而往精神病医院里寄存的则是一些会呼吸的活人。

寄存东西往往有这样的情况，寄存的时间一长，就忘记了，就不要了。寄存活人也有类似的情况，他们把病人往医院里一寄存，或是因为花不起钱，或是因为不愿再花钱，或是因为其他不可言说的原因，他们就撒手不管了，把所有难题都留给医院去处理。

王国慧把何新成领回了家。一到家，王国慧就拿出从医院开回的药给何新成吃，恨不能一把将病从何新成身上抓下来。

药片有大有小，都是圆形的，也都是白色的。何新成把药片儿看了看，问：这是啥？

王国慧没告诉何新成这是啥，她要试试何新成认识不认识药，她说：你仔细看看这是啥。

是药。何新成说。

回答正确，看来你对药还是认识的。

是毒药吗？何新成问。

何新成这样问话，说明他的思维确实有些问题。王国慧马上说：这是一些开胃的药，也是一些有营养的药。你的身体现在比较虚弱，等你吃了这些药，身体就会重新强壮起来。

何新成说：我不想吃药，我想吃韭菜面叶儿，我要吃三大碗。

韭菜面叶儿，是王国慧在老家时常吃的一种面食。做法是把韭菜切碎，和在面里，擀成薄片儿下锅。韭菜面叶儿下进汤锅里会变成翠绿色，上面再甩进黄色的鸡蛋穗儿，点上麻油，好看又好吃。王国慧说：你想吃韭菜面叶儿容易，妈妈马上给你做。但是，你必须先把药吃下去，不然的话，我是不会给你做的。

何新成这才就着王国慧给他预备的白开水，把药吃了下去。

你还想上学吗？王国慧问何新成。

不想上了。

那你想干什么？

我想演电影。

你脑子里是什么感觉？你觉得你的脑子清醒吗？

清醒。

怎么个清醒法儿？

清醒就是清醒。

清醒的反义词是什么？

你出的这道题太简单了，清醒的反义词当然是糊涂。

你既然认为自己是清醒的状态，为什么不想上学了呢？你的目标可是上大学，这个目标你没忘记吧？

他们要害我。

谁要害你？

杨展平。

杨展平是谁？

何新成对王国慧的问题似乎有些不屑于回答，他说：连杨展平是谁你都不知道吗？杨展平可是有名的女妖精，她比孙悟空三打白骨精里的白骨精还有名。她天天半夜里去找我，把我害得够呛。

喝醉酒的都说自己没喝多，糊涂的人都不愿意承认自己糊涂，看来何新成也是这样。王国慧说：好了，你先休息一会儿吧，我去买点韭菜。

吃晚饭时，何怀礼下班回到家里。见何新成在家里待着，何怀礼问王国慧怎么回事，新成怎么回来了？

王国慧没有做晚饭。她只给何新成擀了韭菜面叶儿，何新成原说要吃三碗，结果孩子吃得一点儿都不香，只吃了一碗，眼皮就开始向下耷拉，就有些犯迷糊，嘴角还粘着面就睡觉去了。王国慧想到，何新成吃的药可能有催眠的作用，他顶不住催眠作用的大力催促，只好躺倒睡觉。王国慧没有吃饭，孩子病成这样，她愁得心里满满的，肚子里也满满的，一口饭都吃不下。还有半锅韭菜面叶儿在锅里剩着，何怀礼想吃就吃，不想吃就拉倒。除了吃不下饭，王国慧连话都不想说。

怎么了，新成出什么事儿了？你哑巴啦？

王国慧这才说：这是他的家，他想什么时候回来，就什么时候回来。

何怀礼自己到何新成的卧室察看去了。不知他看到了什么情况，等他从何新成的卧室出来时，脸色变得非常难看，比霜打的茄子还要难看。他问：何新成是不是疯了？这样问着，他的嘴角似乎有些痉挛，脸也有些变形。

疯，这是王国慧最忌讳的一个字眼，自从得知何新成的精神出了毛病，她就像躲避恶魔一样躲避着这个字眼，生怕“恶魔”扑在何新成身上。在他们老家，人们不说什么精神病或神经病，都是把精神错乱的人说成是疯子。比如何赵庄的那个傻女人，村里人就说她是疯子。人们一般把疯子分成两种，一种是武疯子，一种是文疯子。武疯子发起疯来大喊大叫，上蹿下跳，打人咬人，六亲不认，会对别人造成伤害。整治武疯子的办法，是把武疯子捆起来，或关起来，限制其做动作的自由。文疯子不吵不闹，不蹿不跳，不耽误吃饭，不影响睡觉，除了对社会无用，会给家庭添累赘，一般不会给他人造成危害。因为把精神病人统统说成是疯子，那么精神病医院也被老家的人说成是疯人院。人一旦进了疯人院，有时给人的感觉比进了监狱还要可怕。而何怀礼从何新成卧室里一出来就问新成是不是疯了，等于一下子捅到了王国慧的敏感点和痛点，让王国慧痛心疾首，实在难以接受。她说：放屁，你才疯了呢！

王国慧，都是你把何新成逼成这样儿的。你一直逼着让何新成上大学、上大学，从小学就开始逼，一直逼到高中。要不是你逼迫何新成，何新成就不会疯。都怨你，都怨你，这下你不逼了吧，这下你舒坦了吧！

姓何的，你给我闭嘴！你没资格这样跟我说话！

何怀礼把头拧了拧，欲言又止，拉开门出去了。他把门关得发出一声巨响，震得门上方的墙直往下掉渣儿。

雨停了，天还阴着。天黑得一天比一天早，黑夜一夜比一夜长。何怀礼夜里回家时，显然是在外面把酒喝多了，满身都是酒气，走路已不太稳当。他的酒气不光是从嘴里和鼻孔里冒出来，似乎连身上的汗毛眼儿里，和衣服上的纹路里，都在呼呼地往外冒酒气。酒气里含有易燃的酒精，倘擦燃一根火柴往何怀礼身上一扔，说不定他身上会腾起火苗子来。说他走路不太稳当是轻的，他头重脚轻，脚底拌蒜，已是跌跌撞撞。他左手一摸是空的，就往左边跌了一下。他右手一摸摸到了墙，却感到有些意外似的，喉咙里嗯了一下。他的嗯里带有深深的疑问，仿佛在问：门呢？这里原来不是有门吗？门跑到哪里去了？他把墙拍了一下，大概觉得可笑，就笑了一下。笑过之后，他就开始骂人。他先骂的是我操，至于操哪个，并没有所指。接着他的骂有所升级，骂的是操他妈的。

客厅里开着灯，却没有人。刚才王国慧正在客厅里打手机，听见何怀礼开门，她就把手机捂在耳朵上，转移到卧室里去了。

何怀礼接着骂，人呢，操他妈的，人都死光了吗！

王国慧不会接何怀礼的茬儿，不会搭理这个狗东西。她知道何怀礼不喝醉之前还算是个人，一把酒喝多就不是人了，就会变得猪狗不如。

何怀礼像是终于找到了卧室的门，晃到卧室里来了。见王国慧坐在卧室里的床上打手机，他又嗯了一下，像是有些出乎意料似的。

情况大致就是这样，就这样吧，有什么事儿我随后再跟你说。王国慧说罢，把手机关掉了。她对何怀礼说：你是不是又喝多了，看你这个德行！

我是喝了一点儿，但是，但是……

但是个蛋，你还有心喝酒！

我我我……我心里苦哇！何怀礼像瞎子一样向床上摸去，摸到了床，他连鞋都没脱，身子一滚，就滚到了床上。

你来我就走。王国慧手里抓着手机，一转身又到客厅里去了。

哞的一声响，卧室里传出一声像牛叫的声音。是的，这声音不像是公鸡打鸣，公鸡打鸣虽不失高亢，嘹亮，但不如“牛”的叫声这么粗壮，浑厚。这声音也不像羊叫，羊的叫声总是断断续续，不够连贯，不如“牛”的叫声这般连绵不绝，气势如虹。这是何怀礼发出的哭声，一个男人发出的哭声，一个放过炮、挖过煤的男人发出的哭声。也许何怀礼早就想哭，这会儿才借助酒力，找到了哭的突破口。也许他压抑得太久了，积攒了充足的哭的能量，一哭就石破天惊，不同凡响。他的哭像暴风雨前的雷声一样，一开始并没有什么内容。等狂风大作，大雨滂沱，他的哭就有了内容。内容不是指他的泪水，他的泪水不算少，也可以用滂沱来形容。内容是指他一边哭，一边开始自我反思，自我谴责：老天爷呀，我上一辈子到底作了什么孽，你这样整治我，这样不让我好过！反思无果。他就骂人。他骂的不是别人，是老天爷。他骂老天爷不公正，不公平。他骂老天爷缺德，没良心。他骂了老天爷的娘，骂了老天爷的奶奶，把老天爷的祖宗八辈都骂到了。老天爷不还嘴，这样他觉得更没意思，更加委屈，也更加绝望。他号啕得像个娘儿们一样，喊着：我不活了，不活了，我死了吧！老天爷呀，你咋还不让我死呢！他一边哭，一边拍床铺，把床铺拍得像擂鼓一样。

王国慧听见了何怀礼的哭，知道何怀礼绝望痛哭是因何新成的病而起，她不但不同情何怀礼，反而对何怀礼的哭甚是反感，嗤之以鼻。一个男人，当家里遇到危难的时候，应该负起家庭顶梁柱的责任，把这个岌岌可危的家庭支撑起来。而何怀礼在危难面前，自己先哭得稀里哗啦，这算是什么男人！

何怀礼牛吼一样的哭声把何新成惊醒了，他集中脑力想了想，想起痛哭的男人应该是他的爸爸。但他不明白爸爸为何会哭，而且哭得这样丑陋，这样难听。在他的印象里，爸爸在家里瞪眼巴叉，是严肃的，也是坚强的，他从没有把眼泪和爸爸联系起来，从没有想到爸爸会失声痛哭。何新成不会把爸爸的哭与他相联系，他不认为自己有什么病，认为自己的一切都很正常。因为他不了解自己，也不理解自己，所以也不能理解那个叫何怀礼的爸爸为什么会大哭。何新成从自己的卧室里走出来了，问妈妈：我爸爸怎么了？

你去问他。

他是不是疯了？

何新成的说法让王国慧吃惊。爸爸说儿子疯了，儿子又说爸爸疯了，是不是他们父子俩都疯了？要是他们两个的精神都出了毛病，家里的日子还怎么过！王国慧说：你是他儿子。他一直对你抱有很大希望，你去看看他吧！

何新成来到爸爸妈妈的卧室，见爸爸还在挤着眼哭，眼泪鼻涕流得一塌糊涂，他站在床前问：爸，你怎么了，你哭什么？

何怀礼听见了何新成的问话，他为何新成而哭，何新成却问他怎么了，却不知道他为何而哭，这只能证明何新成的精神确实出了毛病，这只能使他悲上加悲，痛上加痛，于是，何怀礼的悲痛像是获得了新的动力，哭得更加厉害。何新成还有话，他的话像是老师对学生的批评，他说：你的表现很不好，这样会影响别人的休息。

何怀礼还以为他的哭会对何新成有所触动，没想到何新成如此冷漠，看来这个孩子是彻底废了。

35

有一位老中医，在公立医院退休后，自己开办了一个国医堂。王国慧早就听人说过，那位老中医号脉极准，看病看得很好。他一般不问病人有什么病，只把病人的脉息“问”上一会儿，就能准确地说出患者的病情。不管多么难治的病，只要到了他手里，都有可能治好。当然了，请他看病，挂号费要高一些，药费也比别的医院高。这个无所谓，人穿衣吃饭花钱，看病吃药也要花钱。前者花的是小钱，后者花的才是大钱。王国慧自己不爱去医院看病，儿子生病了，她不得不带儿子寻诊问医。也是抱着一线希望，她把何新成带到了老中医面前。老中医的眉毛白了，胡子白了，面部却红润如婴，如传说中神仙的样子。老中医微微闭目，面带微笑，把何新成的脉搏摸了一会儿，一开口就把何新成的病情说准了。老中医倒没说何新成有什么精神病，只说何新成是纵欲无度，造成了滑精和尿频，身体亏得太厉害了。目前的当务之急，是要对何新成的身体实行进补，以养精固本，使何新成的身体尽快强壮起来。老中医还说，人的身体一弱，正气就会退却，邪气就会上升。邪气上升如鬼魅附身，什么奇奇怪怪的病都会找上门来欺负你。而一旦健康恢复，正气回归，邪气就祛除了。王国慧听老中医说得不错，说话的口气也和蔼可亲，就让何新成到外面休息一会儿，她单独和老中医聊了几句。她说，何新成看上了同班的一个女同学，因女同学不同意跟他交朋友，他就变成了这样。老中医说，他知道，只是当着学生的面没说出来而已。这种病叫单相思病，也叫意淫。意淫无度，对青年男子的伤害是很大的。说到这里，老中医问王国慧看过《红楼梦》没有？

王国慧说：听说过，没看过。只断断续续看过电视剧。

没看过就不说了。看电视剧不算看，只有读了原著才算看。

那我随后找来看看。王国慧关心的还是何新成的学习，她问老中医：等我儿子的身体恢复了健康，他还能继续上学吗？

这个不好说，要看他还有没有上学的欲望。人是有欲望的动物，一切行为归欲望管着。他有继续上学的欲望，当然可以让他上。他没有了上学的欲望，也勉强不得。世上的路千条万条，不一定非要走上大学这条路。世上的树千棵万棵，不一定只到一棵树上摘果子吃。

他还年轻，前面的路还很长，总不能老在家里待着吧。

话说到这儿，我有一个建议，不知当说不当说？

老先生，您只管说。

我建议，你儿子的身体经过调养好转后，你托人给你儿子介绍一个对象，让他尽早结婚，我为什么给你提这个建议呢？这是从人的根本上说，男人因女人得的病，就得找女人给他治；女人因男人得的病呢，也得找男人给她治。这叫缺阴补阴，缺阳补阳，阴阳互补，才能实现阴阳平衡。

好，老先生，您的建议我记住了，谢谢您！

何新成吃了老中医开的比较贵的中药，饭量有所增加，身体一天比一天好转。好转的标志之一，是他的变薄的腮帮子又有肉了，瘪下去的腮帮子又鼓了起来。人的腮帮子不只是给人看的，里面隐藏的还有用于咀嚼的咬肌，如果咬肌变瘦变小，连吃硬东西都会乏力。人的咬肌增强起来呢，不仅会加大牙齿咬合的力量，连人的面部也会变得饱满和好看起来。同时，何新成的脸不再是那种暗淡无光的苍白，开始有了一些浅显的血色。王国慧每天都在观察何新成身体的变化，这样变化下去，何新成也许真的会好起来。

夏老师让何新成的一个男同学把何新成的书包送了回来，书包里装得鼓鼓囊囊，看上去相当沉重。给人的感觉，书包里装的不是书，像是红薯、大豆之类。当王国慧把书包转交给何新成时，王国慧特别留意观察了一下，看看何新成对自己的书包还有没有感情。在何新成考上重点高中后，王国慧为了奖励何新成，特意花了不菲的价钱，买了这么一个进口书包。书包用料讲究，做工精美，大兜里面还有小兜，何新成很是喜欢。以前何新成与他的书包朝夕相伴，跟书包在一起的时间比跟她这个当妈的在一起的时间还要多。然而，让王国慧寒心的是，何新成接过书包后，连打开看一眼都没看，随手一扔，就扔到桌子底下去了。王国慧经常去矿街的菜市场买菜，有时也会买红薯和土豆。不管她买什么，何新成从来不关心。也许何新成把书包里装的东西真的当成了红薯、土豆，甚至当成了垃圾，不然的话，他怎么连一眼都不看呢！王国慧问何新成：你怎么不把书包打开看看呢？

看什么？何新成反问。

看看你的课本全不全哪。

不用看，看不看都一样。

你以前可是一个非常热爱学习的孩子，现在一点儿都不爱学习了吗？

可笑！你不觉得自己很可笑吗？

王国慧没觉得自己可笑。这有什么可笑的呢！不觉得自己可笑，她却笑了一下。当然，她的笑是苦涩的笑。人说黄连苦，她的笑比黄连还要苦；人说青柿子涩，她的笑比青柿子还要涩。

何新成看到了王国慧的笑，他一下子恼了。虽说他的恼有些莫名其妙，但他的确恼了，他说：你笑什么笑！他又说：王国慧，你不要高兴得太早了！

我的天哪，儿子何新成不但指名道姓地叫了她名字，还要她不要高兴得太早了。在王国慧以前的记忆里，何新成从没有这样直呼过她的名字。在他们老家的传统文化里，妈妈的名字对儿子来说是忌讳的，儿子不可以当面叫妈妈的名字，叫了就是犯忌，就是大逆不道。以前她吵过何新成，打过何新成，何新成也有着恼的时候，但何新成恪守着从遗传基因里承继的传统文化，从没有叫过她的名字。这次何新成不仅破天荒地叫了她的名字，还警告她不要高兴得太早了。王国慧高兴了吗？没有。她悲伤还悲伤不过来呢，哪里敢有半点儿高兴呢！

王国慧想给大姐打一个电话，诉一诉心中的委屈。谁心中都会有委屈，谁心中的委屈都需要倾诉。王国慧觉出来了，她心中的委屈如矿上的人常挂在嘴边的井下的瓦斯，当瓦斯越聚越多，浓度越来越高，遇到一点儿火花就会爆炸。别看瓦斯只是一种气体，它无色透明，一点气味都没有，一旦发生了爆炸，它的威力相当巨大。如果矿工正处在爆炸范围内，轻者会像贴画一样贴到巷道的墙壁上揭不下来，重者会在瞬间化为灰烬，不可寻觅。王国慧觉得，自己心中积累的“瓦斯”已经到了爆炸的临界点，如果再不想办法排放一下，说不定也会发生爆炸。要是发生了爆炸，就会给她带来毁灭性的灾难，恐怕一切的一切都完了。

关于何新成生病的事。王国慧不想让何赵庄的任何人知道。暑假期间，为了庆贺何新成考上了市里的重点高中，他们两口子带何新成回到了何赵庄，并在村里摆了宴席，请亲戚朋友们喝了酒。村里人都知道何新成学习好，是未来的大学生。现在情况急转直下，何新成不但上不了大学，连高中能不能读完都很难说。这样的情况倘若被何赵庄的人知道了，有的人不知怎样看笑话呢，不知怎样幸灾乐祸呢！何新成中途退学的事，王国慧也不想让她娘家王大庄的人知道，甚至连对娘都保着密。娘老是说她的心太高了，老是嫌她管何新成管得太紧了，要是让娘知道了何新成如今成了这个样子，娘很可能会把责任归咎于她。另外，从孝道上讲，家里出了这样烦心的事，她也应该瞒着母亲。母亲的岁数不小了，她不能再让母亲为她家的事担心。想来想去，王国慧只想把何新成的事跟大姐说一声。大姐从小带她玩，一直保护着她。在所有的兄弟姐妹当中，她对大姐的感情最深，也最尊重大姐。大姐跟随大姐夫到中国西部一个叫宁西的城市去了。在那里当小学老师。而大姐夫呢，在一所高中当副校长。大姐和大姐夫都是从事教育工作的，他们对教育孩子应该很有经验，也很有研究。王国慧之所以愿意选择给大姐打电话，一是想把心中的委屈跟大姐倾诉一下，二是想请大姐和大姐夫帮她拿拿主意，看看何新成下一步应该怎么办。现在何新成一天到晚待在家里，不出门，也不下楼，几近封闭状态。他不是吃饭，吃药，睡觉，就是看电视。他手里抓着电视机的遥控器，点到什么看什么，点到人看人，点到狗看狗；点到大球看大球，点到小球看小球。有时他看着看着睡着了，醒过来再接着看。电视节目常有，人的生命不常有，一个人年纪轻轻的，总不能一辈子老看电视吧！

其实在此之前，王国慧已经给大姐打过一次电话了，她在不知不觉间就有所保留，没有如实把何新成出现的严重情况告诉大姐。那回她像以前跟大姐打电话那样，对大姐说了一些问候的话，才顺便说了一点何新成的情况。她说，新成最近喜欢上了班里的一个女同学，学习上有些分心，成绩在班里的排名有所下降。大姐的意见是，孩子到了青春期，出现这样的情况是正常的，家长要当事儿，又不要太当事儿。当事儿就是注意孩子的情感和情绪变化，并与老师多联系，多沟通，争取把事情控制在可控制状态。不要太当事儿，我的意思是劝你不要慌张，不要如临大敌，更不要对孩子有什么过激行为，相信孩子能够自己战胜自己。王国慧说好，大姐，我知道了，我记住了。其实在给大姐打电话时，何新成的状态已经是失控状态，已被医院诊断为患了精神性疾病，不能再去上学。一放下电话。王国慧就有些懊悔，有些自己恨自己。何新成都到了这般田地，自己为什么不能对大姐实话实说呢，有什么必要瞒着大姐呢！你呀你呀，你的虚荣心咋就这么强呢，你就是死要面子活受罪啊！

大姐是好大姐，这天下午，王国慧正独自一人坐在办公室里发呆，大姐给她打来了电话，问新成最近情况怎么样。

大姐比母，还是大姐关心她呀，心疼她呀！一听是大姐打来的电话，王国慧积攒已久的满腹的委屈呼地就涌上来了，双眼顿时涌满了泪水，她只叫了一声大姐，喉咙里就哽咽得说不成话。

大姐大概听出了王国慧的声音不大对劲儿，她说：国慧，国慧，你怎么了？有什么话你慢慢说。你从小我看着你长大，我知道小慧最相信大姐了。

一声小慧，叫得王国慧仿佛一下子回到了小时候，变成了一个弱者。她更是五内沸然不能自已。她说大姐呀，我的命咋就该这么苦呢！她跟何怀礼一样，提到的也是老天爷，她说老天爷怎么这样跟我过不去呢，我的天哪！尽管王国慧尽量压抑着自己，没有像喝了酒的何怀礼那样大哭，她还是禁不住抽泣起来。

大姐要王国慧平静一下，说谁家都会遇到一些难事儿，啥难事来了都不要怕，最终都会过去。孩子的事儿最和大人连心，最让大人操心，也最容易使大人伤心。大姐问王国慧，是不是新成的事儿让她伤心了？

王国慧这才跟大姐说，学校让她把新成接回家里来了。她带新成去医院看了看，新成的身体出了毛病，精神也出了毛病。新成身体上的毛病是尿频，精神上的毛病是萎靡不振，无心学习。

大姐一听，就判断出新成的情况已经比较复杂，比较严重。人身体上的毛病比较好治，而精神上的毛病总是很难治，一旦精神上出了毛病，往往要带一辈子。大姐说：我应该去看看新成，只是学校还没有放假，我暂时离不开。

大姐不用来。孩子成了这样，我心里憋屈得难受，跟大姐说说，我心里好受点儿。

那我怎么帮帮你呢？要不我给你寄点钱吧？

钱也不用寄。大姐你看这样行不行，等新成的身体再好一点儿，我带他到你们那里散散心，让他改变一下环境，看看对他的精神会不会好一些。

大姐说：那也好，我和你大姐夫随时欢迎你们来。

又过了几天，王国慧果然带着何新成，还让何新成带着书包，乘火车奔宁西去了。她跟何新成说的是：你大姨和你大姨夫想你了，让你到他们那里去旅游。

旅游好呀，旅游不就是游山玩水嘛，不就是骑马射箭嘛！何新成不反对旅游。可是，去旅游又不是去上学，带书包干什么呢？何新成对王国慧说：你骗人！

我怎么骗人了？我从来不骗人。我啥时候骗过你？

旅游就是玩，你让我带书包干什么？

因为你是学生，带上书包，才能证明你的学生身份。

何新成似乎还有疑虑：你是不是不喜欢我了，要把我送到人生地不熟的地方卖掉呀？

王国慧有些哭笑不得。一个人的思维如果脱离了正常轨道，就像去掉了头的苍蝇，只能胡乱飞，飞得东一头，西一头，一会儿飞到泥地里，一会儿又飞到水地里。王国慧说：人家买猪都是买小猪，买羊都是买小羊，你都这么大了，人家买你干什么，你是会把人家叫妈？还是会把人家叫爸？

何新成的蛮劲上来了，他瞪着眼珠子说：谁要是敢买我，我就杀掉他全家！

不要胡说八道了！你在路上一定要少说话，你说得不照路路儿，人家会笑话你的。

大姐有两个孩子，一个女儿，一个儿子。大姐的女儿和儿子先后都考上了大学，大学毕业后又都在东部沿海的大城市里参加了工作。王国慧之所以跟大姐联系得比较多，一个主要原因，是她认为大姐和大姐夫在教育孩子方面做得比较成功，她要向他们学习。大姐家的住房也比较宽敞，是两个两居室打通，成了四居室。四居室当中，大姐的女儿和儿子的卧室还保留着。在大姐的安排下，王国慧住大姐女儿的卧室，何新成住大姐儿子的卧室。在大姐家住了一两天，因王国慧盯着让何新成按时服药，何新成除了一天到晚还是抱着遥控器看电视，倒没有出现什么特别异常的情况。这时，王国慧向大姐提出了一个要求，请大姐跟大姐夫说一说，看大姐夫能不能把何新成安插到大姐夫所在的高中继续上学。大姐夫既然在高中当副校长，安插个别学生应该有这个权力。活马当死马医也好，死马当活马医也罢，王国慧自己还是一匹活马，她还是不死心啊，还是想让儿子继续上学啊，还惦着让儿子上大学啊。她所在的省和城市教育质量比较高，每年的高考录取分数线也高，而大姐所在的西部城市教育质量相对差一些，高考录取分数也低。何新成要是能插进大姐夫所在的学校继续上学，以何新成过去的学习成绩而言，说不定何新成在班里还能拔尖儿，还能考上大学。王国慧不会忘记，何新成上初中的时候，跟她的同学周丽娟有过那么一段初恋，因为周丽娟的妈妈郝青从中干预，把周丽娟转到别的学校去了，使何新成失去了初恋对象，何新成重新把心思都用到了学习上，学习成绩很快提升，才考上了重点高中。她现在把何新成带到宁西来，也是为了给何新成改变一下环境，避免何新成再见到杨展平。过上一段时间，何新成见不到杨展平，也许就把杨展平忘记了，心情就会平静下来，重新投入学习。王国慧之所以让何新成带上书包来宁西，也是出于这样的考虑。现在这个社会，很多事情都是从成本、经济、效益等角度考虑的，不花钱办不成事儿，不托关系办不成事儿，没有得力的亲戚朋友，更是办不成大事。像何新成这样跨地区、跨城市转学的大事、难事，她只能向大姐开口，求助于大姐。

大姐没有拒绝王国慧的要求，大姐说：我完全能够理解你的心情，孩子连心，不到万般无奈，你不会跟我张这个口。这样吧，我尽量跟你大姐夫说说吧。

大姐夫答应跟校长说说，把何新成安插到高中一年级的班级学习一段时间试试。之所以说是试试，是借读性质，而不是正式转学，就是要看何新成是不是愿意继续上学。如果何新成愿意上学，课堂表现也说得过去，转学当不成问题。如果何新成自己没有学习的欲望，不能很好地融入班集体，那就不好说了，恐怕谁都爱莫能助。大姐夫说；学习这个事儿极具个人性，你就是你，我就是我，谁都不能代替谁。

如果一个人爱学习，他在被窝里打着手电也要学习。如果一个人不愿意学习呢，你怎么逼他都不行，家长干着急也没用。大姐夫把王国慧叫小妹，说他不是跟小妹说丑话，只是希望小妹要有两种思想准备。

王国慧表示明白，她说给大姐夫和大姐添麻烦了。王国慧知道，大姐和大姐夫的心思并不是全都在教书上，他们还投资开了一家文具店，除了卖笔、墨、笔记本、作业本等各种文具，还兼卖课本和复习材料等。开了文具店，日常营业他们并不管，只是签了协议，交由代理人打理，他们只分红利。别看大姐的两个孩子都参加了工作，孩子的事儿大姐还得管。别的且不说，孩子要在城里买房子，他们要是不给孩子添钱，只靠孩子挣那点儿工资是买不起的，挣一辈子工资都买不起两间房子。谁都是一样，生孩子也是生桩子，只要有了孩子，家长的心就得一辈子被拴在桩子上。

王国慧从大姐家回到自己家还不到一个星期，大姐就把何新成给她送了回来。大姐对王国慧说，人各有命，人的命，天注定，别再为难孩子了。之所以把何新成原封不动送还给王国慧，大姐把原因说得很简单，而且只说了两条原因。一条原因是，何新成无心学习，老是追踪班里的女同学。有一个女同学去厕所，他仍在后面跟着人家。另一条原因是，何新成突然从学校里逃走了，逃得无影无踪，哪里都找不到他。后来大姐夫只得求助于市公安局的朋友，发动警察的力量，才在火车站里把何新成找到了。找到何新成时，他什么东西都没带，正一个人在车站广场里走来走去。警察走上前向他问话时，他顿时大惊失色，拔腿就跑。好几个警察围追堵截，才把他拦下来。大姐问何新成，为什么一声招呼不打就从学校里逃走？何新成说有人要害他，所有的人都要害他。有人要打断他的腿，有人要割掉他的头，还有人要抠出他的两个眼珠子当泡儿踩。不光人要害他，连学校里的杨树、篮球架子、电线杆子等都要害他。亏得他跑得快，不然的话，他早就死了。

当大姐对王国慧说这些原因时，何新成又打开电视机看电视去了。电视里有人，有男人也有女人。只要有男人和女人，就会发生故事。那些故事与何新成都没有关系，他不一定看得进去。只是他眼睛发空，要看点儿东西；他耳朵也发空，要听点儿东西。他也就是影影绰绰地看个人影，懵懵懂懂地听个声响而已。大姨跟他妈说的送他回来的原因，他似乎听见了，又似乎没听见；他听着像是在说他，又不像是说他，跟他似乎没有任何关系。有那么一会儿，恍惚之间，他仿佛觉得妈妈和大姨也成了电视剧里的人，他还纳闷儿呢，这两个女人怎么从电视里跑了出来呢？

王国慧把何新成看了看，只有摇头，并长长地叹了一口气。她说：大姐，你看我活着还有啥希望呢，还有啥意思呢！这样说着，她两眼又是泪花花的。

大姐说：你也不必太悲观。俗话说，留得青山在，不怕没柴烧。这儿没有了希望，说不定希望会从别的地方长出来。接着，大姐向王国慧提了一个建议，大姐的建议跟那个老中医的建议是一样的，也是让王国慧给何新成找一个对象，让何新成结婚。从何新成的表现来看，本质上是在求婚。既然他在求婚，不如满足他的要求，让他结婚算了。人饥给饭，人渴给水，要是他结了婚，也许就好了。大姐举了一个例子，说她同事的儿子，都上了大学了，因追求女同学不成，精神上出了毛病，只得退学。后来他妈托人给他介绍了一个进城打工的农村姑娘，农村姑娘见她的同事家庭条件不错，他儿子毕竟当过大学生，农村姑娘又渴望转为城市户口，就同意了。他儿子和那个农村姑娘结婚后，跟换了一个人一样，一下子就踏实了。同事的儿子对媳妇好着呢，一会儿看不见媳妇就到处找，找到了媳妇就对媳妇笑。之前同事的儿子吃这药，吃那药，精神都不见好转。不料人也是药，啥药都不如“人药”。直到同事的儿子吃到媳妇这“药”，病情才算好转了。更让同事欣喜和欣慰的是，儿子和儿媳结婚时间不长，儿媳就怀孕了，就给他们家生了个孙子。大姐对王国慧说：新成要是结了婚，说不定你也会有孙子呢！

王国慧把辣眼的眼泪擦了一下说：就他这样儿，谁会愿意嫁给他呢！

我刚才说的话，你可能没注意听。我再说一遍，我同事的儿子找的不是城市姑娘，是进城打工的农村的姑娘。人走到哪一步说哪一步，新成走到了目前这一步，你就得实事求是，眼睛不能再往高处看了，要往低处看。我的意思你明白了吧？你不要看不起农村姑娘，农村姑娘里也有好的。别人咱不说，咱们不就是从农村出来的嘛。

王国慧这才把老中医的建议跟大姐说了。

大姐说：这就对了嘛，中医一老，不是神仙，也是人精。

王国慧转而征求何新成的意见：新成，你大姨说给你找个对象，让你结婚，你同意吗？

何新成正看电视，好像没听见妈妈说的是什么。

我跟你说话呢，你听见没有？破电视有什么好看的，把电视关掉！

何新成似乎这才听见妈妈在跟他说话，他问：你说什么？

王国慧只好把给何新成找对象结婚的话又重复了一遍。

大姐给王国慧帮腔说：新成呀，你妈妈是你最亲的亲人，妈妈说话的时候，你一定要注意听。

让王国慧没料到的是，何新成皱起眉头，像是思索了一下，竟点了头。

36

这地方把去医院和药店买药说成抓药，干啥去？我去抓点儿药。不管是买西药，还是买中药，统统用一个抓字代替。抓药的说法肯定是从古代传下来的，因为中国以前只有中药，没有西药。中药都是放在小抽匣里，往小秤盘取药时，都是撮起手指一点一点往外抓，这样抓来抓去，人们看来看去，可不就成了抓药嘛。

王国慧的日程里，也排上了抓药的行动。她抓药不是去医院里，也不是去药店里，而是到社会上去抓，到市场上去抓。随着市场越来越开放，市场经济越来越发达，市场上的商品五花八门，琳琅满目，异常丰富，前所未有的丰富。卖粮的，卖油的；卖蛋的，卖肉的；卖鱼的，卖虾的；卖瓜的，卖菜的；卖鞋的，卖帽的；卖金的，卖玉的；卖花儿的，卖草的；卖死的，卖活的，等等等等，可说应有尽有，不应有的也有。这天王国慧来到矿街的市场，不是来看商品，主要是看卖商品的人。以前她也经常来市场，但多是见物不见人，买到所需的物品就走了。这次她反过来了，主要注意的是人，而不是物。在她以前并不是很清晰的印象里，记得在市场上卖东西的多是一些女人，而且是从农村来的女人，男人极少。既然女性比较多，就给王国慧的挑选提供了丰富的资源。可是，当王国慧转过几个市场后，她才发现那些卖东西的多是中年妇女。那些妇女做生意都做得很熟练，对每一位顾客张的都是笑脸，看你时都是笑眼。但她们变脸都变得很快，你不买她们的东西，她们的脸马上就拉下来，笑眼就变成了钱眼。她们的笑眼是弯的，变成钱眼之后呢，就成了方的。因为王国慧只看人不买东西，她得到的只能是“钱眼”。

在市场上卖东西的年轻女性还是有的，王国慧只看到了两个，一个是卖杂粮的，一个是卖干果的。卖杂粮的脸上红一块，紫一块，像是患有皮肤病。卖干果的太瘦了一些，像她卖的核桃、榛子、巴旦木一样，一点儿都不水灵。这两个女性只是看上去年轻一些，王国慧并看不出人家结过婚没有，还是不是姑娘家。王国慧听说，有的地方女孩子多一些，比如按摩店、洗头房之类。对于在那些地方“工作”的女孩子，王国慧一个都不会考虑。人们心知肚明，那些地方差不多都是染缸。女孩子进去之前是白的，一出来就不白了，不知被污染成什么颜色。或者说女孩子进去之前是干净的，等出来之后就不干净了。要是从那些地方找一个女孩子给她当儿媳妇，让别人知道了，岂不把人笑话死！

利用职务之便，王国慧把她的部下动员起来了，让部下帮助给她儿子介绍对象。关于她儿子的实际情况，对别人可以隐瞒，对部下不大容易隐瞒。部下像关注她的职位一样关注她的家庭情况，她怎么能瞒得住呢！但隐瞒是一种本能，王国慧在托部下给她儿子介绍对象时，不知不觉间涌上头脑的还是隐瞒意识。她极力否认何新成精神上有什么毛病，只是说何新成早慧、早熟，出现了早恋的情况。一个孩子之所以会早恋，说明他敏感、情商高，有超强的爱情能力。哪个女孩子要是嫁给何新成，是不会吃亏的。

人多眼就多，有些事情依靠群众是对的。时间不长，王国慧的一位女部下果然为何新成物色到了一个姑娘，那个姑娘只身一人，从农村进城打工，在一家专事加工鸭制品的小作坊里当营业员。女部下说她打听过了，那个姑娘姓麻，叫麻玉华，今年十九岁，生肖属狗。麻玉华因为兄弟姐妹多，家里比较穷，上学只上到初中毕业，家长就不让她上了，她只好随着打工的潮流出来打工，自己养活自己。女部下跟麻玉华已简单交谈过，得知麻玉华还没有找对象。女部下问麻玉华愿不愿意在城市里找一个对象。麻玉华没说愿不愿意，只说她是农村人，城里人谁愿意找农村人呢！从麻玉华有些自卑的口气里可以听出来，她很愿意嫁给城里人。

听女部下说了麻玉华的情况，王国慧觉得这个姓麻的女孩子可以考虑。麻玉华一是家里穷，二是学历低。这两条儿在王国慧看来，不是麻玉华的劣势，恰恰是麻玉华的优势，一个女孩子，只有家里穷，才会思变，才会千方百计留在城里。而嫁给城里人当媳妇，是一个改变自己命运的有效途径。女孩子不怕家里穷，怕的是家里富。家里富有，吃不愁，穿不愁，花不愁，能够养尊处优，她就不思进取了。女孩子的学历不能太高，学历越高，眼光越高。初中生想找高中生，高中生想找大学生，大学生想找研究生，历来如此。如果麻玉华是高中毕业，给她介绍何新成，她不一定会答应。而麻玉华只是一个初中毕业生，何新成曾读过高中，还是重点高中，她就会觉得何新成比她高一等，就会产生攀高的心理。于是王国慧给女部下下了命令，让女部下就给她的儿子当媒人吧。

按照女部下提供的地点，王国慧找到那个卖鸭制品的作坊和门面房，面对面地把麻玉华观察了一番。她把自己装成一个买鸭制品的顾客，装作来看鸭制品，实际上主要是看麻玉华。门面房只有一间，迎门摆放了一溜儿玻璃柜，也是玻璃柜台。透过玻璃，可见柜子里面的搪瓷托盘里盛着多种鸭制品。那些鸭制品有酱鸭、咸水鸭，还有鸭头、鸭脖、鸭肝、鸭胗、鸭掌等等。除了没有鸭毛，好像鸭子身上的东西都有了。在鸭制品之外，这里卖的还有卤豆腐皮儿、卤花生米、凉拌芹菜、凉拌豆腐丝等。麻玉华正给一个老头儿在电子秤上约鸭肝，趁麻玉华不注意，王国慧正好可以把麻玉华满头满脸地看一看。麻玉华的脸有些扁平，是被称为平面子脸的那一种。人说文似看山不喜平，人的脸也是一样，太平就显得沉闷，平淡，不够有灵气。麻玉华吃得有些胖，胖得不仅腮帮子圆圆的，连下巴都成了重的。麻玉华吃得这样胖，表明她是一个贪吃的孩子。凡是贪吃的孩子，都是长肉不长心，都不太聪明。麻玉华这样的相貌，跟王国慧理想中的儿媳的相貌差远了。

麻玉华大概觉出有人在看她，她也把王国慧看了一眼，问：阿姨你要点什么？

我先看看。王国慧说。

买鸭肝的老头儿走了，王国慧还在那里看。

麻玉华腾出手来，再次问阿姨想买点儿什么。

王国慧说：我第一次到你这里来买东西，我也不知道什么好吃，你给我推荐一下吧。

麻玉华说：如果让我给你推荐，我建议你买咸水鸭。咸水鸭是我们店的特色食品，买咸水鸭的回头客最多，每天都能走十多只。

那就接受你的建议，买一只咸水鸭吧。反正我不会买酱鸭，酱鸭用酱油太多，一看黑乎乎的，就影响人的食欲。

不瞒阿姨说，我也不喜欢吃酱鸭。咸水鸭不放酱油，不放糖，吃起来才原汁原味。你这次尝了我们店的咸水鸭，说不定还会来买。

我发现你挺会做生意的。

谢谢阿姨夸奖！麻玉华抓出一只咸水鸭，放在电子秤上称过，报了价钱，问阿姨要不要拌一下？

王国慧问怎么办，她以为是办事的办。

麻玉华说，要是拌，她就把整只的咸水鸭剁成小块儿，放上蒜泥和香菜搅拌一下，然后再浇上一些他们自制的卤汁，那就更好吃了。

这个拌不是那个办。王国慧正要把麻玉华多观察一会儿，说：那就拌一下吧。

麻玉华把白白的咸水鸭摁在案板上，手起刀落，先把鸭尾剁了下来。被剁下的鸭尾硬撅撅的，断面露出一些黄油。麻玉华问阿姨鸭尾还要不要，说有的人不要。

王国慧知道，鸭和鸡一样，它们的生殖系统一部分长在尾巴里，把交配说成交尾，就是这个意思。有人不吃鸡尾和鸭尾，大概是不愿吃到鸡和鸭用于生殖的东西。王国慧从不拒绝吃鸡尾和鸭尾，她认为鸡和鸭的那个部位都很香。她说要。

王国慧在说要鸭尾的同时，她几乎对麻玉华认可了。经过近距离的观察，还有对话，她觉得麻玉华这丫头还可以。麻玉华长得是有些闷，有些面，看上去不够聪明和机灵。但脆瓜有脆瓜的好处，面瓜有面瓜的好处。正像麻玉华这样傻呵呵的丫头，才有可能与何新成成婚。要是一个姑娘长得猴精猴精，精得能拔下汗毛当哨子吹，那样的姑娘不可能会看上何新成。王国慧保持的大概还是农村人的审美观，她认为麻玉华胖一点也很好。女人嘛，总得身上有肉，总得肥一些，才像个女人。才能与男人相区别，并能吸引男人。如果像现在有的城里女人做的那样，天天减肥，减肥，减得黄皮寡瘦，要肉没肉，要水没水，那还能算是女人吗！王国慧看出来了，麻玉华虽说胖一些，但胖得一点儿都不囊，而是紧皮紧肉，紧得像硬面馒头一样。由于麻玉华身体的丰满，使得麻玉华的胸部和臀部都显得比较突出，突出得顶部似乎要把衣服顶破，并扑棱一下子从衣服下面跳将出来。麻玉华的皮肤也白，恐怕比她卖的咸水鸭的皮肤还要白。咸水鸭的皮肤没有光彩，而麻玉华的皮肤闪耀着青春的光华。当然了，麻玉华不是咸水鸭，也不是鸭尾，她不能马上把麻玉华带走，她要抓紧时间与作为媒人的女部下商量，制订出一套可行的方案，尽快把麻玉华抓住，并尽快把麻玉华娶到她家里，给何新成当媳妇，把生米做成熟饭。

王国慧和媒人制订的方案出来了，步骤分一二三。总的指导思想是，要舍得花钱。从农村出来打工的孩子，追求的就是钱。钱是肉，要拿肉给麻玉华吃。钱是迷魂汤，要拿迷魂汤给麻玉华喝。钱是锤子，要用锤子把麻玉华打蒙。钱还是绳子，目的是把绳子套在麻玉华脖子上，让麻玉华乖乖跟他们走。在舍得花钱的同时，要让麻玉华知道，何新成的家庭条件是优越的，优越体现在“双有”，一有权，二有钱。有权，指的是何新成的爸爸妈妈都是主任，爸爸是调度室主任，妈妈是居委会主任。钱嘛，历来跟权是联系在一起的，只要有权，钱就不会少。她们当然不能漏出何新成有病的任何信息，必须把对何新成不利的信息瞒得严严实实，她们只说何新成很优秀。优秀体现在两个方面，一是何新成很有才，二是何新成长得很帅。若不是有才，何新成不会考上市里的重点高中。何新成明鼻子大眼，身高超过了一米八，不是帅小伙儿是什么！

媒人去找麻玉华介绍何新成，第一步一上来就送给麻玉华一件小礼物。小礼物是媒人的说法，什么小礼物呢，打开用绣花红缎子做成的束口包装袋一看，竟是一条金光闪闪的金项链。一般来说，对象介绍得差不多了，等姑娘家开始吐口儿了，男方家里才开始给女方送礼物，这叫不见兔子不撒鹰。像王国慧托的媒人这样，上来就给姑娘送礼物，而且送如此贵重的礼物，这有点儿不合常规。或者说是不按常规出牌，一上来就把大猫打了出来。对了，在王国慧的授意下，媒人就是要打破常规，就是要把大牌打在前面，就是要镇麻姑娘一下子。

铁不是铜，铜不是银子，银子不是金子。金子自有金子的分量，只有金子才能发出金光，金子一出场，效果果然不一样。麻玉华一见金项链，她的眼睛霎时就亮了，亮得发出了光。她眼里发出的光也像是金光。乖乖，这可是金子呀，啥东西比得上金子金贵呢！乖乖，这可是金项链儿呀，什么金首饰比得上金项链儿的圈子大呢！麻玉华做梦都渴望自己能拥有一件金首饰，但她还不敢往金项链儿上想，觉得能买一对儿小小的耳环，或买一枚金戒指，就很不错了，就足以让她满足。她有一个婶子，进城给人家当保姆时，因偷拿了主家的一枚金戒指，差点被人家把她送到监狱里去。她绝不会干那样的事，她要靠自己劳动，自己挣钱买金首饰。现在出现在她眼前的金项链，当然不是她拿人家的，但也不是她自己挣钱买来的，要还是不要，使她有些犯难，也有些犹豫，她说：阿姨，俺不敢拿！

有啥不敢的？

这项链太贵了。

媒人嘿了一下说：贵不贵看对谁说了，对你来说是贵点儿，对你王阿姨来说就不算什么了，不过是大蒜一瓣儿，小菜一碟儿。他们家从手指缝里掉下的钱，够买十根儿八根儿项链都不止。你王阿姨说了，这根项链权当是她送给你的一件小礼物，也是小玩意儿。不管你愿意不愿意给她当儿媳妇，她都要送给你。只要送给你，就不会再收回去。来，你把项链戴上给阿姨看看。好马配好鞍，就你这雪白的脖子，再配上这金项链，不知有多好看呢！媒人说着，两手把项链撑开，几乎撑成一个小圆圈，欲往麻玉华脖子上套。

麻玉华没有伸脖子，却伸出了手，把项链接了过去。接过项链后，麻玉华的手稍稍有些抖。她的手一抖，带动得金项链也抖起来。

媒人在一旁催促她：戴上吧，戴上试试，看看合适不合适。

麻玉华还是没有把项链往脖子上戴，她说：俺娘跟我说过，一个闺女家，出门在外，不能随便要人家的东西，要是要了人家东西，人就不值钱了，就得跟人家走。

媒人说：小麻你这样说就外气了，我是你娘说的人家吗？不是，我是来给你介绍对象的。一家有女百家问，问不能空着手问，总得给人家女孩子带点东西。咱这么说吧，这条项链可不算什么彩礼。我知道，现在的姑娘定亲时，男方所送的彩礼至少包括三金，除了金项链，还有金戒指、金耳环。三金都是金子做成的，除了三金，还有现金。三金是个小头儿，现金才是大头儿。别看现金是用纸印成，可任何金属制品都是用现金买来的。小麻，你也不要把我看成什么媒人，我只是看着我们的领导好，她儿子好，你也好，我才希望你们成为一家人。媒人这时从挎包里掏出一个洗印照片用的纸袋子，从里面抽出几张放大的照片，说：这就是我们领导的儿子何新成，你看看他长得有多帅！我敢说像何新成这样的帅小伙儿是不多见的，一百个里头恐怕都很难挑出一个。

麻三华把项链放到一边，接过了何新成的照片。照片一共六张，都是彩色，照片有全身的，半身的，还有特写。麻玉华把每张照片都看了一遍。

怎么样，帅吗？

我们老家不说帅。

那你们老家怎么说？

说抖。

哪个抖？是发抖的抖吗？

差不多吧。

那你看何新成抖不抖？

抖。

是的，哪个女孩子看见他都喜欢得发抖。媒人左右看看，突然压低声音对麻玉华说：我实话跟你说吧，何新成的妈妈见过你，她说你长得富态，有福相，愿意让她儿子娶你。

麻玉华脸上红了一下，说是吗，什么时候？我怎么不知道？

你当然不知道。你在明处，买鸭子的在暗处，卖鸭子的只有你一个，买鸭子的那么多，你哪里记得住！我跟你说一条，你一定要记住。何新成的妈妈看上你了，不等于何新成能看上你。万一何新成看不上你，你千万不要把金项链还给他妈妈。

麻玉华把精美的金项链看了一眼，说：那不太合适吧！

那有什么不合适的，谁让他妈喜欢你呢，谁让他们家的钱多得没地方花呢！我看你这孩子实在，我才跟你说这个话，要是换上那种猴里猴气、见钱眼开的孩子，我才不会给她出这样的主意呢！好了，金项链你留下，照片也留下，过个一两天，我再来听你的意见。你要是没啥意见，我再安排何新成跟你见见面，你们再正式谈。

阿姨，我有点害怕。

怕什么？

我觉得人家肯定看不上我。

那不一定。这要看你们两个有没有缘分。有缘千里来相会，无缘对面不相逢。

我想回家一趟，跟俺娘说说，让俺娘来帮我看看。

媒人深知，这事儿万不敢让麻玉华的娘先知道。当娘的在闺女的事情上总是事儿妈，充当的多是搅局的角色。倘若让麻玉华的娘看到了何新成，知道了何新成是一个半道退学的有病的人，麻娘一定不会同意这门婚事。王国慧在和媒人制订行动预案时，就把麻玉华的这个想法想到了，闺女嘛，在找对象的时候总是愿意征求娘的意见。媒人的应对方案是，我建议你不要回家，先不要把这个事情跟你娘说。你想呀，万一何新成不同意，会对你的心理造成打击，你娘面子上不好看，别人知道了，对你今后的影响也不利。等何新成同意了，你再告诉你娘也不迟。到那时，你就是向你娘报喜，就是给你娘一个大大的惊喜。

麻玉华低了一会儿眉说：那好吧，我听阿姨的。又说：阿姨这么替我着想，我该怎么感谢阿姨呢？

你不用感谢我，我也不让何新成的妈感谢我。修桥补路是功，给人牵线搭桥，成人之美也是功。我要是给你们牵线牵准了，搭桥搭成了，你们成了和和美美的两口子，我心里也会很受用。老天爷知道了呢，说不定会给我记一功，多给我几年阳寿。要是那样的话，就是对我的最有价值的回报。

麻玉华笑了一下，心说：这个媒人可真会说话，把老天爷都搬了出来。

媒人说：你一笑就更好看了。老天爷能不能给我记功，可就看你的了。

37

在麻玉华老家，项链不叫项链，叫脖圈。什么又是项又是链的，他们听不懂。而一说脖圈，他们都懂。不就是在脖子里套上一个圈儿嘛，套上银圈叫银脖圈，套上金圈叫金脖圈。在麻玉华的记忆里，在老家时，她只看见过别人家的孩子所戴的银脖圈，银脖圈下面还坠着一只银锁。她从来没看见过金脖圈什么样。在她的印象里，银脖圈是白色的。听大人说，金脖圈应该是黄色的。到了城里，她才把金脖圈看到了，金脖圈果然是黄色的。她觉得脖圈和项链还是有所区别的。所谓脖圈，是一个硬硬的圈子。往大了说，形状跟小孩子滚的铁环差不多。

往小了说，跟牛鼻子上戴的牛鼻圈相类似。项链软软的，一环又一环，环环相扣，形成了链子。人的脖子也叫项，项是脖子的文言，链子戴在项上，可不就是项链嘛！拿项链和脖圈相比，麻玉华认为，叫项链更符合实际一些，听起来也更文雅一些。

脖圈也好，项链也罢，以挂在脖子里的金属制品为开端，为圈套，王国慧和媒人就把进城打工的麻姑娘套住了。麻玉华把金项链收下后，王国慧和媒人着手实施行动方案的第二步，安排麻玉华与何新成见一个面。见面也叫相亲，相亲是必须走的一个程序，对麻玉华是必须的，对何新成来说也是必须的。如果麻玉华没见着何新成的面，麻玉华不会同意跟何新成结婚。到市场上买一只猫，隔布袋买猫是不行的，至少要把猫从布袋里掏出来看一看，看看是黑猫还是白猫，缺不缺尾巴，少不少腿。何况是寻一个男人结婚呢！结婚是一个姑娘家一辈子的大事，没有不见面就结婚的道理。据说过去男女之婚凭的是媒妁之言，父母之命，确有捂着盖着，双方没见过面就入洞房的事。只有到入了洞房，新郎揭去了新娘的红盖头，新郎才第一次看到新娘长什么样儿。同样地，新娘也是第一次看到了新郎。不管新娘长得有多丑，新郎也得认。反过来说，不管新娘对新郎一百个看不上，也得陪新郎上床。那是旧社会，现在是新社会。新社会日新月异，比以前的啥时候都新，新社会有婚姻法管着，讲究婚姻自主，自由结合，再搞拉郎配那一套是不行的，是违法的。所以说，作为居委会领导的王国慧，和作为居委会工作人员的媒人老侯，必须安排麻玉华和何新成见上一面，必须取得麻玉华对何新成的认可。她们要把事情做得在小面子上说得过去，在大面子上也说得过去。小面子是指给麻玉华面子，大面子是指给社会面子。倘若麻玉华点头了，吐口了，对何新成认可了，事情就算成了。而麻玉华对何新成是否认可，成败在此一举，完全取决于何新成表现如何。也就是说，在这场即将到来的会面中，麻玉华不是主体，何新成才是主体；麻玉华不是主角，何新成才是主角。如果把这场会面比喻成一场戏的话，那么戏的总导演是谁呢？当然是王国慧。副导演是老侯，麻玉华和何新成是演员，一个女演员，一个男演员。王国慧的导演从家里就开始了，等于从后台就进入了导演状态。这天下午，王国慧催促何新成吃了药，对何新成说：妈今天晚上带你出去吃好吃的，你说你想吃什么呀？

何新成的食欲是正常的，他说：我想吃韭菜合子。

韭菜合子是家常饭，一般是在家里吃。今天妈要带你到外面的饭店里去吃。

那我吃羊肉板面，不然就吃麦当劳。

你说的这两样都是小吃，今天妈要带你去吃大餐。

大餐？大餐有多大呢？何新成挠了挠后脑勺，像是在答题时终于找到了正确答案一样，突然兴奋起来：我想起来了，烤鸭，你要带我去吃烤鸭！

烤鸭是大餐不错，只是你以前吃过烤鸭了，今天就不带你吃烤鸭了。妈今天带你去一家淮扬餐馆，吃淮扬菜，淮扬菜里有狮子头，还有扒猪脸，好吃的多着呢！王国慧之所以不带何新成去吃烤鸭，并不是为何新成考虑，而是为麻玉华考虑。她想到，麻玉华天天在鸭制食品的小卖店里卖鸭子，眼看的是鸭子，手拿的是鸭子，不吃不吃也会吃不少鸭子。如果请麻玉华吃烤鸭，她不会觉得很新鲜，也不会感到稀罕，不如让她尝尝狮子头或扒猪脸好一些。说实话，王国慧以前只吃过狮子头，还从未吃过扒猪脸。猪的脸那么丑，丑得比猪八戒还丑，她想象不出扒猪脸怎么扒，不知道扒猪脸有什么吃头儿。

何新成说：那好吧，只要不是扒人脸就行。

说吃饭只是一个引子，王国慧下面才说到正题。她说：你侯阿姨给你介绍了一个对象，今天晚上趁吃饭的时候，你跟人家见一见。

什么对象？我不要。

你不好好上学，不就是急着找对象嘛，不就是急着娶老婆！等于你想睡觉了，就递给你一个枕头，看你还有什么可说的！

我这会儿不想睡觉！

王国慧想跟何新成解释，她的说法是一个比喻。转念一想，何新成已不适合听什么比喻的话，也不适合听什么复杂的话。他听了后语，可能就把前言忘记了。接了后语，跟前言就搭不上了。王国慧的担心就在这里，等一会儿到了饭店跟麻玉华坐在一起，何新成要是胡言乱语，胡说八道，净说些着三不着四的话，净说些扒场子的话，让麻玉华发现何新成精神有毛病，那就糟透了，别说让麻玉华嫁给何新成了，恐怕麻玉华连一根头发都不愿意拔给何新成。所以说，必须让何新成把药吃在前头，她必须提前给何新成打好“预防针”，免得到时候砸锅。王国慧说：新成啊，侯阿姨给你介绍的这个女孩子长得特别漂亮，要个头儿有个头儿，要长相有长相，要力气有力气，要温柔有温柔，妈保证你一看就喜欢。

有杨展平漂亮吗？

这个女孩子的名字叫麻玉华，麻玉华比杨展平漂亮多了，杨展平算什么！

不许你说杨展平的坏话！

好吧，不提她了，那一章就算翻过去了。我要告诉你的是，今晚咱们去吃饭，你在麻玉华面前要表现得好一点。看见好吃的，不要先动筷子，让麻玉华先吃，你后吃。我让你吃的时候你再吃。能做到吗？

何新成说：麻烦！

更重要的是，在饭桌上，你要多吃东西，少说话，一切看我的眼色行事。我让你说话的时候你再说，我没让你说话的时候，你最好不要说，只管用饭菜占住你的嘴就行了。还有，你跟着我的话说，我让你说什么，你就说什么。比如说我让麻玉华吃什么菜，你也让麻玉华吃什么菜。

何新成说：扒猪脸！

去饭馆吃饭，王国慧预订的是一个包间，也叫雅座。散座是在大厅里，大厅里人来人往，声音嘈杂，说话不方便。而包一个房间呢，饭馆里规定的有最低消费数额。消费者必须达到或超过一定的数额，方可进包间。最低消费额可不低，比在大厅里吃一顿饭至少贵两三倍。王国慧不怕贵，要得到就不能怕付出。有一句俗话，叫舍不了孩子打不了狼，说的就是这个意思。不过王国慧对这句俗话有质疑，舍了孩子才能打死狼，所付出的代价太大了，是得不偿失。按她的选择，宁可不打狼，也不能舍孩子。最好是又不舍孩子，又能消灭狼。还有一句俗话，王国慧比较认同，那就是，手里没有米，唤鸡也不来。王国慧在老家时喂过鸡，对鸡的脾性当然很了解，嘴唤不如米唤，往地上撒一把米，鸡子很快就会跑过来。这句俗话，现在似乎也说不得。好比这小姐不是那小姐，这鸡也不是那鸡，鸡有了很不好的意思。反正王国慧不会把麻玉华与鸡联系起来。

王国慧领着何新成先到了饭馆儿，不一会儿，侯媒人带着麻玉华也到了。王国慧一看见麻玉华，马上给麻玉华发见面礼。这是当地的一个规矩，也是一个仪式，未来的婆婆和公公第一次见到未来的儿媳妇，一定要赠予见面礼。王国慧给麻玉华的见面礼是两样东西，一样是一个封面上印了双喜字的红包，另一样是盛了一对金耳环的心形的首饰盒。王国慧把见面礼交给麻玉华时，把麻玉华亲切地叫成玉华，说玉华，这是我送给你的见面礼。王国慧把见面礼的内容说了出来，她说：红包里是两千块钱，好事成双嘛！首饰盒里是一对金耳环，好事成对嘛！

麻玉华的脸一下子变得红通通的，恐怕比装钱的红包儿还红。她说：阿姨，这太那个了，太那个了。她本来想说见面礼太多了，或太重了，一时词不凑口，她就说成太那个了。是呀，她在卖鸭子的食品店里给人家打工，每天从天明站到天黑，一个月挣的工钱还不到一千块钱。阿姨一下子就给了她两千块钱，这比她两个月挣的钱还多啊。她已经有了一条金项链，金项链已被她戴在衣领里面的脖子上。现在阿姨又要送她一对金耳环，这都是以前的梦里才敢想的事，怎么就要变成是真实的事呢！这是怎么了，难道她真的交了好运吗？真的遇到了贵人吗？她稍稍有些迟疑，不知是伸手好，还是不伸手好；不知是接下见面礼好，还是不接好。

侯阿姨在一旁催促她：收下吧，这是你阿姨的一点心意。

这时何新成也说话了，王国慧还没让他说话，他就说话了。好在他说的话没有走板儿，没有扒豁子。他说：收下吧，小意思！

王国慧马上接过何新成的话说：你看，新成也让你收下，你就别客气了。

麻玉华这才把见面礼收下了，她说：俺是乡下人，俺不会说话。

侯阿姨说：一家人不说两家话，你什么都不用说。

麻玉华接下见面礼，把礼品往挎包里装的时候，把坐在对面的何新成看了一眼。她看何新成时，发现何新成正在看她。何新成看她的目光有些直接，有些热辣，好像还有些发硬。她仿佛被棍子一样的目光杵了一下，赶紧低下了眉。她想起来了，她这是在相亲，是人家男方在看她。男方能不能看上她，就看男方对她印象如何，也看她现场表现如何。怎么表现呢？麻玉华在老家时听人说过，作为一个闺女家，相亲的时候要害羞一点，不会害羞也得害羞，就是装，也要装出害羞的样子。他们村有一个闺女，就是因为相亲时表现得太大方了，眼皮儿太活泛了，男家的人说她不知道害羞，就没看上她。想到要害羞，麻玉华就开始害羞，她的头低下来了，眉低下来了，一只手无所措置似的在摸扣子。她穿了一件红色的外套，扣子是玉红色的有机玻璃制品。她从上到下，摸了第二颗扣子，又摸第三颗扣子，仿佛在说：我害羞，我害羞，我可害羞呢！

王国慧对麻玉华的害羞表示了赞赏，说：我就喜欢玉华这样的孩子！

麻玉华得到王国慧的鼓励，更加“害羞”，头勾得更低，像一根豆芽菜。服务员在往桌面上摆凉菜，她连看一眼都不看。既然是相亲，看是互相的，何新成可以看麻玉华，麻玉华也可以看何新成。刚才那一眼，麻玉华已经把何新成看到了。麻玉华事先反复看过何新成的照片，她认出来了，坐在对面的何新成与照片上的何新成是一样的，的确是同一个人。何新成黑眉毛、大眼睛，高鼻梁，方下巴，挑不出什么毛病。何新成身着黑色高领羊毛衫，脖子里搭着红围巾，穿得也很抖。相比之下，麻玉华觉得自己吃得过于胖了一点，不知道何新成对她会不会有所挑剔。麻玉华还有一个疑问，也是一个念头，这个念头她没有抓住，更没有深究，一闪就过去了。她的一闪念是，何新成正读高中，干吗急着找对象呢？干吗不等念完了高中，或大学毕业之后再找对象呢？如果她把闪念及时抓住，并深究一下，也许能够找到原因，也许不一定同意与何新成成婚。到了后来，等她知道了真实原因，知道了何新成原来是一个得了精神病的病人，一切都已经晚了，她已经成了何新成的老婆。

当时在饭桌上，麻玉华的脑子昏昏的，老是出现王国慧送给她的红包和首饰盒。她想，一回到小卖店，她就要把红包里的钱掏出来数一数，看看是不是两千块。她还要把金耳环拿出来，戴在两个耳朵上试一试，并对着镜子照一照，看看金耳环晃荡不晃荡。麻玉华在老家当小闺女儿时，就打好了耳朵眼儿，她的两个耳朵垂儿上的耳朵眼儿一直空着，没什么东西可往耳朵眼儿里戴。现在有了金耳环，她终于可以把耳环穿在耳朵眼儿里，终于可以把空了多少年的耳朵眼儿充实起来。

王国慧一直在关照着麻玉华，让麻玉华吃这吃那。麻玉华不好意思多动筷子，王国慧就把新上的菜往麻玉华面前的盘子里夹。

麻玉华说：好了，好了，我吃得太胖了。

王国慧说：胖了好，胖了比瘦了好。王国慧问了麻玉华家里的一些情况，得知麻玉华上面有三个姐姐，下面有两个弟弟，她是麻家的四闺女。麻玉华的爹前年得了一场脑溢血，虽保住了命，但已失去了劳动能力，拄着棍子才能站起来挪两步。现在家里的一切事情全靠她娘撑着。

王国慧说：以后你们家有什么困难，你不用客气，只管跟我说。能帮你们解决的，我尽量帮你们解决。

麻玉华说：谢谢阿姨！她想到了，她以后可能会把这个阿姨叫妈。当把阿姨叫妈时，是一个仪式，届时当婆婆的要给儿媳妇发改口费。不用说，改口费对她来说又是一笔可观的收入。改口费的收入应该比阿姨刚才给她的红包里装的钱还要多。比起打工来，找对象嫁人真是不错，她还没有正式嫁人呢，金来了，钱来了，好吃的也来了。等她正式嫁了人，不知有多少好事等着呢！

席间媒人侯阿姨悄悄对麻玉华说：等你和何新成举行婚礼的时候，

何新成还要送给你一枚结婚戒指，结婚戒指分黄金、白金、钻戒三种，你想想你最喜欢哪一种，想好了提前跟我说一声。我让王阿姨提前给你买好。到时候要由新郎何新成亲自给你戴在手上。

麻玉华以前只知道金戒指，不知道戒指还有那么多种，她说：我也不知道，到时候再说吧。

何新成表现得还算平稳，没有露出一个精神病人的马脚。只是扒猪脸这道菜上得有些慢，让何新成稍稍有些着急。服务员每端上一道菜，他都以为是扒猪脸，一看并不是。后来他禁不住问服务员：扒猪脸呢，扒猪脸怎么还不上来？

服务员说：扒猪脸是名菜，大菜，做得时间长一些。

何新成说：再不上扒猪脸，我都快吃饱了。

王国慧说：不着急，好菜不怕晚。

热气腾腾、油光闪亮的扒猪脸终于端上来了。何新成探头一看，在一只大面积的白瓷盘子里，趴着的真是一副猪脸的样子。猪脸是完整的，有猪脑门儿、猪眼睛、猪鼻子、猪腮帮子、猪拱嘴儿等，除了没有猪耳朵，猪脸上的东西似乎一样都不缺。这样的扒猪脸，像是把猪的整个脸皮扒了下来，做成了一道菜。何新成忘了王国慧事先对他的交代，别人都还没尝，他冲着猪的腮帮子就别了一筷子。他尝过之后，对扒猪脸的评价并不高，说甜的，一点儿都不好吃！

王国慧不敢批评何新成不懂礼貌，她对何新成必须小心翼翼，以免哪句话惹翻了何新成，何新成当场跟她跳起来。她不理会何新成对扒猪脸的评价，用筷子示意，让麻玉华也尝尝，说：这道菜贵着呢！

麻玉华有节制地尝了一点点，说她觉得味道还可以。

这次安排麻玉华与何新成见面，王国慧没有点酒，没点白酒，没点红酒，连啤酒都没点。医生说过，何新成的精神只能平稳，不能起伏；

宁可沉闷，不可兴奋；只能风平浪静，不能风起浪涌。因为何新成的精神一直处在一种危机状态，经受不起任何刺激，一旦遇到刺激，就有可能失控。而不管什么酒，里面都含有酒精成分，何新成都沾不得。为了保证何新成不出现任何不正常的言行，使两个人的见面能够顺利完成，王国慧只点了一大塑料瓶雪碧。雪碧倒进杯子时，会泛起一些细碎的气沫，喝到嘴里也会有一点麻麻的感觉，但它只是一种汽水，一点酒精的分子都没有。何新成似乎很爱喝雪碧，他自斟自饮，已喝了两三杯。

王国慧提议：新成，以饮料代酒，你跟玉华干一杯嘛！

新成没有拒绝妈妈的提议，他站起来，把麻玉华杯子里的饮料添满，给自己的杯子也添满，把杯子举向麻玉华说：来，我敬你一杯！

麻玉华大概没经历过这样的场合，她一时有些无措。

侯阿姨提醒她说：新成敬你酒呢，赶快站起来跟新成碰杯。

麻玉华这才站起来，迎着何新成举过来的杯子，把杯子碰了一下。他们两个手劲儿都没掌握好，杯子碰得当地响了一声。

新成的爸爸爱喝酒，新成对喝酒的礼仪懂得一些，他说：先喝为敬！一口气把一杯雪碧喝干了。

王国慧、侯阿姨，还有何新成，都看着麻玉华，就看麻玉华表现如何。在王国慧看来，这对麻玉华是一个考验，尽管杯子里盛的并不是酒，而是年轻人都爱喝的碳酸饮料，王国慧还是要看看麻玉华愿不愿意把碳酸饮料喝下去。倘若麻玉华愿意把饮料喝下去，等于她认可何新成，接受了何新成。假如她不愿意喝呢，事情恐怕还得两说着。

还好还好，还妙还妙，谢天谢地，麻玉华把一杯无色透明的饮料看了看，总算把“酒”喝了下去。她喝得有点节制，有点慢，是一小口一小口喝的，表现的还是闺女家害羞的意思。

王国慧禁不住叫了一个好！

在媒人老侯看来，何新成与麻玉华差不多等于喝了一杯交杯酒，她竟然高兴得一个人鼓起掌来。

第十一章

一切都完了

38

王国慧带何新成和麻玉华去街道办事处办理了结婚登记手续。

何新成还不到法定结婚年龄，王国慧为何新成虚报了两岁（当时居民身份证还没有普遍应用），并开具了矿上居民委员会的证明，办事处同意为他们办结婚证。

麻玉华比何新成大两岁，何新成虚报了两岁，就和麻玉华的岁数拉平了。麻玉华只知道自己的属相，也知道自己是哪一年出生的，具体的生日就不知道了。每个孩子都不可能预料自己在哪一天出生，出生的时候也不可能有记忆，记孩子生日，都是当妈妈的事儿。当妈妈的生孩子时受了苦，咬了牙，同时在生孩子的时间上在心里咬了牙印，就记住了。可农村也有一些当娘的不识字，糊涂，数字概念模糊，加上生孩子多，就把孩子的生日忘记了。麻玉华的娘大概就属于这种情况。

麻玉华问过娘，她的生日是哪一天，娘说记不清了，只记得那天窗子外面正下大雪。大雪年年有，到了冬天，每天都有可能下雪，下雪天算什么生日呢！关于小名儿叫麻四妮、大名叫麻玉华的该人的生日，可能一辈子都是一笔糊涂账。糊涂就糊涂吧，不耽误长大，不耽误吃饭，不耽误穿衣，也不耽误结婚，不耽误生孩子，就行了。麻玉华想过，娘那样糊涂，到了她这一代，不能再稀里糊涂了，等她生了孩子，一定要把孩子的生日记得清清楚楚的。

这年的新年前夕，何新成与麻玉华就正式结了婚，住到了一起。大家恪守的规矩是一样的，新人办理结婚登记只是走一个手续，并不算正式结婚，正式结婚还要举行一个仪式。这个仪式在农村叫拜天地，在城里叫婚礼。王国慧带何新成与麻玉华去影楼拍了婚纱照，做了四大本子影集，并不主张为他们举行大规模的婚礼。王国慧对麻玉华说出的理由是，她和何新成的爸爸都是矿上的干部，矿上有规定，当干部的不许大操大办子女的婚礼。如果违反了规定，是要受处分的。为了避免受处分，婚礼就免了吧。不举行婚礼，不搞那个排场，会省下一些钱。省下的钱都会给麻玉华。说这话的时候，王国慧又给了麻玉华一些钱，就把麻玉华想举办婚礼的想法给堵了回去。

王国慧真实的想法是，如果为何新成和麻玉华举办婚礼，就得通知何家的亲戚，还得通知她娘家王家的亲戚，这样一通知，招风就招大了，“风”不知往哪里刮呢！给何新成找对象，让何新成结婚，本是无奈之举。或者说目的是为何新成抓“药”，为何新成治病。治病的事张扬不得，只能悄悄地进行。只能像鬼子进庄一样，“偷偷地进去，打枪的不要”。王国慧还担心，要是举办了婚礼，何新成在婚礼上一兴奋，会在大庭广众之下出丑。那样的话，就会给亲戚们的怀疑提供口实，给世人增加笑料。当然了，不举办婚礼，就收不到礼金，会给王国慧家的经济收入上带来一些损失。但经济和名誉比起来，经济事小，名誉事大，为了保住名誉，经济上受点儿损失没什么。出于对大姐的信任，王国慧还是把何新成准备结婚的事对大姐说了，一是跟大姐汇报一下，表示她听了大姐的话；二是看看大姐能不能给她提供一点儿经济上的支持。大姐很够意思，一下子给她寄了五千块钱。孩子成了病孩子，以后花钱的地方多着呢！就她和何怀礼那点固定的工资，捉了襟子，见了肘子；要了面子，露了里子，哪里顾得过来呢！老家的人都知道她家有钱，在麻玉华面前她做的也是有钱人的样子，其实她一没有做生意，二她所干的又不是什么肥缺，哪里有多少富余的钱呢！说实话，她做梦都想发一笔大财啊！大概是日有所思、梦有所想的缘故，她已经多次做过捡钱的梦。她一开始看到的都是一些零零碎碎的钢镚子，都是一些小钱儿。钢镚子她也不嫌弃，钢镚子捡多了，就能换成纸票子。小钱儿她也要捡，滴水成河，粒米成箩，小钱儿捡多了就会变成大钱。捡着捡着，钢镚子就变成了纸票子，小钱儿就变成了大钱。从十元、二十元，再到五十元、一百元，各种面值的纸票子都有。她像是去赶集，那些票子就在地上扔着。别人都看不见，只有她自己看得见。或是别人也看见了，但她总能抢先一步把钱捡到。捡得最多的时候不是一张两张，而是一捡就是一沓。她想把捡到的一沓钱数一数，看看有多少张。一想，不妥，她数钱的时候被人发现就不好了，万一失主回头找钱就麻烦了。她赶紧把钱装进口袋里去了。为了保持道德上的平衡，她对自己说，这钱是她捡来的，有丢钱的，就有捡钱的，这不能怪她。钱装进口袋后，她的手仍把厚厚的钱捂得紧紧的，像是生怕钱扎上翅膀飞走。她一再对自己强调，这次捡到钱的事可是真的，不是假的，更不是做梦。以前她多次做过捡钱的梦，都高兴过，但到了梦醒时分，都是两手空空。这次她梦里套梦，一再想证实这次不是在做梦，而是真的捡到了大把大把的钱。她甚至在梦里把钱从口袋里掏出来举在眼前看，并对钱说：你们现在就在我手里抓着，看你们往哪里跑！结果怎么样呢，到头来还是一场梦，还是逃不掉梦的命运，真没办法。她没问别人做没做过捡钱的梦，她自己为何老做捡钱的梦呢？她为自己解梦：因为花钱的地方多，因为挣的钱不够花，因为想发大财，所以才一而再再而三地做捡钱的梦。解梦之后她还给自己打圆场：白天捡不到钱，醒着捡不到钱，夜里做梦时捡点钱也挺好，至少可以过过发财的瘾。

婚礼不举行了，两家人在一块儿吃顿饭还是必要的。麻玉华通知她的娘家人到矿上来了，一共来了三口，有麻玉华的娘，麻玉华的大弟弟，还有麻玉华的一个叔叔。麻玉华给娘捎话时，让娘什么东西都不要往矿上带，因为矿上什么东西都有，所有结婚用的东西都置办齐了。

在麻玉华老家，嫁闺女是要陪送嫁妆的。嫁妆是一个系列，包括箱子、桌子、椅子、盆架、盆子，现在还包括电视机、洗衣机等。麻玉华的娘已经知道了，四妮儿找的对象是城里人，是有官职的人家，也是有钱的人家，所有嫁妆都不用娘家人操心。麻娘心说：这个四妮儿，可真是个能人哪！可真是个有福的人哪！四妮儿虽那样说了，但闺女结婚一场，娘家不陪送点儿东西无论如何都说不过去，于情于理都说不过去。于是，他们给四妮儿送来了一床棉被。棉被是三新：新表，新里，新棉花。棉被套得有些厚，里面包的新棉花恐怕有十好几斤。棉被背在大弟弟身上，夸张得比刚吃饱了草的牛腰都要粗。

王国慧对麻娘很是热情，一口一个嫂子叫着，刚见面就给麻娘送了一个红包，还送了一条长长的、大红的羊绒围巾。她做得像藏族人给远道而来的尊贵的客人献哈达一样，直接把红围巾给麻娘搭在脖子里。

麻娘有些显老，满脸都是皱纹。她脚上穿的是一双用黑塑料做成的假皮鞋，鞋面上倒没有皱纹，只是看上去很硬。麻娘大概从没有受过这样的礼遇，只是笑了再笑，笑得嘴都有些合不上。这么好的围巾不能马上就戴，她想把围巾叠一叠，收起来。

王国慧不让她把围巾取下来，说嫂子，把围巾戴着吧，孩子的大喜日子，你戴着红围巾显得喜庆。你看过中央电视台每年的春节联欢晚会吧，那些主持人，不管男的女的，每人脖子里都戴着一条大红围巾。

麻娘说：好好，听你的，你说咋着就咋着。麻娘又说：俺四妮儿有福呀，俺四妮儿找了这么个好婆家，算是掉到福窝儿里去了！

关于掉到福窝儿里，这样的话王国慧再熟悉不过，因为这样的话她听到得太多太多。鸟有鸟窝儿，狗有狗窝儿，人有窝儿，何为福窝儿呢？福窝儿的说法难免让王国慧联想到自己，难免有些五味杂陈。但她没有否认麻娘的话，只说每个人的福分都是自己修来的。

家里住不下这么多客人，王国慧把麻玉华的娘家人安排到矿上的招待所去住。王国慧和何怀礼有分工，女眷由王国慧照顾，男宾由何怀礼招待。

何怀礼招待男宾并不难，从农村来的人嘛，让他们把肉吃饱，把酒喝足，就行了。麻叔和麻弟来到金泉矿的当天晚上，何怀礼就请他们叔侄在街上的酒馆里喝了酒。王国慧托人为何新成介绍对象，一开始何怀礼是有看法的，他问王国慧：何新成有病的事跟人家说吗？

当然不说。

那不是等于骗人家嘛！人家的孩子也是孩子，你这么做，不是害人家的孩子嘛！

话不是这样说法，我不跟她明说，不等于不让她跟何新成相亲，不等于不让她见何新成。她见到何新成，要是看出何新成有毛病，不同意嫁给何新成，那活该何新成倒霉。要是她看不出何新成有毛病，愿意嫁给何新成为妻，那也是她的命。人的命，天注定。天注定，就是天当家。既然老天爷说了算，那谁都不用负责任。还从人的命来说，如果她看不出何新成有毛病，表明何新成的身体问题不大，不会影响他们结婚。新成的病是因女人所得，是求女人而不得造成的，解铃还得系铃人，给他找一个女人，说不定真的能治好他的病呢！

我看够呛。孩子都这样了，你还是不死心。

对了，我就是不死心。只要我王国慧人不死，我的心就不会死。

我看你的话是自相矛盾，一边说人的命是天注定的，一边又不甘心听天由命。

你说的还是不对。不甘心听天由命，正是我的命。老天爷让我这样，我也没办法。只要我活一天，希望就在我前面对我招手。何新成结了婚，说不定他们还会为咱们生个孙子呢！

何怀礼的嘴撇得像没了馅儿的饺子皮一样，说：太阳还没落呢！

这跟太阳落没落有什么关系？

你就做梦吧你！

何怀礼对麻玉华的叔叔心里怀着一份愧疚，把麻叔叫成老哥，说老哥，我得感谢你呀！上来就跟老哥连干了三杯。

在麻玉华的老家，像麻叔这样的长辈，被称为送亲的人。送亲的人起码需具备三个条件：一是侄女儿的大伯或叔叔；二是会说话的人；三是能喝酒的人。麻叔却说：何主任，我是个乡下人，不会说话。

何怀礼打断他说：哎老哥，你可不能叫我什么主任，咱们是亲戚，你这样叫就显得远了。

那我就叫你亲家。

好，叫亲家好！喝酒是何怀礼的长项。自从那次喝多了酒号啕大哭之后，他时常一个人到小酒馆里喝一点酒，取借酒消愁的意思。这次王国慧特别对他作了交代，酒主要是给别人喝的，是为了孩子的婚姻大事，要他一定要把架子端着点儿，万不可喝多，误了大事。倘若误了大事，王国慧就马上和他离婚，把他扫地出门。何怀礼记住了王国慧交代他的话。王国慧说要跟他离婚，他倒不是很在意。王国慧已多次说过要跟他离婚，结果也没离。现在都这个岁数了，离婚还有什么意义呢！何怀礼在意的是王国慧让他把架子端着点儿。以前他并没意识到自己有架子，更不懂得端架子怎么端。房有架子，床有架子，他的架子在哪里呢？他想到，矿上的矿长应该是有架子和会端架子的人，他就试着向矿长学习。何怀礼坐得端一些，并咳了咳喉咙说：老哥，我看你喝酒还行，喝得很实在。常言道，酒品如人品，这几杯酒一喝，我就看出老哥是个实在人。

我喝酒也不行。

你不要谦虚，我说你行，你就行，不行也行。何怀礼说的是他听来的官场上的话，这样说话，也许就算端了架子吧！

好好好，亲家让我喝多少，我就喝多少，这行了吧？

这还差不多。我让你喝一个大的，炸一个雷子。

麻叔的头皮像是有些麻，眼皮连眨了好几下。

炸雷子你没听说过吧？何怀礼拿起麻叔面前被称作分酒器的玻璃小酒壶说：炸雷子就是把这壶酒一口喝干。怎么样？你有没有这个胆量？

喝干就喝干！麻叔接过小酒壶，果然把一壶酒全喝干了。麻叔也听说何家是有钱人家，此次来送亲，他也希望能得点儿喜钱。亲家不提给他喜钱的话，这让他有点失望，有些喜欢不起来。挣不到喜钱，那就吃点儿，喝点儿，落个肚儿圆吧。麻叔认出来了，亲家给他们喝的酒是好酒，这样的好酒他在家里可喝不到。好酒需要好钱买，喝酒权当是喝钱吧！不喝白不喝，这次趁机多喝点儿，回家半年内就不用喝酒了，这样就把酒钱省了下来。麻叔吸烟的心理也是这样，他见亲家拿来的是好烟，就一根接一根吸。通过吸烟，把钱烧一烧，也把钱吸一吸。

何怀礼对麻玉华的大弟弟说：你是晚辈，我就不敬你酒了。你该吃就吃，该喝就喝，不用客气。

麻弟说：何叔，你不用管我，我不客气。他喝酒喝得很自觉，何叔和叔叔每喝一杯，他也跟着喝一杯。他吃肉吃得也很积极，上来一盘子梅菜扣肉，他很快就把肉吃完了，剩下的都是有些发黑的梅菜。

麻叔和麻弟都喝高了，回招待所时叔侄俩走路都有些摇晃。在招待所的双人房间里一躺下，麻叔就指责麻弟：你这孩子就是没出息，你喝那么多干什么！

麻弟说：你不要说我，你比我喝得还多呢！

我喝得一点儿都不多，按我的酒量来说，连三分之一都达不到。麻叔刚说了喝得不多，他胃里就开始往上翻。麻叔的嘴还算绷得住，他趺趺撞撞来到房间里的卫生间，对着抽水马桶，才把胃里往上翻的东西吐了出来。他吐得有些翻江倒海，连眼泪都流了出来。他这样出酒，在当地被说成对地广播。其实他这次不是对地广播，而是对马桶广播。“广播”结束后，他骂了人，说：这么好的东西，都浪费了！

第二天中午，在王国慧预订的高档酒店的包间，两家人一块儿吃了一顿饭，象征性地喝了一点红酒，何新成与麻玉华就算正式结婚了。

从酒店里出来，两个穿戴一新的新人就入了“洞房”。所谓“洞房”，还是王国慧家原来住的房子。只不过是，王国慧和何怀礼把两居室中的大房间让了出来，在门上贴了喜字，在屋顶下面扯了用彩纸做成的花串，就算是“洞房”了。王国慧和何怀礼呢，只好转移到何新成原来住的卧室去住。

在返家的路上，麻叔问麻娘：何家的儿子名字叫什么？

麻娘说：你看你这个送亲的送的是啥，连你侄女婿的名字都没记住。叫何新成。

我看何新成这孩子可是不太精呀！

怎么说？

我看他连叫你一声娘都没叫。

这个呀，人家城里人叫娘都是叫妈，叫娘人家叫不出口。我看我这个女婿不错，言语不多，是个老实人。

麻叔又问麻娘：何家给了你多少钱？

麻娘顿时有些警惕：你问这个干啥？

我随便问问。你不要害怕，我又不分你的钱，你怕什么！

没给什么钱。

不可能吧。他何家那么有钱，不给你钱，你来干什么！

看你这话说的，我是来嫁闺女，又不是卖闺女，哪能把钱挂在嘴上！

麻叔哼了一声说：连句实话都没有，要知道这样，我就不该来！

人说话得凭良心。我请你来送亲，是看得起你。你好饭吃着，好酒喝着，好烟吸着，赚得还不够吗！我亲眼看见，有一盒烟拆开刚吸了两颗，你就偷偷装进自己裤子口袋里去了，你说有没有这事？

麻弟插话：你喝酒喝多了，吐了人家一马桶，熏得我半夜都没睡着。

麻叔像被揭了丑，脸上很是下不来，他一指麻弟说：不许你小子胡说八道，小心我抽你的嘴巴子！

王国慧在老家时听人讲过一个笑话：一个财主家养了一个傻儿子，为了传宗接代，财主还是为傻儿子娶了媳妇。不料傻小子不知道干那事，比他大三岁的媳妇干等长等都不见他上身。后来新媳妇想了一个办法，让傻小子试一试，能不能像狗爬一样从她肚子上爬过去。

当傻小子爬到她身体正中的时候，她猛地一搂，傻小子硬撅撅的东西就插进了她的下体。这一下可把傻小子吓坏了，他爬起来就跑到了娘跟前，说不好了，他把媳妇的肚子捅了一个大窟窿。他娘赶紧安慰他，说那不是新窟窿，原来就有的，是老窟窿。老窟窿像老鼠洞一样，是可以捅着玩的。傻小子这才不害怕了，回去像捅老鼠洞一样捅老窟窿。这样的笑话有点儿村，有点儿俗，在儿子何新成新婚之际，王国慧觉得自己不应该联想到这一类的笑话。但是，如同每个人都管不住自己的神经，也管不住自己的联想。不知不觉间，她就想起了这个早年听到的笑话。联想归联想，王国慧一点儿都不为何新成担心，因为何新成一点儿都不傻。相反，正是因为何新成太聪明了，他才早熟，才过早地对女孩子感兴趣，并追求女孩子。追求女孩子遇到挫折，他才自己作践自己，造成了纵欲无度。他在虚拟和想象中就能纵欲，现在有了麻玉华这个结结实实的实体，何新成在夫妻生活方面应该不会有问题。

小动作人人都会做，王国慧做起了小动作，她到何新成和麻玉华的新房外面听房去了。听房，是他们老家所流行的一种传统游戏，谁家的儿子娶了新媳妇，到了晚上，小孩子们都会去那家溜着墙根子听房。王国慧小的时候，就不止一次跟着别的小孩子去听过房。新郎新娘知道外面有人听房，他们都很警惕，干什么尽量不发出声音来，听房的人一般听不到什么。但听房的小孩子们仍乐此不疲，他们在新房的窗外你捅我一下，我捅你一下，禁不住笑出声来。王国慧成了城里人，现在又成了婆婆，她居然又干起了听房的勾当，而且听的是自己儿子和儿媳的房。

何怀礼也悄悄过来了，走到了王国慧身边。

王国慧以为何怀礼要跟她一块儿听房，不料何怀礼小声说：干什么？干什么？听你儿媳妇的房，你丢人不丢人哪！

去去去，滚一边去！王国慧连连挑手，把何怀礼赶走了。

王国慧还真的听到了新房内传出的说话的声音，是何新成把麻玉华叫成了杨展平。

麻玉华说：我不是杨展平。杨展平是谁？

你就是杨展平。

我跟你说过了，我不是杨展平，我的名字叫麻玉华。杨展平是不是你的女同学？你是不是跟杨展平发生过关系？

我认为你就是杨展平，我我……你你……这是真的吗？这真是太好了，太好了，我们终于——终于——杨展平，杨展平……

王国慧从新房门前离开了，她像是放心了，又像是仍不放心。

第二天早上，王国慧熬好了小米粥，煎好了鸡蛋，下楼买了油条，仍不见何新成和麻玉华起床。她轻轻敲门，轻轻喊：新成，该起床了，起来吃早饭！

两个新人还赤条条地在被窝里躺着。何新成大声说：你们先吃吧，我们一会儿再吃。

麻玉华小声说：我想吃小笼包儿。

何新成马上大声对妈说：我们想吃小笼包儿！

好，我马上去买！

王国慧下楼到街上买回两屉小笼包子，仍不见何新成和麻玉华起床。她对他们说：小笼包儿买回来了，你们起来趁热吃吧，我上班去了。

39

麻玉华怀孕了，麻玉华确定无疑地怀孕了。王国慧看出来了，听出来了，也闻出来了。在判断一个女人是否怀孕的问题上，王国慧有的是经验。她不止一次两次怀过孕，有切身体会是一个方面，别忘了还有一个更重要的方面，她当过多年的计划生育专干，目前矿上居民的计划生育仍归她管，她早就练出了一双观察女人是否怀孕的火眼金睛。有一个在矿街上打工的女孩子，生得小小的，瘦瘦的，巧巧的，还没结婚就怀了孕。女孩子怕人看出她怀了孕，就用一条宽宽的皮带，使劲勒自己的肚子，她的意思是限制胎儿的生长，最好能把胎儿勒下来。王国慧到矿街上巡查，只看女孩子有些发硬的后腰，就判断出女孩子怀了孕。她派人做了女孩子的工作，让女孩子做了流产手术。麻玉华的怀孕，让王国慧高兴坏了。过春节的时候，她在心里对神灵做了祷告，祈祷神灵能给他们家一个孙子，要是有了孙子，何家的香火就可以延续下去。她还给神灵许了愿，如能如愿，来年春节她就为神灵献上一个大猪头。自从来到城里生活，王国慧以前过春节时还没有向神灵祷告过。一般来说，人们的理解是，只有农村才有鬼，才有神灵，而城里既没有鬼，也没有神灵。因为城里的人太多了，当官的太多了，汽车也太多了，排挤得没有了鬼和神灵待的地方。王国慧希望能把神灵请到城里来，保佑他们家能够生一个孙子。

王国慧没有放松对何新成的观察，可以说她天天都在对何新成进行观察。观察的结果，正如老中医和大姐所说，自从何新成娶了女人，何新成仿佛找到了正确的人生方向，也达到了人生的最终目的，人变得平静了，也踏实了。何新成似乎很喜欢麻玉华，一看见麻玉华，他的眼睛就满怀渴望的样子，像是一个正在吃奶的孩子看着妈妈。王国慧有一次班中回家取东西，见何新成正在客厅的沙发上吃麻玉华的奶。王国慧回家，麻玉华才拉下衣服，把两只碓头一样的大奶子盖住了。麻玉华对何新成好像也不错，不反对何新成摸她的奶，吃她的奶。以前，何新成每天都要吃药。既然何新成的精神变得这样正常了，王国慧就试着让何新成把药停了。停止吃药之后，何新成的身体和精神似乎没出现不良变化。人说是药三分毒，何新成不再吃药才好呢！

有一天，只有王国慧和何新成在家的时候，王国慧笑着对何新成说：新成，你小子要当爸爸了，你知道吗？

知道，玉华跟我说了。

你有什么感觉？

什么什么感觉？

你高兴吗？

我无所谓。

怎么能无所谓呢？你要当爸爸了，应该高兴才是呀！你希望玉华生一个男孩儿还是生一个女孩儿呢？

这一次何新成的回答是明确的：我希望生一个女孩儿。

为什么？

因为我喜欢女孩儿。

我倒希望玉华能生一个男孩儿。

王国慧又要跟何新成谈话了。她不敢说是跟何新成谈话，怕何新成一听谈话产生抵触情绪，会闹出什么不愉快的事来。但她拉开的还是谈话的架势，内容还是谈话的性质。她说新成啊，当爸爸不是白当的，当爸爸就是当家长，当家长是要负责任的。就像我和你爸爸，我们把你养大，供你上学，又帮你娶了老婆，这就是我们所负的责任。等你有了孩子，主要责任就由你和玉华负。当然了，你们的孩子也是我们的孙子，对孙子我们也会喜欢，也会管，但主要是归你们管。我们一年比一年老，不可能跟着你们一辈子，更不可能跟着孙子辈的人一辈子。说不定哪一天我们就死了，想帮你们的忙也帮不上了。说到这里，王国慧问何新成：你想过我和你爸有一天会死吗？

何新成摇头说没想过。

不管你想过没想过，我今天都告诉你，我和你爸爸都会死在你们前头，这是肯定的，这是自然规律。所以说从现在起，你就要想着对你的孩子负起责任来。怎么负责任呢？在孩子小的时候，要管孩子吃，管孩子穿，一点一点把孩子养大。拿什么管孩子的吃和穿呢，拿钱。如果拿不出钱来，一分钱的东西人家都不会给你。钱是从哪里来的呢？当然是挣来的。我这样一说你就明白了，像你这样整天在家里闲着，只会花钱，一分钱都挣不到，长期下去是不行的。玉华刚怀孕，她在家里闲着情有可原，你作为一个男人，老在家里闲着恐怕说不过去。我和你爸倒没什么，你什么都不干，我们也不会嫌弃你。我是担心时间长了，玉华对你有意见。我担心玉华嫌你懒，嫌你什么活儿都不干，背地里给你脸子看，给你小鞋穿。你跟妈说实话，玉华在背地里埋怨过你吗？

何新成想了想，妈说得不错，玉华在背地里确实埋怨过他，而且几乎天天埋怨他，甩脸子给他看。每当他拉住玉华要干那件事的时候，玉华总是说他：你就会干这一条子事，你还会干什么！把床上的那件事说成一条子事，这是麻玉华的独特说法。有时说成这一条子事，有时说成那一条子事，反正都是论条子，都是指的那件事。这不能怨玉华埋怨他，他确实喜欢干那一条子事，仿佛玉华就是那一条子事的化身，只要看见玉华，特别是只要看见玉华脱衣服，他就想把那一条子事干一干。有时他晚上干过了，白天还要干。对于那一条子事，玉华有时积极，有时不积极。在不积极的时候，玉华就推着拖着，捂着盖着，故意让他着急。有几次他急得都快要哭了，玉华才放他进去。何新成原以为，他会干这一条子事就可以了，可以一干到底，不必再会干别的什么。是呀，除了会干这一条子事，他还会干什么呢？何新成承认，玉华是埋怨过他，说他只会干那一条子事。

王国慧要何新成不要说了，说一句她就明白了，她都替何新成有点儿难为情。接着王国慧向何新成提出了建议：你可以复习功课，参加自学考试。通过逐个科目的自学考试，你照样可以拿到大学文凭。

真的吗？何新成问。

当然是真的。矿上有的年轻职工，就是通过自学考试拿到了大学毕业文凭。凭你以前的学习成绩，拿个大学文凭应该没问题。等你拿到了大学文凭，参加了工作，挣到了钱，玉华就再也不会埋怨你了。我敢保证，到那时候。玉华一定会对你服服帖帖，百依百顺，连半个蹶子都不敢尥。

何新成听从了妈妈的建议，重新打开书包，拿出课本，开始复习。他对麻玉华说：在我学习的时候，你不要看电视，也不要跟我说话。我要通过自学考试，拿到大学文凭。

麻玉华说：好好好，太好了，这才像是一个有志气的男人。为了不耽误你专心学习，我到外面去走走，正好活动活动身体。

麻玉华下楼逛街去了。平常日子里，麻玉华也不愿老在楼上待着。她又不是戏里唱的不许下绣楼的小姐，她已经成了一个肚子鼓起来的孕妇，老待在楼上干什么。她手上戴着金戒指，脖子里戴着金项链，耳朵上戴着金耳环，全套的“三金”首饰把她武装得像一位贵妇人一样，如果不到街上逛逛，谁会注意到她的贵妇人形象呢，谁会知道她的幸福生活呢！披金也好，戴银也好，那都不是给自己看的，自己看了啥也不当。那都是给别人看的。别人看到了，夸赞了，或者眼气了，那才算真正实现了其应有的价值。如果说“三金”首饰已经不算什么稀罕东西，麻玉华手里现在拥有了一件比较时髦的、现代化的东西，那就是一部手机。她见婆婆有手机，她也要有手机。有手机多方便哪，走到哪里可以带到哪里，在床上可以打电话，在厕所里可以打电话，走着路也可以打电话。金子再好，不会说话，是死东西。手机会说话，谁的话都会说，手机才是活东西。她没有直接跟婆婆要手机，而是通过何新成，让何新成帮她要。在一次何新成要干那一条子事之前，麻玉华提出了要手机的条件，说如果不给买手机，就不让干。何新成说这事好办，让妈把她的手机给麻玉华用就是了。麻玉华说那不行，必须给她新买一部。何新成大包大揽，说没问题，等干完了，他就去跟他妈说。他妈他爸有的是钱。麻玉华说那不行，现在就得去说。要是说不成，这一条子事就不能干，永远都不能干。何新成说哎呀，人家的衣服都脱了。麻玉华说：脱了衣服怕什么，脱了你再穿上。你的枪还端起来了，没有我的同意，你就是不能放，憋死你！

何新成只得穿上衣服，去跟妈妈说了麻玉华想要手机的事。

妈妈一听，就知道没本事的儿子受的是儿媳的逼使，便说：你去跟玉华说吧，妈明天就去给她买。手机又不是飞机，妈还买得起。

麻玉华得到手机如得到宝贝，对手机有些爱不释手。她下楼时穿了一件玉红色的羽绒服，手机就装在羽绒服右侧的口袋里。她一会儿就把手机拿出来看一看，并放在耳边听一听。她好像很忙，跟外界有很多联系，好像老有人给她打电话。就算她不把手机拿出来，一只手也要放进口袋里，一直把手机握在手里。她把手机握得热乎乎的，像握着一只心脏会跳动的鹌鹑一样。她小的时候，在老家看见过一个爷爷辈的人玩鹌鹑，老爷爷一直把鹌鹑把在手里，上面露出的是鹌鹑的头，下面露出的是鹌鹑的尾。老爷爷把玩鹌鹑，也是玩给别人看的，让别人知道他的生活很有趣味，很懂得鹌鹑艺术。麻玉华把玩手机与老爷爷把玩鹌鹑有着同样的道理。可惜的是，很少有人给她打电话，她也很少给别人打电话，她的手机跟沉默的鹌鹑差不多。为什么呢？因为只有婆婆记住了她的电话号码，她也只有婆婆的电话号码，除了婆婆给她打电话，她给婆婆打电话，她还没接到过别人的电话，没给别人打过电话。她把电话号码告诉了丈夫何新成，外出逛街的时候，曾嘱咐何新成，让何新成随时可以给她打电话。可是，何新成一次电话都没给她打过，这个何新成，一点都不理解她的心情。看来以后她要多记一些别人的电话号码，同时把自己的电话号码告诉给别人，以使自己手里的“鹌鹑”活跃起来。

春节不见春，过春节时天还寒着，地还冻着，每年的春节其实还是冬节。等过了春节，再过了元宵节；打了春，再迎来雨水季节，地下的潮气开始上升，春天才会慢慢到来。麻玉华毕竟是在农村长大的，毕竟遵守过农时的时序，对二十四节气还是有概念的。这天麻玉华刚出了楼门口，就仰脸往天上看了看。出门即看天的脸色，这也是她在农村生活时养成的习惯。农人既然靠天吃饭，受天主宰，不看天的脸色，又看谁的脸色呢！过了雨水是惊蛰，此时的季节处在雨水和惊蛰之间，天空有些阴沉，空气有些湿润，说不定真的有一场春雨将下呢！

麻玉华在路边买了一串冰糖葫芦，一路吃一路走来，一走一走就走到了她以前工作过的鸭制品小卖店。与何新成结婚之后，她炫耀身价似的来过小卖店，得知她走了以后，老板娘一时找不到合适的打工人选，只好自己走上前台，代替她在小卖店营业。老板娘对她表示祝贺，也表示羡慕，说一个女人家，干得好不如嫁得好。干得再好还是个干，还是劳碌的命。而嫁得好呢，啥都不用干，就可以仰巴着脚子享福。老板娘以她自己为例，说她一天忙到晚，把腰子都快累掉，不还是个干嘛！而麻玉华呢，因为嫁对了人家，一下子就掉进福窝子里去了。老板娘嘴上这么说，其实她心里对麻玉华是有看法的，或者说对麻玉华有些看不起。她认为麻玉华是个肯吃嘴的人，麻玉华身上的肉大约有一半是鸭肉。麻玉华卖鸭肉期间，时不时就会捏起一块，放进自己嘴里。整只的咸水鸭和酱鸭她倒不吃，她吃的多是一些鸭肝和鸭肫子。麻玉华把鸭的杂碎吃多了，仿佛一张嘴就是一股杂碎味。麻玉华的这个毛病还在其次，让老板娘不能容忍的是，有一次她竟然发现麻玉华在和自己的老公亲嘴。麻玉华说要去一趟厕所，让老板娘替她值一会儿班。老板娘迟迟不见麻玉华回转，到小卖店后面的鸭制品加工厨间一看，才发现麻玉华和自己的老公搂在了一起，嘴对在了一起。老板娘一声断喝，才把他们分开了。人的嘴开得有口，下面开得也有口，对了上面的口，就有可能对下面的口，看来这个姓麻的女孩子不能留了。所以，当有人给麻玉华介绍对象时，老板娘连一句挽留的话都没说，顺水推舟，就把麻玉华推走了。

这天麻玉华没到小卖店里去，小卖店后面还有一个旁门，她通过旁门走进厨间看鸭老板去了。

鸭老板胸前系着水淋淋的胶皮长水裙，正掰着一只鸭子的两条大腿，在案板上清洗鸭子的肚子。他是一位讲究食品卫生的鸭老板，在鸭子下锅前，总是把鸭子清洗得十分干净。见麻玉华来了，他的欣喜有些异常，眼睛里，鼻子里，嘴巴里，都是笑意。他立即放下洗了一半儿的鸭子，把麻玉华叫华，说华，你终于来了，我还以为你把哥忘了呢！

麻玉华的嘴脸立刻调皮得不成样子，她眼角往上挑，嘴角往下撇，说哪能呢，就算我把吃过的鸭子全忘完，也不会忘记你呀！

这话我爱听，这还差不多，这说明华是一个重感情的人。来，离我近点！鸭老板说着，朝麻玉华努起了嘴，他的嘴努得像拔去了鸭毛的鸭屁股一样。

麻玉华明白鸭老板的意思，是让她近前去，跟鸭老板行一下接吻礼。麻玉华也把嘴努起来了，她的嘴唇红红的，努起来似一朵似开未开的玫瑰花儿。鸭老板的水裙那么湿，上面沾的还有鸭血，她的羽绒服那么干净，要是和鸭老板接了吻，把自己的衣服弄湿就不好了。麻玉华有办法，她把几根胖胖的手指在自己努起的嘴唇上一贴，而后翻过手掌，对鸭老板虚晃了一下，算是给鸭老板来了一个飞吻。麻玉华结婚时间不长，她就学会了这么多吗？她的变化就这么大吗？她以前害羞的样子哪里去了呢？不是的，媒人，包括王国慧，都上了这个丫头的当了，她的害羞都是装出来的。她不是情场上的新手，她早就不知道害羞了。在她上小学六年级的时候，有一个胡子长得很旺的男老师，趁辅导她写作业的时候，一只手就悄悄伸进她的裤裆，摸过她的下身。因为她没有反对，没有声张，老师就奖励给她一根铅笔和一块橡皮。此后，老师每摸她一次，对她都有所奖励，有时是一块奶糖，有时是一块巧克力。后来她才知道了，老师对她的这种行为书面上叫猥亵。猥亵就猥亵吧，反正她身上的东西什么都没少，无所谓。上到初中二年级的时候，她变得有些主动，看上了一个教数学的男老师。那个男老师的可爱之处，不仅在于他是一位大学毕业生，也不仅在于他长得帅气，还在于，每当她拿眼睛溜老师的时候，老师脸上就飞起一阵红云。麻玉华觉得老师这个样子挺好玩的，公鸡的冠子是红的，鸡冠花儿也是红的，她愿意把数学老师脸上的“红云”逗出来。终于有一天，数学老师把她叫到办公室兼宿舍里去了，问她：麻玉华，你不好好上课，老拿小眼儿溜老师干什么？

麻玉华装憨，说：我溜你了吗？没有呀！

你这样溜老师，会把老师的心弄乱的。数学老师这样说着，脸上的“红云”又“风起云涌”起来。

麻玉华嘻嘻嘻，嘻嘻嘻，说乱就乱呗，真好玩！

你说得轻巧，这样下去，说不定会出乱子的。

麻玉华低下了头，装作忸怩起来。她从眼角那里溜了老师一眼，说：老师，我觉得你是喜欢我的。

何以见得？

要是不喜欢我，我看你的时候，你的脸老红什么？

我的脸红了吗？我都不知道。然而，不过，当然了，你是我的学生，我是你的老师，让别的同学看到就不好了。

老师放心，我不会让别的任何一个同学知道的。麻玉华想起，她上小学六年级的时候，脸上刮得铁青的班主任老师摸了她那么多次，把她都摸肿了，她一直为老师保着密，别人谁都不知道。

老师说：那好吧，在学习上我会帮助你的。老师又说：我顶多拥抱你一下，吻你一下，进一步的想法我是不会有的。第一次，老师的确只是吻了她。老师吻过她之后，说这样就挺好的。第二次，老师吻她吻得时间长一些，老师夸她的小嘴儿是甜的。第三次，老师吻着吻着，就把手伸到她的衣服下面去了，继而把她的衣服脱了下来。老师说话不算话，说了不会有进一步的想法，还是有了进一步的想法。有了进一步的想法，就有了进一步的行动，就有了进两步、进三步的行动。而不管数学老师怎么“进步”，麻玉华说话算话的，她真的没让别的同学和别的老师知道她和数学老师之间的关系。

有了以前在学校的生活垫底子，外出步入社会生活的麻玉华颇有一些底气。她的底气源自于她给自己的准确定位。她给自己的定位是，她是一个女人，而不是一个男人。她以为这个定位很重要，认清自己是一个女人，一切事情就比较好办。有的女人明明是一个女人，有时却把自己当男人，事情就有些麻烦。麻玉华给男人也有定位，她认为世界上的男人都是喜欢女人的，看见女人就想干那事。不想干那事的人就不算男人，就不算好男人。在这样的定位下，当鸭老板向她提出一个男人的要求时，她没有拒绝，拿出了一个女人应有的表现。鸭老板习惯把鸭子按在案板上，也把她按在了案板上。鸭老板习惯掰鸭子的大腿，也掰了她的大腿。她的大腿原来没有这么粗，被鸭老板掰来掰去就变粗了。鸭老板大概想如法炮制，把水裙脱了下来，向麻玉华接近。

麻玉华摇了摇手，说不行不行，人家都怀孕了。

鸭老板说：没事儿，怀孕时对那事儿没啥影响。来吧，我一直在想你。

麻玉华还是说不行，把孩子弄掉就麻烦了。以前在行事时，她都是要求鸭老板戴上套子，说如果不戴套子，怀上孩子就麻烦了。现在她说的是，把孩子弄掉就麻烦了。

鸭老板说：真的没事儿，我轻一点儿就是了。

麻玉华伸出两个手掌，把鸭老板往后推，她瓦着腰往后缩，说真的不行，你再这样我就走了。

鸭老板有些泄气，他说：看来你真的变成贵妇人了。

麻玉华没否认她变成了贵妇人，她说：等我的孩子生下来，可以上城市户口。

鸭老板说：城市户口有什么了不起！麻玉华我告诉你，你上了城里人的当了！

麻玉华眨眨眼皮，一时不能明白鸭老板所说的上当是什么。她觉得鸭老板的脸子变得可真快，她没答应鸭老板的要求，鸭老板一不高兴，就说出了难听话。她说：谁的当我都不会上。

你不用嘴硬，上当不上当，其实你心里很明白。事情在那儿明摆着，道理也在那儿明摆着，有一点儿心眼儿的人都看得出来。人家是城里人，你是农村人，人家放着城里人不娶，干吗要娶你这个农村人当老婆呢？人家父母都是干部，你的父母啥都不是，门不当，户不对，人家为啥要和你结亲呢？还有，你的文化水平也不高，长得也不算很出众，比一般还一般，比普通还普通，人家为什么要找你呢？这里边肯定是有原因的。自从一听说你要嫁给城里人当老婆，一听说城里人不拒绝娶你当老婆，我就猜出其中必定有原因，娶你的那个人一定有问题。后来我一打听，事情果然不出我所料，那个人果然有问题。我估计你也知道了，你老公曾在学校里追求他的一个女同学，女同学不买他的账，他受到刺激，精神就出了问题，成了精神病人。他不能继续上学，只能休学回家。在这种情况下，他的父母只好降低条件，并不惜花钱，为他找一个农村姑娘当老婆。你知道不知道，人家找你给他们的儿子当老婆，是拿你给他们的儿子冲喜呢，是用你给他们的儿子治病呢！你这个土老帽儿，不知什么东西冲昏了你的头脑，你不但稀里糊涂去跟人家睡觉，还怀了人家的孩子，你说你傻不傻呀？我看你真是傻到家了！跟着傻人学傻人，我看你比你老公还傻呢！

鸭老板的一番话，把麻玉华的头皮说得有些发麻，脸也有些发黄。她来看鸭老板，本来是想在鸭老板面前显示一下她目前的身份，汇报一下她的幸福生活，顺便和鸭老板续续旧情，并拿出手机，记一下鸭老板的手机号码，以后好常和鸭老板联系。不料鸭老板跟她说了这么一大堆难听话。这些话麻玉华当然不爱听。以前鸭老板是老板，她是老板手下的一个打工者，她当然要看着老板的脸色说话，老板说什么就是什么，她只有听喝的份儿。而现如今，她认为她的身份已经发生了转变，她上升为城里人，鸭老板还不算是城里人。尽管鸭老板在城里做着一份生意，又被别人叫成老板，实际上他也是一个进城打工的打工者，只不过是为自己打工而已。她认为鸭老板心里不平衡了，失落了，是在忌妒她。什么上当不上当，什么冲喜不冲喜？嫁汉嫁汉，穿衣吃饭。她现在吃得好，穿得好，戴得好，什么活儿都不用干，婆婆还时不时地给她零花钱，她还有什么不满意的呢！她的老公何新成是老实些。正因为何新成老实，才处处听她的指挥，受她的控制，她在家里才说一不二。也正是因为何新成老实，才不拈花，不惹草，不在外面乱搞，一心一意对她好。这有什么不好呢！像鸭老板这样的人，脑子活泛倒是活泛了，他脑子一活泛，下面的家伙也活泛，不知搞了多少个女人呢！话不投机，麻玉华不想跟鸭老板多说，也没有跟鸭老板要手机号，让鸭老板忙吧，她走呀！

华，你真的要走吗？

你接着伺候你的鸭子吧，你看你的鸭子细皮嫩肉的，长得多白呀！

你别嫌哥说话不好听，天下的实话都不好听。良药苦口利于病，哥可是真心实意替你着想。你的娘家人都不在这里，你就把哥当成你的娘家哥，以后有什么难处只管来找我。我相信，你一定还会来找哥的。

40

麻玉华生了个儿子，生了个白白胖胖的儿子。麻玉华的儿子是在矿上的医院出生的，一生下来说上称约过，重八斤七两。麻玉华不知道自己刚出生时体重是多少。因为她的出生被父母看成多余，没把她掐死就算不错，没人关注她的体重。在麻玉华老家，把男孩儿说成是中用的，也是带把儿的。所谓带把儿，指的是男孩子两腿之间的那个小鸡鸡。锤子带把儿，才能砸东西；铁锨带把儿，才能刨地；茶壶带把儿，才能抓起来喝水。这些东西如果不带把儿，就不能使用，或者说使用起来很不方便，很不得劲。相比之下，因为女孩子不带把儿，带的只是一个豁口儿，或者说一个缺口儿，常常被说成“多了一张嘴”“人家的人”等。虽然没有被直接说成不中用，但言外之意就是不中用。小名儿叫麻四妮儿的麻玉华，从小就被人看不起。她记得小时候玩娶新媳妇儿，一个小男孩儿就不愿意娶她，理由是她家的小妮儿太多了。因受人歧视，久而久之，连麻玉华自己都有些看不起自己，恨不能从哪里找一个把子安在自己身上才好。怀上孩子之后，麻玉华难免有些担心自己会生一个女孩儿，因为她娘肚子里的女孩儿就比较多。她要是生一个女孩儿就坏了，因为城里的计划生育管得很严，一对夫妻只许生一个孩子，生了女孩儿就不许生男孩儿了。真不错，她真会生，上来就生了一个带把儿的。她自己虽说不是带把儿的，却生了一个带把儿的。这下她才知道了，天下所有带把儿的，都是不带把儿的人生出来的。如果没有不带把儿的，哪里会有带把儿的呢！麻玉华也意识到了，因为她生了一个男孩儿，她就是老何家的有功之人。试想想，如果不是她生了一个男孩儿，老何家就没有孙子，就算是绝孙。绝孙是什么呢？就等于绝后，或者是绝户。绝户就是一户人家走着走着什么都没有了，就烟消云散，什么都找不到了。农村人骂人咒人最严重的话是什么，是“不凭良心让你变成绝户头儿”！人生在世，谁都怕从有变成没有，谁都不愿意变成绝户头儿。别看公公婆婆当的都是国家的干部，拿的都是国家的工资，他们也害怕没有孙子，害怕从此绝户。越是当干部的人，越是有钱的人，越是希望子子孙孙传续下去，越传越多。有功之人须有享功的样子，麻玉华像坐月子的农村妇女所做的那样，用围巾把头一包，往床上一躺，等着婆婆和婆婆请来的保姆伺候她。她想吃什么，婆婆马上亲自下厨给她做。她想喝什么，保姆马上给她端到床前。在坐月子期间，她只是没吃过龙肉和凤凰肉，别的什么肉都吃遍了。保姆把老母鸡汤端到她面前，她连碗都不接，就那么让保姆端着碗喂她喝。麻玉华迅速发了起来，这个发不是发财的发，是发福的发，她发得整个像一只白面馍一样。这样的发，也可以说成是膨胀。她的奶在膨胀，脸在膨胀，肚子在膨胀，连脚面子都在膨胀，体积一下子胀出许多，人仿佛一下子大出一圈。麻玉华本来就又白又胖，月子一坐，她更白更胖，白得闪着亮光，胖得也闪着亮光。

王国慧也愿意承认，麻玉华确实为他们家做出了贡献，立下了功劳。她拉着麻玉华的手说：玉华，老何家的人都得感谢你呀，你真是个有福的人哪！

麻玉华的样子有些谦虚，说了一句做了好事的人常说的话，她说：没什么，这是我应该做的。她又自负地说：不是吹大气，我肚子里都是男孩儿，要是让我再生的话，我生的还是男孩儿。

王国慧对麻玉华生男孩儿的能力表示赞赏，说我们家玉华就是厉害。

在获得了孙子的第一时间，王国慧就给大姐打了电话，她说大姐，我向你报告一个好消息，新成有儿子了，我和怀礼有孙子了！

大姐说：好，那好，多好呀，向你和怀礼表示祝贺！我们家你大外甥，老也不结婚，我和你大姐夫不知什么时候才能抱上孙子呢！你和怀礼倒跑到我们前头去了。

这还不是多亏了大姐的指点，要不是大姐为我们指明了一条正确路线，恐怕到现在我们还不知道往哪里摸呢！姐妹之间就不说感谢的话了，反正大姐对我的好小妹都在心里记着呢！王国慧说着，喉头有些发哽，眼角也湿了。

大姐听出了王国慧激动的情绪，她说：我完全能够理解你的心情，你这些年走过来很不容易。其实每个家长都不容易，家家都有一本难念的经。

王国慧跟大姐说了孙子的重量，说是通过剖腹产取出来的。

大姐说：现在的孩子生孩子都怕疼，顺产的很少，差不多都是剖腹。

王国慧还跟大姐说了她的孙子哭声很响亮，像个小喇叭一样。

大姐说：你的孙子就是你新的希望，以后就好好培养你孙子吧！

是的，大姐说得对，孙子的出生使她对未来的生活燃起了新的希望。儿子何新成让她失望，让她绝望，使她几乎走到了山穷水尽、无路可走的地步。俗话说天无绝人之路，以前她对这句话持怀疑态度，认为这样的话不过是给人打气的，是好死不如赖活着的翻版。现在对照实际情况来看，这话的背后肯定有无数的事实在支持，还是有一定道理的。天是自然，人也是自然。有天才有人，有人才有天。人和天是共生共存，并互相依赖。如果天不给人生路，等于天也不存在了。人活什么？人是活人的，人把人一代接一代生下去，这才是人作为人的根本使命，人活得才有意义。同时，人也是为希望而活，一个希望接着一个希望，引导着人们往前走。如果失去了希望，人就失去了前行的动力。人类的希望，往往须有一个寄托物。把希望寄托在哪里呢，不是寄托在风中，也不是寄托在云彩上，还是要寄托在人的身上。以前，王国慧是把希望寄托在儿子何新成身上，而且寄托的是很大的希望。眼看希望就要变成现实之际，何新成却把她的希望变成了风，变成了云，化成了泡影。何新成儿子的出生，无疑代表着一种新生，既代表着一种新的生命，也代表着一种新的力量和新的希望。从这个意义上讲，何新成并不是一点用处都没有，最起码，他身上活跃的还有生命的种子，在家族的承前启后和传宗接代上，他还是可以发挥一些作用的。换句话说，要不是何新成给麻玉华下种，她和何怀礼哪里会有孙子呢！

孙子出生后，王国慧让何新成和麻玉华给他们的儿子起个小名吧。何新成看看麻玉华，麻玉华看看何新成，他们对起名的事似乎都没有心理准备，都不知道该给小家伙起个什么名字为好。他们好像想起来了，人来到世上是需要命名的，有了名字，有了代号，才能把这个人与别人相区别。名字分小名和大名，小名也叫乳名，大名也叫学名。小名一般由爸爸妈妈起，大名才由爷爷、奶奶或老师起。何新成的小名叫成，大名叫何新成。麻玉华的小名儿叫四妮儿，大名叫麻玉华。何新成的小名是妈妈给起的，大名是爷爷给起的。麻玉华的小名呢，不知是谁给起的。也许家人对她的出生感到厌烦，懒得给她起名，因为她是四闺女，就叫她四妮儿算了。直到她开始上学，老师才给她起了麻玉华这个大名。麻玉华对何新成说：你看我干什么？是你的儿子，名字当然由你来起。

何新成把正吃奶的儿子看了一下，似乎并不能断定儿子是不是他的。怎么，难道他真的有儿子了吗？他自己曾是个儿子，现在仍是妈妈的儿子，自己作为儿子还没长大，怎么就有了儿子了呢，这事儿真有点儿逗。何新成笑了。

笑什么笑，傻样儿！你不是个高中生吗？你不是还要考大学吗？连给你儿子起个名字都不会起了！

王国慧听不得麻玉华当着她的面训斥何新成。当母亲的与儿子天然心连着心，麻玉华训斥何新成，在王国慧听来，跟训她是一样的，她难免心疼。麻玉华当着她的面都敢训何新成，背地里不知把何新成训成什么样儿呢！如果当面的训有三分两分的话，背后的训恐怕就得有十分八分。王国慧尤其听不得麻玉华说到那个傻字，好像一说到这个字，就戳穿了事实真相似的，就揭了伤疤似的，就犯了忌讳似的。王国慧说：算了算了，如果你们没想好，奶奶给我的宝贝孙子起个名字吧，就叫生如何？生是生产的生，生活的生，也是新生的生。一生二，二生三，三生万物。王国慧这样说着，从麻玉华怀里抱过小家伙，就生生、生生、生生地叫起来。生生，让奶奶看看生生长得俊不俊？哎呀，生生长得真俊，比戏台上的文生都俊。

生生，让奶奶闻闻我的孙子香不香。王国慧把生生一只小手捂在自己鼻子上，捂在自己嘴上，闻了又亲，亲了又闻，说真香，奶奶的孙子真香！生生怎么香呢，真是个香不溜溜的小香人啊！

生生看我呢，生生小眼睛在看奶奶呢，生生知道他的名字叫生生了，生生识叫了。这个小生生，你的心可真灵啊！

生生不再使用传统的尿布，小屁股上包的是尿不湿。王国慧把几根手指探进尿不湿里摸了摸，摸摸生生尿了没有，把尿不湿尿湿了没有。说是尿不湿，尿多了还是湿。王国慧摸出来了，生生已经在尿不湿里撒了尿，尿不多，还没有形成尿包。但生生的小屁股这么娇嫩，尿湿到生生的屁股可不行。王国慧要给生生换上一片新的尿不湿。在换下旧的尿不湿时，王国慧顺便把生生的小鸡鸡又看了看，并摸了摸，再次确认生生是一个男孩儿，是一个孙子。别看王国慧管计划生育，宣传计划生育，嘴上说的是生男生女都一样，实际上，她心里根深蒂固的想法是，生男与生女绝对是不一样的。男孩儿带鸡鸡，女孩儿不带鸡鸡，怎么能说一样呢。男的能把种子一代接一代往下传，女的是协助男人传种子的，怎么能说一样呢！传下的人种都是姓男人的姓，而不是姓女人的姓，怎么能说一样呢！还有，管理和治理国家的大都是男人，而不是女人，怎么能说一样呢！别看王国慧也是一个女人，在和丈夫何怀礼的对比上，她觉得自己的能力一点都不比何怀礼差。但她还是愿意要儿子，要孙子。有了儿子和孙子之后，她心甘情愿地让儿子和孙子姓何，不是姓王。生生叫何生生，她不会把何生生叫成王生生，也不会把生生叫成麻生生。什么麻生生，她只想到一点点，就觉得非常可笑。

何新成却对自己的儿子喜欢不起来，他不但不喜欢，对儿子的出生，他似乎有些出乎意料似的。他只喜欢干那事，也就是麻玉华说的那一条子事。干着干着，麻玉华的肚子怎么就大了呢？又干着干着，麻玉华怎么就生出了一个小人儿呢！有道是，只管耕耘，不问收获。何新成的干法和这种说法差不多可以对上号。比如他小时候下到河里在水边掏洞子，只是掏着玩的，并不指望能掏出一条鲇鱼，或一只螃蟹。可一旦从水洞里摸到一条鳝鱼，或一只蛤蟆，他会感到有些意外，并有些害怕，马上从水里跑出来。何新成有了儿子的感觉，仿佛就是这样的感觉。从“水里”跑到“岸上”的何新成，出于好奇，难免把儿子看一看。他越看，越觉得这个不速之客来得有些陌生，越找不到他和这个小人儿之间的联系。他甚至觉得，对儿子还不如对蛤蟆熟悉。他不喜欢儿子的一个明显表现，是没想到把儿子抱一抱。妈妈反复抱过了，爸爸也抱过了，麻玉华更是一天到晚把儿子抱在怀里，而他一点儿抱儿子的愿望都没有。他是说过，他愿意要女儿，不愿意要儿子。麻玉华生的是儿子，大概违背了他的意愿，所以他不想跟和他是同一性别的儿子亲热。

直到从医院回到家里，麻玉华才对何新成说：你还没抱过你儿子呢，给，抱抱你儿子！

妻命不敢违，何新成这才接过儿子，托在手上。他以前从未抱过孩子，这是第一次抱孩子。他抱过被子，抱过麻玉华，那都不算是抱孩子。他不大会抱孩子，就那么两手平托着，像托着一块砖，或是一块煤。他抱孩子抱得不够体贴，跟孩子保持着一定距离。他没有跟孩子说话，没有喊儿子，没有喊生生，也没有自称是爸爸。他就那么对着儿子笑，他的笑像是不得已，有些莫名其妙。

生生突然就哭了起来，他第一声哭得有些长，把小脸都憋红了。他的哭不像是婴儿的啼哭，也不像公鸡打鸣儿头一声，而像是受到了什么惊吓。在大哭的同时，他的两只脚在使劲弹蹬，两只小手也乱舞奓，像是在拳打脚踢。别以为小孩子什么都不懂，虽说没有思想，但他有感觉，而且很敏感。谁喜欢他，或者不喜欢他；谁跟他亲，或是跟他不亲，他都能感觉出来。生生大概感觉到了，这个大脸大眼的男人不是很喜欢他，并感觉到了这个男人的神情有些异样，有些可怕，于是他就哭了。小孩子还没有语言能力，还不会说话，不会骂人，他的喜怒哀乐都是用哭声来表达，他用哭代替说话，他的哭在代表着他在骂人，同时表达着他的抗议。他仿佛在说：你是谁？我不认识你！放开我，放开我，我要找妈妈！小孩子还不会打人，但他的手脚乱动，表示的是打人的意思。他仿佛在说：我踢你，我抽你！

何新成有些无可奈何，他对麻玉华说：他哭了，他怎么哭了？

麻玉华说：你说他怎么哭了？你不喜欢他，他也不喜欢你。

我没说不喜欢他呀！

你没说也是说了，他一看就能看出来。笨蛋，连个孩子都不会抱，把孩子给我吧！

何新成把孩子交给麻玉华，麻玉华端起一只奶，把奶头子往生生嘴里塞。麻玉华的两只奶子本来就大，生了孩子之后，由于奶水充盈，显得更大，更饱满，像两只水罐子，又像两个大甜瓜。而麻玉华的奶晕子是粉红色，奶头子是枣红色。街上有卖特大馒头的，馒头的顶端嵌着一颗红枣，与麻玉华哺乳期间的奶子颇为相似。当麻玉华把“红枣”塞进生生嘴里，就把生生的哭止住了。麻玉华说：看看，不哭了吧！

生生虽说不哭了，好像仍很委屈，不时地抽噎一下。

何新成说：那是的，因为你有奶，我没奶。有奶便是娘嘛！我要是有奶，我也能把他的嘴堵住，不让他哭。

光是因为有奶没奶的事吗？

那还因为什么？

因为你老跟他争。

何新成跟生生争了吗？他跟生生争什么了？何新成像是想了想，觉得自己确实跟生生争了。他们争的是一个人，是同一个人，这个人是麻玉华。在生生吃足了奶睡觉的时候，麻玉华觉得自己的奶胀得太厉害，好像把奶皮胀得很薄很薄，稍微一碰，就会把奶皮碰破，奶就会流出来。在这种情况下，麻玉华曾借用何新成的嘴，让何新成帮她把过剩的奶水吸一吸。不料何新成一吸就觉得很好玩，奶水的味道也不错，吸了还想吸。这会儿生生正在吃奶，不用他帮着吸。麻玉华把生生说成是奶鳖子，“奶鳖子”的小嘴儿把一只奶的奶头子和奶晕子都吸了进去，用尽吃奶的力气，吃得挺好的。何新成不能吸奶，想把奶子摸一摸。那是用来吃的，也是用来摸的，对男人来说，奶子的手感历来不错。特别是当奶子里盛满了奶水的时候，摸起来沉甸甸的，滑溜溜的，弹性十足，更是让人摸了还想摸。然而。生生嘴里吃着一只奶，他的一只小手捂在另一只奶子的奶头子上，把另一只奶也拦霸住了。吃着碗里的，还看着锅里的；吃着一只奶，还霸着一只奶，这不太好吧！何新成大概想搞点儿平均主义，也是逗一逗生生的意思，就把生生捂着奶的手拿开了。

生生不干，何新成刚把他的手拿开，他的手很快就又捂在奶子上。生生的嘴像是长了眼睛，找奶子总是找得很准确。他的手也像是长了眼睛，捂起奶子来也准确无误。他不仅重新捂住了奶头子，还翻着小眼儿看着何新成，仿佛在说：奶是我的，你动我的奶干什么！

麻玉华说：看看，你又在跟生生争怀。

何新成说：我没跟他争，我逗他玩儿呢！

你嘴上不说跟生生争，心里还是想跟生生争。我还不知道你，你急得跟狗不得过河一样。我再跟你说一遍，在我坐月子期间，一个月内你别打算动我，再急你也得忍着。

在生孩子之前，麻玉华就曾对他宣布过戒令，在一个月内，不许他动麻玉华。他原以为待孩子生下来后，戒令就会解除。可生下孩子后，新的戒令又来了，又是一个月不能动麻玉华。一个月再加一个月，就是两个月，两个月乘以三十，就是六十天。对于热衷于那一条子事的何新成来说，六十天太长了，到什么时候才能熬到头啊！把他憋炸了壶怎么办！说来说去，都是因为麻玉华怀孩子闹的。倘若麻玉华不怀孩子，也不生孩子，他们的生活一切都很正常，也很有规律。怀孩子和生孩子一闹，他们夫妻生活的规律就被打破了，就不正常了。何新成说：我忍不住怎么办呢？

麻玉华先说：忍不住也得忍。又说：你实在忍不住就弄墙窟窿去。

麻玉华的话，本是恶心和打击何新成的，何新成却当真了，误以为麻玉华为他的思维指出了一个方向，他真的转着身子往室内的墙上找去。墙是水泥墙，墙上刷的是大白，哪有什么可弄的窟窿呢！

信子，你真是个信子！信子的说法，是麻玉华老家的方言，跟疯子、傻子是同一个意思。他们既把疯子、傻子说成信子，也把信子说成疯子、傻子。相比之下，信子的说法更普遍一些。有好事的人查过字典，说信子的信就是相信的信。还有人深究过，说有的人对什么都相信，对什么都不怀疑，就是缺心眼儿，就是信子。他们那里以前没有神经病和精神病的说法，只有傻子和信子之类的说法。傻子和信子的说法算是文雅的，好听的，粗俗和难听的说法会把傻子说成傻瓜，傻蛋，傻屌。会把信子说成信尿。麻玉华没把何新成说成信尿，算是不错了。

信子，什么是信子？何新成问。

信子就是你，你就是一个信子，我早就看透你了！

41

何新成没有看电视，也没有复习功课，他目光呆滞，一个人在客厅里坐着。他的眼睛像是看着灰白的电视机荧屏，又像是什么都没看。他的神情有些苦，样子像是想哭，眼里却干干的，一点儿都不湿。

王国慧中午回家，一眼就看见何新成脸上有几道血口子，每道血口子都浸着殷红的血。有一道血口子，从何新成的眼睛的上眼皮贯通到下眼皮，仿佛给何新成的眼睛贴上了红色的封条。还有一道血口子，开在何新成的鼻梁上，使何新成高高的鼻梁上像爬了一条蚯蚓。他们家没有养猫，何新成脸上的血口子不会是猫抓的。他们家也没有养狗，那些血口子也不会是狗的爪子抓的。王国慧很快得出判断，何新成脸上的血口子是麻玉华抓的。麻玉华的指甲长得很长，也很硬。王国慧曾劝麻玉华把指甲剪一剪，说生生细皮嫩肉，当妈妈的把孩子的皮划破就不好了。麻玉华没听她的，没把指甲剪去。王国慧想说，人忙长头发，人闲长指甲，她怕麻玉华听了这样的话反感，就没说出口。有一次，王国慧实在忍不住，再次劝麻玉华把指甲剪短一些。她说出的理由是，看见麻玉华的指甲那么长，别人心里会麻扎得慌。她说的是别人，其实是她自己心里的感受。她是一个勤劳的人，也是一个忙人，从不允许自己的指甲长长。指甲稍冒一点尖儿，她就赶紧把尖儿剪掉。谁的指甲长在谁手上，别人的指甲长短碍她什么事呢！不，看见别人的指甲留得太长，她的确感到心里扎得慌。也许麻玉华故意要扎她的心，麻玉华不但把指甲留得越来越长，还去街上的美甲店把指甲染成了彩色。一只手有五根手指，每根指头上都有一片指甲，她把每片指甲都染上了不同的颜色，有红色，有绿色，有黄色，有蓝色，也有紫色，可以说是五颜六色。她的指甲虽说颜色不同，留在何新成脸上的颜色却是一样的，都是红色，血色。怪不得麻玉华不愿剪掉自己的长指甲，原来她把长指甲当成了自己的武器。以前她把“武器”预备着，预备着，现在终于把“武器”使了出来。麻玉华像是狮子、豹子等猫科动物，在没有捕猎时，她并不把爪子伸出来，一旦需要捕获猎物，就把爪子派上了用场。这个麻玉华，心太狠了，下手太重了。就说何新成眼皮上下的那一道血口子吧，当是从何新成的眼珠子上划过去的，也许何新成在紧急时刻闭上了眼，不然的话，麻玉华的利爪恐怕会把何新成的眼珠子抓瞎。王国慧心疼儿子是难免的，生气也是难免的，她问：新成，你怎么了？

没事儿。何新成说。

你的脸都被抓成花瓜了，还说没事儿。是不是麻玉华抓的？她为什么抓你？

何新成烦躁起来，好像还有些恼，突然提高了调门儿说：别问了！

你是我儿子，我干吗不问！难道别人把你欺负死，我都不管不问吗！王国慧继续问：麻玉华呢，她带着生生到哪里去了？

不知道！

连你老婆和你儿子到哪里去了你都不知道，你还算个男人吗？还算是个活人吗！

麻玉华死了，行了吧？

你不要跟我说这话，她活得好好的，怎么舍得死呢！你死她都不会死！

那我去死！

什么你去死，你是想让我死。我看你就是个讨债的，你就是你妈的催命鬼，啥时候把你妈的命催没了，你的任务就完成了。

王国慧是回家做午饭的，保姆走了，一天三顿饭都是王国慧做。何怀礼和何新成不会做饭，连最简单的稀饭都不会烧。麻玉华会做饭，但她不做，连厨房都不愿意进。有一天中午，王国慧故意回家晚一些，试试麻玉华做不做饭。等她回家一看，厨房里冷锅冷灶，麻玉华连口热水都没烧。生生已经八个月大了，只吃奶是不够的，有时需要喂他吃一点饭。哪怕是蒸一小碗鸡蛋羹，麻玉华都不动手，还得王国慧来蒸。除了不做饭，麻玉华还不刷碗，从来不刷碗，碗多碗少都不刷。麻玉华喂生生吃完了鸡蛋羹，就一个小碗，一只小勺，麻玉华应该随手刷出来吧？才不呢，她连一碗一勺都不刷，哗啷往洗碗池里一扔就完了。王国慧对麻玉华这样的作风很是看不惯，一个从农村出来的女孩子，应该是干着活儿长大的，怎么就这么懒呢！按农村人的说法，这样的女人把蛋都懒掉了，还在耍懒呢！王国慧算是知道了，懒人不问出生地，城里和农村都有懒人。有的农村人懒起来比城里人还要懒。王国慧也看出来了，麻玉华是故意懒给她看的，表明麻玉华对过日子没有了心劲，对未来的日子充满悲观。同时，麻玉华是通过什么都不干的消极情绪，来发泄对这个家庭的不满，并向她这个当婆婆的提出抗议。这样的气氛，已使整个家庭充满了火药味，或者说充满了瓦斯。

身在煤矿，王国慧多次听何怀礼讲过瓦斯的厉害。别看瓦斯无色，透明，看不见，摸不着，但聚集到一定浓度，它的能量是很大的。一旦遇到明火，发生爆炸，所发生的灾难就是毁灭性的。王国慧觉得，他们家的卧室里、客厅里、厨房里、卫生间，凡是有空间的地方都有瓦斯存在。不论她走到哪里，都有瓦斯在探头探脑，跃跃欲试。瓦斯似乎有些等不及了，它们仿佛像一首诗里说的那样：给我以火，我要燃烧，我要爆炸！王国慧所要做的，就是每天“开窗通风”，以降低“瓦斯”的浓度。同时，她极力压抑着自己心中的火，并千方百计为麻玉华灭火，以免擦出火花，造成灾难性的后果。

现在做饭，王国慧不再考虑何怀礼和何新成的口味，只照着麻玉华的胃口做。麻玉华爱吃馒头，不爱吃米饭，她就蒸馒头；麻玉华爱吃黄豆芽儿，不爱吃绿豆芽儿，她就只炒黄豆芽儿；麻玉华爱吃鸡肉，不爱吃鸭肉，她就只在家里做鸡肉。王国慧做好了午饭，一遍一遍从窗口那里往楼下瞅。当瞅到麻玉华用儿童车推着生生走到了楼下，她就赶紧下楼接生生去了。

不知从哪一天起，麻玉华不再把王国慧喊妈妈，也懒于跟王国慧说话。王国慧呢，也很少喊玉华，很少跟麻玉华说话。她只跟还不会说话的生生说话。她从儿童车里抱起生生，叫着生生、生生，奶奶的宝贝孙子，奶奶好想你呀！好你个臭小子，你跑到哪里去了，你的腿脚可是有点儿野呀！从小腿脚就这么野，长大了不知野成什么样呢！这样说着，她一下一下亲生生的脸蛋儿，亲了左边亲右边。她这样做是给麻玉华看的。要对孩子的妈妈示好，首先要对妈妈的孩子示好。如果对孩子的妈妈示好会有一些障碍，对妈妈的孩子示好不会有什么障碍，起码不会遭到孩子的拒绝。王国慧就是通过这样的办法“开窗通风”，以缓和她和麻玉华日益紧张的关系。直到来到楼上家中，王国慧还在亲生生。她不再亲生生的脸蛋儿了，改亲生生的脖子。生生的脖子上有痒痒肉，她要把生生的笑声亲出来。小家伙儿长了嘴，长了牙，但还没有长心，还不懂得配合奶奶。但他的痒痒肉禁不住奶奶的亲，他被奶奶亲笑了，笑得嘎嘎的，很开心的样子。生生一笑，王国慧也笑了，家里就有了欢乐的气氛。王国慧让何新成打开靠在墙边的折叠饭桌，说吃饭吧。

王国慧抱着生生，让麻玉华先吃。她一手抱着生生，让生生坐在她腿上，腾出另一只手简单吃一点儿。

麻玉华吃完了饭，把饭碗一推，到卧室里去了。去卧室的时候，她没有把生生从婆婆手里接过去，好像生生也是一只饭碗，她把“饭碗”推给婆婆就完了。

王国慧下午还要上班，上班前，她还得把生生交还给麻玉华看管。把生生抱给麻玉华时，王国慧没能忍住，一不小心还是说了几句，她说：两口子生气难免，你最好别抓新成的脸。打人不打脸，骂人不揭短。你把新成的脸抓成这样，他怎么出去见人呢！

麻玉华一听，即刻跟王国慧翻脸，说：他不要脸，我就要抓他的脸。他一天到晚一点儿正事不干，连孩子都不要他，我不把他的脸皮撕下来就算不错！

王国慧想说：两口子过生活，床下君子，床上小人，没有不要脸这一说。你是新成的妻子，你把新成的脸皮撕下来，于你脸上也不会有多大光彩。但她没有说出口，往肚子里咽了一下忍住了，只说好了，不说了。你带着生生玩了一上午，一定累了，你带着孩子睡一会儿吧！

晚上吃过晚饭，何新成来到爸妈的卧室，对王国慧说：妈，我跟你说点儿事儿。

王国慧一听何新成跟她说事儿，就不由得心中起烦。王国慧知道，何新成本人是个没事儿的人，他所说的事儿都是麻玉华的事儿。麻玉华有什么事儿，都不直接跟王国慧说，都是由何新成从中传话。何新成每次传话，不是替麻玉华要东，就是要西；不是要这，就是要那。王国慧不敢不答应，她要是不答应，麻玉华就会把气撒到何新成身上，把何新成欺负得人不是人，鬼不是鬼。有一回，麻玉华说她弟弟要盖房子，要跟她这个当姐姐的借一万块钱。当何新成把话过给王国慧时，王国慧明白，说是借钱，实际是要钱。这笔钱一旦出手，肯定是肉包子打狗有去无回。一万块钱对王国慧来说也不是小钱，她说她要向别人转借，才能把钱凑够。因为她把一万块钱交给麻玉华晚了几天，麻玉华就随便找个借口，把何新成从卧室里赶了出来，何新成夜里只好睡在客厅里的沙发上。直到她把钱凑齐交给麻玉华，麻玉华才准许何新成回到卧室。何怀礼在调度室值班，王国慧让何新成说吧。

何新成一说，就把王国慧吓住了，吓得她的头都大了。何新成说的是：玉华想让你们给我们买一套房子。

你们不是有房子住嘛，还要买什么房子。我和你爸把大房间都让给你们了，你们还有什么不知足的！

玉华想有一套自己的房子，我们搬出去单独居住。

王国慧意识到坏了，狮子大张口，麻玉华开始给她讲大价钱了，准备跟她摊牌了。现在各家各户没什么值钱的东西，电视机不值钱，电冰箱不值钱，金项链、金耳环、金戒指也不值多少钱，最值钱的固定资产就是房子。一套房子，动不动就是几十万，上百万。像她和何怀礼这样的工薪阶层，能拥有一套房子就算不错，工资能维持日常生活就算不错，哪里还有多余的钱买房子呢！特别是在目前煤炭供大于求的情况下，煤炭成了赔钱货，全矿职工的工资都不能按时发放，差不多到了以煤末子代替工资的地步，买房的事更是连想都不敢想。她说：现在房子那么贵，买房子可不是一件容易事。

何新成说：玉华说了，你们要是不给我们买房子，她就跟我离婚。

对于麻玉华说到要跟何新成离婚，王国慧一点儿都不觉得奇怪，不感到突然，她早就料到了，麻玉华迟早会说出这样的话。这样的话好比是麻玉华的舌头，她天天在嘴里噙着，随时都会吐出来。她现在大概到了不吐不快的时候，终于把“舌头”吐了出来。不用说，麻玉华把何新成的底细摸到了，彻底知道了何新成是一个有病的人。如果说婚前麻玉华对何新成的情况还不是很了解，结婚后，两口子同床共枕，一切都赤裸裸的，就什么都瞒不过了。鞋子什么样，脚最知道；丈夫什么样，妻子最知道；何新成什么样，麻玉华最知道。除了麻玉华的切身体会，社会上的一些人也会从中挑拨离间，说何新成的坏话。王国慧听人说，麻玉华时常去找那个鸭老板，跟鸭老板的关系有些不三不四。不管是鸡老板，还是鸭老板，凡是当老板的人都不是老实人。跟着好人学好人，跟着巫婆吓假神。麻玉华跟着鸭老板，能学什么好呢！王国慧还听人说，麻玉华跟一个耳朵上戴耳环、头上留鸡冠子发型的年轻人走得也很近，两个人走在大街上，“鸡冠子”就敢用一只手掰麻玉华的屁股，把麻玉华掰得屁股乱扭。王国慧最看不惯那些把头发剃成“鸡冠子”，并把“鸡冠子”染成红色的年轻人，那些人都不是什么正经人，恐怕跟流氓差不多。公鸡头上举着红冠子，这样的公鸡好斗架。一个男青年头上举着“鸡冠子”，带的就是在社会上寻衅滋事的样子。麻玉华跟这样的年轻人在一起，不把自己变成一只“母鸡”才怪。“鸡冠子”在大街上都敢掰麻玉华的屁股，到了背地里，不知把麻玉华的屁股掰成什么样呢，恐怕掰成两瓣儿都不止。每每听到这样的消息，王国慧心里都麻扎得很，胆囊子里也隐隐作疼，好像结石上生了刺一样。尽管如此，她还是一忍再忍，千方百计维护何新成和麻玉华的婚姻。只要麻玉华没有正式提出和何新成离婚，她绝不会把窗户纸捅破，把何新成与麻玉华的婚姻关系能多维持一年是一年，能多维持一月是一月，能多维持一天是一天。道理明摆着，就是因为给何新成娶了女人，何新成的身体才能得到了安顿，精神才得到了安定，病才没有变得更严重，才没有大肆发作。要是麻玉华与何新成离了婚走人呢，何新成无处抓无处挠，说不定他的病又会死灰复燃，不可收拾。王国慧极力维持何新成和麻玉华的婚姻关系，还有一个重要的原因是，麻玉华有了儿子，她也有了孙子。只要有麻玉华在，她的孙子就有妈妈的保护，孙子就可以健康成长。要是麻玉华走了呢，孙子幼小的心灵就有可能受到伤害。像麻玉华这样自私的人，这样不愿承担任何责任的人，离婚时一般是不会要孩子的。麻玉华不愿带走孩子，这倒是王国慧所希望的。如果麻玉华把孩子带走，她所有新的希望就会破灭，会重新陷入无边的黑暗。王国慧对何新成说：一日夫妻百日恩，你劝劝玉华，不要轻易说离婚的事儿。

我劝不了她，她光骂我。

她骂你还不是骂我。她骂你，你听着；她打你，你挨着，谁叫你没本事呢！

他骂我是信子。

信子的意思王国慧是知道的，她说：不管玉华骂你什么，你只管忍着就是了。忍是心上悬着一把刀，你忍住了，刀就不会落下来；你忍不住，刀就有可能落到你头上。

秋凉了，窗外下起了秋雨。这天夜里，何新成再次被麻玉华赶出了卧室。按说何新成作为一个男人，他的力气应该比麻玉华大，不知麻玉华是怎样把何新成赶出卧室的。可人间的事情是一物降一物，麻玉华就是把何新成生生地降住了。何新成被麻玉华赶出卧室时，全身一丝不挂，连件裤衩都没穿。麻玉华不但把卧室的暗锁锁上了，好像把门后的铁插销也插上了。何新成在门外哆哆嗦嗦地敲门，战战兢兢地哀求麻玉华开门：玉华，玉华，外面太冷了，我求求你，给我开开门吧！

麻玉华没有开门，也没有说话，室内只传出生生的哭声。生生哭得声音很大，好像遭到了妈妈的抛弃一样。

王国慧看来有必要跟麻玉华谈一谈。

她找出丈夫的秋衣秋裤，让何新成穿上。

何怀礼不能忍受家里的不堪局面，他穿上衣服，冒雨到矿上的调度室去了。反正调度室里有休息室，可以临时在那里休息。

过去是很多儿媳不敢面对公婆，现在事情翻过来了，是很多公婆不敢面对儿媳。不敢面对也要面对，看来王国慧真的有必要跟麻玉华谈一谈了。不过今天还不能跟麻玉华谈，麻玉华正在气头上，不会搭理她。麻玉华不给何新成开门，也不会给她开门。麻玉华这样做，实际上是做给她看的。麻玉华不哄生生，故意让生生大哭，也是哭给她听的，是向她示威，也是在折磨她。王国慧明知别人在折磨她，她只能咬牙忍受着折磨，不然她有什么办法呢！她也想像何怀礼一样躲出去，可她往哪里躲呢！再说逃避困难也不是她的风格，她还是要想办法克服困难，把整个家庭从困境中解救出来。

一天晚上吃过晚饭，王国慧安排丈夫带着儿子去矿上的澡堂洗澡，她把孙子抱在手上逗了一会儿，装作随便说家常话的样子，开始跟坐在客厅里看电视的麻玉华谈话。她说生生他妈呀，你想买房子的事儿新成跟我说了。

麻玉华在听。她一边听一个女歌星在电视里唱歌，一边听婆婆说话。

你的心情我完全可以理解。孩子大了，结婚了，生孩子了，再跟父母住在一起是有一些不方便的地方。说实话，我也想给你们另外买一套房子。

那就买呗。麻玉华冷冷地说。

孩子不瞒你说，房子那么贵，咱买不起呀。

买不起可以贷款嘛！

贷款的事我不是没想过，也咨询过别人。贷了款就得按月还贷，一分一厘都不能少。我和你爸每月就那么点儿固定的工资，要是都拿去还了贷款，咱们家的日常生活怎么维持呢？

这个我不管！

你不管我可得管，我得首先保证你们有吃有喝，饿不着，冻不着。生生该加一些奶粉了，我还得想着给生生买奶粉。其实我和你爸还能跟你们多少年呢，等我们死了，这套房子自然就是你们的。另外咱们老家还有一套房子，还有一个院子，老家的房子、院子也是你们的。

我等不及！

这叫什么话！王国慧听得出来，麻玉华的言外之意是不知道他们两口子什么时候才会死，嫌他们死得太慢了。不管麻玉华说什么话，王国慧都有心理准备，都不会把麻玉华的话打回去。她还是和颜悦色地说：还有一个办法，我和你爸一退休，我们就回到老家去住，这套房子完全留给你们住。

麻玉华不干：反正我跟你儿子说了，你要是不给我们买房，我就跟你儿子离婚！

生生还在王国慧怀里抱着，刚生出的几个小牙在啃一个塑料蝙蝠侠的头。生生大概觉出奶奶要跟妈妈吵架，伸着手，倾斜着身子要妈妈抱。妈妈和奶奶相比，他大概觉得妈妈才是最亲的，他必须跟妈妈在一起。王国慧说：别挣，别挣，你妈妈正看电视呢，你再跟奶奶玩一会儿，奶奶可喜欢你了，你可是奶奶的小宝贝儿。王国慧又对麻玉华说：生生他妈你别说气话，我觉得新成对你挺好的。

麻玉华啪地把电视机关掉了。电视机里的女人正在唱歌，她一把电视关掉，等于把唱歌女人的脖子掐断了。她说：你少给我提何新成，我一听何新成就烦八辈子。何新成就是一个信子。

恐怕不能这样说。新成通过自学考试，已经考过了一门，再考过三门，新成就可以拿到大学文凭。等新成拿到大学文凭，他就是大学毕业生，就可以参加工作。

那不可能，一万个不可能！我看你还在骗我！

你把话说重了，我从来没骗过你。

你敢说你没骗过我！你儿子有精神病，你当初为什么不跟我说明？我要是知道你儿子有病，打死我我都不会嫁给他！麻玉华说着，朝茶几的腿上踢了一下，踢得豁啷一响，差点把茶几踢翻。

生生吓得哭了起来，他一边哭，一边含混不清地喊着妈妈妈妈，还是要找妈妈。

王国慧脸色煞白，心揪成一团，心说完了，麻玉华果然撕破脸皮，跟她摊牌了，牌里面大鬼小鬼都有，面目都很狰狞。她一时不知怎样接“牌”，还是只能拿生生说事儿，拿生生当挡箭牌。她说：我不跟你吵，不能吓着生生。生生可能饿了，你喂喂他吧，哄哄他吧。说着把生生递给了麻玉华。

麻玉华不但不喂生生，不哄生生，她接过生生，就在生生屁股上抽了两巴掌，说哭，哭，再哭我摔死你个鳖孙！骂罢，抱起生生到自己的卧室里去了。

麻玉华走了。

麻玉华走得无影无踪，谁都不知道她去了哪里。

麻玉华的出走定是蓄谋已久，她走得有些决绝，一走就没有再回头。

麻玉华是在一个星期天的早上走的，何新成和生生正在睡觉，王国慧正关着厨房的门，在厨房里做早饭，麻玉华就不声不响地不辞而别。

吃早饭的时候，王国慧才发现麻玉华不在家。王国慧问何新成：麻玉华什么时候出去的？何新成说不知道。

王国慧又问：麻玉华干什么去了？

何新成还是说不知道。

王国慧说：什么都不知道，你跟一个死人有什么两样！

吃午饭的时候，麻玉华仍没回来。王国慧给麻玉华打电话，电话通了，无人接听。再打，还是无人接听，自动语音回说：你拨叫的电话正忙，请等一会儿再拨。手握电话，王国慧脑子里悟了一下，马上去麻玉华的卧室查看。查看的结果，证实她的悟是正确的，卧室里原来放着一只红色的拉杆箱，现在拉杆箱不见了，证明麻玉华把拉杆箱的杆子拉出来了，把自己也变成了一根“拉杆”走人了。直到晚上，麻玉华还是没有回来，麻玉华的手机也成了关机的状态。现在的人和手机几乎成了一个整体，人在手机在，手机在人在。手机关了机，几乎等于人也关了“机”。麻玉华的手机关机，至少等于对她王国慧关了“机”。

王国慧天天担心麻玉华不会长期做他们家的儿媳，天天担心麻玉华会走，如今麻玉华真的走了，她心里的一块石头反倒落了地。想走的人不可勉强留，留来留去是冤仇，要走就随她去吧。

麻玉华不会一个人走，肯定是被别的男人勾引走的。现在的人欲早就失去了节制，像洪水和泥石流一样在街上横流，抵挡起来是很难的。加上麻玉华本身就是一股污水，她不被横流裹走才怪。

让王国慧略感欣慰的是，麻玉华没有把生生带走，把孙子给老何家留下了。生生可是他们家的后代根，唯一的一个后代根，要是麻玉华把生生带走，就等于把他们家的后代连根给拔掉了，那就惨到家了。有一首歌唱得好，叫“把根留住”：“让血脉再相连，擦干心中的血和泪痕，留住我们的根。”根是什么，根是血脉，根是生命延续的根本，根是人生的希望。有根在，他们家就会继续生根，发芽，开花，结果，一代接一代延续下去。麻玉华走后，王国慧把全部心思都放在抚育孙子生生的身上。她请了探亲假，专事在家里守护生生。前些年的探亲假，她一次都没有请过，既没有回家看望爹娘，也没有回家看望公婆，都积极地献给了公家。为了照顾宝贝孙子，她第一次请了探亲假。等探亲假结束，她有可能再请一个保姆帮她看孙子。等孙子长到三岁，就可以送到矿上的幼儿园。生生没有了人奶可吃，王国慧就把奶粉冲成人奶的样子给生生喝。生生还行，喝牛奶喝得也不错。生生没有哭，也没有闹，没有表现得离开妈妈就不能过。只是到了夜晚，生生大概闻不到妈妈的气味了，摸不到妈妈的奶了，睡觉前才会哭上一阵。王国慧把生生抱一抱，拍一拍，或把自己的老奶让生生摸一摸，生生就睡着了。

在家里最坐不住马鞍桥的是麻玉华的丈夫何新成。麻玉华一天不回来，两天不回来，三天不回来，何新成眼空，手空，心空，像是失去了看点，失去了抓挠，失去了努力的方向，变得一天比一天焦躁不安。别看麻玉华在家时老是骂他，打他，欺负他，但他对欺负似乎形成了一种依赖。突然没人欺负他了，使他的日子很是难过。他问王国慧：玉华怎么老也不回来呢？她到底到哪里去了？

王国慧的回答是：这个问题你不要问我，只能问你自己。你作为一个男人，连自己的老婆都看不住，你还有什么可说的。

那你们怎么不去把她找回来呢？何新成隐约记起，他在大姨那里读书的时候，他跑走了，就是大姨和大姨父让人把他找回的。

去哪里找？你说去哪里找？生生一天到晚拴着我的手脚，我哪里离得开！要找，只能你自己去找，或者让你爸爸帮你找。你爸还没有死呢，他凭什么啥事儿都不管！

何新成找爸爸去了，让爸爸去把麻玉华找回来。

爸爸说：你得弄清麻玉华为什么跑走。她要求买房子，你妈没能满足她的要求，她就跑走了。就算把她找回来，家里还是没钱买房子，她在家里还是待不住，找回来也是瞎搭。爸爸也不愿帮他去找麻玉华，爸爸说：我知道你离不开女人，要找你自己去找。你想去公安机关报案也可以。

何新成真的自己到外面找麻玉华去了。找了两天并两夜，第三天下午，何新成才回家来了。他没找到麻玉华，却把自己弄得一身水淋淋的。他浑身的衣服湿透了，头发湿得打了绺，连鞋壳里都灌了水。他瘦得颧骨凸起，眼窝塌坑，样子似乎重新回到在学校时病重的状态。

当何新成落汤鸡似的出现在王国慧面前时，王国慧并没有显得十分吃惊，她问：这孩子，你是怎么了？

何新成说：我跳到水里，想死，没死成。何新成的眼睛挤巴挤巴，想哭，也没有哭成。他说：我饿了！

厨房里有剩饭，快换换衣服吃去吧！我就知道你什么都找不到，没把自己跑丢就算不错。

何新成未及把湿衣服换下来，就到厨房吃剩饭去了。他吃得狼吞虎咽，把所有能找到的剩饭都吃完了。

何新成的神经再次到了崩溃的边缘。如果他的神经构成了一架古琴的琴弦的话，所有琴弦已被不知名的手弹得万马奔腾，山呼海啸，达到了不能再高的高潮，似乎随时都会断裂。这时，王国慧应该再带何新成到医院看一看，让何新成继续服药。不知作为妈妈同时作为奶奶的王国慧只顾照顾孙子，顾不上带儿子去医院，还是她的潜意识里忽略了儿子的存在，放弃了对儿子的治疗，反正她没有请“调琴师”对儿子身上几近崩裂的“琴弦”做任何修理，以致发生了让人意想不到的、极其严重的后果。

一天上午，矿长助理给王国慧打电话，让已当上居委会主任的王国慧立即到矿长办公室去一下，矿长有事对她说。抱着孙子去见矿长肯定不合适，王国慧只得把生生交由何新成临时看管一下。

何新成正看电视，电视里上演的是《动物世界》。生生坐在儿童车里，小手里玩的是个一抓一软的橡皮玩具。

临出门时，王国慧对何新成交代说：生生玩得好好的，你不用管他。他要是哭了，你就把他抱起来，哄哄他。我去去就回来！

等王国慧回来，儿童车里不见了生生，也听不到生生的哭声。王国慧问：生生呢？

何新成仍在看《动物世界》，他说：你走了以后，他老哭，老哭，烦人！我把他掐死了！

王国慧到何新成的卧室一看，大叫一声，顿时昏倒在地。

等王国慧醒来时，她正躺在医院重症监护室的病床上。

这一次，在她身体里潜伏已久的胆结石终于彻底发作，胆囊肿导致肝肿，肝肿导致肚子肿，似乎全身都肿了起来。她的极度发炎的胆是保不住了，须连同结石一块儿从肝上剥离下来，摘除。医生正通过打吊针为她的胆消炎，等炎症消失，家属签字，方可动手术。

等候在责任约定书上签字的是何怀礼，王国慧对何怀礼说：让我死了就算了，还动手术干什么！她还说：何新成想死自己去死就是了，他掐死生生干什么。

还有一个不好的消息，何怀礼暂时没敢告诉王国慧，他要是告诉王国慧，说不定王国慧会再次昏死过去。

何新成因犯了故意杀人罪，已被公安机关的人抓走了。

2017年10月15日至2018年8月15日

（整整写了十个月）于北京和平里

图书在版编目（CIP）数据

家长 / 刘庆邦著. -- 北京 : 北京十月文艺出版社,
2019.12
ISBN 978-7-5302-1958-4

Ⅰ. ①家… Ⅱ. ①刘… Ⅲ. ①长篇小说－中国－当代
Ⅳ. ①I247.5

中国版本图书馆 CIP 数据核字（2019）第 104240 号

家长
JIA ZHANG
刘庆邦 著

出　　版　北京出版集团公司
　　　　　北京十月文艺出版社
地　　址　北京北三环中路 6 号
邮　　编　100120
网　　址　www.bph.com.cn
发　　行　新经典发行有限公司
　　　　　电话 (010)68423599
经　　销　新华书店
印　　刷　北京盛通印刷股份有限公司
版　　次　2019 年 12 月第 1 版
　　　　　2019 年 12 月第 1 次印刷
开　　本　880 毫米 ×1230 毫米　1/32
印　　张　15
字　　数　370 千字
书　　号　ISBN 978-7-5302-1958-4
定　　价　55.00 元
质量监督电话　010-58572393
如有印装质量问题，由本社负责调换